新校宋文鑑

第四册

〔宋〕吕祖謙 編
李聖華 徐子敬 張婷 校

浙江古籍出版社

新校宋文鑑卷第九十二

校者按：底本爲刻卷，據六十三卷本、六十四卷本、二十七卷本、麻沙本刻卷校改。

序

送秦少章赴臨安簿序

張耒

《詩》不云乎，『蒹葭蒼蒼，白露爲霜』。夫物不受變則材不成，人不涉難則智不明。季秋之月，天地始肅，寒氣欲至。方是時，天地之間，凡植物出於春夏雨露之餘，華澤充溢，支節美茂。及繁霜夜零，旦起而視之，如戰敗之軍，卷旗棄鼓，裹瘡而馳，吏士無人色。豈特如是而已，於是天地閉塞而成冬，則摧敗拉毁之者過半，其爲變亦酷矣。然自是弱者堅，虚者實，津者燥，皆斂藏其英華於腹心，而各效其成。深山之木，上撓青雲，下庇千人者，莫不病焉，况所謂蒹葭者乎？然匠石操斧以游於林，一舉而盡之，以充棟梁桷杙，輪輿輹輻，巨細强弱，無一不勝其任者，此之謂損之而益，敗之而成，虐之而樂者是也。

吾黨有秦少章者，自余爲太學官時，以其文章示余，愀然告我曰：『惟家貧，奉命於大人，而勉爲科舉之文也。』異時率其意爲詩章古文，往往清麗奇偉，工於舉業百倍。元祐六年及第，調臨安主簿。舉子中第，可少樂矣，而秦子每見余輒不樂。余問其故，秦子曰：『余世之介士也，性所不樂不能爲，言所不合不能交，飲食起居，動静百爲，不能勉以隨人。今一爲吏，皆失已而惟物之應。少自偃蹇，禍悔嚮至。異時一身資養於父母，今則婦子仰食於我，欲不爲吏，亦不可得。自今以往，如沐漆而求解矣。』

余解之曰：子之前日，春夏之草木也；今日之病子者，蒹葭之霜也。凡人性，惟安之求。夫安者，天下之大患也，遷之爲貴。重耳不十九年於外，則歸不能霸。子胥不奔，則不能入郢。二子者，方其羈窮憂患之時，陰益其所短而進其所不能者，非如學於口耳者之淺淺也。自今吾子思前之所爲，其可悔者衆矣，其所知益加多矣。反身而安之，則行於天下無可憚者矣。能推食與人者，嘗饑者也；賜之車馬而辭焉者，不畏徒步者也。苟畏饑而惡步，則將有苟得之心焉，爲害不既多乎？故『隕霜不殺』者，物之災也；逸樂終身者，非人之福也。元祐七年仲春十一日書。

捕魚圖序

晁補之

古畫《捕魚》一卷，或曰王右丞草〔一〕也。紙廣不充幅，長丈許。水波渺瀰，洲渚隱隱見其背，岸木葭菼向搖落，草萋然始黄，天慘慘雲而風，人物衣裘有寒意，蓋畫江南初冬欲雪時也。

兩人挽舟循涯，一人篙而下之。三人巾帽袍帶而騎，或馬或驢。寒峙肩擁袖者；前揚鞭顧後，攬轡語，袂翩然者。僮負囊尾馬，背而荷，若擁鼻者。三人屈竹爲屋。三童子踞而起大網，一童從旁出者。縛竹跨水上，一人立旁維舟，而下有笱者。方舟而下，四人篙而前其舟，坐若立者。兩童子曳方罟行水間者。縛竹跨水上，一人巾而依蘧蒢坐，沉大網。旁笱屈竹爲屋，縛竹跨水上，童子跪而起大網者。一人屈竹爲屋，前有瓶〔二〕盂可見者。篙者，槳者，俛下罩者，三人皆笠。方舟載大網，行且漁，兩兒兩蓋，依蘧蒢坐。有巾而顐，出網中得者。舵操楫一人，縛竹跨水上，顧而語前有盎盂者。方舟載大網，出網中得者。縛竹跨水上，兩兒沉大網，旁維艓者。兩人篙其舟甚力，有帷幙，坐而濟，若婦人可見者。方舟依渚，一人篙，一人小而顐，三童子若飲食，若寐，前有盎盂者。一人推葦間童子，俛而曳循厓者。人物數十許，目相望不過五六里，若百里千里。

右丞妙於詩，故畫意有餘，世人欲以語言粉墨追之，不似也。常憶楚人云：『帝子降兮北渚，目渺渺兮愁予。嫋嫋兮秋風，洞庭波兮木葉下。』引物連類，謂便若湖湘在目前。思頃時歲晚，道吴江如此。漁者、男子、婦女、童稚，舟楫、梁笱、網罟、罾罩，紛然在江。然其業廉而事佚，故無市廛争利意。此與畫二大夫去國，其色無别恨，奚以異？元祐元年四月二十日，李希孝出之，欲模寫，無善工，乃借韓退之序書人物意識之。潁川晁補之序。

離騷新序

晁補之

先王之盛時，四詩各得其所。王道衰而變風變雅作，猶曰『達於事變，而懷其舊俗』。舊俗之亡，惟其事變也，故詩人傷今而思古，情見乎辭，猶《詩》之《風》《雅》而既變矣。孟子曰：『王者之迹熄而《詩》亡。』然則變風變雅之時，王迹未熄，《詩》雖變而未亡。《詩》亡而後《離騷》之辭作，非徒區區之楚事不足道，而去王迹逾遠矣。一人之作，奚取於此也？蓋《詩》之所嗟歎，極傷於人倫之廢，哀刑政之苛。而人倫之廢，刑政之苛，孰甚於屈原時邪？

國無人，原以忠放，欲返，幸君之一悟，俗之一改也。一篇之中，三致志焉。與夫『三宿而後出晝，於心猶以爲速』者何異哉？世衰，天下皆不知止乎禮義，故君視臣如犬馬，則臣視君如國人。而原一人焉，被讒且死而不忍去，其辭止乎禮義可知，則是《詩》雖亡，至原而不亡矣。使後之爲人臣不得於君而熱中者，猶不懈乎愛君如此，是原有力於《詩》亡之後也。此《離騷》所以取於君子也。

《離騷》，遭憂也。『終窶且貧，莫知我艱。』《北門》之志也。『何辜於天，我罪伊何？』《小弁》之情也。以附益《六經》之教，於《詩》最近，故太史公曰：『《國風》好色而不淫，《小雅》怨誹而不亂，若《離騷》者，可謂兼之矣。』其義然也。又班固叙遷之言曰：『《大雅》言王公大人，德逮黎庶。《小雅》譏小己之得失，其流及上。所言雖殊，其合德一也。司馬相如雖多虛辭濫說，然要其歸，引之於節儉，此亦《詩》之風諫何異？』揚雄以謂『猶騁鄭、衛之音，曲終而奏《雅》，不已戲乎？』固善推本知之，賦與詩同出，與遷意類也。然則相如始爲漢賦，與雄皆祖原之步驟，而獨雄以其靡麗悔之，至其不失雅，亦不能廢也。

自《風》《雅》變而爲《離騷》，至《離騷》變而爲賦，譬江有沱，乾肉爲脯，謂義不出於此，時異然也。傳曰：『賦者，古詩之流也。』故《懷沙》言賦，《橘頌》言頌，《九歌》言歌，《天問》言問，皆詩也，《離騷》備之矣。蓋《詩》之流，至楚而爲《離騷》，至漢而爲賦，其後賦復變而爲詩，又變而爲雜言、長謠、問對、銘贊、操引，苟類出於楚人之辭而小變者，雖百世可知。故參取之，曰《楚辭》十六卷，舊録也。曰《續楚辭》二十卷，曰《變離騷》二十卷，新録也。使夫緣其辭者存其義，乘其流者反其源，謂原有力於《詩》亡之後，豈虚也哉？若漢、唐以來所作，非楚人之緒，則不録。

送田承君序

鄒　浩

熙寧、元豐間，外部貴人爭違義以市〔三〕寵，其視天家之赤子甚於蒿萊，芟夷焚燎，極其力而後已，蓋所謂矢匠惟恐不傷人者，遂使覆露之恩，輒逗留不下。於是諫官御史森森在廷，噤不敢出一語爲社稷計，況分職其部中者乎？其脅於名分，相與影響，固不足深責。其慷慨建明，屹如勍敵，壓之以山丘而首不屈，駭之以雷霆而色不變，知保吾赤子以對揚天命而已，可不謂賢哉！僕所得者二人，其一，揚州江都令羅適，見而得之者也。其一，信州弋陽令董敦逸，聞而得之者也。

嗚呼！天下幾路？列郡幾城？綰銅章以據百里者幾人？僕勤勤訪焉，不滿三數，其難矣哉！又羅公之在江都也，其始邑人固有欲殺之者矣，在上〔四〕左右固有毀之者矣，鄰封固有嗤之者矣。未幾，嗤之者自媿其不能也，毀之者不覺譽言出其口也，欲殺之者日懼其不久留也，相率圖其像，築室而祠之。皆承君作尉時熟於聽覽，且嘗信眉抵掌，爲僕劇談，恨不與爲僚者也。

承君貫古今，每笑俗儒貴耳而賤目，今治西河也，肯捨江都之所得，而遠慕卓、魯乎？苟思民有赴愬而不獲伸，甚於子之沉下僚而持衡者不察也；思民有窘於衣食之謀，甚於子之待次而無以自裕也；思民有流離蕩析而不安其居，甚於子之侍老携幼往返千萬里也，將見異時報政，不獨踵繼於羅公，又與西門豹、史起相望，無愧怍焉。邑之士果有文學如子夏者乎？僕知其爲子作頌。果有行義如段干木者乎？僕知其啓户持謁，願交於下風。子之祖子方果不昧，亦且陰自喜曰：吾苗裔有人。

孫莘老易傳序

游　酢

《易》之爲書，該括萬有，而一言以蔽之，則順性命之理而已。陰陽之有消長，剛柔之有進退，仁義之有隆污，三極之道，皆原於一，而會於理。其所遭者，時也；其所託者，義也；其所致者，用也。知斯三者，而天下之理得矣。斯理也，仰則著於天文，俯則形於地理，中則隱於人心。而民之迷日久，不能以自得也；冥行於利害之域，而莫知所向。聖人有憂之，此《易》之所爲作也。

伏犧象之而八卦成，文王重之而六爻具，周公繫之辭，仲尼訓其義。自伏犧至於仲尼，則《易》之書不遺餘旨矣。蓋將領天下於中正之塗，而要於時措之宜也。居則觀象而玩辭，動則觀變而玩占，以研心則慮精，以應物則事舉，天且助之，人且與之，而何凶咎之有？故曰：『是興神物，以前民用。』又曰：『因貳以濟民行。』此四君子之用心也。

孫公莘老，少而好《易》，常以是行己，亦以是立朝，或進或退，或語或默，或從或違，皆占於《易》而後行也。晚而成書，辭約而旨明，義直而事核。又將與學者共之，蓋亦先聖之所期，豈徒爲章句以自名家而已？此先生傳《易》之意也，學者宜以是觀之。

論語解序

謝良佐

天下同知尊孔氏，同知賢於堯舜，同知《論語》書弟子記當年言行不誣也。然自秦漢以來，開門授徒者，不過分章析句爾。魏晋而降，談者益稀。既不知讀其書，謂足以識聖人心，萬無是理。既不足以知聖人心，謂言能中倫，行能中慮，亦萬無是理。言行不類，謂爲天下國家有道，亦萬無是理。君子於此盍闕乎？蓋溺心於淺近無用之地，聰明日就彫喪，雖欲讀之，顧不得其門而入也。聖人辭近而指遠，一本，蓋其辭近，其指遠。辭有盡，指無窮。有盡者可以〔五〕索之於訓詁，無窮者要當會之以神。譬諸觀人，佗〔六〕日識其面，今日見〔七〕其心。在我則改容更貌矣，人則猶故也。爲〔八〕是故難讀。今試以讀此書之法語諸君焉，勿以爲淺近而忽，勿以爲太高而驚，勿以爲簡我而忿且怒，勿以爲妄誕而直不信。聖人之言，不可以訓詁形容其微意，今不復撰次成文，直以意之所到，辭達而已矣。

蓋此書存於世，論其切於用而收近效，則無之。與道家使人精神專一之學，西方見性之説，並駕争衡，孰全孰駁，未易以口舌争也。談天語命，偉辭雄辯，使人可駭可慕，曾不如莊周、列禦寇曼衍之言。籠絡萬象，葩華百出，讀之使人亹亹不厭，曾不如班、馬雄深雅健之文。正名百物，分辨六氣，區味別性，可以愈疾引年，曾不如黄帝、岐伯之對問，神農之藥書。可以資聽訟折獄，可以飾簿書期會，曾不如申、韓之刑名。陶冶塵思，模寫物態，曾不如顔、謝、徐、庾流連光景之詩。以至神恠卜相之書，書數博弈之技，其皆可玩，獲售於人，而此書乃一無有也。欲使敏秀豪俊之士留精神於其間，幾何其不笑且受侮與？邈乎希聲，一唱而三嘆，誰其聽之？淡乎無味，酒玄而俎腥，誰其嗜之？雖家藏人有，不委塵埃者幾希矣。

余昔者供灑掃於河南夫子之門，僅得毫釐於句讀文義之間，而益信此書之難讀也。蓋不學操縵，不能安弦；不學博依，不能安詩；不學雜服，不能安禮。惟近似者易入也，彼其道高深溥博、不可涯涘如此，儻以童心淺智窺之，豈不大有逕庭乎？方其物我太深，胷中矛戟者讀之，謂終身可行之『恕』誠何味？方其脅肩諂笑，以言餂人者讀之，謂『巧言令色』寧病仁？未能素貧賤，而恥惡衣惡食者讀之，豈知『飯疏食，飲水，曲肱而枕之』未妨吾樂？注心於利未得，而已有顛冥[九]之患者讀之，孰信『不義之富貴』真如浮雲？過此而往，益高深矣，可勝數哉！是皆越人視秦人之肥瘠也。

惟同聲然後相應，惟同氣然後相求，是心與是書，聲氣同乎？不同乎？宜其卒無見也。是書遠於人乎？人遠於書乎？蓋亦勿思爾矣。能反是心者，可以讀是書矣。孰能脱去凡近以遊高明，莫爲嬰兒之態而有大人之器，莫爲一身之謀而有天下之志，莫爲終身之計而有後世之慮，不求人知而求天知，不求同俗而求同理者乎？是人雖未必中道，然其心當廣矣，明矣，不雜矣。其於讀是書也，能無得乎？當不惟念之於心，必能體之於身矣，油然内得，難以語人，謂聖人之言真不我欺者，其亦自知而已矣。豈特慮思之效？乃力行之功。至此，蓋書與人互相發也。及其久也，習益察，行益著，知視聽言動蓋皆至理，聲氣容色無非妙用。父子君臣豈人能秩叙？仁義禮樂豈人能强名？心與天地同流，體與神明爲一。若動若植，何物非我？有形無形，誰其間之？至此，蓋人與書相忘也。則向所謂辭近而指遠者，可不信乎！宜其賢者識其大者，不賢者識其小者，好惡取舍之相遼也。

學者儻以此言爲可信，則亦何遠之有？以謂無隱乎爾，則天何言哉？『夫子之言性與天道，不可得而聞也』，以謂有隱乎爾，則『四時行焉，百物生焉』，夫子之文章可得而聞也。是豈真不可得而聞哉？《詩》云：『鳶飛戾天，魚躍於淵。』此天下之至顯，聖人惡得而隱哉？所謂『無行而不與二三子者』也。『上天之載，無聲無臭』，此天下之至賾，聖人亦惡得而顯哉？宜其二三子爲有隱乎我者也。知有隱無隱之不二者，捨此書其何以見之哉？知有隱無隱之不二者，豈非閎博明允君子哉？諸君可無意於斯乎？

趙氏金石録序　劉　跂

東武趙明誠德夫家，多前代金石刻，倣〔一〇〕歐陽公《集古》所論，以考書傳諸家同異，訂其得失，著《金石録》若干卷。別白抵梧，實事求是，其言斤斤，甚可觀也。

昔文籍既繁，竹素紙札，轉相謄寫，彌久不能無誤。近世用墨版模印，便於流布，而一有所失，更無別本是正，然則謄寫、模印，其爲利害之數略等。又前世載筆之士所見所聞，與其所傳不能無同異，亦或意有軒輊，情流事遷，則遁離失實。後學欲窺其罅，搜抉證驗，用力多，見功寡，此讎校之士，抱槧懷鉛，所以汲汲也。昔人欲刊定經典及醫方，或謂經典同異未有所傷，非若醫方能致壽夭，陶景亟稱之，以爲名言，彼哉卑陋一至於此！或譏邢邵不善讎書，邢曰：『誤書思之，更是一適。』且別本是正猶未敢曰可，而欲以思得之，其訛〔一一〕有如此者！

惟金石刻出於當時所作，身與事接，不容僞妄，皎皎可信。前人勤渠鄭重，以遺來世，惟恐不遠，固非以爲夸。而好古之士忘寢廢食而求，常恨不廣爾，豈專以爲玩哉？余〔一二〕登泰山，覩秦相斯所刻，退而按史遷所記，大凡百四十有六字，而差失者九字。以此積之，諸書浩博，其失胡可勝言？而信書之人，守目所見，知其違戾，猶弗能深考，猥曰是碑之誤，其殆未之思乎？若乃庸夫野人所述，其言不雅馴，則望而知之，直差易耳。今德夫之藏既甚富，又選擇多善，而探討去取，雅有思致，其書誠有補於學者。亟索余文爲序，竊獲附姓名於篇末，有可喜者，於是乎書。

泰山秦篆譜序

劉跂

《史記》載秦始皇帝及二世，皆行幸郡縣，立石刻辭。今世傳泰山篆字可讀者，唯二世詔五十許字，而始皇刻辭，皆謂已亡，莫可復見。宋丞相莒公鎮東平日，遣工就泰山模得墨本，以慶曆戊子歲，別刻新石，親作後序，止有四十八字。歐陽文忠公《集古録》亦言友人江鄰幾守官奉高，親到碑下，纔有此數十字而已。

余以大觀二年春，從二三鄉人登泰山，宿絶頂，首訪秦篆，徘徊碑下。其石埋植土中，高不過四五尺，形制似方而非方，四面廣狹皆不等，因其自然，不加磨礱，所謂五十許字者，在南面稍平處，人常所撫搨，故士大夫多得見之。其三面尤殘缺蔽闇，人不措意，余審觀之，隱隱若有字痕，刮摩垢蝕，試令模〔一三〕以紙墨，漸若可辨。自此益使加工模〔一四〕之，然終意其未也。政和三年秋，復宿岳上，親以氈椎從事，校之他本，始爲完善。蓋四面周圍悉有刻字，總二十二行，行十二字，字從西面起，以北東南爲次。西面六行，北面三行，東面六行，南面七行，其末有『制曰可』三字，復轉在西南稜上。每行字數同，而每面行數乃不同如此，廣狹不等，居然可見。其十二行是始皇辭，其十行是二世詞，以《史記》證之，文意皆具，計其缺處，字數適同，於是泰山之篆遂成完篇。

宋、歐陽二公初未嘗到，惟憑工匠所説，無足怪。人多以二公爲信，故亦不復詳閲。余既得墨本，并得碑之形象制度以歸，親舊聞之，多來訪問，倦於屢報，乃爲此譜。大凡篆字二百二十有二，其可讀者百四十有六，今亦作篆字書之。其毁缺及漫滅不可見者七十有六，以《史記》文足之，注其下。譜成，揭壁間，久幽沉晦之迹，今遂歷然。秦至無義，不足論，然李斯小篆，古今所師，經千三百有餘歲而復彰，茲可尚也。如『親輈遠黎』，《史》作『親巡遠方黎民』，『金石刻』作『刻石』，『著』作『休』，『嗣』作『世』，『聽』作『聖』，『陲』作『垂』，『體』作『禮』，『昆』作『後』，則又史家差誤，皆當以碑爲正。其曰『御史夫夫』者，大夫也。《莊子》曰：『旦而屬之夫夫。』衛宏曰：古文一字兩名，因就注之。《史記》於瑯琊臺刻石備列從臣名氏，余家所收瑯琊殘字亦有五『夫』字，然則夫從一、大，因不復重出歟？

新校楚辭序

黄伯思

《漢書·朱買臣傳》云：嚴助『薦買臣，召見，説《春秋》，言《楚辭》，帝甚説之』。《王褒傳》云：『宣帝修武帝故事』，『徵能爲《楚辭》者九江被公等』。《楚辭》雖肇於楚，而其目蓋始於漢世。然屈、宋之文與後世依放者，通有此目，而陳説之以爲唯屈原所著則謂之《離騷》，後人效而繼之則曰《楚辭》，非也。自漢以還，文師詞宗，慕其軌躅，摛華競秀，而識其體要者亦寡。蓋屈、宋諸《騷》，皆書楚語，作楚聲，紀楚地，名楚物，故可謂之《楚辭》。若些、只、羌、誶、蹇、紛、侘傺者，楚語也。頓挫悲壯，或韻或否者，楚聲也。沅、湘、江、澧、脩門、夏首者，楚地也。蘭、茝、荃、葯、蕙、若、蘋、蘅者，楚物也。率若此，故以楚名之。自漢以還，去古未遠，猶有先賢風槩。而近世文士但賦其體，韻其語，言雜燕粵，事兼夷夏，而亦謂之《楚辭》，失其指矣。

此書既古，簡册迭傳，亥豕帝虎，舛午甚多。近世秘書晁監美叔獨好此書，乃以春明宋氏、趙郡蘇氏本參校失得，其子伯以、叔予又以廣平宋氏及唐本，與太史公記諸書是正。而伯思亦以先唐舊本，及西都留監博士楊建勳及洛下諸人所藏，及武林吴郡槧本讎校，始得完善。又有殊同者，皆兩出之。

案此書舊十有六篇，并王逸《九思》爲十七，而伯思所見舊本，乃有揚雄《反騷》一篇，在《九歎》之後，此文亦見雄本傳。與《九思》共十有八篇。而王逸諸序並載於書末，猶古文《尚書》、漢本《法言》及《史記自序》《漢書叙傳》之體，駢列於卷尾，不冠於篇首也。今放此録之。又太史公《屈原列傳》、班固《離騷傳序》，論次靈均之事爲詳，故編於王序右方。陳説之本以劉勰《辯》〔二五〕騷在王序之前，論世不倫，故緒而正之。而《天問》之章，辭嚴義密，最爲難誦，柳柳州於千祀後，獨能作《天對》以應之，深宏傑異，析理精博，而近世文家亦難遽曉，故分章辨事，以其所對别附於問，庶幾覽者瑩然，知子厚之文不苟爲艱深也。自《屈原傳》而下，至陳説之《序》，又附以今序，别爲一卷，附十通之末，而目以《翼騷》云。至於屈原行之忠狷，文之正變，事之當否，固昔賢之所詳，僕可得而略之也。

校勘記

〔一〕『草』，麻沙本作『筆』。
〔二〕『瓶』，麻沙本作『盃』。
〔三〕『市』，底本作『示』，據六十三卷本、六十四卷本、二十七卷本改。
〔四〕『上』，底本空格，據六十三卷本、六十四卷本、二十七卷本補。
〔五〕『可以』下，麻沙本有注：『一無以字』。
〔六〕『佗』下，麻沙本有注：『一作昔。』
〔七〕『見』下，麻沙本有注：『一作識。』
〔八〕『爲』下，麻沙本有注：『一作坐。』

〔九〕『冥』，麻沙本作『迷』。
〔一〇〕『倣』，麻沙本作『傚』。
〔一一〕『訛』，六十三卷本、六十四卷本、二十七卷本作『佻』。
〔一二〕『余』，麻沙本作『今』。
〔一三〕『模』，六十四卷本、二十七卷本作『橅』。
〔一四〕『模』，六十四卷本、二十七卷本作『橅』。
〔一五〕『辯』下，底本有一『驗』字，據六十三卷本、六十四卷本、二十七卷本删。

新校宋文鑑卷第九十三

校者按：底本爲刻卷，據六十三卷本、六十四卷本、二十七卷本、麻沙本刻卷校改。

論

君臣論

徐鉉

君人者，推赤心以接下者也；臣人者，推赤心以事上者也。上下交感，政是以和。故大《易》之義，在上者其道下降，在下者其道上行，則曰：『天地交，泰。』上者自居其上，下者自居其下，則曰：『天地不交，否。』然則爲上而下降甚易，爲下而上達甚難，何者？君人者，其勢足以行人之道，其貴足以顯人之德，其富足以聚人，其義足以感人。賢人君子望景而歸之，理自然也。苟不逆之，可矣，又況於禮致之者哉？故齊桓之德薄也，猶能使管仲受執，甯戚扣角，况聖君乎？此易之效也。人臣者，在貧賤之中，處疎遠之地，有上下之隔，有左右之蔽，自媒則有暗投之患，因人則無苟合之譽，禮秩之不足，則不肯進也，况不禮之哉？故以仲尼之聖，懷救世之心，歷聘七十而不一遇，况常人乎？此難之效也。然則士之失君，所喪者富貴耳。

莊、老吏隱，於陵躬耕，商皓采芝，君平賣卜，未失其所以爲士也。君之失士，或喪既安之業，或敗垂成之功。紂踣於京，厲流於彘，魯哀奔吴，項羽屠裂，則失其所以爲君也。

聖帝明王鑒其若此，故屈己以下士，推誠以接物。軒轅問道於下風，唐堯求賢於側陋，周公吐餐於白屋，漢祖輟洗於布衣，况朝廷之臣乎？夫朝廷之臣，位有前後，任有小大，至於君臣之分，誠心所感，其揆一也。《詩》曰：『嗟我懷人，寘彼周行。』卿士大夫各居其位，所謂周行也，言周行之中，皆所懷之人也。《書》曰：『汝則有大疑，謀及乃心，謀及卿士，謀及庶民。』大疑，大政也，庶民猶與焉，况群臣乎？此治世之主至公之義也。世之衰也，踈公卿而親近習，憚君子而狎佞人，親而狎之也以爲腹心，踈而憚之也以爲仇敵，於是政出於群小，而責及於大臣，如此而不亂，未之有也。君子之事上也，近之不敢佞，遠之不敢怨，受命無二慮，臨難無苟免。小人之事上也，遠之則憾，近之則比，受命則顧望，臨難則幸生。人君不能孰察也，以爲我之所親，彼亦盡忠，我之所踈，彼亦懷貳，於是聽鑒惑於外，精神汩於中。及亂之來也，小人無忘生之節，君子非死難之所。楚靈殞於乾谿，二世弑於望夷，而莫之救也，其所由者，自私與自勝也。自私故慙與君子言，自勝故憚與君子言，此小人所以易見親，君子所以易見踈也。夫亡國非無賢臣，亂主非獨坐於堂上也，用心之不一也。《書》曰：『一哉王心。』《詩》曰：『淑人君子，其儀一兮。』人君用心一，則賢臣知所從矣。

持權論

徐鉉

天下所以奉者，君也；君之所以尊者，權也。權者非他也，賞罰而已矣。賞公則當善，而爲善者進矣；罰公則當惡，而爲惡者退矣。若然，則君子在位，小人在野，而權不在公室者未之有也。中才之君，知賞罰之權不可失，而不知所以守之之道。欲人之懷己也，則必賞自我出；欲人之畏己也，則必罰自我行，此亂之本也。老子曰：『爲者敗之，執者失之。』賞罰者，受之於先王，行之於有司，人君正其本，遏其淫而已。苟自爲之而自執之，其與幾何？《尚書》數堯之德曰『聰明文思』，及其舉舜也則四岳師錫，堯曰：『予聞，如何？朕其試哉！』夫堯既聞舜之行賢，猶待四岳舉然後登用，此則賞不必己出也。周公作萬代之典，設三聽之法，衆聽則殺之，衆疑則赦之，此則罰不必己出也。漢高祖氣吞群雄，威振海外，然而不敢以私忿誅季布，不敢以私惠賞丁公。秦始皇親治庶務，以衡石自程，群臣莫得專任。而秦漢之成敗，豈不明哉？然則賞罰在於公，不在於自執必矣。

魏晋已降，創業之君，才略冠世，功勳震主，既當失政之代，遂踐數終之運。後世人君懲其若是，故憎疾勝己，誅鋤高名，所謂同歸於亂者也。昔楚莊王謀事而當，群臣莫能及，退而有憂色，曰：楚國之大，而群臣莫吾及，吾國其亡乎！此所以飲馬於河也。漢高祖自謂不如三傑，而能用之，所以有天下也。梁武在雍州時，破魏將王肅，得其巾箱書，見魏帝手勑曰『吾聞蕭衍善用兵，勿與鬭』，其威名如此。及其爲帝也，乃用臨川王宏、貞陽侯淵〔一〕明爲將。在竟陵府時，與謝朓、王融之儔齊名，及其爲帝也，乃用陸驗、石珎爲心膂。何者？患其失權，貪其易制，曾不知亡國之釁始基於此也。

夫權者，非謂其强臣專政，王命不行，前邀九錫，後徵殊禮也。蓋人君有偏聽焉，有偏好焉。偏聽則朋黨有所附矣，偏好則姦邪有所入矣。朋黨勢固，姦邪在側，人主以不聞過爲賢，不違命爲治，如是，則賞罰者朋黨之所爲，而假手於人主矣。當時之人，知其如此，亦且棄正義而事朋黨，背公室而向私門，非徒競利，且以避害，然則權安在哉？後魏孝明時，衛士數千人焚領軍張彝宅，殺其父子，朝廷懼以〔二〕爲亂也，止誅八人，餘遂〔三〕釋之。高歡時在民間，聞而歎曰：『亂之始也。』乃散家財，招集亡命，卒移魏祚。魏人不知失權之始在乎孝明，及高氏執政，方云禄去公室，不亦晚乎？誠令人君用法公共，接下均一，善善而能用之，惡惡而能去之，不以己之私妨天下之義，雖復體非聖賢，蓋亦思過半矣。嗚呼！斯道也甚易知，甚易行，甚易效，而鮮能行者，蓋夫疑信之際，貪旦夕之便，因循僶俛，以至政隳勢敗而自不之知也。《傳》曰『失之毫釐，差以千里』，豈虛言哉！

師臣論

徐鉉

至大者天，必配以地。至明者日，必配以月。至剛者陽，必配以陰。至尊者君，必配以臣。

君臣之義，與天地並者也。君之有臣也，所以教其不〔四〕知，匡其不逮，扶危持顛，獻可替否，其任大矣。故君失之，臣得之，臣失之，君得之。上下相維，乃無敗事，非徒承其使令，供其喜怒而已。故曰師臣者王，友臣者霸。《書》曰：『能自得師者王，謂人莫己若者亡。』自三皇已來，莫不由斯而致者也。

衰世之君，闇於大道，嘉言美事，掠歸於己。諛臣佞妾，從而成其過，曰：生殺廢置，國之利器，必出自一人，不當爲人臣所教。嗚呼！斯甚不然也。夫往古之事，不可言已，其世近而昭然者，請以漢祖明之。高祖奮布衣，取天下，功侔三代，享祚四百，可謂盛矣。其舉事之始，駐軍於陳留，則酈食其之謀。破武關，入咸陽，則張良之策。還定三秦，則韓信之計。爲義帝縞素，則董公之説。出兵宛、葉，則鄭忠之畫。破垓下，則三王之力。及其成功，則高祖享帝王之業，數子獲人臣之禄，豈爲人臣所教者不能爲帝王乎？故高祖曰：吾不如三傑，而能用之，所以得天下也。及太宗文皇帝力行王道，天下已平，喟然歎曰：魏徵教我，功業如此。夫二帝者，能用忠賢之謀，以建三五之業，歸功臣下，而其道愈光。老子曰：『功成而不居。夫唯不居，是以不去。』此之謂也。昔魏武帝使夏侯淵守漢中，蜀先主用法正之計，破漢中，殺淵等。魏武聞之曰：『吾知玄德不辦此，必爲人之所教。』斯言之失也，史論之備矣。魏武，雄傑之主，猶有斯論，况常人哉？

夫爲國譬用兵焉，大將將十萬之衆，舉千乘之國，有坐籌制勝者，有摧鋒殺敵者，有先登陷壘者，及其成功，則元帥之功也。今使元帥兼此數者而獨論功，可乎？夫君人出令，臣下唯知奉行，則役夫竪子可爲卿相，何必勞於求賢哉？嗚呼！斯道之不明久矣，明達君子，可無思乎！可無思乎！

勸農論

高　錫

勸農者，古典也，國家歲以舉之。然則勸之道，不在勸乎時以耕，時以種，時以收穫也，在於知其病而去之耳。夫農之病者，由乎隳於制度也。制度隳，則下得以僭上。是故宫室無常規，服玩無常色，器用無常宜，飲食無常味，四者僭作，於是奇伎淫巧出焉，浮薄澆詭騁焉。業專於是者，貨易於是者，利甚厚於農矣，農雖日勸之，豈有益哉？

凡民之情，所急者利。利苟有取，假嚴刑法以毒之，民亦不顧其罪而趍之矣。利苟無取，假垂仁惠以撫之，民亦不知其恩而背之矣。非民愛其罪而惡其恩，蓋所樂者利也。於今之農，其利甚寡。農家之利，田與桑也，田之所出者穀帛，夫以墾之，婦以蠶之，力竭氣衰，方見穀帛。穀帛之價輕重不常，農家出則其價輕，入則其價重。輕重之弊起於時也，時底於稔，穀帛多矣，征租不取焉，農乃易其多以赴征租，故有輕而出。時遇於凶，穀帛逋矣，賦斂互取焉，農乃完其逋以供賦斂，故有重而入。稔既輕出，凶又重入，則田桑之人，腹之食，身之衣，亦已懸矣，敢言於利乎？所謂病之深也。

且務奇伎淫巧，浮薄澆詭，業專於是者，貨易於是者，不苦於體，不疲於神，皆坐而獲利焉。即如彫一寸之金，鏤一寸之玉，比穀之價有幾也？文一尺之綺，飾一尺之紈，比帛之價有幾也？既金玉綺紈與穀帛之價不侔，又無凶穏輕重之弊，食以之具，衣以之餘，以此則誰肯勤於農哉？若使雕鏤不如耕鑿，文飾不如經織，賣穀如金玉，貴帛如綺紈，必見溥天之下，有男皆執於耒耜，有女皆務於杼軸，必無曠土，無游民。何者？衆之利薄，農之利厚也。

若欲勸於農，先思去於病。若欲去於病，先思舉於制度。制度舉，則俾下無以僭上。上之宫室之規，使下不得宅焉；上之服玩之色，使下不得衣焉；上之品用之宜，使下不得舉焉；上之飲食之味，使下不得薦焉，則奇伎淫巧，浮薄澆詭，業專於是者、貨易於是者〔五〕盡息矣。制度既舉，病自然去。病既去，農不勸而自勸也，何煩歲舉古典哉？

斷論　田錫

謀慮者，斷之始也；勇敢者，斷之用也。若謀慮未甚精，成敗未盡見，情僞未洞知，而不忍欲利欲勝之意，不忍小忿小耻之心，卒然奮發，自謂決斷，斯乃剛忽而趣敗也，安得謂之斷哉？若謀慮已精，成敗已見，情僞已審，而猶疑事或未濟，尚憂理之未盡，猶豫於大難，惶惑於臨機，本謀亂而不能堅守，始慮撓而不能必行，是謂無斷也。

噫！排大難，濟大事，立大功，垂大名，皆由於斷也。陷大惡，致大亂，隳大功，失大事，亦由於斷也。蓋謀熟而後斷，則大功大名隨之而興矣；智淺而言斷，則大惡大亂亦隨之而陷矣。

昔桀惡日盈，湯德日新，干戈未舉，成敗之數先定也。湯乃勃興，應天順人，一戰而克，遂自諸侯而爲萬乘主，斯則湯之智慮已精，成敗已見，而果敢於斷也。其次商紂縱虐，而文王之德素積於民，民心歸周久矣。一旦武王法成湯之舉，師次牧野，風裂旗旆，武王震恐，以爲天意未從，遽忠中輟，唯太公獨排衆意，以爲必克，是則武王之斷，未侔於太公。洎秦滅六國，威名雄迹信有英斷，長戟巨鍛銷爲金狄，聖謀國典焚爲煨燼，將以弱諸侯之兵也，將以愚天下之民也。若是果斷，自謂超三王，邁五帝，然而陷大惡，致大亂，失大位，得非斷於强暴而不斷於仁信乎？由是知有斷於威武也，有斷於爲仁也，有斷於用賢也，有斷於貞介也。許由棄堯之禪讓，伯夷絶周之蔬粟，是斷於貞介也。管、蔡流言，周公誅之，大義滅親之斷，自周公始也。龍逢、比干，以諫而死，是斷於爲忠也。伊、霍廢黜由己，是斷於爲大節也。燕王用樂生，雖謗書盈篋，而委任愈堅，此則斷於用人也。項籍勇傑，不能終用范增，所以霸王之業卒爲漢有，豈非無斷於推心乎？世祖單騎入銅馬之軍，人人相悦，悦其推心也。唐太宗之初，頡利控弦者二十萬，臨於渭濱，太宗單騎隔水責之，戎人畏伏，下馬謝罪，於時臣僚進諫以爲輕敵，上曰：『國家初定，若示〔六〕之弱，即生戎心。』所謂智畧〔七〕周通而決斷果敢也。漢祖數項羽之罪，而弩矢竊發，責敵之罪，頗類太宗，然爲飛鏃所中，若萬一不幸，即漢祖之斷有餘，而料敵之智或淺也。有以見楚子投袂而起，孟明焚舟而前，是皆幸而成功，豈是善謀而能斷哉？

夫智與斷，在乎兼備也，若差之毫釐，失之千里。使漢祖從酈生之言，斷而不疑，則功業無因而濟矣。使太宗從高祖之言，疑而不斷，則家國無因而變矣。今之論者，皆以韓信不從蒯通之言，謂之無斷，錫以爲韓信不斷於爲忠，而猶豫思亂，以取誅滅也。何哉？當蒯通説時，其心不廻，謂受漢恩深，不忍叛也。及其功高而疑生，勢逼而猜起，不能堅守初志，卒與陳豨謀亂，何始於忠而終於逆？蓋無斷於忠節也，非無斷於逆亂也。詩所謂『鮮克有終』，其是謂乎！亦猶孝景始用晁錯之言，從之如順流，將削七國之封，弱枝而强本，一旦七國共叛，遽聽袁盎之言，誅錯以謝七國，錯既誅而亂不息，豈非孝景無斷於用人，而反惑讒誣之言哉？若成與敗但思一決，而不圖始終，慨然自謂決斷，不其謬歟？故管仲不死子糾之難，非無斷也，非其死所也。晉宣得巾幗之贈，不敢出戰，非無斷也，戰未便也。是知智計明然後決斷，則事無不濟矣。

原古

賈同

古者，故也，自我而上皆故也。傅説曰：『事不師古，以克永世，匪説攸聞。』然則烏乎師之執也？曰：古猶今也。人之所以率古而言事者，取於衆也，取於衆則所見長矣，自我而上皆古也。自我而上，一世也，以一世而窺千世，則何法而不有焉？擇而用之，何用而不長焉？是知師古者，非師其年也，師其衆也。周公於是考三代而制禮樂焉，孔子於是祖述堯舜而修

《六經》焉，師於衆而執其中也。

曰堯、舜而上，犧、農、黄帝之道不足法邪？曰：否，非不足法也，不能法也。夫錦綺之爲衣，豈不美哉？而爲天下者不用之，而用布帛，以其能足於天下也。周、孔之道，萬世不能易，足於萬世者也。賢者及之，不賢者失之，而無能過之者，過之者[八]猶失之者也。故周、孔之道如衡。夫衡，物輕於權，則不能起權，權輕於物，則不能勝物，唯權與物稱，然後衡正。曰：然則犧、農、黄帝亦聖人也，何以不爲之中焉？曰：時未失[九]也，聖人則欲自然也，不得已而後有作焉。事之既生，爲之制宜而節度之謂之禮，可以長世而用之謂之經。夫禮經者起於薄，薄盡而後酌於厚，厚[一〇]薄之間謂之中。而民未及薄，安得教之薄乎？曰：聖人亦知其後必薄乎？曰：知。曰：知則何爲不先爲之中邪？不久之厚何有焉？曰：聖人惡其教人之薄也。道之至薄，則臣弑其君，子弑其父，烏得使之預知其弑君弑父邪？由是而言，一日之厚，不可不有也。曰：然則何以知後世不可易也？曰：以治亂之極而知之也。曰：何以知治亂之極也？曰：以力與欲知之也。何以言之？曰：力者有常者也，欲者無常者也。以無常之欲，不已則力竭，力竭則欲止，欲止則亂極也。不止，則民斯盡矣。自古而今，未有盡民之亂也。止則緩力而蠲欲，不已則欲盡，欲盡則力全，力全則治極，理所以然也。終而始之，上自有物，下迄無窮，吾知其不能也已。原古。

原祭

鄭　褒

先王之設祭祀，所以禮天地而事祖宗，報本而反始，貴誠而尚德也。尊卑有異制，牲幣有異數，上可以兼下，下不可以僭上。王者繼天爲子，故郊以享帝，孝以承業，廟以事先。諸侯守土地之官，宗廟之外，得以祭境内之名山大川。卿大夫而下，臣於人，無敢越，祭祖禰而已。是以神不臨非祭，人不祀非鬼。季孫旅於泰山，孔子非之，謂冉有曰：『汝弗能救與？』不獨非於季氏，而又罪於其臣。楚昭王疾，卜曰『河爲祟』，其大夫請禱之，王曰：『余雖不德，河非獲罪。』言非其地故也，遂不祭。孔子美之曰：『楚子其知大道乎！』

今之世，道士之教，則曰天地神祇，祭之則獲福延年矣。浮圖之教，則曰天地神祇，祭之則獲福延年矣。人心懼禍而樂福，聞其説，誰〔一一〕能拒之？川奔而壑赴，自庶民而上，歲或一祭，或再祭，或三四而不止焉。

祀典之設，因民事，非爲己也。有天下然後祭天地，有土地然後祭山川，敢有僭擬，罪不細矣。法寬而不禁，斯可懼也。棄民而爲己，如可求之，彼秦、漢之君，殫四海之産，勤於神仙，其卒有獲乎？彼爲天子，不由先王之禮，而從道士之説，神猶不饗，况庶民而上僭於禮，而誣於神，神其臨哉？其傳萌拆於秦、漢〔一二〕，枝蔓於晋、宋、齊、梁之間，迨今百千歲，根深蒂固，牢不可拔。世之人習熟於聞見，爲之而不思，今聞有正其説，必以爲狂惑之人。嗚呼！祭法壞矣。曰：如之何而止之？曰：不以法理，其無可奈何！

原孝

陳堯佐〔一三〕

立身之謂道，本道之謂孝，上自天子，下至於庶人，未有不由而立也。嗚呼！爲孝之道，是因乎心者焉。孝有小大，性有能否，君子小人，亦各存其分也。聖人之教，布在方策，不敢毁傷，存其始也。立身行道，要其終也。居必誠其心，遊必擇其方，然後謹以温凊之禮，愼以飲食之節，起居進退，罔佛其志，善事幾諫，勞必無怨。至於愛敬之道，乃天性也，無忽天性以慢人紀，斯可錫其類而不匱也。

世之愚者，知其孝乎，而不知所以爲也，越禮以加敬，輕生以致養，且曰：親之疾弗瘳者，子之肌可療焉，乃折體斷股，密寘於味。苟親之壽幸而未盡而或生也，則鄉里神其事，以爲孝之感，乃聞之於州縣，聞之於天子，官給其賜以優之，然後傳之於後人，旌之於門閭，率土之民，向之而思其効者矣。嗟乎！風俗之移人也。而官其事者遂以之自賞，俾蚩蚩者知其室而不知其户也，逾墻鑽穴，而迨殞乎命。且親之憂必以疾也，非疾而自刑，是致其憂者也。

予曰：毁不滅性，死生之際，尚或存也。苟居疾以剥膚，由味而喪軀，則所謂陷之於不義者也。禽之相食，尚曰無有，安在爲人父母，而食其子者乎？古之孝以感者多矣，猶是者未知覿焉。且民之耳目，烏知所謂聖人之道在乎諭之而已？既諭之，且制之，俾爲孝之民，誠其心而不誠其名，愛其生而不愛其賜，始於一邑，迨於一郡，然後天下之民可率之以道也。斯之謂王化之基，人倫之本，可不急乎？

校勘記

〔一〕『淵』，底本脱，據六十三卷本、六十四卷本、二十七卷本補。
〔二〕『以』，六十三卷本、六十四卷本、二十七卷本、麻沙本作『其』。
〔三〕『遂』，六十三卷本、六十四卷本、二十七卷本、麻沙本作『並』。
〔四〕『不』，底本無，據六十三卷本、六十四卷本、二十七卷本補。
〔五〕『貨易於是者』，底本無，據六十三卷本、六十四卷本、二十七卷本補。
〔六〕『示』，底本作『是』，據六十三卷本、六十四卷本、二十七卷本改。
〔七〕『智畧』，六十三卷本、六十四卷本、二十七卷本作『智冡』。
〔八〕『過之者』，底本無，據六十三卷本、六十四卷本、二十七卷本補。
〔九〕『失』，底本無，據六十三卷本、六十四卷本、二十七卷本補。
〔一〇〕『厚』，底本無，據六十三卷本、六十四卷本、二十七卷本補。
〔一一〕『誰』，麻沙本作『難』。
〔一二〕『漢』，麻沙本無。
〔一三〕『陳堯佐』，底本作『陳堯』，據底本卷目、六十三卷本、六十四卷本補。

新校宋文鑑卷第九十四

校者按：底本爲刻卷，據麻沙本刻卷校改。

論

封建論

廖偁

柳子厚爲《封建論》以短封建者，誠以周之亡由立諸侯之過也，故曰：周之失，在制不在政。又云：諸侯各專其國，繼世而理，其人之賢不肖不可知，而民之理亂亦不可察也。又云：諸侯世禄在位，各據其地，則天下雖有聖賢者生，無以立於天下。如子厚之論，是蓋知其末而不知其本。知其末而不知其本，故以封建爲非。以封建爲非，故曰：封建非聖賢之意也，勢也。又云：湯、武之所以不去封建者，因其力以得天下，故不去也。此亦見子厚之惑者也。

夫事有得失，理有是非，固不易也。偁謂誠聖賢之立封建者，道也，非勢也。周之亂天下，非制失也，失在政也。又謂天下諸侯雖專國繼世而理，亦不能亂也；雖世禄在位，亦不能妨天下之聖賢也。又謂湯、武之不去封建者，實以封建者古之常道也，非因其力以取天下而不去也。

且夫聖賢之立制度，皆取法於天地，而節制於人，使人悉得其所耳。當生人之初，萬物屯蒙，而莫知其所以理，《易》云『天造草昧，宜建侯而不寧』是也。是封建者，聖人所以理民之達道。觀三代封建之制，因地制民，因民制禄，使大不至於難制，小不至於無賴，是故如身使臂，臂使指，上下相制，罔有不順，則封建者，固因人之利而爲之也。夫所謂勢者，乃不得已之辭也，豈有取法天地節制於人，而曰不得已哉？以此爲勢，則天下孰不爲勢？是則君臣、父子、夫婦、長幼之分皆勢也，何止於封建而已乎？僻故曰：封建者道也，非勢也。

且封建之制，地有差等，禄有多少，禮樂器物，各有分限，是故下者不可上，少者不可多，降者不可升，無者不可有，執是而行，雖世，未有亂者也。若地不必有差等，禄不必有多少，禮樂器物不必有分限，下者不必下，少者不必少，降者不必降，無者不必無，則未有不亂者也。觀周世之末然矣，豈制之失乎？是蓋失其政而然也。且三代之盛，則非不封建也，而不聞亂。何封建利於三代之初，而不利於三代之末乎？是蓋政存與政失之謂也。使周末之天子，執文、武、成、康之法而不失，則文、武、成、康之時也，又安得有問鼎射王之事？當夷王而後，禮樂征伐，天子不能有也，安得諸侯不爲逆？設使雖不封建，未有不大亂者也。僻故曰：周之亂在失政也。

且夫諸侯者，奉天子之法以理其國也，動静進退莫不由天子也。是故山川神祇有不舉者爲不恭，不恭者君削以地；宗廟有不順者爲不孝，不孝者君絀以爵；變禮易樂者爲不從，不從者君流；革制度衣服者爲叛，叛者君討。夫然，則天下諸侯莫敢不爲善也。五國爲屬，屬有長。十國爲連，連有帥。三十國爲卒，卒有正。二百一十國爲州，州有伯。天下八州，各以其屬屬天子之吏。吏以治伯，伯以理止，正以理卒，卒以理帥，帥以理長。長有不善，則帥舉之。帥有不善，則卒舉之。卒有不善，則正舉之。正有不善，則伯舉之。伯有不善，則吏舉之。上下相制，雖有不肖者，固不敢爲不善矣。設有爲者，則流矣，討矣，而不存之於天下也。夫然，則天下無不善矣。偁故曰：雖專國繼世，而不能爲亂也。

且聖賢之用與不用，繫乎在上者也。在上者果其人，則能用之；果非其人，則不能用之，此事之固然者也。當三代之時，不聞有聖賢不居其位；當三代之季，則然後聖賢有不用者，則是用與不用繫於上明矣。彼封建者，亦所以待聖賢者也，安得反妨聖賢哉？當聖賢不用之時，乃封建失制之時也。曰天子之法不必行，諸侯之惡不必絀，是故天下各據其地，而聖賢棄矣。觀其然，夫豈在於封建？是誠制亂之罪也。偁故曰：雖世禄在位，不能妨聖賢。

聖賢之於天下必主之者，愍世之亂然也，固不以得天下爲利也。若以湯、武不去封建爲因其力以得天下，則是湯、武苟於得天下也。孔子以湯、武爲仁人乎？孔子以爲仁人，則湯、武之不苟得可知也。且聖賢之心，唯欲利後世，益天下，苟事有利益者，雖死焉爲之也。若封建果不利天下，益後世，則去之以利益乎天下後世矣，又豈肯因而不革？况封建者，以天下爲公也，而守宰者示天下以私也；封建者與天下共天下，守宰者欲以獨制天下爲心，公私之道昭昭矣，而公私之義固有差矣。僩故曰：湯、武之不去封建者，蓋古之常道也，非因其力而不去之也。

且子厚不究天子之法亂而使諸侯叛，反以封建爲周之失制；不究法不亂則不善莫由在位，反以繼世不肖致亂爲患；不究升賢絀不肖爲當世常法，而反以聖賢不立爲慮；不究聖賢立法制必取法天地而利人，反以立封建爲勢；不究聖賢之心無所苟，反以湯、武不去封建爲利其力。僩故曰：子厚之論封建，知其末而不知其本也。

雖然，子厚以封建爲非者，以守宰爲是故也。以守宰爲是者，無他，乃曰：『有罪得以絀，有能得以奬。朝拜而不讎，夕斥之矣；夕拜而不讎，朝斥之矣。』又云：『漢知孟舒於田叔，得魏尚於馮唐，聞黄霸之明審，覩汲黯之簡靖』，『使漢室盡封侯王，則孟舒、魏尚之術莫得施，黄霸、汲黯之化莫得行。明譴而道之，拜受而退已違矣；下令而削之，締交約從之謀周於同列矣』。嗚呼！若是者，子厚果大不明其本也。以是爲是，則豈封建之世有罪者不得而絀乎？有能者不得而升乎？朝拜而不讎，夕不能斥之乎？夕拜而不讎，朝不能斥之乎？若有罪不絀，有能不升，法制不能拘者，皆已亂之世。已亂之世無不失也，何止於封建哉？已亂而罪之，何異惡桀紂之不道而責湯武，嫉商均之不肖而非堯舜也，於理順乎？雖然，子厚止知漢之封侯王，而不知古之封建也。止知漢之封侯王，則宜所謂『明譴而道之，拜受而退已違矣；下令而削之，締交約從之謀周於同列』也。若古之封建，固不至是。三代之封建，凡天下四海九州，州二百一十國，在夏、商則百里極矣。國凡有五等，五等之國制度不同，同出於天子者也。古之一大國止今之一郡耳，是故其力易制，其患易救，固未有能爲亂者也。漢之封侯王，則一侯王之地，如古之大國數十，則漢豈行封建之法哉？乃漢自爲之法，非封建之法也。若以漢自爲之法而疑古封建爲短，是由以溺咽之故，欲去舟與食者也，豈封建果非哉？而又孟舒、魏尚、黄霸、汲黯之輩，當三代之時，不啻千萬輩在卿大夫之列，安得謂在封建之世，則不得伸其才術？豈數子者之才，能爲太守而不能爲他哉？而子厚固以爲封建則能用之，不知意之若何也。嗚呼！是非得失之理明明若是，又何曲爲之言也？偁非好辨也，庶聖人之道少有明耳。

洪範論

廖偁

箕子之叙《洪範》云：『鯀陻洪水，汩陳其五行』，『天乃不畀《洪範》九疇，彝倫攸斁。鯀則殛死，禹乃嗣興。天乃錫禹《洪範》九疇，彝倫攸叙』。孔安國傳其言云：『天與禹，洛出書，神龜負文而出，列於背，有數至於九，禹遂因而第之，以成九類。』偁觀安國之意，誠謂《洪範》之書出於天者也，禹之所得，乃天與之也，故云『洛出書，神龜負文而出』。洎班固撰《五行志》，又引劉歆之言，亦云『禹得洛書神龜之文，而後知《洪範》』。偁案，《洪範》皆人事之常而前古之達道也，前古之達道皆出於聖人者也。伏犧而前，偁不可得而知也。伏犧而下至於堯、舜，觀其事，未有不法天行道以理天下，使皇王之德被於兆人，而足以儀法千古。則《洪範》者，固前賢之所啓也，豈得在禹方受之於天哉？若《洪範》之書出於洛，而神龜負之以授於禹，則是《洪範》者，果非人之所能察也。自禹而上，果未之聞於世也。若果非人之所能察，而世果未之聞，則五行、五事、八政、五紀、皇極、稽疑、庶徵、福極之事，不聞於堯、舜而上也。今驗五行、五事、八政、五紀、皇極、稽疑、庶徵、福極之義，自伏犧而下未有不由之者，則洛出龜負以授於禹，得爲可乎？雖然，安國、劉歆、班固所以云者，誠惑於箕子所謂天錫故也，是亦不知天道之説也。

夫凡所謂天道，誠亦在於人耳。順於天，乃天道之與也；不順於天，乃天道之不與也。《書》云『天之曆數在汝躬』，順道之謂也。又云『商罪貫盈，天命誅之』，不順道之謂也。其《洪範》者，天下之達道也，聖人之所履，而凶人之所不及也。鯀有凶德於天下，而達道誠不可得也，故箕子云：『天乃震怒，不畀《洪範》九疇。』禹有聖德，於天下之達道固行之也，故箕子云：『天乃錫禹《洪範》九疇。』諸儒不達於此，以皇天震怒，不畀《洪範》九疇，即謂天果祕之而不與；天乃錫禹《洪範》九疇，即謂天果授而與之，斯實不明箕子之意也。若諸儒所論，『天之曆數在汝躬』，是必親受曆數於天也，天命誅之，必親受僇於天也，何不然之甚乎？

偁以爲《洪範》者，出於前聖之心也，而後之爲君者，苟能務蹈聖德，未有不受《洪範》於天者也。自三五已降，有道者皆受於天，所以然者，天下之達道，天之常道也，行之，則受之於天矣。諸儒又云『《洪範》九疇，禹次而類之』，又云『《洛書》本文，凡六十五字』，此又足恠矣。雖然，欲成其爲，能無辭乎？諸儒既有洛出龜負之誼，則宜其云也於此。嗚呼！聖人之道不得其傳，誠可痛矣。或曰：然則《洪範》之篇所以録之者，箕子也。以武王之問，故遂以《洪範》之道，録而爲書。亦由《周》《儀》二禮，皆古之達禮也，周公録之以成書耳。

近名論

范仲淹

老子曰：『名與身孰親？』言人知愛名，不如愛其身之親也。莊子曰：『爲善無近名。』言爲善近名，人將嫉之，非全身之道也。此皆道家之訓，使人薄於名而保其真。斯人之徒，非爵禄可加，賞罰可動，豈爲國家之用哉？我先王以名爲教，使天下自勸，湯解網，文王葬枯骨，天下諸侯聞而歸之，是三代人君已因名而重也。太公直鈎以邀文王，夷、齊餓死於西山，仲尼聘七十國以求行道，是聖賢之流，無不涉乎名也。孔子作《春秋》，即名教之書也，善者褒之，不善者貶之，使後世君臣愛令名而勸，畏惡名而慎矣。夫子曰：『疾没世而名不稱。』《易》曰：『善不積，不足以成名。』然則爲善近名，豈無僞邪？臣請辯之：

孟子曰：『堯、舜，性之也；性本仁義。三王，身之也；躬行仁義。五霸，假之也。假仁義而求名。』後之諸侯，逆天暴物，殺人盗國，不復愛其名者也。人臣亦然，其性本忠孝者，上也；行忠孝者，次也；假忠孝而求名者，又次也；至若簡賢附勢，反道敗德，弑父叛君，惟欲是從，不復愛其名者，下也。人不愛名，則雖有刑法干戈，不可止其惡也。武王克商，式商容之閭，釋箕子之囚，封比干之墓，是聖人敦獎名教，以激勸天下。如取道家之言，不使近名，則豈復有忠臣烈士爲國家之用哉？

晁錯論

文彦博

臣讀《漢史》晁錯之策云：『五帝神聖，其臣莫能及，故自親事。』臣謂錯之言乖謬頗甚，因試論之。

夫《易》之乾曰天道也，君道也；坤曰地道也，臣道也。天地既位，君臣之象著矣；君臣交濟，邦家之治隆矣。而錯乃云『臣不及君，故自親事』，然則古之聖帝明王，安用輔相而致治乎？所謂五帝者，堯、舜爲聖之優，故仲尼删《詩》《書》，則斷自唐、虞，爲萬世法。二《典》之載，堯則有命羲和爲天地四時之官，『允釐百工，庶績咸熙』。舜則命禹平水土，棄爲稷官，契作司徒，臯陶作士，垂爲共工，益爲朕虞，伯夷秩宗，夔典樂，龍納言，皆選於衆而後用其人，各任以職。且云僉曰汝諧，慎柬之至也。所以『百工允釐』，『熙帝之載』。如此，則堯、舜果自親事乎？仲尼曰：舜何爲哉？端拱正南面而已。錯所謂『自親事』，豈非乖謬乎？若後之人君，謂錯言爲是，乃以一身一心、兩耳兩目獨任自用，以周天下之萬務，豈不殆哉？又將使厥后自聖，無復察邇言好問之裕。仲尼云『一言幾於喪邦』者，『謂人莫己若』，則錯之言亦幾於兹乎？臣故著論深切以明之，庶幾有所補益。

本論

歐陽脩

佛法爲中國患千餘歲，世之卓然不惑而有力者，莫不欲去之。已嘗去矣而復大集，攻之暫破而愈堅，撲之未滅而愈熾，遂至於無可奈何。是果不可去邪？蓋亦未知其方也。夫醫者之於疾也，必推其病之所自來，而治其受病之處。病之中人，乘乎氣虚而入焉，則善醫者，不攻其疾而務養其氣，氣實則病去，此自然之効也。故救天下之患者，亦必推其患之所自來，而治其受患之處。佛爲夷狄，去中國最遠，而有佛固已久矣。堯、舜、三代之際，王政修明，禮義之教充於天下，於此之時，雖有佛，無由而入。及三代衰，王政缺，禮義廢，後二百餘年而佛至乎中國。由是言之，佛所以爲吾患者，乘其缺廢之時而來，此其受患之本也。補其缺，修其廢，使王政明而禮義充，則雖有佛，無所施於吾民矣，此亦自然之勢也。

昔堯、舜、三代之爲政，設爲井田之法，籍天下之人，計其口而皆受之田，凡人之力能勝耕者，莫不有田而耕之。斂以什一，差其征賦，以督其不勤，使天下之人力皆盡於南畝，而不暇乎其他。然又懼其勞且怠而入於邪僻也，於是爲制牲牢酒醴以養其體，弦匏俎豆以悦其耳目。於其不耕休力之時而教之以禮，故因其田獵而爲蒐狩之禮，因其嫁娶而爲婚姻之禮，因其死葬而爲喪祭之禮，因其飲食群聚而爲鄉射之禮。非徒以防其亂，又因而教之，使知尊卑長幼凡人之大倫也。故凡養生送死之道，皆因其欲而爲之制。飾之物采而文焉，所以悦之，使其易趣也；順其情性而節焉，所以防之，使其不過也。然猶懼其未也，又爲立學以講明之，故上自天子之郊，下至鄉黨，莫不有學，擇民之聰明者而習焉，使相告語而誘勸其愚惰。嗚呼！何其備也。蓋堯、舜、三代之爲政如此，其慮民之意甚精，治民之具甚備，防民之術甚周，誘民之道甚篤。行之以勤，而被於物者洽；浸之以漸，而入於人者深。故民之生也，不用力乎南畝，則從事於禮樂之際；不在其家，則在乎庠序之間。耳聞目見，無非仁義禮樂，而趣之不知其倦，終身不見異物，又奚暇夫外慕哉？故曰雖有佛無由而入者，謂有此具也。

及周之衰，秦并天下，盡去三代之法，而王道中絶。後之有天下者不能勉强，其爲治之具不備，防民之漸不周，佛於此時乘間而出。千有餘歲之間，佛之來者日益衆，吾之所爲者日益壞。井田最先廢，而兼并游墮之姦起，其後所謂蒐狩、婚姻、喪祭、鄉射之禮，凡所以教民之具，相次而盡廢，然後民之姦者有暇而爲佗，其良者泯然不見禮義之及己。夫姦民有餘力，則思爲邪僻；良民不見禮義，則莫知所趣。佛於此時，乘其隙，方鼓其雄誕之説而牽之，則民不得不從而歸矣，又况王公大人往往倡而敺之，曰佛是真可歸依者，然則吾民何疑而不歸焉？幸而有一不惑者，方艴然而怒曰：佛何爲者？吾將操戈而逐之！又曰：吾將有説以排之！夫千歲之患，徧於天下，豈一人一日之可爲？民之沈酣，入於骨髓，非口舌之可勝。

然則將奈何？曰：莫若修其本以勝之。昔戰國之時，楊、墨交亂，孟子患之，而專言仁義，故仁義之説勝，則楊、墨之學廢。漢之時，百家並興，董生患之，而退修孔氏之道，故孔氏之道明，而百家息。此所謂修其本以勝之之效也。今八尺之夫，被甲荷戟，勇蓋三軍，然而見佛則拜，聞佛之説則有畏慕之誠者，何也？彼誠壯佼，其中心茫然無所守而然也。一介之士，眇然柔懦，進趨畏怯，然而聞有道佛者，則義形於色，非徒不爲之屈，又欲驅而絶之者，何也？彼無佗焉，學問明而禮義熟，中心有所守以勝之也。然則禮義者，勝佛之本也。今一介之士知禮義者，尚能不爲之屈，使天下皆知禮義，則勝之矣，此自然之埶也。

朋黨論

歐陽脩

臣聞，朋黨之説自古有之，惟幸人君辨其君子小人而已。大凡君子與君子以同道爲朋，小人與小人以同利爲朋，此自然之理也。然臣謂小人無朋，惟君子則有之。其故何哉？小人所好者禄利也，所貪者財貨也，當其同利之時，暫相黨引以爲朋者，僞也。及其見利而争先，或利盡而交疎，則反相賊害，雖其兄弟親戚，不能相保。故臣謂小人無朋，其暫爲朋者，僞也。君子則不然，所守者道義，所行者忠信，所惜者名節，以之脩身，則同道而相益，以之事國，則同心而共濟，終始如一，此君子之朋也。故爲人君者，但當退小人之僞朋，用君子之真朋，則天下治矣。

堯之時，小人共工、驩兜等四人爲一朋，君子八元、八凱十六人爲一朋，舜佐堯，退四凶小人之朋，而進元凱君子之朋，堯之天下大治。及舜自爲天子，而臯、夔、稷、契等二十二人並列於朝，更相稱美，更相推讓，凡二十二人爲一朋，而舜皆用之，天下亦大治。《書》曰：『紂有臣億萬，惟億萬心；予有臣三千，惟一心。』紂之時，億萬人各異心，可謂不爲朋矣，然紂以亡國。周武王之臣三千人爲一大朋，而周用以興。後漢獻帝時，盡取天下名士囚禁之，目爲黨人，及黄巾賊起，漢室大亂，後方悔，盡解黨人而釋之，然已無救矣。唐之晚年，漸起朋黨之論，及昭宗時，盡殺朝之名士，或投之黄河，曰『此輩清流，可投濁流』，而唐遂亡矣。

夫前世之主，能使人人異心不爲朋，莫如紂；能禁絶善人爲朋，莫如漢獻帝；能誅戮清流之朋，莫如唐昭宗世，然皆亂亡其國。更相稱美推讓而不自疑，莫如舜之二十二臣，舜亦不疑而皆用之，然而後世不誚舜爲二十二人朋黨所欺，而稱舜爲聰明之聖者，以能辨君子與小人也。周武之世，舉其國之臣三千人共爲一朋，自古爲朋之多且大莫如周，然周用此以興者，善人雖多而不猒也。夫興亡治亂之迹，爲人君者可以鑒矣。

爲君難論上

歐陽脩

語曰『爲君難』者，孰難哉？蓋莫難於用人。夫用人之術，任之必專，信之必篤，然後能盡其材，而可共成事。及其失也，任之欲事，則不復謀於人，而拒絶群議，是欲盡一人之用，而先失衆人之心也。信之欲篤，則一切不疑，而果於必行，是不審事之可否，不計功之成敗也。夫違衆舉事，又不審計而輕發，其百舉百失而及於禍敗，此理之宜然也。亦有幸而成功者，人情成是而敗非，則又從而賛之，以其違衆爲獨見之明，以其拒諫爲不惑群論，以其偏信而輕發爲決於能斷，使後世人君慕此三者以自期，至其信用一失而及於禍敗，則雖悔而不可及，此甚可歎也。

前世爲人君者，力拒群議，專信一人，而不能早悟，以及於禍敗者多矣，不可以徧舉，請試舉其一二。昔秦苻堅地大兵强，有衆九十六萬，號稱百萬，蔑視東晋，指爲一隅，謂可直以氣吞之耳。然而舉國之人，皆言晋不可伐，更進互説者不可勝數，其所陳天時人事，堅隨以强辨折之，忠言讜論皆沮屈而去。如王猛、苻融，老成之言也，不聽。太子宏、少子詵，至親之言也，不聽。沙門道安，堅平生所信重者也，數爲之言，不聽。惟聽信一將軍慕容垂者。垂之言曰：『陛下内斷神謀足矣，不煩廣訪朝臣，以亂聖慮。』堅大喜曰：『與吾共定天下者，惟卿爾。』於是決意不疑，遂大舉南伐，兵至壽春，晋以數千人擊之，大敗而歸。比至洛陽，九十六萬兵亡其八十六萬，堅自此兵威沮喪，不復能振，遂至於亂亡。

近五代時，後唐清泰帝患晋祖之鎮太原也，地近契丹，恃兵跋扈，議欲徙之於鄆州。舉朝之士皆諫以爲未可，帝意必欲徙之，夜召常所與謀樞密直學士薛文遇問之，以決可否。文遇對曰：『臣聞作舍道邊，三年不成。此事斷在陛下，何必更問群臣？』帝大喜曰：『術者言我今年當得一賢佐，助我中興，卿其是乎！』即時命學士草制，徙晋祖於鄆州，明旦宣麻，在廷之臣皆失色。後六日而晋祖反書至，清泰帝憂懼不知所爲，謂李崧曰：『我適見薛文遇，爲之肉顫，欲自抽刀刺之。』崧對曰：『事已至此，悔無及矣。』但君臣相顧涕泣而已。由是言之，能力拒群議，專信一人，莫如二君之果也，由之以致禍敗亂亡，亦莫如二君之酷也。方苻堅欲與慕容垂共定天下，清泰帝以薛文遇爲賢佐助我中興，可謂臨亂之君各賢其臣者也。或有詰予曰：然則用人者不可專信乎？應之曰：齊桓公之用管仲，蜀先主之用諸葛亮，可謂專而信矣，不聞舉齊、蜀之臣民非之也。蓋其令出而舉國之臣民從，事行而舉國之臣民便，故桓公、先主得以專任而不貳也。使令出而兩國之人不從，事行而兩國之人不便，則彼二君者，其肯專任而信之，以失衆心而斂國怨乎？

爲君難論下

歐陽脩

嗚呼！用人之難矣，未若聽言之難也。夫人之言，非一端也，巧辯縱横而可喜，忠言質樸而多訥，此非聽言之難，在聽者之明暗也。諛言順意而易悅，直言逆耳而觸怒，此非聽言之難，在聽者之賢愚也。是皆未足爲難也。若聽其言則可用，然用之有輒敗人之事者；聽其言若不可用，然非如其言不能以成功者，此然後爲聽言之難也。請試舉其一二。

戰國時，趙將有趙括者，善言兵，自謂天下莫能當。其父奢，趙之名將，老於用兵者也，每與括言，亦不能屈，然奢終不以括爲能也，歎曰：『趙若以括爲將，必敗趙事。』其後奢死，趙遂以括爲將。其母自見趙王，亦言括不可用。趙王不聽，使括將而攻秦，括爲秦軍射死，趙兵大敗，降秦者四十萬人，阬於長平。蓋當時未有如括善言兵，亦未有如括大敗者也。此聽其言可用，用之輒敗人事者，趙括是也。

秦始皇欲伐荆，問其將李信：『用兵幾何？』信方年少而勇，對曰：『不過二十萬足矣。』始皇大喜，又以問老將王翦，翦曰：『非六十萬不可。』始皇不悦，曰：『將軍老矣，何其怯也！』因以信爲可用，即與兵二十萬，使伐荆，王翦遂謝病，退老於頻陽。已而信大爲荆人所敗，亡七都尉而還，始皇大慙，自駕如頻陽謝翦，因强起之。翦曰：『必欲用臣，非六十萬不可。』於是卒與六十萬而往，遂以滅荆。夫初聽其言若可用，用之宜矣，輒敗事；聽其言若不可用，捨之宜矣，然必如其説則成功，此所以爲難也。

予又以謂秦、趙二主非徒失於聽言，亦由樂用新進，忽棄老成，此其所以敗也。大抵新進之士喜勇鋭，老成之人多持重，此所以人主之好立功名者，聽勇鋭之語則易合，聞持重之言則難入也。若趙括者，則又有説焉。予略考《史記》所書，是時趙方遣廉頗攻秦，頗趙名將也，秦人畏頗，而知括虚言易與也，因行反間於趙曰：『秦人所畏者趙括也，若趙以爲將，則秦懼矣。』趙王不悟反間也，遂用括爲將以代頗，藺相如力諫以爲不可，趙王不聽，遂至於敗。由是言之，括虚談無實而不可用，其父知之，其母亦知之，趙之諸臣藺相如等亦知之，外至敵國亦知之，獨其主不悟爾！夫用人之失，天下之人皆知其不可，而獨其主不知者，莫大之患也。前世之禍亂敗亡由此者，不可勝數也。

新校宋文鑑卷第九十五

校者按：底本爲刻卷，據麻沙本刻卷校改。

論

泰誓論　歐陽脩

《書》稱：商始咎周，以乘黎。乘黎者，西伯也。西伯以征伐諸侯爲職事，其伐黎而勝也，商人已疑其難制而惡之。使西伯赫然見其不臣之狀，與商並立而稱王，如此十年，商人〔一〕反晏然不以爲怪，其父師老臣如祖伊、微子之徒，亦默然相與熟視而無一言，此豈近於人情邪？由是言之，謂西伯受命稱王十年者，妄説也。

以紂之雄猜暴虐，嘗醢九侯而脯鄂侯矣，西伯聞之竊歎，遂執而囚之，幾不免死。至其叛已不臣而自王，乃反優容而不問者十年，此豈近於人情邪？由是言之，謂西伯受命稱王十年者，妄説也。

孔子曰：『三分天下有其二，以服事商。』使西伯不稱臣而稱王，安能服事於商乎？且謂西伯稱王者起於何説？而孔子之言，萬世之信也。由是言之，謂西伯受命稱王十年者，安說也。

伯夷、叔齊，古之知義之士也，方其讓國而去，顧天下皆莫可歸，聞西伯之賢，共往歸之。當是時，紂雖無道，天子也。天子在上，諸侯不稱臣而稱王，是僭叛之國也，然二子不以爲非，依之久而不去，至武王伐紂，始以爲非而棄去。彼二子者，始顧天下莫可歸，卒依僭叛之國而不去，不非其父而非其子，此豈近於人情邪？由是言之，謂西伯受命稱王十年者，妄説也。

《書》之《泰誓》「十有一年」，説者因以謂自文王受命九年，及武王居喪二年，并數之爾，是以西伯聽虞、芮之訟，謂之受命以爲元年，此又妄説也。古者人君即位，必稱元年，常事爾，不以爲重也。後世曲學之士説《春秋》，始以改元爲重事。然則果常事歟？固不足道也。果重事歟？西伯即位已改元矣，中間不宜改元而又改元，至武王即位，宜改元而反不改元，乃上冒先君之元年，并其居喪稱十一年，及其滅商而得天下，其事大於聽訟遠矣，又不改元。由是言之，謂西伯以受命之年爲元年者，妄説也。

後之學者，知西伯生不稱王，而中間不再改元，則《詩》《書》所載文、武之事，粲然明白而不誣矣。或曰：然則武王畢喪伐紂，而《泰誓》曷爲稱「十有一年」？對曰：畢喪伐紂，出諸家之小説，而《泰誓》、《六經》之明文也。昔者孔子當衰周之際，患衆説紛紜以惑亂當世，於是退而修《六經》，以爲後世法。及孔子既殁，去聖稍遠，而衆説復興，與《六經》相亂，自漢以來，莫能辨正。今有卓然之士一取信乎《六經》，則《泰誓》者，武王之事也，「十有一年」者，武王即位之十有一年爾，復何疑哉？司馬遷作《周本紀》，雖曰武王即位，九年，祭於文王之墓，然後治兵於盟津；至作《伯夷列傳》，則又載『父死不葬』之説，皆不可爲信。是以吾無取焉，取信於《書》可矣。

辨惑

石介

吾謂天地間必然無者有三：無神仙，無黄金術，無佛。然此三者，舉世人皆惑之，以爲必有，故甘心樂死而求之。然吾以爲必無者，吾有以知之。大凡窮天下而奉之者，一人也。莫崇於一人，莫貴於一人，無求不得其欲，無取不得其志，天地兩間苟所有者，惟不索焉，索之莫不獲也。秦始皇之求爲仙，漢武帝之求爲黄金，蕭武帝之求爲佛，勤已至矣，而秦始皇帝遠遊死，蕭武帝餓死，漢武帝鑄黄金不成。推是而言，吾知必無神仙也，必無佛也，必無黄金術也。

漢論上

石介

噫嘻，王道其駁於漢乎！湯革夏，改正朔，易服色，以順天命而已，其餘盡循禹之道。周革商，改正朔，易服色，以順天命而已，其餘盡循湯之道。漢革秦，不能盡循周之道，王道於斯駁焉。

夫井田，三王之法也；什一，三王之制也；封建，三王之治也；射鄉，三王之禮也；學校，三王之教也；度量以齊，衣服以章，宮室以等，三王之訓也。三王市廛而不稅，關譏而不征，林麓川澤以時入而不禁。用民之力歲不過三日，五十者養於鄉，六十者養於國，七十者養於學，孤獨鰥寡皆有常餼。周衰，王道息，秦并天下，遂盡滅三王之道。

漢革秦之祚已矣，不能革秦之弊，猶襲秦之政，而井田卒不用也，什一卒不行也，射鄉卒不舉也，學校卒不興也，度量卒不齊也，衣服卒不章也，宮室卒不等也。市廛而稅，關譏而征，林麓川澤不以時而入，用民之力無日，五十、六十、七十者不養，孤寡鰥獨無常餼。三王之道不復，非秦之罪也，漢之罪也。桀滅夏道，湯亦受命，克承禹烈，故夏之民歸於商，不見商之政而見禹之政。商之民歸於周，不見周之政而見湯之政。秦滅周道，漢亦受命，不襲周之政，而沿秦之弊，立漢之政，故秦之民歸於漢，見漢之政，而不見周之政。蓋以漢之禮樂，易三王之禮樂也；以漢之制度，易三王之制度也；以漢之爵賞，易三王之爵賞也；以漢之法律，易三王之法律也；以漢之政令，易三王之政令也。

噫，漢順天應人，以仁易暴，以治易亂，三王之舉也，其始何如此其盛哉！其終何如此其卑哉！三王建大中之道，置而不行，區區襲秦之餘，立漢之法，可惜矣！

漢論中

石介

或曰：漢改三王之道，作之者，其誰歟？曰：曹參、陸賈、叔孫通之罪也。漢高祖以干戈而定天下，陸賈曰：『陛下馬上得之，不可馬上治之。』於是使賈著秦所以得天下及古今成敗之國。賈凡著十二篇，每奏一篇，帝輒稱善。高祖已平天下，群臣飲酒争功，或妄呼拔劍擊柱，上患之，叔孫通乃與弟子百餘人，雜采古禮與秦儀以爲漢儀，帝用之，曰：『今日知爲皇帝之貴也。』

漢高祖豁達大度，聰明神聖，温恭濬哲，英威睿武，其資材固不下乎湯、禹與文、武，道之使爲帝則帝矣，使爲王則王矣。方平定禍亂，思爲漢家改正朔，定禮樂，立制度，明文章，施道德，張教化，一風俗，興太平，以垂於千萬世。賈若能遠舉帝皇之道致於人君，施於國家，布於天下；通若能純用三王之禮施於朝廷，通於政教，格於後世，以高皇之材，而不能行之乎？乃齪齪進夫當時之近務，王霸之猥略，貴乎易行；孜孜舉夫近古之野禮，亡秦之雜儀，求夫疾效，使高祖上視湯、武有慙德，漢家比蹤三王爲不侔，可惜也哉！

初，蕭何爲相，天下未甚乂，而何死，曹參代之。參以爲蕭爲之規當守之勿失，日飲醇酒，寬縱不治事，雖復惠帝求治，參不能竭才輔之，直以高祖之初定禍亂，蕭何之草創律令，民僅出塗炭爲已太平，國僅立法式爲已大備。當其高祖之既平禍亂，蕭何之既定律令，惠帝之方求治，參能竭伊尹致君如堯、舜之心，周公輔成王致太平之道，以事惠帝，制度之未脩者脩之，教化之未格者格之，文章之未備者備之，禮律之未明者明之，刑政之未和者和之，盡循三王之道而行之，賈與通既施之於前，參復行之於後，漢豈有不及三王之治者乎？故曰陸賈、叔孫通、曹參之罪也。

漢論下

石介

或曰：時有澆淳，道有升降，當漢之時，固不同三代之時也，盡行三王之道可乎？曰：時有澆淳，非謂後之時不淳於昔之時也；道有升降，非謂今之道皆降古之道也。夫時在治亂，道在聖人，非有先後耳。桀、紂興則民性暴，湯、武興則民性善。湯之時固在桀之後，武之時固在紂之後，而湯、武之時，豈有不淳於桀、紂之時，其道亦已降乎？其民亦已難教乎？時治則淳，時亂則澆，非時有澆淳也。聖人存則道從而隆，聖人亡則道從而降，非道有升降也。民厭周久矣，苦秦甚矣。秦之政，檻穽也，民得出檻穽也，唯使之從。三王之政，非如檻穽之深閉可畏也，既得出檻穽，而得適非檻穽，人皆樂然從之也，况使從三王大中之道，躋於泰然安樂乎？當高祖提秦之民於千萬丈不測深淵中，置之於平地，若示之以三王之政，革之以三王之化，鼓之以三王之號令，明之以三王之律度，民有不肯從之，乃曰不如在千萬丈不測深淵中之樂邪？吾未之信也。

當乎大下初定也，民未有富兼貧，民未有彊凌弱，民未有衆吞寡，民未有大并小。因定之經界，因爲之井田，民有争乎？國未有巡行之費，國未有兵衆之動，國未有土木之耗，因爲之什一之法，因立之中正之道，國闕用乎？封建以域之，射鄉以仁之，庠序以教之，養老以厚之，秦之民不爲漢之民，爲三王之民也，民不見漢之政，見三王之政也。伊尹俾其君不及堯、舜，其心媿耻，若撻於市。湯去堯、舜數百年矣，而又承桀之大亂，其時固亦澆漓矣，且能以堯、舜致其君。曹參、陸賈、叔孫通乃獨不能以三王之道事於漢，使漢不及三王，誠可罪也。

或曰：漢之輔政者，前有蕭、張，中有平、勃，後有霍光、魏相、公孫、博陽侯、韋賢父子，而獨責於賈與通暨曹相國，不亦偏乎？曰：《易》之《革》曰：『天地革而四時成。湯、武革命，順乎天而應乎人。』『君子以治曆明時。』《鼎》曰：『君子以正位凝命。』當高祖定天下，乃革去故鼎取新之日也，曹參、陸賈、叔孫通正當『君子以治曆明時』，『正位凝命』之際也。會其時，乘其際，不能創制度，明律令，以垂萬世法，適當其罪也。至於後世，法令已定矣，條章已著矣，制度已行矣，朝廷循之已慣習矣，而遽更之，得無亂乎？富者已連田兼地矣，彊已凌弱矣，衆已吞寡矣，大已并小矣，而遽正之以經界，居之以井田，民肯從乎？後嗣奢縱日作，土木不息，内蓄嬪侍，外耽畋遊，殫天下之力，猶供億不足，而遽行中正之道，取什一之賦，罷關市，開山澤，國其不乏乎？故晁錯請削國地而被誅，仲舒請限民田而不用，霍光、魏相、公孫、韋賢、博陽侯雖有其才，豈復能爲漢家革制度乎？適不當其時也。故吾罪曹參、陸賈、叔孫通也。

陰德論

石介

夫天辟乎上，地辟乎下，君辟乎中，天地人異位而同治也。天地之治曰禍福，君之治曰刑賞，其出一也，皆隨其善惡而散布之。善斯賞，惡斯刑，是謂順天地。天地順而風雨和，百穀嘉。惡斯賞，善斯刑，是謂逆天地。天地逆而陰陽乖，四時悖。三才之道不相離，其應如影響，禍福刑賞豈異出乎？

夫人不達天地君之治，昧禍福刑賞之所出，行君威命，執君刑柄，發仁布令，代君誅賞，而硜硜焉守小慈，蹈小仁，不肯去一姦人，刑一有罪，皆曰存陰德，其大旨謂不殺一人，不傷一物，則天地神明之所福也。苟不以己之喜怒，以天下之喜怒，殺傷雖多，天地神明福之矣。苟不以天下之喜怒，而以己之喜怒，而害一人損一物，天地神明固禍之矣。

且天地能覆載，而不能明示禍福於人。樹之以君，假其刑賞，以嚮背善惡。人君能刑賞，而不能親行黜陟於下，任之以臣，假其威權，以進退貪良。良者進之，君賞之也，天福之也，奚其德哉？貪者退之，君刑之也，天禍之也，奚其仇哉？以進退於人謂德仇在己乎，欺天而無君也。州方千里，牧非其人，千里受弊；邑方百里，宰非其人，百里受弊。使一牧一宰有罪而罷其誅，孰多千里百里無其辜而受其弊，是仁一牧宰而不仁於千里也。暴我鰥寡，虐我惸嫠，天地君所欲除而存之，違天地君也。違天地君而曰存陰德，禍斯及矣。白額虎暴而害物，周處殺之而獲福。兩頭蛇見而人死，叔敖斬之而得報。尸而官，塗而民，其害豈特白額虎、兩頭蛇之比也？而能除之，陰德隆而無窮矣。

賞罰論

劉敞

賞爲勸有功也，賞必以春夏，不已怠乎？罰爲懲有罪也，罰必以秋冬，不已緩乎？怠則不勸，緩則不懲，然而曰賞以春夏，罰以秋冬者，是非聖人之意也。應之曰：否。子所謂功者，謂扶世治民之爲功乎？抑謂闢土彊兵之爲功乎？子所謂罪者，謂喪業失序之爲罪乎？抑謂殘民害上之爲罪乎？子賞之勸也，將勸其至於善而已乎？將幸其身而已也？子罰之懲也，將勉其至於耻乎？將勉其身而已也？

吾語汝聖王之治。聖王之治，官得其職，民勸其事，物安其所，無獨治之名，無倉卒之功，是以三載考績，三考黜陟幽明。其陟也，所謂賞；其黜也，所謂罰。賞以春夏，罰以秋冬，則何怠且緩之有？古者唯軍賞不逾時，軍罰亦不逾時。用命賞於祖，欲民速得爲善之利也；不用命戮於社，欲民速見爲不善之辜。是聖王之所不得已而用之者也，非所以治士大夫。故子之所刺者，平世之治也；子之所稱者，軍中之法也。且夫賞爲勸善也，爲善者終身誠之，今一賞以春夏而已至於怠矣，則是雖爲善，未嘗不僞也。從而賞之，是賞僞也，豈所謂善乎？與其賞是人也，則若勿賞是人也。故君子正行，非以干禄也；經德，非以希世也；愛民，非以邀譽也；尊主，非以懷賞也。故有功雖賞不驕，賞之雖晚不怠。

曰：非春夏則不可賞乎？趣取賞而已矣，何必春夏爲？曰：否。是所謂順天者也。爲人父者莫不欲其子之孝於己；欲其子之孝於己，莫若己爲孝。爲人上者，莫不欲其下之順於己；欲其下之順於己，莫若己爲順。天者，王之上也；王者，諸侯之上也；諸侯者，大夫士之上也。故王者順天，則諸侯順王；諸侯順王，則大夫士順君。君之所爲，而大夫士爲之，是良大夫士也；王之所爲，而諸侯爲之，是賢諸侯也；天之所爲，而王者爲之，是聖王也。故春夏者，天之和氣也，天所以施生也，物之所榮也，故賞行焉。秋冬者，天之義氣也，天所以肅殺也，人物之所畏也，故罰行焉。故賞罰之所以順天者，臣事君也，子事父也，少事長也，賤事貴也。其本在王，天下之君悦而言之曰：王猶順天，則天下之君莫不悦而順王。天下之君悦而順王，則天下之大夫士悦而言之曰：君猶順王，則天下之大夫士莫不悦而順君。故王者父事天，母事地，兄事日，非以祈報也，以達天下之大義也。

患盜論

劉敞

天下方患盜，或問劉子曰：『盜可除乎？』對曰：『何爲不可除也？顧盜有源，能止其源，何盜之患？』或曰：『請問盜源。』對曰：

衣食不足，盜之源也。政賦不均，盜之源也。教化不修，盜之源也。一源慢，則探囊發篋而爲盜矣；二源慢，則操兵刃、刧良民而爲盜矣；三源慢，則攻城邑、略百姓而爲盜矣，此所謂盜有源也。豐世無盜者，足也；治世無賊者，均也；化世無亂者，順也。今不務衣食而務無盜賊，是止水而不塞源也。不務化盜而務禁盜，是縱焚而救以升龠也。且律使竊財者刑，傷人者死，其法重矣，而盜不爲止者，非不畏死也，念無以生，以謂坐而待死，不若起而圖生也。且律使凡盜賊能自告者除其罪，或賜之衣裳、劍帶、官爵、品秩，其恩深矣，而盜不應募，非不願生也，念無以樂生，以謂爲民乃甚苦，爲盜乃甚逸也。然則盜非其自欲爲之，由上以法驅之使爲也。其不欲出也，非其自不欲出，由上以法持之使留也。若夫衣食素周其身，廉恥夙加其心，彼唯恐不得齒良人，何敢然哉？故懼之以死而不懼，勸之以生而不勸，則雖煩直指之使，重督捕之科，固未有益也。今有司本源之不卹，而倚辦於牧守，此乃臧武仲所以辭不能詰也。

凡人有九年耕，然後有三年之食；有三年之食，然後可教以禮義。今所以使衣食不足，政賦不均，教化不脩者，牧守乎哉！吾恐未得其益，而漢武沉命之敝殆復起矣。若乃尚擿發之術，任巧譎之數者，未足以絶姦，而郤雍因以見殺於晉。故仲尼有言：『聽訟，吾猶人也，必也使無訟乎！』推而廣之，亦曰：用兵，吾猶人也，必也使無戰乎！引而伸之，亦曰：禁盜，吾猶人也，必也使無盜乎！盍亦反其本而已矣。

爰自元昊犯邊，中國頗多盜，山東尤甚。天子使侍御史督捕且招懷之，不能盡得，於是令州郡盜發而不輒得者，長吏坐之，欲重其事。予以謂未盡於防，故作此論。

叔輒論

劉敞

叔輒哭日食，叔孫昭子譏之曰：『叔輒將死矣，非所哭也。』嗚呼，叔孫昭子不知言者乎！夫昭公，弱君也，享國久矣。季氏，彊臣也，能專其政，所樹置，非親戚則黨與也。一臣，君不得使焉；一民，君不得有焉。賞罰違於衆，而形勢敓於外。子家駒達於人者也，閉其口而禄仕〔一〕矣；梓慎達於天者也，詭辭不敢正言矣。是以叔輒知日食之憂，必將及君，欲陳則不見信，欲嘿則不能已，欲謀則逼於禍，欲隨則失其守，發憤壹鬱而無與誰語，故慷慨感激，至於號咷也。設使昭公因而感悟，聽用其謀，援忠直，退姦邪，破朋黨之敝，禁彊僭之臣，魯可復興，豈獨長守其貴哉？當是之時，仲尼聖人也，而生其國；顏、冉之徒，仁人也，四方歸之。舉而用焉，以謀三桓，易矣。然而遂不覺悟，長惡養凶，不及五年，奔走失國，寄於乾侯，終身愁孤。從此觀之，豈不可大哀而慟哭乎？此乃叔輒之所以感也。

夫忠國之君子，明於禮義，而陋於知人心，人固未易知也。《易》曰：『書不盡言，言不盡意。』夫言而書之以謂詳矣，而猶曰不盡，而況乎未始書之、未始言之者哉？此叔輒所以見譏於當世，狂而不信者也。嗟夫！

校勘記

〔一〕『商人』下，麻沙本有一『有』字。

〔二〕『仕』，麻沙本作『位』。

新校宋文鑑卷第九十六

校者按：底本爲刻卷，據麻沙本（第三頁抄補）刻卷校改。

論

治戎上

劉敞

世言兵者莫求於經，世言經者莫及於兵，非期相反，以謂兵不足以經言，經不足以兵言。是不然也。正萬事之本者，莫近於《春秋》；《春秋》之事毋大於兵者，聖人所重也。聖人所重，其道之不宜不詳，其持之不宜不精。試考之以其文，鉤之以其義，援而類之，比而貫之，儻可見乎！堂之上弗察，弗能辨觚角也；堂之下弗察，弗能辨馬牛也，而況乎聖人之意，《春秋》之文哉？

請問治戎奈何？曰：王者之於天下，言敗而不言敵；夷狄之於中國，言入而不言勝；中國之於夷狄，言勝而不言戰。三者在《春秋》矣，大本也。然則是何也？王者之於天下，言敗而不言敵，其義猶曰王者則固無敵云爾。夫王者既已處太極之位，立萬物之上矣，其嚴如天帝，其動如神明，四海之内，小大之屬，莫不委性歸命焉，是其貴者無敵也。苟天之所長，地之所養，畢入府廪，以爲貢賦，是其富者無敵也。自生齒以上，食土之毛者，皆有任職，失職不任，則死及之，是其衆無敵也。發號施令，東至日出，西至日入，南至交趾，北至孤竹，善得以賞，惡得以罰，君臣待以固，父子待以親，夫婦待以安，師友待以成，是其順者無敵也。據無敵之形而善持用之，以擬天下，是故以其至貴擬至賤，則賤不亢矣，必勝之勢也。以其至富擬至貧，則貧不亢矣，必勝之勢也。以其至衆擬至寡〔二〕，則寡不亢矣，必勝之勢也。以其至順擬至逆，則逆不亢矣，必勝之勢也。據無敵之形四，操必勝之勢四，然而猶有敗焉者，則是非至賤、至貧、至寡、至逆之能使然矣，吾必不善持吾貴也，吾必不善用吾富也，吾必不善壹吾衆也，吾必不善明吾順也。是故《春秋》探其情而反之曰『王師敗績於茅戎』，非有能敗王之師者也，王自憧也，故曰『躬自厚』而已矣。

是故昔者先王之御天下，諸侯時朝，其適有逆命，未討也，脩其志意，脩其名訓，脩其文告，序成而後震之以威，一物不先，則勝不可必。此《春秋》所以顯言敗而隱言敵者，非諱也，罪不主於敵，顯言敗也，非不恥也，自吾有以取之也。然夫太極之貴，無訾之富，億兆之衆，至正之順，雖有猖狂惑亂之臣，誰能憚之？

治戎下　　劉敞

夷狄之於中國，言入而不言勝，是何也？凡以義却之也。十二公之事，二百四十二年之久，天下之廣，兵革之變，夷狄之患甚衆，然而有言入中國者矣，狄入衛。未有言敗中國者也。非無其事而不言，蓋有其事而不書焉耳。夫夷狄者，至賤也，至亂也，至不肖也；中國者，至貴也，至治也，至有義也。《春秋》之説，不使賤加貴，不使亂加治，不使不肖加有義。是故夷狄之來寇，適不幸而不勝，《春秋》不〔二〕書之。適幸而勝，雖有其功，不得有其名，故言其入而不言勝。其義猶曰可以有入中國，不可以有勝中國云爾。其名猶遠之，況其實乎？其言猶惡之，況其類乎？此《春秋》之指也。

問者曰：夷狄一耳，《春秋》惡其勝，不惡其入，何也？曰：非不惡其入也。入非夷狄之所能制，凡在中國之禦與不也。其禦之具素脩，則夷狄不能入；其禦之具不素脩，則夷狄入。然而所謂禦之者，非至而禦之之謂也，先其未至也。先其未至者，非城郭完、甲兵足之謂也，政而已矣。故《春秋》之禦戎也，外而不内，疏而不狎，毋示之色以動其目，毋示之聲以動其耳，毋示之貨以動其欲，毋示之侈以動其俗，毋示之怠以動其體。動之端見，則兆之至矣。

夫夷狄、中國，其天性固異焉。是故謹吾色，毋出於禮，以示不可以淫縱爲也。謹吾聲，毋出於雅，以示不可以污濫入也。謹吾貨，毋出於義，以示不可以貪婪有也。謹吾俗，毋入於侈，以示不可以荒悖服也。謹吾體，毋入於怠，以示不可以愉惰〔三〕居也。彼其還觀中國，則若鳥之窺淵，獸之窺藂，雖有攫拏之心者，知不可往焉而止矣。故聖王服戎而非戰也，禦戎而非抗也。《春秋》患人之莫能知義，故順其理而著之曰『公追戎於濟西』。夫不言其來而言其追，猶曰：噫嘻！千乘之國，萬夫之長，亦大也已矣，不能使之勿來，而顧以追之爲功乎？此其意也。是故《春秋》雖甚賤夷狄，而不諱其入，責中國也。雖甚責中國，而猶没其敗者，絶異類也。夷狄之敗中國，唯姜戎達於經，僖三十三年。非姜戎賢也，晋襄公帥而與之俱也。

夫知聖人者，患其不學，學之患其不思，思之者患其不廣。思而廣之，安有不得哉？孔子曰：『聽訟，吾猶人也，必也使無訟乎！』因而推之，是亦曰：督戰，吾猶人也，必也使無戰；禦寇，吾猶人也，必也使無寇。是一貫也。

賢論

劉　敞

人君之賢，其身賢也〔四〕，不若其使賢之爲賢也；人臣之賢，其身賢也，不若其薦賢之爲賢也。

聰明辨惠，伎藝敏給，此可謂賢矣，然是謂匹夫之局，非人君之操也。人君者，目不自視，明者效之；耳不自聽，聰者效之；口不自言，智者效之；心不自慮，聖者效之。故曰天下治而已矣，百官當而已矣，此人君之操也。明者視之，則視必遠；聰者聽之，則聽必微；智者言之，則言必當；聖者慮之，則慮必精。使獨用其身，不能治也；雖欲治之，不能給也，故曰不若使賢之爲賢也。

忠信仁義，剛毅有立，此可謂賢矣，然是謂終身之善也，未足以傳世也。人臣者，以其宗廟爲心焉，以其萬民爲心焉，以其後嗣爲心焉。大爲之謀而使智者就之，遠爲之略而使仁者守之，今世賴其澤，後世蒙其福，世續其類，是天地之功也，是春夏秋冬之相與成歲也，故曰不若薦賢之爲賢也。

劉子曰：昔者舜有天下，大聖人也，惟其不欲其身賢而已矣。是以舜好問，好察邇言，所舉而用者二十有二人，被袗衣，鼓琴，二女果而天下治。昔者周公相天下，大聖人也，惟其不欲其身賢而已矣。是以日仄不倦，勞於求士，所執贄見者十有餘人，所交友者百有餘人，賢者相與繼其德而成之，至其末也，刑措四十餘年。故君莫盛於舜，臣莫盛於周公。不爲舜之爲者，非賢君也；不爲周公之爲者，非賢臣也。

劉子曰：君之不君，非獨愚也，雖聰明辨慧，伎藝敏給，而不知用賢者，猶不君也。臣之不臣，非獨鄙也，雖忠信仁義，剛毅有立，而不知薦賢者，猶不臣也。昔者桀、紂矜天下以能，高人臣以聲，則是豈不聰明辨慧、伎藝敏給哉？惟其自賢而已，不知用賢，至於亡也。昔者臧文仲相魯國，魯國以强，其言必當，則是豈不忠信仁義、剛毅有立哉？惟其自賢而已，不知薦賢，至於削也。故曰：『雖有周公之才之美，使驕且吝，其餘不足觀也已。』所謂驕者，非獨以貴驕人，以富驕人者也，以材驕人者有甚焉。所謂吝者，非獨吝於爵人吝於分人者也，吝於教人者有甚焉。故以材驕人，慢也，人怨之；吝於教人，忌也，人疎之。是以古之君子，莫爲驕與吝也。求爲人君者，盡於此矣；求爲人臣者，盡於此矣。詩云：『不識不知，順帝之則。』言君之所以爲君也。《詩》云：『樂只君子，保艾爾後。』言臣之所以爲臣也。君爲君焉，臣爲臣焉，雖亘萬世，吾不知其可改也。

救日論

劉　敞

《春秋左氏傳》曰：『二至二分，日有食之，不爲災。』又曰：『非正陽之月，不鼓。』臣以爲過矣。夫聖王所甚畏而事者莫如天，天神之最著而明者莫如日。日者，衆陽之宗，人君之表也。日有食之，天子則伐鼓於社，諸侯則伐鼓於朝，非慕爲迂闊而塗民耳目也，明其陰侵陽，柔乘剛，臣蔽君，妻凌夫，逆德之漸不可長也。如是，則奚救奚不救，奚畏奚不畏哉？丘明之言，使諛臣依以諂其君，邪臣資以固其身，臣請辨之。

幽王之《詩》曰：『十月之交，朔日辛卯。日有食之，亦孔之醜。』周之十〔五〕月則二分已，安在其不爲災者歟？《夏書》曰：『乃季秋月朔，辰弗集於房，瞽奏鼓，嗇夫馳，庶人走。』夏之季秋，非正陽也，安在其不鼓者歟？由此觀之，日食之必可畏，必當救也，無所疑矣。夫諂諛姦邪之臣，出則朋黨比周以遂其私，入則詖僞欺罔以濟其欲，固日夜無須臾之間，唯恐君之覺己也。日有食之，是將喜焉，庸肯斥言災異以儆於上哉？是以或至於夷陵而猶不寤，魯季孫、漢張禹是也。昔者季孫意如之專魯，知日食之爲傷其君而不憂也，卒逐昭公。張禹之仕漢，知日食之爲害國而不告也，卒成王氏。嗚呼，變所從來微矣，爲人上者可不察哉！可不察哉！

材論

王安石

天下之患，不患材之不衆，患上之人不欲其衆；不患士之不欲爲，患上之人不使其爲也。夫材之用，國之棟梁也，得之則安以榮，失之則亡以辱。然上之人不欲其衆，不使其爲者，何也？是有三蔽焉，其最蔽者，以爲吾之位可以去辱絶危，終身無天下之患，材之得失無補於治亂之數，故偃然肆吾之志，而卒入於敗亂危辱，此一蔽也。又或以謂吾之爵禄貴富，足以誘天下之士，榮辱憂戚在我，是吾可以坐驕天下之士，而其將無不趨我者，則亦卒入於敗亂危辱而已，此亦一蔽也。又或不求所以養育取用之道，而諰諰然以爲天下實無材〔六〕，則亦卒入於敗亂危辱而已，此亦一蔽也。此三蔽者，其爲患則同，然而用心善而猶可以論其失者，獨以天下爲無材者耳。蓋其心非不欲用天下之材，特未知其故也。

且人之有材能者，其形何以異於人哉？惟其遇事而事治，畫策而利害得，治國而國安焉，此其所以異於人者也。故上之人苟不能精察之，審用之，則雖抱臯、夔、稷、契之智，且不能自異於衆，況其下者乎？世之蔽者方曰：人之有異能於其身，猶錐之在囊，其末立見，故未有有其實而不可見者也。此徒有見於錐之在囊，而固未覩夫馬之在廐也。駑驥雜處，其所以飲水食芻，嘶鳴蹄齧，求其所以〔七〕異者蓋寡，及其引重車，取夷路，不屢策，不煩御，一頓其轡，而千里已至矣。當是之時，使駑馬並驅方駕，則雖傾輪絶勒，敗筋傷骨，不舍晝夜而追之，遼乎其不可以及也，夫然後騏驥騕褭與駑駘別矣。古之人君知其如此，故不以爲天下無材，盡其道以求而試之耳。

試之之道，在當其所能而已。夫南越之脩簳，鏃以百鍊之精金，羽以秋鶚之勁〔八〕翮，加强弩之上，而彍之千步之外，雖有犀兕之捍，無不立穿而死者。此天下之利器，而決勝覿武之所寶也，然而不知其所宜用，而以敲朴，則無以異於朽槁之梃也。是知雖得天下之瑰材桀知，而用之不得其方，亦若此矣。古之人君知其如此，於是銖量其能而審處之，使大者小者，長者短者，强者弱者，無不適其任者焉。其如是，則士之愚蒙鄙陋者，皆能奮其所知，以效小事，況其賢能智力卓犖者乎？嗚呼！後之在位者，蓋未嘗求其説而試之以實也，而坐曰天下果無材，亦未之思而已矣。

蓋聞古之人，於材有以教育成就之，而子獨言其求而用之者，何也？曰：因天下法度未立之後，必先索天下之材而用之。如能用天下之材，則所以能復先王之法度，則天下之小事無不如先王時矣，況教育成就人材之大者乎！此吾所以獨言求而用之之道者。

噫！今天下蓋嘗患無材可用者。吾聞之，六國合從而辯説之材出，劉、項並世而籌畫戰鬭之徒起，唐太宗欲治而謨謀諫諍之佐來。此數輩者，方數君未出之時，蓋未嘗有也，人君苟欲之，斯至矣。今亦患上之不求之，不用之耳〔九〕。天下之廣，人物之衆，而曰果無材者，吾不信也。

原過

王安石

天有過乎？有之，陵歷鬭蝕是也。地有過乎？有之，崩弛竭塞是也。天地舉有過，卒不累覆且載者何？善復常也。人介乎天地之間，則固不能無過，卒不害聖且賢者何？亦善復常也。故太甲思庸，孔子曰勿憚改過，揚雄貴遷善，皆是術也。

予之朋有過而能悔，悔而能改，人則曰：『是向之從事云爾，今從事與向之從事弗類，非其性也，飾表以疑世也。』夫豈知言哉？天播五行於萬靈，人固備而有之，有而不思則失，思而不行則廢。一日咎前之非，沛然思而行之，是失而復得，廢而復舉也。顧曰『非其性』，是率天下而戕性也。且如人有財，見篡於盗，已而得之，曰非夫人之財，向篡於盗矣，可歟？不可也。財之在己，固不若性之爲己有也。財失復得曰非其財，且不可，性失復得曰非其性，可乎？

周公

王安石

甚哉！荀卿之好妄也，載周公之言曰：『吾所執贄而見者十人，還贄而相見者三十人，貌執者百有餘人，欲言而請畢事千有餘人。』是誠周公之所爲，則何周公之小也！

夫聖人爲政於天下也，吾初無爲於天下，而天下卒以無所不治者，其法誠修也。故三代之制，立庠於黨，立序於遂，立學於國，而盡其道，以爲養賢教士之法。是士之賢雖未及用者，而固無不見尊養者矣，此則周公待士之道也。誠若荀卿之言，則春申、孟嘗之行，亂世之事也，豈足爲周公乎？且聖世之士，各有其業，講道習藝，患日之不足，豈暇於遊公卿之門哉？彼遊公卿之門，求公卿之禮者，皆戰國之姦民，而毛遂、侯嬴之徒也。荀卿生於亂世，不能考論先王之法，著之天下，而惑於亂世之俗，遂以爲聖世之士亦若是而已，亦已過也。且周公之所禮者，大賢與？則周公豈唯執贄見之而已，固當薦之天子而共天位也。如其不賢，不足與共天位，則周公如何其與之爲禮也？

子產聽鄭國之政，以其乘輿濟人於溱、洧，孟子曰『惠而不知爲政』。蓋君子之爲政，立善法於天下，則天下治；立善法於一國，則一國治。如其不能立法，而欲人人悦之，則日亦不足矣。使周公知爲政，則宜立學校之法於天下矣，不知立學校，而徒能勞身以待天下之士，則不唯力有所不足，而勢亦有所不得，周公亦可謂愚也。又曰：『仰禄之士猶可驕，正身之士不可驕也。』夫君子之不驕，雖闇室不敢自慢，豈爲其人之仰禄而可以驕乎？嗚呼！所謂君子者，貴其能不易乎世也。荀卿生於亂世，而遂以亂世之事量聖人，後世之士尊荀卿，以爲大儒而繼孟子者，吾不之信矣。

功名論

司馬光

自古人臣有功者〔一〇〕誰哉？愚以爲人臣未嘗有功，其有功者，皆君之功也。何以言之？

夫地有艸木，天不雨露之，則不能以生；月有光華，日不照望之，則不能以明；臣有事業，君不信任之，則不能以成，此自然之道也。古者大國不過百里，小國半之，然皆有賢卿〔一一〕大夫以輔佐其君，大者以王，小者以霸，下者猶能保其社稷，世數十傳而不絶。由是觀之，天下烏有無士之國哉？患在人主知之不明，用之不固，信之不專耳。如是，則人臣雖有才智而不得施，雖有忠信而不敢效，人主徒憂勞於上，欲治而愈亂，欲安而愈危，欲榮而愈辱矣。然則人主有賢不能知，與無賢同；知而不能用，與不知同；用而不能信，與不用同。不用賢，而求功業之美，名譽之白，難矣。

昔百里奚，虞人也；由余，戎人也；商鞅，魏人也，而用於秦。苗賁皇、申公巫臣，楚人也，而用於晋。伍員，楚人也，而用於吴。韓信、陳平，項羽之人也，而用於漢。是五國者，非無賢人也，主不能知，而驅之以資敵國，此所謂有賢不能知，與無賢同也。

齊桓公見郭氏之墟，問於野人曰：『郭何故亡？』對曰：『以其善善而惡惡。』公曰：『善善惡惡，國所以興也，而亡，何故？』對曰：『善善而不能行，惡惡而不能去，所以亡也。』公歸以告管仲，管仲曰：『君與其人俱來乎？』曰：『否。』管仲曰：『君亦一郭氏也。』公乃召而官之。齊景公待孔子，曰：『若季氏則吾不能，以季、孟之間待之。』齊王欲中國而授孟子室，養孟子以萬鍾，使諸大夫、國人皆有所矜式。是二君者，非不知孔、孟之爲聖賢也，不能行其道，而徒欲尊之以爲名，是以孔、孟以爲不義而不留也。《洪範》曰：『凡厥正人，既富方穀，汝弗能使有好於而家，時人斯其辜。』此所謂知賢不能用，與不知同也。

樂毅爲燕伐齊，下七十餘城，燕王疑之，使騎劫代將，田單詐騎劫而敗之，盡失齊地。廉頗爲趙將拒秦，久而不戰，趙王疑之，使趙括代將，白起擊趙括而虜之，阬其卒四十萬。項羽用〔一二〕范增謀，彊霸諸侯，圍漢王滎陽，幾拔矣，聞漢之反間而疑之，范增怒去，而項羽卒爲漢擒。夫駕車者既服騏驥矣，又以駑馬參之，欲其並驅而前，不可得也。蓺田者既樹嘉穀矣，又以稂莠雜之，欲其並生而茂，不可得也。爲國者既置賢才矣，又以小人間之，欲其並立而治，不可得也。是故宓子賤爲單父宰，辭於君，請君之近史二人與之俱，至官，使二史書，方書，輒掣其肘，書不善則從而怒之。二史患之，辭請歸，以告魯君，魯君以問孔子，孔子曰：『宓不齊，君子也，其才任王霸之佐，屈節治單父，將以自試也，意者以此爲諫乎？』公寤，太息而歎曰：『此寡人之不肖，寡人亂宓子之政而責其善者數矣。微二史，寡人無以知其過；微夫子，寡人無以自寤。』遽發所愛之使告宓子曰：『自今以往，單父非吾有也，從子之制，有便於民者，子決爲之，五年一言其要。』宓子遂得行其政，而單父大治。《大禹謨》曰：『任賢勿貳，去邪勿疑，疑謀勿成，百志惟熙。』荀子曰：『人主有六患：使賢者爲之，則與不肖規之；使智者慮之，則與愚者論之；使修士行之，則與污邪之人疑之。雖欲成立，得乎哉？譬之是猶立直木而恐其影之枉也，惑莫大焉。語曰：「好女之色，惡者之孽也。公正之士，衆人之痤也。修乎道之人，污邪之賊也。」今使污邪之人論其怨賊而求其無偏，得乎哉？譬之是猶立枉木而求其影之直也，亂莫大焉。』

噫！人主苟不知其賢則已矣，已審知其賢，授之以政，而復疑之，何哉？凡忠直之臣，行其道於國家，則必與夫天下之姦邪爲怨敵矣。非喜與之爲怨也，不與之爲怨，則君不尊，國不治，功不立也。以一人之身，日與天下之姦邪爲怨，更進迭毁於君前，而君不能決，兼聽而兩可，如是，則忠直之臣求欲無危，不可得也。君子非愛死而不爲也，知其身死而功不立，姦邪愈熾，忠良愈恐，政治愈亂，國家愈危也。是以君子艱進易退，辭貴就賤，被髮佯狂，逃匿山林者，以此故也。此所謂用賢不能專，與不用同也。

明主爲之不然，審求天下之大賢而亟用之，專信之，舉社稷百姓而委屬之。雖有至親，不能奪也；雖有至貴，不能争也；雖有讒巧，不能間也。確然若膠漆之相合，視其際而不可得見也。然後賢者得竭其心而施其才，不憂怨賊之口，不懼猜嫌之迹。人主端拱無爲，享其功利，收其榮名而已矣。古之聖帝明王，用此道而光宅四海，長育萬物，功如天地，明若日月者多矣，固不待稱引而知也，請言其時近而道卑者。

昔齊桓公得管仲，三熏而三浴之，解其縲紲，置以爲相。鮑叔，桓公之傅也，避太宰之位而安隨其後；國子、高子，天子之守卿也，人率五鄉而聽其政令；況其餘四境之内，上下之人，其孰能不戰戰栗栗，從桓公而貴信之？是以能九合諸侯，一正天下，爲五霸首也。陳平，楚之亡將也，漢高祖得〔一三〕之，使典〔一四〕護諸將，絳、灌之屬盡害之，高祖以平爲護軍中尉，盡監諸將，諸將乃不敢言。韓信，亡卒也，高祖用蕭何一言，拔諸行伍之中，以爲大將，諸將皆驚而不敢争也。是以五年之中，滅項羽，定天下，創業垂統，四百歲而不絶。蜀先主與關羽、張飛布衣之友，周旋艱險，恩若兄弟，一旦得諸葛孔明，待之過於關、張，關、張不説，先主曰：『孤之有孔明，猶魚之有水。願諸君勿復言。』是以能起於敗亡之中，保有一方，與魏、吴爲敵國。苻永固得王景略於處士，以爲丞相，貴戚大臣有害之者，永固輒殺之，謂太子宏及長樂公丕曰：『汝事王公，如事我也。』是以能東取燕，西取涼，南取襄陽，北取拓跋，奄有中原，幾乎海内。此五臣者，從今日視之，皆英傑之才也。嚮使四君知之不明，用之不固，信之不專，則管仲醢於齊廷，陳平窮於户牖，韓信饑於淮陰，諸葛孔明老於隆中，王景略死於華山，名氏埋滅，不可復知，烏有曄曄功烈，施於後世如此哉？

是以《大雅》云：『徐方既同，天子之功。』晋平公問叔向曰：『齊桓公之霸，君之力乎，臣之力乎〔一五〕？』叔向曰：『管仲善制割，隰朋善削縫，賓胥無善純緣，桓公知衣而已，亦是其臣之力。』師曠曰：『管仲善斷割之，隰朋善煎熬之，賓胥無善齊和之，羹已熟矣，奉而進之，而君不食，誰能强之？亦其君之力也。』魏文侯使樂羊將而攻中山，三年而拔之，返而論功，文侯示之謗書一篋，樂羊再拜稽首曰：『此非臣之功，主君之力也。』由是言之，人臣不能立功，凡有功者，皆其君之功也。

葬論

司馬光

葬者，藏也，孝子不忍其親之暴露，故斂而藏之。齎送不必厚，厚者有損無益，古人論之詳矣。今人葬不厚於古，而拘於陰陽禁忌則甚焉。古者雖卜宅卜日，蓋先謀人事之便，然後質諸蓍龜，庶無後艱耳，無常地與常日也。今之葬書，乃相山川岡畝之形勢，考歲月日時之支干，以爲子孫貴賤、貧富、壽夭、賢愚皆繫焉，非此地，非此時，不可葬也。舉世惑而信之，於是喪親者往往久而不葬，問之，曰歲月未利也，又曰未有吉地也，又曰遊宦遠方未得歸也，又曰貧未能辦葬具也。至有終身累世而不葬，遂棄失尸柩，不知其處者。嗚呼，可不令人深歎愍哉！人所貴於身後有子孫者，爲能藏其形骸也。其所爲乃如是，曷若無子孫，死於道路，猶有仁者見而殣之耶？

先王制禮，葬期遠不過七月。今世著令，自王公以下皆三月而葬。又禮，未葬不變服，食粥，居倚廬，哀親之未有所歸也。既葬，然後漸有變除。今之人背禮違法，未葬而除喪，從宦四方，食稻衣錦，飲酒作樂，其心安乎？人之貴賤、貧富、壽夭繫於天，賢愚繫於人，固無關預於葬。就使皆如葬師之言，爲人子者，方當哀窮之際，何忍不顧其親之暴露，乃欲自營福利邪？

昔者吾諸祖之葬也，家甚貧，不能具棺槨。自太尉公而下，始有棺槨，然金銀珠玉之物，未嘗以錙銖入於壙中。將葬太尉公，族人皆曰：『葬者，家之大事，奈何不詢陰陽？此必不可。』

吾兄伯康無如之何，乃曰：『詢於陰陽則可矣，安得良葬師而詢之？』族人曰：『近村有張生者，良師也，數縣皆用之。』兄乃召張生，許以錢二萬。張生，野夫也，世〔一六〕爲葬師，爲野人葬，所得不過千錢，聞之大喜。兄曰：『汝能用吾言，吾俾爾葬；不用吾言，將求它師。』張師曰：『惟命是聽。』於是兄自以己意處歲月日時，及壙之淺深廣狹，道路所從出，皆取便於事者，使張生以葬書緣飾之曰『大吉』，以示族人，族人皆悦，無違異者。今吾兄年七十九，以列卿致仕，吾年六十六，忝備侍從，宗族之從仕者二十有三人，視它人之謹用葬書，未必勝吾家也。前年吾妻死，棺成而斂，裝辦而行，壙成而葬，未嘗以一言詢陰陽家，迄今亦無它故。

吾常疾陰陽家立邪説以惑衆，爲世患，於喪家尤甚。頃爲諫官，嘗奏乞禁天下葬書，當時執政莫以爲意。今著兹論，庶俾後之子孫，葬必以時，欲知葬具之不必厚，視吾祖；欲知葬書不足信，視吾家。元豐七年正月日，具官司馬光述。

校勘記

〔一〕『至寡』，『至』字底本無，據麻沙本補。

〔二〕『不』，底本作『之』，麻沙本抄配葉亦作『之』，蓋『不』字之訛。四庫本《經濟類編》『《春秋》不書敗』，可參。

〔三〕『愉惰』，麻沙本抄配葉作『偷惰』。

〔四〕『賢也』，麻沙本無。其下『人臣之賢，其身賢也』二句，麻沙本不異。四庫本《公是集》兩處『其身』

下，皆無『賢也』。
〔五〕『十』，底本無，據麻沙本補。四庫本《公是集》作『十』。
〔六〕『無材』下，麻沙本有『於世』二字。宋本《王文公文集》作『於古』。明嘉靖刊本《臨川集》無。
〔七〕『以』，底本作『其』，據麻沙本改。宋本《王文公文集》、明嘉靖刊本《臨川集》作『以』。
〔八〕『勁』，底本、麻沙本俱誤作『頸』，據宋本《王文公文集》、明嘉靖刊本《臨川集》改。
〔九〕『今亦』句之『不求之』三字，底本無，據麻沙本補。宋本《王文公文集》作『不求之』。明嘉靖刊本《臨川集》無『今亦』句。
〔一〇〕『有功者』，底本作『有功名』，據麻沙本改。宋紹興本《温國文正公文集》作『有功者』。
〔一一〕『卿』，麻沙本作『師』。宋紹興本《温國文正公文集》作『卿』。
〔一二〕『用』，底本無，據麻沙本補。宋紹興本《温國文正公文集》作『用』。
〔一三〕『得』，麻沙本作『德』。宋紹興本《温國文正公文集》作『得』。
〔一四〕『典』，麻沙本作『其』。宋紹興本《温國文正公文集》作『典』。
〔一五〕『臣之力乎』，底本無，據麻沙本補。宋紹興本《温國文正公文集》作『臣之力乎』。
〔一六〕『世』，底本無，據麻沙本補。宋紹興本《温國文正公文集》作『世』。

新校宋文鑑卷第九十七

校者按：底本爲刻卷，據麻沙本刻卷校改。

論

心術

蘇　洵

爲將之道，當先治心。太山覆於前而色不變，麋鹿興於左而目不瞬，然後可以制利害，可以待敵。

凡兵上義，不義，雖利勿動。非一動之爲利害，而他日將有所不可措手足也。夫惟義可以怒士，士以義怒，可與百戰。凡戰之道，未戰養其財，將戰養其力〔一〕，既戰養其氣〔二〕，既勝養其心〔三〕。謹烽燧，嚴斥堠，使耕者無所顧忌，所以養其財。豐犒而優游之，所以養其力。小勝益急，小挫益厲，所以養其氣。用人不盡其所欲爲，所以養其心。故士常蓄其怒、懷其欲而不盡，怒不盡則有餘勇，欲不盡則有餘貪，故雖并天下而士不厭兵，此黄帝之所以七十戰而兵不殆也。不養其心，一戰而勝，不可用矣。凡將欲智而嚴，凡士欲愚。智則不可測，嚴則不可犯，故士皆委己而聽命，夫安得不愚？夫唯士愚，而後可與之皆死。

凡知兵之動，知敵之主，知敵之將，而後可以動於嶮。鄧艾縋兵於蜀中，非劉禪之庸，雖百萬之師，可以坐縛，彼固有所侮而動也[三]。故古之賢將，能以兵當敵，而又以敵自當，故去就可以決。凡主將之道，知理而後可以舉兵，知勢而後可以加兵，知節而後可以用兵。知理則不屈，知勢則不沮，知節則不窮。見小利不動，見小患不避，小利小患，不足以辱吾技也，夫然後可[四]以支大利大害。夫惟養技而自愛者，無敵於天下。故一忍可以支百勇，一靜可以制百動。兵有長短，敵我一也。彼聞吾之所長，吾出而用之，彼將不與吾校。吾之所短，吾蔽而置之，彼將强與吾角，奈何？曰：吾之所短，吾抗而暴之，使之疑而却；吾之所長，吾陰而養之，使之狎而墮其中，此用長短之術也。

善用兵者，使之無所顧，有所恃。無所顧，則知死之不足惜；有所恃，則知不至於必敗。尺箠當猛虎，奮呼而操擊；徒手遇蜥蜴，變色而却步，人之情也，知此者可以將矣。袒裼而按劍，則烏獲不敢逼；冠冑衣甲，據兵而寢，則童子彎弓殺之矣。故善用兵者以形固，夫能以形固，則力有餘矣。

任相

蘇　洵

古之善觀人之國者，觀其相何如人而已。議者嘗曰：將與相均。將特一大有司耳，非相侔也。國有征伐，而後將權重，有征伐無征伐，相皆不可一日輕。相賢耶，則群臣有司皆賢，而將亦賢矣；將賢耶，相雖不賢，將不可易也。故曰：將特一大有司耳，非相侔也。

任相之道與將不同，爲將者大槩多才，而或頑鈍無恥，非有節好禮不可犯者也，故不必優以體貌，而其有不羈不法之事，則亦不可以常法御。何則？豪縱不趨約束者，亦將之常也。武帝視大將軍，往往踞厠，而李廣利破大宛侵殺士卒之罪，則寢而不問，此任將之道也。若夫相，必有節好禮者爲也，又非豪縱不趨約束者爲也，故接之以禮，而重責之。古者相見於天子，天子爲之離席起立，在道爲之下輿，有病親問，不幸而死，親弔，待之如此其厚，然有罪亦不私也。天地大變，天下大過，而相以不起聞矣。相不勝任，策書至，而布衣出府免矣。相有他失，而棧車牝馬，歸以思過矣。夫接之以禮，然後可以重其責，而使無怨言；責之重，然後待之以禮，而不爲過。禮薄而責重，彼將曰：主上遇我以何禮，而重我以此責也甚矣。責輕而禮重，彼將遂弛然不肯自飭。故厚禮以維其心，而重責以勉其怠，而後爲相者，莫不盡忠焉於朝廷而不恤其私。

吾觀賈誼書，至所謂『長太息』者，常反覆讀，不能已，以爲誼生文帝時，文帝遇將相大臣不爲無禮，獨周勃一下獄，誼遂發此。使誼生於近世，見其所以遇宰相者，則當復何如也？夫湯、武之德，三尺竪子知爲聖人，而猶有伊尹、太公者爲之師友焉。伊尹、太公非賢於湯、武也，而二聖人者特不顧以師友之，明有尊也。噫！近世之君，姑勿以此責。天子御坐，見宰相而起者有之乎？無矣。在輿而下者有之乎？亦無矣。天子坐殿上，宰相與百官走於下，掌儀之官名而呼之，若郡守召胥吏耳，雖臣子爲此不爲過，然尊尊貴貴之道，不若是褻也。既不能待之以禮，則其罪之也，吾法將亦不得用。何者？不果於用禮，而果於用刑，則其心不服。法曰有某罪，而加之以某刑，及其免相也，既曰有某罪而刑不加焉，不過削之一官，而出之於大藩鎮。此其弊皆始於不爲之禮。賈誼曰："中罪而自弛，大罪而自裁。"夫人不我誅，而安忍棄其身？此必有大愧於其君。故人君者必有以愧臣，故其臣有所不爲。武帝嘗以不冠見平津侯，故當天下多事朝廷憂懼之際，使石慶得容於其間而無怪焉。然則必其待之如禮，而後可責之如法也。

且吾聞之，待之以禮，而彼不自效以服其上，重責，而彼不自勉以全其身、安其禄位、成其功名者，天下無有也。彼人主傲然於上，不禮宰相，以自尊大者，孰若使宰相自效以報其上之爲利？宰相利其君之不責而豐其私者，孰若自勉以全其身、安其禄位、成其功名之爲福？吾又未見去利而就害，遠福而求其禍者也。

辨姦

蘇洵

事有必至，理有固然，惟天下之静者，爲能見微而知著。月暈而風，礎潤而雨，人人知之。人事之推移，理勢之相因，其疎闊而難知，變化而不可測者，孰與天地陰陽之事？而賢者有不知其故，何哉？好惡亂其中，而利害奪其外也。

昔羊叔子見王衍曰：『誤天下之蒼生者，必此人也邪！』郭汾陽見盧杞曰：『此人得志，吾子孫無遺類矣。』自今而言之，其理固有可見者。然以吾觀之，王衍之爲人也，容貌語言，固有以欺世而盜名者，然不忮不求，與物浮沉，使晉無惠帝，雖衍千百，何從而亂天下乎？盧杞之姦，固足以欺國，然不學無文，容貌不足以動人，言語不足以眩世，非德宗之鄙，亦何從而亂之？由此言之，二公之料二子，容有之，非必然也。今有人，口誦孔、老之書，身履夷、齊之行，收召好名之士、不得志之人，相與造作語言，私立名字，以爲顔淵、孟軻復出，而陰賊險很，與人異趣，是王衍、盧杞合爲一人也，豈可勝言哉？

夫面垢不忘洗，衣垢不忘澣，此人之至情也。今也不然，衣臣虜之衣，食犬彘之食，囚首喪面而談詩書，此豈情也哉？凡事之不近人情者，鮮不爲大姦慝，竪刁、易牙、開方是也。以蓋世之名，而濟其未刑之惡，雖有願治之主，好賢之相，猶將舉而用之，其爲天下之患必然無疑者，非二子之比也。孫子曰：善用兵者，無赫赫之功。使斯人而不用也，則語言爲過，而斯人有不遇之歎，孰知其禍之至於此哉？不然，天下被其禍，而吾將獲知言之名，悲夫！

備亂

鄭獬

備天下之亂者，古今大勢可見已，而未能有善備者也。始周之諸侯相禽獮，剖而爲六國，卒併於秦。秦以諸侯之亡周也，乃爲之備諸侯，一剗其根孽而郡縣之，遂至天下無一繩之維。

諸侯則不作，而其末乃有布衣之禍，故高祖不由尺土，暴起於風埃之中，五載而成帝業。漢以郡縣之亡秦也，則又爲之備郡縣，而又裂其土地以封〔五〕諸侯王，盤踞過强，卒用不終。而布衣則不作，其末乃有外戚之禍，賊莽窺其隙，遂盗有漢璽。及光武之再開闢，以外戚之亡西京也，則又爲之備外戚，乃不復委重宰相，而尊用臺閣，三公拱袂而守虚器。外戚則不作，而其末乃有閹豎之禍，積其殘暴酷烈，而終之董卓，天下遂睽而爲三。魏氏以閹豎之亡漢也，則又爲之備閹豎，痛掃刈之，一歸其房闥之役。閹豎則不作，而其末乃有强臣之禍，故司馬父子襲據大柄，更四世而禪其國。晋氏以强臣之亡魏也，則又爲之備强臣，而培植其宗族，雖愚兒懦子，皆付以大國。强臣則不作，而其末乃有宗室之禍，朝而爲帝，暮爲囚虜，五胡乘之，遂荒中國，瀰漫横流，以至於唐。太宗乃頗究覽其失得，而爲之大備焉，及其末也，則又有藩鎮之禍。梁、唐、晋、漢、周，皆以藩鎮而更爲帝。

夫歷世之亂，考其所以備之者，不爲不至，窒一穴，穿一穴，何禍亂之不息也？蓋未嘗取天下之公制，而獨以己之私者備之耳。成湯、周武以諸侯得天下，而商、周未嘗輒廢諸侯，豈非用天下之公制者耶？惟其公也，故後世之長久。繇秦而來，獨汲汲備其私者，又矯之過。嗚呼，不得聖之法而備之，奚有不速弊者耶！

唐論

曾　鞏

成、康殁而民生不見先王之治，日入於亂，以至於秦，盡除前聖數千載之法。天下既攻秦而亡之，以歸於漢。漢之爲漢，更二十四君，東西再有天下，垂四百年，然大抵多用秦法。其改更秦事，亦多附己之意，非放先王之法而有天下之志也。有天下之志者，文帝而已，然而天下之材不足，故仁聞雖美矣，而當世之法度，亦不能放於三代。漢之亡，而强者遂分天下之地。晉與隋雖能合天下於一，然而合之未久而已亡，其爲不足議也。代隋者唐，更十八君，垂三百年，而其治莫盛於太宗。

太宗之爲君也，詘己從諫，仁心愛人，可謂有天下之志。以租庸任民，以府衛任兵，以職事任官，以材能任職，以興義任俗，以尊本任衆。賦役有定制，兵農有定業。官無虚名，職無廢事，人習於善行，離於末作。使之操於上者要而不煩，取於下者寡而易供。民有農之實而兵之備存，兵有兵之名而農之利在。事之分有歸，而禄之出不浮；材之品不遺，而治之體相承。其廉耻日以篤，其田野日以闢。其法修則安且治，廢則危且亂。可謂有天下之材。行之數歲，粟米之賤，斗至數錢，居者有餘蓄，行者有餘資，人人自厚，幾於刑措，可謂有治天下之效。夫有天下之志，有天下之材，又有治天下之效，然而不得與先王並者，法度之行，擬之先王未備也。禮樂之具，田疇之制，庠序之教，擬之先王未備也。躬親行陣之間，戰必勝，攻必克，天下莫不以爲武，而非先王之所尚也。四夷萬國，古所未及以政者，莫不服從，天下莫不以爲盛，而非先王之所務也。太宗之爲政於天下者，得失如此。

由唐、虞之治，五百餘年而有湯之治。由湯之治，五百餘年而有文、武之治。由文、武之治，千有餘年而始有太宗之爲君，有天下之志，有天下之材，又有治天下之效，然而又以其未備也，不得與先王並而稱極治之時。是則人生於文、武之前者，率五百餘年而一遇治世；生於文、武之後者，千有餘年而未遇極治之時也。非獨民之生於是時者之不幸也，士之生於文、武之前者，如舜、禹之於唐，八元、八凱之於舜，伊尹之於湯，太公之於文、武，率五百餘年而一遇。生於文、武之後者，千有餘年，雖孔子之聖，孟軻之賢而不遇，雖太宗之爲君，而未可以必得志於其時也，是亦士民之生於是時者之不幸也。故述其是非得失之迹，非獨爲人君者可以考焉，士之有志於道而欲仕於上者，可以鑒矣。

晋武

錢勰

人主莫急於知天下之務，莫病於不明天下之善。善有大小，而務有先後，夫以小善而爲急務者，天下常亂。

故晋武嘗謂鄒湛曰："吾平天下而不封禪，焚雉頭裘，行布衣禮。"夫不封禪以爲不自滿也，焚雉頭裘以爲儉也，行布衣禮以爲孝也。是數者皆區區可以自名，而非天下之先務，非所謂小善者乎？惜哉！鄒湛無經國之慮矣，遽遂以爲過漢文也，何不曰：陛下平天下而不封禪，所以爲不自滿也，不如無去州郡之武備；陛下焚雉頭裘，所以爲儉也，不如無納吴宫人之數千；行布衣禮，所以爲孝也，不如擇賢嗣而使宗廟血食。一言之不聽，至於再言之，屢言之。屢言之不聽，則以身去之，勿妄食其禄可也。幸而感悟，則山濤之論得行，州郡之兵可復，則雖永寧之後，八王、五胡之亂，未至於一敗塗地也。吴宫之人可出，羊車之遊有所，則治天下之志未荒也。衛瓘之言見察，昏弱之惠遂廢，則晋祚靈長，亦未可量也。湛雖好論事，而不知爲此對，專爲逢迎牽合之語，可爲長太息也！故劉毅至比之桓、靈，其有味哉！其有味哉！

校勘記

〔一〕『力』，底本、麻沙本皆作『氣』，據《四部叢刊》景宋鈔本《嘉祐集》改。

〔二〕『氣』，底本、麻沙本皆作『心』，據《四部叢刊》景宋鈔本《嘉祐集》改。

〔三〕『既勝』句，底本、麻沙本無，據《四部叢刊》景宋鈔本《嘉祐集》補。

〔四〕『可』，麻沙本作『有』。《四部叢刊》景宋鈔本《嘉祐集》作『可』。

〔五〕『封』，麻沙本作『侯』。

新校宋文鑑卷第九十八

校者按：底本爲刻卷，據六十三卷本、六十四卷本、麻沙本刻卷校改。

論

留侯論

蘇軾

古之所謂豪傑之士者，必有過人之節。人情有所不能忍者，匹夫見辱，拔劍而起，挺身而鬭，此不足爲勇也。天下有大勇者〔一〕，卒然臨之而不驚，無故加之而不怒，此其所挾〔二〕持者甚大，而其志甚遠也。

夫子房授書於圯上之老人也，其事甚怪，而愚以爲或者秦之世有隱君子出而試之，觀其所以，微見其意者，皆聖賢相與警戒之心〔三〕，而世不察，以爲鬼物，亦已過矣。且其意不在書。當韓之亡，秦之方盛也，以刀鋸鼎鑊待天下之士，其平居無罪夷滅者不可勝數，雖有賁育，無所復施。夫持法太急者，其鋒不可犯，而其末可乘。子房不忍忿忿之心，以匹夫之力而逞於一擊之間，當此之時，子房之不死者，其間不能容髮，蓋亦已危矣。千金之子，不死於盜賊。何者？其身之可愛，而盜賊之不足以死也。子房以蓋世之才，不爲伊尹、太公之謀，而特出於荆軻、聶政之計，以僥倖於不死，此圯上之老人所爲深惜者也。是故倨傲鮮腆而深折之，彼其能有所忍也，然後可以就大事，故曰『孺子可教也』。楚莊王伐鄭，鄭伯肉袒牽羊以逆，莊王曰：『其君能下人，必能信用其民矣。』遂捨之。勾踐之困於會稽而歸，臣妾於吳者三年而不倦。且夫有報人之志而不能下人者，是匹夫之剛也。夫老人者，以爲子房才有餘，而憂其度量之不足，故深折其少年剛鋭之氣，使之忍小忿而就大謀。何則？非有生平之素，卒然相遇於草野之間，而命以僕妾之役，油然而不怪者，此固秦皇帝之所不能驚，而項籍之所不能怒也。觀夫高祖之所以勝，而項籍之所以敗者，在能忍與不能忍之間而已矣。項籍唯不能忍，是以百戰百勝而輕用其鋒；高祖忍之，養其全鋒而待其弊，此子房教之也。當淮陰破齊而欲自王，高祖發怒見於詞色，由此觀之，猶有剛强不忍之氣，非子房，其誰全之？

太史公疑子房，以爲魁梧奇偉，而其狀貌乃如婦人女子，不稱其志氣。而愚以爲此其所以爲子房歟！

孔子從先進論　　蘇　軾

君子之欲有爲於天下，莫重乎其始進也。始進以正，猶且以不正繼之，況以不正進者乎？古之人有欲以其君王者也，有欲以其君霸者也，有欲强其國者也，是三者其志不同，故其術有淺深，而其成功有巨細，雖其終身之所爲不可逆知，而其大節必見於其始進之日。何者？其中素定也。未有進以强國而能霸者也，未有進以霸而能王者也。

伊尹之耕於有莘之野也，其心固曰：使吾君爲堯、舜之君，而吾民爲堯、舜之民也。以伊尹爲以滋味説湯者，此戰國之策士以己度伊尹也，君子疾之。管仲見桓公於纍囚之中，其所言者，固欲合諸侯攘戎狄也。管仲度桓公足以霸，度其身足以爲霸者之佐，是故上無侈説，下無卑論，古之人其自知明也如此。

商鞅之見孝公也，三説而後合，甚矣鞅之懷詐挾術以欺其君也！彼豈不自知其不足以帝且王哉？顧其刑名慘刻之學，恐孝公之不能從，是故設爲高論以銜之。君既不能是矣，則舉其國惟吾之所爲，不然，豈其負帝王之略，而每見輒變以徇人乎？商鞅之不終於秦也，是其進之不正也。

聖人則不然，其志愈大，故其道愈高；其道愈高，故其合愈難。聖人視天下之不治，如赤子之在水火也，其欲得君以行道可謂急矣，然未嘗以難合之故而少貶焉者，知其始於少貶，而其漸必至陵遲而大壞也。故曰：『先進於禮樂，野人也；後進於禮樂，君子也。如用之，則吾從先進。』

孔子之世，其諸侯卿大夫視先王之禮樂，猶方圓冰炭之不相入也，進而先之以禮樂，其不合必矣。是人也，以道言之則聖人，以世言之則野人也。若夫君子之急於有功者則不然，其未合也，先之以世俗之所好；而其既合也，則繼以先王之禮樂。其心則然，然其進不正，未有能繼以正者也。故孔子不從，而孟子亦曰：『枉尺直尋者，以利言也。如以利，則枉尋直尺而利，亦可爲與？』君子之得其君也，既度其君，又度其身，君能之而我不能，不可爲也。不敢進而進，是易其君；不可爲而爲，是輕其身。是二人者，皆有罪焉。

故君子之始進也，曰：君苟用我矣，我且爲是。君曰能之，則安受不辭；君曰不能，天下其獨無人乎？至於人君亦然，將用是人也，則告之以己所欲爲，要其能否而責成焉，其曰姑用之而試觀之者，皆過也。後之君子，其進也無所不至，惟恐其不合也，曰我將權以濟道；既而道卒不行焉，則曰吾君不足以盡我也。始不正其身，終以謗其君，是人也自以爲君子，而孟子之所謂『賊其君』者也。

續歐陽子朋黨論

蘇　軾

歐陽子曰：『小人欲空人之國，必進朋黨之説。』嗚呼，國之將亡，此其徵歟！禍莫大於權之移人，而君莫危於國之有黨。有黨則必争，争則小人者必勝，而權之所歸也，君子〔四〕安得不危哉！何以言之？君子以道事君，人主必敬之而踈；小人唯予言而莫予違，人主必狎之而親。踈者易間，而親者難睽也。而君子者，不得志則奉身而退，樂道不仕。小人者，不得志則徼倖復用，唯怨之報，此其所以必勝也。

蓋嘗論之，君子如嘉木也，封植之甚難，而去之甚易；小人如惡草也，不種而生，去之爲最難。斥其一，則援之者衆；盡其類，則衆之致怨也深。小者復用而肆威，大者得志而竊國。善人爲之掃地，世主爲之屏息。譬之斷蚳不殊，刺虎不斃，其傷人則愈多矣。齊田氏、魯季孫是已。齊、魯之執事，莫匪田、季之黨也，歷數君不忘其誅，而卒之簡公弒，昭、哀失國，小人之黨，其不可除也如此。而漢黨錮之獄，唐白馬之禍，忠義之士，斥死無餘，君子之黨，其易盡也如此。使世主知易盡者之可戒，而不可除者之可懼，則有瘳矣。

且夫君子者，世無若是之多也；小人者，亦無若是之衆也。凡才智之士，鋭於功名而嗜於進取者，隨所用耳。孔子曰『仁者安仁，智者利仁』，未必皆君子。冉有從夫子，則爲門人之選；從季氏，則爲聚斂之臣。唐柳宗元、劉禹錫使不陷叔文之黨，其高才絶學，亦足以爲唐名臣矣。昔欒懷子得罪於晉，其黨皆出奔，樂王鮒謂范宣子曰：『盍反州綽、邢蒯？勇士也。』宣子曰：『彼欒氏之勇也，余何獲焉？』王鮒曰：『子爲彼欒氏，乃子之勇也。』嗚呼！宣子蚤從王鮒之言，豈獨獲二子之勇，且安有曲沃之變哉！

愚以謂治道去泰甚耳，苟黜其首惡，而貸其餘，使才者不失富貴，不才者無所致憾，將爲吾用之不暇，又何怨之報乎？人之所以爲盗者，衣食不足耳，農夫市人，焉保其不爲盗？而衣食既足，盗豈有不能返農夫市人也哉？故善除盗者，開其衣食之門，使復其業；善除小人者，誘以富貴之道，使隳其黨。以力取威勝者，蓋未嘗不反爲所噬。

曹參之治齊，曰：愼無擾獄市，獄市，姦人之所容也。知此，亦庶幾於善治矣。姦固不可長，而亦不可不容也。若姦無所容，君子豈久安之道哉？牛、李之黨徧天下，而李德裕以一夫之力，欲窮其類而致之必死，此其所以不旋踵而罹仇人之禍也。姦臣復熾，忠義益衰，以力取威勝者，果不可耶！愚是以續歐陽子之説，而爲君子小人之戒。

志林

蘇　軾

商鞅用於秦，變法定令，行之十年，秦民大説，道不拾遺，山無盜賊，家給人足，民勇於公戰，怯於私鬭，秦人富强，天子致胙於孝公，諸侯畢賀。

蘇子曰：此皆戰國之遊士邪説詭論，而司馬遷闇於大道，取以爲史。吾常以爲遷有大罪二，其先黄老，後《六經》，退處士，進姦雄，蓋其小小者耳。所謂大罪二，則論商鞅、桑弘羊之功也。自漢以來，學者恥言商鞅、桑弘羊，而世主獨甘心焉，皆陽諱其名，而陰用其實，其甚者，則名實皆宗之，庶幾其成功，此司馬遷之罪也。秦固天下之强國，而孝公亦有志之君也，修其政刑十年，不爲聲色畋遊之所敗，雖微商鞅，有不富强乎？秦之所以富强者，孝公務本力穡之效，非鞅流血刻骨之功也。而秦之所以見疾於民，如豺虎毒藥，一夫作難而子孫無遺種，則鞅實使之。至於桑弘羊，斗筲之才，穿窬之智，無足言者，而遷稱之曰『不加賦而上用足』。善乎司馬光之言也，曰：『天下安有此理？天地所生，財貨百物，止有此數，不在民，則在官。譬如雨澤，夏澇則秋旱。不加賦而上用足，不過設法陰奪民利，其害甚於加賦也。』

二子之名在天下，如蛆蠅糞穢也，言之則汙口舌，書之則汙簡牘。二子之術用於世者，滅國殘民，覆族亡軀者相踵也，而世主獨甘心焉，何哉？樂其言之便己也。夫堯、舜、禹，世主之父師也；諫臣拂士，世主之藥石也；恭敬慈儉，勤勞憂畏，世主之繩約也。今使世主日臨父師而親藥石、履繩約，非其所樂也，故爲商鞅、桑弘羊之術者，必先鄙堯笑舜而陋禹也，曰所謂賢主，專以天下之適己而已。此世主之所以人人甘心而不悟也。

世有食鍾乳、烏喙而縱酒色以求長年者，蓋始於何晏。晏少而富貴，故服寒食散以濟其欲，無足怪者，彼其所爲，足以殺身滅族者日相繼也，得死於服寒食散，豈不幸哉？而吾獨何爲效之？世之服寒食散，疽背嘔血者相踵也，用商鞅、桑弘羊之術，破國亡宗者皆是也，然而終不悟者，樂其言之美便，而忘其禍之慘烈也。

春秋之末，至於戰國，諸侯卿相皆爭養士，自謀夫説客、談天雕龍、堅白同異之流，下至擊劍扛鼎、雞鳴狗盗之徒，莫不賓禮，靡衣玉食以館於上者，何可勝數？越王勾踐有君子六千人，魏無忌、齊田文、趙勝、黄歇、吕不韋皆有客三千人，而田文招致任俠姦人六萬家於薛，齊稷下談者亦千人，魏文侯、燕昭王、太子丹皆致客無數。下至秦、漢之間，張耳、陳餘號多士，賓客厮養，皆天下豪傑，而田横亦有士五百人。其略見於傳者如此，度其餘，當倍官吏而半農夫也。此皆姦民蠹國者，民何以支，而國何以堪乎？

蘇子曰：此先王之所不能免也。國之有姦也，猶鳥獸之有鷙猛，昆蟲之有毒螫也。區處條理，使各安其處，則有之矣；鋤而盡去之，則無是道也。吾考之世變，知六國之所以久存而秦之所以速亡者，蓋出於此，不可以不察也。夫智、勇、辯、力，此四者皆天民之秀傑者也，類不能惡衣食以養於人，皆役人以自養者也。故先王分天下之富貴，與此四者共之。此四者不失職，則民靖矣。四者雖異，先王因俗設法，使出於一。三代以上出於學，戰國至秦出於客，漢以後出於郡縣吏，魏晋以來出於九品中正，隋唐至今出於科舉，雖不盡然，取其多者論之。六國之君，虐用其民，不減始皇、二世。然當是時，百姓無一人叛者，以凡民之秀傑者，多以客養之，不失職也。其力耕以奉上，皆椎魯無能爲者，雖欲怨叛，而莫爲之先，此其所以少安而不即亡也。始皇初欲逐客，用李斯之言而止，既并天下，則以客爲無用，於是任法而不任人，謂民可以恃法而治，謂吏不必才，取能守吾法而已，故墮名城，殺豪傑，民之秀異者散而歸田畮，向之食於四公子、吕不韋之徒者，皆安歸哉？不知其能槁項黄馘以老死於布褐乎？抑將輟耕太息以俟時也？秦之亂雖成於二世，然使始皇知畏此四人者，有以處之，使不失職，秦之亡不至若是速也。縱百萬虎狼於山林而饑渴之，不知其將噬人，世以始皇爲智，吾不信也。楚漢之禍，生民盡矣，豪傑宜無幾，而代相陳豨從車千乘，蕭、曹爲政，莫之禁也。至文、景、武之世，法令至密，然吴濞、淮南、梁王、魏其、武安之流，皆争致賓客，世主不問也。豈懲秦之禍，以爲爵禄不能盡縻天下士，故少寬之，使得或出於此也耶？若夫先王之政則不然，曰：『君子學道則愛人，小人學道則易使也。』嗚呼，此豈秦、漢之所及也哉！

秦始皇帝時，趙高有罪，蒙毅案之，當死，始皇赦而用之。長子扶蘇好直諫，上怒，使北監蒙恬兵於上郡。始皇東遊會稽，並海走琅琊，少子胡亥、李斯、蒙毅、趙高從。道病，使蒙毅還禱山川，未反，而上崩。李斯、趙高矯詔立胡亥，殺扶蘇、蒙恬、蒙毅，卒以亡秦。

蘇子曰：始皇制天下輕重之勢，使内外相形，以禁姦備亂者，可謂密矣。蒙恬將三十萬人，威振北方，扶蘇監其軍，而蒙毅侍帷幄，爲謀臣，雖有大姦賊，敢睥睨其間哉？不幸道病，禱祠山川尚有人也，而遣蒙毅，故高、斯得成其謀。始皇之遺毅，毅見始皇病，太子未立而去左右，皆不可以言智。然天之亡人國，其禍敗必出於智所不及。聖人爲天下，不恃智以防亂，恃吾無致亂之道耳。始皇致亂之道，在用趙高。夫閹尹之禍，如毒藥猛獸，未有不裂肝碎首者也。自書契以來，惟東漢吕强、後唐張承業二人號稱善良，豈可望一二於千萬，以儌必亡之禍哉？然世主皆甘心而不悔，如漢桓、靈，唐肅、代，猶不足深怪，始皇、漢宣皆英主，亦湛於趙高、恭、顯之禍。彼自以爲聰明人傑也，奴僕熏腐之餘何能爲，及其亡國亂朝，乃與庸主不異。吾故表而出之，以戒後世人主如始皇、漢宣者。

或曰：李斯佐始皇定天下，不可謂不智。扶蘇親始皇子，秦人戴之久矣，陳勝假其名，猶足以亂天下，而蒙恬持重兵在外，使二人不即受誅而復請之，則斯、高無遺類矣。以斯之智而不慮此，何哉？

蘇子曰：烏乎！秦之失道有自來矣，豈獨始皇之罪？自商鞅變法，以殊死爲輕典，以參夷爲常法，人臣狼顧脅息，以得死爲幸，何暇復請？方其法之行也，求無不獲，禁無不止，鞅自以爲軼堯、舜而駕湯、武矣，及其出亡而無所舍，然後知爲法之弊。夫豈獨鞅悔之？秦亦悔之矣。荆軻之變，持兵者熟視始皇環柱而走，莫之救者，以秦法重故也。李斯之立胡亥，不復忌二人者，知威令之素行，而臣子不敢請，亦知始皇之鷙悍而不可回也，豈料其僞也哉？周公曰：『平易近民，民必歸之。』孔子曰：有一言而可以終身行之，其恕矣乎！夫以忠恕爲心，而以平易爲政，則上易知而下易達，雖有賣國之姦，無所投其隙，倉卒之變，無自發焉，然其令行禁止，蓋有不及商鞅者矣，而聖人終不以彼易此。商鞅立信於徙木，立威於棄灰，刑其親戚師傅，積威信之極，以及始皇。秦人視其君，如雷電鬼神不可測也。古者公族有罪，三宥然後制刑，今至使人矯殺其太子而不忌，太子亦不敢請，則威信之過也。故夫以法毒天下者，未有不反中其身，及其子孫者也。漢武與始皇皆果於殺者也，故其子如扶蘇之仁，則寧死而不請；如戾太子之悍，則寧反而不訴。知訴之必不察也，戾太子豈欲反者哉？計出於無聊也。故爲二君之子者，有死與反而已。李斯之智，蓋足以知扶蘇之必不及此〔五〕也。吾又表而出之，以戒後世人主果於殺者。

顔子所好何學論

程　頤

聖人之門，其徒三千，獨稱顔子爲好學。夫《詩》《書》六藝，三千子〔六〕非不習而通也，然則顔子所獨好者何學也？學以至聖人之道也。聖人可學而至歟？曰：然。學之道如何？曰：天地儲精，得五行之秀者爲人，其本也，真而静。其未發也，五性具焉，曰仁、義、禮、智、信。形既生矣，外物觸其形而動於中矣，其中動而七情出焉，曰喜、怒、哀、樂、愛、惡、欲。情既熾而益蕩，其性鑿矣，是故覺者約其情，使合於中，正其心，養其性，故曰性其情。愚者則不知制之，縱其情而至於邪僻，梏其性而亡之，故曰情其性。

凡學之道，正其心，養其性而已。中正而誠，則聖矣。君子之學，必先明諸心，知所養，一作往。然後力行以求至，所謂自明而誠也。故學必盡其心，盡其心則知其性，知其性反而誠之，聖人也。故《洪範》曰：『思曰睿，睿作聖。』誠之之道，在乎信道篤。信道篤，則行之果；行之果，則守之固。仁義忠信，不離乎心，造次必於是，顛沛必於是，出處語默必於是。久而弗失，則居之安，動容周旋中禮，而邪僻之心無自生矣。故顔子所事，則曰『非禮勿視，非禮勿聽，非禮勿言，非禮勿動』，仲尼稱之則曰：『得一善，則拳拳服膺，而勿失之矣。』又曰：『不遷怒，不貳過。』『有不善，未嘗不知。知之，未嘗復行也。』此其好之、篤學之之道也。視聽言動皆禮矣，所異於聖人者，蓋聖人則不思而得，不勉而中，從容中道，顔子則必思而後得，必勉而後中，故曰顔子之與聖人相去一息。孟子曰：『充實而有輝光之謂大，大而化之之謂聖，聖而不可知之謂神。』顔子之德可謂充實而有光輝矣，所未至者，守之也，非化之也。以其好學之心，假之以年，則不日而化矣，故仲尼曰：『不幸短命死矣。』蓋傷其不得至於聖人也。所謂化之者，人於神而自然，不思而得，不勉而中之謂也，孔子曰『七十而從心所欲，不踰矩』是也。

或曰：聖人生而知之者也，今謂可學而至，其有稽乎？曰：然，孟子曰：『堯、舜，性之也；湯、武，反之也。』性之者，生而知之者也；反之者，學而知之者也。又曰：孔子則生而知也，孟子則學而知也，後人不達，以謂聖本生知，非學可至，而爲學之道遂失。不求諸己而求諸外，以博聞强記，巧文麗辭爲工，榮華其言，鮮有至於道者。則今之學，與顔子所好異矣。

蕭瑀論

張唐英

蕭瑀請出家爲僧，此可罪也。然盡忠於隋，及歸國亦多有功績，頗見委任，歷僕射、御史大夫，參與朝政，每有議論，房、杜不能抗之。房等雖心知其是，而不用其言，瑀彌怏怏，自是罷爲太子少傅。此是杭閣瑀而使優閑爾。且房、杜可謂賢相也，經綸草昧，以啓天下之業，竭忠悉慮，以成天下之務，不以求備而責人，不以己長而格物，貞觀太平之功，誠有力焉。然於瑀尚亦有所抑遏，豈亦圭之玷而珠之翳乎？古人謂事雖淺當深謀之，言雖輕當重思之，收不知言以致知言。而房、杜二人，於用人亦至矣，而尚失於瑀，豈瑀之性褊躁，忽於議論之際，務以直氣自豪，而不能從容委曲，詳悉評議，俱求辨博，而取勝於諸公，故房、杜自以持天下之政，權柄在己，恥其不能卑論，忽有不容其説。然以二公才過於人，雖不從一蕭瑀之言，無害爲賢相。後之執政者，必欲迹房、杜之業，成就太平之功，則不可使順旨者榮華，逆意者枯槁，心知其是而不用其言，庶乎國家之政，無有蔽而不通。故曰：天下無粹白之狐，而有粹白之裘者，蓋取於衆。苟不取於衆，是哥奴輩昔嘗拑天下之口而自任耳！

校勘記

〔一〕『天下有大勇者』，底本無，據六十三卷本、六十四卷本補。宋本《經進東坡文集事略》作『天下有大勇者』。

〔二〕『挾』，六十三卷本、六十四卷本、麻沙本作『扶』。宋本《經進東坡文集事略》作『挾』。

〔三〕『心』，六十三卷本、六十四卷本『義』。宋本《經進東坡文集事略》作『義』。

〔四〕『子』，麻沙本無。宋本《經進東坡文集事略》亦無。

〔五〕『及此』，六十三卷本、六十四卷本作『反』。宋本《經進東坡文集事略》作『反』。

〔六〕『三千子』，麻沙本作『七十子』。

新校宋文鑑卷第九十九

校者按：底本爲刻卷，據六十三卷本、六十四卷本、麻沙本刻卷校改。

論

三國論

蘇轍

天下皆怯而獨勇，則勇者勝；皆闇而獨智，則智者勝。勇而遇勇，則勇者不足恃也；智而遇智，則智者不足用也。夫唯智勇之不足以定天下，是以天下之難鋒起而難平。

蓋嘗聞之，古者英雄之君遇其智勇也，以不智不勇，而後真智大勇乃可得而見也。悲夫！世之英雄，其處於世，亦有幸不幸耶。漢高祖、唐太宗是以智勇獨過天下而得之者也，曹公、孫、劉是以智勇相遇而失之者也。以智攻智，以勇擊勇，此譬如兩虎相捽，齒牙氣力，無以相勝，其勢足以相擾，而不足以相斃。當此之時，惜乎無有以漢高祖之術制之者也。昔者項籍有百戰百勝之威，而執諸侯之柄，咄嗟叱咤，奮其暴怒，西向以逆高祖，其勢飄忽震蕩，如風雨之至，天下之人以爲遂無漢矣。然高帝以其不智不勇之身，横塞其衝，徘徊而不得進，其頑鈍椎魯，足以爲笑於天下，而卒能摧折項氏而待其死。其故何也？夫人之勇力，用而不已，則必有所耗散，而其智慮久而無成，則亦必有所倦怠而不舉。彼欲以其所長以制我於一時，而我閉門而拒之，使之失其所求，逡巡求去而不能，而項籍固已憊矣。

今夫曹公、孫權、劉備，此三人者，皆知以其才相取，而未知以不才取之也。世之言者曰：孫不如曹，而劉不如孫。劉備唯智短而勇不足，故有所不若於二人者，而不知因其所不足以求勝，則亦已惑矣。蓋劉備之才近似於高祖，而不知所以用之之術。昔高祖之所以自用其才者，其道有三焉耳：先據勢勝之地，以示天下之形；廣收信、越出奇之將，以自輔其所不逮；有果鋭剛猛之氣而不用，以深折項籍猖狂之勢。此三事者，有國〔一〕之君，其才皆無有能行之者，獨有一劉備近之而未至，其中猶有翹然自喜之心，欲爲椎魯而不能純，欲爲果鋭而不能達，二者交戰於中而未有所定，是故所爲而不成，所欲而不遂。棄天下而入巴蜀，則非地也；用諸葛孔明治國之才，而當紛紜征伐之衝，則非將也；不忍忿忿之心，犯其所短，而自將以攻人，則是其氣不足尚也。嗟夫！方其奔走於二袁之間，困於吕布，而狼狽於荆州，百敗而其志不折，不可謂無高祖之風矣，而終不知所以自用之方。夫古之英雄，唯漢高帝爲不可及也夫！

晋論

蘇 轍

御天下有道，休之以安，動之以勞，使之安居而能勤，逸處而能憂。其君子周旋揖讓不失其節，而能耕田射馭以自致其力，平居習爲勉强而去其惰傲，厲精而日堅，勞苦而日强。冠冕佩玉之人而不憚執天下之大勞，夫是以天下之事舉皆無足爲者，而天下之匹夫亦無以求勝其上。何者？天下之亂蓋常起於上之所憚而不敢爲，天下之小人知其上之有所憚而不敢爲，則有以乘其間，而致其上之所難。

夫上之所難者，豈非死傷戰鬬之患，匹夫之所輕，而士大夫之所不忍以其身試之者耶？彼以死傷戰鬬〔二〕之患邀我，而我不能應，則無怪乎天下之志於亂也。故夫君子之於天下，不見其所畏，求使其所畏之不見，是故事有所不辭，而勞苦有所不憚。

昔者晋室之敗，非天下之無君子也，其君子皆有好善之心，高談揖讓，泊然沖虚，而無慷慨感激之操，大言無當，不適於用，而畏兵革之事。天下之英雄，知其所忌而竊乘之，是以顛沛隕越而不能以自存。且夫劉聰、石勒、王敦、祖約，此其姦詐雄武，亦一世之豪也。譬如山林之人生於草木之間，大風烈日之所咻，而雪霜饑饉之所勞苦，其筋力骨節之所嘗試者，亦已至矣。使王衍、王導之倫，談笑而當其衝，此譬如千金之家居於高堂之上，食肉飲酒，不習寒暑之勞，而欲以之捍禦山林之勇夫，而求其成功，此固姦雄之所樂攻而無難者也。是以雖有賢人君子之才，而無益於世；雖有盡忠致力之意，而不救於患難。

此其病起於自處太高，而不習天下之辱事，故富而不能勞，貴而不能苦。蓋古之君子，其治天下，爲其甚勞而不失其高，食其甚美而不棄其糲，使匹夫小人不知所以用其勇，而其上不失爲君子。至於後世，爲其甚勞，而不知以自復，而爲秦之强〔三〕；食其〔四〕甚美，而無以自實，而爲晉之敗。夫甚勞者固非所以爲安，而甚美者亦非所以自固，此其所以喪天下之故也哉！

北狄論

蘇轍

北狄之民，其性譬如禽獸，使於射獵而習於馳騁，生於斥鹵之地，長於霜雪之野，飲水食肉，風雨饑渴之所不能困，上下山坂，筋力百倍，輕死而樂戰，故常以勇勝中國。至於其所以擁護親戚，休養生息，蓄牛馬，長子孫，安居佚樂，而欲保其首領者，蓋無以異於華人也。而中國之士常憚其勇，畏避而不敢犯。氊裘之民，亦以此恐愒中國而奪之利，此當今之所謂大患也。

昔者漢武之世，匈奴絶和親，攻當路塞，天下震恐。其後二十年之間，漢兵深入，不憚死亡，捐命絶幕之北，以決勝負，而匈奴孕重墮壞，人畜疲弊，不敢言戰。何者？勇士壯馬非中國之所無有，而窮追遠逐，雖匈奴之衆，亦終有所不安也。故夫敵國之盛，非隣國之所深憂也，要在休兵養士而集其勇氣，使之不懾而已。

今天下之勢，中國之民優游緩帶，不識兵革之勞，驕奢怠墮，勇氣消耗。而戎狄之賂又以百萬計，轉輸天下，甘言厚禮以滿其不足之意，使天下之士，耳熟所聞，目習所見，以爲生民之命寄於其手，故俯首柔服，莫敢抗拒，凡中國勇健豪壯之氣，索然無復存者矣。夫『戰勝之民，勇氣百倍；敗兵之卒，没世不復〔五〕』，蓋所以戰者氣也，所以不戰者氣之蓄也，戰而後守者氣之餘也。古之不戰者，養其氣而不傷，今之士不戰而氣已盡矣，此天下之所大憂也。

昔者六國之際，秦人出兵於山東，小戰則殺將，大戰則割地，兵之所至，天下震慄。然諸侯猶帥其罷散之兵，合從以擊秦，砥礪戰士，激發其氣。長平之敗，趙卒坑死者四十萬人，廉頗收合餘燼，北摧栗腹，西抗秦兵，振刷磨淬，不自屈服。故其民觀其上之所爲，日進而不挫，皆自奮怒，以争死敵。其後秦人圍邯鄲，梁王使將軍新垣衍如趙，欲遂帝秦，而魯仲連慷慨發憤，深以爲不可。蓋夫天下之士，所爲奮不顧身以抗强虎狼之秦者，爲非其君也。而使諸侯從〔六〕而帝之，天下尚誰能出身以事非其君哉？故魯仲連非徒惜夫帝秦之虚名，而惜夫天下之勢有所不可也。

今尊奉夷狄無知之人，交歡約幣，以爲兄弟之國，奉之如驕子，莫敢一觸其意，此適足以壞天下義士之氣，而長夷狄豪横之勢耳。愚以爲養兵而自重，卓然獨立，不聽外國之妄求，以爲民望，而生吾中國之氣。如此數十年之間，天下摧折之志復壯，而夫北狄之勇，非吾之所當畏也。

三宗論　蘇　轍

黄帝、堯、舜壽皆百年，享國皆數十年。周公作《無逸》，言商中宗享國七十五年，高宗五十九年，祖甲三十三年，文王受命中身，享國五十年。自漢以來，賢君在位之久，皆不及此，西漢文帝二十三年，景帝十六年，昭帝十三年，東漢明帝十八年，章帝十三年，和帝十二年，唐太宗二十三年。此皆近世之明主，然與《無逸》所謂『不知稼穡之艱難，不聞小人之勞，惟耽樂之從』，『或十年，或七八年，或五六年，或四三年』，無以大相過也。

至其享國長久，如秦始皇、漢武帝、梁武帝、隋文帝、唐玄宗，皆以臨御久遠，循致大亂，或以失國，或僅能免其身。其故何也？人君之富，其倍於人者千萬也，膳服之厚，聲色之靡，所以賊其躬者多矣。朝夕於其間而無以御之，至於夭死者，勢也。幸而壽考，用物多而害民久，矜己自聖，輕蔑臣下，至於失國，宜矣。

古之賢君，必致於學，達性命之本，而知道德之貴。其視子女玉帛，與糞土無異。其所以自養，乃與山林學道者比，是以久於其位而無害也。傅說之詔高宗曰：『王，人求多聞，時惟建事，學於古訓，乃有獲。事不師古，以克永世，匪說攸聞。惟學遜志，務時敏，厥修乃來。允懷于兹，道積于厥躬。惟斆學半，念終始典于學，厥德脩罔覺。監于先王成憲，其永無愆。』嗚呼！傅說其知此矣。

漢武帝論

蘇　轍

天下利害，不難知也。士大夫心平而氣定，高不爲名所眩，下不爲利所怵者，類能知之。人主生於深宮，其聞天下事至鮮矣，知其一不達其二，見其利不睹其害。而好名貪利之臣，探其情而逢其惡，則利害之實亂矣。

漢武帝即位三年，年未二十，閩、越舉兵圍東甌，東甌告急，帝問太尉田蚡。蚡曰：『越人相攻，其常事耳，又數反覆，不足煩中國往救。』帝使嚴助難蚡曰：『特患力不能救，德不能覆。誠能，何故棄之？小國以窮困來告急，天子不救，尚何所愬？』帝詘蚡議，而使助持節發會稽兵救之。自是征南越，伐朝鮮，討西南夷，兵革之禍加於四夷矣。

後二年，匈奴請和親，大行王恢請擊之，御史大夫韓安國請許其和，帝從安國議矣。明年，馬邑豪聶壹因恢言：『匈奴初和〔七〕親，親信邊，可誘以利致之，伏兵襲擊，必破之道也。』帝使公卿議之，安國、恢往反議甚苦，帝從恢議，使聶壹賣馬〔八〕邑城，以誘單于，單于覺之而去，兵出無功。自是匈奴犯邊，終武帝無寧歲，天下幾至大亂。

此二者，田蚡、韓安國皆知其非，而迫於利口，不能自伸。武帝志求功名，不究利害之實，而遽從之。及其晚歲，禍災並起，外則黔首耗散，內則骨肉相殘殺，雖悔過自咎，而事已不救矣。然嚴助交通淮南，張湯論殺之；王恢以不擊匈奴，亦坐棄市。二人皆罪不至死，而不免大戮，豈非首禍致罪，天之所不赦故耶？

漢昭帝論

蘇轍

周成王以管、蔡之言疑周公，及遭風雷之變，發《金縢》之書，而後釋然知其非也。漢昭帝聞燕王之譖霍光，光〔九〕懼，不敢入。帝召見光，謂之曰：『燕王言將軍都郎道上稱蹕，又擅調益幕府校尉，二事屬爾，燕王何白知之？且將軍欲爲非，不待校尉。』左右聞者，皆伏其明，光由是獲安，而燕王與上官皆敗，故議者以爲昭帝之賢過於成王。然成王享國四十餘年，治致刑措，及其將崩，命召公、畢公相康王，臨死生之變，其言琅然不亂。昭帝享國十三年，年甫及冠，功未見於天下，其不及成王者亦遠矣。夭壽雖出於天，然人事嘗參焉，故吾以爲成王之壽考，周公之功也；昭帝之短折，霍光之過也。

昔晉平公有蠱疾，醫和視之曰：『是謂近女』，『非鬼非食，惑以喪志。良臣將死，天命不宥』，『國之大臣，受其寵禄，而任其大節，有菑禍興而無改焉，必受其咎。』以此譏趙孟，趙孟受之不辭，而霍光何逃焉？成王之幼也，周公爲師，召公爲保，左右前後皆賢也，雖以中人之資，而起居飲食，日與之接，逮其壯且老也，志氣定矣，其能安富貴，易生死，蓋無足怪者。今昭帝所親信，惟一霍光。光雖忠信篤實，而不學無術，其所與共國事者，惟一張安世，所與斷幾事者，惟一田延年，士之通經術識義理者，光不識也。其後雖聞久陰不雨之言而貴夏侯勝，感蒯聵之事而賢雋不疑，然後亦不任也。使昭帝居深宮，近嬖倖，雖天資明斷，而無以養之，朝夕害之者衆矣，而安能及遠乎？

人主不幸，未嘗更事而履大位，當得篤學深識之士，日與之居，示之以邪正，曉之以是非，觀之以治亂，使之久而安之，知類通達，强立〔一〇〕而不反，然後聽其自用而無害，此大臣之職也。不然，小人先之，悦之以聲色犬馬，縱之以馳騁田獵，侈之以宮室器服，志氣已亂。然後入之以讒説，變亂是非，移易白黑，紛然無所不至，小足以害其身，而大足以亂天下。大臣雖欲有言，不可及矣。

《語》曰：『君子學道則愛人，小人學道則易使也。』故人必知道而後知愛身，知愛身而後知愛人，知愛人而後知保天下。故吾論三宗享國長久，皆學道之力，至漢昭帝，惜其有過人之明，而莫能導之以學，故重論之，以爲此霍光之過也。

漢光武論上

蘇　轍

人主之德，在於知人，其病在於多才。知人而善用之，若己有焉，雖至於堯、舜可也。多才而自用，雖有賢者，無所復施，則亦僅自立耳。漢高帝謀事不如張良，用兵不如韓信，治國不如蕭何，知此三人而用之不疑，西破强秦，東服項羽，曾莫與抗者。及天下既平，政事一出於何，法令講若畫一，民安其生，天下遂以無事。又繼之以曹參，終之以平、勃，至文、景之際，中外晏然。凡此皆高帝知人之餘功也。

東漢光武，才備文武，破尋、邑，取趙、魏，鞭笞群盜，筭無遺策。計其武功，若優於高帝，然使當高帝之世，與項羽爲敵，必有不能辨者。及既履大位，懲王莽篡奪之禍，雖置三公，而不付以事，專任尚書，以督文書、繩姦詐爲賢，政事察察，下不能欺，一時稱治。然而異己者斥，非讖者棄，專以一身任天下，其智之所不見，力之所不舉者多矣。至於明帝，任察愈甚，故東漢之治，寬厚樂易之風遠不及西漢。賢士大夫立於其朝，志不獲伸，雖號稱治安，皆其父子才智之所止，君子不尚者也。

漢光武論下

蘇轍

高帝舉天下後世之重屬之大臣，大臣亦盡其心力以報之，故呂氏之亂，平、勃得寘〔一〕力焉，誅産、禄，立文帝，若反覆手之易。當是時，大臣權任之甚盛，風流相接，至申屠嘉猶召辱鄧通，議斬晁錯，而文、景不以爲悟，則高帝之用人，其重如此。孝武之後，此風衰矣，大臣用舍僅如僕隸。武帝之老也，將立少主，知非人臣不可，乃委任霍光。霍光之權在諸臣右，故能翊昭建宣，天下莫敢異議。至於宣帝，雖明察有餘，而性本忌刻，非張安世之謹畏，陳萬年之順從，鮮有能容者。惡楊惲、蓋寬饒，害趙廣漢、韓延壽，悍然無惻怛之意，高才之士側足而履其朝。陵遲至於元、成，朝無重臣，養成王氏之禍，故莽以斗筲之才，濟之以欺罔，而士無一人敢指其非者。

光武之興，雖文武之略足以鼓舞一世，而不知用人之長，以濟其所不足。幸而子孫皆賢，權在人主，故其害不見。及和帝幼少，竇后擅朝，竇憲兄弟恣横，殺都鄉侯暢於朝，事發，請擊匈奴以自贖，及其成功，又欲立北單于以樹恩固位。袁安、任隗皆以三公〔二〕守義力争而不能勝，幸而憲以逆謀敗。蓋光武不任大臣之積，其弊乃見於此。其後漢日以衰，及其誅閹顯，立順帝，功出於宦官，黜清河王，殺李固，事成於外戚，大臣皆無所與。及其末流，梁冀之害重[一三]，天下不能容，復假宦官以去之。宦官之害極，天下不能堪，至召外兵以除之。外兵既入，而東漢之祚盡矣。蓋光武不任大臣之禍，勢極於此。

夫人君不能皆賢，君有不能而屬之大臣，朝廷之正也。事出於正，則其成多，其敗少。歷觀古今，大臣任事而禍至於不測者，必有故也。今畏忌大臣，而使它人得乘其隙，不在外戚，必在宦官。外戚、宦官更相屠滅，至以外兵繼之，嗚呼殆哉！

争論

潘興嗣

匹夫之賤，猶立子以争其惡，立友以議其過，況萬乘之貴，呼吸而霜露變，指顧而榮辱移，朝不争則暮有被其害，暮不争則朝亦然，至有頃刻而不及者。孔子曰：『天子有争臣七人，雖無道，不失其天下。』又曰：『商有三仁焉』，『比干諫而死』。其旨遠矣。或豈無諫與諷歟？譬之疾耳，有緩補逸養而後定，有攻治而後勝，有針砭而後起者，蓋時有緩急，勢有盈虛，先後之理，不可以一途御也。諷[一四]者依違而不切，《詩》所謂『主文而譎諫』，此緩補逸養之道也。諫者直指其事，争者嬰其[一五]鱗矣，此攻治之不効，而至於針砭也。若堯咨而舜俞，禹拜而益贊，可以無事於諫争，猶曰：『予違，汝弼。汝無面從。』君臣相與戒飭兢業如此，後世之君，奚恤而不用哉？昔者漢高帝謂周昌曰：『我何如主？』昌曰：『陛下桀、紂之主也。』高帝容之，決非桀、紂明矣。如使桀、紂之君，雖無道，猶用争臣，亦不失天下矣。

原諫

潘興嗣

舜命龍曰：「朕堲讒説殄行，震驚朕師，汝作納言，夙夜出納朕命，惟允！」於《臯陶謨》則曰：「能哲而惠，何憂乎驩兜」，「何畏乎巧言令色孔壬？」顔淵問爲邦，孔子曰：「遠佞人。」舜固聰明睿智，君臣之間，吁謨戒飭，憂此而已；顔淵亞聖，亦云遠佞，然則聖哲之慮遠矣。

諫之不行也，其原起於近習，始於纖微，成於浸潤，終至於不可禦。人君者，喜則有賞，怒則有誅，不可不察也。蓋未嘗濫誅矣，誅一小臣，則大臣及之；未嘗濫賞矣，賞一佞人，則大佞及之。不窒其源，雖欲救之，將若之何？予故曰：諫之不行，其源蓋起於近習，不可不慮也。

通論

潘興嗣

昔者井法大壞，而天下之民病矣，然而智者一出，則藏兵於民，藏食於兵，以全制勝，坐而收功，則謂之屯田者是也。

漢嘗以數萬之衆臨氐羌，氐羌固小矣，而議者謂費而勝之，不若以全制也，於是以萬人留田，果無一矢一鏃之費而虜平矣。曹操出於擾攘之際，憂不先於天下，而憂食不出於兵也，於是大興屯田，以示天下之形勢。勢莫微於羌事，莫急於操時，顧必先此者，蓋不苟一切之便，而以深久之利爲慮也。

昔者兵賦之法大壞，而天下之武備虛矣，然而智者一出，則兵有府，府有帥，帥有統。唐嘗以六十萬之衆田於近輔之郊，當四方有事時，長戈利戟奮然而直往，及其無事，則偃兵以就農，故天下之言武備者，必先府兵。

今以數十萬之衆，宿於燕、秦、晉、魏之地，半天下之賦，長轂巨軸逆險遡波而上，不足以給奉養，重商賈之利，出内帑之金，不足以佐費用。無事之時顧且如此，一有事，則重以四方之兵，倍數而益之。豈惟費廣而坐飼之驕不足以臨敵也，亦嘗以二十萬之衆棄於好水之上，隻輪奇馬無還者，此養之無制，備之不素故也。

夫燕、秦、晉、魏之郊，地非不廣，民非不悍勇，田非盡闢也，一旦索悍勇之民，闢地而殖之，胡爲而不可耶？擇天下之精兵，置之近輔之郊，擬府而爲之制，亦胡爲而不可耶？不及十年，粟必盈於塞下，而黥墨之徒可坐而鑠也。晁錯削七國而七國反，主父偃建分封之法，而諸侯不自知其弱。然則屯田府兵之制行，而天下之驕兵亦不自知其削矣，何憚而不爲也？邊粟已實，屯兵已强，中州之賦益寬，則北狄不敢愛其贐，羌人不敢慢其禮，此以全制勝也。昔之驕，今也悍勇；昔之不足，今也有餘。不幸而有警，内府出節，外府出兵，擁鉞而下，臨燕而燕動，臨秦而秦讋，此所謂廟勝也。荆、楚、蜀、越四分五裂之地，天下用武之處也，亦不可以不思，及其有事，而欲以巧勝之，不亦拙且緩乎？

校勘記

〔一〕『有國』，六十三卷本、六十四卷本作『三國』。《四部叢刊》景宋寫本《欒城應詔集》作『三國』，宋本《增注古文關鍵》作『有國』。

〔二〕『戰鬬』，麻沙本作『鬬戰』。《四部叢刊》景宋寫本《欒城應詔集》作『戰鬬』。

〔三〕『而爲秦之强』，底本作『而爲之强强』，據六十三卷本、六十四卷本、麻沙本改。《四部叢刊》景宋寫本《欒城應詔集》作『而爲秦之强』。

〔四〕『其』，底本無，據六十三卷本、六十四卷本補。《四部叢刊》景宋寫本《欒城應詔集》作『其』。

〔五〕『不復』下，底本、麻沙本皆有一『隨』字，據六十三卷本、六十四卷本删。《四部叢刊》景宋寫本《欒城應詔集》無『隨』字。檢《漢書》，無『隨』字。

〔六〕『從』，底本無，據六十三卷本、六十四卷本補。《四部叢刊》景宋寫本《欒城應詔集》作『從』。

〔七〕『和』，底本無，據六十三卷本、六十四卷本補。宋本《東萊標注三蘇文集》、明嘉靖刊本《欒城集》作『和』。

〔八〕『賣馬』，底本誤作『買馬』，據六十三卷本、六十四卷本改。宋本《東萊標注三蘇文集》、明嘉靖刊本《欒城集》作『賣馬』。

〔九〕『光』，底本無，據六十三卷本、六十四卷本補。宋本《東萊標注三蘇文集》作『光』。明嘉靖本無。

〔一〇〕『立』，底本作『力』，據六十三卷本、六十四卷本改。宋婺州吴宅桂堂刻王宅桂堂修補印本《三蘇文粹》、明嘉靖刊本《欒城集》作『立』。

〔一一〕「寘」，底本作「致」，據六十三卷本、六十四卷本、麻沙本改。宋本《東萊標注三蘇文集》、明嘉靖刊本《欒城集》作「寘」。

〔一二〕「公」，底本作「宗」，據六十三卷本、六十四卷本改。宋本《東萊標注三蘇文集》、明嘉靖刊本《欒城集》作「公」。

〔一三〕「重」，六十三卷本、六十四卷本作「至」。宋本《東萊標注三蘇文集》、明嘉靖刊本《欒城集》作「重」。

〔一四〕「諷」，六十三卷本、六十四卷本作「逗」。

〔一五〕「嬰其」，六十三卷本、六十四卷本作「逆批」。

新校宋文鑑卷第一百

校者按：底本爲刻卷，據六十三卷本、六十四卷本、麻沙本刻卷校改。

論

隋論

李清臣

治天下者以王道，不可爲之以吏治，吏治可以苟天下之安，而不可久也。純以王道而治者，三代是也。吏治與王道雜然而用者，漢、唐是也。純用吏治者，隋文是也。自禹至於桀，自湯至於紂，自武王至於赧，三代之長各數十世，安而不變者，幾二千年。自高祖至於孝平，自光武至於獻帝，自高祖、太宗至於僖、昭，兹二姓者，或四百年，或三百年，不及於三代之長，而有過於歷世之祚。若隋文帝之有天下，於時亦可謂之治平而寡事矣，然纔三世二十九年而亡，其故何也？吏治與王道之効不同也。故三代用王道而長，漢、唐雜之以吏治而不及於三代，隋文專以吏治而不及於漢、唐，是非王道與吏治薄厚之効邪？

隋文之九年滅陳，而天下始一，奮勵於爲政，每一坐朝，或至日昃，五品以上引之論事，宿衛之人傳飱而食。至於兵革不用，天下無游食之人，户口歲增，過於兩漢，其富庶而康樂如此，常人之謂太平，而識者皆知其不能久也。何者？無禮義以維持其政，無忠信以固結其臣，教化不足以導其民，紀綱不足以防其後，一切以辯數勤察爲能。處三王之位，而皁皁焉任智數，覈文法，此特吏才之尤者耳，非王者之爲也。故王隆謂其終以不學爲累，而房喬於清平之時而獨知其將亡。彼或用王道，而常爲百世慮國祚之永，人可得而近測之哉？

嘗觀於三代，其爲治之旨，皆本於仁義禮樂，先教化而後刑名，厚道德而薄功賞。其始雖若迂闊，而其成以至於兵寢刑措，暴炙百姓之耳目，浸漬涵揉百姓之骨髓〔一〕，其勢蟠大膠固，如置方石於平土之上，天下之形，可以漸亂而不可以亟壞也。末世中主，德既不及於古，才亦不至於道，所用者皆俗人，而所尚者皆細法，争於功用，勇於擊斷，謂簿書刀筆之間可以爲治，語之以王道，則傾背而竊笑。强者爲之，及其盛，猶可以自守，一有勢〔二〕罅，則怨心紛然，内外皆爲之擾動。姦豪乘其敝而起，其撓天下如驅群羊，而蕩王業如振敧器耳。是故民衆而益亂，地大而益危。嗚呼，彼安知三代有長久難動之法乎！後之王者，鑒於三代、兩漢、隋、唐之事，不恃吏治之安，而留意於王道，其可以長有天下之民矣。

石慶論　　秦　觀

臣聞，漢武帝既招英俊，程其器能，用之如不及。内修法度，外攘胡粤，封泰山，塞決河，朝廷多事。丞相李蔡、嚴青翟、趙周、公孫賀、劉屈氂之屬，皆以罪伏誅，其免者平津侯公孫弘、牧丘侯石慶而已。平津以賢良爲舉首，用經術取漢相，辯論有餘，習文法吏事，其免故宜。牧丘，鄙人耳，爲相已非其分，又以全終，何也？蓋慶之終於相位，非其才智之足以自免也，事勢之流相激使然而已矣。何則？

夫君之與臣，猶陰之與陽也。陰勝而僭陽，則發生之道闕；陽勝而偪陰，則刻制之功虧。僭實生偪，偪亦生僭，兩者無有，是謂大和，萬物以生，變化以成。方武帝即位之始，富於春秋，武安侯田蚡以肺腑爲丞相，權移人主，上滋不平，特以太后之故，隱忍而不發。當此之時，臣彊君弱，陰勝而僭陽。武安侯既死，上懲其事，盡收威柄於掌握之中，大臣取充位而已，稍不如意，則痛法以繩之，自丞相以下，皆皇恐救過而不暇。當此之時，君彊臣弱，陽勝而偪陰。

夫豪傑之士，類多自重，莫肯少殺其鋒，鄙人則惟恐失之，無所不至也。當君彊臣弱，陽勝偪陰之時，雖有豪傑，安得而用？雖用之，安得而終？然則用之而終者，惟鄙人而後可也。慶爲相時，九卿更進用事，事不關決於慶，慶醇謹而已。在位九歲，無能有所正言，嘗欲治上近臣，反受其過，上書乞骸骨，詔報反室，自以爲得計，既而不知所爲，復起視事。嗚呼，此其所以見容於武帝者歟！夫慶終於相位，是田蚡之所致也，故曰事勢之流相激使然而已矣。

然則平津之免也，弘之才術，雖不與慶同日而語，至於朝奏暮議，開其端使人主自擇，不肯面折廷爭，公卿約議，至上前皆背其約，以順上旨，如此之類，則與慶相去爲幾何耶？弘與慶爲人不同，其所以獲免者一也，蓋是時非特丞相也，如東方朔、枚皐、司馬相如、嚴助、吾丘壽王、朱買臣、主父偃之屬，號爲左右親幸之臣，而亦多以罪誅，唯相如稱疾避事，朔、皐不根持論，以此獲免。由是觀之，武帝之廷臣，鄙人者多矣，豈特慶也哉？故淮南王謀反，惟憚汲黯好直諫，守節死義，至説公孫弘等，如發蒙耳。嗚呼！如黯者，可謂豪傑之士也。

漢文帝

曾　肇

予嘗謂治天下本於躬化，而觀漢文帝躬行節儉，以德化民，宜其有以振起衰俗，而賈誼以謂『殘賊公行，莫之禁止』，其説以背本趨末者爲天下之大殘，淫侈之俗爲天下之大賊，則當時風俗可謂敝矣，豈所謂躬化者，果無益於治哉？蓋文帝雖有仁心仁聞，而不修先王之政故也。

先王有不忍人之心，則有不忍人之政，而其政必本於理財。理財之法，其定民之大方有四，而任民之職有九。士、農、工、商，以辨其名。九穀、草木、山澤、鳥獸、材賄、絲枲、聚斂、轉移以辨其職。又爲之屋粟、里布、夫家之征，以待其不勤。是故天下無遷徙之業，無游惰之民，其於生財可謂衆矣。至於愛養萬物，必以其道。故罻羅網罟、斧斤弓矢，皆以時入；而覆巢麛卵、殺胎伐夭，皆爲之禁，取之又有其時也。於是制禮以節其用，天子都千里之畿，諸侯各專百里之國，卿士大夫至於庶人，莫不有田。而視其位之貴賤，稱其入之厚薄，而爲之法制度數，以待其冠婚、賓客、死喪、祭祀之用者，隆殺多寡，各適其宜。爲上者謹名分以示天下，而人人安於力分之内，無覬覦於其外，是以淫僻放侈之心不生，而貧富均一，海内充實，無不足之患。然後示之以廉恥，興之以德義，故民從之也輕。方此之時，游惰者無所容，而雖有僭侈之心，亦安所施於外哉？教化之所以成，殘賊之所以熄，蓋出於是也。

自秦滅先王之籍，而漢因之，務爲一切之制，由天子至於庶人，無復有度量分界之限，而人人去本趨末，争於僭侈。高祖嘗禁賈人不得曳絲乘車，其令卒於不行。至文帝之時，商賈富厚，力過吏埶，而末技游食害農者蕃，庶人牆屋之飾，僕妾之衣，皆宗廟之奉，天子之服，則其俗之不善可知矣。而文帝不知修先王之政，以救其敝。方其開籍田以勸耕者，衣弋綈而斥文繡，以示敦樸，爲天下先，其意美矣，然法度之具不行，而欲以區區之一身率四海之衆，豈非難哉？孟子曰：『徒善不足以爲政。』非虚言也。雖然，以彼之德，成之以先王之政，則庶幾三代之賢主哉！

諱言

張　耒

高宗自誅長孫無忌，放褚遂良等後，天下以言爲諱者二十餘年。其後，一御史嘗抗論一不急事，時謂『鳳鳴朝陽』。方其以言爲諱也，武氏不出房闥而取其國，天子自殿陛之下，門闕之外，顛倒錯亂，無由知之。而其左右忠臣良士，豈無良策善計？亦不敢告，故以牝奪雄，坐房奥，奪廟社，犯天下之至不順，爲天下之難成而有功。此譬如盜入主人之家，執其主，塗其耳目，而唯其所爲，何求而不得哉？

張子曰：天將亂人之國，則必使諱人之言。人之愛其身，其寢食起居有少異焉，而人告之，則必信之，又從而治之，夫如是，則可以終身而無疾。今其寢食起居類非平人之狀，而其親戚朋友旁視而不敢告，一日疾作而死矣。太宗以蘭陵公主園賞言者，其直百萬，非好名也，事當然也。

敢言

張耒

漢王鳳以外戚輔政，殺王章以杜天下能言之口，而梅福以南昌尉上書，顯攻之而不忌。唐文宗時，宦人握禁兵，制天子，樞密使權過宰相，誰敢少忤其意？而劉蕡對策肆言其惡，斥其篡弑廢立〔三〕之罪。而明皇時，李林甫爲相幾二十年，固寵市權，愚瞽其君，内助楊氏之勢，外成禄山之亂，補闕杜璡嘗再上書論事，斥爲下邽令。林甫以語動其餘曰：『立仗馬終日無聲，飫三品芻豆，一鳴則黜之矣，後雖欲不鳴，得乎？』由是諫争路絶矣。

夫林甫之威，未慘於漢庭之外戚、唐文宗之宦官也，而梅福、劉蕡敢犯之，而林甫徒以區區貶斥，而天下之士震怖，如畏虎狼，此其故何也？王鳳得政之初，帝失德未深，猶可與論道理，商成敗，而漢之公卿，猶有賢智忠義之士也。文宗〔四〕大和二年，名臣在朝者，如裴度、李絳、韋處厚之徒猶數人，公卿侍從之間，差可告語，其勢足以持典刑也。故此二子者，非妄發恣行，而心實有所恃也。若林甫之時，人主淫昏於上，視天下之治亂，如越人視秦人之肥瘠，不可與言矣。而朝廷之士，有一介之善，略能別白黑者，則林甫斥逐之而無餘矣。國中空無人，上下内外，皆從君於昏者也，而天下之士雖欲有言，何恃以救其禍乎？此人之所甚畏也。嗚呼！國無善人，國非其國也，可不懼哉？明皇嘗論林甫曰：『此子妬賢嫉能，無與爲比。』則其時人物可知也。

李郭論

張　耒

雄傑好亂之士，可伏以天下之大義，不可掩以匹夫之小數。何也？彼其心甘爲理屈，不肯負人以其智。幸而掩之，得志，其後必大亂，凶悖放恣而後其志乃已，此不可不慎也。漢高祖苟一時之便，僞游雲夢而執韓信，雖能執信，而信之反心自此生矣。當此時，高才智士亦有輕其君之心，故英布、貫高之亂繼踵而起者，此非伏英雄之道也。

李光弼提孤軍與安、史健虜百鬭百勝，其治軍行兵，風采出郭子儀之右。而當時諸將皆望風伏子儀，如敬君父，而光弼之在彭城，諸將已不爲使。子儀能使吐蕃謂父，而史思明乃上書請誅光弼。大抵光弼之實不及子儀之名，子儀安坐而有餘，光弼馳騁而不足。余嘗思其故，讀《史思明傳》，見光弼使烏承恩潛殺史思明事，而後知李、郭之優劣。蓋子儀之爲人，至誠不欺，主於忠信，其胷中洞然大人也，故静則人安其德，動則人伏其義。光弼用烏承恩使襲殺史思明，此雖狡夫猾虜之常態，意其人雖雄悍驃勇，而中有所不可保信者，市井之智，盗賊之謀，有時而用之也，不然，何以召史思明之侮，而田承嗣之膝獨爲尚父屈歟？此於伏人之道小矣。

嗚呼！成事以材，不若以德；服人以智，不若以理。惟德與理，始鈍終利，以之治大，以之行遠，未之有侮也。

邴吉

張耒

邴丞相爲人至深厚也，余獨有恨焉。虜入雲中，詔問丞相御史以虜所入郡吏，御史不能對，得譴責；而丞相能具知，『見謂憂邊思職』。夫吉之能知，馭吏之力也。夫平日不知從事於其所當急，而一時際會於他人之力，亦可以爲徼幸，謂之真『憂邊思職』也，可乎？因徼幸以得譽，遂從而冒之，坐視人之得譴責而不分謗，則亦少欺矣。龔遂因王生一言，天子以爲長者，遂不敢以爲出己，曰：『此乃臣議曹教臣。』夫遂之能歸功於君，其善微，而不冒人之善，其德厚矣。方天子讓御史，吉如曰『臣與御史等耳，臣之僕有先白臣者，臣是以知之』，此其爲能，豈獨『憂邊思職』而已哉？世人有未嘗射，挾弓注矢，一發而中，不知者曰『天下之善射者也』，其人不讓，則知之者笑之矣。邴吉脱宣帝於死，能絶口不道，獨貪一馭吏之功，殆必不然。傳曰：『思則得之，不思則不得也。』吉未之思歟？夫冒徼幸之福而安處之，此庸人之所常行，獨爲邴丞相恨也。

秦論

何去非

兵有攻有守，善爲兵者，必知夫攻守之所宜，故以攻則克，以守則固。當攻而守，當守而攻，均敗之道也。方天下交臂相與而事秦之彊也，秦人出甲以攻諸侯，蓋將取之也。圖攻以取人之國者，所謂兼敵之師也。及天下攘袂相率而叛秦之亂也，秦人合卒以拒諸侯，蓋將却之也。圖拒以却人之兵者，所謂救敗之師也。兼敵之師，利於轉戰；救敗之師，利於固守，兵之常勢也。

秦人據崤、函之阻以臨山東，自繆公以來，常雄諸侯，卒至於并天下而王之，豈其君世賢耶？亦以得乎形便之居故也。二世之亂，天下相與起而亡秦，不三歲而爲墟。以二世之不道，顧秦亦何足以亡？然而使其知捐背叛之山東，嚴兵拒關，爲自救之計，雖以無道行之，而山西千里之區猶可歲月保也。不知慮此，乃空國之師以屬章邯、李由之徒，越關千里以搏寇，而爲鄉日堂堂兼敵之師，亦已悖矣。方陳勝之首事，而天下豪傑争西嚮而誅秦也，蓋振臂一呼，而帶甲者百萬，舉麾一號，而下城者數十，又類皆山林倔起之匹夫，其存亡勝負之機，取決於一戰，其鋒至鋭也。而章邯之徒不知固守其所以老其師，乃提孤軍，棄天險，渡漳踰洛，左馳右騖，以嬰四合之鋒，卒至於敗，而沛公之衆，揚袖而入空關。雖二世之亂足以覆宗，天下之勢足以夷秦，而其亡遂至於如此之亟者，用兵之罪也。

夫秦役其民，以從事於天下之日久矣，而其民被二世之毒未深，其勇於公鬬，樂於衛上之風聲氣俗猶在也。而章邯之爲兵也，以攻則不足，以守則有餘。周文常率百萬之師傳於戲下矣，章邯三擊而三走之，卒殺周文。使其不遂縱以搏敵，而坐關固守爲救敗之師，關東之土雖已分裂，而全秦未潰也。

或曰：七國之反漢也，議者歸罪於吴、楚，以爲不知杜成皐之口，而漢將一日過成皐者數十輩，遂至於敗亡。今豪傑之叛秦，而罪二世之越關搏戰，何也？嗟夫！務論兵者〔五〕，不論其逆順之情與夫利害之勢，則爲兵亦踈矣。夫秦有可亡之形，而天下之衆亦鋭於亡秦，是以豪傑之起者，因民志也，關東非爲秦役矣。漢無可叛之釁，而天下之民無至於負漢，則七國之起，非民志矣，天下皆爲漢役者也。以不爲秦役之關東，則二世安得即其地而疾戰其民？以方爲漢役之天下，則漢安得不趨其所而疾誅其君？此戰守之所以異術也。昔者賈誼、司馬遷皆謂『使子嬰有庸主之才，僅得中佐，則山西之地可全而有』，卒取失言之譏於後世。彼二子者，固非愚於事機者也，亦惜夫秦有可全之勢耳。雖然，彼〔六〕知秦有可全之勢，而不知至於子嬰，而秦之事去矣，雖有太公之佐，其如秦何哉！

西晉論

何去非

天下之禍，不患其有可觀之迹而發於近，而患其無可窺之形而發於遲。有迹之可覩，雖甚愚怯，必加所警備，而發於近者，其毒嘗淺。無形之可窺，雖甚智勇，亦忽於防閑，而發於遲者，其毒常深。

昔者五胡之禍晉室，其起者非一朝一夕也。探其基而積之，乃在於數百歲之淹緩，國更三姓而歷君數十，平居常日，不見其有可窺之形，是以一發而莫之能支。夫非無形也，蓋爲禍之形常隱於福，爲福之形常隱於禍，人見其爲今日之禍福而已，不就其所隱而逆窺之，是以於其未發，皆莫覩其昭然之形，此其爲禍至於不可勝救也。

先王之制夷狄於要荒也，甚惡其猾夏而亂華，未嘗不欲驅攘而擯之。周公朝諸侯於明堂，夷蠻戎狄之君立於四門之外，使無與乎備物盛禮之觀。後世之君，幸其衰敝而悦其向服也，因内徙而親之。其事肇於漢之孝宣，漸於世祖，而盛於魏武。或空其國而罷徼塞之警，或藉其兵而爲寇敵之扞。夫既去其侮而又役其力，可謂世主之大欲，國家之盛福矣。不知積之既久，而大禍之所伏，一旦洶然而發，若決防水，莫之能遏。晉爲不幸而適當之，以其平居常日不觀其昭然之形故也。

昔者孝宣承武帝攘擊匈奴之威，會五單于内争，始納呼韓邪，使之依阻塞下，稍通五原，而來其朝。至於孝元，而呼韓邪乃願保塞而請罷邊備，賴侯應之策，以爲自孝武攘之幕北，奪其陰山，匈奴失所蔽隱，每過陰山，未嘗不哭其喪亡也，今罷備塞，則示之大利。元帝雖報謝焉，自是胡人亦浸而南，顧漢亦甚悦其來而不之却也。世祖因匈奴日逐之至，遂建南廷以安納之，稍内居之西河美稷，而其諸部因遂屯守北地、朔方、五原、代郡、雲中、定襄、雁門之七郡，而河西之地鞠爲虜區。加徙叛羌，錯置三輔。魏武復大徙武都之氐，以實關畿，用禦蜀寇，而匈奴五郡皆居汾晋，而近在肘腋矣。於晋之興，大率中原半爲夷居。元海，匈奴也，而居晋陽；石勒，羯人也，而居上黨；姚氏，羌也，而居扶風；苻氏，氐也，而居臨渭；慕容，鮮卑也，而居昌黎。種族日蕃，其居處飲食趨華矣，而其桀暴貪悍、樂鬭喜亂之志態，則亦無時而變也。是以元海一倡，而并、雍之胡乘時四起，自長淮之北，無復晋土，而爲戰國者幾二百年，所謂發於遲而爲毒深也。雖然，彼之内徙而聽役也，亦迫於制服之威，而其情未嘗不懷土而思返，固甚怨夫中國羈拘而賤侮之也，是以劉猛發憤而反於晋，事雖不濟，而劉氏諸部未嘗一日而忘之也。

自魏而上，非無明智之主，足以察究微漸，爲子孫萬世之慮，然皆安其内附，或樂用其力，唯恐不能鳩合而牧役之，雖有夫爲禍之形，皆不爲之深思遠慮，就其所伏而消厭之。由晋而下，自武帝之平一吴會，偏撫天下，固無藉乎夷狄之助矣。苟於此時，有能探其所伏之禍而逆制焉，因其懷返之情，加之恩意，以導其行，爲之假建名號而廪資之，使各以種族而還之舊土，彼樂引輕去而惟恐其後也，然後嚴斥障塞，使有華夷内外之辨，後雖有警，則無至發於肘腋之間，而被不可勝言之禍矣。雖然，自非明智果斷之主爲子孫後世之慮，則不能決於有爲，以救其未發之深禍也。彼晋武自平一吴會，方以侈欲形於天下，其能及此乎？雖郭欽抗疏，江統著論，其言反復切至，皆恬然不爲省，方抱虎而熟寐爾。嗟乎！爲天下者，無恃其爲平日之福，而忽其所隱之禍也。

校勘記

〔一〕「髓」，麻沙本作「體」。

〔二〕「勢」，六十三卷本爲空格，六十四卷本爲墨釘。

〔三〕「廢立」，麻沙本作「叛逆」。

〔四〕「文宗」，麻沙本作「文帝」。

〔五〕「兵者」下，底本衍「不論兵者」四字，據六十三卷本、六十四卷本、麻沙本删。

〔六〕「彼」下，麻沙本有一「徒」字。

新校宋文鑑卷第一百一

校者按：底本爲刻卷，據六十三卷本、六十四卷本、麻沙本刻卷校改。

論

明皇論

崔　鷗

穆王戒太僕曰：『僕臣正，厥后克正；僕臣諛，厥后自聖。』仲虺告成湯曰：『能自得師者王，謂人莫己若者亡。』夫實凡也，而自以爲聖，則偃然以天下爲莫己若。以天下爲莫己若，則有罪不聞，有過不改，禍亂之形成，而卒以不悟，是亡之道也。以唐考之，克有天下者，十有八王，而不以諛臣之故別加稱號者，高祖、太宗、睿宗、文宗四君而已，其餘皆立虚名。而開元、天寶之間，群臣至六上尊號。嗟乎！諛亦甚矣。而明皇受而不辭，蓋將自以爲聖者歟？其播越流離，至於亡國，非不幸也。夫加以天地、道德、聖神、文武之號，兼覆載之大美，極今古之徽稱，彼其臣遂以爲誠爾耶？直以爲吾君好諛喜佞，故逢之也。以爲誠爾，則天不以號然後推其高，地不以名然後推其厚，三皇無有也，五帝無有也，自古賢君懿主皆無有，而吾祖宗亦無有也。彼其後世中君幽主獨有之，是直以好諛喜佞待吾君，而以諛佞逢之，人君之賊也。聖矣夫！光武之爲君也，詔天下上書不得言聖。明矣哉！顯宗之爲君也，曰先帝詔書，禁人言聖，自今有過稱虚譽，尚書宜抑而不省，示不爲謟子嗤也。嗚乎！姦人之情得矣，其成建武、永平之盛，有以矣夫！

楊嗣復論

崔鷗

氣類所合，物莫能間。君臣相與，必有所謂合者，君子不之察，欲彊以口舌折姦人之鋒，勢必不振。此小人所以常勝，君子所以常不勝，一也。人情，逆之則怒，順之則喜，毁之則怒，譽之則喜。小人性便諛佞，志在詭隨，而君子任道直前，有犯無隱。此小人所以常勝，君子所以常不勝，二也。君子正直是與，不妄説人，而小人竊爵禄以植朋黨，竭智力以市内援。此小人所以常勝，君子所以常不勝，三也。君子難進而易退，小人易進而難退，易進則常在上以制人，難進則常在下而爲人所制。此小人所以常勝，君子所以常不勝，四也。君子柔亦不茹，剛亦不吐，不虐幼賤，不畏高明，而小人之於人，失勢則鼠伏以事之，得勢則虎步以凌之。此小人所以常勝，君子所以常不勝，五也。君子窮則以命自安而不尤人，達則以恕存心而不害物，小人在下則不安，而懷毒以伺上，居上則快意，而肆虐以害人。此小人所以常勝，而君子所以常不勝，六也。君子一有不安於其心，則畏君畏親，畏天畏人，而小人欲濟其姦，則欺君欺親，欺天欺人，無不可者。此小人所以常勝，君子所以常不勝，七也。君子厲廉節，崇名譽，小人苟獲其欲，則天下賤之而不羞，萬世非之而不辱。此小人所以常勝，君子所以常不勝，八也。君子於言欲訥，於行欲敏，有過則改，見義則服，而小人矜利口以服人，喜姦言而文過。此小人所以常勝，君子所以常不勝，九也。天下善人少，不善人多，故君子爲國求人，難於選拔，而凶邪一嘯，則千百爲群。此小人所以常勝，君子所以常不勝，十也。君子不念舊惡，以德報怨，而小人忘恩背義，至以怨報德。此小人所以常勝，君子所以常不勝，十一也。君子有若無，實若虚，有功不矜，有善不伐，而小人無而爲有，虚而爲盈，露巧而揚能，矜功而賣善，以惑時君，以冀徼倖。此小人所以常勝，君子所以常不勝，十二也。君子小人之不敵，亦明矣。此鄭覃、陳夷行所以罷黜，李德裕所以謫死窮荒，逢吉、宗閔、楊嗣復輩所以卒乎翔佯而得計，豈足怪哉！

察言論

唐庚

古之人臣，抵掌緩頰，説人主以用兵者，其言未嘗不引義慷慨，豪健俊偉，使聽者踴躍激發，奮然而從之。至考論其心，則有爲國計者，有爲身謀者，是不可以不察也。今夫戰則除害於時，不戰則遺患於後，此有必勝之勢，彼有必敗之道，思慮深熟，利害之形了然於胷中，知其決不誤國而後爲之，若此者，爲國計，非身謀也，張華、裴度是已。

天下既平，謀臣宿將以侯就第，杜門却掃，無所用其奇，則瞋目扼腕，争爲用兵之説，庶幾有以騁其智勇而舒其意氣，若此者，爲身謀，非國計也，臧宫、馬武是已。國家無事，貪財嗜利之臣無所僥倖，則必鼓倡兵端，以求其所欲。兵革一動，則金錢貨幣、玉帛子女，何求而不得？若此者，爲身謀，非國計也，陳湯、甘延壽是已。官崇禄厚，無所羨慕，惴惴然唯恐一日失勢，而不得保其所有，則必建開邊之議，以中人主之欲，以久其權，若此者，爲身謀，非國計也，楊國忠是已。前侯故將，失職之臣，負罪憂畏，思有以撼動其君，則争議邊功，以希復進，若此者，爲身謀，非國計也，竇憲是已。古之人臣，逆節已萌，而功効未著，人心未服，則未嘗不因戰伐之功，以收天下之望，若此者，爲身謀，非國計也，桓温、劉裕是已。

嗟乎！秦、漢以來，説人主以用兵者多矣，或勝或不勝，要之爲國計者至少，爲身謀者如此其多途也。可不鑒哉！可不戒哉！

憫俗論

唐庚

自古諸侯，風俗小大，曷嘗不與其國相稱？齊地負海，膏壤二千里，則其俗闊達寬緩而多智。全晉未分時，在春秋世，最爲彊國，則其俗用意深遠，有古帝王之遺風。鄒、魯居洙、泗之間，迫於齊、楚，國小而地狹，則其俗亦復齷齪而謹畏。今天下大矣，堯、舜、三代之地，蓋不至於此，民生其間，耳之所聞，目之所睹，體之所安者，壯矣，而風俗之人不足以稱之，有是理否？

風俗非一事，要以人材爲本。今士大夫達時變，識事情，警敏有餘矣，至於學治道，通大體，氣力度量，足以支久而任重者，未可多得。是豈無有也？有而不容於時。今之建言者，類皆薄物細故，非天下所以治亂安危。而士之所言，亦不過趣一切辨治而已，非能有益於宗廟社稷也。學術小，故無大論議；力量狹，故無大功名。以爲上世悉然，則前此風俗嘗廣矣，當是之時，唯恐其疏爾。形勢非有不同，年表日曆非甚相遠，而更病其隘，是必有説矣。吾聞江海之水，必有吞舟之魚；通邑大都，必有千金之家。以四方萬里之國，而非得恢廓宏遠之風以充之，是猶衣九尺之衣，束十圍之帶，高視闊步，而血氣不逾中人也，可乎？建武、永平之治，未必不〔一〕優於西京，而風俗不及者，正其小也。

傳曰：『不知其形，視其影也。』今百工之所造，商賈之所鬻，士女之所服者，日益狹陋，而一時人物，大率精〔二〕悍而短小，此非其影耶？古之化俗，惡者可使爲善，邪者可使爲正，今俗非有他也，獨患小爾，顧不可使知大乎？

義

公食大夫義

劉敞

食禮，公養賓，國養賢，一也。親之故愛之，愛之故養之，養之故食之。食而弗愛，猶豢之也；愛而弗敬，猶畜之也。饗禮，敬之至也；食禮，愛之至也。饗爲愛，弗勝其敬；食爲敬，弗勝其愛，文質之辨也。公使大夫戒，必以其爵，恭也已輕，則卑之已重，則是以其貴臨之也。賓三辭聽命，言是禮之貴弗敢當也，弗敢當，故難進也。公迎賓于大門内，非不能至于外也，所以待人君之禮也。臣之意欲尊其君，子之意欲尊其父，故迎賓于大門内，所以順其爲尊君之意也。三揖至于階，三讓而升堂，充其意，諭其誠也。於廟用祭器，誠之盡也。君子於所尊敬不敢狎，不敢狎，故神明之，故忠臣嘉賓樂盡其心也。大夫立于東夾南，西面北上，士立于門東，北面西上，小臣東堂下，南面西上，宰東夾北，西面北上，内官之士在宰東，北面南上。百官有司備，以樂養賢也。設筵加席几，致安厚之儀也。公設醬，然後宰夫薦豆菹醢，士設俎，公設大羹，然後宰夫設鉶啓簋，言以身親之也。賓徧祭，公設粱，宰夫膳稻，士膳庶羞，爲殷勤也。賓三飯，飯粱以湇醬，此君之厚己也。賓必親徹，有報之道也。庭實乘皮，侑以束帛，雖備物，猶欲其加厚焉也。公拜送，終之以敬也。有司卷三牲之俎，歸于賓館，不敢褻其餘也。上大夫八豆、八簋、六鉶、九俎，庶羞二十，其餘衰，是見德之殺也。

君子之言曰：愛人者，使人愛之者也；敬人者，使人敬之者也；親人者，使人親之者也；自卑者，使人尊之者也。是故公養賓，國養賢，其義一也。未有愛之，敬之，親之，尊之，而其位不安者也。未有不愛，不敬，不親，不尊，而能長有其國者也。將由乎好德之君，則將飴焉，唯恐其不足於禮；將由乎驕慢之君，則將曰是食於我而已矣。故禮，君子所不足，小人所泰也。孔子食於少施氏，將祭，主人辭曰不足祭也；將飧，主人辭曰不足飧也。孔子退曰：吾食而飽，少施氏有禮哉！故君子難親也，將親之，舍禮何以哉？

士相見義

劉敞

自天子至于庶人，皆有摯。摯者，致也，所以致其志也。天子之摯鬯，諸侯玉，卿羔，大夫雁，士雉。鬯也者，言德之遠聞也。玉也者，言一度不易也。羔也者，言柔而有禮也。雁也者，言進退之時也。雉也者，言死其節也。故天子以遠德爲志，諸侯以一度爲志，卿以有禮爲志，大夫以進退爲志，士以死節爲志。明乎志之義，而天下治矣。故執斯贄也者，執斯志者也。君之摯以事神，臣之摯以養人。惟君受摯者，惟君受養也，非其君則辭摯，不敢當養也。古者非其君不仕，非其師不學，非其人不友，非其大夫不見。士相見之禮必依於介紹，以言其不苟合者也。必依於摯，以言其以道親也。苟而合，唯小人而不恥者能之。君子可見也，不可屈也；可親也，不可狎也；可遠也，不可踈也。賓至門，主人三辭；見賓稱摯，主人三辭，摯所以致尊嚴也。大夫以禮相接，士以禮相諭，庶人以禮相同，然而争奪興於末者，未之有也。

人苟爲悦而相親若者，未必争；苟爲簡而相親若者，未必怨。是故士相見之禮者，人道之大也。所以使人重其身，而毋邇於辱也；所以使人審其交，而無邇於禍也。唯仕於君者，召而往，未仕而見於君者，冠而奠摯。『在邦曰市井之臣，在野曰草莽之臣。』君雖召，不往也。是故雖有南面之貴，千乘之富，士之所以結者，禮義而已矣，利不足稱焉。刑罰行於國，所誅者好利之人也，未有好利而其俗不亂者也。無介而相見，君子以爲諂，故諸侯大國九介，次國七介，小國五介。

致仕義

劉　敞

自頃有司屢言，士大夫過七十而不致政，請引籍校年而却之，天子弗忍也，以詔戒告之而已。予謂致仕之義，君非使之，臣自行也。宜乎天子弗忍督迫之，而以詔書戒告也。然而天下之老臣，猶自若也。甚矣夫，其非天子之意也！故作《致仕義》。

致仕之義，古者大夫七十而致仕，君非使之也，臣自行也。臣雖行之，君曰：是猶足以佐國家社稷也，留之不可失也。於是乎有几杖之賜，安車之錫，所以致留之也。君留之，臣曰：吾不可貪於人之榮，不可圂於人之朝，不可塞於人之路。再拜稽首，反其室，君不彊焉，義也。毋奪其爵，毋除其禄，毋去其菜邑，終其身而已矣。此古者致仕之義也，此之謂上下有禮。故古者大臣讓，小臣廉，庶人法，百姓不競，由此道也。是以古之爲臣者，不四十不禄，不五十不爵，不七十不致事〔三〕。四十而禄，爲不惑也；五十而爵，爲知命也；七十而致事〔四〕，則以養衰老也。不惑，故可與謀大計矣；知命，故可以受大寵矣；養衰老，故可以全節儉，教百姓矣。

故古之仕者，爲道也，非爲食也；爲君也，非爲己也；爲國也，非爲家也。是以時進則進，時止則止也。是以進不貪其位，止不慕其權也。凡致仕之義，君曰：畜犬馬不可盡其力，而況士大夫乎？是雖誠賢也，雖誠智也，吾不可盡其力也，此恩之至也。臣曰：爲人臣者不顧力，雖然，吾力不足矣，不可以當社稷之役而蒙干戈之任矣，不可以勞夙夜之慮而苟旦暮之利矣，全而歸焉，亦可已矣，此義之至也。故君以恩御臣，臣以義事君，貪以是息，而讓以是作。

今之人則不然，仕非爲道也，而爲食也；非爲君也，而爲己也；非爲國也，而爲家也。是以進不知止，而困不知恥也。是以當老者，上雖屢督教之，而猶莫從也；有司雖痛詆發之，而猶莫顧也。此無它，廉讓之節不素厲，而賞罰之政混也。

然則奈何？曰：必引籍校年而命之退，則薄於恩而殺〔五〕於義；必毋引籍校年而待其退，則疾貪位而害民蠹國。均之二者，莫若察有功者而必賞之，無問其齒焉；察無功者而必廢之，無問其齒焉。彼知賞不出於有功，廢不遺於無功也，則震而自謀矣；震而自謀，則賢不肖，去與就決矣。如是亦焉用引籍校年而命之退，以損吾義哉？今夫無功與有功者，皆雜然莫辨也，彼所以得偷〔六〕容於其間也。故夫偷容之人，而欲其畏義由禮，以自潔於繩墨之外，是難能也。聖王之治也，非禮義所誘，則敺之以法；敺之以法，亦不廢其禮義之指，故此法之敺也。嗚呼！爲致仕而卒以法敺也，不已薄乎？其亦出於不得已而爲之者乎！然則又何憚而不爲哉？

校勘記

〔一〕『不』，底本無，據六十三卷本、六十四卷本補。

〔二〕『精』，底本無，據六十三卷本、六十四卷本補。
〔三〕『致事』，麻沙本作『致仕』，意同。
〔四〕『致事』，麻沙本作『致仕』，意同。
〔五〕『殺』，六十四卷本、麻沙本作『斅』。六十三卷本以缺頁，未詳其用何字。
〔六〕『偷』，底本誤作『諭』，據六十三卷本、六十四卷本、麻沙本改。

新校宋文鑑卷第一百二

校者按：底本爲刻卷，據六十四卷本、麻沙本刻卷校改。

策

内帑

田況

王者官天下，家六合。風化普暨，孰非王土？經産雜出，悉爲邦賦。故守之以至德，推之以大公，調度所共，皆有蓺極，國計之外，不聞私積。《周禮》内府受九貢，以待邦之大用；外府供百物，以待邦之小用。以此故有内外之異，非天子之私藏也。若或任聚斂之臣，規藴蓄之厚，雖恭儉之主嗇用而致，然於德音無所益也，况繼統之君席有其富，或肆侈靡以遺患乎？

唐明皇踐祚之初，鋭意於理，躬履儉德，述宣醲化，後之言治者，比開元如貞觀。逮乎末年，乃恃泰寧，内縱奢樂。權臣怙寵，巧説媚上，以謂賦税所取，則歸之有司，以濟用度；進獻所入，當納于天子，以奉宴私。明皇悦之，遂爲瓊林、大盈之庫。王鉷每歲進錢百億，皆云不出租庸，侵牟黎元，厚餌寇盜。厥後韋臯、李兼、杜亞、劉贊之徒，競爲貢奉，曲祈恩寵，至於裴肅窮賈鬻之利以遷廉察，嚴綬傾軍府之資以拜刑曹。末〔一〕俗流風，遂而莫禦。陸贄嘗爲〔二〕德宗備陳其失，可謂切至端嚴〔三〕之論也。

國家開疆窮朔南，建號侔周、漢，舟車所達，上給中都。而計利之司稽勾〔四〕繁廣，研及圭撮，歲求倍蓰。加以鳴社〔五〕慶辰，升禋大祀，册禮昭縟，容典交修，九州之人無不咸獻其力，四海之内各以其職來祭，裒於公賦，輸之内帑，雖異乎唐室方貢之物，然亦非邦計之羨餘也。往歲軍須不充，計臣致請内出錢幣，謂之假貸。職掌之者旋復追索，經遠之士咸以爲非。且王者之於貨財，豈有内外？國家之有天下，豈有公私？使外足而内不足，君孰與不足？私足而公不足，君孰與足？

昔漢文之享御也，施利澤，省繇費，民有餘力，國有滯財。孝武得以〔六〕因其資而騁嗜奔慾，翫兵黷武。用既殫費，執不可已，於是桑羊、孔僅之徒專務功利〔七〕，而榷酤筭緡、坐市販物、鹽鐵鈦趾、株送補郎之法，流弊於千古矣。嚮非高祖、文帝〔八〕之德洽著於前，昭帝、霍光之勤休息於後，則生民虚耗，未易集也。靈帝之世多蓄私藏，中尚方〔九〕斂諸郡之寶〔一〇〕，中禦府積天下之繒，民困調繁，目爲導行之費，漢家之業衰於此矣。漢室尚爾，矧陳、隋之末世乎？是府庫之積不爲私也，章章矣〔一一〕。

今縱未能盡出所積以付有司，亦當眎豐凶之年，卹疲羸之俗，去出納之吝，通内外之財，俟乎下民寬饒，大計盈給，然後内於別藏，斂其餘貲，亦不爲過也。抑又『聖人大寶曰位』，見於《易繫》；『天子不私求財』，存乎書法。蓋寶乎位，則它物非足寶；私乎財，則何舉不爲私？

以是而言，所本尤大。若天心獨捨近謀遠，則無窮之慶及於萬嗣矣。

叙燕

尹洙

戰國世燕最弱。二漢叛臣，持燕挾虜，蔑能自固。以公孫伯珪之彊，卒制於袁氏。獨慕容乘石虎亂，乃并趙。雖勝敗異術，大槩論其彊弱，燕不能加趙，趙、魏一，則燕固不敵。唐三盜連衡百餘年，虜未嘗越燕侵趙、魏，是燕獨能支虜也。自燕覆於虜，虜日熾大。顯德世宗雖復三關，尚未盡燕南地。國初虜與并合，勢益張，然止命偏師備禦。師伐蜀，伐吴，泰然不以兩河爲顧，是趙、魏足以制虜明矣。并寇既平，悉天下鋭，專力於虜，不能攘尺寸地。

頃嘗以百萬衆駐趙、魏，訖敵退莫敢抗，世多咎其不戰。然我衆負城，有内顧心，戰不必勝，不勝則事亟矣，故不戰未當咎也。原其弊在兵不分，設兵爲三壁于争地，掎角以疑其兵，頓堅城之下，乘間夾擊，無不勝矣。蓋兵不分有六弊：使敵蓄勇以待戰，無他支梧，一也。我衆則士怠，二也。前世善將兵者必問幾何，今以中才盡主之，三也。大衆儻北，彼遂長驅，無復顧忌，四也。重兵一屬，根本虚弱，纖人易以干説，五也。雖委大柄，不無疑貳，復命貴臣監督，進退皆由中御，失於應變，六也。兵分則盡易其弊，是有六利也。勝敗兵家常勢，悉内以擊外，失則舉所有以棄之，苻堅淝水、哥舒翰潼關是也。是則制敵在謀不在衆。以趙、魏、燕南，益以山西，民足以守，兵足以戰。分而帥之，將得專制，就使偏師挫衂，它衆尚奮，詎能繫國安危哉？

故師覆于外而本根不搖者，善敗也。

昔者六國有地千里，師敗於秦，散而復振，幾百戰猶未及其都，守國之固也。陳勝、項梁舉關東之衆，朝敗而夕滅，新造之勢也。以天下之廣，謀其國不若千里之固，而襲新造之勢，徼幸於一戰，庸非惑哉？兵久弭，士大夫誦聖，謂百世不復用，非甚妄者不談，然兵果廢則已，儻後世復用之，鑒此少以悟世主，故迹其勝敗云。

息戍

尹洙

國家割棄朔方，西師不出三十年，而亭徼千里，環重兵以戍之，雖種落屢擾，即時輯定，然屯戍之費亦已甚矣。西戎爲寇，遠自周世，西漢先零，東漢燒當，晉氐羌，唐禿髮，歷朝侵軼，爲國劇患。興師定律，皆有成功，而勞弊中國，東漢尤甚，費用常以億計。孝安世羌叛，十四年用二百四十億。永和末，復經七年，用八十餘億。及段紀明，用裁五十四億，而剪滅殆盡。今西北涇原、邠寧、秦鳳、鄜延四帥戍卒十餘萬，一卒歲給無慮二萬，平騎卒與冗卒較其中者，總廩給之數，恩賞不在焉。以十萬較之，歲用二十億。自靈武罷兵，計費六百餘億，方前世數倍矣。平世屯戍，且猶若是，後雖無它警，不可一日輟去，是十萬衆有益而無損明也。

國家厚利募商入粟，傾四方之貨，然無水漕之運，所輓致亦不過被邊數郡爾。歲不常登，廩有常給，頃年亦嘗稍匱矣。儻其乘我荐饑，我必濟師，饋饟當出於關中，則未戰而西夏已困，可不慮哉？按唐府兵，上府千二百人，中府千人，下府八百人。爲今之計，莫若籍丁民爲兵，擬唐置府，頗損其數。又今邊鄙雖有鄉兵之制，然止極塞數郡，民籍寡少，不足備敵。料京兆西北數郡，上户可十餘萬，中家半之，當得兵六七萬。質其賦無它易，賦以泉石者不易以五穀，畜馬者又蠲其雜傜。民幸於庇宗，樂然隸籍。農隙講事，登材武者爲什長隊正，盛秋旬閱，常若寇至。以關内河東勁兵傅之，盡罷京師禁旅。慎簡守帥，分其統，專其任。分統則柄不重，專任則將益勵。堅於守備，習其形勢，積粟多，教士鋭，使虜衆無隙可窺，不戰而慴。兵志所謂『無恃其不來，恃吾有以待之』，其廟勝之策乎！

兵制

尹洙

今之戎狄，地兼燕、凉，然彊大之勢未過乎前世。中國士卒，專力武事，非若古者籍兵於民，農戰兼用者也。是中國兵勝於古，夷狄不勝於古也。古者中國鞭笞四夷而役屬者有之，給繒帛以懷來者有之，與之戰或勝或負者有之。今〔一二〕厚賂以厭其求，惟恐不及，或與之較，未嘗一勝焉，其故何哉？非夷狄之兵彊，非中國之兵弱，法制之失也。

何謂法制之失？以吏事而制戎事也。爲今而言，策之長在戰與守，策之失在禦與救。廢策之長，用策之失，所以亟敗也。假以虜事言之，若聞其將寇我境，我之大將不計敵衆寡之勢，不論戰遲速之利，必分兵禦之。禦之不勝，制令者曰吾知出兵而已，行者曰吾知奮命而已，朝廷必薄其責，議者亦置其罪。苟不禦之，雖全其師，朝廷誅其逗留，議者稱其畏懦，此所以必禦之也。若聞一城被圍，不計受攻之急緩，不論城壘之堅脆，必盡鋭救之。救之不勝，制令者曰吾知救之而已，行者曰吾知死之而已，朝廷必薄其責，議者亦置其罪。苟不救之，雖城獲全，朝廷咎其不進，議者言其坐觀，此所以必救之也。禦與救，非將之罪也，以吏事制戎事，法制之失也。

或曰：禦亦戰也，救亦戰也，禦與救皆爲失策，何謂戰爲長策也？夫禦與救，非利戰，不得已而戰也；非我利，則敵之利也。所謂戰者，我利則戰，不利則不戰，先計而後戰者也。先計而後戰，鮮不勝矣。不幸而不勝者，將之罪也。然則中國之爲守備久矣，何得謂守爲長策而廢不用也？所謂守者，方面之守，非一堡一障之守也，非尺寸之地守也。今敵入吾地，不計衆寡利害而禦之；敵圍吾城，不計堅脆急緩而救之。禦之必敗，救之必敗，兵潰于外，民潰于内，失所以爲守矣。守方面者異于是，使城自守，毋望救兵之出。蓋兵不出，則勢不分；勢不分，則有以待之。夫待之者，不戰則敵疑，作戰則敵懼，必戰則敵北。能守所以辦戰，能戰所以濟守。明戰守之利，而不得志於夷狄者，未之有也。

根本

石　介

善爲天下者，不視其治亂，視民而已矣。民者，國之根本也。天下雖亂，民心未離，不足憂也；天下雖治，民心離，可憂也。人皆曰天下國家，孰爲天下？孰爲國家？民而已。有民則有天下，有國家無民，則天下空虛矣，國家名號矣。空虛不可居，名號不足守，然則民其與天下存亡乎！其與國家衰盛乎！

自古四夷不能亡國，大臣不能亡國，惟民能亡國。民，國之根本也，未有根本亡而枝葉存者。故桀之亡以民也，紂之亡亦以民也，秦之亡亦以民也。漢有平城之危，諸吕之難，七國之反，王莽之奪，漢終不亡，民心未去也。唐有武氏之變，禄山之禍，思明、朱泚、宗權、希烈諸侯之叛，唐終不亡，民心未去也。夫四夷大臣非不能亡國，民心尚在也。觀漢高祖、文、景，唐太宗，其有以結民心之固。王莽奪取，漢已亡矣，而民尚思漢恩未已，故光武乘之中興。武氏、禄山、滔、泚、思明、宗權、希烈諸侯之亂，唐已亡矣，而民尚思唐德未已，故終至於三百年。民之未叛也，雖四夷之彊，諸侯之位，大臣之勢，足以移國，足以傾天下，而終不能亡也。莽等不能亡漢，武氏、禄山諸寇不能亡唐是也。民之叛也，雖以百里，雖以匹夫，猶能亡國。湯以七十里亡夏，文王以百里亡商，陳勝以匹夫亡秦是也。噫！民之未叛也，雖四夷、諸侯、大臣不臣，不能亡國，況匹夫乎？民之叛也，雖匹夫猶能亡國，況四夷乎？矧諸侯乎？矧大臣乎？噫，爲天下國家者可不務民乎！

《書》曰：『可畏非民？』孟子曰：『民爲貴，社稷次之，君爲輕。』故古之天子重民也，不敢侮於鰥寡。民雖匹夫也，有姦雄，有豪傑，有義勇。伊尹、吕望義勇也，陳勝豪傑也，黄巢姦雄也。伊尹、吕望不忍桀、紂之民塗炭，奮於耕釣，起佐湯、武，放桀係紂，義勇矣夫！陳勝不堪秦之民役苦，憤然舉兵以誅秦，豪傑矣夫！黄巢伺唐之隙，因民之饑，聚兵以擾天下，姦雄矣夫！《書》曰『可畏非民』，有姦雄，有豪傑，有義勇，可不畏乎？是以聖人不敢侮於鰥寡，蓋不可以匹夫待民也。孟子謂民貴、社稷次、君輕，蓋不敢以萬乘驕民也。吁！昏君庸主，不知民爲天下國家之根本，以草莽視民，以鹿豕視民，故民離叛，天下國家傾喪。嗚呼，民可忽哉！

臣觀太祖皇帝、太宗皇帝、真宗皇帝、皇帝陛下，養民勤矣，愛心至矣，然而天下之民困，其故何哉？郡守縣令濫也，僧尼多也，祠廟繁也，差役重也，支移遠也，貢獻勞也，館驛弊也，吏易數也，兼并盛也，游惰衆也。今欲息民之困，在擇郡守縣令，減僧尼，禁祠廟，省差役，罷支移，停貢獻，寬館驛，久使任，抑兼并，斥游惰。謹求其利病，而各著于篇。

明禁

石　介

國家之禁，疎密不得其中矣。今山澤江海皆有禁，鹽鐵酒茗皆有禁，布綿絲枲皆有禁，關市河梁皆有禁。子去其父則不禁，民去其君則不禁，男去耒耜則不禁，女去織紝則不禁，工作奇巧則不禁，商通珠貝則不禁，士亡仁義則不禁，左法亂俗則不禁，淫文害正則不禁，市有游手則不禁，官有游食則不禁，衣服踰制則不禁，宫室過度則不禁，豪彊兼并則不禁，權要横暴則不禁，賄行於上則不禁，吏貪於下則不禁。

夫子去其父則亂也，民去其君則叛也。男去耒耜，女去織紝，則離其業也；工作奇巧，商通珠貝，士亡仁義，則棄其本也；左法亂俗，則中華夷也；淫文害正，則經籍息也；市有游手，官有游食，則公私墮也；衣服踰制，宫室過度，則上下僭也；豪彊兼并，權要横暴，則貧人困也；賄行於上，吏貪於下，則公道闕也。如是而不禁，彼山澤江海，人所取財也；鹽鐵酒茗，人所取資也；布綿絲枲，人所取用也；關市河梁，人所取濟也，而禁，豈先王之法乎？三代之制乎哉？或曰：如何則先王之法也？三代之制也？曰：惟禁其不禁而弛其禁，則先王之法也，三代之制也。

責臣

石　介

《大過》上六，君子矣，心在救時，至於滅頂，凶而無悔。且當棟橈之世，居無位之地，而過涉以扶衰拯弱，可謂君子矣。

今國家有西北邊之憂，聖君夙夜勤勞，日旰不食，重擇大臣，付以專征。大官以寵之，富禄以厚之，節旄以榮之，宜竭智力以幹乃任，盡謀策以濟厥事。智力竭矣，謀策盡矣，然後以死繼之可也。乃偃蹇君命，優游私家，謂聞金鼓之震天〔一三〕，不若聞絲竹之淫耳；謂見羽旄之翳目，不若見趙衛之侍前；謂若被甲胄，不若服輕紈；謂若冒矢石，不若御重裘。不竭智力，不盡謀策，乃稱才不稱任；飲食加多，筋力完壯，乃謂病不任事。上以罔於君，下以欺於人，以圖其身之安。噫！國家久安無事，乃將乃相，爾公爾侯，貪榮取寵，不知休止，聚財積貨，不知紀極，飽而嬉，醉而眠。間則陳功勞，叙閥閲，矜材能，薦智略。恨爵位之不高，任使之不先，曾不曰才不稱任，病不任事。國家一日有邊鄙之憂，聖君倚之以安，則曰臣病，臣不才。至於兩銓三班院除人往西北邊去，多不肯行。

嗚呼！食人之禄，死人之事，况聖君英威睿武，仁行如春，義行如秋，敢兹不肅，是臣得以慢君，君不能以使臣也。天子之命，豈不行乎？傳曰：『四郊多壘，卿大夫之辱也。』又曰：『主憂臣辱。』大官以被其身，富禄以厚其家，四郊多壘，則曰非我之辱也；主憂，則曰非我之事也。有官責而不勤其官，矧在於無位之地乎？吾是以責斯人而賢上六也。嗚呼！賴聖君洪覆如天，不以寘諸法，若有如孔了者出，則當以春秋亂臣同誅矣。

言治　　劉敞

爲治者有其迹矣，而迹未必可復也；語治者有其言矣，而言未必可常也。遺迹而因於時，忘言而徇於理，治之大方也。故昔者無懷氏、神農氏封於太山，禪於梁父者，七十有二君，而治未嘗同，此道之謂也。崔寔論爲政，仲長統善之；賈誼謀匈奴，班固非之。自漢以來，莫謂不然。寔之言曰：『明君者，以嚴致平，非以寬致平也。』大宋之興，剗五代之敝，除其苛虐，吏以鞭朴赦贖爲治，而天下以寧。南至交趾，北至幽都，東漸于海，西被于流沙。外無彊桀之虜，内無群黨之寇。民不見金革之患者，於今百年〔一四〕，自三代以來，未嘗有也。此可謂『以嚴致平』者乎？固之言曰：『誼欲試屬國，設五餌三表以釣匈奴，其術已踈矣。』先帝與戎約和，內愛百姓，外親隣國，略循誼之策，而匈奴服從，至今五十餘年。自三代之盛，講信脩睦，附疏柔遠，亦未嘗有若此其久也，可謂『術已踈』者乎？從此觀之，爲治者因於時，而迹不足守也。語治者徇於理，而言不足專也。故自詩書禮樂治世之具者，皆遺迹而求其所以迹者也，忘言而索於所以言者也，非仲長統、班固之徒所能見也。

明禮

蔡　襄

二帝三王相因，作禮樂以正民性，革其非心，使之寡罪而遠刑，通萬世之法也。秦任兵刑而棄禮樂，漢、魏以還至晉，日用干戈，禮典殘缺，至於民俗盡矣。唐興，四方治定，欲有所爲，制作雖具，朝廷之禮，時亦修舉，而風教習尚，各隨其俗。五代禍亂，日不遑暇，專以刑治之。宋興五十餘年，太祖、太宗平天下，皆以兵威助治。真宗皇帝，契丹結好之後，遂至無事，朝廷禮文，罔不修舉。仁宗皇帝，好生卹刑，澤及禽獸，然四方之俗未聞由禮，尚專用法。法者，網羅過咎而施刑耳。臣請以一二事言之，冠婚葬喪，禮之大者，冠禮今不復議，婚禮無復有古之遺文，而喪禮盡用釋氏，獨三年日月則類古矣。臣請集大儒鴻博之士，約古制而立今禮，使百官萬民皆有等夷，便而易行，遠罪省刑之一途也。

去冗

蔡　襄

治天下者如治家。凡民之家，隨其富貧，視其族屬幾何，一歲之費幾何，賓客之資、公上之須復用幾何，度其家之所入，然後量力而出之，如是乃可以爲家計也。不如是，其家無以自給，則族屬不得自安矣。今治天下乃不如是，宰相不與知兵，增兵多〔一五〕少不知也。樞府不知財用，日日添兵，而財用有無不知也。三司使，守藏吏也，歲了一歲，便爲辦事，不幸有邊境之急，必取於民。譬之家計，是不度所入，不量所出，國不富實，陛下未得高枕而優游。臣故謂兵冗爲大，其次又有官冗，今且以轉官一事言之。太祖、太宗朝，仕宦者或有功勞，或有名譽，則拔任其人，人莫不勸。然以孤遠守常之人，湮沉不遷者有之。真宗設三年磨勘之法，然後孤遠守常之人，與夫權要圖進之士無異也。日月既久，漸以成俗，雖有長材異能出衆人者，有小過累，未可遷也；但能飲食言語，於人無忤者，數月必遷。此三年一遷之法，今爲大弊也。祖宗時，卿監郎中，無數十〔一六〕人，觀今班簿姓名可見也。天下州軍三百餘處，合入知州軍凡幾何人？局少員多，每至除授〔一七〕，待闕須一二年，通判、知縣之類率皆如此。真宗時，選人磨勘，有遷京官者，有不遷者。仁宗時，但無過咎，無不轉官。官冗如此，豈可不思其變更之術也哉？去冗百端，此二者最大。願陛下熟思之，漸求消冗之説。

校勘記

〔一〕『末』，六十四卷本作『遺』。

〔二〕『爲』，六十四卷本作『奉』。

〔三〕『嚴』，六十三卷本作『覈』。

〔四〕『勾』，麻沙本作『求』。

〔五〕『社』，六十四卷本作『祉』。

〔六〕『以』，底本作『不』，據六十四卷本改。

〔七〕『利』，底本無，據六十四卷本補。

〔八〕『文帝』，六十四卷本作『文景』。

〔九〕『中尚方』，底本作『中上方』，據六十四卷本改。

〔一〇〕『諸郡之寶』，底本作『諸郡之斂，諸郡之寶』，據六十四卷本、麻沙本改。

〔一一〕『章章矣』，麻沙本作『章矣』。

〔一二〕『今』，麻沙本作『入』。

〔一三〕『天』下，麻沙本有一『下』字。

〔一四〕『百年』，麻沙本作『有年』。

〔一五〕以上自『安矣』至『增兵多』，凡十九字，據六十四卷本、宋本《莆陽居士蔡公文集》補。六十四卷本僅十八字，無『與』字。

〔一六〕『數十』，麻沙本作『十數』。宋本《莆陽居士蔡公文集》作『十數』。

〔一七〕『除授』，麻沙本無『授』字。宋本《莆陽居士蔡公文集》作『差除』。

新校宋文鑑卷第一百三[校者按：底本爲刻卷，據六十四卷本、麻沙本刻卷校改。]

策

原賞

蔡襄

古之所謂賞者，有大功則賞之。臨兵戎者，前死有榮，退生有辱，雖小功必賞，以其履死地也。今之臣一切務賞，何謂賞？所謂酬奬者是也。守土之臣，刺史縣令，招徠逃户，磨勘税賦，皆其職所當爲也，不修其職，罪當罰也。今有爲之者，必自陳而求賞，不立賞格，則不爲也。天子斂生民之財以禄之，分職位以寵之，借威權以使之，可謂至矣。而於官守常事，動即求賞，天子豈與群臣爲市道哉？至於茶鹽酒税之局，物物皆有賞格，下至吏人百姓，莫不皆然，此爲政之弊也。戰功必賞也，捕賊之法必賞也，功異於常者可〔一〕賞也。其餘無名酬奬，可漸罷之，以正官守之法也。

禮法

鄭獬

孔子作《春秋》，常事不書，變禮則書，明聖人之典禮，中國世守之，不可以有變也。甚矣，浮屠氏之變中國也！浮屠，夷禮也。古者建辟雍，立太學，以育賢士，天子時而幸之，躬養三老五更，習大射，講《六經》，用以風動天下之風教。而今之浮屠之廟蘿蔓天下，或給之土田屋廬，以豢養其徒，天子又親臨之，致恭乎土木之偶。此則變吾之辟雍太學之禮而爲夷矣。古者宗廟有制，唐、虞五廟，商、周七廟，至漢乃有原廟，行幸郡國及陵園皆有廟，漢之於禮已侈矣。而今之祖宗神御，或寓之浮屠之便室，虧損威德，非所以致肅恭尊事之意也。此則變吾之宗廟之禮而爲夷矣。古者日蝕、星變、水旱之眚，則素服避正殿，減膳撤樂，責躬以答天戒。而今之有一災一異，或用浮屠之法，集其徒，螺鼓呶噪而禳之。此則變吾之祈禳之禮而爲夷矣。古者宮室之節，上公以九，侯伯以七，子男以五，惟天子有加焉，五門六寢，城高七雉，宮方千二百步。而今之浮屠之居〔二〕，包山林，跨阡陌，無有裁限，穹桀鮮巧，窮民精髓，侈大過於天子之宮殿數十百倍。此則變吾之宮室之禮而爲夷矣。古者爲之衣冠，以莊其瞻視，以節其步趨，禁奇衺之服，不使眩俗。而今之浮屠髡首不冠，其衣詭異，方袍長裾，不襟不帶。此則變吾之衣冠之禮而爲夷矣。自有天地，則有夫婦，則有父子，則有君臣，男主外，女主內，父慈子孝，天子當扆，群臣北面而朝事之。而今浮屠不婚不娶，棄父母之養，見君上未嘗致拜。此則變吾之夫婦、父子、君臣之禮而爲夷矣。古者喪葬有紀，復奠、祖薦、虞祥之祭，皆爲之酒醴、牢牲、籩豆、鼎簠、享〔三〕薦之具。而今之舉天下，凡爲喪葬，一歸之浮屠氏，不飯其徒，不誦其書，舉天下詬笑之，以爲不孝，狃習成俗，沈酣潰爛，透骨髓，入膏肓，不可曉告。此則變吾之喪葬之禮而爲夷矣。

故自古聖人之典禮，皆爲之淪陷，幾何其爲不盡歸之夷乎？使孔子而在，記今之變禮者，將操簡濡筆特〔四〕書之不暇。而天下方恬然不爲之怪，朝廷未嘗爲之禁令，而端使之攻穿壞敗。今或四夷之人，有扣弦而向邊者，則朝廷必擇帥遣兵以防捍之，見一虜夫，一獠民，必擒捽之，束縛之，而加誅絶焉。彼之來，小不過利吾之囊篋困窖牛羊，大不過利吾之城郭土地而已。而浮屠之徒滿天下，朝廷且未嘗擒捽束縛而加誅焉，反曲拳跪跽而尊事之。彼之所利，乃欲滅絶吾中國聖人之禮法，其爲禍，豈不大於扣弦而向邊者耶？豈莊子所謂『盜鉤金者誅，盜國者爲諸侯』者耶？

夫勝火者，水也；勝夷狄者，中國也。中國所以勝者，以有典禮也。宜朝廷敕聰博辯學之士，删定禮法，一斥去浮屠之夷，而明著吾聖人之制，布之天下。上自朝廷，下至士大夫，俾遵行之，禮行而中國勝矣。中國勝，則爲浮屠氏之説，又何從而變哉？

資格

孫洙

三代而下，選舉之法何紛紛乎？其法始得者，終必失也。故孝廉之始得也，人務本行也，其終失也，計口繆舉也。辟署之始得也，人樂自修也，其終失也，流競成俗也。限年之始得也，敦德養器也，其終失也，少成不貴也。九品之始得也，家舉人興也，其終失也，愛憎在吏也。清議之始得也，名實相尚也，其終失也，浮僞相沮也。銓選之始得也，權不外假也，其終失也，美惡同流也。故孝廉失之繆，辟舉失之詭，限年失之同，九品失之僞，清議失之激，銓選失之雜。是六者之法，皆足以救一時，而不足以通百世也，故始終而各有得失焉。今始終一切皆失者，其國家資格之法乎？臣請言其弊。

今賢材之伏於下者，資格閡之也。職業之廢於官者，資格牽之也。士之寡廉鮮恥者，爭於資格也。民之困於虐政暴吏者，資格之人衆也。萬事之所以玩弊，百吏之所以廢弛，法制之所以頹爛決潰而不之救者，皆資格之失也。

惟天之生大賢大德也，非以私厚其人，將使之輔生民之治者也。惟人之有大材大智者，非以獨樂其身，將以振生民之窮者也。今小人累日而取貴仕，君子側身而困卑位，賢者戴不肖於上，而愚者役智者於下，爵不考德，禄不授能，故曰賢材之伏於下者，資格閡之也。才足以堪其任，小拘歲月而妨之矣，力不足以稱其位，增累考級而得之矣，所得非所求也，所求非所任也，位不度才，功不索實，故曰職業之廢於官者，資格牽之也。今夫計歲閱而争年勞者，日夜相鬭也，有司躐一名，差一級，則攝衣而群争趍矣，其甚者，或懷黄敕而置于丞相之前也，其行義去市賈者亡幾耳，故曰士之寡廉鮮恥者，争於資格也。來而暴一邑，既歲滿矣，又去而虐一州也，非以贓敗，至死不黜，虎吏齫牙而食於民，賢者鬱死於巖穴，而赤子不得愛其父母也，故曰民之困於虐政暴吏者，資格之人衆也。

夫資格之法，起於後魏崔亮，而復行之於唐之裴光庭。是二子者，其當世固已罪之，不待後世之譏矣。然而行之前世，不過數十年者也，後得稱職者矯而更之，故其患不大。今資格之弊，流漫根結，踵爲常法，方且世世而遵行之矣，往者不知非，來者不知矯，故曰萬事玩弊，百吏廢弛，法制頽爛決潰而不之救也。

雖然，不無小利也，小便也。利之者，惷愚而廢滯者也；便之者，耋老而庸昏者也。而於天下國家焉，則大失也，大害也。然而提選部者，亦以是法爲簡而易守也，百品千群，不復銓叙人物而綜覈功實，一吏在前，勘簿呼名而授之矣。坐廟堂者，亦以是法爲要而易行也，大官大職，列籍按氏，差第日月，還然而登之矣。上下相冒，而賢材〔五〕愈遠，可爲太息也。爲今之急，誠宜大蠲弊法，簡拔異能，爵以功爲先後，禄〔六〕用才爲序次，無以積勤累勞者爲高叙，無以深資久考者爲優選。智愚以〔七〕别，善否陳前，而萬事不治，庶功不熙者，臣愚未嘗聞也。

嚴宗廟

孫洙

臣嘗考《洪範五行傳》曰：「簡宗廟」，「廢祭祀」，「則水不潤下」。國家比年以來，京師仍歲大水，百川暴溢，變異甚大。臣伏思之，切恐陛下承事宗廟之禮，及四時之祭，有未合古制者也。臣聞，古者宗廟四時之祭，礿祠、烝嘗、禘祫，皆天子所自親享，不使有司攝事也，蓋聖人內自竭盡以承其親者，惟祭。祭非自外至，由中出，生於心也。古者宗廟之祭，君親牽牲，執鸞刀以割，冕而摠干以樂皇尸，其躬自力以致其誠心，如此之盡一也。及周衰，禮壞樂崩，典籍皆滅棄。漢興草創，禮之存者，纔十二三事，而宗廟之禮，蓋闕如也。然猶四時車駕間出享廟，及八月飲酎，以盡孝思。繼漢而下，荒乎無以禮樂爲也。唐之盛時，可以制作矣，而宗廟之祀，亦踵習舊常。開元之禮，雖有天子四時親享太廟之制，而行之蓋希〔八〕闊，帝王之親享廟者，一世不過再三焉。豈三代祭法終不可復也？而百世莫之行者，相循而失也。

今國家宗廟之事，每歲四孟及季冬凡五享，三年一祫，五年一禘，皆有司侍祠，而天子未嘗親事也。唯三歲親郊，一行告廟之禮而已，而五神御殿酌獻，一歲徧焉。是失禮經之意，而相循近世之失也。夫四時宗廟之祭，大事也；神御別殿酌獻，小禮也。大事不正其本，而委之有司；小禮煩，而車駕數出，不合禮意矣。夫王者卜宅都邑，營建神位，而左立七廟，誠宜世世子孫嚴祇而奉承之，瞻視梁棟而時思之，以永念王業之艱難也。今春秋霜露之感，禘祫昭穆之序，禮之最所重者，一諉於祠官矣，而神御酌獻，三歲告謁，禮之輕者，而天子躬焉，非嚴祖尊考之義也，非事神訓民之意也。嗚乎！宗廟之事，王者不自親，由漢氏以來失之矣，而百世之君曾不知復也。今京師浮圖、老子塔廟，或遇水旱，陛下皆親禱祠之，及歲時游幸亦至焉，而祖宗神靈之廟貌，四時唯有司侍祠，三歲郊見而才一至也，豈陛下孝思之至乎？夫使有司侍祠，則犧牲醴酪或不能致其潔，容禮服器或不能竭其恭，此神靈所以未降福也。陛下與其修祈禳於浮圖、老子之祠，曷若盡孝思於祖宗之廟也？與其歲行酌獻之小禮，曷若以四時親享，而示大孝於天下也？臣竊思，陛下至孝烝烝，非不能也，直以禮久不講，而大費不可省爾。

臣謂今之吉禮，在典籍者蓋粲然矣，而享祭之禮，又磅礴大備，以陛下之明聖，舉而措之，非甚難也。然而議者謂法駕一動，大費不可貲，臣又謂議者之過憂也。國家之禮，常病於吝小費而失大典，文采繁而誠質薄，故朝廷每舉一廢禮，若籍田、明堂之類，觀聽者以爲異，則內外厚冀賚賜，百官過幸增秩。蓋國家議禮太繁，名物太縟，故百禮常病不能舉也。今若詔太常禮官約其禮，簡其儀，盡去繁飾，大駕不動，鹵簿不設，如唐之禮，享廟拜陵，皆用小駕，今且如常日行幸，罷每歲神御別殿酌獻，而以四時親薦享廟，前期齋於路寢，以其日質明，車駕謁太廟，親享七室，以盡陛下嚴祖尊考、事神訓民之誠心，豈不美哉？

夫禮簡則誠至，儀略則易行。傳曰：禮與其恭不足而禮有餘也，曷若禮不足而恭有餘也？祖宗唯享陛下之誠，百姓唯樂陛下之孝，不在乎禮文之繁具也。陛下起百王之廢典，紹三代之墜禮，使大孝塞乎天地，而横乎四海，又以答塞《洪範傳》大水之異。何則？四時親享廟，前世未有行者，由陛下而立制，使萬世子孫承之，是天下之盛福也。臣愚妄議大禮，惟陛下少留聖意而幸擇！

擇使

孫　洙

今北虜彊抗中夏，若古之大敵國，聘問歲至，日窺吾國家之隙，暴侮甚矣。朝廷比遣使介，初不擇人，頗無辯對之材，可使張明中國之威信，以讋伏戎虜之心者。苟欲以戎人幣賜寵之，故所遣使人不復有稱於絶域者，徒侈潔車服，整飾騶旅，以夸視於夷落。細禮曲謹，悉受訓策，屈膝虜庭，拜望跪起，少不敢輒異。還上語記，一辭不中繩度，則按以重罪，罷遣削黜矣。雖復間選左右名德方重之臣，然皆束於儀矩，屈鬱憤結，俯仰上下。雖有勁辭直氣，奇謀博辯，刀筆在後，蓄不得發。其毅然欲存國大體者，法吏反以爲生事，而左遷之。故妄庸之臣，苟欲畢事，低首下視，喑不敢高吐氣，甚者或發狂疾以自免，或對館人醉舞跳踉，笑呼妄詬，重爲黠虜之所姍笑。彼戎主方驕，吾以繁禮妄説之，未足怪也。至於髽首之胡，館勞王人者，亦復狂誕，晨夜皆邀枉王人屢省，而蹇仰自便，甚可怪也。夫以堂堂中國，而一介之使，如此折辱天威，墮損國命，臣切羞之。

昔漢鄭衆，不忍持大漢節對氊裘獨拜，而拔刀自誓。唐商倚堅立不動，責可汗之失禮。李景略以氣制梅禄，坐受其拜。近者晉天福中，王權猶曰『義不能稽顙於穹廬之長』，而違詔得罪，欣然就貶。故大節之士直躬徇義者，非私一身，而以尊主上，重國家也。今陛下待虜過厚，責使者之法太密，故不復有倜儻偉節之士，立威名於戎虜，而使虜知中國之多賢也。而使者亦復氣息奄然，不自振起，唯戎人之所嫚視而倨傲之。臣聞，古之大夫出疆，有可以安國家、定社稷者專之也，又曰『受命不受辭』。何則？機事之會，間不容一息，樽俎之間，折衝萬里，豈復拘以應對之細，失容貌之苛謹哉？

陛下宜與大臣預擇廷臣辯論通古今、剛直有威望者，俾使北庭，使一言足以雄中國之威，奪彊胡之氣，譬説禍福，以厭抑貪狼之心。其舉動言辭小不合者，無法以繩之，非有大過，類可闊略，使得馳騁辯博，應變不窮，則專對造命之士出矣。

敦儉

錢彦遠

臣聞，享四海之奉者，文采藩飾，備味極盛，勢適當然，豈過自刻損，稱爲儉德？蓋去泰甚、屏奢侈之爲儉爾。一人儉，則百官儉，百官儉，則庶民恥費敦樸，浮囂輕僞無所售利，農夫工女完固充給。

我太祖、太宗，知稼穡艱難，奉養清約，裁冗貶侈。今郊廟大禮，陳國初器械車服，堅樸素質至甚，餘可追驗矣。先帝雖據太平全盛之實，然儉節聖躬。嘗見内直黄門給錦衾，命紫裀代。幸西京時，嬪御食品準從駕群臣。天禧間，欲禁塗金飾，下詔自乘輿始，朞月，遠邇杜絶。化之之誠，耆老于今稱道。

陛下嗣位，音樂宮室車馬亡所加，近歲差踰前。臣踈遠，不悉時事，但聞調諸官署財物爲玩好頗衆。北門内作工，雕鏤鎔冶刻削幾千人。復以太官調絜籠略，就近署私立饔爨，後苑置酒府醞釀，共燕昵之須。宮中發取市物，百賈震動。掖廷親戚，亟齒班列，佩印綬，給侍禁省。是數者，皆無益睿明。臣料此誠左右佞諂，恐天聰納諫切厲，兢兢畏天下過己，始相與迎志先意，隱屏爲此，快一時欲，圖少頃兑説賜予。放宕流溢，源發有漸，殊不知暴於外，則愈損美德。

謹按禮，王者皮弁以食，重身防微，故有和食醫，嘗食監，失飪瘝職則刑。而別庖所薦，異内羞正饌，旋取區肆間，或非時珍恠，不問從出，不思時禁，止小使三數人庀其事。陛下安自輕御焉，奈宗廟社稷何？臣之深憂也。且京師四方回首易聽，取爲表式，今縱未大失，風俗已溢。經曰：『上好是，下必有甚者。』臣視貴臣家，悉相燿以技巧聲色狗馬，或竊蓄尚方器物，起屋室跨通衢大路。富商豪族，歆慕結納，貨賂上流，緣而民益貧，游手益衆。猾細乘〔九〕作淫巧，日變月新，營媚富貴耳目。且利令智昏，盛令心驕，昏則慮不精，驕則所惜重。元僚邇臣，安危所托，使昏且驕，復何望耶？昔秦王責范雎，以『楚鐵劒利』，『優倡拙』，『吾恐其圖秦』。夫倡優巧拙，小節也，古人用覘勝負，況奢儉乎？使天下聞之可也，四夷聞之不可也。臣嘗行都下，見先朝宰相若呂端、李沆舊第存焉，窮僻庳陋，今公卿隸人所舍或加之。蓋當時法令肅而習尚正也。故衣弋綈，焚雉頭裘，是廼帝王末事，前史皆書之者，顧治亂所繫，廼深美絶稱，聳示後世。

陛下宜醇法列聖成績，歷攷三代所以得失，凡違典章舊制者亟罷，揭還有司。抑減内寵之勢，其父子兄弟纔賜衣食，不命以要官劇職。諸郡國纖靡輕綃之服，止其歲輸；雕纂奇器，毁斥破撤；藏有金銀飾者，出付度支，助軍費。皇皇然，穆穆然，用天子禮以自澹，樂而且〔一〇〕節，儉不偪下，使知聖人之心，垂精勤勞。興亡之際，群下率化，廉恥張立。萬一有恃榮阿近，遂惡未悛者，嚴刑刑之，假一勸百。所舉雖尊俎俯仰，而所濟遠矣。

策略

蘇軾

臣聞，天子者，以其一身寄之乎巍巍之上，以其一心運之乎茫茫之中，安而爲太山，危而爲累卵，其間不容毫氂。是故古之聖人，不恃其有可畏之資，而恃其有可愛之實；不恃其有不可拔之勢，而恃其有不忍叛之心。何則？其所居者，天下之至危也。天子恃公卿以有其天下，公卿大夫士以至于民，轉相屬也，以有其富貴。苟不得其心，而欲羈之以區區之名，控之以不足恃之勢者，其平居無事，猶有以相制，一旦有急，是皆行道之人，掉臂而去，尚安得而用之？

古之失天下者，皆非一日之故。其君臣之歡，去已久矣，適會其變，是以一散而不可復收〔一一〕。方其未也，天子甚尊，人夫士甚賤，奔走萬里無敢後先，儼然南面以臨其臣，曰：天何言哉！百官俯首就位，斂足而退，兢兢惟恐有罪。群臣相率爲苟安之計，賢者既無所施其才，而愚者亦有所容其不肖，舉天下事，聽其自爲而已。及乎事出於非常，變起於不測，視天下莫與同其患，雖欲分國以與人，而且不及矣。秦二世、唐德宗蓋用此術，以至于顛沛而不悟，豈不悲哉！天下者，器也；天子者，有此器者也。器久不用而置諸篋笥，則器與人不相習，是以扞格而難操。良工者，使手習知其器，而器亦習知其手，手與器相信而不相疑，夫是故所爲而成也。天下之患，非經營禍亂之足憂，而養安無事之可畏。何者？懼其一旦至于扞格而難操也。

昔之有天下者，日夜淬勵其百官，撫摩其人民，爲之朝聘會同燕享，以交諸侯之歡。歲時月朔，致民讀法，飲酒蜡臘，以遂萬民之情。有大事，自庶人以上，皆得至于外朝，以盡其詞。猶以爲未也，而五載一巡守，朝諸侯于方岳之下，親見其耆老賢士大夫，以周知天下之風俗。凡此者，非以爲苟勞而已，將以馴致服習天下之心，使不至于扞格而難操也。

及至後世，壞先王之法，安於逸樂而惡聞其過，是以養尊而自高，務爲深嚴，使天下拱手，以貌相承，而心不服。其腐儒老生又出而爲之説曰：天子不可以妄有言也。史且書之，後世且以爲譏。使其君臣相視而不相知，如此則偶人而已矣。天下之心既已去，而假假焉抱其空器，不知英雄豪傑已議其後。臣嘗觀西漢之初，高祖創業之際，事變之興，亦已繁矣。而高祖以項氏創殘之餘，與信、布之徒爭馳于中原，此六七公者，皆以絶人之姿，據有土地甲兵之衆，其勢足以爲亂，然天下終以不摇，卒定於漢，傳十數世矣。而至于元、成、哀、平，四夷嚮風，兵革不試，而王莽一豎子乃舉而移之，不用寸兵尺鐵，而天下屏息，莫敢或争。此其故何也？創業之君，出于布衣，其大臣將相皆〔一二〕握手之歡，凡在朝廷者，皆其嘗試嚌啜，以知其才之短長。彼其視天下如一身，苟有疾痛，其手足不期而自救。當此之時，雖有近憂，而無遠患。及其子孫，生于深宫之中，而狃於富貴之勢。尊卑闊絶，而上下之情疎；禮節繁多，而君臣之義薄。是故不爲近憂，而常爲遠患。及其一旦，固已不可救矣。聖人知其然，是以去苛禮而務至誠，黜虚名而求實效，不愛高位重禄，以致山林之士，而欲聞切直不隱之言者，凡皆以通上下之情也。

昔我太祖、太宗，既有天下，法令簡約，不爲崖岸。當時大臣將相皆得從容終日，歡如平生，下至士庶人，亦得以自效，故天下稱其言至今。非有文采緣飾，而開心見誠，有以入人之深者，此英主之奇術，御天下之大權也。方今治平之日久矣，臣愚以爲宜日新盛德，以激昂天下久安怠惰之氣，故陳其五事，以備采擇。其一曰，將相之臣，天子所恃以爲治者，宜日夜召論天下之大計，且以熟觀其爲人。其二曰，太守刺史，天子所寄以遠方之民者，其罷歸，皆當問其所以爲政，民情風俗之所安，亦以揣知其才之所堪。其三曰，左右扈從侍讀侍講之人，本以論説古今興衰之大要，非以應故事備數而已，經籍之外，苟有以訪之，無傷也。其四曰，吏民上書，苟小有可觀者，宜皆召問優慰〔一三〕，以養其敢言之氣。其五曰，天下之吏，自〔一四〕命以上，雖其至賤，無以自通於朝廷，然人主之爲，豈有所不可哉？察其善者，卒然召見之，使不知其所從來。如此，則遠方之賤吏，亦務自激發爲善，不以位卑禄薄，無由自通于上而不修飾。使天下習知天子樂善親賢，卹民之心孜孜不倦如此，翕然皆有所感發，知愛於君，而不可與爲不善，亦將賢人衆多而姦吏衰少，刑法之外，有以大慰天下之心焉耳。

決壅蔽

蘇軾

所貴乎朝廷清明而天下治平者，何也？天下不訴而無冤，不謁而得其所欲，此堯、舜之盛也。其次不能無訴，訴而必見察，不能無謁，謁而必見省，使遠方之賤吏不知朝廷之高，而一介之小民不識官府之難，而後天下治。今夫一人之身，有一心兩手而已，疾痛苛癢，動於百體之中，雖其甚微，不足以爲患，而手隨至。夫手之至，豈其一一而聽之心哉？心之所以素愛其身者深，而手之所以素聽於心者熟，是故不待使令，而卒然以自至。聖人之治天下，亦如此而已。百官之衆，四海之廣，使其關節脉理相通爲一，叩之而必聞，觸之而必應，夫是以天下可使爲一身。天子之貴，士民之賤，可使相愛，憂患可使同，緩急可使救。

今也不然，天下有不幸而訴其冤，如訴之於天；有不得已而謁其所欲，如謁之於鬼神。公卿大臣不能究其詳悉，而付之於胥吏。故凡賄賂先至者，朝請而夕得；徒手而來者，終年而不獲。至於故常之事，人之所當得而無疑者，莫不務爲留滯，以待請屬。舉天下一毫之事，非金錢〔一五〕無以行之。昔者漢、唐之弊，患法不明而用之不密，使吏得以空虛無據之法而繩天下，故小人以無法爲姦。今也法令明具，而用之至密，舉天下惟法之知，所欲排者，有小不如法，而可指以爲瑕；所欲與者，雖有乖戾，而可借法以爲解，故小人以法爲姦。今天下所爲多事者，豈事之誠多耶？吏欲有所鬻而未得，新故相仍，紛然而不決，此王化之所以壅遏而不行也。

昔桓、文之霸，百官承職，不待教令而辨，四方之賓至，不求有司。王猛之治秦，事至纖悉，莫不盡舉，而人不以爲煩。蓋史之所記，麻思還冀州，請於猛，猛曰：『速裝，行矣。』至暮而符下，及出關，郡縣皆已被符。其令行禁止而無留事者，至于纖悉，莫不皆然。苻堅以戎狄之種至爲霸王，兵强國富，垂及升平者，猛之所爲，固宜其然也。今天下治安，大吏奉法，不敢顧私，而府史之屬，招權鬻法，長吏心知而不問，以爲當然。此其弊有二而已。事繁而官不勤，故權在胥吏。欲去其弊也，莫如省事而厲精。省事莫如任人，厲精莫如自上率之。

今之所謂至繁，天下之事，關於其中，訴者之〔一六〕多，而謁者之衆，莫如中書與三司。天下之事，分于百官，而中書聽其治要。郡縣錢幣，制于轉運使，而三司受其會計。此宜若不至於繁多，然中書不待奏課以定其黜陟，而關與其事，則是不任有司也。三司之吏，推析贏虚，至于毫毛，以繩郡縣，則是不任轉運使也。故曰：省事莫如任人。

古之聖王，愛日以求治，辨色而視朝，苟少安焉，而至于日出，則終日爲之不給。以少而言之，一日而廢一事，一月則可知也。一歲，則事之積者不可勝數也。欲事之無繁，則必勞於始而逸於終，晨興而晏罷，天子未退，則宰相不敢歸安于私第。宰相日昃而不退，則百官莫不震悚，盡力於王事，而不敢晏遊。如此，則纖悉隱微莫不舉矣。天子求治之勤過于先王，而議者不稱王季之晏朝，而稱舜之無爲；不論文王之日昃，而論始皇之量書，此何以率天下之怠耶？臣故曰：厲精莫如自上率之，則壅蔽決矣。

校勘記

〔一〕『可』，底本無，麻沙本亦脱，據六十四卷本補。宋本《莆陽居士蔡公文集》有『可』字。

〔二〕『居』，麻沙本作『廟』。

〔三〕『享』，六十四卷本作『獻』。

〔四〕『特』，麻沙本作『擇』。

〔五〕『賢材』下，麻沙本有一『去』字。

〔六〕『禄』，麻沙本無。

〔七〕『以』，六十四卷本作『一』。

〔八〕『希』，麻沙本無。

〔九〕『乘』，底本無，據六十四卷本、麻沙本補。

〔一〇〕『且』，麻沙本作『有』。

〔一一〕『收』，底本無，據六十四卷本、麻沙本補。宋本《經進東坡文集事略》作『收』。

〔一二〕「皆」下，六十四卷本有　「有」字，宋本《經進東坡文集事略》無。

〔一三〕「慰」，底本作「游」，據六十四卷本改。宋本《經進東坡文集事略》作「慰」。

〔一四〕「自」，底本無，據六十四卷本、麻沙本補。宋本《經進東坡文集事略》作「自」。

〔一五〕「錢」，六十四卷本作「帛」。宋本《經進東坡文集事略》作「錢」。

〔一六〕「之」，底本作「至」，據六十四卷本改。宋本《經進東坡文集事略》作「之」。

新校宋文鑑卷第一百四

校者按：底本爲刻卷，據六十四卷本、麻沙本刻卷校改。

策

勸親睦

蘇軾

夫民相與親睦者，王道之始也。昔三代之制，畫爲井田，使其比閭族黨各相親愛，有急相賙，有喜相慶，死喪相卹，疾病相養，是故其民安居無事，則往來懽忻，而獄訟不生。有寇而戰，則同心并力，而緩急不離。自秦、漢以來，法令峻急，使民乖其親愛懽忻之心，而爲鄰里告訐之俗。富人子壯則出居，貧人子壯則出贅。一國之俗，而家各有法；一家之法，而人各有心。紛紛乎散亂而不相屬，是以禮義之風息，而爭鬬之獄繁。天下無事，則務爲欺詐，相傾以自成；天下有變，則流徙渙散，亡〔二〕以自存。嗟夫！秦、漢以下者，天下何其多故而難治也。此無他，民不愛其身，故輕犯法；輕犯法，則王政不行。欲民之愛其身，則莫若使其父子親，兄弟和，而妻子相好。

夫民仰以事父母，旁以睦兄弟，而俯以卹妻子，則其所賴於生者重，而不忍以其身輕犯法。

三代之政，莫尚於此矣。今欲教民和親，則其道必始於宗族。臣欲復古之小宗，以收天下不相親屬之心。古者有大宗，有小宗，故《禮》曰：『别子爲祖，繼别爲宗，繼禰者爲小宗。有百世不遷之宗，有五世則遷之宗。百世不遷者，别子之後也。宗其繼别子之所自出者，百世不遷者也。宗其繼高祖者，五世則遷者也。』古者諸侯之子弟，異姓之卿大夫，始有家者，不敢禰其父，而自使其嫡子後之，則爲大宗。族人宗之，雖百世而宗子死，則爲之服齊衰九月，故曰『宗其繼别子之所自出者，百世不遷者也』。别子之庶子，又不得禰别子，而自使其嫡子爲後，則爲小宗。小宗，五世之外則無服。其繼禰者，親兄弟爲之服；其繼祖者，從兄弟爲之服；其繼曾祖者，再從兄弟爲之服；其繼高祖者，三從兄弟爲之服，其服〔二〕大功九月。而高祖以外，親盡則易宗，故曰『宗其繼高祖者，五世則遷者也』。小宗四，有繼高祖者，有繼曾祖者，有繼祖者，有繼禰者，與大宗爲五，此所謂五宗也。古者立宗之道，嫡子既爲宗，則其庶子之嫡子又各爲其庶子之宗，其法止於四，而其實無窮。自秦、漢以來，天下無世卿，大宗之法不可以復立，而其可以收合天下之親者，有小宗之法存，而莫之行，此甚可惜也。

今夫天下所以不重族者，有族而無宗也。有族而無宗，則族不可合；族不可合，則雖欲親之而無由也。族人而不相親，則忘其祖矣。今世之公卿大臣、賢人君子之後，所以不能世其家如古之久遠者，其族散而忘其祖也。故莫若復小宗，使族人相率而尊其宗子。宗子死，則爲之加服；犯之，則以其服坐。貧賤不敢輕，而富貴不敢以加之。冠昏必告，喪葬必赴，此非有所難行也。今夫良民之家，士大夫之族，亦未必無孝悌相親之心，而族無宗子，莫爲之糾率，其勢不得相親。是以世之人有親未盡而不相往來，冠昏不相告，死不相赴。而無知之民，遂至于父子異居，而兄弟相訟，然則王道何從而興乎？嗚呼！世人之患，在於不務遠，見古之聖人合族之法，近於迂闊，而行之朞月，則望其有益。故夫小宗之法，非行之難，而在乎久而不怠也。天下之民，欲其忠厚和柔而易治，其必自小宗始矣。

師友

王安國

《書》曰：『能自得師者王。』《詩》之《序》曰：『自天子至於庶人，未有不須友以成者。』然則師友之於人，其不可以無也如此。夫養父母，蓄妻子，而衣食出於其力者，庶人之事盡此矣。其所以慮於憂患之際甚微，而猶曰『須友以成』，況士大夫守宗廟與朝廷之事甚衆，則不可以無友。士大夫尚然，又況諸侯守一國之大乎？至於天子之勢，大于諸侯，則尤不可以不學無師友也。湯之於伊尹，文、武之於太公望，高宗之於甘盤，皆上盡悃愊以求於下，而下之自重不可以詘者，豈以其道德足以驁上哉？蓋以爲所以望於吾者以道德，而其求也不勤，則其聽也不一，故君之於臣也忘其貴，臣之於君也忘其賤。論道德於君臣之際，而無貴賤者，此天下國家之所以治也。

《記》曰：『取人以身，脩身以道。』夫脩身至於足以取人者，學之效也，而果可以不學於師友乎？以夫四海九州之民，屬於一人之治，聰明不足以當萬事之視聽，操天下之要者，取人而已，果可以不學於師友乎？自先王之澤竭，而禮義詘乎戰國之俗，權使天下之士，而君臣之際形隔勢絶，師友之道遂堙滅不聞於後世。雖有學於其臣者，豈復有懇惻之心哉？夫治亂之幾出乎此，而世俗之談者不能推見本末，徒以其事之末者，甚淺而易見，而安知夫效於本者如此？有天下者，可不戒哉！

舉士

王安國

朝廷間歲下詔，自進士等而至明法，聽其以狀來謁。既貢於鄉，而禮部又加之以陞黜，然後第之於廷。公相百執〔三〕之選，槩出於此，而臣愚竊敢議其不然者。

夫待之無其禮，則不足以養有恥之俗，取之無其實，則不足以得可用之才。其進也，未嘗知其行於疇昔，而一日使之更相保任，賢否於以類致，則保任之不足恃也，固可知矣。惰遊苟賤，見棄於閭巷，而得與豪傑之士馳騁上下，有司以一吏誰何於前，而擎跽俯伏，聽命於後。其試也，守之以吏卒，而譏訶搜索，恣所欲陵。有司以其混殽，而不欲寬以繩墨，率以謂上無求於彼，而彼有利於仕也，待之以此足矣。彼習於耳目之久，而既仕之後，其能攖以廉恥，而不僥倖聲利乎？

所謂詩賦、策論、章句、律令之藝，不足以爲天下之用，而徒以弊學者精鋭之志。限以禮部

之格，而可否出於數人之斷，設盡如其格，固不足善，又況取舍未能無繆於好惡乎？古之人

『陳力就列，不能者止』。今之人常患乎好自私也，爲有司者，未聞自以不能求止者，於是宜有

幸得之士也。彼既幸矣，一日必任有司，而如其類者，能勿取乎？此所以潰潰然不知勸沮，而無以抑其來〔四〕也。

又所謂賢良茂才之學，其敝尤甚者。自《六經》、史氏、百子之説，而兼之以傳注，乖離精粗，無所不記，然後能應有司之問，雖使聰明捷敏之姿，而所閲如此之博，則理必不能深探熟考，以得聖賢之意，雖無聲病之拘牽，而擿抉名數，難其中選。未嘗試其一言之效，而卒所以得者，不過善其記問文辭而已。此推恩與進士之上第者，皆計日以致高位。朝廷患其然也，故稍裁之，雖徒能見於此，而其敝有不盡革者。此臣之所未諭也。

議者方且謂今賢不乏於朝廷，而其法亦足以得人矣，何必易哉？孰知夫此蓋得於萬一之幸爾，以今天下選用之不一，而任事者常患乎不學也。昔鄭以尹何爲邑，而子産卒不之與，曰：『學而後入政，未聞以政學也。』彼以一邑，而猶不可以用不學之人，又況任有大於此者乎？詩賦、章句、律令，非古之所謂學也，徒可以求舉於今爾。施之行治，而茫然如未嘗閲書也。雖策論稍異於此，然亦取辭而已。且設法欲四方萬里之材，一切無所遺逸，以今觀之，其能無所遺逸乎？臣固知其不能也。其甚則患夫有道德者往往恥於求舉，而僶俛以爲貧者又多困於不售。夫不售者，古以爲有司之罪，而今之操陞黜者，反咨嗟嘆息，以爲彼有所制，而吾亦無如之何。爲天下而

使有道德者恥不願仕，有司不得行其志而歸之於命，然則法之弊也，可謂極矣。幸今君聖臣賢，一時之盛，能相與博盡群臣之謀，而究極其本，又何患乎不可革哉？

臣以爲宜使爲進士者，人占二經，策以古今之治亂，而使傅經以對，反復於一二日，而用此易其詩賦。賢良茂才，宜罷勿試。敕近臣得薦士之材行尤異者，聚之京師，而數使豫朝廷之議論，實可用，則寵之官；卓犖者，待以臺閣之選；而其下，則使内外之官辟爲其屬；如不稱所聞，則坐其薦者。律令之學，可廢勿舉。學究則去其貼經墨義，而責以大旨，不必規規然蔽於傳注也，此庶幾得可用之材矣。而欲養之以廉恥而使其不自列也，則宜敕内外設學校，而士無不學於其中，則任事者可以察其行，而不必使之類相保任也。此固未足以爲成法於萬世，然朝廷能繼之以惘惘不倦之意，而討論已熟，爲之以漸，則三代之法自此有不復者乎？在君臣之際，力行何如爾。

臣事

蘇轍

臣聞天下有權臣，有重臣，二者其迹相近而難名。天下之人，知惡夫權臣之專，而世之重臣，亦不容於其間。夫權臣者，天下不可一日而有；而重臣者，天下不可一日而無也。天下徒見其外而不察其中，見其皆侵天子之權，而不察其所爲之不類，是以舉皆嫉之而無所喜，此亦已太過也。

今夫權臣之所爲者，重臣之所切齒；而重臣之所取者，權臣之所不顧也。將爲權臣耶？必將内悦其君之心，委曲聽順而無所違戾，外竊其生殺予奪之柄，黜陟天下，以見己之權，而没其君之威惠。内能使其君歡愛悦懌，無所不順，而安爲之上，外能使其公卿大夫、百官庶吏無所不歸命，而争爲之腹心。上愛下順，合而爲一，然後權臣之勢遂成不可拔。至於重臣則不然，君有所不可而必争，争之不能，而其事故有所必不可聽，則專行之而不顧，待其成敗之迹著，則上之心將釋然而自解。其在朝廷之中，天子爲之踧然而有所畏，士大夫不敢安肆怠惰於其側。爵禄慶賞，己得以議其可否，而不求以爲己之私分；刀鋸斧鉞，己得以參其輕重，而不求以爲己之私勢。要以使天子有所不可必爲，而群下有所震懼，而己不與其利，何者？爲重臣者，不待天子之歸己；而爲權臣者，亦無所事天子之畏己也。故各因其行事，而觀其意之所在，則天下誰可欺者？臣故曰：爲天下，安可一日無重臣也？

且今使天下而無重臣，則朝廷之事惟天子之所爲，而無所可否。雖天子有納諫之明，而百官畏懼戰慄，無平昔尊重之勢，誰肯觸忌諱，冒罪戾，而爲天下言者？惟其小小得失之際，乃敢上章讙譁而無所憚，至於國之大事，安危存亡之所繫，則將卷舌而去，誰敢發而受其禍？此人主之所大患也。悲夫！後世之君，徒見天下之權臣出入唯唯，以爲有禮，而不知此乃所以潛潰其國。徒見天下之重臣剛毅果敢，喜逆其意，則以爲不遜，而不知其有社稷之慮。二者淆亂於心，而不能辨其邪正，是以喪亂相仍而不悟，何〔五〕足傷也！

昔者衛太子聚兵以誅江充，武帝震怒，發兵而攻之京師，至使丞相、太子相與交戰，不勝而走，又使天下極其所往，而翦滅其迹。當此之時，苟有重臣出身而當之，擁護太子，以待上之意少解，徐發其所蔽，而開其所怒，則其父子之際，尚可得而合也。惟無重臣，故天下皆知之而不敢言。

臣愚以爲，凡爲天下，宜有以養其重臣之威，使天下百官有所畏忌，而緩急之間，能有所堅忍持重而不可奪者。竊觀方今四海無變，非常之事宜其息而不作，然及今日而慮之，則可以無異日之患，不然者，誰能知其果無有也而不爲之計哉？抑臣聞之，今世之弊，在於法禁太密，一舉足不如律令，法吏且以爲言，而不問其意之所屬。是以雖天子之大臣，亦安敢有所爲於法律之外，以安天下之大事？故爲天子之計，莫若少寬其法，使大臣得有所守，而不爲法之所奪。昔申屠嘉爲丞相，至召天子之倖臣鄧通立之堂下，而詰責其過，是時通幾至於死而不救，天子知之亦不以爲怪，而申屠嘉亦卒非漢之權臣。由此觀之，重臣何損於天下哉？

民政

蘇轍

臣聞三代之時，無兵役之憂。降及近世，有養兵之困，而無興役之患。至於今，而養兵、興役之事皆不得其當，而可爲之深憂。蓋古者兵出於農，而役出於民，有農則不憂無兵，而有民則不憂無役。五口之家，常有一人之兵，而二十之男子，歲有三日之役，故其兵彊而費不增，役起而人素具。雖有大兵大役，而不憂事之不集，至於兵罷役休，而無日夜不息之費。

其後周衰，井田破壞，陵夷至於末世，天下無復天子之田，皆民之所自有。天下之民不食天子之田，是故獨責其税，而不任之以死傷戰鬬之患。天子有養兵之憂，而天下無攻守劬勞之民，以爲大憂，故調其財以爲養兵之用，而天下之役，凡其所以轉輸漕運、營建興築之事，又皆出於民。當此之時，民之所以供上之令者三，曰租，曰調，曰庸。租者地之所當出，調者兵之所當費，庸者歲之所當役也。故使之納粟於官，以爲田之租；人入布帛，以爲兵之調；歲役其力，不役則出其力之所直，以爲役之庸。此三者，農夫皆兼爲之，而遊惰末作之民亦不免於庸調。運重漕遠，天子不知其費，而一出於民，民歲役二旬，而不役者，當帛六十尺，民亦不至於大苦。故隋、唐之間，有養兵之困，而無興役之患。此其爲法，雖不若三代之兵，不待天子之養，然天下之役，猶有可賴者，皆民爲之也。

及其後世，又不能守，乃始變法而爲兩税。以至於今，天下非有田者不可得而使，而有田者之役亦不過奔走之用，而不與天子之大事。天下有大興築，有大漕運，則常患無以爲使，故募冗兵以供力役之急，不知擊刺戰陣之法，而坐食天子之奉。由是國有武備之兵，而又有力役之兵，其所以奉養之具，皆出於農也。而四海之遊民，無尺寸之庸、調，爲農者常使陰出古者遊民之所入，而天子亦常兼任養兵、興役之大患。故夫兵役之弊，當今之世，可謂極矣。

臣愚以爲，天子平日無事，而養兵不息，此其事出於不得已。惟其干戈旗鼓之攻，而後可使任其責。至於力役之際，挽車船，築宫室，造城郭，此非有死亡陷敗之危，天下之民誠所當任而不辭，不至以累兵革之人，以重費天子之廩食。然當今之所謂可役者，不過曰農也，而農已甚困，蓋常使盡出天下之費矣。而工商技巧之民，與夫遊閑無職之徒，常遍天下，優游終日，而無所役屬。蓋《周官》之法『民之無職事者，出夫家之征』，今可使盡爲近世之法，皆出庸、調之賦。庸以養力役之兵，而調以助農夫養武備之士。而力役之兵，可因其老疾死亡遂勿復補，而使遊民之丁代任其役，如期而止，以除其庸之所當入。而其不役者，則亦收其庸，不使一日而闕。

蓋聖人之於天下，不唯重乎苟廉而無求，唯其能緩天下之所不給，而節其太幸，則雖有取，而不害於爲義。今者雖能使遊民無勞苦嗟嘆之聲，而常使農夫獨任其困。天下之人皆知爲農之不便，則相率而事於末，末衆而農衰，則天子之所獨任者，愈少而不足於用。故臣欲收遊民之庸、調，使天下無僥倖苟免之人，而且以紓農夫之困。苟天下之遊民自知不免於庸、調之勞，其勢不耕則無以供億其上，此又可驅而歸之於南畝。要之十歲之後，必將使農夫衆多，而工商之類漸以衰息。如此而後，使天下舉皆從租、庸、調之制，而去夫所謂兩税者，而兵役之憂，可以稍緩矣。

勢原

李清臣

君之所以安危，國之所以存亡治亂，令之所以行不行，勢也。不善知勢，不能爲創業之君。不知勢之可畏，而失其所以審度將順，不可以爲持成之君，經治之臣。故善用國者，勢而已矣。理勢循則行，忤則變；動則險，止則平；輕能重，緩能速。故物有至小，而力不可勝既；事有至易，而攻不可勝原。發如毫芒針端而巨若丘阜，本在拱把而遠際窮髮者，勢也。户之運也，車之馳也，弩之圓也，矢之激也，衡以一權而舉數倍之重也。水之注於卑澤也，原火之燎於風中也，勢也。兵奮寡可以走衆，人乘高可以抑下，亦勢也。豈惟萬物然？今夫一人而勝天下之大，制天下之衆，兼聽天下之廣，沛焉有餘，非勢而何如也？故明者用勢，闇者用於勢。明者提至要之處，持其關紐，制其機樞，動静在我，開闔在我，弛張在我。一教一令，一賞一罰，必輔之以形勢，故教之而行者易，令之而從者速，賞一而千萬人勸，罰一而千萬人懼。仁少而悦者多，義近而服者遠。無它，理勢爲之也。教令賞罰仁義而無形勢之輔，必且人人而治之矣。人人而治之，教之行也必艱，令之出也必煩，天下之善有餘而賞不足，天下之惡有餘而罰不足，天下之民無窮而仁義不足。無它，理勢不先也。

夫千世之君，可僂指而數之矣，或善惡，或仁義，其間差不能銖寸，而功名輒相倍蓰，禍福輒相千萬者，無它，形勢之異使然也。成湯祝獸網，而歸者三十六國；文王葬枯骨，而天下三分有其二。千世之君，德有大於此者矣，而湯、文用此收天下之助，蓋其從民情而集天下之勢也。方形勢之在桀、紂，夏臺之囚，羑里之獄，如拘匹夫。及善惡之暴也，形勢之變而遷，如林之師而莫敢射車中之木主。故天下之勢，安則難動，動則難安。當其安也，垂紳端委，深拱於堂奥户牖之内，而高論治古之上。尊明如天日，閎隱如震霆，煦煦如雨露，肅肅如風霰。指顧叱咤，而天下莫不趨走，鞭笞海外之蠻夷，若制童妾。雖有劉、項之魁雄，曹、馬之姦桀，必且老死民籍而不敢唱。及乎昏懦爲之也，席先王之澤未涸，天下之勢未運，目視其安也，以爲無有危事也，任一喜怒，從一嗜欲矣，而患未切己也，以爲可爲而無傷也，習知天下之尊服己也，以爲人終古莫敢蹙路馬之芻，觸囿兔之毛也。簸頓關紐，嬉弄機樞，動静不以時，開闔不以道，張弛不以節。淫樂在宫中，而怨毒被天下；略易在一朝，而患禍遺千日。民心之它屬也，君柄之旁落也，勢之翩然而離也，雖欲安之，不可能也。

竊譬之山之高厚也，萬夫不能隳壞也。朽壤生乎中，巋石震乎上，及其傾也，人力不能支拄而維持也。非天事也，勢也。故前聖創業，起今之利，變昔之害，所以治天下之具甚備，憂天下之慮甚深，綴民心而久天下之勢，堅完固密，爲不可拔。及其久，未嘗無罅缺蠹漏也，然而其剥也，亦有漸矣，在後聖時節其勢而繕之耳。汰則約之，危則平之，擾則静之，微則養之，弱則扶之，急則縱之，緩則持之，塞則導之，使萬事之理，百物之節，皆不至於窮極而大變，則勢久而長，無危亡之形矣。故勢之在我也，蓄積之，固執〔六〕之，審則發，弗便則居，故勢爲我使，而天下莫能逆也。若一失其要，則縱〔七〕肆奔悍於外，不可復收，雖有天下，一旦驅擠排壓而仆矣。臣故曰：如户之運也，如車之馳也，如弩之圓也，如矢之激也，如一〔八〕權而舉數倍之重也，如水之注於卑澤也，如原火之燎於風中也，如兵之奮寡而走衆，人之乘高而制下，其動不可以不慎也。人主之勢，則處治如將亂，處存如將亡，處安如將危，而亂與危亡亦且不至，臣故作《勢原》。

明責

李清臣

今天下之勢如何哉？君仁而民不被澤，兵多而夷狄驕，時平而生民困，土廣而中國之氣常屈，災歲少而財益匱，文法備而吏多姦，時之多敝也，如此而已。天下之大，萬官之富，卒未見奮然而大有爲，能一剗當世之弊，致吾君復之乎前古之治者，何乏人之如是邪？豈治平之世，無所施其才邪？將用之非其道，有才而不克施邪？謂世之乏人，則古未嘗有無人之世。謂治平之世無施其才，則多敝又如前所陳者。夫陰陽之英氣，天地之醇靈，生而爲賢智之士。陰陽之英氣，天地之醇靈，未聞有時而歇，故天下未嘗無賢也。議者患治道之不及於古，則曰天下無賢，不知有賢而不能用也。夫用賢而非其道，瑰傑豪偉之材，皆化爲偷懦循縮而亡能爲矣，則以謂無人焉，此可爲悼嘆者也！

亦嘗聞古者之用人矣，視成不視始，責大而不責細，過一而功百，則忘其缺而圖其效。心至而迹未至，則優假而待其所施。苟付之以事，固弗屑其餘也。今者之用人，較小罪而不觀大節，恤浮語而不究實用。雖有稷、契、周、召之佐，類以一言一事而爲之進退，迹稍出於庭壇畦隴之外，志不獲就，業不能訖而去矣。惟固己持禄、避事隨時之人，乃無譴而得安焉。故庸平者安步而進，忠憤者半塗而氣折，大臣慴怯，小臣淩兢，而天下之事靡靡日入於衰敝。其所以然者，有其人而不能用，用其人而不能盡之之失也。

今夫拔一臣而加之百官之上，以爲輔相，非求其謹潔而無過，將任之以天下之責也。拔一士而加之一郡一邑之上，以爲守令，非求其能自全，將任之以一郡一邑之責也。拔一夫而加之萬衆之上，以爲將帥，非求其循法而不失小行，將任之以安危勝負之責也。故古者責宰相，必曰廣教化，和陰陽，使百官各任其職。責郡守縣令，必曰使豪彊沮伏，盜賊不作，百姓安業，境内大治。責將帥，必曰士卒樂爲用，敵國不敢謀。下此，則凡執事者莫不皆有責焉。故上下自任其責，而天子無爲矣。今則不然，罷退宰相，皆攻其疵瑕，而未嘗指天下之不治爲宰相之罪。糾劾守令者，皆以小法，而未嘗指郡邑之不治爲守令之罪。遷謫將帥者，以庖厨宴饋之間微文細故之末，未嘗以蠻夷驕横、兵氣弗强爲將帥之罪。故上下莫自任其責，局局自守，惟求不入於罪，而朝廷大計，生民實患，卒無有任者。是故以天下之大，萬官之富，而常若無其人。尊官厚禄者相繼，而英績偉烈寂寂於數十載。資格之所羈縛，文法之所躪蹸，抱才負志，不得有爲，而老死沉没者相望於下，可不惜哉！

夫人臣之姦，身安於寵，形無可罪，而實不任責，是爲大姦。張禹之所以默默而亡漢，李林甫之所以守格令而亡唐也。今皆重夫寡過者以爲賢，而嫉夫敢爲者以爲生事，一落陷穽，没齒不復言。故猾民悍吏得以輕罪把持其上，游士談客得以口舌恐嚇内外之臣而招其資，胥史得以挾簿書、執格例而争於廟堂之前。當其任者，知姦而或不敢除，見賢而或不敢用，天下之害不得亟罷，天下之務不敢亟爲，因仍苟且，相顧腹議。名曰至公，而萬事益病，其弊莫甚於今之世者。欲救斯敝，是亦非難，寬小過而責大體而已矣。

校勘記

〔一〕「亡」，六十四卷本作「苟」。宋本《經進東坡文集事略》作「相棄」。

〔二〕「服」，底本無，據六十四卷本補。宋本《經進東坡文集事略》作「服」。

〔三〕「百執」下，麻沙本有一「事」字。

〔四〕「來」，麻沙本作「求」。

〔五〕「何」，底本作「可」，據六十四卷本改。宋本《東萊標注三蘇文集》、《四部叢刊》景宋鈔本《欒城應詔集》作「何」。

〔六〕「埶」，底本作「勢」，據六十四卷本改。

〔七〕「縱」，六十四卷本作「横」。

〔八〕「一」下，六十四卷本有一「衡」字。

新校宋文鑑卷第一百五

校者按：底本此卷抄配，據六十四卷本刻卷校改。

議

左右僕射東宮三師爲表首議

竇儀

得〔一〕尚書省牒，奉前月二十八日勑節文，御史臺、太常禮院定左右僕射、東宮三師爲表首，未有所從，令臣等參議以聞者。臣等今詳〔二〕東宮三師爲表首，討論故實，全無證據，其左右僕射，援引制勑，合爲表首者，其事有六：謹按《周官》先叙六官，又準《六典》，尚書爲百官之本。今自一品至六品常參官〔三〕，每班以尚書省官爲首，則僕射合爲表首，一也。又按《唐會要》及《禮閣新儀》，貞元二年十月七日御史臺奏，每有慶賀及須上表，並令上公行之，如無上公，即尚書令僕已下行之，其嗣王合隨宗正，若有班位，合依王品。此則嗣王雖一品，不得爲表首，二也。又據故事，僕射位次三公，則僕射合爲表首，三也。又準故事，僕射是百寮師長，即無東宮一品爲師長之文，是知上臺表章，僕射當爲表首，四也。又準晉天福二年敕節文，今後凡有謝賀上表，並令上公行之，如三公闕，令僕射行之，列上臺表章，僕射當爲表首，五也。又立班之制，卑者先入後出，尊者後入先出，見今東宫一品立定，僕射乃入，僕射既退，兩省班退後，東宫一品方出，即輕先重後之禮，較然可知，則僕射合爲表首，六也。

伏以百王儀制，歷代遵承，凡欲改更，必求典故。今御史臺檢討有憑，事理甚允。議者或引：百寮起居之日，宰相偶不押班，東宫一品在前，不可却通僕射。臣等答曰：必若合通前立之者，則兩省官班在前，如通最在前班，必求宰相之次爲首，則非上臺僕射而誰？又曰：一品爲尊，二品爲次。臣等答曰：班秩之内，緊慢是分，或有自四品入三品爲黜官，丞郎入卿監是也。從四品入五品爲進秩，少卿入郎中是也。四品在三品之上，諸行侍郎〔四〕於卿監是也。七品八品在雜五品之上，殿中侍御史、補闕、拾遺、監察於三丞、五博是也。若不以省臺緊慢次第相準，居此官者，肯以品爲定乎？又大凡尊卑各有倫等，雖繫君臣之際，可論父子之間，上臺則君父之官也，東宫則臣子之官也。若或品位懸邈，亦可尊卑各申，奈將臺職緊慢不同，實恐統攝不得假，若輕重雖等，亦須推獎上臺。議者又曰：新定合班最可爲準。臣等答曰：近敕合班之位，僕射與東宫三師不曾改移，上件所引故實敕文，當時與今無異，此乃仍舊，不是新條。又議者曰：僕射重輕，不同往日。臣等答曰：此官崇重，儀亞三公，上事舊規，典册具在，公參之禮，立朝之儀，見今可知，何曾損減？又議者曰：假如百寮同署一狀，必須依次署名。臣等答曰：此議只爲表章，獨以一人結銜爲首，且〔五〕云文武百寮臣等，此則是總統文武衆官，見有正銜重官、太子宫臣，難以爲首。若援引依次連署，實又與此不同。又議者曰：表首之人近亦曾有三少。臣等答曰：今爲在朝見有僕射，表首難定宫臣。歷朝典據分明，都來〔六〕不取，近或重輕顛倒，却引爲憑。脱或不論官曹，不取緊慢，不以近尊爲重，但只據品而言，則上來班位，及於資品，以至僕射出入，今後並合改更。若變舊章，於時何益？

臣等欲請依唐貞元、晉天福敕及諸故實，并今御史臺衆議，以僕射爲表首，一則正上臺之綱紀，一則遵歷代之楷模。免至鑿空，驟從臆説，俾其名分，不至奪倫。

祖宗配侑議

宋祁

臣等聞，王者建廟祏之嚴，合昭穆之綴。祖一而已，始受命也；宗無豫數，待有德也。由宗而下，等胄之疏戚，以爲迭毁之制，使後嗣雖有顯揚褒大，猶不得與祖宗並列，所以一統乎尊尊，古之道也。

皇帝陛下躬孝治，發德音，永惟三后之盛烈，際天接地，而推奉之禮，有所未稱。明發悼懼，圖惟厥衷，使攸司得稽舊章，開群議，攄懿鑠，闡孫謀，將以脗合靈心，垂榮無極，非臣等孤陋所能及已。

竊以太祖皇帝，誕受寶命，付畀四海，鋪敦燮伐，潛黜不端。夷澤潞之畔，兼淮海之昧，東焚吴輿，右堙〔七〕蜀壘，湘楚閩禺，請吏入朝。當此之時，天下之人去大殘，蒙更生，卜年長世，丕闡洪業。太宗皇帝，敦受其壐，席運下武，龔天之討〔八〕，底定太原。由是慎九刑之辟，藝四方之貢，信賞類能，重食勸分，官無煩苛，人無恫怨。又引搢紳諸儒，講道興學，炳然右文，與三代同風。真宗皇帝，乾粹日昭，執競維烈，重威撫和，休寧北方。順斗布度，先天作聖，遂考夏諺，乩虞巡，祕牒岱宗，育穀冀壤。翕受瑞福，普浸黎元，肖翹跂行，罔有不寧。百度已備，眷授明辟。

洪惟一祖二宗之烈，歷選墳誥，未有高焉者也。昔成湯爲商之祖，太甲、太戊、武丁實號三宗；后稷爲周之祖，文王、武王肅建二祧；高帝爲漢之祖，孝文、孝武特崇兩廟，皆子孫世世奉承不輟。我皇伯祖經綸屮昧，遂有天下，功宜爲帝者之祖。皇祖勤勞制〔九〕作，皇考財成治定，德宜爲帝者之宗。三廟並萬世不遷，宣布天下，以示後世。臣等請如聖詔，至於升侑上帝，裒對先謨，本之周道，克厭典禮。

昔太宗親郊，奉宣祖、太祖配焉；真宗肇祀，奉太祖、太宗配焉，自爾有司不敢輕議。今二宗同躋不祧之位，則禮無異等，伏請自今以往，太祖爲定配，二宗爲迭配，稱情適事，理實無嫌。其將來皇帝親祠，伏請以三聖偕侑，上顯對越之盛，次申遹追之感。聖人之能事，群臣之大願，此後迭配，還如前議。昔唐高宗之上封也，太武皇帝、文皇帝配昊天；明皇之封也，以高祖配天，睿宗配地；開元之著禮也，高祖配方丘，太宗配神州，此二宗迭配之前比。垂拱、開元之間，高祖、太宗、高宗同配昊天；真宗登介丘，降社首，並以太祖、太宗崇配天地，此三聖皆侑之明準。其歲時常祀，則至日圜丘，仲夏皇地，祇配以太祖；孟春祈穀，夏雩祀，冬祭神州，配以太宗；孟春感帝，配以宣祖，季秋大饗，配以真宗，伏請皆如禮便。陛下重宗祧之事，鑒照前載，抑畏虔鞏，讓而不專，故令臣等得中愚管。謹用敷罄，惟聖心財鑒。謹用〔一〇〕議狀奏聞。

郭稹不應爲嫁母持服議

宋　祁

臣竊惟禮者，叙上下，制親疏，別嫌明微，以爲之節也。故三年之喪，雖天下達禮，至於情文相稱，必降殺從宜。故尊有所申〔一一〕，則親有所屈，不敢以所承之重，而輕用於其私者也。伏見前祠部員外郎集賢校理郭稹，生始數歲，即鍾〔一二〕父喪，而母邊氏，更適士人王渙。稹煢煢孤苦，以訖成立，見無伯叔，又鮮兄弟。奉承郭氏之祭者，惟稹一身而已。母邊氏適王氏，更生四子，今邊不幸而訃聞，稹乃解官行服。以臣愚管見，深用爲疑。

伏見五服制度，敕齊衰杖朞降服之條曰：『父卒母嫁，及出妻之子爲母。』其左方注曰：『謂不爲父後者。若爲父後者，則爲嫁母無服。』今詳邊氏嫁則從夫，已安於王室，死將同穴，永非於郭偶。而稹既爲父後，則宜歸重本室。雖欲懷有慈之愛，推無絶之義，亦不得爲已嫁之母，亢父而盡其禮也。何者？輕奉父統，則郭之承重，更無他親；備執母喪，則王之主祀，自有諸子。臣詳求制旨，疑稹不當解官行服。夫禮有所殺，君子俯就也；誼有所斷，聖人不專也。況當孝治，宜謹彝經。伏乞降臣此狀下有司，博令詳議，其郭稹爲父後爲嫁母，應與不應解官行三年之喪，然後明垂定制，俾守洪規。

請置廉察罷轉運議

黄　亢

惟王建國，稽古治人，既設其官，必立其長。歷觀方册，可得而知。其在唐虞，則十有二牧；在三代，則有連率焉，有方伯正牧焉；在兩漢，則或稱刺史，或稱州牧，其實一也；在皇唐，則其大府有節度，其次有觀察，皆所以綱舉百職，柄持衆政，作天子之藩宣也。是故民之所仰望，吏之所畏服，朝之所毗倚，其官必重，其人必賢也。

今則不然，外官小大，自足及類，悉統之轉運。轉運非古也，起唐中葉，所以督錢穀而已矣。今夫用錢穀之職，總守宰之官。守宰主宣教化者也，教化義也，錢穀利也，利與義不能兩全。是以下憂歲之不登，而民之不粒；上恐財之不豐，而貢之不多，是上下相戾也。矧其充使者，不過郎官、御史，其官既輕，其人未必賢，是民所仰望者卑也，吏所畏服者弛也，朝之毗倚者輕也。使政不平，刑不清，和氣未充，祥鳥未來，得非由此歟？有芻蕘之民，竊議於下曰：錢穀之職宜委之郡守，郡守縣宰宜統之廉察，則廉察宜置，轉運宜罷也，所以復古官也，不使吾民謂天子重利而薄義也。不知朝廷三事大夫，爲是邪？爲非邪？

爲兄後議

劉　敞

禮：天子之廟，三昭三穆，與太祖而七。諸侯二昭二穆，與太祖而五。所謂昭者，父道也；所謂穆者，子道也。天子諸侯未必皆身有子，故或取於兄弟之子以爲嗣。親同則取其賢者，賢同則取其長者，長同則卜其吉者。非兄弟之子則弗取，故不以諸兄〔一三〕爲嗣，兄亦尊也；不以諸弟爲嗣，弟己之倫也。此古者七廟五廟之序，所以昭穆不相越，迭毁不相害也。至乎後世，國家多事，或傳之諸兄，或傳之諸弟，蓋有不得已焉，則禮散久矣。然既已受國家天下，則所傳者雖非子，亦猶子之道也；傳之者雖非其父，亦猶父之道也，以天下國家爲重矣。

《春秋》僖公，實閔公之兄，閔公遭弑，僖不書即位，明臣子一體也。公孫嬰齊卒，《春秋》謂之『仲嬰齊』，以謂爲人後者爲之子，當下從子例，不得復顧兄弟之親稱公孫也。《春秋》之義有常有變，夫取後者不得取兄弟，此常也。既已不可及〔一四〕取兄弟矣，則正其禮，使從子例，此變也。故僖公以兄繼弟，《春秋》謂之子，嬰齊以弟繼兄，《春秋》亦謂之子，所謂常用於常，變用於變者也。既正〔一五〕其子名，則僖公不得不以閔公爲昭，歸父不得不以嬰齊爲穆。既正其昭穆，則迭毁之次，不得不以一代一也。而儒者或疑《禮》無後兄弟之文，遂以《春秋》書『仲嬰齊』爲不與子爲父孫，非也。子爲父孫，誠非禮之正，有不得已者，《春秋》正其爲臣子一體而已，故實公孫嬰齊，而謂之『仲嬰齊』。若《春秋》本不聽其爲後者，則當書曰『公孫嬰齊卒』。

學者問之曰：『此仲嬰齊，曷爲謂之「公孫嬰齊」？不與爲兄後也乃可矣。』夫《春秋》，家猶重之，況國乎？國爾猶重之，況天下乎？故凡繼其君，雖兄弟，必使子之；繼其大宗，雖兄弟，必使子之，如繼其君。繼其大宗而不使子，是教不子而輕其所託也。此文公所以受逆祀之貶也。然《春秋》固爲衰世法，非太平正禮也。太平之世，未嘗有也。

漢時定迭毀之禮，丞相玄成、丞相衡引昭、宣兩帝並爲昭，獨以孫爲昭，而不知禮無兩昭，使昭帝之天下無所傳，宣帝之天下無所受，失禮意矣。又惠帝、文帝皆高祖子，惠帝親受之高祖，文帝則受之惠帝，雖皆兄弟，此與閔公、僖公何異哉？存當以臣子敍之，死當以昭穆正之。而漢世議者，皆推文帝，使上繼高祖，而惠帝親受高祖天下者，反不與昭穆之正。至於光武，當繼平帝，又自以世次爲元帝之子，上繼元帝，而爲元帝後，皆悖經違禮而不可傳者也。

自漢世以來，其議尤衆，皆曰兄弟不相爲後，不當以昭穆格之，妄也。若不以昭穆格之，則天下受之誰乎？凡人君以兄弟爲後者，必非有子者也，引而爲嗣，臣子一體矣。而當嗣者反以兄弟之故，不繼所受國，而繼先君，則是所受國者竟莫有嗣之者也，不可一矣。生則以臣子事之，死則以兄弟治之，忘生悖死，不可二矣。己實受之後君，不受之先君，今當自繼先君者，不唯棄後君命己之命，又當廢先君命兄之命，不可三矣。天下國家則歸之己，而父子之禮則恥不爲，不可四矣。

徐邈曰：『若兄弟爲〔一六〕昭穆者，設兄弟六人爲君，至其後世，當祀不及祖禰。』此又妄之甚者。禮有所極，義有所斷〔一七〕，『爲之後者爲之子』，所以正授受，重祖統也。兄弟六人，相代爲君，亦六代祀祖禰矣。假令非兄弟相代，其祖亦當遷矣，不得故存也。即如此言，使有兄弟六人爲君，各自稱昭，是有十三廟也。又其最後一君，當上繼先君，而五君終爲無後也，豈其所以傳重授國之意乎？禮，爲人後者『降其私親』，設兄弟六君，故當各自爲嗣，義不可曲顧其親，可謂祀不及祖禰哉？凡言禮者，惡其謟時君之意，苟曰益廣宗廟，大孝之本，而不詳受授之道，《春秋》之義，使當傳國者，不忍以國與其宗，曰非吾子也；當受國者又不肯以臣子之禮事其君，曰非吾父也。至令宗廟猥衆，昭穆駢積，而鬼有不嗣者。推生嗣死，獨可悖哉？獨可悖哉？

濮安懿王典禮議

司馬光

臣等謹按，《儀禮·喪服》『爲人後者』傳曰：『何以三年也？受重者必以尊服服之』，『爲所後者之祖、父、母、妻，妻之父母』，『昆弟之子，若子』。若〔一八〕子者，皆如親子也。又『爲人後者爲其父母』傳曰：『何以期也？不貳斬也』，『特重於大宗，降其小宗也』。又『爲人後者爲之子』，『不敢復顧私親』。聖人制禮，尊無二上，若恭愛〔一九〕之心分施於彼，則不得專一於此故也。是以秦、漢以來，帝王有自旁支入承大統者，或推尊父母以爲帝后，皆見非當時，取譏後世，臣等不敢引以爲聖朝法。況前代〔二〇〕入繼者，多宫車晏駕之後，援立之策，或出母后，或出臣下，非如仁宗皇帝，年齡未衰，深惟宗廟之重，祇承天地之意，於宗室衆多之中簡拔聖明，授以大業，親爲先帝之子，然後繼體承祧，永有天下。

濮安懿王雖於陛下有天性之親，顧復之恩，然陛下所以負扆端冕，富有四海，子子孫孫，萬世相承者，皆先帝之德也。臣等愚賤，不達古今，竊以爲今日所崇奉濮安懿王典禮，一準先朝封贈期親尊屬故事，高官大國，極其尊榮。譙國太夫人、襄國太夫人、仙遊縣君，亦改封大國太夫人，考之古今，實爲宜稱。

廟議

韓維

伏以親親之序，以三爲五，以五爲九，上殺下殺旁殺，而親畢矣。聖人制事存送終之禮，皆以此爲限，是衆人之所同也。若其所不與衆人同者，則又因事之宜，斷之以義，而爲之節文也。昔先王既有天下，迹其基業之所由起，奉以爲太祖，所以推功業重本始也。蓋王者之祖有繫天下者矣，諸侯之祖有繫一國者矣，大夫、士之祖繫其宗而止矣，亦其理勢然也。

荀卿曰：『王者天太祖，諸侯不敢壞，大夫士有常宗，所以別貴始。貴始，德之本也。』蓋有天下之始若后稷，有一國之始若周公，大夫士之始若三桓，所以貴者，配天也，不祧也，有常宗也，此其所以別也。今直以契、稷爲本統之祖，則是下同大夫士之禮，非荀卿之所謂別也。或曰：湯、文、武去契、稷皆十有餘世，其間子孫衰微奔竄者非一，湯、文、武之有天下，契、稷何與哉？曰：南宮适曰：『禹、稷躬稼，而有天下。』孔子曰：『君子哉若人〔二一〕！』禹之有天下，則然矣，稷，諸侯也，而曰有天下，何哉？豈非積累功德，至文王而興乎？孟子曰：『王不待大。湯以七十里，文王以百里。』然則小國亦王之所待也，所謂七十里、百里者，非契、稷所受以遺其子孫之國乎？由是言之，商、周之所興，契、稷不爲無所與也。則正考父作《頌》，追道契、湯、高宗，商所以興；子夏序《詩》，稱文、武之功起於后稷，豈虛語也哉？《國語》亦曰：『契勤商〔二二〕，十有四世而興。后稷勤周，十有五世而興。』《穀梁》曰：『始封必爲祖。』南宮适、孟軻〔二三〕、卜子夏、左丘明、穀梁亦生於周代，其所言皆親聞而見之者，其學問又俱出於孔子，宜若可信，則尊始祖以其功之〔二四〕所起，秦、漢諸儒亦有所受之也。後世有天下者，皆特起無所因，故遂爲一代太祖，所從來久矣。

伏惟太祖皇帝，孝友仁聖，睿智神武，兵不血刃，坐清大亂，子孫遵業，萬世蒙澤，功德卓然，爲宋太祖，無少議者。僖祖雖於太祖高祖也，然仰迹功業，未見其有所因，上尋世系，又不知其〔二五〕所以始，若以〔二六〕所事契、稷奉之，竊恐於古無考，而於今亦有所未安也。臣以均之論義，未有以相奪〔二七〕，仍舊便。若夫藏主合食，則歷代嘗議之矣。然今之廟室，與古殊制，古者每廟異宮，今所以奉祖宗者，在一堂之上，西夾室猶處順祖之右，考之尊卑之次，似亦無嫌。至于禘祫，自是序昭穆之祭，僖祖東嚮，禮無不順，所謂『子雖齊聖，不先父食』者也。孔子曰：『於其所不知，蓋闕如也。』如臣絳等議，非臣所知，此臣所以闕而不敢同也。

南北郊議

陳襄

臣謹按《周禮·大司樂》：以『圜鍾爲宫』，『冬日至，於地上之圜丘奏之』，六變以祀天神；以『函鍾爲宫』，『夏日至，於澤中之方丘奏之』，八變以祭地示。夫祀必冬日至者，以其氣來復于上天之始也。故宫用夾鍾，于震之宫，以其帝出乎震也。而謂之圜鍾者，取其形以象天也，三一之變，圜鍾爲宫一變，黄鍾爲角，太簇爲徵，姑洗爲羽，各一變。合陽奇之數也。祭必以夏日至者，以其陰氣潛萌于下地之始也。故宫用林鍾，于坤之宫，以其萬物致養于坤也。而謂之函鍾者，取其容以象地也，四二之變，函鍾爲宫，太簇爲角，姑洗爲徵，南吕〔二八〕爲羽，各二變。合陰偶之數也。又《大宗伯》以禋祀、實柴、槱燎，祀其在天者，而以蒼璧禮之；以血祭、沈貍、副辜，祭其在地者，而以黄琮禮之。皆所以順其陰陽，辨其時位，倣其形色，而以氣類求之，此二禮之不得不異也。故求諸天而天神降，求諸地而地示出，得以通精誠而逆福釐，以生烝民，以阜萬物，此百王不易之禮也。

去周既遠，先王之法不行。漢元始中，姦臣妄議，不原經意，附會《周官》大合樂之説，謂當合祭，平帝從而用之，故天地共犢，禮之失自此始矣。由漢歷唐，千有餘年之間，而以五月親祠北郊者，惟四帝而已。如魏文帝之太和，周武帝之建德，隋高祖之開皇，唐睿宗之先天，皆希闊一時之舉也。然而隨得隨失，卒無所定。垂之本朝，未遑釐正。

恭惟陛下，恢五聖之述作，舉百王之廢墜，典章法度，固已比隆先王之時矣，豈襲後世一切之禮乎？是以臣親奉德音，俾正訛舛，郊祀〔二九〕之禮，首宜正其大者，大者不正，而末節雖正無益也。況天地歲祀，今亦不廢，顧惟有司攝事而已，誠未足以上盡聖誠恭事之意也。臣以謂既罷合祭，則南北二郊自當別祀。伏請陛下，每遇親祀之歲，先以夏日至，祭地示於方丘，然後以冬日至，祀〔三〇〕昊天於圓丘，此謂所大者正也。

然議者或謂先王之禮，其廢已久，不可復行。古者齋居近，古者致齋路寢。儀衛省，用度約，賜予寡，故雖一歲徧祀，而國不費，人不勞。今也齋居遠，儀衛繁，用度廣，賜予多，故雖三歲一郊，而猶或憚之，況一歲而二郊乎？必不獲已，則三年而迭祭，或如後漢，以正月上丁祠南郊，禮畢次北郊。或如南齊〔三一〕，以正月上辛祠昊天，次辛瘞后土，不亦可乎？臣竊謂不然。《記》曰：『祭不欲疏，疏則怠。』夫三年迭祭，則是昊天大神，六年始一親祀，無已怠乎？《記》曰：『大事必順天時。』二至之郊，周公之制也，捨是而從後王之失禮，可謂法歟？彼〔三二〕議者徒知苟簡之便，而不睹尊奉之嚴也。

伏惟陛下，鑒先王已行之明效，舉曠世不講之大儀，約諸司之儀衛而幸祠宮，均南郊之賜予以給衛士，蠲青城不急之役，損大農無名之費，使臣得以講求故事，參究禮經，取太常儀注之文，以正其訛謬；稽大駕鹵簿之式，以裁其繁冗，惟以至恭之意，對越大祇，以迎至和，格純嘏，庶成一代之典，以示萬世。

校勘記

〔一〕『得』，麻沙本無，據六十四卷本補。
〔二〕『詳』，底本作『議』，據六十四卷本改。
〔三〕『官』，底本作『班』，據六十四卷本改。
〔四〕『侍郎』，底本作『郎中』，據六十四卷本改。
〔五〕『且』，底本作『具』，據六十四卷本改。
〔六〕『來』，底本作『求』，據六十四卷本改。
〔七〕『堙』，底本作『因』，據六十四卷本改。
〔八〕『討』，底本作『罰』，據六十四卷本改。
〔九〕『制』，底本作『著』，據六十四卷本改。
〔一〇〕『用』，底本作『具』，據六十四卷本改。
〔一一〕『申』，底本作『由』，據六十四卷本改。
〔一二〕『鍾』，底本空缺，據六十四卷本補。
〔一三〕『諸兄』，底本、六十四卷本皆作『諸父』，蓋誤。據本校，當作『諸兄』。四庫本《古文淵鑒》作『諸兄』，可參。
〔一四〕『及』，底本作『復』，據六十四卷本改。
〔一五〕『正』，底本無，據六十四卷本補。

〔一六〕『爲』，底本無，據六十四卷本補。

〔一七〕『斷』，底本作『繼』，據六十四卷本改。

〔一八〕『若』，底本誤作『子』，據六十四卷本改。宋紹興本《温國文正公文集》作『若』。

〔一九〕『愛』，底本作『敬』，據六十四卷本改。宋紹興本《温國文正公文集》作『愛』。

〔二〇〕『代』，底本無，據六十四卷本補。宋紹興本《温國文正公文集》作『代』。

〔二一〕『若人』，底本作『若大』，從下，今據六十四卷本改。

〔二二〕『商』，底本作『之』，據六十四卷本改。

〔二三〕『孟軻』，底本誤作『孟縶』，據六十四卷本改。

〔二四〕『之』，底本誤作『父』，據六十四卷本改。

〔二五〕『其』，底本作『若』，據六十四卷本改。

〔二六〕『以』，底本無，據六十四卷本補。

〔二七〕『奪』，底本作『專』，據六十四卷本改。

〔二八〕『南吕』，底本誤作『南宫』，據六十四卷本改。宋本《古靈集》作『南吕』。

〔二九〕『郊祀』，底本作『訛舛』，六十四卷本徑删之，據宋本《古靈集》補。

〔三〇〕『祀』，底本作『祭』，據六十四卷本改。宋本《古靈集》作『祀』。

〔三一〕『南齊』，底本誤作『南郊』，據六十四卷本改。宋本《古靈集》作『南齊』。

〔三二〕『彼』，底本作『復』，據六十四卷本改。宋本《古靈集》作『彼』。

新校宋文鑑卷第一百六

校者按：底本此卷抄配，據六十三卷本、六十四卷本（缺第一至九頁）刻卷校改。

議

救災議

曾　鞏

河北地震水災，隳城郭，壞廬舍，百姓暴露乏食。主上憂憫，下緩刑之令，遣持循〔一〕之使〔二〕，恩甚厚也。然百姓患於暴露，非錢不可以立屋廬；患於乏食，非粟不可以飽，二者不易之理也。非得此二者，雖主上憂勞於上，使者旁午於下，無以救其患，塞其求也。有司建言，請發倉廩與之粟，壯者人日二升，幼者人日一升，主上不旋日而許之，賜之可謂大矣。然有司之言特常行之法，非審計終始，見於衆人之所未見也。

今河北地震水災，所毀敗者甚衆，可謂非常之變也。遭非常之變者，亦必有非常之恩，然後可以振之。今百姓暴露乏食，已廢其業矣，使之相率日待二升之廩於上，則其勢必不暇乎他爲，是農不復得修其畎畝，商不復得治其貨賄，工不復得利其器用，閑民不復得轉移執事。一切棄百事而專意於待升合之食，以偷爲性命之計，是直以餓殍之養養之而已，非深思遠慮，爲百姓長計也。

以中户計之，户爲十人，壯者六人，月當受粟三石六斗，幼者四人，月當受粟一石二斗，率一户月當受粟五石，難可以久行也，則百姓何以贍其後？久行之，則被水之地既無秋成之望，非至來歲麥熟，賑之未可以罷。自今至於來歲麥熟，凡十月，一户當受粟五十石。今被災者十餘州，州以二萬户計之，中户以上及非災害所被，不仰食縣官者去其半，則仰食縣官者爲十萬户。食之不遍，則爲施不均，而民猶有無告者也。食之徧，則當用粟五百萬石而後可以辦，此又非深思遠慮，爲公家長計也。至於給授之際有淹速，有均否真僞，有會集之擾，有辨察之煩，措置一差，皆足致弊。又群而處之，氣久蒸薄，必生疾癘，此皆必至之害也。且此不過能使之得旦暮之食耳，其於屋廬構築之費，將安取哉？屋廬構築之費既無所取，而就食於州縣，必相率而去其故居，雖有頽墻壞屋之尚可完者，故材舊瓦之尚可因者，什器衆物之尚可賴者，必棄之而不暇顧，甚則殺牛馬而去者有之，伐桑棗而去者有之，其害又可謂甚也。

今秋氣已半，霜露方始，而民露處不知所蔽，蓋流亡者亦已衆矣。如不可止，則將空近塞之地。空近塞之地，失戰鬭之民，此衆士大夫之所慮，而不可謂無患者也。空近塞之地，失耕桑之民，此衆士大夫所未慮，而患之尤甚者也。何則？失戰鬭之民，異時有警，邊戍不可不增爾；失耕桑之民，異時無事，邊糴不可以不貴矣。二者皆可不深念歟？萬一或出於無聊〔三〕

之計，有窺倉庫盜一囊之粟、一束之帛者，彼知已負有司之禁，則必鳥駭鼠竄，竊弄鋤梃於草茅之中，以扞游徼之吏，彊者既囂而動，則弱者必隨而聚矣。不幸或連一二城之地，有枹鼓之警，國家胡能晏然而已乎？況夫外有夷狄之可慮，内有郊祀之將行，安得不防之于未然，銷之于未萌也？

然則爲今之策，下方紙之詔，賜之以錢五十萬貫，貸之以粟一百萬石，而事足矣。何則？今被災之州爲十萬户，如一户得粟十石，得錢五千，下户常産之貲，平日未有及此者也。彼得錢以完其居，得粟以給其食，則農得脩其畎畝，商得治其貨賄，工得利其器用，閑民得轉移執事，一切得復其業，而不失其常生之計，與專意以待二升之廩於上，而勢不暇乎他爲，豈不遠哉？此可謂深思遠慮，爲百姓長計者也。由有司之説，則用十月之費爲粟五百萬石；由今之説，則用兩月之費爲粟一百萬石。況貸之於今，而收之于後，足以振其艱乏，而終無損於儲偫〔四〕之實，所實費者，錢五鉅萬貫而已，此可謂深思遠慮，爲公家長計者也。又無給授之弊，疾癘之憂，民不必去其故居，苟有頹墻壞屋之尚可完者，故材舊瓦之尚可因者，什器衆物之尚可賴者，皆得而不失，況乎全牛馬，保桑棗，其利又可謂甚也。雖寒氣方始，而無暴露之患，民安居足食，則有樂生自重之心，各復其業，則勢不暇乎他爲，雖驅之不去，誘之不爲盜矣。

夫饑歲聚餓殍之民，而與之升合之食，無益於救災補敗之數，此常行之弊法也。今破去常行之弊法，以錢與粟，一舉而賑之，足以救其患，復其業。河北之民聞詔令之出，必皆喜上之足賴，而自安於畎畝之中。負錢與〔五〕粟而歸，與其父母妻子脱於流轉死亡之禍，則戴上之施，而懷欲報之心，豈有已哉？天下之民，聞國家措置如此恩澤之厚，其孰不震動感激，悦主上之義於無窮乎？如是而人和不可致，天意不可悦者，未之有也。人和洽于下，天意悦於上，然後玉路徐動，就陽而郊，荒夷殊陬，奉幣來享，疆内安輯，里無囂聲，豈不適變於可爲之時，消患於無形之内乎？此所謂審計終始，見於衆人之所未見也。不早出此，或至於一有枹鼓之警，則雖欲爲之，將不及矣。

或謂方今錢粟恐不足以辦此。夫王者之富，藏之于民，有餘則取，不足則與，此理之不易者也。故曰：『百姓足，君孰與不足？百姓不足，君孰與足？』蓋百姓富實，而國獨貧，與百姓餓殍，而上獨能保其富者，自古及今未之有也。故又曰：『不患貧而患不安。』此古今之至戒也。是故古者二十七年耕，有九年之蓄，足以備水旱之災，然後謂之王政之成。唐水湯旱，而民無捐瘠者，以是故也。

今國家倉庫之積，固不獨爲公家之費而已，凡以爲民也。雖倉無餘粟，庫無餘財，至於救災補敗尚不可以已，況今倉庫之積尚可以用，獨安可以過憂將來之不足，而立視天民之死乎？古人有言曰：『剪爪宜及膚，割髮宜及體。』先王之于救災，髮膚尚無足愛，況外物乎？且今河北州軍凡三十七，災害所被十餘州軍而已，佗州之田，秋稼足望，今有司於糴粟常價，斗增一二十錢，非獨足以利農，其于增糴一百萬石易矣。斗增一二十錢，吾權一時之事，有以爲之耳。

以實錢給其常價，以茶荈香藥之類佐其虛估，不過捐茶荈香藥之類爲錢數鉅萬貫，而其費已足。茶荈香藥之類與百姓之命，孰爲可惜，不待議而可知者也。夫費錢五鉅萬貫，又捐茶荈香藥之類爲錢數鉅萬貫，而足以救一時之患。爲天下之計，利害輕重，又非難明者也，顧吾之有司能越拘攣之見，破常行之法與否而已。此時事之急也，故述斯議焉。

賞罰議

趙瞻

世之大患在賞罰焉，賞以徵文梏〔六〕賢，罰以定令幸姦，則是國代賢者辭，而法爲姦人地也。有吏于此，齎伐閱詣考課曹，曹必曰：某在斯職事若干年，當遷某官。某在斯課最若干數，當增某秩。斯人大賢大不肖，雖朝廷王公不得擅輒議其存捨動摇者。或迹狀白著，有非常，不在詔令，則以問。故事，與令有所差駁突兀，亦不爲舉。夫以賢者難進易退、廉恥謙服之心，詎非代之辭者歟？若爾，伊尹、太公常齒匹夫，傅説、箕子常編縶〔七〕囚，冀缺、甯戚常伍耕農，管仲、五羖常没虜獲，尚屑與時争盆鼓之逋賦，列時刻之積効，而邀遷次邪？又或以罪付理官曹，曹必曰：以甲令當某罰，以乙詔當某科，有輕重疑則爲奏以請上。上之所進退，亦旁法律寸〔八〕尺爾。夫以姦人狡獪窺幸之備，詎非爲之地者歟？且唐虞流共工，放驩兜，湯誅尹諧，文王誅潘正，太公誅華仕，管仲誅傅里乙，子産誅鄧析，史傳孔子誅少正卯。《周書》有『三風十愆』，《禮經》有四誅無赦。孟軻以楊朱、墨翟邪説之無君親者拒之，荀卿以宋鈃、公孫龍衆惑之亂名實者禁之。故若晉羊舌鮒以掠美尸，齊阿大夫以虛譽烹，彌子瑕佞幸似忠孝而得罪，郭解豪俠似仁義而蒙戮，皆姦雄桀黠，傷蝕風教之尤者。然以之示有司，則罪無所當矣。非勉寬仁之治也，非保賊亂之黨也，徒律令無所處焉也。賞與罰如是，馳步帝皇之塗而未底者，所以趣之之轍異也。

或謂：若之所贊者古也，今之所用者時也，若居今時而用古，殆不可與權矣。張選舉之程法，補調之品目，猶曰未也，況以堯、舜之所病與三代之明哲，而責有司哉？又若前主律，後主令，附麗驗治，劾讞鍛成，猶曰未也，況以難明之狀，可惑之事，而亟致大戮哉？正爾，如賞僭及淫人、刑僭及善人何？此大不然。且責君於難謂之恭，吾君不能謂之賊，彼曷獨不欲舉縣官于堯、舜、三代之隆乎？夫人之辭行技能，號爲搜索而寘朝廷矣；才具器識，號爲量度而縻爵位矣，斯豈它術哉？視必得賢者而後任之有司爾。真賢實廉不次求索，則有司之明也，上之察也；任人大姦赫然誅殛，亦有司之明也，上之察也，豈它術哉？上如不察，有司不賢，雖區區於秩次，事事於律令，顧益資其窺測者，豈有補邪？但古用此亦治，今用此亦治，不能用則皆未如之何也，又安在權不權？使今得一伊尹、太公而賞之，天下非乎？不也？得一驩兜、共工而罰之，天下非乎？不也？若賞伯夷而問盜跖，罰窮奇而諮饕餮，惡可？

議禦戎

仲訥

或曰：西北二戎大與之結好，次寵以爵，賜予至厚，羈縻宜得，而兵未克弭。古稱禦戎無上策，良信哉！愚曰：斯之惑久矣，言乎禦者誠非也。秦以之亡，漢因而匱，尚有策哉？然則若何禦之非足尚也？當用氣勝之耳。奚爲而言？夫天高而尊者陽也，地卑而濁者陰也。君子陽也，小人陰也。中國陽也，四夷陰也。取勝之道存乎其類。堯、舜、禹、湯之爲君，君子則舉，小人則誅，君子道長，小人道消。氣由其類勝，天爲之清，日爲之明，至于鳥獸魚鼈咸若，夷狄其有不馴乎？是陽氣勝而陰不能奸也。故二帝三王之世，夷狄之患無甚焉。秦、漢而下，德衰而力雄，善有聞而不舉，舉有用而不終，惡有彰而不去，去有誅而不盡。君子之道不競，小人之勢日進。故日爲之蝕，地爲之震，殲[九]草槁木，横出妖孼，况四夷乎？是陰氣勝而陽不得立也，故夷狄之患始滋焉。

西北二方，彼陰也；東方南方，我陽也。又以盟約之信要之，崇顯之號榮之，賀遺其福慶，弔恤其喪死，可謂至仁至恩也，而戎心未懷。非策之不至，推其類，殆氣之未勝也。王者據正陽之尊，赫然有神聖之明，闢四門四目之視。大自三吏九卿，下至百執庶官，宜有姦回佞妄，雜居正人君子之列，使皇極之道，壅而未行，陰淫之氣，上應于天。故地震屋壞殺人，日食正歲朔，雨晦風霾，並歲而至。戎狄因之而狂，陰邪勝而然耳，非不懷也。

爲之謀者，上當端然自立，拔方正之士，與之共事，推善而誅惡，集賢而退不肖，材者使得効其用〔一〇〕，智者使得進其謀，則上下之志一通，正道得立必〔一一〕先，天清地寧，日星風雨時序。如是，則夷狄之患奚慮也？且將厥角而來庭。《書》曰：『而難任人，蠻夷率服。』斯正氣之勝乎！必斯之不務，而將廢天下之農，起天下之兵，大舉而從之，奈無策何？奈後悔何？

議水

王回〔一二〕

古者之治五行也，必有五行之官。其去民用尤近，而逆其理，則有敗害之端，莫甚於水。故官得其任，則不憂乎水之敗害，誠其勢也。是以舜命益作虞，以掌山澤，周有川澤之禁，而後世脩之，未嘗廢也。由秦、漢以來，使任其事而爲之水官，則莫若都水之職。其主灌溉陂池，保守河渠，自太常及三輔，皆有其官。至武帝之時，尤增重之，於是又有左右使者，使統其任。而居其事者，莫不明於《禹貢》之學，而習於知水之性，故劉向以治《書》爲三輔都水都尉，平當以明《禹貢》領護河隄。蓋其任職之人，未嘗不脩其事，而又有水工之徒，以佐知其利害，是以秦、漢之際，言水事於書尤著。而魏、晉已來，至於隋、唐，其官亦未嘗廢。於魏則有都尉水衡之號，晉、宋、齊皆曰都水臺，或爲水衡令。及梁天監中，始改曰太舟卿，而主治舟航河隄。隋、唐之時，又皆爲都水使者，或改曰監，而舟檝、河渠二署隸之。然於水事，或領或否矣，故天下不喻於水，而失其水之性，使以憂中國者起矣。

國家比歲之間，水之爲害亦甚矣。自京城之中，民被其苦亦暴，而衍溢者，歷月不知所以洩之。今國家懲前日之患，而求于秦、漢之故，爲之都水之任，專其有司，欲以知水之性，此慮患之本也。夫以患而設備，求其功効，而使之不爲虚位，則天下宜有明于水性，若秦、漢之間所謂水工者出矣。苟得其水工，而又以知水者居其任，使之專其職，而行于天下，就視其水之利害，得以循其故而治之，不使數遷其任，責之課最而信其黜陟，則官得其人而分定，則事益脩矣。故爲今之慮水莫若如此。

渾儀議

沈括

五星之行有疾舒，日月之交有見匿，求其次舍經劘之會，其法一寓于日。冬至之日，日之端南者也。日行周天，而復集于表鋭，凡三百六十有五日四分日之幾一，而謂之歲。周天之體日別之，謂之度。度之離其數有二：日行則舒則疾，會而均別之，曰赤道之度。日行自南北升降四十有八度而迆別之，曰黄道之度。度不可見，其可見者星也。日月五星之所由，有星焉當度之畫者，凡二十有八，而謂之舍。舍所以挈度，度所以生數也。度在天者也，爲之璣衡，則度在器。度在器，則日月五星可以摶乎器中，而天無所豫也。天無所豫，則在天者不爲難知也。自漢以前，爲曆者必有璣衡，以自〔一三〕驗跡。其後雖有璣衡，而不爲曆。作爲曆亦不復以器自考，氣朔星緯而皆莫能知其必當之數。至唐曆，僧一行改步大衍曆法，始復用渾儀參貫，故其術所得比諸家爲多。

臣嘗歷考古今儀象之法，《虞書》所謂『璇璣玉衡』，唯鄭康成粗記其法。至洛下閎製圓儀，賈逵又加黄道，其詳皆不存于書。其後張衡爲銅儀，於密室中以水轉之，蓋所謂渾象，非古之璣衡也。吴孫氏時，王蕃、陸績皆嘗爲儀及象，其説以謂，舊以一分爲一度，而患星辰稠穊，張衡改用四分，而復推重難運，故蕃以三分爲度，周丈有九寸五分寸之三，而具黄、赤道焉。績説以天形如鳥卵，小橢，而黄、赤道短長相害，不能應法。至劉曜時，南陽孔定製銅儀，有雙規，正距子午以象天，有横規，判儀之中以象地，有持規，斜絡天腹以候赤道，南北植幹以法二極，其中乃爲游規、窺管。劉曜太史令晁崇、斛蘭皆嘗爲鐵儀，其規有六，四常定，一象地，一象赤道，其二象二極，乃定所謂雙規者也。其制與定法大同焉，唯南北柱曲抱，雙規下有縱衡水平，以銀錯星度，小變舊法，而皆不言有黄道，疑其失傳也。唐李淳風别爲圓儀，三重其外曰六合，有天經雙規，金渾緯規，金常規。次曰三辰，轉於六合之内，圓徑八，赤有璇璣規，月游規。所謂璇璣者，黄、赤〔一四〕道屬焉。又次曰四游，南北爲天樞，中爲游筩，可以升降游轉，别爲月道，傍列二百四十九交，以攜月游。而一行以爲難用，而其法亦亡。其後率府兵曹梁令瓚更以木爲游儀，因淳風之法而稍附新意，詔與一行雜校得失，改鑄銅儀，古今稱其詳確。至道中，初鑄渾天儀于司天監，多因斛蘭、晁崇之法。皇祐中，改鑄銅儀于天文院，始用令瓚、一行之論，而去取交有失得。

臣今斂古今之説，以求數象，有不合者，十有三事。其一，舊説以謂今中國於地爲東南，當令西北望極星，置天極不當中北。又曰天常傾西北，故極星不得居中。臣謂以中國觀之，天常北倚可也，謂極星偏西則不然。所謂東西南北者，何從而得〔一五〕之？豈不以日之所出者爲東，而日之所入者爲西乎？臣觀古之候天者，自安南都護府至浚儀大岳臺，纔六千里，而北極之差凡十五度，稍北不已，庸詎知極星之不直人上也？臣嘗讀黄帝《素問》書，立于午而面子，立於子而面午，至于自卯而望酉，自酉而望卯，皆曰北面；立於卯而負酉，立于酉而負卯，至于自午而望南，自子而望北，則皆曰南面。臣始不諭其理，逮今思之，乃常以天中爲北也。常以天中爲北，則蓋以極星常居天中也。《素問》尤爲善言天者。今南北纔五百里，則北極輒差一度以上，而東南西北數千里間，日分之時候之，日未嘗不出於卯半，而入於酉半，則又知天樞既中，則日之所出者定爲東，日之所入者定爲西，天樞則常爲北無疑矣。以衡窺之，日分之時，以渾儀抵極星以候日之出没，則在卯酉之半少北，此殆放乎四海而同者，何從而知中國之爲東南也？彼徒見中國東南皆際海，而爲是説也。臣以謂極星之果中，果非中，皆無足論者。彼北極之出地，千里之間所差者已如是，又安知其茫昧幾千萬里之外邪？今直當據建邦之地，人目之所及，裁以爲法。不足以爲法者，宜置而勿議可也。

其二〔一六〕，紘平設以象地體，今渾儀置于崇臺之上，下瞰日月之所出，則紘不與地際相當者。臣詳此説雖粗有理，然天地之廣大，不爲一臺之高下有所推遷。蓋渾儀考天地之體，有實數，有準數。所謂實者，此數即彼數也，此移赤，彼亦移赤之謂也。所謂準者，以此準彼，此之一分，則準彼之幾千里之謂也。今臺之高下，乃所謂實數。一臺之高，不過數丈，彼之所差者，亦不過此，天地之大，豈數丈足累其高下？若衡之低昂，則所謂準數者也，衡移一分，則彼不知其幾千里，則衡之低昂當慎，而臺之高下非所當卹也。

其三，月行之道，過交則入黄道六度而稍却，復交則出，於黄道之南亦如之。月行周于黄道，如繩之繞木，故月交而行日之陰，則日爲之虧。入蝕法而不虧者，行日之陽也。每月退交二百四十九周有奇，然後復會。今月道既不能〔一七〕環繞黄道，又退交之漸，當每日差池。今必候月終而頓移，亦終不能符會天度。當省去月環，其候月之出入，專以曆法步之。

其四，衡上下二端，皆徑一度有半，用日之徑也，衡端不能全容日月之體，則無由審日月定次。欲日月正滿，上衡之端，不可動移，此其所以用一度有半爲法也。下端亦一度有半則不然，若人目迫下端之東，以窺上端之西，則差幾三度。凡求星之法，必令所求之星正當穿之中心。今兩端既等，則人目遊動，無因知其正中。今以鉤股法求之，下徑三分，上徑一度有半，則兩竅相覆，大小略等，人目不摇，則所察自正。

其五，前世皆以極星爲天中，自祖亘以璣衡窺考，天極不動處，乃在極星之末，猶一度有餘。今銅儀天樞内徑一度有半，乃謬以衡端之度爲率，若璣衡端平，則極星常遊天樞之外，璣衡小偏，則極星乍入。今瓚舊法，天樞乃徑二度有半，蓋欲使極星遊於極中也。臣考驗極星更三月，而後知天中不動處，遠極星乃三度有餘，則祖亘窺考，猶爲未審。今當爲天極徑七度，使人目切南極望之，極星正循北極裏周，常見不隱，天體方正。

其六，令瓚以辰刻十干八卦皆刻於紘，然紘正平，而黄道斜運，當子午之間，則日徑度而道促，卯酉之際，則日迤行而道舒，如此辰刻不能無謬。新銅儀則移刻於緯，四遊均平，辰刻不失。然令瓚天中單環，直中國人頂之上，而新銅儀緯斜絡南北極之中，與赤道相直。舊法設之無用，新儀移之爲是。然當側規如車輪之牙，而不當衡規如鼓陶。其傍迫狹，難賦辰刻，而又蔽映星度。

其七，司天銅儀，黄、赤道與紘合鑄，不可轉移，雖與天運不符，至於窺測之時，先以距度星考定三辰所舍，復運游儀抵本宿度，乃求出入黄道及去極度，所得無以異於令瓚之術。其法本於晁崇、斛蘭之舊制，雖不甚精縟，而頗爲簡易。李淳風嘗謂斛蘭所作鐵儀，赤道不動，乃如膠柱，以考月日差，或至十七度，少不減十度。此正謂直以赤道候月行，其差如此。今黄道赤度，再運游儀抵所舍宿度求之，而月行則以月曆每日去極度筭率之，則不可謂之膠也。新法定宿而變黄道，此定黄道而變宿，但可賦三百五十五[一八]度，而不能具餘分，此其爲略也。

其八，令瓚舊法，黄道設於月道之上，赤道又次月道，而璣最處其下，每月移交，則黄、赤道輒變。今當省去月道，徙璣于赤道之上，而黄道居赤道之下，而二道與衡端相迫，而星度易審。

其九，舊法規環一面刻周天度，一面加銀丁。所以施銀丁者，夜候天晦，不可目察，則以手切之也。古之人以璿爲之，璿者，珠之屬也。今司天監三辰儀設齒于環背，不與横簫會，當移列兩旁，以便參察。

其十，舊法重璣皆廣四寸，厚四分，其他規軸，椎〔一九〕重樸拙，不可旋運。今小損其制，使之輕利。

其十一，古之人知黄道歲易，而不知赤道之因變也。黄道之度，與赤道不得獨膠。今當變赤道與黄道同法。

其十二，舊法黄、赤道平設，正當天度，掩蔽人目，不可占察。其後乃別加鑽孔，尤爲拙謬。今當側置少偏，使天度出北際之外，自不凌蔽。

其十三，舊法地紘正絡〔二〇〕天經之半，凡候三辰出入，則地際正爲地紘所伏。今當徙紘稍下，使地際與紘之上際相直，候三辰伏見，專以紘際爲法，自當默與天合。

邊議四首

張載

清野

城中之民，既得以依城自固〔二一〕，郊外百姓，朝廷不豫爲之慮，非潰亡失生，則殺戮就死。縱或免焉，則其老幼孳畜、屋廬積聚，莫不爲之驅除蕩焚，與死亡均矣。欲爲之計，莫如選吏行邊，爲講族閭隣里之法，問其所謀，諭之休戚，使之樂群以相聚，協力以相資。聽其依山林，據險阻，自爲免患之計，官不拘制，一從其宜，則積聚幼老，得以先自爲謀，而處之有素。寇雖深入，野無所資，而民免誅掠，此爲計之當先者也。

固守

師爲虜致，則喪陷之患多；城不自完，則應援之兵急。凡今近邊城邑，尤當募善守之人，計定兵力，度使勢可必全，不假外救，足以枝梧〔二二〕踰月。應援之師，不爲倉皇牽制，則守必力而師不勞，此禦患之尤急者也。然所謂善守者，要以省兵爲能。假設一城之小，千夫可完，不才者十倍之而未必固，善守者加損之而尚可全。則守城乘障之人，必也力與之計而省吾兵，厚賞其功而示之信。

省戍

戍而費財，豈善戍之計？欲不費，必也計民以守，不足，然後益之以兵。如是，則爲守之力在民居多，而用兵無幾。守既在民，則今日守兵，凡城有餘，皆得以移用他所，或乘間出戰，以自鮮其圍矣。竊計關内守餘之兵，無慮十萬，四帥〔二三〕之城，各餘萬人爲備，間〔二四〕其多少之差，此其大略也。則舉中大數，有移使之卒常不減六七萬人。義勇既練，則六七〔二五〕萬人從而省去，亦攻守爲有餘矣。兵省費輕，就使戎壘對峙，用日雖多，而吾計常足。顧朝廷未甞資守於民，以兵多爲患耳。种世衡守環州，吏士有罪，射中則釋之；僧道飲酒犯禁，能射則縱之；百姓繫者，以能射則必免；租〔二六〕稅逋負，以能射則必寬。當是時，環之内外，莫不人人樂射，一州之地，可不用一卒而守。以此觀之，省戍豈甚難之計哉？

因民

計民以守，必先相視城池大小，夫家衆寡，爲力難易，爲地緩急，周圍步尺，莫不盡知。然後括以保法，萃以什伯，形以圖繪，稽以文籍，便其居處，正其分位。平時使之知所守，識所向，習登降，時繕完。賊至則授甲付兵，人各謹備，老幼供餉，婦女守室。如是則民心素安，技藝素講，寇不能恐，吏不能侵，無倉卒之變，無顛亂之憂。民力不足，然後濟之以兵。此三代法制，雖萬世可行，不止利今日之民〔二七〕。

世守邊郡議

吕大鈞

中國之大戒，無急于邊防。自秦、漢以來，禦戎之策，是非未能相遠。竊甞求三代之法，宜于今日而推行之，乃知聖人封建之深意，不獨尚德，專治吾民而已，其禦邊之要，微妙深遠，固在術内，殆非衆人之智所可及已。蓋天下之勢，不得不一，亦不得不分。分而不一，則上無以制命，而爲下者肆；一而不分，則下無以陳力，而爲上者勞。故古者分天下爲列國，統萬國于一王，使禮樂征伐，一出于天子，教治禁令，一委之諸侯。則是天子持威福之柄，優游于內，以專察國君之善惡；諸侯任功過之責，勤勞于外，以同體王室之休戚。如是，則四方之警急，何以急天子之視聽哉？彼不任吾患者，吾得執而戮之，孰敢矣？吾所以待夷狄者，特招携以禮，懷遠以德而已。在商之時，古公以皮幣犬馬珠玉事獯鬻，而商王不知；在周之時，晉國拜戎不暇，而周室不與。然則三代禦邊之略，蓋可知已。

臣竊謂分剖天下以爲列國，則未敢輕議，如使邊郡略法古意，慎選仁勇之士，使得世守郡事，兵民措置悉以委之，租調出入一切不問，惟財用不足者，附以次邊支郡，以共其乏。其治以安靜不擾，敵人感服者爲上；富彊自守，彼不能犯者次之；戰勝攻取，無所退屈者又次之。賞罰者，增損其名位而已，甚者則升黜之，不使輕去其郡。若此，則安危利害不離其身，勢不得不盡其力以從事，盡心以防患。所謂世守者，亦不得純如周制父子相繼，必使選賢以自代，毋問親踈，天子加察焉，然後可之，遂使貳其郡事，以終舉者之身，然後命之。没則禄其子孫以祀之，若有功德，則郡人世世祀之，仍爵其子孫。庶幾亦可以爲備邊之一術也。

選小臣宿衛議

吕大鈞

古者人主左右前後使令執事之小臣，乃所以朝夕起居出入，不可須臾〔二八〕離者也。其用之迹，雖主于給宿衛，備頤指，以共綴衣、虎賁、執射、執馭之職，其用之意，則亦使之獻可替否，拾遺補闕，以替疑丞保傅之事。主於給宿衛，備使令，則非恪勤謹重者，不可以當其任。使之獻可替否，拾遺補闕，則非開爽敏茂者，不足以充其位。

此言猶未之盡。古之人君，不獨有師有友，又有受教於我者焉。故疾醫，小藝者也，黄帝師奚伯而教雷公。費國，小邦也，惠公友顔般而役長息。然則使令執事之小臣，雖在擇恪勤謹重、開爽敏茂之資，人主又當教誨養育，使得[二九]成就其材，以補異時公卿大夫之闕。如此，則朝廷常不乏材，而人主求之且不勞也。以漢、唐之苟簡，其名[三〇]臣猶多出於宿衛供奉之官。豈非常在宫省，日侍帷幄，既已接聞廟堂之議以廣其知識，間復親被德音誨其所未至，則益知善惡向背之理，薰炙漸漬，久而不已，安有不化者哉？不徒其效如此，又可以自廣其聰明之德。《記》曰『教學相長也』，又曰『教然後知困』。彼既知向背，則必盡其心力以承學于上。上之人既樂其自勉，亦必盡誠[三一]以教之。或因其善問，有以起吾志；或因其難進，有以勉吾業。傳曰『教不倦，仁也』，又曰『有教無類』，則不徒可以益吾之志業，又可以廣吾之德性也。《記》曰善教者『知至學之難易，又知其美惡』，則不徒廣吾之德性，又可以廣吾知人之明也。爲人君而乘政事之間，以教育執事之小臣，乃有志業德性知人之益，豈小補哉？

今朝廷雖有中書、門下兩省官以備侍從，又有翰林、舍人院及諸館閣之臣以備顧問，非乏人也。充其選者，又皆美材敏行，非不賢也。既以待之不爲綴衣、虎賁、射馭之冗，亦難復使

從、使令、執事之賤。似宜略依漢制郡國貢士給宿衛之法，詔公卿牧守，如孔門四科之目，各使保任三二人，不以仕與未仕，限年二十以上，三十以下。其人則分隸中書、門下省，學士舍人院，及館閣諸司，其職則參諸殿侍諸班之列，其禄秩則視三班使臣、州縣掾屬而已。其閒暇則各受學於其官長，退而以所學開諭其同列。仍不立遷擢廢置之格，其有功罪善惡，一聽明主裁決而已。如此，則素無行能者必不得舉，不安其分者必不願爲，自非朴茂有志之士，不可得而與焉。試或行之，不過五七年，不徒得高才美行，可備器使，亦將資助盛德大業，必將日新而無窮。凡在位執事之小臣，亦當漸摩義理之益，相觀而善，可不務乎？

民議

吕大鈞

爲國之計，莫急於保民。保民之要，在於存恤主户，又招誘客户，使之置田以爲主户。主户苟衆，而邦本自固。今訪聞主户之田少者，往往盡賣其田，以依有力之家。有力之家既利其田，又輕其力而臣僕之。若此，則主户益耗，客户[三二]日益多。客雖多而轉徙不定，終不爲官府之用。今欲將主户之田少者，合衆户共及二頃以上，方充一夫之役。其兼并之家，人少而田多者，復計其田，每三頃執一夫之役。主户不足，以客户足之。

皇族稱伯父叔父議

顔復

《禮記·大傳》『君有合族之道，族人不得以其戚戚君位』者，合族之時，族人不得以父兄之尊齒君之位，爲正尊卑之序而發也。《儀禮》：『公子不得禰先君。』謂别子之子，始以别子爲諸侯立廟而發也。二者無害稱謂之厚。三代盛時，天子謂同姓諸侯曰伯父、叔父，異姓諸侯曰伯舅、叔舅，雖無定則，原此而論，不必于上下相接之際，皦皦區異遠近，以傷親親之意。唐德宗、宣宗之世，有分從稱姓之令，亦緣其政苛刻寡恩而然。國朝祖宗，敦睦九族，自有博大之制，遠符三代之風。若唐衰一時之令，不足稽攷。

議官

李清臣

原今之大敝，皆入仕之門雜而衆也。入仕之門雜而衆，故仕者日蕃。仕者日蕃〔三三〕，故有罷職而歸，幾涉〔三四〕三歲不得再調者。進未得禄仕，退失其田廬，故寒廉之人，身雖掛仕版，名雖榮聖世，而無資以繼其生，盻盻焉常不得其所。上急於父母甘旨滫髓之食〔三五〕，下迫於妻孥之饘粥，則約〔三六〕不篤者，或乘其間隙匱困〔三七〕之時，起而牟利，賈販江湖，干託郡邑，商筭盈縮，秤較毫氂，匿關市之征，逐舟車之動，以規什一之得。進則王官，退則爲市人。進則冕笏而治事，號爲民師，退則妄覬苟獲，不顧行義。故仕路污辱，而廉耻之風大墜。

朝廷患仕者之日蕃，無職以處之，且使罷者久不獲其所，故艱棘其塗，以蹈藉來者。而有司苛爲之文，迂爲之格，張設難漏之密網，羅取非意之細罪，離合增廣其薦員，使其不得應條，缺駁遲延〔三八〕其歲考，使其不得滿課，從是而仕者益難。故戰薄於得失，角逐於勢利，前者冒昧以徼〔三九〕進，後來競隘而夸馳，其輕僞佻淺之流，更相眄伺，迭相攻攘，相誅不操矛，相覆不設阱，而媮風熾，險濤作。恬讓靖默，真能實德之士，或羞與之偶，寧自卻於羈旅草野，而不入於其塗。有耻者，上欲進之，而日益退；無耻者，上欲退之，而日益進。徒歲爲一禁，時下一令，詳明深切，繩約而條責之，揭而示之以義利之路，曰『爾爲篤厚，無爲薄惡』，如是將以復仁義，革士風，臣竊以爲無益也。故臣謂天下之大敝由仕者蕃，仕者蕃由入仕之門雜而衆也。

夫入仕之門，乃敝之原已，而議者不塞其原，欲〔四〇〕止其流，不迹其本，欲救其末，不能清入仕之門，而束縛爬櫛，痛治其已仕者。入仕之時，如數兵徒，如積麻竹，不知名器之可惜；已仕之後，如障寇盜，如阬螟蝗，不知士心之愈離。臣愚以爲過矣，故願陛下清入仕之門。入仕之門簡，則職有餘格，吏無冗員，而禄得以繼。污者反其廉，困者遂其節，争者息其險，讓者策其高，仕路平夷，而風化易隆矣。

官制

畢仲游

國家承五季之後，典章制度，號令文采，雖未純于三代，蓋皆有三代之意而髣髴焉。至於慎刑罰，息兵革，寬仁盡下，愛養元元，得天下之心，則有與三代比者。獨官名，自宰相而下，至于百職執事，循用五季之舊而不知改。天子臨朝太息〔四一〕於上，而公卿大夫咨嗟悼歎發憤于下〔四二〕者，不知幾十年矣。及神宗皇帝，同人心，決大策，以階寄禄，而修復漢、唐三省之制，宜其歡呼鼓舞，以慶朝廷之盛德。而行之五年，公卿大夫猶有不懌於官制者，豈未改之前嘗厭五代之無法，既改之後復云漢、唐之非是？則官名之所失，如何而可？

蓋國朝雖循三省之舊，而二十四司之名，皆第之以待百官當遷者，在省之官及假他官以制之。如兵部爲樞密，吏部爲銓審，庫部金部爲三司，水部爲都水，刑部爲大理，名隸尚書，而事在他局者，不可以爲後世法，則先帝之改制無可議者。而改制之中，有非漢、唐之舊，而未合於今日之務。舊平章事遷中書令，國朝以來，未有遷至中書令者，而今儀同三司一階兼昔日宰相累遷之官。舊禮部尚書遷户部，工部遷刑部，刑部遷兵部，而今銀青光禄大夫一階兼昔日尚書累遷之官。舊禮部侍郎遷户部，户部遷吏部，工部侍郎遷刑部，刑部遷兵部，而今正議大夫一階兼昔日侍郎累遷之官。卿寺亦然。昔之官品難於進，今之階秩易爲高。而又降七品爲八品，降五品爲六品，降三品爲四品。至其不可用也，則議請減蔭，反以舊品爲定。而章服之令，徒降五爲六，降三爲四，以遷就新品之失，而不知義理之所在。則所謂非漢、唐之舊，而不合今日之務者，可驗於此，然猶未有害也。舊尚書省不總天下之政，而中書門下合而爲一，則其治速。今尚書省總天下之政，而中書門下析而爲二，則其治緩。此理之固然者。至所謂畫黄録黄符牒關刺，由上而下，復由下而上，近者浹旬，遠者累月，有夜半停印待報，而其務乃比於竹茹木屑之細，或者補衣貸食，未得其决，而事久失于期會，則非惟不合今日之務，而良有害。

公卿大夫所以不懌於官制者以此，亦在上之人損益之而已矣。蓋隋、唐二十有九，而今寄禄階二十有五，如益其階，使與舊日之官品相對，無併三遷兩遷而爲一階，則階正矣。還舊日之品秩，凡議請减蔭，服章之名，必合三五七九之數，無易前古之常，以就新品之失，則品正矣。事大而緩，則由寺監而上臺省，或由臺省而下寺監；事速而小者，則許之專决或專達，而不爲次第上下之道久，則事正矣。階正，則朝廷尊，名器重；品正，則義理安，民志定；事正，則三省無滯務，而遠近之人皆不失于期會。修此三者，而官制立矣。豈以漢、唐之官名不當復，而五代之季爲可循也？

校勘記

〔一〕「持循」，六十三卷本作「拊循」。元本《元豐類稿》作「拊循」。宋本《增注古文關鍵》作「持循」。

〔二〕「使」，底本作「吏」，據六十三卷本改。元本《元豐類稿》、宋本《增注古文關鍵》皆作「使」。

〔三〕『無聊』，六十三卷本作『無俚』。元本《元豐類稿》作『無俚』。宋本《增注古文關鍵》作『無聊』。

〔四〕『儲偫』，底本『偫』字空缺，據六十三卷本補。元本《元豐類稿》、宋本《增注古文關鍵》作『儲峙』，意同。

〔五〕『與』，底本無，據六十三卷本補。元本《元豐類稿》、宋本《增注古文關鍵》作『與』。

〔六〕『桔』，六十三卷本作『梧』。

〔七〕『縶』，底本空缺，六十三卷本作『摯』，當作『縶』。四庫本《經濟類編》作『縶』，可參。

〔八〕『寸』，底本空缺，據六十三卷本補。

〔九〕『殲』，六十三卷本作『纖』。

〔一〇〕『用』，六十三卷本、六十四卷本作『思』。

〔一一〕『必』，六十三卷本、六十四卷本作『於』。

〔一二〕作者名氏，底本、六十三卷本、六十四卷本皆作『王同』，底本卷目作『王同』，六十三卷本卷目本作『王回』，六十四卷本卷目殘損，未詳其用字。今據六十三卷本卷目改作『王回』。

〔一三〕『自』，底本作『曰』，據六十三卷本、六十四卷本改。

〔一四〕『赤』，底本無，據六十三卷本、六十四卷本補。

〔一五〕『得』，底本空缺，據六十三卷本、六十四卷本補。

〔一六〕『其二』下，底本有一『曰』字，六十三卷本、六十四卷本分爲空格、墨釘，參上下文，當删之。

〔一七〕『不能』，底本脱，據六十四卷本、六十四卷本補。

〔一八〕『三百五十五』，後一『五』字下，六十三卷本、六十四卷本有注：『一作六』。

〔一九〕『椎』，底本無，據六十三卷本、六十四卷本補。
〔二〇〕『絡』，底本誤作『給』，據六十三卷本、六十四卷本改。
〔二一〕『固』，底本無，殆脱，據六十三卷本、六十四卷本補。
〔二二〕『枝梧』，底本作『支持』，據六十三卷本、六十四卷本改。
〔二三〕『帥』，底本作『塞』，據六十三卷本、六十四卷本改。
〔二四〕『間』，底本誤作『問』，據六十三卷本、六十四卷本改。
〔二五〕『六七』，底本誤作『六十』，據六十三卷本、六十四卷本改。
〔二六〕『租』，底本作『糧』，據六十三卷本、六十四卷本改。
〔二七〕『之民』，六十三卷本、六十四卷本作『而已』。
〔二八〕『不可須臾』，底本作『須臾不可』，據六十三卷本、六十四卷本改。
〔二九〕『得』，底本作『臣』，據六十三卷本、六十四卷本改。
〔三〇〕『名』，底本無，據六十三卷本、六十四卷本補。
〔三一〕『亦必盡誠』，底本作『亦不盡』，據六十三卷本、六十四卷本改。
〔三二〕『客户』以下『日益多，客』四字，六十三卷本爲墨塊，六十四卷本空缺。
〔三三〕『仕者日蕃』，底本無，據六十三卷本、六十四卷本補。
〔三四〕『涉』，底本作『及』，據六十三卷本、六十四卷本改。
〔三五〕『食』，底本作『養』，據六十三卷本、六十四卷本改。
〔三六〕『約』，底本作『篤』，據六十三卷本、六十四卷本改。

〔三七〕『困』，底本作『乏』，據六十三卷本、六十四卷本改。
〔三八〕『延』，底本無，據六十三卷本、六一四卷本補。
〔三九〕『徼』，底本無，據六十三卷本、六一四卷本補。
〔四〇〕『欲』，底本作『徒』，據六十三卷本、六十四卷本改。
〔四一〕『太息』，底本作『歎息』，據六十三卷本、六十四卷本改。
〔四二〕以下自『者，不知幾十年矣』至篇末『爲可循也』，底本空缺，據六十三卷本、六十四卷本補。

新校宋文鑑卷第一百七

校者按：底本此卷抄配，據六十三卷本、六十四卷本（存第一至十二頁）刻卷校改。

說

恠說上

石介

三才位焉，各有常道，反厥常道，則謂之恠矣。夫三光代明，四時代終，天之常道也，日月爲薄蝕，五星爲彗孛，可恠也。夫五嶽安焉，四瀆流焉，地之常道也，山爲之崩，川爲之竭，可恠也。夫君南面，臣北面，君臣之道也，父坐子立，父子之道也，而臣抗於君，子敵於父，可恠也。夫中國，聖人之常治也，四民之所常居也，衣冠之所常聚也，而髡髮左衽，不士不農，不工不商，爲夷者半中國，可恠也。夫中國，道德之所治也，禮樂之所施也，五常之所被也，而汗漫不經之教行焉，妖誕幻惑之説滿焉，可恠也。夫天子七廟，諸侯五廟，大夫三廟，士一〔一〕廟，庶人祭于寢，所以不忘孝也，而忘而祖，廢而祭，去事夷狄之鬼，可恠也。夫法施於民則祀之，以死勤事則祀之，以勞定國則祀之，能御大菑則祀之，能捍大患則祀之。棄〔二〕能殖百穀，祀以爲稷。后土能平九州，祀以爲社。帝嚳、堯、舜、禹、湯、文、武，有功烈於民者，及夫日月星辰，民所瞻仰也，山林川谷丘陵，民所取材也，非此族也，不在祀典，而老觀佛寺徧滿天下，可恠也。

人君見一日食，一星縮，一風雨不調順，一草木不生殖，則能知其爲天地之恠也，乃避寢減膳徹樂，恐懼責己，脩德以禳除焉。彼其滅君臣之道，絶父子之親，棄道德，悖禮樂，裂五常，遷四民之常居，毁中國之衣冠，去祖宗而祀夷狄，汗漫不經之教行，妖誕幻惑之説滿，則反不知爲恠，既不能禳除之，又崇奉焉。時人見一狐媚，一鵲噪，一梟鳴，一雉入，則能知其爲人之恠也，乃啓呪祈祭，以厭勝焉。彼其孫其子，其父其母，忘而宗祖，去而父母，離而常業，裂而常服，習夷鬼，則反不知其恠，既不能厭勝之，又尊奉〔三〕焉，愈可恠也。甚矣，中國之多恠也！人不爲恠者幾少矣。噫！一日蝕，一星縮，則天爲之不明；一山崩，一川竭，則地爲之不寧。釋老之爲恠也，千有餘年矣，中國蠹壞，亦千有餘年矣。不知更千餘年，釋老之爲恠也如何？中國之蠹壞也如何？堯、舜、禹、湯、文、武、周公、孔子不生，吁！

恠説下

石介

或曰：『天下不謂之恠，子謂之恠。今有子不謂恠而天下謂之恠，請爲子而言之，可乎？』曰：『奚其爲恠也？』曰：『昔楊翰林欲以文章爲宗於天下，憂天下未盡信己之道，於是盲天下人目，聾天下人耳。使天下人目盲，不見有周公、孔子、孟軻、揚雄、文中子、吏部之道；使天下人耳聾，不聞有周公、孔子、孟軻、揚雄、文中子、吏部之道。俟周公、孔子、孟軻、揚雄、文中子、吏部之道滅，乃發其盲，開其聾，使天下唯見己之道，唯聞己之道，莫知其佗。今天下有楊億之道四十年矣，今人欲反盲天下人目，聾天下人耳。使天下人目盲，不見有楊億之道；使天下人耳聾，不聞有楊億之道。俟楊億之道滅，乃發其盲，開其聾，使目唯見周公、孔子、孟軻、揚雄、文中子、吏部之道，耳唯聞周公、孔子、孟軻、揚雄、文中子、吏部之道。周公、孔子、孟軻、揚雄、文中子、吏部之道，堯、舜、禹、湯、文、武之道也，三才、九疇、五常之道也，反厥常則爲恠矣。夫《書》則有堯、舜《典》，皐陶、益稷《謨》，《禹貢》，箕子之《洪範》；《詩》則有大、小《雅》，《周頌》，《商頌》；《春秋》則有聖人之經；《易》則有文王之繇，周公之爻，夫子之十翼。今楊億窮妍極態，綴風月，弄花草，淫巧侈麗，浮華纂組，刓鎪聖人之經，破碎聖人之言，離析聖人之意，蠹傷聖人之道，使天下不爲《書》之《典》《謨》《禹貢》《洪範》，《詩》之《雅》《頌》，《春秋》之經，《易》之繇、爻、十翼，而爲楊億之窮研極態，綴風月，弄花草，淫巧侈麗，浮華纂組，其爲恠大矣。是人欲去其恠，而就於無恠，今天下反謂之恠而恠之，嗚呼！』

唐說

尹　源

世言唐所以亡，由諸侯之彊，此未極于理。夫弱唐者，諸侯也。唐既弱矣，而久不亡者，諸侯維之也。燕、趙、魏首亂唐制，專地而治，若古之建國，此諸侯之雄者，然皆恃唐爲輕重。何則？假王命以相制，則易而順，唐雖病之，亦不得而外焉。故河北〔四〕順而聽命，則天下爲亂者不能遂其亂；河北不順而變，則姦雄或附而起。德宗世，朱泚、李希烈始遂其僭，而終敗亡者，田悦叛于前，武俊順于後也。憲宗討蜀平夏，誅蔡夷鄆，兵連四方而亂不生，卒成中興之功者，田氏秉命，王承宗歸國也。武宗將討劉稹之叛，先諭三〔五〕鎮，絶其連衡之計，而王誅以成。如是二百年，姦民逆豎專國命者有之，夷將相者有之，而不敢窺神器，非力不足，畏諸侯之勢也。及廣明之後，關東無復唐有，方鎮相侵伐者，猶以王室爲名。及梁祖舉河南，劉仁恭輕戰而敗，羅氏内附，王鎔請盟，于時河北之事去矣。梁人一舉而代唐有國，諸侯莫能與之争，其勢然也。向使以僖、昭之弱，乘巢、蔡之亂，而田承嗣守魏，王武俊、朱滔據燕、趙，彊相均，地相屬，其勢宜莫敢先動，況非義舉乎？如此，雖梁祖之暴，不過取霸于一方耳，安能彊禪天下？故唐之弱者，以河北之彊也；唐之亡者，以河北之弱也。或曰：諸侯强則分天子之勢，子何議之過乎？曰：秦、隋之勢，無分于諸侯，而亡速于唐，何如哉？

雜説

劉敞

善治天下者，求之於其身而已矣。耳也者，所以聽也；目也者，所以眎也；口也者，所以言也；心也者，所以思也；手也者，所以攫也；足也者，所以走也。凡此數者，相待而成，相須而生。癈之則病，缺之則喪，然而莫相易也，莫相德也，分定故也。聖人之治天下，能使百官萬物如耳、目、心、口、手、足之不可相易，亦不相德，濟之如一身，而天下安有不治哉？

屠羊説者，楚之屠羊者也。當昭王之時，吴兵入郢，昭王奔走，屠羊説有功焉，王定而賞之。屠羊説曰：不可。王始失國，吾亦失屠羊，今王復國，吾亦復屠羊，吾職已足矣，又何賞乎？此其不相德也甚矣。所謂分定者，非名位有所極，人不敢間之者也。清濁中理，賢不肖中倫，人莫能間之者也。譬若足之不可爲手，耳之不可爲目也。故天子憂天下，諸侯憂其國，公、卿、大夫憂其爲公、卿、大夫，士、農、工、賈憂其爲士、農、工、賈，是以〔六〕，所任大者憂亦大，所任小者憂亦小，非上獨逸而下獨苦也。古者以進爲役，以退爲休，勞力者安，勞心者憂，此其不以利私己〔七〕，故上下一體也。

憂大者慮遠，憂小者慮短。故有天下者，其际百歲猶旦暮也；有一國者，其际一世猶旦暮也；有一家者，其际一歲猶旦暮也。旦逸樂而暮憂患，人情所不爲，是故天子有百世之憂，諸侯有十世之憂，士庶人有終世之憂。

進説

王安石

古之時，士之在下者無求于上，上之人日汲汲惟恐一士之失也。古者士之進，有以德，有以才，有以言，有以曲藝。今徒不然，自茂才等而下〔八〕之，至于明法，其進退之皆有法度。古之所謂德者才者，無以爲也；古之所謂言者，又未必應今之法度也。誠有豪傑不世出之士，不自進乎此，上之人弗舉也。誠進乎此，而不應今之法度，有司弗取也。夫自進乎此，皆所謂枉己者也。孟子曰：「未有枉己能正人者也。」然而今之士不自進乎此者，未見也。豈皆不如古之士自重以有耻乎？

古者井天下之地而授之氓，士之未命也，則授一廛而爲氓，其父母妻子裕如也。自家達國，有塾有序，有庠有學，觀游止處，師師友友，絃歌堯、舜之道自樂也，磨礱鐫切，沉浸灌養。行完而才備，則曰：「上之人其舍我哉？」上之人其亦莫之能舍也。今也地不井，國不學，黨不庠，遂不序，家不塾，士之未命也，則或無以裕父母妻子，無以處。行完而才備，上之人亦莫之舉也，士安得而不自進？嗚呼！使今之士不若古，非人則然，勢也。勢之異，聖賢之所以不得同也。孟子不見王公，而孔子爲季氏史，夫不以勢乎哉？士之進退，不惟其德與才，而惟今之法度，而有司之好惡，未必今之法度也。是士之進，不惟今之法度，而幾在有司之好惡耳。今之有司，非昔之有司也；後之有司，又非今日之有司也。有司之好惡豈常哉？是士之進退，果卒無所必而已矣。噫！以言取人，未之〔九〕失也，取焉而又不得其所謂言，是失之失也，况又重以有司好惡之不可常哉？古之道其卒不可見乎士也。有得已之勢，其得不已乎？得已而不已，未見其爲有道也。

楊叔明之兄弟，以父任皆京官，其勢非吾所謂無以處，無以裕父母妻子，而有不得已焉者也。自枉而爲進士，而又枉於有司，而又若不釋然。二君固常自任以道，而且朋友我矣，懼其猶未寤也，爲《進説》與之。

太極圖説　周敦頤

無極而太極，太極動而生陽，動極而静，静而生陰，静極復動。一動一静，互爲其根，分陰分陽，兩儀立焉。陽變陰合，而生水、火、木、金、土，五氣順布，四時行焉。五行，一陰陽也；陰陽，一太極也；太極，本無極也。五行之生也，各一其性。無極之真，二五之精，妙合而凝。乾道成男，坤道成女，二氣交感，化生萬物，萬物生生，而變化無窮焉。唯人也，得其秀而最靈。形既生矣，神發知矣，五性感動，而善惡分，萬事出矣。聖人定之以中正仁義，聖人之道，仁義中正而已矣。而主静，無欲故静。立人極焉。故聖人與天地合其德，日月合其明，四時合其序，鬼神合其吉凶。君子脩之，吉；小人悖之，凶。故曰：『立天之道，曰陰與陽；立地之道，曰柔與剛；立人之道，曰仁與義。』又曰：『原始反終，故知死生之説。』大哉《易》也，斯其至矣！

稼説送張琥　蘇軾

曷常觀於富人之稼乎？其田美而多，其食足而有餘。其田美而多，則可以更休而地力得完；其食足而有餘，則種之常不後時，而斂之常及其熟。故富人之稼常美，少秕而多實，久藏而不腐。今吾〔一〇〕十口之家，而共百畝之田，寸寸而取之，日夜以望之，鋤耰銍艾相尋於其上者如魚鱗，而地力竭矣。種之常不及時，而斂之常不待其熟，此豈能復有美稼哉？

古之人，其才非有以大過今之人也，其平居所以自養而不敢輕用以待其成者，閔閔焉如嬰兒之望長也。弱者養之以至於剛，虚者養之以至於充。三十而後仕，五十而後爵。信於久屈之中，而用於至足之後，流於既溢之餘，而發於持滿之末。此古之人所以大過人，而今之君子所以不及也。吾少也有志於學，不幸而早得，與吾子同年，吾子之得，亦不可謂不早也。吾今雖欲自以爲不足，而衆且妄推之矣。嗚呼，吾子其去此而務學也哉！博觀而約取，厚積而薄發，吾告子止于此矣。子歸過京師而問焉，有曰轍子由者，吾弟也，其亦以是語之。

剛説

蘇軾

孔子曰：『剛毅木訥，近仁。』又曰：『巧言令色，鮮矣仁。』所好夫剛者，非好其剛也，好其仁也；所惡夫佞者，非惡其佞也，惡其不仁也。吾平生多難，常以身試之，凡免我於厄者，皆平日可畏人也；擠我於嶮者，皆異時可喜人也。吾是以知剛者之必仁，佞者之必不仁也。

建中靖國之初，吾歸自海南，見故人，問存没，追論平生所見剛者，或不幸死矣，若孫君介夫諱立節者，真可謂剛者也。始吾弟子由爲條例司屬官，以議不合引去。王荆公謂君曰：『吾條例司當得開敏如子者。』君笑曰：『公過矣，當求勝我者。若我輩人，則亦不肯爲條例司矣。』公不答，徑起入户，君亦趍出。

君爲鎮江軍書記，吾時適守錢塘，往來常、潤間，見君京口。方新法之初，監司皆新進少年，馭吏如束溼，不復以禮遇士大夫，而獨〔一一〕敬憚君，曰：『是抗丞相，不肯爲條例司者。』謝麟經制溪洞事，宜州守王奇與蠻戰死，君爲桂州節度判官，被旨鞫吏士有罪者。麟因收大小使臣十二人付君並按，且盡斬之，君持不可。麟以語侵君，君曰：『獄當論情，吏當守法。逗撓不進，諸將罪也，既伏其辜矣，餘人可盡戮乎？若必欲以非法斬人，則經制司自爲之，我何與焉？』麟奏君抗拒，君亦奏麟侵獄事，刑部定如君言，十二人皆不死，或以遷官。吾以是益知剛者之必仁也。不仁，而能以一言活十二人於必死乎？

方孔子時，可謂多君子，而曰『未見剛者』，以明其難得如此，而世乃曰『太剛則折』。士患不剛耳，長養成就猶恐不足，當〔一二〕憂其太剛而懼之以折耶？折不折，天也，非剛之罪。爲此論者，鄙夫患失者也。君平生可紀者甚多，獨書此二事，遺其子勰、勴，明剛者之必仁，以信孔子之說。

雜說

蘇　軾

吾文如萬斛泉源，不擇地皆可出。在平地滔滔汩汩，雖一日千里無難。及其與石山曲折，隨物賦形，而不可知也。所可知者，常行於所當行，常止於不可不止，如是而已矣。其他，雖吾亦不能知也。

郄超雖爲桓温腹心，以其父愔忠於王室，不知之。將死，出一箱付門生曰：『本欲焚之，恐〔一三〕公年尊，必以相傷爲斃。我死後，公若大損眠食，可呈此箱，不爾，便燒之。』愔後果哀悼成疾，門生依指呈之，則悉與温往反密計。愔大怒，曰：『小子死晚矣！』更不復哭。若方回者，可謂忠臣矣，當與石碏比。然超謂之不孝，可乎？使超知君子之孝，則不從温矣。東坡先生曰：超，小人之孝也。

《梁史》：劉凝之爲人認所著履，即予之，此人後得所失履，送還，不肯復取。又沈麟士亦爲鄰人認所著履，麟士笑曰：『是卿履耶？』即予之。鄰人得所失履，送還，麟士曰：『非卿履邪？』笑而受之。此雖小事，然處世當如麟士，不當如凝之也。

宋君奪民時以爲臺，而民非之，無忠臣以掩其過也。子罕釋相而爲司空，民非子罕，而善其君。齊桓公宫中七市，女閭七百〔一四〕，國人非之，管仲所爲三歸之家〔一五〕，以掩桓公。此《戰國策》之言。蘇子曰：管仲，仁人也，《戰國策》之言庶幾是乎！然世未有以爲然者也。雖然，管仲之愛君，亦陋矣，不諫其過，勿務分謗焉。或曰：管仲不可諫也。蘇子曰：用之則行，舍之則藏，諫而不聽，則不用而已矣，故孔子曰：『管仲之器小哉！』

桓温之所成，殆過于劉越石，而區區慕之者〔一六〕，英雄必自有以相伏，初不以成敗言耶？以此論之，光武之度，本不如玄德；唐文宗〔一七〕之英氣，未必過劉寄奴也。

人君不得與臣下争善，同列争善猶以爲妬，可以君父而妬臣子乎？晋宋間，人主至與臣下争作詩寫字，故鮑照多累句，王僧虔用掘〔一八〕筆以避禍。悲夫，一至于此哉！漢文言：『久不見賈生，自以爲過之，今乃不及。』非獨無損于文帝，乃所以爲文帝之盛德也。而魏明乃不能堪，遂作漢文勝賈生之論，此非獨求勝其臣，乃與異代之臣争善。惟無人君之度，正如妬婦不獨禁忌其夫，乃妬他人之妾也。

漢仍秦，法至重。高、惠固非虐主，然習所見以爲常，不知其重也。至孝文，始罷肉刑與參夷之誅。景帝復孥戮晁錯。武帝罪戾，有增無損。宣帝治尚嚴，因武之舊。至王嘉爲相，始輕減法律，遂至東京，因而不改。班固不記其事，事見《梁統傳》，固可謂疎略矣。嘉，賢相也，輕刑又其盛德之事，可不記乎？統乃言高、惠、文帝以重法興，哀、平以輕法衰，因上書乞增重法律，賴當時不從其議。此如人年少時，不節酒色而安，老後雖節而病，見此便謂酒可以延年，可乎？統亦東京名臣，一出此言，遂獲罪于天，其子松、竦，皆以非命而死，冀卒滅族。嗚呼，悲夫！戒哉！疎而不漏，可不懼乎？

晉士浮虚無實用，然其間亦有不然者，如孟嘉平生無一事，然桓温謂嘉曰：『人不可無勢，我乃能駕馭卿。』温平生輕殷浩，豈妄許人者哉？乃知孟嘉若遇，當作謝安。安不遇，不過如孟嘉。

真宗時，或薦梅詢可用者。上曰：『李沆嘗言其非君子。』時沆之没蓋二十餘年矣。歐陽文忠公嘗問蘇子容曰：『宰相没二十年，能使人主追信其言，以何道？』子容言：『獨以無心故爾。』軾因贊其語，且言陳執中俗吏爾，特至公猶能取信主上，况如李公之才識，而濟之以無心耶？

脉之難明，古今所病也。至虛有盛候，太實有羸狀，差之毫釐疑似之間，便有死生禍福之異，此古今所病也。疾不可不謁醫，而醫〔一九〕之明脉者，蓋天下一二騏驥。一二騏驥〔二〇〕不時有，天下未嘗徒行；和、扁不世出，病者終不徒死，亦因其長而護其短耳。士大夫多祕所患，求脉驗之靈否，使索病於冥漠之中，辨虛實冷熱于疑似之間。醫不幸而失，不肯自謂失也，則巧飾遂非，以全其名，至于不救，是固難治也。間有馴願者，或用主人之言，亦須參以所見，兩存而雜治，以故藥不効。此世之通患，而莫之悟也。吾平生求醫，必于平時默驗其工拙。至于有疾，必先盡告以所患，而後求診，使醫了然知患之所在，然後求之脉，虛實冷熱先定於胸中，則脉之疑似不能亂也。故雖中醫治吾疾常愈，吾求病愈〔二一〕而已，豈以困醫爲事哉？

韓退之喜大顛，如喜澄觀、文暢意耳，非信佛法也。而妄撰退之《與大顛書》，其詞凡鄙，退之家奴僕亦無此語。今一士人又於其末妄題云『歐陽永叔謂此文非退之莫能作』，此又誣永叔者。

永叔作《醉翁亭記》，其詞玩易，蓋戲云耳，不自謂奇特也。而妄庸者亦撰作永叔語云『平生爲文，此最得意』，又云『吾不能作退之《畫記》，退之亦不能爲《醉翁亭記》』，此大妄也。

校勘記

〔一〕「一」，底本作「二」，據六十三卷本、六十四卷本改。
〔二〕「棄」，底本作「契」，據六十三卷本、六十四卷本改。
〔三〕「奉」，六十三卷本作「異」，六十四卷本缺損，未詳其用字。
〔四〕「河北」，底本作「民見」，據六十三卷本、六十四卷本改。
〔五〕「三」，底本作「二」，據六十三卷本、六十四卷本改。
〔六〕「爲公、卿、大夫，士、農、工、賈憂其爲士、農、工、賈，是以」十八字，底本作「家」，據六十三卷本、六十四卷本改。
〔七〕「已」，底本作「也已」，據六十三卷本、六十四卷本改。
〔八〕「下」，底本作「上」，據六十三卷本、六十四卷本改。
〔九〕「之」，底本作「免」，據六十三卷本、六十四卷本改。
〔一〇〕「吾」，底本誤作「五」，據六十三卷本、六十四卷本改。宋本《經進東坡文集事略》作「吾」。
〔一一〕「獨」，底本作「猶」，據六十三卷本改，六十四卷本殘損，未詳其用字。宋本《經進東坡文集事略》作「獨」。
〔一二〕「當」，六十三卷本、六十四卷本作「尚」。宋本《經進東坡文集事略》作「當」。
〔一三〕「恐」，底本作「惡」，據六十三卷本、六十四卷本改。
〔一四〕「七百」，底本誤作「三百」，據六十三卷本、六十四卷本改。
〔一五〕「家」，底本作「臺」，據六十三卷本、六十四卷本改。

〔一六〕「者」，底本誤作「昔」，據六十三卷本、六十四卷本改。
〔一七〕「宗」，底本空缺，據六十三卷本補。
〔一八〕「掘」，底本誤作「握」，據六十三卷本改。
〔一九〕「而醫」，底本無，據六十三卷本補。
〔二〇〕「一二騏驥」，六十三卷本爲墨塊。
〔二一〕「吾求病愈」，底本無，據六十三卷本補。

新校宋文鑑卷第一百八

校者按：底本此卷抄配，據六十三卷本、六十四卷本刻卷校改。

說

迂說

王令

非禮之舉，非義之動，皆是也。以其非禮義而止者，蓋未之見也；以其非禮義而止之者，又未之見也。今有學聖人之道而行聖人之義者，皆曰迂。以其迂而止之者，皆是也；以其迂而止者，又皆是也。何勇於爲彼而惡乎適此也？止之者，愛人耶？豈樂人之爲非禮義，而懼人之爲聖人也耶？

師說

王令

上古之書，既已汩没，其它治具，不可稽見，而五帝之學求之傳説，間或見之。夏、商之書，雖號殘缺，然學之名具存，周則大備，故其設施，炳然彰白。若然，帝王之於治目〔一〕，它雖世有取舍，於學則未聞或廢也，豈非君師云者，兩立不可一缺耶？

夫惟至治之世，其措民各有本而次第之，以及其化。故地有井而自養，其業雖有上、農、工、商之云，未嘗不力而食，因其資給，然後繩其游墮，澄其淫邪，耡其彊梗，其治略已定矣。然猶鄉、遂有庠、序之教，家、國有塾、學之設。自世子以及卿大夫之子皆入學，爲之師以諭其道，爲之保以詔其業，示之智、仁、聖、義、中、和，使相充擴；孝、友、睦、婣、任、恤，使相修飾；禮、樂、射、御、書、數，使相開曉。故其左右之聞，前後之觀，不仁義則禮樂。迨其淬磨漸浸之成，則入孝而出弟，尊尊而長長，然後取而置之民上，則君盡其所以爲君，臣盡其所以爲臣，卒無一背戾者，其出於學而存於師也。

道之衰微，迄於餘周，如擔石之將墜，其引綴未絶者，猶有一綫髮。繼之暴秦，不扶而抑，遂至墮壞。漢興，宜大更制，而裁補縫之，故其俗無所防範，聽民所爲，卒於無所不至。然能郡縣創孔子祠，立五經博士，置弟子員，策賢良，求經術，以對當世得失，於古雖未爲善，而其風俗遂號爲平。豈前世遺風餘化，漸漬深而未斬耶？抑民苦秦而效易見也？當此之時，士猶能相尊師，故終漢世，傳《詩》《書》《禮》《易》《春秋》而名家者，以百十計。晉、魏而下，浸以沉涵〔二〕，更數十氏，唯唐爲近古，大抵纔追齊漢治，而未能遠過。嗚呼！何爲而止此也？

夫天下之所以不治，患在不用儒。而唐、漢以來，例嘗任儒矣，卒不甚治者，何也？有儒名，有儒位，而不用儒術而然爾。其弊在於學師不立，而立賢無方，聖人之道不講不明，士無根源，而競放流，故不識所以治亂之本，而不知所以爲儒之任，又上取之不以實而以言故也。夫人所以能自明而誠者，己非生知，則出於教導之明，而修習之至也。如其無師，則天下之士，雖有彊力向進之心，且何自明而誠也？夫天下之材力，訓導而懋勉之，且猶患其粃窳，故七十子親逢聖人而薰炙之，其聞與見不爲不至，猶且柴愚參魯，師僻由喭，賜不受命而貨殖，冉求爲宰而賦粟倍。又況後聖人數千歲，其書殘缺訛蠹，又資才下於數子，而欲其自爲，而不立學與師，猶甚願穫而顧不耕也。如必待其自賢而取之，多見其希闊不可俟也。

自周至唐，綿數千歲，其卓然取賢而自名，可以治寄者，孟軻抵韓愈，纔三四人。是其力能提扶其道，而竟不知用者，所以歷年已遠，而人出甚少也。如其多，則或用之矣。苟患其少，無如廣師而立學，續其所不長，繼〔三〕其所未高，使知其所以救亂，然後名聞而實取之，則庶矣。天下之師絶久矣，今之名師者，徒使人組刺章句，希望科第〔四〕而已。昔者子路使子羔爲費宰，子曰：『賊夫人之子。』今賊人者皆是，是皆取戾於孔子者也，惡得爲人師？

葬説

程頤

卜其宅兆，卜其地之美惡也，非陰陽家所謂禍福者也。地之美者，則其神靈安，其子孫盛，若培擁其根而枝葉茂，理固然矣。地之惡者，則反是。然則曷謂地之美者？土色之光潤，一作濯〔五〕。草木一作生物〔六〕。之茂盛，乃其驗也。父祖子孫同氣，彼安則此安，彼危則此危，亦其理也。而拘忌者，惑以擇地之方位，決日之吉凶，不亦泥乎？甚者不以奉先爲計，而專以利後爲慮，尤非孝子安厝之用心也。

惟五患者不得不愼，須使異日不爲道路，不爲城郭，不爲溝池，不爲貴勢所奪，不爲耕犁所及。一本，所謂五患者，溝、渠、道路，避村落，遠井窑。五患既愼，則又鑿地必四五丈，遇石必更穿之，防水潤也。既葬，則以松脂塗棺槨，石灰封墓門，此其大略也。若夫精畫，則又在審思慮矣。其各葬一作火焚。者，出不得已，後不可遷就同葬一作焚。矣。至於年祀寖遠，曾高不辨，亦在盡誠，各具棺槨葬之，不須假夢寐蓍龜而決也。葬之穴，尊者居中，左昭穆，而次後則或東或西，亦左右相對而啓穴也。出母不合葬，亦不合祭。棄女還家，以殤穴葬之。

史説

張舜民

馬文淵有言：『人貧當益堅，老當益壯。』貧而堅者，雖市里小民尚有之，老而壯，雖十人未之見也。韓退之潮陽之行，齒髮衰矣，不若少時之志壯也，故以封禪之説迎憲宗，又曰自今請改事陛下。觀此言傷哉！丈夫之操，始非不堅，誓於金石，凌於雪霜，既而怵於死生，顧於妻孥，罕不回心低首，求免一時之難者，退之是也。退之非求富貴者也，畏死爾。故善爲國者，如農圃然，初則養育其材，勿使之殀折，終則將就其美，勿使之摧折〔七〕。君臣相成，同底于道，顧必使之至於盡歡竭忠之地，亦何有哉？唯樂天則不然，知其不可爲而一舍之，危行而放其言，懷卷而同其塵，可謂『晦而明』，『柔而立』者也，故終其身而不辱。如劉夢得、柳子厚輩，舍文字語言之外，復何有哉？

《劉蕡贊》，史臣以蕡爲疏直。蕡於策中引襄公煞陽父，《春秋》罪漏言。而蕡既戒帝漏言，而身誦語于庭。又蕡不先以忠結上知，後爲謀之。若是，殆非史家才識也。且蕡布衣也，出應詔，以何計先結主之知而後言之哉？雖諫官御史，以在近列，儻先視人主之意而方出言，是何人也？蕡輩造廷待問，有所及，不列之於廷對，何階而上達哉？唯其疏直，乃得〔八〕敢言之士，儻使來者皆三思後言之，朝廷何望哉？度斯人也，殆是惡直醜正之人。使惡直醜正之人，執史筆以去取前人之事，則一代之人，若爲準的？蕡雖不第，同試如李郃輩，公言于朝，以爲己之不若。一時藩侯，争相辟置，如牛僧孺、令狐楚不敢待以賓幙，皆以師禮資之。是何同時之人，其見重顧如此，數百年之後，獨不信於史臣之筆？亦可歎矣！

吊説

吕大鈞

《詩》曰：『凡民有喪，匍匐救之。』不謂死者可救而復生，謂生者或不救而死也。夫孝子之喪親，不能食者三日，其哭不絶聲。既病矣，杖而後起，問而後言。其惻怛之心，痛疾之意，不欲生，則思慮所及，雖其大事，有不能周之者，而況於他哉？故親戚、僚友、鄉黨聞之而往者，不徒吊哭而已，莫不爲之致力焉。始則致含襚以周其急，朋友襚親〔九〕以進。見《士喪禮》。族人相爲又有含。見《文王世子》。三日則共糜粥以扶其羸，親始死，三日不舉火，隣里爲之糜粥以飲食之，見

《問喪》。每奠則執其禮，士之喪，朋友奠。見《曾子問》。將葬，則助其事。孔子之喪，公西赤爲志。子張之喪，公明儀爲志。原壤母死，孔子助沐椁。見《檀弓》。其從柩也，少者執紼，長者專進止。吊非從主人也。四十者執紼。見《雜記》。孔子從老聃助葬於鄉黨，反垣日食，老聃曰：『丘止柩就道右，止哭以聽變。』此則專進止者也。見〔一〇〕《曾子問》。其掩壙也，壯者盈坎，老者從反哭。鄉人五十者從反哭，四十者待盈坎。見《雜記》。祖而賵焉，謂〔一一〕用車馬，所知則賵而不奠，兄弟乃奠，奠止用羊。並見《士喪禮》。不足則贈焉，知死者贈，贈以幣，其禮在賻賵之後。又公之贈，贈于邦門〔一二〕，故曰行而贈。見《士喪禮》。不足則賻焉。知生者賻，賻用布幣，以助其費，故曰不足則賻。見《士喪禮》。凡有事則相焉，司徒敬子之喪，孔子相。有若之喪，子游擯。國昭子之母死，問位於子張。並見《檀弓》。斯可〔一三〕謂能救之矣。故適有喪者之詞，不曰『願見』，而曰『此雖國君之臨』，亦曰『寡君承事』。他國之使者曰『寡君使某，毋敢視賓客』。見《少儀》《檀弓》《雜記》三篇〔一四〕。主人見賓，不以尊卑貴賤，莫不拜之，明所以謝之，且自別於常主也。平日相見，或主人先拜客，或客先拜主人。賓見主人，無有答某拜者，明所以助之，且自別於常賓也。見《曲禮》。

自先王之禮壞，後世雖傳其名數，而行之者多失其義。喪主之待賓也如常主，喪賓之見主人也如常賓。如常賓，故止於吊哭，而莫敢與其事；如常主，故舍其哀而爲衣服飲食以奉之。其甚者，至於損奉終之禮，以謝賓之勤；廢吊哀之儀，以寬主之費。由是，則先王之禮意，其可以下而已乎？今欲行之者，雖未能盡得以〔一五〕禮，至於始喪則哭之，有事則奠之，莫不必更自致禮，惟代主人之獻爵是也。又能以力之所及，爲營喪具之未具者，以應其求，輟子弟僕隸之能幹者，以助其役，易紙幣壺酒之奠以爲襚，除供帳饋食之祭以爲賵與賻，凡喪家之待己者，悉以他辭受焉，必以他辭者，免〔一六〕異衆嫌。庶幾其可也。

芻説

陳　瓘

武帝征伐之意，雖汲黯之言，在所不採，而主父偃以踈遜微賤，進言九事，乃以伐匈奴爲諫，引尉佗、章邯，明秦之所以亡。嚴安亦曰：『靡敝國家』，『結怨匈奴』，『非所以子民而安邊也』。夫偃、安之所陳，與上異意，以秦法論之，是謂非上之建立，必誅無赦。武帝乃見而謂曰：『公等皆安在？何相見之晚也！』夫言雖不用，而其人見收，則非特足以進天下之材，亦可以來天下之言。一語不當，從而廢之，則非特塞賢材之路，亦將鉗天下之口。武帝之異於始皇，其在斯乎！

晁錯爲國遠慮，身喪家覆，世哀其忠。然其學以申商刑名〔一七〕爲師，峭直刻深，不純乎道。論人主之所急，以臨制臣下爲先。又曰：『人主所以尊顯，功名揚于〔一八〕萬世之後者，以知術數也。』然則聖主之務，所以尊顯而垂後者，果在於術數而已乎？唯其質不厚，而學非其師，故其論如此其荒唐也。

訪問於善，宜虛心而待之。主先入之言，懷決定之意，掠能問之美，無肯聽之實，如是而問者，君子之所不對也。季孫欲以田賦使冉有訪於仲尼，仲尼曰：『丘不識也。』既而私於冉有曰：『子季孫若欲行而法，則周公之典在；若欲苟而行，又何訪焉？』於是乎三發而不對。孔子曰：『言及之而不言，謂之隱。』孔子豈固隱哉？爲其有決定之意，而無肯聽之實，則遂事不可以復諫，而空言適足以自咎。語默動静，豈不度〔一九〕哉？

人主於聽納之際，尤當寬詳盡下，不當使進言之士，懷未畢之語。楚子革與王言如響，析父譏之，及其摩厲以須之，得問而諷焉，能使其饋不食，寢不寐，以思其言。使靈王有自克之仁，改過之勇，則子革之言，豈小補哉？然方其言之如響，而其意有未盡，則謂之諂諛可也。呂蒙正對太宗曰：『君子小人之盛衰，繫之時運。』讀其言者，爲之驚駭。然至於論小人之害政，戒人主之不察，則言之發端，固有爲也。

君臣議論之際，言脱於口，而四方傳之，以警以勸，所以作天下之術，常在於此。堯、舜、三代，君臣相與之際，語言宣盡，何其坦然而無蔽隱也！蓋君欲舉事興爲，必謀乎下；而臣有嘉謀嘉猷，必告乎上。上有所未達，下有所未論，亦必反覆論難，無失其和，以趣於正，是而後已。夫豈有不盡之情，未畢之語，而使利口諞言之士，可得而間之也哉？至唐之德宗則不然，謀議之際，所詢乎下者，情有不盡，所告乎上者，語有未畢，疑貳之意作，而刻核之心應，固未嘗以本然之意告其大臣，豈不曰所以密機事而固主權也？然而言脱於口，而盧杞無不知焉。惡君子之盡忠，而顯絶其言；甘小人之諂邪，而陰授其柄。然則德宗之術，亦已疎矣。

戒

治戒

宋祁

吾殁，稱家之有亡以治喪，斂用濯浣之衣，鶴氅裘，紗帽，綫履。三日棺，三月葬，謹無爲流俗陰陽拘忌也。棺用雜木，漆其四會，三塗即止，使數十年足以臘吾骸、朽衣巾而已。吾之君然蒿然，皦皦有識者，還於造物，放之太虚；可腐敗者，合於黄壚，下付無窮，吾尚何患？掘冢深三丈，小爲冢室，劣取容棺及明器。左置明水二盎，酒二缸，右置米麴二奩，朝服一稱，私服一稱，鞾履自副。左刻吾志，右刻吾銘。即掩壙，惟簡惟儉，無以金銅雜物置冢中。

吾學不名家，文章僅及中人，不足垂後。爲吏，在良二千石下，猶可容數人。無功於國，無惠於人。不可以請謚於有司，不可受贈典，又不宜求巨公作志及碑。冢上植五株栢，墳高三尺，石翁仲、它獸不得用，蓋自標置者，非千載永安計爾。毋作道佛二家齋醮，此吾生平所志，若等不可違命作之。違命作之，是死吾也，是以吾爲遂無知也。葬之日，以繪布纏棺，四翣引。毋作方相俑人，陳列衣服器用，累吾之儉。吾生平〔二〇〕語言無過人者，謹無妄編綴作集，使後世蚩詆吾也。吾侍上講勸凡十七年，上頗記吾面目姓名，然身後不得丐恩澤，爲無厭事。

若等兄弟十四人，惟二孺兒未仕，此以諉莒公。莒公在，若等爲不孤矣。若等兄弟，雖有異母者，古人謂『四海之内，皆爲兄弟』，况同父均氣乎？《詩》稱『死喪之威，兄弟孔懷』，不可不念也。兄弟之不懷，求合它人，人渠肯信哉？縱陽合之，彼應笑且〔一二一〕憎也。若等視吾事莒公云何，莒公友吾云何，可以爲法矣。人不可以無學，至於奏議牋記，隨宜爲之，天分自有所稟，不可强也。要〔一二二〕得數百卷書在胸中，則不爲人所輕誚矣。

福州五戒

蔡　襄

觀今之俗，爲父母者，視己之子猶有厚薄，迨至娶婦，多令異食。貧者困於日給，其勢不得不然，富者亦何爲之？蓋父母之心，不能均於諸子以至此，不可不戒。

人之子孝，本於養親以順其志，死生不違於禮，是孝誠之至也。觀今之俗，貧富之家多於父母異財〔一二三〕，兄弟分養，乃至纖悉無有不校。及其亡也，破産賣宅以爲酒肴，設勞親知，施與浮圖，以求冥福。原其爲心，不在於親，將以誇勝於人，是不知爲孝之本也。生則盡養，死不妄〔一二四〕費，如此豈不善乎？

兄弟之愛，出於天性，少小相從，其心歡欣，豈有間哉？迨因娶婦，或至臨財，憎惡一開，即成怨隙。至有興訴訟，冒刑獄，至死而不息者，殊可哀也。蓋由聽婦言，貪財利，絶同胞之恩，友愛之情，遂及於此。

娶婦何謂？欲以傳嗣，豈爲財也？觀今之俗，娶其妻不顧門户，直求資財，隨其貧富，未有婚姻之家不爲怨怒。原其由，蓋婚禮之夕，廣縻費，已而校奩槖，朝索其一，暮索其二。夫虐其妻，求之不已，若不滿意，至有割男女之愛，輒相棄背。習俗日久，不以爲恠。此生民之大弊，人行最惡者也。

凡人情莫不欲富，至於農人、商賈、百工之家，莫不晝夜營度，以求其利。然農人兼併，商賈欺謾，大率刻剥貧民，罔昧神理。譬如百蟲聚居，强者食啗，曾不暫息。求而得之，廣爲施與，冀滅罪惡，其愚甚矣。今欲爲福，孰若滅刻剥之心，以寬貧民；去欺謾之行，以畏神理？爲子孫之計，則亦久遠；居鄉黨之間，則爲良善。其義至明，不可不志。

行舟戒

江休復

景祐丁丑歲，夏六月，浮汴而東，將至驛名青陽者。風甚不可行，舟横竹箭之中屢矣。柂者不能制其後，櫓者無以翼〔二五〕其傍。遽泊於上風，多其紼纚以維之，固其椽杙以繫之。蕩動頓掣，惴惴然慮飄於東岸。責其人置舟危地，對曰：『若據便地，則乘流而止、順風而過者，轉〔二六〕有衝擊排蹙之患，姑處此以避其鋭焉。』於是斷者續之，挺者椓之，恐懼警戒，卒以無患。彼揚帆乘勢，向我延頸而羡之者，敗溺不救，摧撞相倚。退而念曰：『今日之風，我之患，卒以全；彼之利，遂以傾。利害不同，而吉凶相詭，時耶？理耶？』或曰：『止者易爲工，進者難爲巧。彼知順風之可乘，不知疾風之不可乘。得勢者不戒，臨危者能懼，是以禍福殊焉。』因志之，以爲行舟戒。

毁戒

王回

傳毁者，不可不戒也。毁之來亦多原矣，或以其迹疑，或侮而爲疑，或惡而加誣焉。由小人者，更身質之以蘄信，一傳焉，則百千人斯傳之矣。傳既廣，而文致之益密，其可信益牢。此訊一人焉，曰有之；彼訊一人焉，曰有之。同異交執，則何説而不若固有之也？雖其所知者，力不能救已。若是，則〔二七〕蒙垢陷污，則終身無以自明焉。夫所謂傳毁者，惡惡而欲敗之云爾。毁在君子，則可不反而思耶？察其所由，辨其所以，無使其漸而播也，尚庶已乎。傳曰：『流言止於智者。』謂其能禦其來也，矧肯易而傳之耶？

嫌戒

王回

《禮》謹於『别嫌疑』。夫嫌疑者，豈有其實？然我以爲嫌疑之謂也。我以爲嫌疑，則人必有嫌疑之者。然而世多忽焉而不戒者，何也？恃其情不至於是也。情不至於是，有人焉伺間躡其迹而議之，則奚説而可辭與？其亦受之而已矣。夫人亦好多言矣，完然者尚欲指其缺也，況自投於嫌疑之地，欲免得乎？此君子所以貴由禮也。

戒子孫

邵雍

上品之人，不教而善；中品之人，教而後善；下品之人，教亦不善。不教而善，非聖而何？教而後善，非賢而何？教亦不善，非愚而何？是知善也者，吉之謂也；不善也者，兇之謂也。吉也者，目不觀非禮之色，耳不聽非禮之聲，口不道非禮之言，足不踐非理〔二八〕之地。人非善不交，物非義不取。親賢如就芝蘭，避惡如畏蛇蝎。或曰不謂之吉人，則吾不信也。兇也者，語言詭譎，動止陰險，好利飾非，貪淫樂禍。疾良善如讐隙，犯刑憲如飲食。小則殞身滅性，大則覆宗絶嗣。或曰不謂之兇人，則吾不信也。傳有之曰：『吉人爲善，惟日不足；兇人爲不善，亦惟日不足。』汝等欲爲吉人乎？欲爲兇人乎？

女戒

張載

婦道之常，順惟厥正。婦正〔二九〕柔順。是曰天明，天之顯道。是其帝命。命女使順。嘉爾婉娩，克安爾親。往之爾家，吕氏，汝家。克施克勤。能行孝順爲〔三〇〕勤。爾順惟何？無違夫子。夫子，婿也。無然皋皋，皋皋，難與言也。無然訿訿。訿訿，難共〔三一〕事也。彼是而違，爾焉作非。違是則非。彼舊而革，爾焉作儀。改舊，乃汝妄立〔三二〕制度。惟非惟儀，女生則戒。在《毛詩·斯干》篇。王姬肅雍，酒食是議。周王之女亦然。貽爾五物，以銘爾心。錫爾佩巾，墨予誨言。銅〔三三〕爾提匜，謹爾賓薦。賓客祭祀。玉爾奩具，素爾藻絇。藻絇粧飾，不可太華。枕爾文竹，席爾吴莞。念

爾書訓，因枕文思訓。思爾退安。安爾退居之席。彼實有室，男當有室。爾勿從室。不得從而有其室

也。遜爾提提，遜，謹退也。提提，安也。爾生引逸。引，長也。逸，樂也。

校勘記

〔一〕『目』，底本作『其』，據六十三卷本、六十四卷本改。

〔二〕『涵』，底本作『淫』，據六十三卷本、六十四卷本改。

〔三〕『繼』，底本作『擢』，據六十三卷本、六十四卷本改。

〔四〕『科第』，底本誤作『利第』，據六十二卷本、六十四卷本改。

〔五〕『濯』，底本作『澤』，據六十三卷本改。

〔六〕『一作生物』，底本無，據六十三卷本、六十四卷本補。

〔七〕『折』，底本作『殘』，據六十三卷本、六十四卷本改。

〔八〕『得』，底本作『是』，據六十三卷本、六十四卷本改。

〔九〕『襚親』，六十三卷本、六十四卷本作『親襚』。

〔一〇〕『見』，底本無，據六十三卷本、六十四卷本補。

〔一一〕『謂』，底本作『賵』，據六十三卷本、六十四卷本改。

〔一二〕『門』，底本作『問』，據六十三卷本、六十四卷本改。

〔一三〕『斯可』，六十三卷本、六十四卷本無。

〔一四〕『三篇』，底本無，據六十三卷本、六十四卷本補。
〔一五〕『以』，底本作『如』，據六十三卷本、六十四卷本改。
〔一六〕『免』，底本空缺，六十三卷本、六十四卷本作『色』，殆『免』字形訛。
〔一七〕『刑名』，底本誤作『則名』，據六十三卷本、六十四卷本改。
〔一八〕『于』，底本作『千』，據六十三卷本、六十四卷本改。
〔一九〕『度』，底本作『謹』，據六十三卷本、六十四卷本改。
〔二〇〕『生平』，六十三卷本、六十四卷本作『平生』。
〔二一〕『且』，底本作『見』，據六十三卷本、六十四卷本改。
〔二二〕『要』，底本作『更』，據六十三卷本、六十四卷本改。
〔二三〕『財』，底本誤作『則』，據六十三卷本、六十四卷本改。宋本《莆陽居士蔡公文集》作『財』。
〔二四〕『妄』，底本誤作『忘』，據六十三卷本、六十四卷本改。宋本《莆陽居士蔡公文集》作『妄』。
〔二五〕『翼』，底本作『奮』，據六十三卷本、六十四卷本改。
〔二六〕『轉』，六十三卷本、六十四卷本無。
〔二七〕『則』，底本作『將』，據六十三卷本、六十四卷本改。
〔二八〕『理』，底本作『禮』，據六十三卷本、六十四卷本改。
〔二九〕『正』，底本作『止』，據六十三卷本、六十四卷本改。
〔三〇〕『爲』，底本作『能』，據六十三卷本、六十四卷本改。
〔三一〕『共』，底本作『與』，據六十三卷本、六十四卷本改。

〔三二〕『立』，底本作『正』，據六十三卷本、六十四卷本改。
〔三三〕『銅』，底本作『貽』，據六十三卷本、六十四卷本改。

新校宋文鑑卷第一百九

校者按：底本此卷抄配，據六十三卷本、六十四卷本刻卷校改。

制策

制科策

蘇軾

皇帝若曰：朕承祖宗之大統，先帝之休烈，深惟寡昧，未燭於理。志勤道遠，治不加〔一〕進，夙興夜寐，于兹三紀。朕德有所未至，教有所未孚。闕政尚多，和氣或盭。田野雖辟，民多亡聊；邊境雖安，兵不得徹。利入已浚，浮費彌廣。軍冗而未練，官冗而未澄。庠序比興，禮樂未具。户罕可封之俗，士忽皆讓之節。此所以訟未息於虞、芮，刑未措於成、康。意在位者不以教化爲心，治民者多以文法爲拘。禁防繁多，民不知避；叙法寬濫，吏不知懼。纍繫者衆，愁歎者多。仍歲以來，災異數見，六月壬子，日食于朔。淫雨過節，煖氣不效，江河潰決，百川騰溢。永思厥咎，深切在予，變不虚生，緣政而起。五事之失，六沴之作，劉向所傳，吕氏所紀。五行何修，而得其性？四時何行，而順其令？令非正陽之月，伐鼓救變，其合於經乎？方盛夏之時，論囚報重，其考於古乎？京師諸夏之根本，王教之淵源。百工淫巧無禁，豪右僭差不度。治當先内，或曰何以爲京師？政在摘姦，或曰不撓獄市。推尋前世，探觀治迹〔二〕。

孝文尚老子，而天下富殖；孝武用儒術，而海内虚耗。道非有弊，治奚不同？王政所由，形於《詩》道。周公《豳》詩，王業也，而繫之《國風》；宣王北伐，大事也，而載之《小雅》。周以冢宰制國用，唐以宰相兼度支。錢穀，大計也；兵師，大衆也。何陳平之對，謂當責之内史；韋賢之言，不宜〔三〕兼於宰相？錢貨之制，輕重之相權；命秩之差，虚實之相養。水旱蓄積之備，邊陲守禦之方。圜法有九府之名，樂語有五均之義。富人彊國，尊君重朝，弭災致祥，改薄從厚。此皆前世之急政，而當今之要務。子大夫其悉意以陳，毋悼後害。

臣謹對曰：臣聞天下無事，則公卿之言輕於鴻毛；天下有事，則匹夫之言重於泰山。非智有所不能而明有所不察，緩急之勢異也。方其無事也，雖齊桓之深信其臣，管仲之深得其君，以握手丁寧之問，將死深悲之言〔四〕，而不能去其區區之三豎。及其有事且急也，雖唐代宗之庸，程元振之用事，柳伉之賤且踈，而一言以入之，不終朝而去其腹心之疾。夫言之於無事之世者，足以有所改爲，而常患於不信；言之於有事之世者，易以見信，而常患於不及改爲。此忠臣志士之所以深悲，天下之所以亂亡相尋，而世主之所以不悟也。

今陛下處積安之時，乘不拔之勢，拱手垂裳而天下向風，動容變色而海内震恐。雖有一事之失常，一物之不獲，固未足以憂陛下也。所謂親策賢良之士者，以應故事而已，豈以臣言爲真足以有感於陛下耶？雖然，君以名求之，臣以實應〔五〕之。陛下爲是名也，臣敢不爲是實也！

伏惟制策有念祖宗先帝大業之重，而自處於寡昧，以爲『志勤道遠，治不加進』。臣竊以爲陛下即位以來，歲歷三紀，更於事變，審於情僞，不爲不熟矣，而治不加進，雖臣亦疑之。然以爲志勤道遠，則雖臣至愚，亦未敢以明詔爲然〔六〕也。夫志有不勤，而道無或遠〔七〕。陛下苟知勤矣，則天下之事粲然無不畢舉，又安以訪臣爲哉？今也猶以道遠爲歎，則是陛下未知勤也，臣請言勤之説。

夫天以日運故健，日月以日行故明，水以日流故不竭，人之四肢以日動故無疾〔八〕，器以日用故不蠹。天下者，大物也，久置而不用，則委靡廢放，日趨於弊而已矣。陛下深居法宫之中，其憂勤而不息邪？臣不得而知也。其宴安而無爲邪？臣不得而知也。然所以知道遠之歎由陛下之不勤者，臣竊見陛下以天下之大，欲輕賦税，則財不足；欲威四夷，則兵不彊；欲興利除害，則無其人；欲敦世厲俗，則無其具。大臣不過遵用故事，小臣不過謹守簿書。上下相安，以苟歲月。此臣所以妄論陛下之不勤也。

臣又竊聞之，自頃歲以來，大臣奏事，陛下無所詰問，直可之而已。臣始聞而大懼，以爲不信，及退而觀其效見，則臣亦不敢謂不信也。何則？人君之言，與士庶不同，言脱於口，而四方傳之，捷於風雨。故太祖太宗之世，天下皆諷誦其言語，以爲聳勸之具。今陛下所震怒而賜譴者何人也？合於聖意誘而進之者何人也？所謂朝夕論議深言者何人也？越次躐等召而問訊之者何人也？四者臣皆未之聞焉，此臣所以妄論陛下之不勤也。

臣願陛下條天下之事：其大者有幾，可用之人有幾，某事未治，某人未用。鷄鳴而起，曰：吾今日爲某事，用某人。它日又曰：吾所爲某事，其事果濟矣乎？所用某人，其人果才矣乎？如是孜孜焉不違於心，屏去聲色，放遠善柔，親近賢達，遠覽古今。凡此者，勤之實也，而道何遠乎？

伏惟制策有『夙興夜寐，于今三紀。德有所未至，教有所未孚。闕政尚多，和氣或盭。田野雖辟，民多亡聊，邊境雖安，兵不得徹。利入已浚，浮費彌廣。軍冗而未練，官冗而未澄。庠序比興，禮樂未具。户罕可封之俗，士忽皆讓之節。此所以訟未息於虞、芮，刑未措於成、康。意在位者不以教化爲心，治民者多以文法爲拘。禁防繁多，民不知避，叙法寬濫，吏不知懼。纍繫者衆，愁歎者多』。凡此陛下之所憂數十條者，臣皆能爲陛下歷數而備言之，然而未敢爲陛下道也。何者？陛下誠得御臣之術而固執之，則向之所憂數十條者，皆可以捐之大臣，而已不與。今陛下區區以向之數十條爲己憂者，則是陛下未得御臣之術也。

天下所謂賢者，陛下既得而用之矣。方其未用也，常若有餘，而其既用也，則〔九〕不足。是豈其才之有變乎？古之用人者，日夜深〔一〇〕提策之。武王用太公，其相與問答，百餘萬言，今之《六韜》是也。桓公用管仲，其相與問答，亦百餘萬言，今之《管子》是也。古之人君，其所以反覆窮究其臣者若此，今陛下默默而聽其所爲，則夫向之所憂數十條者，無時而舉矣。古之忠臣，其受任也，必先自度，曰：吾能辦是矣乎？度能辦是也，則又曰：吾君能忘己而任我乎？能無以小人間我乎？度其能忘己而任我也，能無以小人間我也，然後受之。既已受之矣，則以身任天下之責而不辭，饗天下之利而不愧。今也内不度己，外不度君，而輕受之。受之而衆不與也，則引身而求去。陛下又爲美辭而遣之，加之重禄而慰之。夫引身而求退者，非果廉節而有讓也，是邀君以自固也，是自明其非我之欲留以逃謗也，是不能辦其事而以其患遺後人也，陛下奈何聽之？臣故曰：陛下未得御臣之術也。

若夫『德有所未至，教有所未孚』者，此實不至也。德之，必有以著其德之之形；教之，必有以顯其教之之狀。德之之形莫著於輕賦，教之之狀莫顯於去殺。此二者，今皆未能焉，故曰實不至也。夫以選舉之重，而不取才行；官吏之衆，而不行考課。農末之相傾，而平糴之法不立；貧富之相役，而占田之數無限〔一一〕。天下〔一二〕之闕政，則莫大乎此，而和氣安得不盭乎？田野辟者，民〔一三〕之所以富足之道也，其所以亡聊，則吏政之過也。然臣聞天下之民，常偏聚而不均。吴、蜀有可耕之人，而無其地；荆、襄有可耕之地，而無其人。由此觀之，則田野亦未可謂盡辟也。夫以吴、蜀、荆、襄之相形，而饑寒之民終不能去狹而就寬者，世以爲懷土而重遷，非也。行者無以相群，則不能行；居者無以相友，則不能居。若輩〔一四〕徙饑寒之民，則無有不聽矣。

『邊境已安，而兵不得徹』者，有安之名，而無安之實也。臣欲小言之，則自以爲愧；大言之，則世俗以爲笑，臣請略言之。古之制北狄者，未始不通西域。今之所以不能通者，是夏人爲之障也。朝廷置靈武於度外，幾百年矣，議者以爲絶域異方，曾〔一五〕不敢近，而況於取之乎？然臣以爲事勢有不可不取者。不取靈武，則無以通西域；西域不通，則契丹之彊未有艾也。然靈武之所以不可取者，非以數郡之能抗吾中國，吾中國自困而不能舉也。其所以自困而不能舉者，以不生不息之財，養不耕不戰之兵，塊然如巨人之病膇，非不枵然大矣，而手足不能以自舉。欲去是疾也，則莫若捐秦以委之，使秦人斷然如戰國之世，不待中國之援，而中國亦未始有秦者。有戰國之全利，而無戰國之患，則夏人舉矣。其使莫如稍徙緣邊之民不能戰守者於空閒之地，而以其地益募民爲屯田。屯田之兵稍益，則向之戍卒可以稍減，使數歲之後，緣邊之民盡爲耕戰之夫，然後數出兵以苦之，要以使之厭戰而不能支，則折而歸吾矣。如此而北狄始有可制之漸，中國始有息肩之所。不然，將濟師之不暇，而又何徹乎？

所謂『利入已浚，而浮費彌廣』者，臣竊以爲外有不得已之二虜，内有得已而不已〔一六〕之後宫。後宫之費，不下一敵國。金玉錦繡之工，日作而不息，朝成夕毁，務以相新。主帑之吏，日夜儲其精金良帛而别異之，以待倉卒之命，其爲費豈可勝計哉？今不去此等，而欲廣求利之門，臣知所得之不如所喪也。

『軍冗而未練』者，臣嘗論之，曰此將不足恃之過也。然以其不足恃之故，而擁之以多兵，不蒐去其無用，則多兵適所以爲敗也。

『官冗而未澄』者，臣嘗論之，曰此審官吏部與職司無法之過也。夫審官吏部，是古者考績黜陟之所也，而特以日月爲斷。今縱未能復古，可略分其郡縣，不以遠近爲差，而以難易爲等。第其人之所堪而別異之，才者常爲其難，而不才者常爲其易。及其當遷也，難者常速，而易者常久。然而爲此者，固有待也。吏部與外之職司常相關通，而爲職司者，不惟舉有罪、察有功而已，必使盡第其屬吏之所堪，以詔審官吏部。審官吏部常從内等其任使之難易，職司常從外第其人之優劣，才者常用，不才者常閑，則冗官可澄矣。

『庠序興，而禮樂未具』者，臣蓋以爲庠序者，禮樂既興之所用，非所以興禮樂也。今禮樂鄙野而未完，則庠序不知所以爲教，又何以興禮樂乎？如此而求其『可封』，責其『皆讓』，將以息訟而措刑者，是却行而求前也。夫上之所向者，下之所趨也，而況從而賞之乎？上之所背者，下之所去也，而況從而罰之乎？今陛下責『在位者不務教化，而治民者多拘文法』，臣不知朝廷所以爲賞罰者何也？無乃或以教化得罪，而多以文法受賞歟？夫禁防未至於煩多，而民不知避者，吏以爲市也。叙法不爲寬濫，而吏不知懼者，不論其能否，而論其久近也。『纍繫者衆，愁歎者多』，凡以此也。

伏惟制策有『仍歲以來，災異數見，乃六月壬子，日食于朔。淫雨過節，煖氣不效，江河潰決，百川騰溢。永思厥咎，深切在予，變不虚生，緣政而起』。此豈非陛下厭聞諸儒牽合之論，而欲聞其自然之説乎？臣不敢復取《洪範傳》《五行志》以爲對，直以意推之。夫日食者，是陽氣不能履險也。何謂陽氣不能履險？臣聞五〔一七〕月二十三分月之二十，是爲一交，交當朔則食。交者是行道之險者也，然而或食或不食，則陽氣有彊弱也。今有二人並行而犯霧露，其疾者，必其弱者也；其不疾者，必其彊者也。道之險一也，而陽氣之彊弱異，故夫日之食，非食之日而後爲食，其虧也久矣，特遇險而見焉。陛下勿以其未食也爲無災，而其既食而復也爲免咎，臣以爲未也，特出於險耳。夫淫雨大水者，是陽氣融液汗漫而不能收也。諸儒或以爲陰盛，臣請得以理折之。夫陽動而外，其於人也，爲嘘嘘之氣，温然而爲濕。陰動而内，其於人也，爲噏噏之氣，冷然而爲燥。以一人推天地，天地可見。故春夏者，其一嘘也；秋冬者，其一噏也。夏則川澤洋溢，冬則水泉收縮，此燥濕之效也。是故陽氣汗漫融液而不能收，則常爲淫雨大水，猶人之嘘而不能吸也。今陛下以至仁柔天下，兵驕而益厚其賜，戎狄桀傲而益加其禮，蕩然與天下爲咻呴温煖之政，萬事隳壞〔一八〕，而終無威刑以堅凝之，亦如人之嘘而不能噏，此淫雨大水之所由作也。天地告戒之意，陰陽消伏之理，殆無以易此矣。

而制策又有『五事之失，六沴之作，劉向所傳，吕氏所紀。五行何修，而得其性？四時何行，而順其令？非正陽之月，伐鼓捄變，其合於經乎？方盛夏之時，論囚報重，其考於古乎』，此陛下畏天恐懼，求端之過，而流入於迂儒之説，此皆愚臣之所學於師而不取者也。夫五行之相沴，本不至於六。六沴者，起於諸儒欲以六極分配五行，於是始以皇極附益而爲六。大皇極者，五事皆得；不〔一九〕極者，五事皆失。非所以與五事並列而别爲一者也。是故有眊而又有蒙，有極而無福，曰五福皆應，此亦自知其疎也。吕氏之時令，則柳宗元之論備矣，以爲有可行者，有不可行者。其可行者，皆天事也；其不可行者，皆人事也。若夫禜社伐鼓，本非有益於救災，特致其尊陽之意而已。《書》曰：『乃季秋月朔，辰弗集于房，瞽奏鼓，嗇夫馳，庶人走。』由此言之，則亦何必正陽之月而後伐鼓捄變，如《左氏》之説乎？盛夏報囚，先儒固已論之，以爲仲尼誅齊優之月，固君子之所無疑也。

伏惟制策有『京師，諸夏之表則，王教之淵源。百工淫巧無禁，豪右僭差不度』，此在陛下身率之耳。後宫有大練之飾〔二〇〕，則天下以羅紈〔二一〕爲羞；大臣有脱粟之節，則四方以膏粱爲汙。雖無禁令，又何憂乎？

伏惟制策有『治當先内，或曰何以爲京師？政在擿姦，或曰不可撓獄市』，此皆一偏之説，不可以不察也。夫見其一偏，而輒舉以爲説，則天下之説不可以勝舉矣。自通人而言之，則曰『治内所以爲京師也，不撓獄市所以爲擿姦也』。如使不撓獄市而害其爲擿姦，則夫曹參者是爲逋逃主也。

伏惟制策有『推尋前世，探觀治迹。孝文尚老子，而天下富殖；孝武用儒術，而海内虚耗。道非有弊，治奚不同』，臣竊以爲不然。孝文之所以爲得者，是儒術略用也；其所以得而未盡者，是用儒之未純也；而其所以爲失者，是用老也。何以言之？孝文得賈誼之説，然後待大臣有禮，御諸侯有術，而至于興禮樂，繫單于，則曰未暇，故曰儒術略用而未純也。若夫用老之失，則有之矣。始以區區之仁，壞三代之肉刑，而易之以髡笞。髡笞不足懲中罪，則又從而殺之。用老之失，豈不過甚矣哉？且夫孝武亦不可謂用儒之主也，博延方士而多興妖祠，大興宫室而甘心遠略，此豈儒者教之？今夫有國者，徒知徇其名而不考其實，見孝文之富殖，而以爲老子之功；見孝武之虚耗，而以爲儒者之罪，則過矣。此唐明皇之所以溺於宴安，徹去禁防，而爲天寶之亂也。

伏惟制策有『王政所由，形于《詩》道。周公《豳》詩，王業也，而繫之《國風》；宣王北伐，大事也，而載之《小雅》』。臣聞，《豳》詩言后稷、公劉，所以致王業之艱難者也。其後累世而至文王之時，則王業既已大成矣，而其詩爲《二南》。《二南》之詩，猶列於《國風》，而至於《豳》，獨何怪乎？昔季札觀周樂，以爲《大雅》曲而有直體，《小雅》思而不貳，怨而不言。夫曲而有直體者，寬而不流也；思而不貳，怨而不言者，狹而不迫也。由此觀之，則《大雅》《小雅》之所以異者，取其辭之廣狹，非取其事之小大也。

伏惟制策有『周以冢宰制國用，唐以宰相兼度支。錢穀，大計也；兵師，大衆也。何陳平之對，謂當責之内史；韋賢之言，不宜兼於宰相』。臣以爲宰相雖不親細務，至於錢穀兵師，固當制其虚贏利害。陳平所謂責之内史者，特以宰相不當治其簿書多少之數耳。昔唐之初，以郎官領度支，而職事以治。及兵興之後，始立使額，參佐既衆，簿書益繁，百弊之源，自此而始。其後裴延齡、皇甫鎛，皆以剥下媚上。至於希世用事，以宰相兼之，誠得防姦之要。而韋賢之議，特以其權過重歟？故李德裕以爲賤臣不當議令，臣常以爲有宰相之風矣。

伏惟制策有『錢貨之制，輕重之相權；命秩之差，虛實之相養。水旱蓄積之備，邊陲守禦之方。圜法有九府之名，樂語有五均之義』。此六者，亦方今之所當論也。昔召穆公曰：『民患輕，則多作重以行之』，『若不堪重，則多作輕以行之，亦不廢重。』輕可改，而重不可廢。不幸而過，寧失於重，此制錢貨之本意也。命者，人君之所擅，出於口而無窮；秩者，民力之所供，取於府而有限。以無窮養有限，此虛實之相養也。水旱蓄積之備，則莫若復隋、唐之義倉；邊陲守禦之方，則莫若依秦、漢之更卒。《周官》有太府、天府、泉府、玉府、內府、外府、職內、職金、職幣，是謂九府，太公之所行以致富。古者天子取諸侯之士，以爲國均，則市不二價，四民常均，是謂五均，獻王之所致以爲法，皆所以均民而富國也。

凡陛下之所以策臣者，大略如此。而於其末，復策之曰：『富人彊國，尊君重朝，弭災致祥，改薄從厚。此皆前世之急政，而當今之要務。』此臣有以知陛下之聖意，以爲向之所以策臣者，各指其事，恐臣不得盡其辭，是以復舉其大體而槩問焉。又恐其不能切至〔一三〕也，故又詔之曰：『悉意以陳，而無悼後害。』臣是以敢復進其猖狂之説。

夫天下者，非君有也，天下使君主之耳。陛下念祖宗之重，思百姓之可畏，欲進一人，當同天下之所欲進；欲退一人，當同天下之所欲退。今者每進一人，則人相與誹曰：『是出於某也，是某之所欲也。』每退一人，則又相與誹曰：『是出於某也，是某之所惡也。』臣非敢以此爲舉信也，然而致此言者，則必有由矣。今無知之人，相與謗於道曰：『聖人在上，而天下之所以不盡被其澤者，便嬖小人附於左右，而女謁盛於内也。』爲此言者固妄矣，然而天下或以爲信者，何也？徒見諫官御史之言，矻矻乎難入，以爲必有間之者也；徒見蜀之美錦，越之奇器，不由方貢，而入於宫也。如此，而向之所謂急政要務者，陛下何暇行之？臣下不勝憤懣，謹復列之於末，惟陛下寬其萬死，幸甚幸甚！謹對。

校勘記

〔一〕『加』，六十三卷本、六十四卷本作『如』。宋本《經進東坡文集事略》作『加』。

〔二〕『探觀治迹』，底本無，據六十三卷本、六十四卷本補。宋本《經進東坡文集事略》無。

〔三〕『宜』，底本作『當』，據六十三卷本、六十四卷本改。宋本《經進東坡文集事略》作『宜』。

〔四〕『深悲之言』，底本作『深信其臣』，據六十三卷本、六十四卷本改。宋本《經進東坡文集事略》作『深悲之言』。

〔五〕『應』，底本作『言』，據六十三卷本、六十四卷本改。宋本《經進東坡文集事略》作『應』。

〔六〕『然』，底本作『疑』，據六十三卷本、六十四卷本改。宋本《經進東坡文集事略》作『然』。

〔七〕『道無或遠』，『或』字，底本作『不』，據六十三卷本、六十四卷本改。宋本《經進東坡文集事略》作『道無遠』。

〔八〕『疾』，底本空缺，據六十三卷本、六十四卷本補。宋本《經進東坡文集事略》作『疾』。

〔九〕『則』，六十三卷本、六十四卷本作『常若』。宋本《經進東坡文集事略》作『則』。

〔一〇〕「深」，六十三卷本、六十四卷本無。宋本《經進東坡文集事略》作「深」。

〔一一〕「限」，底本空缺，據六十三卷本、六十四卷本補。宋本《經進東坡文集事略》作「限」。

〔一二〕「天下」，底本空缺，據六十三卷本、六十四卷本補。宋本《經進東坡文集事略》作「天下」。

〔一三〕「民」及其上「者」字，底本空缺，據六十三卷本、六十四卷本補。宋本《經進東坡文集事略》作「民」，其上作「者」。

〔一四〕「輩」，底本空缺，據六十三卷本、六十四卷本補。宋本《經進東坡文集事略》作「輩」。

〔一五〕「曾」，底本誤作「義」，據六十三卷本、六十四卷本改。宋本《經進東坡文集事略》作「曾」。

〔一六〕「得已而不已」，底本作「得已而不得已」，據六十三卷本、六十四卷本改。此數字，宋本《經進東坡文集事略》作「得已」。

〔一七〕「五」，底本空缺，據六十三卷本、六十四卷本補。宋本《經進東坡文集事略》作「五」。

〔一八〕「隳壞」，底本作「惰慢」，據六十三卷本、六十四卷本改。宋本《經進東坡文集事略》作「惰壞」。

〔一九〕「不」，底本誤作「六」，據六十三卷本、六十四卷本改。宋本《經進東坡文集事略》作「不」。

〔二〇〕「飾」，底本作「節」，據六十三卷本、六十四卷本改。宋本《經進東坡文集事略》作「飾」。

〔二一〕「羅紈」，底本「羅」字空缺，據六十三卷本、六十四卷本補。此二字，宋本《經進東坡文集事略》作「羅綺」。

〔二二〕「至」，底本無，據六十三卷本、六十四卷本補。宋本《經進東坡文集事略》作「至」。

新校宋文鑑卷第一百十

校者按：底本此卷抄配，據六十三卷本、六十四卷本刻卷校改。

制策

制科策

孔文仲

皇帝若曰：在昔明王之治天下，仁風翔洽，德澤汪濊。四序調於上，萬物和於下。兵革不試，刑辟弗用。內則俊賢居〔一〕位，以熙於王職；外則夷狄向風，以修於歲貢。建皇極以承天心，斂時福以錫民庶。然後日星雨露，鳥獸草木，效祥薦祉，書之不絕。朕甚慕之，其何術以臻此歟？朕承祖宗之業，託士民之上，明有所未燭，化有所未孚。而任大守重，艱〔二〕於負荷。故詳延魁壘之士，思聞讜直之言，以輔不逮，庶幾乎治。蓋人君即位，必求端於天而正諸己，惟五事得其常，則庶徵協其應。朕饗國以來，靡敢自肆，而和氣猶鬱，大異數見。迺元年日食三朝，洎仲秋地震數路，而冀方之廣，爲災最甚，豈朕弗德之致歟？夙寤晨興，思其所以。是故圖講政務，則日至中昃，而猶多苟簡之習；烝進人才，則官無虛假，而頗乏績用之美。種羌非不懷徠也，而邊候或時繹騷，以至臨遣輔臣，憺明神武。烝民非不愛養也，而生業〔三〕或未完富，以至外馳使者，宣佈惠教。國用雖節，而尚煩於調度；兵籍雖衆，而未精於簡稽。寬關梁之禁，而商靡通；捐器玩之巧，而工弗戒。夫風俗浮薄，根於取士之無本，道教之不明。而博詢臺閣之論，所執者不一，豈無救弊之道焉？刑罰煩重，出於設法之多門，沿襲之不革。而將加恩仁〔四〕之政，使死者少緩，必有可行之術焉。予欲興乎七教，兼乎三至，以底聖人之道，則宜條其先後之次。予欲明乎六親，盡乎五法，以極天下之治，則宜叙其本末之要。乃至仲舒之言，班固謂切於當世，其可施於今者何策？崔寔之論，范曄謂切於政體，其有益於時者何事？毋以謂古人陳迹既久而不可舉，毋以謂本朝成法已定而不可改。惟其改之而適中，舉之而得宜，不迫不迂，歸於至當。《書》曰：『言之非艱，行之惟艱。』子大夫其悉心以陳，朕亦不憚於有爲焉。

對：臣伏惟陛下，下明詔，降清問，講求萬事之統，皆非愚臣之所能及也。然臣竊有深憂者，陛下求言好善之隆名，遠出百王之上，至於用言納諫之道，有未充盡其極爾。何者？陛下莅祚之初，首開轉對，以延踈遠切直之言；間召群臣，以詢安危利害之策者，此陛下天資謙恕，思得〔五〕深謀至計，以補所未照也。而言之既多，聽之既久，卒未聞採一事，用一畫，見之天下。至於近日，四方之人與夫朝廷之上賢卿誼老，交章累疏，論列時政得失。臣考之公議，以爲雖皐、夔、周、召之謀，所以致君福民，寧九廟而安萬世者，其公讜不能過此矣。而陛下聞之若不聞，見之若不見，豈其急近論而略遠慮，安小補而捐大忠乎？此臣所大懼也。臣願陛下首思聽言用諫之義，不聽則已，聽則博同天下之心；不用則已，用則兼取遠近之策。然後動無遺事，舉無失計，而善政可行，太平可議矣。臣將論天下事，先述此以獻。臣誠愚暗，不知大體，惟陛下省納焉。

聖策曰：『在昔明王之治天下，仁風翔洽，德澤汪濊。四序調於上，萬物和於下。兵革不試，刑辟弗用。内則雋賢居位，以熙於王職；外則戎夷向風，以修於歲貢。建皇極以承天心，斂時福以錫民庶。然後日星雨露，鳥獸草木，效祥薦祉，書之不絶。甚尊慕之，其何術而臻此與？』臣〔六〕聞，天下之術有大小，而人君用之有先後。先其大而後其小，則用力不勞而天下治。宜先而後，可大而小，則用力愈勞而天下亂。天下之術，其大者，能正其始是也；其小者，不能正其始是也。在昔明王之治天下，仁翔而德洽，四序調而萬物和，以至兵偃刑措，雋賢修職，夷狄納貢。建皇極而天道應，斂五福而民氣洽。吉祥見于上，珍符出於下者，正始之術行也。後世之治天下，萬事失其序，而災害薦至者，正始之術廢也。陛下追慕古昔治功之美，而諮求致之之術，臣請遂言正始之説。

夫天下之道三〔七〕，曰王，曰霸，曰强國。天下之本一，曰即位。即位者，王所以自正也。始不以正，及其末也，雖欲變而正之，亦無及矣。是故始爲强國，未有能終之以霸政者也。始爲霸政，未有能終之以王術者也。孔子作《春秋》，書『元年，春，王正月，公即位』。夫元年正月者，一年一月也，而變之曰『元』與『正』者，欲人君當即位之初，體元以居正也。元者，善之本也；正者，道之極也。人君能於始初清明，力行善本，而躬履道極，此王道所以成也。且夫一之以道德，淳之以仁義，此王道也。行之以仁義，雜之以功利，此霸道也。專用權謀，不顧義理，此强國之術也。及考其見於效也，王道行於數千歲之外，咏歌畏愛，猶深結於民心，而不忍去之。霸政止能及其身，至子孫之世，則廢熄不講。强國之術，民之視上，相疾如仇讎，伺其有間，則相與蹈籍傾覆之矣。凡三道者，得失之報，若白黑然，而世主趨王道者少，適霸政與强國者多，何也？蓋王道所及甚遠，而不能取成於倉卒，霸政與强國爲斂雖深，而能見效於目前。人之常情，薄遠效而貴速成，是所以失趨適之正也。漢之文、景，唐之太宗，皆有可致之資，又有能致之勢，而致治安國，不能與三代並者，失其所適也。

伏惟陛下，聰睿神武，得之於天，可謂有能致之資矣。日月所被〔八〕，皆在圖籍，可謂有必致之勢矣。當承祧踐極之始，端本清源之日，欲王而王，欲霸而霸，欲强國而國强，得失之策，繫於一舉而已。譬猶御八駿之馬，馳九軌之路，擇而後往，則得其正。一或不慎，以意馳之，則宜之燕者，或造於楚矣，宜往吴者，或之於秦矣，則夫事物交會之間，不可不慎所適如此。臣竊觀近日朝野之論，而考陛下意之所適，求之於古，不能無疑。且天下之所以治者，貴義而不貴利也，奈何先之以興利？仁人之所以尊者，明道而不計功也，奈何一之以望功？萬事所以成就者，遲久也，奈何期之以迫急？四方所以畏愛者，愷悌也，奈何驅之以威刑？荀卿曰：『國者，巨用之』，『則巨，小用之則小』。揚子曰：『好大而不爲大，不大矣；好高而不爲高，不高矣。』如〔九〕此而望仁翔而德洽，四序調而萬物和，以至兵偃刑措，儁賢修職，夷狄納貢，建皇極而天道應，斂五福而民氣洽，吉祥見于上，珍符出於下，豈不難哉？

臣願陛下，曠然大變，而行衆人之所不能爲，卓然自致；而行前世之所不能到，尊尚王道，賤略强霸。其尊之也，若抱渴而需飲；其賤之也，若辭暗而即明。屏去諛佞，親近忠直，數御東序，開陳圖書。講前代之興亡，論百王之成敗。以其善行，以其惡戒，避其所得，趨其所失。仰而思之，以夜而繼日也；幸而得之，輟寐以待旦也。有言逆於心，必求諸道；有言遜於志，必求諸非道。用其粹而遺其駁，操其要而治其煩。凡此皆王道之術也，而正始之論也。陛下深講而力行之，則馴致古昔明王之道，如決〔一〇〕流抑墜爾，何患慕之而未臻乎？

聖策曰：『朕承祖宗之業，託士民之上，明有所未燭，化有所未孚。』又退託於『任大守重，艱於負荷』，『思聞讜直之言，以輔不逮，庶幾乎治』。此見陛下虛心訪道，至誠惻怛之至意也。如臣之愚，何足以奉承之？而臣嘗聞之曰：明欲被於萬物，化欲孚於四方，未有不自治心始也。夫治心者，聖人所以窮理之術也。人之有心，猶天之有極也。是故晦冥陰默之中，不足以辨南北，而能考而正之者，極星是也。是非紛雜之間，不足以審真僞，而能別而〔一一〕分之者，心官是也。心也者，天下之至正也，又能養之以正，則善惡是非，萬事之理，無不白矣。齋戒以持之，使其不失；清虛以守之，使其不亂。問以通之，謀以發之，此治心之始也。及其成也，不思焉，未嘗不應於理也；不勉焉，未嘗不合於道也。藏之爲志氣，而無不充；發之爲事業，而無不濟。如權衡設於此，而萬鈞之重，銖兩之輕，無所不辨。如槃水設於此，而大如天地，細如毛髮，無所不察，此治心之效也。心正則明盡，明盡則化至，此自然之道。陛下思聞讜直之言，庶幾乎治，此天下之盛福也。臣聞，適於耳目之娱，而爲心腹之害者，柔從説順也，雖芟夷之，而常患其有餘；忤於一日之意，而爲百世之利者，剛方讜直也，雖養長之，而常患其不足。古之聖賢，屈己執謙，和顔遜志，加之以勞來之厚，助之以勸賞之渥，凡以養天下剛方讜直之節，使森然立於吾庭，爲國家廟社之福。故夫伏格趨鼎，引衣斷檻，破裂麻制，封還詔書，如此之類，日常有之而不爲怪者，所以廣聰明而來下情也。臣願陛下，容忍近臣之獻言，開納遠臣之論事。寘諫諍之任，以助聞見；補憲肅之官，以振綱紀。而又力以謙沖假借，深養剛方讜直之氣。如漢高祖之於周昌，晋武帝之於劉毅，然後可以得天下讜直之言，以輔治道。不然，猶却行求前，徒舉以訪臣，又安補於萬一哉？

聖策曰：『蓋人君即位，必求端於天而正諸己，惟五事得其常，則庶徵協其應。有國以來，靡敢自肆，而和氣猶鬱，大異數見。迺元年日蝕三朝，洎仲秋地震數路，而冀方之廣，爲災最甚。』自處於『弗德之致』，『夙寤晨興，思其所以』。此見陛下畏天飭己，恐懼修省之盛德也。臣聞，日食地震者，陽微陰盛也。而或曰日食者，曆之常數也。臣請辨之。一百七十三日有餘而爲一交，然後食，此曆家之説也。而《春秋》襄公二十一年之九月、十月，二十四年之七月、八月，皆未及一交則食，此曆之不合一也。二漢之政，西京爲盛，東京爲衰，大率皆二百餘年爾，而西京四十五食，東京七十四食，食之疏密，應政之盛衰而然，曾無定數，此曆之不合二也。是日食者，非可託於曆，其要爲陰盛之應也。陽浮爲天，而主於動；陰凝爲地，而本於静。宜静而動者，陰越其分，而擬諸陽也〔一二〕。陽之與陰，君子小人之道也。君子道長，則陽氣發爲〔一三〕祥瑞；小人道長，則陰氣見於災變，此天人相與必然之應也。《易》自《復》之一陽，至《坤》之六陰，凡十二卦，相往來於一歲之間。蓋聖人告人以君子小人之道，有相更之勢，貴於早防之也。在《臨》則戒之曰『八月有凶』，在《泰》則戒之曰『無平不陂，無往不復』，欲其慎之於八月之前，消之於未陂未復之始也。陛下欲應變求端，謹五事而協庶應，消大異而召和氣，在乎尊陽抑陰，尊君子之道，抑小人之道而已。

凡天下之道，有故有新，有大有小，有老有弱，有正有邪，有訥有辯，有躁有静。以對而言之，在上偏者皆陽，而君子之道也；在下偏者皆陰，而小人之道也。上偏欲其過厚，下偏欲其常損。宜厚而薄之，宜損而益之，則陰盛陽微，君子道消，小人道長，其敝至於不可扶持，此不可不察也。若夫舊勞不〔一四〕遷，而新策必合；大臣依違，而小臣執議；老成淪伏，而弱齒簡拔；方直踈遠，而柔諛親附；辨給者獲用，而遲蹇者被退；鋭進者褒陞，而默守者遺落，陰盛陽微之變，莫著於此矣。天地告戒之意，不爲不審，願陛下思所以應之。夫陽不可以不尊，陰不可以不抑，君子之道不可不進，小人之道不可不退。不抑不退，其萌雖微，及其既盛，甚可畏也。周之衰，諸侯僭天子；又其衰也，大夫僭諸侯；又其衰也，家臣僭大夫；又其衰也，夷狄盟中國。此陰盛之極也，而《春秋》自〔一五〕此絶筆矣。故臣願陛下早思所以救之。

聖策曰：『圖講政務，則日至中昃，而猶多苟簡之習；烝進人材，則官無虚假，而頗乏績用之美。』臣聞，講政務而絶苟簡，在於貴遲久；進用人材而底績用，在於練名實。《易》曰：『聖人久於其道，而天下化成。』夫聖人之才，所過者化，所存者神，而至於論治定功成之業，未嘗不待之以久。何也？速則粗，粗則所得暴，而所及淺；久則精，精則所收博，而所被深，此聖人之意也。蓋夫仁必久安，義必久由，志必久勤，法必久守，令必久行，官必久任，士必久養，兵必久練。游神於累歲之外，望化於必世之後。夫如是，則心一而慮精，事詳而理究，德新而道大，化浹而澤流。動乎萬物之上，被乎天地之間，又何患苟簡之習哉？聖人無爲不言，而海内大治者，以能練群臣，核名實也。官各守其分謂之名，職各治其事謂之實。丞弼之任，責之以論道德，和陰陽；財計之司，責之以通有無，足國用。諫官責之以直言得失，御史責之以彈戢愆違，侍從責之以盡規納誨，將帥責之以安邊却敵，職司責之以一路之政，守令責之以一郡一縣之治。如此，舉名以責其官，按實以督其職，而庶績弗凝者，未之有也。今夫大臣下兼財計之柄，小官或侵將帥之權，侍從言責不得盡其詞，職司、守令不得專其治，未見其能無虚假也。朝廷設百官於外内，皆所以治天下萬事，非徒爲空名以付之也。欲立一事，重建一官，欲治一政，重遣一使，未見其能底績用也。

聖策曰：『種羌非不懷徠也，而邊候或時繹騷，以至臨遣輔臣，懵明神武。』臣以爲禦戎之策，失之於素而已。夫以邊鄙之重，不責統帥之臣，而求希合倖進之小謀；金革之機，不爲持重之筭，而聽輕舉易動之踈計。是以其弊在於苟爭小功，而忘大憂；專趨小利，而失大信。此猾虜所以敢負懷徠之恩，踐王圉〔一六〕而抗官師，亦吾有以致之而已。夫敵之未至也，制之宜以經遠之策；敵之既至也，御之宜有應變之術。齊景公時，燕、晋爲寇，景公患之，問於晏嬰，而嬰之所薦者穰苴，而穰苴卒能逐寇而安邦。唐憲宗時，劉闢爲梗，憲宗患之，問於杜黄裳，黄裳所薦者高崇文，而崇文卒能擒敵而定蜀。陛下宜詔輔弼大臣，各薦將才而用之，則神武憺於天地之表。河湟之外，當有解椎髻，襲衣冠，來獻國地者，又豈患奔衝之寇不足禦乎？

聖策曰：『烝民非不愛養也，而生業或未完富，以至外馳使者，布宣惠教。』臣以爲陛下愛民欲其富，而不足以富國；遣使宣惠教，而適足以爲弊，蓋失所以先後之序矣。夫事有肇禍而法有起患者，不謂事之始法之初也。累之至久，則弊敗積而禍患起，此必至之勢也。臣嘗爲陛下深慮後世之患，而必爲無窮之弊，蓋在乎富民之道不講，而富國之謀太深也。凡賦斂之於民，古人貴其損之，而不貴其益。《春秋》書宣公初税畝，成公作丘甲，哀公用田賦，以爲益之不已，則勢窮力弊，必至於變，故孔子詳録其事，以貽後世之戒。臣嘗觀富國之論，不起於豐大之世，而多出於戰爭之際。王者總制六合，所以服民心而重國體者，在吾道德之盛大，不繫財貨之豐盈。《易》之《小畜》者，德之小也，則曰『富以其鄰』；在《泰》與《謙》，則道之大者也，皆曰『不富以其鄰』。夫左右相比之謂鄰，人君之與天下，中國之與四夷，皆鄰也。人君所以運動天下，役使四夷，道有餘者，不假於富；德不足者，須富行之。陛下固宜法《謙》《泰》之有餘，豈可用《小畜》之不足？是以巨橋雖積，而商不能居；敖倉雖盈，而秦不能守。非無財也，道德不建，而失天下之心也。夫鳥窮則啄，獸窮則搏，人窮則詐。陛下之民，可謂窮矣，前世所謂無藝極之賦，大之山海，細之草木，其利皆已入於官而行於今矣。陛下徐思弛費息用，以寬民財而逸民力，若大禹卑宫惡服，漢文弋綈革舄，以澤天下，庶幾不至大匱。而復出泉以取其息，實使以厚其征，而求富民宣惠之名，不可得矣。《易》之《剥》者，始於下也，其《象》曰『上以厚下，安宅』，所以救《剥》也。陛下取於下悉矣，上取下悉，則其勢既極，而其象爲《剥》。孟子曰：『君子用其一，緩其二。用其二而民有莩，用其三而父子離。』臣懼民心積窮，不知所出，漸爲離散，以至剥落，雖有禹、湯〔一七〕、文、武之才，無所復施其巧。《易》曰：『觀我生，觀民也。』《詩》曰：『念我皇祖，陟降庭止。』陛下觀天下之勢，易離難合，一危則不可再安；上念五聖之業，艱難勤苦，一欹則不可復正，則夫富國之謀，適足爲深憂，未足爲陛下利也。伏惟發於神斷，罷法追使，以幸天下，以福萬世，此四方裂眦決目之所共望，豈獨賤臣之妄言哉？

聖策曰：『國用雖節，而尚煩於調度；兵籍雖衆，而未精於簡稽。』臣以爲國用雖節而調度煩者，未得節之之道也；兵籍雖衆而簡稽疏者，未得簡之之本也。九州土地之産，撮粟尺帛之賦，陸輓水漕，銜枙摩轂，日夜合雜，以輸太倉，以古準今，可謂盛矣。至於道途之艱，將負之疲，京師之一金，田野之百金也，少府之百金，民屋之萬金也。夫以萬金之費〔一八〕，施之於一燕好之中，用之於一賜予之內，此類可勝計哉？地之財有時，民之力有限，人君之費無窮，以有時有限養無窮，此條度所以愈增而不已〔一九〕，民力所以愈困而不支也。

古者宫庭之職，百二十員；漢之文帝、明帝，給事宦者不過二人；太祖養兵不過十二萬；太宗嘗謂近臣曰：『人君當淡然無欲，不使嗜好形見於外，則姦佞無自入矣。』凡此皆清心節用之本，寬民養物之要。不務先理其本，而廣爲調度之求，故曰未得節之之道也。

今大能省内郡之驍兵，而益以土兵，然後兵可簡也。國家北失幽、燕，西捐靈、夏，守邊捍塞，無百二之要阻，是以二邊驍卒，特爲爪牙，不可以廢。至於方内無事之郡，百年不識兵革，而例設屯伍，坐蠹民力，此不可不制〔二〇〕也。宜依前世府衛之法，使民得以口率出徒，而分天下郡爲三等，上郡五千，中郡三千，下郡一千而止，番休迭上，不過什一，則武備修而簡稽精矣。周公制禮，方五百里謂之大國，其車千乘，爲五萬五千兵，而民不告勞者，施之有序，制之得〔二一〕術也。今之所謂上户者，征斂甚厚，而其力困；所謂下户者，庸役不及，而其勢逸。而上户居其一，下户居其十，是常困其一，而逸其十也。家有二夫，古者皆出一兵，今皆逸之而不能用，反斂有限之穀帛，以給不耕之墮民，此豈周公之心哉？故曰未得簡稽之本也。

聖策曰：『寬關梁之禁，而商賈靡通。』臣聞，錢者無用之物，而聖人貴之者，以其能通有用之財也。夫以無用而通有用，是以貴其通，而不貴其積。古之所以通貨達財者，在乎商賈之職，而不在乎上。今之關市之征密於布棊，均輸之吏苛於翼虎，商旅易業，轉爲它技，而求財貨之通，難矣。

聖策曰：『捐器玩之巧，而工弗戒。』此在陛下約已以率爾。陛下約已於上，則六宫蒙化於内，百官率法於朝，百姓承流於下。及其久也，風俗轉移，嗜好薄損，有其財而無其尊，弗敢踰制，有其力而非其道，不敢敗度，則雖不捐器，而工自戒矣。臣又聞之，天下技巧華靡之玩，未有不始於京師，欲治四方，先治京師，古之道也。夫以千里之地，而四方之俗皆有焉者，唯京師也。唯其難制，是以制〔二二〕之宜甚詳。周法，六鄉四郊之内，自比長主五家，即而上之，至卿大夫，凡萬有八千九百三十六官，而後足以致京師之治。今京師治民之職，大不過京兆尹，次不過河南令，而求風敦俗樸，是以難也，惟陛下擇之而已。

聖策曰：『風俗浮薄，根於取士之無本，教道之不明。而博〔二三〕詢臺閣之論，所執者不一，豈無救敝之道焉？』凡取士之要，不過二科，曰德行也，文辭也而已。臣以爲自三代以上，可以用德行；由秦、漢以下，不過用文辭。而臺閣所以異論者，蓋不過二者之間。此陛下必欲以德行取天下之士，則井田當授也，侯國當建也，民必家給也，官必久任也，鄉當讀法也，家當有塾也，而後可以求全德真行，致之於位。如其未也，而獨設選舉德行之科，是亦無補而已。夫先世之吏正，故所舉者必求仁義孝弟；今世之吏邪，故所舉者不過請託嗜好。故曰今日取士，不過可以用文辭爾。

至於敦俗之本，教道之法，臣願有獻焉。蓋士節之重輕，未嘗不與國體之安危相應，如根本强弱於下，而枝葉榮枯於上也。昔周之士貴，秦之士賤。夫上有屈體，下無屈道者，貴也；舍己所守，求合於上者，賤也。而周、秦治亂，考此可見。蓋夫士無守道自重之節，人有翾躁不耻之求，漸漬成俗，恬不爲怪，未有甚於今日也。宜有以矯正其弊，使士知自重，而人蹈廉耻。凡潛德獨行不求聞之君子，必深察之，而使之常在於必顯；仰希俯合昧於寵辱之人，必深觀之，而使之常至於不用。則天下皆知盛德之意，士節一變，敦俗之本，教道之法，自此致之可也。

聖策曰：『刑罰煩重，出於設法之多門，沿襲之不革。而將加恩仁之政，使死者少緩，必有可行之術焉。』臣觀陛下之意，不過欲倣三代之肉刑，施之於從坐之死爾，是未盡觀時制宜之道也。古者政敦事樸，雖以聖人之智，而因革之間，猶有未盡者，肉刑是也。斷民之支體，使不爲完人，此非聖人之心，而三代用之者，因革之理有未盡也。且立尸而祭，近於瀆神，俎豆而食，近於甚野。豈若後世虛神之位、金石爲器哉？肉刑之不可用於今，猶之不可尸祭而俎食也夫！大辟之科，至死而不敢怨者，法當其罪也。儻欲加恩仁之政，寬從坐之死，則今之律令自有減死一等法。捨此不用，而斷支刖足，爲駭民驚俗之政，未足爲可行之術也。昔子産欲止伯有之妖，必並立子孔〔二四〕之後，則夫〔二五〕政雖期於推賞，而亦貴於慎名。使天下不知朝廷恩仁之意，而徒傳告以斷人之足而棄之，豈所以爲慎名？

聖策曰：『予欲興乎七教，兼乎三至，以底聖人之道，則宜條其先後之次。予欲明乎六親，盡乎五法，以極天下之治，則宜叙其始末之要。』〔二六〕此見陛下博稽古先，欲舉載籍之所傳，施之於今，以盡聖人之道，而盡天下之治也。臣請深論天下之道先後之次，始末之要，而陛下酌焉。蓋德與刑並行於天地之間，如寒暑相將而未嘗離也。於是之間，必有先後之次。上焉者，專德以勝刑，若堯、舜之無刑，成周之措刑是也；中焉者，假刑以助德，若西漢宣帝任刑名，東漢明帝善刑理是也；下焉者，唯刑而已，秦人以刑致亂，隋人以刑兆〔二七〕變是也。此先後之次不同，故治亂之應異也。則夫恭老、尊齒、樂施、親賢、好德、惡貪、廉儉之七教，至禮不辭而天下治，至賞不費而天下悦，至樂無親而天下和，三至從而可明其次也。抑臣又聞之，恐懼寅畏者，政之始也；驕逸隳惰者，政之末也。周宣王中興之盛德，而不慎於後，其詩終爲變雅。唐太宗慈儉英武之主，而魏鄭公、劉洎、馬周之徒，咸諫以爲漸不及貞觀。蓋崇高富貴之勢，驕逸隳惰之所伺也，視其有間，則入而不能出矣。是以聖哲之君，遐觀遠慮，思之於所不思，求之於所不求。方其大安也，必以危自厲；方其大榮也，必以辱自惕。不使非常之變起於不測，而至於不可救也，豈非知治道本末之要也歟？則夫六親之等，五法之數，又從而可推其要也。

聖策曰：『仲舒之言，班固謂切於當世，而可施於今者何策？崔寔之論，范曄謂明於政體，而有益於時者何事？』昔班固載仲舒漢廷之策於史，其間講天下治亂之理，可謂詳矣。舉而行之，皆足以助治，而最可施於今日之策，臣以爲莫如『天道先陽而後陰，王政先德而後刑』之論也。范曄紀崔寔《政論》數十條於書，以爲『凡所辯論，通明政體』，而言有益於今者，則臣以爲〔二八〕不足深論者也。何者？寔之大槩，欲人主不能純法八世，而宜參以霸政，嚴刑峻法，破姦宄之膽。以之行於漢桓帝衰替之世可爾，安足爲陛下深論哉？

聖〔二九〕策曰：『無以爲古人陳迹既久而不可舉，無以爲本朝成法已定而不可改。』惟其改之而適中，舉之而得宜，不迫不迂，歸於至當。』陛下〔三〇〕議政法，而舉適中得宜爲言，此天下之望也，臣安得無辭以致之？蓋勢可以舉則舉之，則不失於陳迹；力可以改則改之，則不泥於成法，此因革之常道也。至於未適於中，未得其宜而改之，則今日之變法，猶或可議焉。臣讀《易》至《革》卦，言天下之法至於有弊，則不可不革也，而《辭》曰『元亨利貞，悔亡』，然則革之必至于『元亨利貞』，然後悔可亡爾。又曰『革而當，其悔乃亡』，然則革之而不當，益以招悔也。夫革之必至於亨，然後可以議革，變之必至于當，然後可以言變，斯聖人之能事，《易》象之精義也。思之於冥冥，索之於昏昏，使盡合道義之中，而後革之，則出而天下倚之若山嶽，此之謂革而亨。謀之於衆多，待之以遲久，使盡得上下之宜，而後變之，則一制行而天下望之若雲霓，此之謂變而當。古之爲治，相與謀謨於廟堂之上，至于風移俗易，徙善遠罪，而天下不知其措置之迹者，必亨而後革，必當而後變也。今則不然，一法朝出而夕已嚻，一制暮行而曉或弊。斧鉞不足以禁謗論，竄黜不足以抑煩言，其故何邪？未決其亨而革之，未計其當而變之，舉而不必適中，動而不必得宜也。臣願陛下慎之而已。蓋夫革而未盡其至，則其勢必復；革而有復，則法已輕而不信矣。法制數變，國家之大病也。漢徙甘泉后土之祠，自是之後，三十年間五徙，而天地之兆，終不能定。故願陛下慎之，則至當之論無過於此矣。

陛下慮臣之憚言而不必行，則苟飾行以自免，則詔之曰『言之非艱，行之惟艱』。又慮其畏避執事，而不盡其悃愊也，則又曰『悉心以陳，亦不憚於改爲』，臣是以敢進其私憂過計之説。臣聞天下者，大物也，是以治之者必得大才，苟未得大才而委畀之，則天下之政終無時而理矣。萬鈞之鼎，天下之至重也，而孟賁、烏獲持之奔走，踰越險阻，若踐平地，此無它，其力足也。使力不足者負之而趨，不獨折絶筋骨，又將隳器敗餗而不可救矣。《易》言天下萬物之理至詳密矣，而至於治天下之難，治而未嘗不歸之大才碩德之人。故《屯》之不寧，必待君子之經綸；《蠱》之敗壞，必待君子之振育；《旅》之分散，必待智者之有爲；《否》之欲休，必俟大人之獲吉。聖人以爲當四卦之時，不得四人者治之，則愈益其亂，而無補於治。昔湯之求伊尹也，見之耕者；高宗之求傅説也，見之巖築；文王之用太公也，見之漁釣。三士者，藏迹至深，而三君者能舉而用之者，以其取之公求之廣也。唐文宗可謂恭儉慈仁，勤於致理之主，當是時，李德裕在其庭而不用，裴度捐於外而不使，乃覽《貞觀政要》而歎息，又曰：『吾視開元、天寶事，則氣拂吾膺。』然則文宗〔三二〕所以憂勤盡心者，徒虚器爾。

伏惟陛下，法成湯、高宗、文王，公聽廣取以爲法，鑒文宗捨本憂末以爲戒。獨觀昭曠之道，驅馳域外之議。不論隱顯，不間内外，不異遠近，不殊明晦。才之當者取之，德之宜者予之。可大者治大，可小者治小。則天下之才繼踵而出，凡陛下所舉而詢于臣者，不治而自治

道。』苟求所以明道，又避於危身，此勢之不可並者也。說不由道，憂也；由道而不合，非憂也。苟求所以由道，又希於必合，此理之不可兼者也。臣學術淺陋，言論狂鄙，罪當萬死，無所敢恨。幸陛下察焉，臣昧死謹對。

矣。陛下有爲之術，何以先此？古人有言曰：『言切直而不用，則身危；不切直，則不可以明

校勘記

〔一〕『居』，底本作『歸』，據六十三卷本、六十四卷本改。
〔二〕『艱』，底本作『難』，據六十三卷本、六十四卷本改。
〔三〕『生業』，底本作『生民』，據六十三卷本、六十四卷本改。
〔四〕『恩仁』，底本作『仁恩』，據六十三卷本、六十四卷本改。
〔五〕『得』，底本無，據六十三卷本、六十四卷本補。
〔六〕『臣』，底本無，據六十三卷本、六十四卷本補。
〔七〕『三』，底本無，據六十三卷本、六十四卷本補。
〔八〕『被』，底本作『照』，據六十三卷本、六十四卷本改。
〔九〕『如』，底本無，據六十三卷本、六十四卷本補。
〔一〇〕『決』，底本誤作『法』，據六十三卷本、六十四卷本改。
〔一一〕『別而』，底本無，據六十三卷本、六十四卷本補。

〔一二〕「擬諸陽也」，底本作「擬陽」，據六十三卷本、六十四卷本改。

〔一三〕「爲」，底本作「於」，據六十三卷本、六十四卷本改。

〔一四〕「不」，底本作「必」，據六十三卷本、六十四卷本改。

〔一五〕以下自「此絶筆也」至「官各守其分謂」，底本空缺，據六十三卷本、六十四卷本補。

〔一六〕「圉」，底本誤作「圍」，據六十三卷本、六十四卷本改。

〔一七〕「禹、湯」，底本作「湯、禹」，據六十三卷本、六十四卷本改。

〔一八〕「費」，六十三卷本、六十四卷本作「貴」。

〔一九〕「而不已」，底本無，據六十三卷本、六十四卷本補。

〔二〇〕「不制」，六十三卷本、六十四卷本無「不」字。

〔二一〕「得」，底本作「有」，據六十三卷本、六十四卷本改。

〔二二〕「是以制」，底本無，據六十三卷本、六十四卷本補。

〔二三〕「博」，底本作「嚮」，據六十三卷本、六十四卷本改。

〔二四〕「子孔」，底本作「孔子」，據六十三卷本、六十四卷本改。

〔二五〕「夫」，底本作「大」，據六十三卷本、六十四卷本改。

〔二六〕以下自「此見陛下博稽古先」至「始末之要」，底本無，據六十三卷本、六十四卷本補。

〔二七〕「兆」，底本作「召」，據六十三卷本、六十四卷本改。

〔二八〕「爲」，底本無，據六十三卷本、六十四卷本補。

〔二九〕「聖」，底本無，據六十三卷本、六十四卷本補。

〔三〇〕以下自『議政法』至『相與謀謨』，底本無，據六十三卷本、六十四卷本補。
〔三一〕『文宗』，底本無，據六十三卷本、六十四卷本補。

新校宋文鑑卷第一百十一

校者按：底本此卷抄配，據六十三卷本、六十四卷本刻卷校改。

制策

擬進士御試策　蘇軾

問：朕德不類，托于士民之上，所與待天下之治者，惟萬方黎獻之求。詳延于廷，諏以世務，豈特考子大夫之所學，且以博朕之所聞。蓋聖王之御天下也，百官得其職，萬事得其序。有所不爲，爲之而無不成；有所不革，革之而無不服。田疇辟，溝洫治，草木鬯茂，鳥獸魚鼈無不得其性[一]。其富足以備禮，其和足以廣樂，其治足以致[二]刑。子大夫以謂何施而可以臻此？方今之弊，可謂衆矣。捄之之道，必有本末；所施之宜，必有先後。子大夫之所宜知也。生民以來，所謂至治，必曰唐虞、成周之時，《詩》《書》所稱，其迹可見。以至後世，賢明之君，忠智之臣，相與憂勤，以營一代之業。雖未盡善，要其所以成就，亦必有可言者，其詳著之，朕將親覽焉。

對：臣伏見陛下發德音，下明詔，以天下安危之至計，謀及於布衣之士，其求之不可謂不切，其好之不可謂不篤矣。然臣私有所憂者，不知陛下有以受之歟？《禮》曰：『甘受和，白受採。』故臣願陛下，先治其心，使虚一而静，然後忠言至計可得而入也。今臣竊觀陛下，先入之言已實其衷，邪正之黨已貳其聽，功利之説已動其欲，則雖有皋陶、益、稷爲之謀，亦無自入矣，而况於踈遠愚陋者乎？此臣之所以大懼也。若乃盡言以招過，觸諱以亡軀，則非臣之所恤也。

聖策曰：『聖王之御天下也，百官得其職，萬事得其序。』臣以爲陛下未知此也，是以所爲顛倒失序如此。苟誠知之，曷不尊其所聞而行其所知歟？百官之所以得其職者，豈聖王人人而督責之歟？萬事之所以得其序者，豈聖人事事而整齊之歟？亦因能以任職，因職以任事而已。官有常守謂之職，施有先後謂之序。今陛下使兩府大臣，侵三司財利之權；常乎使者，亂職司守令之治。刑獄舊法，不以付有司，而取决於執政之意；邊鄙大慮，不以責帥臣，而聽計於小吏之口。百官可謂失其職矣。工者之所宜先者，德也；所宜後者，刑也；所宜先者，義也；所宜後者，利也。而陛下易之，可謂萬事失其序矣。然此猶其小者，其大者，則中書失其政也。宰相之職，古者所以論道經邦，今陛下但使奉行條例司文書而已。昔丙吉爲丞相，蕭望之爲御史大夫，望之言陰陽不和咎在臣等，而宣帝以爲意輕丞相，終身薄之。今政事堂忿争相詬，流傳都邑，以爲口實，使天下何觀焉？故臣願陛下首還中書之政，則百官之職，萬事之序，以次得矣。

聖策曰：『有所不爲，爲之而無不成；有所不革，革之而無不服。』陛下及此言，是天下之福也。今日之患，正在於未成而爲之，未服而革之耳。夫成事在理不在勢，服人以誠不以言。理之所在，以爲則成，以禁則止，以賞則勸，以言則信。古之聖人〔三〕所以鼓舞天下，綏之斯來，動之斯和者，蓋循理而已。今爲政不務循理〔四〕，而欲以人主之勢，賞罰之威，劫而成之。夫以斧析薪，可謂必克矣，然不循其理，則斧可缺，薪不可破。是以不論尊卑，不計强弱，理之所在則成，所不在則不成，可必也。今陛下使農民舉息，與商賈争利，豈理也哉？而何怪其不成乎？《禮》曰『微之顯』，誠之不可揜也如此夫！陛下苟誠心乎爲民，則雖或謗之，而人不信。苟誠心乎爲利，則雖自解釋，而人不服。且事有決不可欺者，吏受賄枉法，人必謂之贓；非其有而取之，人必謂之盜。苟有其實，不敢辭其名。今青苗有二分之息，而不謂之放債取利，可乎？凡人爲善，不自譽而人譽之；爲惡，不自毁而人毁之。如使爲善者，必須自言而後信，則堯、舜、周、孔亦勞矣。今天下以爲利，陛下以爲義；天下以爲貪，陛下以爲廉。不勝其紛紜也，則使二三臣者，極其巧辯，以解答千萬人之口，附會經典，造爲文書，以曉告四方〔五〕。四方之人，豈如嬰兒鳥獸，而可以美言小數眩惑之哉？且夫未成而爲之，則其弊必至於不敢爲；未服而革之，則其弊必至於不敢革。蓋世有好走馬者，一爲墜傷，則終身徒行。何者〔六〕？慎重則必成，輕發則多敗，此理之必然也。陛下若出於慎重，則屢作屢成，不惟人信之，陛下亦自信而日以勇矣。若出於輕發，則每舉每敗，不惟人不信，陛下亦不自信而日以怯矣。文宗始用訓、注，其志豈淺也哉？而一經大變，則憂沮喪氣，不能復振。文宗亦非有失德，徒以好作而寡謀也。慎重者，始若怯，終必勇；輕發者，始若勇，終必怯。乃者横山之人，未嘗一日而忘漢，雖五尺童子知其可取，然自慶曆已來，莫之敢發，誠未有以善其後也。近者邊臣不計其後，而遽發之，一發不中，則内帑之費以數百萬計，而關輔之民困於飛輓者，三〔七〕年而未已。雖天下之勇者，敢復爲之歟？爲之固不可，敢復言之歟？由此觀之，則横山之功，是邊臣欲速而壞之也。近者青苗之政，助役之法，均輸之策，併軍蒐卒之令，卒然輕發，又甚於前日矣。雖陛下不恤人言，持之益堅，而勢窮事礙，終亦必變，他日雖有良法美政，陛下能復自信乎？人君之患，在於樂因循而憚〔八〕改作。今陛下春秋鼎盛，天錫智勇，此萬世一時也，而群臣不能濟之以慎重，養之以敦樸，譬如乗輕車，馭駿馬，冒險夜行，而僕夫又從後鞭之，豈不殆哉？臣願陛下，解轡秣馬，以須東方之明，而徐行於九軌之道，甚未晚也。

聖策曰『田疇辟，溝洫治，草木暢茂，鳥獸魚鼈莫不各得其性』者，此百工有司之事，曾何足以累陛下？陛下操其要，治其本，恭己無爲，而物莫不盡其理，以生以死。若夫百工有司之事，自宰相不屑爲之，而况於陛下乎？

聖策曰：『其富足以備禮，其和足以廣樂，其治足以致〔九〕刑。何施而可以臻此？』孔子曰：『百姓足，君孰與不足？』兔罝〔一〇〕瓠葉，可以行禮，掃地而祭，可以事天，禮之不備，非貧之罪也。管子曰：『倉廩實而知禮節。』臣不知陛下所謂富者，富民歟？抑富國歟？陸賈曰：『將相和調，則士豫附。』劉向曰：『衆賢和於朝，則萬物和於野。』今朝廷可謂不和矣，其咎安在？陛下不反求其本，而欲以力勝之，力之不能勝衆也久矣。古者刀鋸在前，鼎鑊在後，而士猶犯之。今陛下躬蹈堯、舜，未嘗誅一無罪，欲弭衆言，不過盡逐異議之臣而更用人耳，必未忍行亡秦偶語之禁，東漢黨錮之法，則士何畏而不言哉？臣恐逐者不已，而争者益多，煩言交攻，必甚於今日矣。欲望致和而廣樂，豈不疎哉？古之求治者，將以措刑也；今陛下求治，則欲致刑，此又群臣誤陛下也。臣知其説矣，是出於荀卿。荀卿好爲異論，至以人性爲惡，則其言治世刑重，亦宜矣。説者又以爲《書》稱唐虞之隆，刑故無小，而周之盛時，群飲者殺。臣請有以詰之，夏禹之時，大辟二百，周公之時，大辟五百，豈可謂周治而禹亂邪？秦及三族，漢除肉刑，豈可謂秦治而漢亂耶？致之言極也，天下幸而大治，使一日未安，陛下將變今之刑而用其極歟？天下幾何不叛耶？徒聞其語而懼者已衆矣，臣不意異端邪説惑誤陛下，至於如此。宥過無大，刑故無小，此用刑之常理也，至於今守之，豈獨唐虞之隆而周之盛時哉？所以誅群飲者，以爲其意非獨群飲而已，如今之法所謂夜聚曉散者。使後世不知其詳，而徒聞其語，則凡夜相過者，皆執而殺之，可乎？夫人相與飲酒而輒殺之，雖桀、紂之暴，不至於此，而謂周公行之歟？

聖策曰：『方今之弊，可謂衆矣。捄之之道，必有本末；所施之宜，必有先後。』臣請論其本與其所宜先者，而陛下擇焉。方今救弊之道必先立事，立事之本在於知人，則所施之宜，當先觀大臣之知人與否耳。古之欲立非常之功者，必有知人之明。苟無知人之明，則循規矩，蹈繩墨，以求寡過。二者皆審於自知，而安於才分者也。道可以講習而知，德可以勉强而能，惟知人之明不可學，必出於天資。如蕭何之識韓信，此豈有法而可傳者哉？以諸葛孔明之賢，而知人之明則其所短，是以失之於馬謖，而孔明亦審於自知，是以終身不敢用魏延。我仁祖之在位也，事無大小，一付之於法；人無賢不肖，一付之於公議。事已效而後行，人已試而後用，終不求非常之功者，誠以當時大臣不足以與知人之明也。古之爲醫者，聆音察色，洞視五臟，則其治疾也，有剖胷决脾，洗濯胃腎之變。苟無其術，不敢行其事。今無知人之明，而欲立非常之功，解縱繩墨以慕古人，則是未能察脈而欲試華佗之方，其異於操刀而殺人者幾希矣。房琯之稱劉秩，關播之用李元平是也，至今以爲笑。陛下觀今之大臣爲知人歟？爲不知人歟？乃者擢用衆材，皆其造室握手之人，要結審固而後敢用。蓋以爲其人可與戮力同心，共致太平，曾未安席，而交口攻之者，如蝟毛而起。陛下以此驗之，其不知人也亦審矣。幸今天下無事，異同之論，不過瀆亂聖聽而已。若邊隅有警，盜賊竊發，俯仰成敗，呼吸變故，而所用之人，皆如今日乍合乍散，臨事解體，不可復知，則無乃誤社稷歟？華佗不世出，天下未嘗廢醫；蕭何不世出，天下未嘗廢治。陛下必欲立非常之功，請待知人之佐，若猶未也，則亦詔左右之臣，安分守法而已。

聖策曰：『生民以來，稱至治者，必曰唐虞、成周之世，《詩》《書》所稱，其迹可見。以至後世，賢明之君，忠智之臣，相與憂勤，以營一代之業。雖未盡善，然要其所以成就，亦必有可言者，其詳言之。』臣以爲此不可勝言也，其施設之方，各隨其時而不可知。其所可知者，必畏天，必從衆，必法祖宗。故其言曰：『戒之戒之，天維顯思，命不易哉。』又曰：『稽于衆，舍己從人。』又曰：『丕顯哉，文王謨！丕承哉，武王烈！』《詩》《書》所稱，大略如此，未嘗言天命不足畏，衆言不足從，祖宗之法〔一一〕不足用也。苻堅用王猛，而樊世、仇騰、席寶不悦。魏鄭公勸太宗以仁義，而封倫不信。凡今之人，欲陛下違衆而自用者，必以此藉口，陛下所謂賢明忠智者，豈非意在於此等歟？臣願攷二人之所行，而求之於今，王猛豈嘗設官而牟利？魏鄭公豈嘗貸錢而取息歟？且其不悦者不過數人，固不害天下之信且服也。今天下有心者怨，有口者謗，古之君臣相與憂勤以營一代之業者，似不如此。古語曰：『百人之聚，未有不攻而破。』〔一二〕況天下乎？今天下非之，而陛下不回，臣不知所稅駕矣。《詩》曰：『譬彼舟流，不知所屆。心之憂矣，不遑假寐。』區區忠蓋，惟陛下察之。謹〔一三〕昧死上對。

擬御試武舉策

陳師道

問：湯、武之兵，無敵於天下，然而或曰出其不意，或曰天命未也。晉文公，伯者爾，然欲用其民，則曰教之義，示之禮與信。夫出其不意，詭道也。諸侯不期而會者八百矣，然而猶曰天命未也，其故何哉？能用其民以禮義信，然而不曰王者之事，何也？昔誓師者，或曰『孥戮汝』，或曰『有常刑』，或曰『有大刑』，或曰『有無餘刑，非殺』。其不同，何也？司馬遷讀《司馬兵法》，曰：『雖三代，未能究其義，如其文也。』今其書尚在，其義難盡，其文難遵者，何與？墨子之詘公輸，九攻而九拒之；諸葛之服孟獲，七擒而七縱之，其智安出哉？諸羌犯漢，辛武賢、段紀明則謂當大擊之，趙充國、張奐則謂兵可罷。以罷之爲是，而紀明之戰克；以擊之爲便，而充國之筭勝。或謀同而功異，或論殊而效同，何以然也？子大夫習於論兵，造庭待問，其以所學具著于篇。

臣惟陛下，學以明王度，德以善方俗，材以成世務。而不自賢聖，託于寡昧，延見田里之士，究觀文武之宜。臣愚無以奉明問，廣聖志。顧常聞之，藪宅善牧，川居善漁，味者聽微，右廢者便左。臣誠不佞，顧無游居之習，偏左之能，以成陛下好問之志，而幸萬一之得哉！謹冒死以對。

臣聞，孔子曰：『俎豆之事，常聞之矣；軍旅之事〔一四〕，未之學也。』夫兵，非聖人之學，其所學者，無事於兵。雖然，兵者，政之出也，能盡〔一五〕俎豆之事，則軍旅得矣。聖人雖不學，蓋能之矣。刑者，政之餘；兵者，刑之末。非聖人所優爲也，故武未盡善，不若舜、禹之修文也。古之爲國者，兵設而不試，戰習而不用，應而不倡，服而不侮，臨敵而人不戰，得國而市不亂，此王政也。若夫廉、李之戰，鬭事也；孫、吴之書，盜術也，不陳於王者之前。嘗以臣之所聞，敬奉明詔，其有不稱，乃臣寡陋之辠，非聖人之道有〔一六〕所不宜也。

臣聞，古之言無敵者，非謂戰勝守固，天下不能敵也，謂其願爲之臣，而莫與敵焉。昔者商湯東征則西怨，南征則北怨，可謂不敵矣。若夏桀，則其衆曰：『時日曷喪？余及汝皆亡。』非商亡夏，夏自亡也。夫以不敵攻自亡，以天下當一夫，安用詐？三王之伐，行天討也，是故謀於蓍龜，詢於臣民，以定其論。法以正名，刑以正罪，以成其詞。詔于鬼神，諭于公侯，誥之于國，誓之于軍，以致其衆。數之以文，懼之以武，聲之以鍾鼓，與天下共之，惟公與義，詐何施焉？故以湯爲出不意以伐桀者，蓋不知義也。

臣聞，命者，天之道，視人則知矣，天從人者也。周文之時，三分天下而有二，天之去商舊矣，不待盟津而知。臣以爲文、武後之，非命後也，君子之道同，而各有行也。如權之稱物，惟其所重。文王屈義而伸仁，以同于天；武王屈仁而伸義，以順其命。孔子以爲文王至德也。夫優爲之，與不可已而爲之者異矣，此文王之爲文，武王之爲武也。盟津之會，臣無傳焉，其漢儒之説乎，故以武王爲還師以待時，是蓋[一七]不知命也。

臣聞，君子内德而外行，有其德而無其行者有矣，有其行而無其德者有矣，故君子貴其全也。《易》曰：『君子以成德爲行。』君子之行，出於德也，德則有化，禮義信者，德之行也。是故王以安行，伯以利動，利之者僞也，君子耻之。夫德形於身而加於民，謂之化；教其可，禁其不可，謂之政。無化則不革，無政則不行，本末相用，王者之事也。晉文公則不然，蒐以示禮，伐原以示信，勤王以示義。夫上無化，下無教，造事舉善，以聳觀聽，此豈有意於成俗？文之以爲名爾，能用其民者，蓋有政焉。王者尚政，行之以刑，有行而無其德，有政而無其化，此晉之所以不王也。

臣讀征誓之書，知後世之刑重。虞之誓『其克有勳』，刑蓋未用也。夏商之誓曰『孥戮汝』，周之誓曰『有顯戮』，尚刑也。夏、商之孥，周之辠隸也。魯之誓曰『有常刑』，『有大刑』，『有無餘刑，非殺』。越逐誘盜，則服常刑，常刑者，劓刖也。材不足用，則服無餘刑，或奴或戮，猶未至於殺也。無餘者，盡之之詞也，刑盡而非殺，猶今之言辠止於流者也。餉不足食，則服大刑，刑至於殺，則極矣。或者以謂無餘之刑，戮及妻子，臣不知其説也。夫罰弗及嗣，辠陶之善舜也；辠人以族，武王之伐紂也。『父子兄弟，罪不相及』，周公之命康叔也，而伯禽爲之乎？先王之刑，有至於殺，而無相及者，以非其辠也。故刑至於殺，不以爲暴，而遷刑，則暴也。雖無誓師，而至於殺，不亦甚乎？夫三代異尚，惟其時也。周有三典，施於五刑，惟其宜也。軍事尚威，其用重典乎？天下有道，征伐出於天子，魯之軍刑，蓋周制也。臣則知其仁焉，先之以誓，期于不悖；示之以刑，期于不犯。未足爲仁，師克則鮮死焉，負則多矣；仲之以威，以逭死也，其仁至矣。仁以濟義，義以行信，此其所以賢也。

臣聞，齊威王使其大夫追論古者《司馬兵法》，附以先齊大司法田穰苴之説，號曰《司馬穰苴兵法》。夫所謂古者《司馬兵法》，周之政典也；所謂《司馬穰苴兵法》，太史遷之所論，今博士弟子之所誦説者也。昔周公作政典，司馬守之，以佐天子平邦國，而正百官，均萬民，故征伐出于天子。及上廢其典，下失其職，而周衰矣，故征伐出于諸侯。典之用捨，興壞繫焉。遷徒見七國、楚漢之戰以詐勝，而身固未常行道也，遂以仁義爲虚名，而疑三代以文具，可謂不學矣。史稱遷博極群書，而其論如此，所謂『雖多，奚爲』者也。

臣謹按，傳記所載《司馬法》之文，今書皆無之，則亦非齊之全書也。然其書曰：『禮與法表裏，文與武左右。』又曰：『殺人以安人，殺之可也。攻其國愛其民，攻之可也。以戰去戰，戰可也。』又曰：『冬夏不興師，所以兼愛民也。』此先王之政也，何所難乎？至其説曰『擊其疑，加其卒，致其屈，襲其規』，此穰苴之所知，秦、漢之所行，遷之所見，而謂先王爲之乎？

臣惟墨子之拒公輸，匠之事也；武侯之屈孟獲，將之事也。此百官群吏之能，非王法也。昔墨子爲守，屈其一世，而不以守名，自惟其術有大者焉。墨子之所不爲，臣愚敢爲陛下道哉？崇墉浚川，完廩衆民，可以守矣，然而不守者，民散故也，故曰『地利不如人和』也。封溝委積，所以保民也，民固矣，而後城郭可得而守也，米〔一八〕粟可得而食也，墨子之術可得而用也。不然，寇將保〔一九〕之，巧何施焉？夫武侯之縱敵，務勝其心以持久，專意東方而無後憂，可謂善晝矣。雖然，智以服人，可以終侯之世，不可繼也，此伯者之術也。君子制法，中材守之，所謂百世之道也。《書》曰：『柔遠能邇，惇德允元，而難任人，蠻夷率服。』又曰：『無怠無荒，四夷來王。』夫行法於身，而效於四海之外，臣謂王者之功易也。

臣聞，先漢西羌之叛，辛武賢則欲攻，趙充國則欲守，臣愚以謂充國之議是也。後漢東羌之叛，張奐則欲廣恩，段熲則欲極武，臣愚以謂皆非也。臣惟武賢之議，非爲國遠計，冒危要幸以自利耳，此邊吏之常態，國之大患。臣惟充國之議有大焉，其説曰：『帝王之兵，以全取勝，是以貴謀而賤戰。戰而百勝，非善之善也。故先爲不可勝，以待敵之可勝。』夫慮勝而戰，度得而攻，可謂善矣，非全師坐勝之道也。不戰而勝，不攻而取，此充國所謂善之善者，屯田是也。虜所保者衆，所恃者地，奪其田里，則人畜失職，而衆不保矣。購之以利，則有辠者可得，亡辠者可致，此坐支解虜之道也。逸以待勞，久以待變，亡費而有備，可謂善矣，臣猶以謂未也。兵久則頓，役久則怠，內有盜賊乘間之虞，外有夷狄相因之變。防患於未然，收利於將來，有先王之意焉。夫治外與內異，譬之於家，盜在內，攻之可也；在外，備之可也。千金之子，不開門穴垣，與盜爭死，況於國乎？臣故曰充國之議是也。漢居屬羌於三輔，與民雜處，而武備不修，將吏不選，擾以致怨，利以啓貪，以故數叛。夫御失其宜，殺之則怨，寬之則侮。張奐不惟其本，而襲儒者之弊，以恩易武，力窮則服，利而復動，一切苟安，非至計也。段熲窮兵以盡敵，此蠻夷相攻，非中國之政也。王者之師，務明善惡，辠人得則畏威，善人伸則懷德，二者各得其一，臣故以謂皆非也。以臣之愚，毆之度塞[二〇]，限以封略，羈以恩信，完聚繕守，以待其來，則漢長無事矣。

臣聞，王者之治夷狄，自治而已。譬諸身焉，氣血外强，精神內守，則厲邪不干；本虚末弛，則風濕暑寒，乘間而作。惟其所致，疾何能焉？其視夷狄，若鳥獸然，不足計曲直，校失得。備御之道，因其盛衰，來則撫之，去則已之，其來不怡，其去不戚，外之也。昔文王事昆夷，武王通道九夷八蠻，太王去邠，宣王薄伐，至于太原，因時之宜，非異道也。太王，諸侯之事也，上無王，下無伯，既不能拒，又不能去，是危道也。宣王，王者事也，拯民以去亂，武之經也，逐之盡境，以限内外，天之制也。如鳥之攫，如獸之搏，毆之則已。暴者爲之，則覆巢熏穴，戮及麛卵，不可謂政。强則事之，文王是也；弱則懷之，武王是也。兩强不相下則相傷，故下之，以保民也。孟子曰：『仁者能以大事小，樂天者也；智者能以小事大，畏天者也。樂天者保天下，畏天者保其國。』夫樂天者與天同也，畏天者同于天也。高而能降，以無我也；大而能覆，以無物也。物我兩忘，君子之德也。以身與人則身重，以身與天下則身輕，屈小以伸大，君子之事也。以大事小，以賢事不肖，先人後身，所以爲至德。而賈誼以謂天子貢夷狄爲倒置，此少年之氣，褊者之心也。故其論，内則欲削諸侯，外則欲擊匈奴，以尊天子，其申、韓之餘意乎？至其去國千里則憂壽不長，一失其職則涕泣以卒，無以自容，其能容匈奴乎？《詩》云：『惟其褊心，是以爲刺。』誼之謂也。智有得失，材有能否，德則無不盡也。充國可謂智矣，而内徙降羌令居，循致後患，務便於近，而忘其遠。夫料敵决勝，誠非儒者之能。見微慮遠，建萬世之安，亦非武人文吏之所及也。

臣聞，禹伐有苗，三旬不克，禹不以爲耻，舜不以爲辠。蓋德不懷則修刑，刑不服則明德，君子固自反也。德刑更用，舜之政也，自反而不責人，舜之所以賢也。以舜之政，以益佐禹，不能得志於有苗。而兵家之書，有必勝之術，非臣所知也。夫以禹、益之智，諸侯之師，豈不足以一戰？君子勝人不以力，有化存焉。化者，誠服之也。故曰：『滿招損，謙受益。』『至誠感神，矧〔三二〕兹有苗。』然則舞干羽於兩階，又豈足以感人哉？所以偃革而修文也，夫惟有德可以服人。臣又聞柳下惠曰：『伐國不問仁人。』問且不及，而兵家之書奮然自任，欲一試之，幸而不得，則又以遺人，是樂禍也，故術不可不慎。臣願陛下，循大禹之事，服下惠之言，而却兵家之圖書，將不敢於天下，而威行萬世，區區之虜，何足留聖意哉！陛下幸詔愚臣，敢有隱情？不敏之誅，惟陛下赦之。

説書

問小雅周之衰

蘇　軾

對：《詩》之中，唯周最備，而周之興廢，於《詩》爲詳。蓋其道始於閨門父子之間，而施及乎君臣之際，以被冒乎天下者，存乎《二南》。后稷、公劉、文、武創業之艱難，而幽、厲失道之漸，存乎《二雅》。成王纂承文、武之烈，而禮樂文章之備，存乎《頌》。其愈削而至夷于諸侯者，在乎《王·黍離》。蓋周道之盛衰，可以備見於此矣。《小雅》者，言王政之小，而兼陳乎其盛衰之際者也。夫周雖衰，文武之業未墜，而宣又從而中興之，故雖怨刺並興，而未列於《國風》者，以爲猶有王政存焉，故曰：《小雅》者，兼乎周之盛衰者也。昔之言者，皆得其偏而未備也。季札觀周樂，歌《小雅》，曰：『其周之衰乎！』文中子曰：『《小雅》烏乎衰？其周之盛乎！』札之所謂衰者，蓋其當時親見周之衰，而不睹乎文、武、成、康之盛也；文中子之所謂盛者，言文、武之餘烈，歷數百年而未忘，雖其子孫之微，而天下猶或宗周也。故曰：二子者皆得其偏而未備也。太史公曰：『《國風》好色而不淫，《小雅》怨誹而不亂。』當周之衰，雖君子不能無怨，要在不至於亂而已。文中子以爲周之全盛，不已過乎？故通乎二子之說，而《小雅》之道備矣。謹對。

問君子能補過

蘇軾

對：甚哉！聖人待天下之通且恕也。朝而爲盜跖，暮而爲伯夷，聖人不棄也。孟僖子之過也，其悔亦晚矣，雖然，聖人不棄也，曰：猶愈乎卒而不知悔者也。孟僖子之過，可悲也已。仲尼之少也賤，天下莫知其爲聖人，魯人曰：此吾東家丘也。又曰：此鄹人之子也。楚之子西，齊之晏嬰，皆當時之所謂賢人君子也，其言曰：孔丘之道，迂闊而不可用。况夫三桓之間，而孰知夫有僖子之賢？僖子之病，以告其子曰：孔丘，聖人之後也。其先正考甫，三命益恭。而弗父何，以有宋而授厲公，華父督之亂，無罪而絶於宋。其後必有聖人，今孔丘博學而好禮，殆其是歟？爾必往師之，以學禮。嗚呼！孔子用於魯三月，而齊人畏其霸。以僖子之賢，而知夫子之爲聖人也，使之未亡，而授之以政，則魯作東周矣。故曰：孟僖子之過，可悲也已。雖然，夫子之道充乎天下者，自僖子始。懿子學乎仲尼，請於魯君，而與之車，使適周而觀禮焉，而聖人之業，然後大備。僖子之功，雖不能用之於未亡之前，而猶能救之於已没之後。左丘明懼後世不知夫僖子之功也，故丁寧而稱之，以爲補過之君子。昔仲虺言湯之德曰：『改過不吝。』夫以聖人而不稱其無過之爲能，而稱其改之爲善，然則補過者，聖人之徒歟！孟僖子者，聖人之徒也。謹對。

問大夫無遂事

蘇軾

對：《春秋》之書『遂』一也，而有善惡存焉，君子觀其當時之實而已矣。利害出於一時，而制之於千里之外，當此之時而不遂，君子以爲固。上之不足以利國，下之不足以利民，可以復命而後請，當此之時而遂，君子以爲專。專者固所貶也，而固者亦所議也，故曰：《春秋》之書『遂』一也，而有善惡存焉，君子觀其當時之實而已矣。公子結媵陳人之婦于鄄，遂及齊侯、宋公盟。《公羊傳》曰：『媵不書』，『以其有遂事書。大夫無遂事，此其言遂何』，『大夫出疆，有可以安國家，利社稷，則專之可也』。公子遂如周，遂如晉，《公羊》亦曰：『大夫無遂事，此其言遂何？公不得爲政也。』其書『遂』一也，而善惡如此之相遠，豈可以不察其實哉？《春秋》者，後世所以學爲臣之法也。謂遂之不譏，則愚恐後之爲臣者流而爲專；謂遂之皆譏，則愚恐後之爲臣者執而爲固。故曰：觀乎當時之實而已矣。西漢之法有矯詔之罪，而當時之名臣皆引此以爲據，若汲黯開倉以賑飢民，陳湯發兵以誅郅支，若此者，專之可也。不然，獲罪於《春秋》矣。謹對。

經義

惟幾惟康其弼直

張庭堅

所貴乎聖人者，非以其力足以除天下既至之患，而以其慮之深遠，察微正始，憂患之所不及。非以其有智與勇，足以大有爲於世，而以其安静休息，有所不爲。非以其無一過失，使天下莫得而議之，以其有過而必改。故於事也無怱，於民也不擾，於群臣也不憚其危言正論以拂於己，夫是以慮無遺策，舉〔一二〕無過事，而天下治安之勢，得以永保而弗替，此幾康弼直，禹之所以爲舜戒也。蓋惟幾也，則能察微正始，不怱乎事。惟康也，則能安静休息，不擾乎民。惟輔弼之臣直，則能不以無過之爲美，而以改過之爲善。凡忠讜之論，矯拂之辭，皆所以樂從而願聽焉。

雖然，是三者在艱難創業之時，則固未始以爲難。海宇適平，基緒方立，俄焉怠忽而不之察，則禍患將不旋踵而至。所以操心常危，慮患常深，而事每不失其幾者，勢使然也。民雖出於塗炭，而恐懼之未忘；世雖偃於征誅，而瘡痍之未瘳。俄然擾動而不之恤，則下不勝其困怨，亂將復作。所以設法務約，敷政務寬，而使民不失其康者，亦勢使然也。夫欲事之適於幾，民之適於康，則天下之深謀至計，惟恐一日而不得聞，朝廷之上，輔弼之臣，莫不蹇蹇其直，亦其勢不得不然也。天下既大治矣，則智慮怠而昏，心意侈而廣。智慮昏，則玩宴安而忽憂勤；心意廣，則喜功名而煩興作。夫宴安之是玩，則不可責以難也；功名之是喜，則不可語以過也。於是諂諛者親，而諫諍者疎，幾康弼直之戒，於是時最不可忘。

彼舜也，繼堯極治之後，天下可謂無事矣。雖然，無事者有事之所從起，而聖人之所深畏者也。覯舜之君臣，相與賡歌規戒，而其言及於敕天命，康庶事，則禹之所言者，舜固不待告而知矣，而禹猶戒之，何也？使天下後世，咸曰以舜之聖而猶不免於此，則庶乎其能知戒矣。

自靖人自獻于先王

張庭堅

君子之去就死生，其志在於天下國家，而不在於一身。故其死者非沽名，其生者非懼禍，而引身以求去者，非要利以忘君也。仁之所存，義之所主，鬼神其知之矣。昔商之三仁，或生或死，或爲之奴，而皆無媿於宗廟社稷，豈非謀出於此歟？此其相戒之言曰：『自靖，人自獻于先王。』蓋於是時，紂欲亡而未寤也，其臣若飛廉、惡來者，皆導王爲不善，而不與圖存。若伯夷、太公，大下可謂至賢者，則潔身退避，而義不與俱亡。夫爲商之大臣，而且於王爲親，惟王子比干、箕子、微子也。

三人者欲退而視其敗，則不忍；欲進而與王圖存，則不可與言。雖有忠孝誠慤之心，其誰達之哉？顧思先王創業垂統，以遺其子孫，設爲職業禄位，以處天下之賢俊，俾相與左右而扶持之，期不至於危亡而後已。子孫弗率，亡形既見，而忠臣義士之徒，猶不忘先王所以爲天下後世之意，以爲志不上達，道與時廢，亂者弗可治也，傾者弗可支也，而臣子所以報先王者，惟各以其能自獻可也。雖然，君子之志不同，而欲死生去就各當於義，不獲罪於先王，非人所能爲之謀，其在於自靖乎？蓋若商祀之顛隮，則微子以爲心憂，而辱於臣僕，不與其君俱亡者，箕子、比干之所羞爲也。微子抱祭器適周，以請後，則奉先之孝得矣。比干諫不從，故繼以死，則事君之節盡矣。箕子以父師爲囚奴，猶眷眷不去，則愛君之仁至矣。其死者若愚，其囚者若污，而其輒[二三]去者，若背叛非忠也，然三子皆安然行之，不以所不能爲自愧，而亦不以所能爲媿人，更相勸勉，以求合於義，而不期於必同。夫謂先王所以望於後世臣子者，惟忠與孝也。故微子之去，自獻以其孝；比干以諫死，箕子以正囚，則自獻以其忠，則是三子之心[二四]，非苟爲也。處垂亡之地，猶眷眷乎天下國家，而不在一身，故其志之所謀，各出其所欲爲，以期先王之知耳。古所謂較然不欺其志者，非斯人之謂乎？

雖然，《書》載微子與箕子相告戒之辭，而比干不與焉，何哉？人臣之義，莫易明於死節，莫難明於去國，而屈辱用晦者，亦所難辯者也。比干以死無足疑，故不必以告人，而箕子、微子不免云云者，重去就之義而厚之故也。不然，安得並稱三仁哉？

校勘記

〔一〕『性』，底本作『所』，據六十三卷本、六十四卷本改。宋本《經進東坡文集事略》作『性』。

〔二〕『致』，底本作『措』，據六十三卷本、六十四卷本改。宋本《經進東坡文集事略》作『致』。

〔三〕『聖人』，六十三卷本、六十四卷本作『聖王』。宋本《經進東坡文集事略》作『人』。

〔四〕『不務循理』，底本作『不務實理』，據六十三卷本、六十四卷本改。宋本《經進東坡文集事略》作『不務循理』。

〔五〕『以曉告四方』，底本作『以曉示四方』，據六十三卷本、六十四卷本改。《經進東坡文集事略》作『以曉』。

〔六〕『何者』，底本『者』字脱，據六十三卷本、六十四卷本補。宋本《經進東坡文集事略》作『何者』。

〔七〕『三』，底本作『二』，六十三卷本、六十四卷本亦然，據宋本《經進東坡文集事略》改。

〔八〕『憚』，底本作『重』，六十三卷本、六十四卷本亦然，據宋本《經進東坡文集事略》改。

〔九〕『致』，底本作『措』，據六十三卷本、六十四卷本改。宋本《經進東坡文集事略》作『致』。

〔一〇〕『兔罝』，六十三卷本、六十四卷本作『兔首』。宋本《經進東坡文集事略》作『燔兔』。

〔一一〕『之法』，底本無，據六十三卷本、六十四卷本補。宋本《經進東坡文集事略》作『之法』。

〔一二〕『不攻而破』，底本及六十三卷本、六十四卷本皆作此，宋本《經進東坡文集事略》作『不公而説』。

〔一三〕「謹」，六十三卷本、六十四卷本作「臣」。宋本《經進東坡文集事略》作「臣謹」。

〔一四〕「之事」，底本無，據六十三卷本、六十四卷本補。宋本《後山居士文集》作「之事」。

〔一五〕「盡」，底本無，據六十三卷本、六十四卷本補。宋本《後山居士文集》作「盡」。

〔一六〕「有」，底本作「者」，據六十三卷本、六十四卷本改。宋本《後山居士文集》作「有」。

〔一七〕「是蓋」，底本作「蓋其」，據六十三卷本、六十四卷本改。宋本《後山居士文集》作「者蓋」，「者」字從上。

〔一八〕「米」，底本作「禾」，據六十三卷本、六十四卷本改。宋本《後山居士文集》作「米」。

〔一九〕「保」，底本作「深」，據六十三卷本、六十四卷本改。宋本《後山居士文集》作「保」。

〔二〇〕「歐之度塞」，底本空缺前一字、後二字，據六十三卷本、六十四卷本補。宋本《後山居士文集》作「歐之度塞」。

〔二一〕「矧」，六十三卷本、六十四卷本作「蠢」。宋本《後山居士文集》作「蠢」。《尚書·大禹謨》作「矧」。

〔二二〕「舉」下，底本有一「世」字，六十三卷本、六十四卷本無，據以改。

〔二三〕「輒」，底本作「出」，據六十三卷本、六十四卷本改。

〔二四〕「心」，底本無，據六十三卷本、六十四卷本補。

新校宋文鑑卷第一百十二

校者按：底本此卷抄配，據六十三卷本、六十四卷本、麻沙本刻卷校改。

書

代李煜遺劉鋹書　潘佑

某與足下，叨累世之睦，繼祖考之盟，情若弟兄，義敦交契，憂感之患，曷常不同？每思會面而論此懷，抵掌而談此事，交議其所短，各陳其所長，使中心釋然，利害不惑。而相去萬里，斯願莫仲。凡於事機，不得款會，屢達誠素，冀明此心。而足下視之，謂書檄一時之儀，近國梗槩之事，外貌而待之，汎濫而觀之，使忠告確論，如水投石。若此，則又何必事虛詞而勞往復哉？殊非宿心之所望也。今則復遣人使罄申鄙懷，又慮行人失辭，不敢深素〔一〕，是以再寄翰墨，重布腹心，以代面會之談與抵掌之議也。足下誠聽其言如交友諫諍之言，視其心如親戚急難之心，然後三復其言，三思其心，則忠乎不忠，斯可見矣；從乎不從，斯可決矣。

昨以大朝南伐，圖復楚疆，交兵以來，遂成釁隙。詳觀事勢，深竊憂懷，冀息大朝之兵，永契親仁之願，引領南望，於今累年。昨命使臣入貢大朝，大朝〔二〕皇帝果以此事宣示：『且彼若以事大之禮而事我，則何苦而伐之？若欲興戎而争我，則以必取爲度矣。』見今點閲大衆，仍以上秋爲期，使人陸昭符奏乞更於未間，令弊邑以書復叙前意。是用奔走人使，遽貢直言。深料大朝之心，非有唯利之貪，蓋怒人之不賓而已。足下非有不得已之事，與不可易之謀，殆一時之忿而已。

觀夫古之用武者，不顧小大强弱之殊而必戰者有四：父母宗廟之讎，此必戰也；彼此烏合，民無定心，存亡之幾，以戰爲命，此必戰也〔三〕；敵人有進必不捨，我求和不得，退守無路，戰亦亡，不戰亦亡，奮不顧命，此必戰也；彼有天亡之兆，我懷進取之機，此必戰也。今足下與大朝，非有父母宗廟之讎也，非同烏合存亡之際也，既殊進退不捨奮不顧命也，又異乘機進取之時也。無故而坐受天下之兵，將決一旦之命，既大朝許以通好，又拒而不從，有國家、利社稷者，當若是乎？

夫稱帝稱主〔四〕，角立傑出，古今之常事也；割地以通好，玉帛以事人，亦古今之常事也。盈虚消息，取與翕張，屈伸萬端，在我而已，何必膠柱而用壯，輕禍而争雄哉？且足下以英明之姿，撫百越之衆，北距五嶺，南負重溟，藉累世之基，有及民之澤，衆數十萬，表裏山川，此足下所以慨然而自負也。然違天不祥，好戰危事，天方相楚，尚未可争。恭以大朝師武臣力，實謂天贊也。登太行而伐上黨，士無難色；絶劍閣而舉庸蜀，役不淹時。是知大朝之力難測也，萬里之境難保也。十戰而九勝，亦一敗可憂；六奇而五中，則一失何補？

況人人自以我國險，家家自以我兵强，蓋揣於此而不揣於彼，經其成而未經其敗也。何則？國莫險於劍閣，而庸蜀已亡矣；兵莫强於上黨，而太行不守矣。人情端坐而思之，意滄海可涉也，及風濤驟興，奔舟失馭，與夫坐思之時蓋有殊矣。是以智者慮於未萌，機者重其先見，圖難於其易，居存不忘亡。故曰計福不及，慮禍過之。良以福者人之所樂，心樂之，故其望也過；禍者人之所惡，心惡之，故其思也忽。是以福或修於慊望，禍多出於不期。又或慮有矜功好名之臣，獻尊主强國之議者，必曰：『决無和也。五嶺之險，山高水深，輜重不並行，士卒不成列。高壘清野而絶其運糧，依山阻水而射以强弩，使進無所得，退無所歸。』此其一也。又或曰：『彼所長者，利在平地，今捨其所長，就其所短，雖有百萬之衆，無若我何。』此其二也。其次或曰：『戰而勝，則霸業可成；戰而不勝，則泛巨舟而浮滄海，終不爲人之下。』此大約皆説士孟浪之談，謀臣捭闔之策，坐而論之也則易，行之如意也則難。何則？今荆湘以南，庸蜀之地，皆是便山習險阻之民，不動中國之兵，精卒已逾於十萬矣。况足下與大朝封疆接畛，水陸同途，殆雞犬之相聞，豈馬牛之不及？一旦緣邊悉舉，諸道進攻，可俱絶其運糧，盡保其城壁？若諸險悉固，誠善莫加焉，苟尺水横流，則長堤虚設矣。其次，又或大朝用吴越之衆，自泉州泛海以趣國都，則不數日而至城下矣。當人心疑惑，兵勢動摇，岸上舟中皆爲敵國，忠臣義士能復幾人？懷進退者，步步生心，顧妻子者，滔滔皆是。變故難測，須臾萬端，非惟暫乖始圖，實恐有違〔五〕壯志，又非巨舟之可及，滄海之可游也。然此等皆戰伐之常事，兵家之預謀。雖勝負未知，成敗相半，苟不得已而爲也，固斷在不疑；若無大故而思之，又深可痛惜。且小之事大，理固然也，遠古之例，不能備談。本朝當楊氏之建吴也，亦入貢莊宗。恭自烈祖開基，中原多故，事大之禮，因循未遑，以至交兵，幾成危殆。非不欲憑大江之險，恃衆多之力，尋悟知難則退，遂修出境之盟。一介之使裁行，萬里之兵頓息，惠民和衆，于今賴之。自足下祖德之開基，亦通好中國，以闡霸圖。願修祖宗之謀，以尋中國之好，蕩無益之忿，棄不急之争。知存知亡，能强能弱，屈忍以濟億兆，談笑而定國家，至德大業無虧也，宗廟社稷無損也。玉帛朝聘之禮裁出于境，而天下之兵已息矣，豈不易如反掌，固如太山哉？何必扼腕盱衡，履腸蹀〔六〕血，然後爲勇也？故曰：『德輶如毛，民鮮克舉之，我儀圖之。』又曰：『知止不殆，可以長久。』又曰：『沉潛剛克，高明柔克。』此聖賢之事業，何耻而不爲哉？

况大朝皇帝以命世之英，光宅中夏，承五運而乃當正統，度四方則咸偃下風。獫狁太原，固不勞於薄伐；南轅返斾，更屬在於何人？又方且遏天下之兵鋒，俟貴國之嘉問，則大國之義斯亦以善矣，足下之忿亦可以息矣。若介然不移，有利於宗廟社稷可也，有利於黎元可也，有利於天下可也，有利於身可也。凡是四者無一利焉，何用棄德修怨，自生讎敵，使赫赫南國，將成禍機？炎炎奈何，其可嚮邇？幸而小勝也，莫保其後焉；不幸而違心，則大事去矣。

復念頃者淮泗交兵，疆陲多壘，吴越以累世之好，遂首厲階。惟有貴國，情分逾親，歡盟逾篤。在先朝感義，情實慨然；下走承基，理難負德。不能自已，又馳此緘。近奉大朝諭旨，以爲足下無通好之心，必舉上秋之役，即命弊邑，速絶〔七〕連盟。雖善隣之心，期於永保；而事大之節，焉敢固違？恐煜之不得事足下也，是以惻惻之意，所不能忘，區區之誠，於是乎在。又念臣子之情，尚不逾於三諫，煜之極言，於此三矣。是爲臣者可以逃，爲子者可以泣，爲父友者亦惆悵而遂絶矣。

上叔父評事論葬書

柳開

謹奉所見，懇懇之誠，以言葬事。開觀古之人，動作必有所謀，去短即長，圖其是而已矣，非以因而不革爲之可也。三代不相沿襲，帝王之道也。其所取用于行之者也，下至士大夫之家，庶人之徒，亦各其有〔八〕利而從之矣。開于葬事之間，竊謂從于新塋，不如歸之舊域也。

舊域，祖葬之地也，家本起之于彼，今將圖于新而棄于舊，是若遺其本而取其末者也。能固本者存，不能固本者亡，古之道也。苟本固而不衰，其爲末也，必蕃而大矣。且舊域，在叔父視之，爲當世之塋也；在〔九〕開輩視之，爲二世之塋也。親親之義，代各不同，當世之與二世，其爲疎漸之理明矣。若今葬之于新〔一〇〕塋，是見棄其舊域也不遠矣。何者？舊域至開輩已視爲二世之塋，至開輩之下爲後者，視之爲三世也，三世之爲親者，於開輩又加遠矣。其爲開輩之後者，即取其近〔一一〕爲親也，縱同塋以葬之，亦以疎而略矣，況使不同其地而葬之，不知其遠近之爲乎？以今視之，即見其爲開輩之後者之情也。且今若具葬于新〔一二〕塋，以每歲芟除之時，必多赴於今葬之所，赴於舊域之地者必少矣。縱能赴而往之，必無專嚴于今葬者之新〔一三〕塋爲比也。爲開輩之後者，少見而長襲之，棄其舊域也必矣。咫尺之近，棄其上而不親之，豈得爲孝乎？將天地之福其世者難矣。

夫移葬不歸於舊域者有矣。或從仕於千萬里之外，去鄉遥遠，阻越江山，家貧子幼，不能力而歸之，因其家所而葬之。如此者，不可責其然也。今幸不在于是事之中，將不歸于舊域葬之也，其故，開不知其所出也。

將曰以陰陽家爲利而從之。即開以若從陰陽家而求其利，是棄其祖而求利于身也，果爲利乎？棄其祖爲不孝，求其利于身爲不公，不孝之與不公，苟一在于人，陰陽豈果利其不孝與不公者乎？開將不爲利矣，不若以孝誠以求利之之利也。苟信其陰陽者之言也，是若斷其根而欲茂其枝葉者矣，未之有也。若有復以祧廟代祭而比之，不可也。且其祧廟代祭，自有其次第，謂不得其四時之祀也，非若〔一四〕其塋域者也。苟謂塋域之若祧廟代祭可行之，即棄其塋域，覩而不顧，至於發掘毁露，皆可縱人爲之，不可罪也，其理不爲利便者，昭然可知也。

甚矣！又若謂陰陽家以求吉地而葬之，彼之舊域，謂無其地可以求吉也。即開謂之地故無其吉也，亦無其凶也，在乎德之吉凶也。文公所謂『善人葬之於不善之地，豈果不善其子孫乎』是也。開以地苟此不能爲吉而彼能爲吉〔一五〕也，是果如是，即地爲不常之物矣，豈能厚載九州與物乎？周公、孔子皆不云有是也，惟曰葬之而已耳。聖人作事，咸欲利于人，苟地有吉凶，而不使後世知而人求以利之，即周公、孔子欲利于人者，道不足爲大矣。嗚呼！斯皆誕妄者之爲也，君子不由之矣。乞以開之此言諭於内外之有識者以議之，苟有于道而長于開者，即請定而行之矣。

大名府請首薦張覃書

張詠

昨日公府試罷，群口騰議，以某名在張覃之右，雖未知實，恐惕無量。竊以張覃者，内實敏直，外示謙和，樂貧著書十五年，未嘗一日變節。事繼母恭懼，猶初授教時，一家熙熙，有若太和之俗矣。且魏，大都也，萬人畢詞，謂之君子；况郝、馬、魏之輩，十年往來〔一六〕，相與探討。某也不佞，心常慕之。明公下車在近，計部旋遣，將以某之文近覃之文，未知覃之德遠某之行萬萬也。竊敢〔一七〕僭冒，聞于觀聽？惶恐惶恐！

抑又聞古之取士也，先以德行聞；今之取士也，先以文詞聞。古之得士也鮮，今之得士也衆，借其用克歸於真。故周設俊、造，專德行可進也；漢定四科，參衆善可進也。迄于有唐，大正貢部，偉行奇業者盡取之，非行而文詞者亦取之，流於百世之下，將爲不易之典。

國家四海久安，賢俊間出，得士之衆，於古無上，猶復仄席思賢於内，詔諸侯貢士於外。恭惟明公，以德行宏才克應其選，一命而通治大郡，再命而通治大都。皇上速於用明公也，欲因明公之賢，誘天下之賢。某亦何人，來預明試，始隨貢士之列，卒得知言之地。感遇忻〔一八〕慰，通於胷懷，因欲盡陳其愚，伏望慜〔一九〕憐之。某嘗少年不量力，秉志勵行，期到古人，十五年逼寒餓〔二〇〕，絶往還，除比歲一寧親，則月無廢日。然其心頑難通，故文詞不逮〔二一〕於覃也，性復迂怪執行，望於覃遠矣。明公决以某爲先，是不知覃之善行，播某之惡也。若立覃爲〔二二〕先，則詭薄之俗可易，仁義之風可扇，又孚乎古昔尊德上賢之教也，幸甚幸甚！某若鬱而不伸，則負掩賢之過；言之越職，則有犯上之罪。伏望終始鑒宥之。

答王觀察書

張詠

少年無思筭，好陪狂徒，高談極飲，致踰壯歲，方遂策名。洎于登朝，又倅邊郡。塞外清帖，公中事稀，日與虎侯，雜戲爲樂。五木未止，六博已興，投壺奕棊，排象旋子。斯實眇末，無足快心。其所至者，蹴鞠引强，擊射筭帖，攘袂掣肘，嘷呼争贏。有以壯臨軍之容，資佳會之具。其或八月草枯，比日〔二三〕皆縱獵。寒風吹面，則皴裂皮膚；驚塵隨人，則緇黑衣履。渴飲已冰之酒，飢飡連血之肉。馬不絶馳，弓不下臂，知得俊爲快，不知勞筋爲苦也。又若天清氣和，列坐暢飲，樂奏繁劇，猊貅引前。盤槊擊劍以電轉，奔騎角觝以虎争。餘興未窮，則巨觥相罰，非倒甕，非頹冠，略未云止。與希生者道，真堪喪魂。時弟年方盛，氣尚壯，酒量過常，遂成飲癖。泆入膜内，栖於鬲中，良醫不逢，積痼成疾。陰濁之氣，久而下垂，既漸逼於膀胱，寔難歸於胃腑。下洩無路，上蒸爲瘡，如斯之深，又將一紀。與膏肓以同道，亦腐脇之異名，縱得神醫，亦難措手。誠由性愚，不知攝養，貪酒不知撙節之所致也，非身災命滯之有云〔二四〕。今則〔二五〕暫食瘡痛，飲水血流，到闕二旬〔二六〕，未能入見。上負明君捨爵之恩，下累平生行心〔二七〕之願，由此而較，乃是罪人。

數年前，兄爲中執。中執者，諸侯跋扈，宰相弄權，授受匪人；風教頗僻，法度踰奢，私謁公行。繩違整綱，真執憲之用也。俾天子之道，廓如坦途；諂〔二八〕濫之蹤，泯然亡絕。豈異乎獬豸有睨，太阿欲揮？持正之風，凛然可懼，故公卿庶正，不可得而洽也。兄懇苦相念，略無避嫌，親染簡題，手封靈藥，遠在千里，致于下交。必欲袪弟羸痾，使之丁壯，起弟〔二九〕驅走，使之報君。有以見君子之用心，憂於人，急於義，不與古賢並者，誰可方〔三〇〕？爰屬阻脩，尋闕報復，諒不以爲慢，而信爲感之深。兄臨民有仁，馭遠有術，苦寒在候，善飯是宜。無任祝頌瞻望之至。

上宰相書

田　錫

伏有鄙見，理合上聞，願垂聽察〔三一〕之仁，不罪僭踰之過。夘宰相識量，不可不包容衆人；大臣聰明，不可不採擇片善。今〔三二〕相公佐太平之主，理無事之朝，四海謐寧，萬務整肅。房、杜功名之暐曄，良、平智略之宏深，比於是時，不獨稱美。然至明或有所未照，至聰或有所未聞。未喻相公欲聞讜直之言乎？未喻相公欲求塵露之益乎？儻容下僚，輒陳管見，不獨衆人之幸，諒益相公之明也。

某去歲至自宣城，入見旒扆。對敭之後，聖旨宣付中書，旋蒙殊恩，授以大著。不數日，又差充京西北路轉運判官。某固非俊邁之才，竊慕清華之職，遂拜表乞在館殿，冀與編修。果回聖主之恩，命作諫垣之吏，仍兼史職，以盡夙心。此皆相公施〔三三〕代天理物之功，從小人所求之願。然拜表之際，嘗詣閤門。閤門有司未便收接，須候相公台旨，又取閤使指揮往復審詳，然後呈進。蓋有司禀奉之職，理合宜然；况臣子重慎之心，禮亦可以。邇後扈隨聖駕，留駐漳川，洎捷〔三四〕奏之爰來，與追班而入賀。數日後，因進《聖主平戎歌》，雖尋達於聖聰，亦先禀於台旨。又今春二月六日〔三五〕，復進請〔三六〕皇帝東封書。不敢實封，先聞閤使，備言已奉台旨，有司方敢進呈。仍依常規，先供一狀，稱〔三七〕不敢妄陳利〔三八〕便，亦不敢希望恩榮。豈有備位諫垣，上書詣閤，而如此委曲，不便敷陳？無乃損相公之明，無乃失至公之體？設使言事不合理道，以言而悞至尊，自有常刑，可以加罪。不足一一煩相公台聽，不勞一一禀相公指蹤。某纔列周行，未諳時事。若是近朝體例，須至如斯，相繼因仍，未暇釐革，則乞相公申明曠蕩之理，採納愚直之言，應今後諫官上章，不須閤門取狀。乃是〔三九〕三公之府，機扃洞開；百職之儀，紀綱斯在。

某受相公鈞鎔之造，荷相公特達之恩，豈合容易干聞，狂簡陳述？蓋聞諸道路，稱近日左拾遺胡旦上書，希求差遣，聖人問難酬詰，仍於中書，不易輕進，可否須覆相府，去留皆鈞衡也。

某既聞斯語，實介鄙懷何以。示人無私曰至公，裁事酌中爲大體。豈相公佐先帝取吳越，事今上平并、汾，識度勳庸，昭昭如此，何煩尋常之見，取次〔四〇〕于廊廟之尊？然緘默不言，實辜陶鑄，若披陳不密，亦提〔四一〕譏嫌。《易》不云乎：『君不密則失臣。』蓋謂下言上泄，寘言者於危疑之地也，故識者不獲已而鉗口焉。某今進雖奉書，而退必焚藁，幸相公鈞台之鑒，恕小人忠諒之誠。惶恐徬徨，不知所措，伏乞相公熟慮而加念也！

答喬適書

穆　脩

近辱書，並示文十篇，終始讀之，其命意甚高。自及淮西來，嘗見人言足下少年樂喜文，固耳聞而心存之，但未敢輕取人説，遂果知足下能然。蓋古道息絶不行于時已久，今世士子，習尚淺近，非章句聲偶之辭不置耳目，浮軌濫轍相跡而奔，靡有異塗焉。其間獨取以古文語者，則與語怪者同也。衆又排詬之，罪毁之，不目以爲迂，則指以爲惑，謂之背時遠名，闊于富貴。先進則莫有譽〔四二〕之者，同儕則莫有附之者。其人苟失自知之明，守之不以固，持之不以堅，則莫不懼而疑，悔而思，忽焉且復去此而即彼矣。噫！仁義中正之士，豈獨多出於古而鮮出於今哉？亦由時風衆勢，驅遷溺染之，使不得從乎道也。覩足下十篇之文，則信有志乎古矣。

其書之問，則曰：『將學于今，則成淺陋；將學于古，則懼不得取名于世，學宜何旨？』引韓先生《師説》之説，以求解惑爲請。足下當少秀之年，懷進取之機，又學古于仁義不勝之時，與之者寡，非之者衆，不得無惑于中焉，是以枉書見問。某不才而棄于時者也，何足爲人質其是非可〔四三〕否？徒以退拙無所用心，因得從事于不急之學，知舊者不識其愚且戇，或謂之爲好古焉。故足下以是厚相期待者，蓋感其聲而求其類乎？可不少復其意耶？試爲足下言之。

夫學乎古者，所以爲道；學乎今者所以爲名。道者仁義之謂也，名者爵禄之謂也。然則行道者有以兼乎名，守名者無以兼乎道。何者？行夫道者，雖固有窮達云耳，然而達于上也，則爲賢公卿；窮于下也，則爲令君子。其在上，則禮成乎君，而治加乎人；其在下，則順悦乎親，而勤脩乎身。窮也達也，皆本于善稱焉。守夫名者，亦固有窮達云耳，而皆反乎是也。達于上也，何賢公卿乎？窮于下也，何令君子乎？其在上，則無所成乎君而加乎人；其在下，則無所悦乎親而脩乎身。窮也達也，皆離于善稱焉。故曰：行道者有以兼乎名，守名者無以兼乎道。有其道而無其名，則窮不失爲君子；有其名而無其道，則達不失爲小人。與其爲名達之小人，孰若爲道窮之君子？矧窮達又各係其時遇，豈古之〔四四〕道有負于人耶？

足下有志乎道，而未忘乎名；樂聞于古，而喜求于今。二者之心，苟交存而無擇，將懼純明之性寖微，浮躁之氣驟勝矣。足下心明乎仁義，又學識其歸嚮，在固守而弗離，堅持而弗奪，力行而弗止，則必立乎名之大者矣。學之正僞有分，則文之指用自得，何惑焉？不宣。

答〔四五〕樞密范給事書

晏殊

殊聞之於師曰：經者，世之典常也，無典常則制不立；學者，人之砥礪也，無礪砥則器不備。以周公之才，朝讀書百篇，夕見七十二士，猶恐不足。以仲尼之聖，自謂非生而知之，好古敏以求之。《易象》，天地之準矣，乃曰：『君子學以聚之，問以辯之。』《商書》，帝王之範矣，亦曰：『王人求多聞，時惟建事，學于古訓乃有獲。』然則生民以來，鉅聖大賢，未有舍夫學者。西漢中葉，儒教尤盛，公孫弘、董仲舒用經義决朝廷大政，綽有風采。夏陽男子犢車詣闕，白號戾園，萬目皇皇，未知所措。雋不疑侃然正色，引《春秋》而戮之，孝宣、霍光擊節驚歎，且曰：『公卿大臣，當用經術，明於大誼。』降及東漢，兹道彌篤。唐柳冕有言：『西漢尚儒，明於理亂，是以其人智。東漢尚章句，師其傳習，是以其人守名節。』此其効也。

前代爲學，迭相師授，是以聖人之旨，無不坦明。近世業儒，怠於講肄，是以先王格訓，有所滯蒙。唐李善精於《文選》，爲之注解，因用教授，謂之『文選學』。皇朝太平興國中，詔館閣讎校《漢書》，安德裕取《西域傳》山川名號、字之古者，改附近古集語。錢熙謂人曰：『予於此書，特經師授，皆有訓説，豈可胷臆塗竄，以合詞章？』則知《文選》《漢書》尚行教授，經墳大典可廢講乎？殊嘗竊志兹説，以悟朋從，至於唱導儒風，恢崇教本，雖有素藴，未能及也。

今者明公過聽，愛忘其陋，惠貺與侍講孫公書。述岷山人武陵昌期，博貫諸經，召寘門下，樞鉉之隙，與之論議，且欲出其譔述，質於大儒，辨正否臧。以明公共齋盥披讀，載欣以抃，首見執事經國佐王之志，中見執事樂道尚賢之素，末見執事選衆成人之美。非夫操尚敦懿，規模〔四六〕宏廓，元元本本，焯見天〔四七〕人，明自乎誠，覺先於後，恤横目之流放，勤洗心而拯接，則安能屈彦輔之重，勗碩生之業，不遠百舍，命蒿萊之隱淪，愒見分陰，紬緗素之潭奥，恂恂汲汲，若是之深厚哉？夫然則穆微風，養萬物，致隆平，頌清廟，躋大猷於羲、昊，紹丕績乎衡、旦，斯有日矣。眷惟孱虚，無足稱算，猥沐甄採，參於季孟。私用澡槩靈府，温循宿藝，賀吾道之有宗主，跂斯人之蒙潤澤。奚獨五典琴筑，三年呻吟，腐脣以守黄卷，焦心而窺斷簡者哉？機軸嚴密，慮難省謁，敢布肝鬲，復干閽侍。

上相府書

范仲淹

仲淹居親之喪，上書言事，踰越典禮，取笑天下，豈欲動聖賢之知，爲身名之計乎？仲淹謂居喪越禮，有誅無赦，豈足動聖賢之知耶？矧親安之時，官小禄薄，今親亡矣，縱使異日授一美衣，對一盛饌，尚當泣感風樹，憂思無窮，豈今几筵之下，可爲身名之計乎？不然，何急急於言哉？蓋聞忠孝者，天下之大本也。仲淹孝不逮矣，忠可忘乎？此所以冒哀上書，言國家事，不以一心之戚，而忘天下之憂，庶乎四海生靈，長見太平。况今聖人當天，四賢同德，此千百年中言事之秋也。儻俟〔四八〕終喪而上〔四九〕，則慮廟堂之間，或有功成名遂之請，後賢之心有一不同，則仲淹言之無及矣。然聖賢之朝，豈資下士之補益乎？蓋古之聖賢，以芻蕘之談而成大美者多矣，豈俟仲淹引而質之？況儒者之學，非王道不談，仲淹敢不企仰萬一，因擬議以言之，皆今易行之事，其未易行者，仲淹所不言也。

恭惟相府，居〔五〇〕百辟之首，享萬鍾之厚，夙興夜寐，未始不欲安社稷，躋富壽，荅先帝之靈，致今上之美。況聖賢存誠，以萬靈爲心，以萬物爲體，思與天下同其安樂。然非思之難，致之難矣。仲淹竊覽前書，見周、漢之興，聖賢共理，使天下爲富爲壽數百年，則當時致君者，功可知矣。周、漢之衰，奸雄競起，使天下爲血爲肉數百年，則當時致君者，罪可知矣。李唐之興也，如周、漢焉，其衰也，亦周、漢焉。自我宋之有天下也，經之營之，長之育之，以至於太平，累聖之功，豈不大哉？然否極者泰，泰極者否，天下之理，如循環焉。惟聖人設卦觀象，『窮則變，變則通，通則久』，非知變者，何能久乎？此聖人作《易》之大旨，以授於理天下者也，豈徒然哉？今朝廷久無憂矣，天下久太平矣，兵久弗用矣，士曾未教矣，中外方奢侈矣，百姓反困窮矣。朝廷無憂，則苦言難入；天下久平，則倚伏可畏；兵久弗用，則武備不堅；士曾未教，則賢材不充；中外奢侈，則國用無度；百姓困窮，則天下無恩。苦言難入，則國聽不聰矣；倚伏可畏，則奸雄或伺其時矣；武備不堅，則戎狄或乘其隙矣；賢材不充，則名器或假於人矣；國用無度，則民力已竭矣；天下無恩，則邦本不固矣。儻相府思變其道，與國家盤固基本，一旦王道復行，使天下爲富爲壽數百年，由今相府致君之功也。儻不思變其道，而但維持歲月，一旦亂階復作，使天下爲血爲肉數百年，亦今相府負天下之過也。昔曹參守蕭何之規，以天下久亂，與人息肩，而不敢有爲者，權也。今天下久平，脩理政教，制作禮樂，以防微杜漸者，道也。張華事西晉之危，而正人無徒，故維持紀綱，以延〔五一〕歲月，而終不免禍，以大亂天下。今聖明在上，老成在右，可取維持之功，而忘磐固之道哉？

仲淹竊聆長者謂，今相府報國致君之功，正在乎固邦本，厚民力，重名器，備戎狄，杜奸雄，明國聽也。固邦本者，在乎舉縣令，擇郡長，以救民之弊也。厚民力者，在乎復游散，去冗僣，以阜時之財也。重名器者，在乎慎選舉，敦教育，使代不乏材也。備戎狄者，在乎育將材，實邊郡，使夷不亂其華也。杜奸雄者，在乎朝廷無過，生靈無怨，以絶亂之階也。明國聽者，在乎保直臣，斥佞人，以致君於有道也。

夫舉縣令，擇郡長，以救民之弊者，何哉？仲淹觀今之縣令，循例而授，多非清識之士。故衰老者爲子孫之計，則志在苞苴，動皆徇己；少壯者恥州縣之職，則政多苟且，舉必近名。故一邑之間，簿書不精，吏胥不畏，徭賦不均，刑罰不中，民利不作，民害不去，鰥寡不卹，游墮不禁，播藝不增，孝悌不勸。以一邑觀之，則四方縣政如此者，十有七八焉，而望王道之興，不亦難乎？仲淹恐來代之書論得失者，謂聖朝有不救其弊之過矣，如之何使斯人之徒，爲民父母，以困窮其天下？今朝廷久有擇縣令郡長之議，而不遂行者，蓋思退人以禮，不欲動多士之心，故務因循而重改作也，豈長世之策哉？儻更張之際，不失推恩，又何損於仁乎？今約天下令録，自差京朝官外，不過千數百〔五二〕員。自來郊天之恩鮮及州縣，若天下令録，自大禮以前滿十考者，可成資日，替與職官，七考以上，可滿日循其資俸，除録事參軍，則縣令中昬邁常常〔五三〕之流，可去數百人矣。蓋職〔五四〕官録事參軍，不甚親民，爲害亦細，此得謂退人以禮，士豈有怨心哉？其間課最可尚，論薦頗多，俟到銓衡，別議疇賞。前既善退，後當精選。其判司簿尉，不由薦舉，初入縣令之人，並可注録事參軍。如無員闕可授，大縣簿尉仍賜令録之俸。其曾任令録，有遇該恩，合入前資者，可依初入之例，須此數條。合入者鮮〔五五〕，然後委清望官，於幕職判司簿尉中，歷三考以上，具理績舉充。其川、廣、福建小處縣令，可委轉運使等，就近於判司簿尉中舉移，庶從人便。若此後諸處縣令，特有課最可旌尚者，宜就遷一官，更留三載，庶其宜政者可以成俗，其僥倖者自從朝典。如此則三五年中，天下縣政可澄清矣。願相府爲天下生靈而行之，爲國家磐固基本而思之，不以聽芻蕘爲嫌而罷之，則天下幸甚幸甚！

又觀今之郡〔五六〕長，鮮克盡心。其或尚迎送之勞，貪宴射之逸，或急急於富貴之援，或孜孜於子孫之計，心不在政，功焉及民？以獄訟稍簡爲政成，以教令不行爲坐鎮，以移風易俗爲虛語，以簡賢附勢爲知幾。清素之人，非緣囑而不薦；貪瀆之輩，非寒儒而不糾。縱胥徒之姦宄，恣風俗之奢僭。況國家職制，禁民越禮，頒行已久，莫能舉按。使國家仁不足以及物，義不足以禁非，官實素飡，民則菜色。有恤鰥寡，則指爲近名；有抑權豪，則目爲掇禍。苟且之弊，積習成風。俾斯人之徒共理天下，王道何從而興乎？

仲淹恐來代之書論得失者，亦謂聖朝有不救其弊之過矣。然朝廷以黜陟郡長爲難者，官有定制，不欲動摇，懼其招怨謗而速僥倖爾。故知縣兩任例升同判，同判兩任例升知州。奈何在下之時，飾身脩名，邀其清譽；居上之後，志滿才乏，愆於素時？止能偷安，未至覆餗，故賢愚同等，清濁一致。此乃朝廷避怨於上，移虐於下，俟其自敗，民何以堪？故鄭莊公伺共叔自弊，而《春秋》罪焉，以其長惡也。《易》曰『履霜，堅冰至』，由辨之不早辨也。此聖人昭昭之訓，豈用於先王，而廢於今日，以長其惡者乎？聖朝諸處郡長，以贓致罪者數人，皆貫盈之夫，久爲民患。如此之類，至終不敗者，豈止數人而已哉？雖轉運提刑，職在察訪，其如位望相亞，怨仇可敵，非至敗露，鮮敢發明。宜乎論道之間，無以激揚天下。

古者天子五載一巡，皇上凝命，於今六載。以軍國重大，未可行遠古之道。今郊禮之餘，宜宣大慶，可於兩制以上，密選賢明，巡行諸道，以興利除害，黜幽陟明，舒慘四方，豈同常務？可命御史，嚴諭百寮，與出使之官，絶書刺往還之禮，仍翌日首塗，以禁請託。苟利天下，大體何傷？所出之使，宜以宣慶爲名，安遠聽也。其諸道知州、同判，耄者、懦者、貪者、虐者，輕而無法者，慢而無政者，皆可奏降，以激尸素。又四方利病，得以上聞。未舉巡守之儀，而遣觀風之使，非不典也。然後委清望官，於朝臣同判中舉諸郡長，於朝臣知縣中舉諸同判。今後同判之官，非著顯效及有殊薦，雖或久次，止可加恩，郡國之符，不當輕授。其知縣之人入同判者，宜比此例，則天下郡政，其濫鮮矣。願相府爲天下生靈行之，爲國家磐固基本而行之，不以聽芻蕘爲嫌而罷之，天下幸甚幸甚！

仲淹前所謂官有定制，不欲動搖，懼其招怨謗而速僥倖者，兩宮之聖臨軒命使，激揚善惡，澄清天下，何怨謗之有乎？自兹以往，非舉不授，舉官之責，厥典非輕，何僥倖之有乎？如所舉之人果成異政，則宜旌尚舉主，以勸來者。聖朝未行此典，蓋亦闕矣。

縣令、郡長既得其才，然後復游散，去冗僭，以阜時之財者，何哉？仲淹觀天下穀帛，厥價翔起，議者謂生靈既庶，使之然矣。仲淹謂生者既庶，則作者復衆，豈既庶之爲累哉？蓋古者四民，秦、漢之下，兵與緇黄共六民矣。今又六民之中浮其業者不可勝紀，此天下之大蠹也。士有不稽古而禄，農有不竭力而饑，工多奇器以敗度，商多奇貨以亂禁，兵多冗而不給，緇黄蕩而不制，則六民之浮不可勝紀，而皆衣食於農者也，如之何物不貴乎？如之何農不困乎？仲淹謂穀帛之貴，由其播藝不增，而資取者衆也。金銀之貴，由其制度不嚴，而器用者衆也。或謂資四夷之取而使之然，則山澤之所出與恩信之所給，自可較之，非仲淹之所能料也。今議更張之制繁細非一，仲淹敢略而陳之。

夫釋道之書，以真常爲性，以清净爲宗，神而明之，存乎其人，智者尚難其言，而況於民乎？故君子弗論者，非今理天下之道也。其徒繁穢，不可不約。今後天下童行，可於本貫陳牒，必使詰其鄉黨，苟有罪戾，或父母在鮮人供養者，勿從其請。如已受度，而父母在別無子孫者，勿許方游。則民之父母鮮轉死於溝壑矣，斯亦養惸獨助孝悌之風也。其京師寺觀多招四方之人，宜給本貫憑由，乃許收録，斯亦辨奸細復游散之要也。其天下寺觀每建殿塔，蠹民之費，動踰數萬，止可完舊，勿許創新，斯亦與民阜財之端也。

又古者兵在於民，且耕且戰。秦、漢之下，官軍爲常，貴武勇之精，備征伐之急也。今諸軍老弱之兵，詎堪征伐？雖降等級，尚費資儲，然國家至仁，旨在存活。若詔諸軍，年五十以上，自有資産，願還鄉里者，一可聽之，稍省軍資，復從人欲。無所歸者，自依舊典。此去冗之一也。又諸道巡檢所統之卒，皆本城役徒，殊非武士，使之禁暴，十不當一，而諸州常患兵少，日旋招致，穀帛之計，其耗萬億。以仲淹觀之，自京畿甸〔五七〕，千里之間，或多寇盗，創置巡檢，路分頗多，而卒伍至羸，捕掩無效。非要害者，宜悉罷之，所存之處，資以禁軍，訓練既精，寇盗如取。况千里之内，抽發非難，又使少歷星霜，不至驕墮。彼無用之卒，可減萬數，庶使諸郡節於招致。此去冗之次也。

又京畿三輔，五百里内，民田多隙，農功未廣，既已開導溝洫，復須舉擇令長，使詢訪父老，研求利病，數年之間，力致富庶，不〔五八〕被什一之税，繼以百萬之糴，則江淮饋運，庶幾減半，挽舟之卒，從而省焉。此亦去冗之大也。至於工之奇器，敗先王之度；商之奇貨，亂國家之禁，中外因之侈僭〔五九〕，上下得以驕華。宜乎大變澆灕，申嚴制度，使珠玉寡用，穀帛爲寶。此又去僭豐財之本也。

又播藝之家，古皆督責。今諸道使節，有勸農之名，亡勸農之實。每於春首，則移文於郡，郡移文於縣，縣〔六〇〕移文於鄉，鄉矯報於縣，縣矯報於郡，郡矯報於使。利害不察，上下相蒙，豈朝廷之意乎？今縣令郡長一變其人，乃可詔書丁寧，復游散之流，抑工商之侈，去士卒之冗，勸稼穡之勤。以《周禮》司徒之法約而行之，使播者蓺者，以時以度，勤者墮者，有勸有戒，然後致天下之富壽，彼不我富不我壽者，豈能革之哉？此則厚民力，固邦本之道也。觀夫《國風》之《七月》，《小雅》之《甫田》，皆以農夫之務爲王化之基，豈聖人不思而述者乎？故周、漢、李唐雖有禍亂，而能中興者，人未猒德，作亂者不能革天下之心，是邦本之固也。六朝、五代之亂，鮮克中興者，人猒其德，吊民者有以革天下之心，是邦本之不固也。然則厚民力，固邦本，非舉縣令，擇郡長，則莫之行焉。

或謂舉擇令長，久則乏人，亦何道以嗣之？仲淹謂用而不擇，賢孰進焉？擇而不教，賢孰繼焉？宜乎慎選舉之方，則政無虛授；敦教育之道，則代不乏人。今士林之間，患不稽古，委先王之典，宗叔世之文，詞多纖穢，士惟偷淺，言不及道，心無存誠。暨於入官，鮮於致化，有出類者，豈易得哉？中人之流，浮沉必矣。至於明經之士，全昧指歸，講議未嘗聞，威儀未嘗學。官於民上，貽笑不暇，責其論政，百有一焉。《詩》謂『長育人材』，亦何道也？古有庠序，列於郡國。王風云邁，師道不振，斯文銷散，由前代國家之不救乎！聖朝之弗教乎！當太平之朝，不能教育，俟何時而教育哉？乃於選用之際，患其才難，亦猶不務耕而求穫矣。今春詔下禮闈，凡尚詞之人，許存策論，明經之士，特與旌別，天下之望，翕然稱是。其間所存策論，不聞其誰，激勸未明，人將安信？儻使程試之日，先策論以觀其大要，次詩賦以觀其全才，以大要定其去留，以全才升其等級。明經義者，別加考試，人必强學，副其精舉。復當深思治本，漸隆古道，先於都督之郡，復其學校之制，約〔六一〕《周官》之法，興闕里之俗。辟文學掾，以專其事，敦之以《詩》《書》《禮》《樂》，辯之以文、行、忠、信，必有良器，蔚爲邦材，况州縣之用乎？夫庠序之興，由三代之盛王也，豈小道哉？孟子謂『得天下英材〔六二〕而教育之』一樂也，豈偶言哉？行可數年，士風丕變，斯擇材之本，致理之基也。

又李唐之盛，常設制科，所得大才，將相非一，使天下奇士，學經綸之盛業，爲邦家之大器，亦策之上也。先朝偶屬多務，暫停此科。今可每因貢舉之時，申其墜典，必有國士，繼於唐人，豈非邦家之盛選歟？勿謂未必得人，遂廢其道。此皆慎選舉，敦教育之道也，亦何患乏人哉？

儻國家行此數事，若今刑政之用心，則無不成焉。前代亂離，鯨吞虎噬，無〔六三〕卜世卜年之意，故斯道久缺，反爲不急之務。既在承平之朝，當爲長久之道，豈如西晉之禍而有何公之語者乎？願朝廷念祖宗之艱難，願相府建風化之根本，一之日圖之，二之日行之，不以聽芻蕘爲嫌而罷之，則天下幸甚幸甚！

至於巖穴草澤之士，或節義敦篤，或文學高古，宜崇聘召之禮，以厚澆競之風。國家近年以來，羔雁弗降，或有考槃之舉，不踰助教之命，孝廉之士，適以爲辱，何敦勸之有乎？

又流外之官，澄清未至，沿之則百姓受弊，革之則諸司乏人。將使群謗不興，衆心知勸，不若敦仍舊之制，加奬善之方。因自簿尉兩任多舉奏者，許入録事參軍。録事參軍多舉奏者，許入職事官，或换三班使臣。既有進身之階，豈無畏法之志？設使流内之人，無遷進之望，而能盡公者，必亦鮮矣。今後百司新入之人，或採其藝能，或出於仕族，行藏必審，考試必精。避役之人，無圖之類，嚴革其弊，高爲之防。既激其流，復澄其源，亦何患流外之冗乎？

仲淹又謂育將材，實邊郡，使夷不亂華者，何哉？蓋聞古之善御戎者，將不乏人，則師戰而不衄；邊不乏廩，則城圍而不下。狄疑且畏，罔敢深入，此炎漢之所以長也。不善御戎者，將在貴臣，邊須遠饋，故戰之則衄，圍之則下。狄無疑畏，乘虚深〔六四〕入，此石晉之所以亡也。今兵久不用，未必爲福，在開元之盛，有函谷之敗，可龜鑑矣。何哉？昔之戰者，貿然已老；今之壯者，囂而未戰。有名之將，往往衰落，豈無晚輩？未聞邊功，此必廟堂之所思也。仍聞沿邊諸將，不謀方略，不練士卒，結援弭謗，固禄求寵，一旦急用，萬無成功。加以邊民未豐，邊廩未實，罷武之際，兵足食寡。如屯大軍，必須遠饋，則中原益困，四夷益驕，深入之虞，未可量也。於時廟堂之上，雖有皋陶之謀，伯益之贊，不亦難乎？夫天下禍福，如人家道，成於覆簣，敗於疾雷，聖朝豈恃其太平而輕其後計？王衍之鑒，豈曰不明？清談之間，坐受其弊。蓋備之弗預，知之弗爲，許下之戎，日血十萬，豈不痛心哉？今西北和好，誠爲令圖，安必慮危，備則無患。昔成周之盛，王道如砥，及觀《周禮》，則大司馬陣戰之法粲然具存，乃知禮樂之朝，未嘗廢武。今孫、吴之書，禁而弗學，苟有英傑，授亦何疑？且秦之火書也，將以愚其生人，長保天下，及其敗也，陳勝、項籍豈讀書之人哉？前代名將，皆洞達天人，嗣續忠孝，將門出將，史有言焉。今侯家子弟，蔑聞韜鈐，無所用心，驕奢而已，文有武備，此能備乎？今可於忠孝之門，搜智勇之器，堪將材者，密授兵略，歷試邊任，使其識山水之向背，歷星霜之艱難，一朝用之，不甚顛沛，十得三四，亦云盛矣。至於四海九州，必有壯士，宜設武舉，以收其遺。唐郭子儀，武舉所得者也，斯可遺乎？又臣僚之中，素有才識，可賜孫、吴之術，使知文武之方，異日安邊，多可指任。此皆育將材之道也。又緣邊知同，精加舉擇，特授〔六五〕詔命，專謀耕桑，三五年間，豐其軍廩。此則實邊郡之道也。將材既育，邊郡既實，師戰而不衄，城圍而不下，狄疑且畏，敢深入乎？縱有騷動，朝廷可高枕矣。前代禦戎，其策非一，唐陸贄議緣邊備守之術，請置本土之兵，勤營田之利，與今事宜相近，可約而行也。本土之兵者，若今北邊有雲翼招收之軍，更可增致，足爲奇兵。至於營田之利，宜常興作而加意焉。願相府爲國家安危思之，五代之亂非遠也，爲河朔生靈思之，景德之前未久也。今相府勞一夕之思，絶百代之恥，無使中原見新羈之馬，赤子入無知之俗，則天下幸甚幸甚！聖人曰：『微管仲，吾其被髮左衽。』又曰：『民到于今受其賜。』管仲，霸臣也，而能攘戎狄，保華夏，功高當時，賜及來代，况皇朝之盛德乎？

仲淹又謂朝廷無過，生靈無怨，以絶亂之階者，何哉？蓋天下奸雄，無代無之。或窮爲夜舞〔六六〕，或起爲鉅盜，伺朝廷之過，執以爲辭，幸生靈之怨，弔而稱義，不然亦何名而動哉？今明盛之朝，豈有大過？亦宜辨於毫末，杜其堅冰。或戚近撓權，或土木耗國，或禄賞未均，或任使未平，或綱紀未脩，斯亦過之漸也。仲淹敢小舉其漸以言之。國家戚近之人不可不約，除拜之際，宜量其才，非曰惜恩，懼乎致寇。若力小任重，則撓權亂法，增朝廷之過，啓奸雄之志。《易》曰：『以小人而乘君子之器，盜思奪之矣。』所謂盜者，其奸雄之謂乎？今道路傳聞，或緇黄之流，或術藝之輩，結託戚近，邀求進貢，或受恩賜，或與官爵。此撓權之漸也，可不畏乎？夫賞罰者，天下之衡鑑也，衡鑑一私，則天下之輕重妍醜從而亂焉，此先王之所慎也。又土木之興，久爲大蠹，或謂土木之費出於帑藏，無傷財害民之弊，故爲之而弗戒也。仲淹謂帑藏之物，出於生靈，太祖皇帝以來，深思遠慮，聚之積之，既曰左藏矣，復有内藏之名者，所以爲軍國急難之備，非諂神佞佛之資也。國家祈天永命之道，豈在兹乎？如洞真壽寧之宫，以延燎之災，一夕逮盡，豈非天意，警在帝心？示土木之所崇，非神靈之所據也。安可取民人膏血之利，輟軍國急難之備，奉有爲之惑，冀無狀之福？豈不誤哉！一旦有倉卒之憂，須給賞之資，雖重困生靈，暴加率斂，其可及乎？此耗國之大也，可不戒哉！儻謂府藏豐盈，用不可竭，則日者黄河之役，使數十州之人，極力負資，奔走道路，豈惜府庫之餘而不用之耶？故土木之妖，宜其悉罷，豈相府之不言乎？兩宫之不聽乎？又文武百官之禄，法兵荒五代之制，或職輕禄重，或職重禄輕，重輕之間，奔競者至，大亨之世猶患不均，豈聖朝之意乎？所宜損之益之，以建其極。又三司之官，差除頗異，禄賜非輕，何知弊而不言，多養望以自進？天下金穀，決於群胥，掊克無猒，取怨四海，使先帝寬財之命，弗逮於民，和氣屢傷，豐年寡遇，曾不謂之過乎？亦由三司之官不制考限，不責課最，朝受此職，夕求他官，直云假塗，相與匿禍。天下受弊，職此之由，豈聖朝〔六七〕之意乎？宜其別制考課，重議賞罰，激朝端之俊傑，救天下之疲瘵，其庶幾乎！又自古國之勳臣，賞延於世，今則每舉大慶，必行此典。自兩省以上，奏薦子弟，並爲京官，比於庶寮，亦既優矣。而特每歲聖節，各序子弟，謂之賞延，黷亂已甚。先王名器，私假於人，曾不謂之過乎？非君危臣僭之朝，何姑息之如是耶？遂使廕序之人，塞於仕路，曾未稽古，使以司民。國家患之，屢有釐革，然但革其下而不革其上，節於彼而不節於此矣，天下豈以爲然哉？我相府豈惜一孺之恩，不爲百辟之標表乎？又遠惡之官多在寒族，權貴之子鮮離上國，周旋百司之務，懵昧四方之事。況百司者，朝廷之綱紀，風教之户牖，咸在童孺，曾無激揚。使寺省之規剥牀至足，公卿之嗣懷安敗名，未嘗試難，何以致遠？非獨招搢紳之議，實亦玷鈞衡之公。此則禄賞未均，任使未平，綱紀未脩之類也。斯弊已久，何可極乎？惟我相府，能革其弊，能變其極，而天下化成，不爲難矣。晉趙王倫、石勒之徒，心窺天子，口責丞相，豈非奸雄之人伺朝廷之過乎？又今久安之民，不經塗炭，勞則易怨，擾則易驚。猛將謀臣，威信未著，況邊民尚困，邊廩尚乏，苟有騷動，饋運所艱，武備未堅，狄志可騁。既撓之以征戰，或加以饑饉，生靈愁苦，奸雄奮迅，鼓舞群小，血視〔六八〕千里，此五代之鑒昭昭焉，非止方册之有云，抑亦耳目之可〔六九〕接也。我太祖皇帝、太宗皇帝亦嘗有事四方，勞於饋運，而生靈不敢怨，奸雄不敢動者，何哉？五代餘民，久在塗炭，乍覩明盛，如子得母，縱有勞役，未甚曩昔，此生靈所不敢怨也。當其乘大開之運，震神武之威，征伐四方，動如山壓，況躬擐甲冑，備嘗艱難，猛將如雲，謀士如雨，此奸雄所不敢動也。所謂彼一時，此一時爾。今朝廷豈謂當時之易，而不慮今時之難乎？

仲淹又謂保直臣，斥佞人，以致君於有道者，何哉？有若人之未病〔七〇〕，則苦口之藥鮮進焉；國之未危〔七一〕，則逆耳之言鮮用焉。故佞人易進，直臣易退，其致君於有道也難哉！及其既病也，藥必錯雜而進，故鮮効焉；及其既危也，言必錯雜而用，故鮮功焉。蓋佞人在矣，直臣遠矣，其悔之也難哉！今朝廷久安，苦言而不用者，勢使然矣。天深戒而不變者，禍可畏矣。伏聞京師去歲大水，今歲大疫，四方聞之，莫不大憂，此天之有以戒也，豈徒然乎？而京師之災甚於四方，何哉？蓋京師者，政教之所出，君相之所居也。禍未盈而天未絶，故警戒形焉，不獨恐懼其心，必〔七二〕使修省其政，明國家之德尚可隆，天下之道尚可行也。儻弗懼於心，弗脩於政，漸盈於禍，漸絶於天，則國家四海將如何哉？或謂國家之災由曆數之定，非政教之出。若如所論，則夏禹《九疇》之書果妖言耶？豈欲棄而焚之乎？苟天下有善則歸諸己，天下有禍則歸諸天，豈聖賢之用心哉？願聖朝黜術士之言，奉先王之訓，必不謬矣，必無過矣。至於保直臣，斥佞人，則兩宫二府之心如日星焉，孰可蔽其明乎？縱有行僞而堅，言僞而辯，試於行事，人焉廋哉？

仲淹往日不極言，而今極言者，學陋之人，思慮未精，又親安之時，上懼貽憂，下懼失禄；不幸親今亡矣，朝廷或怒之，則自頂至踵，皆可從其忠也，又何憂乎？儻相府思變〔七三〕其道，與國家作能久之計，固其基本，一旦王道復行〔七四〕，使天下爲富爲壽數百年，則福在國家，功在相府，仲淹得與天下生靈長見太平，幸甚幸甚！況盛明之代，何事而不可行乎？曩者國家禁泥金之飾，而久未能絶，一旦使命婦不服，工人不作，於今天下無敢衣者。使其餘奢僭皆如泥金之法，亦何患不禁乎？又如五代以來，諸侯暴酷，視民如芥，生殺由之。皇朝龍興，典章一寬，真宗皇帝至仁如天，盡心於此，中則舉執法之吏，外則創按刑之司，徒流之間無敢差者，若今於教化之道復如刑名之用心，亦何患於難乎？今搢紳之間，多議按刑之司無益於外，亦思之未深爾。如得其人，糾察四方，絶斯民之冤，協先皇之志，豈無益乎？得人而已，不可謂川之既平，可壞其防也。今王刑既清，王道可行，此天下士人爲相府惜其時也。儻疑仲淹之言求聖賢之知，爲身名之計，則仲淹豈不能終喪之後，爲歌爲頌，潤色盛德，以順美於時？亦何必居喪上書，踰越典禮，進逆耳之説，求終身之棄，而自置貧賤之地乎？蓋所謂不敢以一心之戚，而忘天下之憂，是不爲身名之計明矣。

仲淹觀前代國家，當其安也，士人上書，論興亡之道，非聖王賢相，百不采一。及其往也，則後之史臣收於簡册，爲來代之鑒。仲淹今日之言，願相府采其一二，爲國家天下之益，不願後之史臣收於簡册，爲來代之鑒。〔七五〕狂斐〔七六〕之人，誅赦惟命。以廟堂深嚴，恐不得上，乃敢相門之下各致此書，庶有一達於聰明。干犯台嚴，不任戰汗激切之至！

校勘記

〔一〕「不敢深素」，底本無，據六十三卷本、六十四卷本、麻沙本補。

〔二〕「大朝」，底本無，據六十三卷本、六十四卷本、麻沙本補。

〔三〕「彼此烏合，民無定心，存亡之幾，以戰爲命，此必戰也」，底本無，六十三卷本、六十四卷本、麻沙本亦然，據清嘉慶内府刻本《全唐文》補。

〔四〕「主」，底本作「王」，據六十三卷本、六十四卷本、麻沙本改。

〔五〕「違」，六十三卷本、六十四卷本作「誤」。

〔六〕「蹀」，底本作「流」，據六十三卷本、六十四卷本改。

〔七〕以上自「以爲足下」至「即命弊邑速絶」，凡二十字，底本無，據六十三卷本、六十四卷本、麻沙本補。

〔八〕「其有」，底本作「有其」，據六十三卷本、六十四卷本、麻沙本改。舊鈔《河東先生集》作「有其」。

〔九〕「在」，底本作「當」，據六十三卷本、六十四卷本、麻沙本改。舊鈔《河東先生集》作「在」。

〔一〇〕「新」，底本作「親」，據六十三卷本、六十四卷本改。舊鈔《河東先生集》作「新」。

〔一一〕「近」，底本無，據六十三卷本、六十四卷本補。舊鈔《河東先生集》作「近」。

〔一二〕「新」，底本作「親」，據六十三卷本、六十四卷本改。舊鈔《河東先生集》作「新」。

〔一三〕「新」，底本作「親」，據六十三卷本、六十四卷本改。舊鈔《河東先生集》作「新」。

〔一四〕「若」，底本無，據六十三卷本、六十四卷本補。舊鈔《河東先生集》作「若」。

〔一五〕「彼能爲吉」，底本無「爲」字，據六十三卷本、六十四卷本補。舊鈔《河東先生集》作「彼能爲吉」。

〔一六〕「十年往來」，底本第一字、第四字各空缺，據六十三卷本、六十四卷本補。麻沙本作「十年往在」。《續古逸叢書》景宋本《乖崖先生文集》作「十年往來」。

〔一七〕「敢」，底本誤作「聽」，據六十三卷本、六十四卷本、麻沙本改。《續古逸叢書》景宋本《乖崖先生文集》作「敢」。

〔一八〕「忻」，底本作「惟」，據六十三卷本、六十四卷本改。《續古逸叢書》景宋本《乖崖先生文集》作「忻」。

〔一九〕「愍」，底本作「德」，據六十三卷本、六十四卷本改。《續古逸叢書》景宋本《乖崖先生文集》作「愍」。

〔二〇〕「寒餓」，底本作「餓寒」，據六十三卷本、六十四卷本、麻沙本改。《續古逸叢書》景宋本《乖崖先生文集》作「寒餓」。

〔二一〕「逮」，六十三卷本、六十四卷本、麻沙本作「殆」。《續古逸叢書》景宋本《乖崖先生文集》作「逮」。

〔二二〕「爲」，底本作「之」，據六十三卷本、六十四卷本、麻沙本改。《續古逸叢書》景宋本《乖崖先生文集》作「爲」。

〔二三〕「比日」，底本及六十三卷本、六十四卷本、麻沙本誤作「皆」，據《續古逸叢書》景宋本《乖崖先生文集》改。

〔二四〕「有云」，底本空缺，據六十三卷本、六十四卷本、麻沙本補。《續古逸叢書》景宋本《乖崖先生文集》作「有云」。

〔二五〕「今則」，底本空缺，據六十三卷本、六十四卷本補。麻沙本作「有則」。《續古逸叢書》景宋本《乖崖先生文集》作「今則」。

〔二六〕「二旬」，底本及六十三卷本、六十四卷本、麻沙本皆作此，《續古逸叢書》景宋本《乖崖先生文集》作「七旬」。

〔二七〕「心」，底本作「義」，據六十三卷本、六十四卷本、麻沙本改。《續古逸叢書》景宋本《乖崖先生文集》作「心」。

〔二八〕「謬」，底本空缺，據六十三卷本、六十四卷本、麻沙本補。《續古逸叢書》景宋本《乖崖先生文集》作「謬」。

〔二九〕「弟」，底本作「第」，據六十三卷本、六十四卷本改。《續古逸叢書》景宋本《乖崖先生文集》作「弟」。

〔三〇〕「方」，底本空缺，據六十三卷本、六十四卷本、麻沙本補。《續古逸叢書》景宋本《乖崖先生文集》作「方」。

〔三一〕「察」，底本作「納」，據六十三卷本、六十四卷本改。

〔三二〕「今」，底本無，據六十三卷本、六十四卷本補。

〔三三〕「施」，底本作「於」，據六十三卷本、六十四卷本改。

〔三四〕「捷」，底本作「授」，據六十三卷本、六十四卷本改。

〔三五〕「二月六日」，底本作「二月朔」，據六十三卷本、六十四卷本改。民國宋人集本《咸平集》作「二月十六日」，注云：「《文鑑》作六日。」

〔三六〕「進請」，底本作「請進」，據六十三卷本、六十四卷本、麻沙本改。

〔三七〕「稱」，底本無，據六十三卷本、六十四卷本、麻沙本補。

〔三八〕「利」，底本作「前」，據六十三卷本、六十四卷本改。

〔三九〕「是」，底本作「使」，據六十三卷本、六十四卷本、麻沙本改。

〔四〇〕「次」，底本空缺，據六十三卷本、六十四卷本、麻沙本補。

〔四一〕「提」，麻沙本作「掇」。

〔四二〕「譽」，底本作「舉」，據六十三卷本、六十四卷本改。述古堂影宋鈔本《河南穆公集》作「譽」。

〔四三〕「非可」，底本無，據六十三卷本、六十四卷本、麻沙本補。述古堂影宋鈔本《河南穆公集》作「非可」。

〔四四〕「之」，六十三卷本、六十四卷本、麻沙本作「人」。述古堂影宋鈔本《河南穆公集》作「之」。

〔四五〕「答」，底本無，據六十三卷本、六十四卷本、麻沙本補。民國宋人集本《元獻遺文》作「答」。

〔四六〕「模」，底本作「矩」，據六十三卷本、六十四卷本、麻沙本改。民國宋人集本《元獻遺文》作「模」。

〔四七〕「天」，底本作「夫」，據六十三卷本、六十四卷本改。民國宋人集本《元獻遺文》作「夫」。

〔四八〕「俟」，底本作「以」，據六十三卷本、六十四卷本改。

〔四九〕「上」，底本作「止」，據六十三卷本、六十四卷本改。

〔五〇〕「居」，底本作「詹」，據六十三卷本、六十四卷本改。北宋刻本《范文正公文集》作「居」。

〔五一〕『紀綱，以延』四字，底本無，據六十三卷本、六十四卷本、麻沙本補。北宋刻本《范文正公文集》作『紀綱，以延』。
〔五二〕『百』，底本無，據六十三卷本、六十四卷本、麻沙本補。北宋刻本《范文正公文集》作『百』。
〔五三〕『常常』，底本作『常庸』，據六十三卷本、六十四卷本、麻沙本改。北宋刻本《范文正公文集》作『常常』。
〔五四〕『職』下，底本有一『事』字，據六十三卷本、六十四卷本删。北宋刻本《范文正公文集》作『事』。
〔五五〕『鮮』，底本無，據六十三卷本、六十四卷本、麻沙本補。北宋刻本《范文正公文集》作『鮮』。
〔五六〕『郡』，底本作『縣』，據六十三卷本、六十四卷本改。北宋刻本《范文正公文集》作『郡』。
〔五七〕『自京畿甸』，底本作『自京畿向』，據六十三卷本、六十四卷本改。北宋刻本《范文正公文集》作『自京四嚮』。
〔五八〕『不』，底本作『下』，據六十三卷本、六十四卷本改。北宋刻本《范文正公文集》作『不』。
〔五九〕『侈僭』，底本作『僭侈』，據六十三卷本、六十四卷本、麻沙本改。北宋刻本《范文正公文集》作『侈僭』。
〔六〇〕『縣』，底本作『令』，據六十三卷本、六十四卷本改。北宋刻本《范文止公文集》作『縣』。
〔六一〕『約』，底本作『紹』，據六十三卷本、六十四卷本、麻沙本改。北宋刻本《范文正公文集》作『約』。
〔六二〕『英材』，底本缺，據六十三卷本、六十四卷本、麻沙本補。北宋刻本《范文正公文集》作『英材』。
〔六三〕『無』，底本無，據六十三卷本、六十四卷本補。北宋刻本《范文正公文集》作『無』。
〔六四〕『深』，底本作『而』，據六十三卷本、六十四卷本、麻沙本改。北宋刻本《范文正公文集》作『深』。

〔六五〕「授」，底本作「加」，據六十三卷本、六十四卷本、麻沙本改。北宋刻本《范文正公文集》作「授」。

〔六六〕「夜舞」，底本空缺，據六十三卷本、六十四卷本、麻沙本補。北宋刻本《范文正公文集》作「夜舞」。

〔六七〕「聖朝」，底本作「朝廷」，據六十三卷本、六十四卷本改。北宋刻本《范文正公文集》作「聖朝」。

〔六八〕「視」，底本空缺，據六十三卷本、六十四卷本、麻沙本補。北宋刻本《范文正公文集》作「視」。

〔六九〕「可」，底本作「相」，據六十三卷本、六十四卷本改。北宋刻本《范文正公文集》作「可」。

〔七〇〕「人之未病」，底本作「人未之病」，據六十三卷本、六十四卷本改。北宋刻本《范文正公文集》作「人未之病」。

〔七一〕「國之未危」，底本作「國未之危」，據六十三卷本、六十四卷本改。北宋刻本《范文正公文集》作「國未之危」。

〔七二〕「必」，底本無，據六十三卷本、六十四卷本補。北宋刻本《范文正公文集》作「必」。

〔七三〕「變」，底本作「明」，據六十三卷本、六十四卷本改。北宋刻本《范文正公文集》作「變」。

〔七四〕「行」，底本作「興」，據六十三卷本、六十四卷本、麻沙本改。北宋刻本《范文正公文集》作「行」。

〔七五〕以上自「仲淹今日之言」至「爲來代之鑒」，凡三十五字，底本無，據六十三卷本、六十四卷本、麻沙本補。北宋刻本《范文正公文集》僅無「仲淹」二字，其他三十三字同。

〔七六〕「斐」，底本空缺，據六十三卷本、六十四卷本、麻沙本補。北宋刻本《范文正公文集》作「斐」。

新校宋文鑑卷第一百十三

校者按：底本此卷抄配，據六十三卷本、麻沙本刻卷校改。

書

答趙元昊書

范仲淹

仲淹謹脩誠意，奉書於夏國大王。伏以先大王歸嚮朝廷，心如金石，我真宗皇帝命爲同姓，待以骨肉之親，封爲夏王。履此山河之大，旌旗車服，降天子一等，恩信隆厚，始終如一。齊桓、晉文之盛，無以過此。朝聘之使，往來如家，牛馬駝羊之産，金銀繒帛之貨，交受其利，不可勝紀。塞垣之下，逾三十年，有耕無戰，禾黍雲合，甲胄塵委，養生葬死，各終天年。使蕃、漢之民，爲堯、舜之俗，此真宗皇帝之至化，亦先大王之大功也。

自先大王薨背，今皇〔二〕震悼，累日嘻吁，遣使行吊賻之禮，以大王嗣守其國，爵命崇重，一如先大王。昨者，大王以本國衆多之情，推立大位，誠不獲讓，理有未安，而遣行人告於天子，又遣行人歸其旌節。朝廷中外，莫不驚憤，請收行人，戮於都市。皇帝詔曰：『非不能以四海之力支其一方，念先帝歲寒之本意，故夏王忠順之大功，豈一朝之失而驟絶之？』乃不殺而還。

假有本國諸蕃之長抗禮於大王，而能含容之若此乎？省初念終，天子何負於大王哉？二年以來，疆事紛起，耕者廢耒，織者廢杼，邊界蕭然，豈獨漢民之勞弊[二]耶？使戰守之人，日夜豺虎，競爲吞噬，死傷相枕，哭泣相聞，仁人爲之流涕，智士爲之扼腕。

天子遣仲淹經度西事，而命之曰：『有征無戰，不殺非辜，王者之兵也，汝往欽哉！』仲淹拜手稽首，敢不夙夜於懷？至邊之日，見諸將帥多務小功，不爲大略，甚未副天子之意。仲淹與大王雖未嘗高會，向者同事朝廷，於天子則父母也，於大王則兄弟也，豈有孝於父母而欲害於兄弟哉！可不爲大王一二而陳之？

傳曰：『名不正，則言不順；言不順，則事不成。』大王世居西土，衣冠語言皆從本國之俗，何獨名稱與中朝天子侔擬？名豈正而言豈順乎？如衆情莫奪，亦有漢、唐故事。單于、可汗，皆本國極尊之稱，具在方册。仲淹料大王必以契丹爲比，故自謂可行。且契丹自石晉朝有援立之功，時已稱帝，今大王世受天子建國封王之恩，如諸蕃中有叛朝廷者，大王當爲霸主，率諸侯以伐之，則世世有功，王王不絶，乃欲擬契丹之稱，究其體勢，昭然不同，徒使瘡痍萬民，拒朝廷之禮，傷天地之仁。

《易》曰：『天地之大德曰生，聖人之大寶曰位。何以守位？曰仁。』是以天地養萬物，故其道不窮；聖人養萬民，故其位不傾。又傳曰：『國家以仁獲之，以仁守之者，百世。』昔在唐末，天下恟恟，群雄咆哮，日尋干戈。血我生靈，腥我天地，滅我禮樂，絶我稼穡。皇天震怒，罰其不仁，五代王侯，覆亡相續。老氏曰：『樂殺人者，不可如志於天下。』誠不誣矣。後唐顯宗祈於上天曰：『願早生聖人，以救天下。』是年，我太祖皇帝應祈而生，及歷試諸難〔三〕，中外忻戴，不血一刃，受禪于周。廣南、江南、荆湖、西川，有九江萬里之阻，一舉而下，豈非應大順人之至乎？由是罷諸侯之兵，革五代之暴，垂八十年，天下無禍亂之憂。太宗皇帝，聖文神武〔四〕，表正萬邦，吴越納疆，并晉就縛。真宗皇帝，奉天體道，清浄無爲，與契丹通好，受先大王貢禮，自兹四海熙然同春。今皇帝坐朝至晏，從諫如流，有忤雷霆，雖死必赦，故四海之心，望如父母。此所謂以仁獲之，以仁守之，百世之朝也。

仲淹料大王建議之初，人有離間，妄言邊城無備，士心不齊，長驅而來，所向必下。今以强人猛馬，奔衝漢地，二年於兹，漢之兵民蓋有血戰而死者，無一城一將願歸大王者，此可見聖宋仁及天下，邦本不摇之驗也。與夫間者之説，無乃異乎？今天下久平，人人泰然，不習戰鬭，不熟紀律。劉平之徒，忠敢而進，不顧衆寡，自取其困。餘則或勝或負，殺傷俱〔五〕多。大王國人，必以獲劉平爲賀。昔鄭人侵蔡，獲司馬公子燮，鄭人皆喜，惟子産曰：『小國無文德而有武功，禍莫大焉。』而後鄭國之禍，皆如子産之言。今邊上訓練漸精，恩威已立，有功必賞，敗事必誅。將帥而下，大〔六〕知紀律，莫不各思奮力效命，争議進兵，如其不然，何時可了？今招討司統兵四十萬，約五路入界，著其律曰：『生降者賞，殺降者斬，獲精强者賞，害老幼婦女者斬。過堅必戰，遇險必奪，可取則取，可城則城。』縱未能入賀蘭之居，彼之兵民，降者死者，所失多矣。是大王自禍其民，官軍之勢不獲而已也。

仲淹又念，皇帝有征無戰，不殺非辜〔七〕之訓，夙夜於懷。雖師帥之行，君命有所不受，奈何鋒刃之交，相傷必衆。且蕃兵戰死者，非有罪也，忠於大王耳；漢兵戰死者，非有罪也，忠於天子耳。使忠孝之人肝腦塗地，積累怨魄，爲妖爲災，大王其可忽諸？朝廷以王者無外，有生之民皆爲赤子，何蕃、漢之限哉？何勝負之言哉？

仲淹與招討太尉夏公、經略密學韓公嘗議其事，莫若通問於大王，計而決之，重人命也，其美利甚衆。大王如能以愛民爲意，禮下朝廷，復其王爵，承先大王之志，天下孰不稱其賢哉？一也。如衆多之情，三讓不獲，前所謂漢、唐故事，如單于、可汗之稱，尚有可稽，於本國語言爲便，復不失其尊大，二也。但臣貢上國，存中外之體，不召天下之怨，不速天下之兵，使蕃、漢邊人復見康樂，無死傷相枕，哭泣相聞之醜，三也。又大王之國，府用或闕，朝廷每歲必有物帛之厚賜爲大王助，四也。又從來入貢使人，止稱蕃吏之職，以避中朝之尊，按漢諸侯王相皆出真拜，又吴越王錢氏有承制補官故事，功高者受朝廷之命，亦足隆大王之體，五也。昨有邊臣上言，乞招致蕃部首領，仲淹亦已請罷，大王告諭諸蕃首領，不須去父母之邦，但回意中朝，則太平之樂，遐邇同之，六也。國家以四海之廣，豈無遺才有在大王之國者？朝廷不戮其家，安全如故，宜善事主，以報國士之知，惟同心嚮順，自不失其富貴，而宗族之人必更優恤，七也。又馬牛駞羊之産，金銀繒帛之貨，有無交易，各得其所，八也。

大王從之，則上下同其美利，生民之患幾乎息矣；不從，則上下失其美利，生民之患何時而息哉？仲淹今日之言，非獨利於大王，蓋以奉君親之訓，救生民之患，合天地之仁而已乎！惟大王擇焉，不宣。仲淹再拜。

上吕相公書

范仲淹

伏蒙臺慈，疊賜鈞翰，而褒許之意，重如金石，不任榮懼，不任榮懼。竊念仲淹草萊經生，服習古訓，所學者惟脩身治民而已。一日登朝，輒不知忌諱，效賈生慟哭太息之説，爲報國安危之計。而朝廷方屬太平，不憙生事，仲淹於搢紳中，獨如妖言，情既齟齬，詞乃睽戾，至有忤天子大臣之威，賴至仁之朝，不下獄以死，而天下指之爲狂士。然則忤之之情無他焉，正如陸龜蒙《怪松圖贊》謂草木之性，其本不怪，乗陽而生，小已遏不伸不直，而大醜彰於形質，天下指之爲怪木，豈天性之然哉？今擢處方面，非朝廷委曲照臨，則敗辱久矣。昔郭汾陽與李臨淮有隙，不交一言，及討禄山之亂，則執手泣别，勉以忠義，終平劇盗，實二公之力。今相公有汾陽之心之言，仲淹無臨淮之才之力，夙夜盡瘁，恐不副朝廷委任〔八〕之意，重負泰山，未知所釋之地。不任惶恐戰慄之極，不宣。仲淹惶恐再拜。

游嵩山寄梅殿丞書〔九〕

謝　絳

近有使者東來，付僕詔書，並御祝封香，遣告嵩岳太常移文，合用讀祝捧幣二員，府以歐陽永叔、楊子聰分攝。會尹師魯、王幾道至自緱氏，因思早時約聖俞有太室中峯之行，聖俞中春時遂往，僕〔一〇〕爲人間事所窘，未遑也。今幸其便，又二三子可以爲山水遊侶，然亟與之議，皆喜見顔色，不戒而赴。

十二日晝漏未盡十刻，出建春門，宿十八里河。翌日，過緱氏，閱遊嵩詩碑，碑甚大而字未鐫。上緱嶺，尋子晉祠，陟轘轅，道入登封，出北門，齋於廟中，是夕寢。既興，吏白〔一一〕五鼓，有司請朝服行事。事已，謁新治宮，拜真宗御容。稍即山麓，至峻極中院，始改冠服，却車徒，從者不過十數人，輕齎遂行。是時秋清日陰，天未甚寒，晚花幽草，虧蔽石壁。正當人力清〔一二〕壯之際，加有朋簪談燕之適，升高躡險，氣豪心果。遇盤石，過大樹，必休其上下，酌酒飲茗，傲然者久之。道徑差平，則腰輿以行，巉崒斗甚，則芒蹻以進。窺玉女窓、搗衣石，石誠異，窓則亡有矣。迤邐至八仙壇，憇〔一三〕三醉石，偏視墨跡，不復存矣〔一四〕，考乎三君〔一五〕所賦，亦名過其實。午昃，方抵峻極上院，師魯躰最溢，最先到，永叔最少，最疲。於是浣漱食，從容間躋封禪壇，下瞰群峰，乃向所跂而望之，謂非插翼不可到者，皆培塿焉。邑居樓觀人物之夥，視若蟻壤。武后封祀碑故存，自號『大周』，當時名賢皆列〔一六〕姓名於碑陰，不虞後代之譏其不典也。碑之空無字處，覩聖俞記欒理國而下四人同遊，鑱刻尤精。僕意古帝王祀天神、紀功德於此，當時尊美甚盛，後之君子不必廢之壞之也。又尋韓文公所謂『石室』者，因盡詣東峰頂，是夕宿頂上。會幾望，天無纖翳，萬里在目〔一七〕，子聰疑去月差近，令人浩然絕世間慮。盤桓立清露下，直覺冷透骨髮，羸體將不可堪〔一八〕，方即舍，張燭，具豐饌醇〔一九〕醴。五人者相與岸幘褫帶，環坐滿引〔二〇〕，賦詩談道，間以謔劇，洒然不知形骸之累、利欲之萌爲何物也。夜分，少就枕以息。

明日訪歸路，步履無苦，昔聞鼯鼠窮伎，能下而不能上，豈近此乎？午間至中院，邑大夫來逆〔二一〕，其禮益謹。申刻，出登封西門，道潁陽，宿金店〔二二〕。十六日晨發，據鞍縱望，太室猶在後，路曲〔二三〕南西，則但見少室。若大觀少室之美，非緜茲路，則不能盡諸！邑人謂之冠子山，正得其狀。自此〔二四〕行七十里，出潁陽北門，訪石堂山紫雲洞，即邢和璞著書之所。山徑極峻，捫蘿而上者七八里，上有大洞，蔭數畝，水泉出焉。久爲道士所占，爨煙熏燎，又塗塓其內。已戒邑宰，稍營草屋於側，徙而出之。此間峰勢危絕，大抵相向，如巧者爲之。又峭壁有若四字云『神清之洞』，體法雄〔二五〕妙，蓋薛老峰之比，諸君疑古苔蘚自成文，又意造化者筆焉，莫得究其本末。少留數十刻，會將雨而去，猶冒夜行二十五里，宿呂氏店。馬上粗若疲厭，則有師魯語怪，永叔、子聰歌俚調，幾道吹洞簫，往往一笑絕倒，豈知道路之短長〔二六〕也。十七日宿鼓婆鎮，遂緣伊流，陟香山，上上方〔二七〕，飲於八節灘上。

始自峻極中院，末及此，凡題名於壁，於石，於樹間者，蓋十有四處。大凡出東門，極東而南之，自長夏門入，繞崧〔二八〕轘一匝四百里，可謂窮極勝覽。切切未滿志者，聖俞不與焉。今既還府，恐相次便有塵事侵汩，故急寫此奉報，庶代一昔之談。

與陳都官書

富　弼

牙幹至，蒙惠書，論君子小人各以類進，且取《易·泰》之初九、《否》之初六，皆以『拔茅茹』爲爻辭〔二九〕，以質其事，因及治亂之道，率由君子小人而致。旨暢而辭密，氣勁而志堅，上發經藴，旁照世弊，森矗明白，其文章之偉歟！復謂僕異時必居進退君子小人之位，此足下待僕之過也。然似有疑僕臨富貴不能守初節，廼以忠義見勗，於是不可不報，足下試聽之。

夫書籍所載，皆聖賢所行之道，然未有不深其本而敷其末，隱其原而揚其流。其本深則其末茂，其原隱則其流遠，此聖賢制則之要也。凡今之人觀書者，不究其本，不詳其原，惟末流是習。是故不見聖人之心之所存，矧又未盡末流之學，隘近淺薄，陷爲小人，謂讀書不爲人，專以爲己也。於是以爵位爲梯身之具，而忘乎其君；以禄利爲肥身之資，而忽乎其民。然有尚未能梯肥其身者，則有蹈捷急之徑，趨邪枉之門，貨賄公行，交結相尚，千姦萬亂，亡所不至，生偷一時之樂，死爲後世之誚而不顧也。僕謂市販之貪，奴隸之猥，亦或耻而不肯爲，而彼人者洋洋自以爲計之得，己之勝，吁，可哀也！

僕不佞，自始讀書爲學，必窮其本原，不到聖賢用心處輙不止。聖賢之心，即天地之心也。天地生人於其間，不能自治，必立君長以治之。爲君者不能獨治，必求賢以佐之。聖者君之，賢者臣之，君臣合而共治其人。人既和而天下無事，於是君臣處其位，相與共享天下之樂以爲報也。聖賢不待報，天下之人奉以爲報也。是知古之爲學者，爲人不爲己也。古之得位爲君與爲之佐者，亦不爲己而爲人也。故《傳》曰：『天之愛民甚矣，豈其使一人肆於民上？』又曰：『天生聖人，蓋爲百姓，不獨使自娱樂而已也。』夫爲人君者尚不得肆，不得自娱樂，其爲佐者反可以爵禄梯肥，而忘乎君，忽乎民哉？又可朋姦附惡，爲市販、爲〔三〇〕奴隸之所不爲哉？是故古者聖賢得其時，則假富貴之位，以所學之道，施於當世之民；不得其時，則甘貧喜賤，亦以所學之道著於書，以教後世。聖賢之心，盡於是而已矣。

今足下既才僕而譽之，又疑而勖僕〔三一〕，是果相知乎？噫！僕視富貴爲何等物？處之不以義，則不處〔三二〕。設君相誤〔三三〕處僕於位，僕將持所學，發時之所未治，説〔三四〕吾君吾相而治之，用吾説，康吾民，則所謂富貴者，真富貴也。僕惟恐富貴之不得，得之不能久也。苟不用吾説，不能以所學康吾民，僕當自亟去，棄富貴如脱屣墜甑，還吾貧賤，著書爲樂，且孰能障吾救後世哉？僕自斷如此，復何苦而移吾之節哉？僕之性，其直如日月著於天，嵩衡植於地，日月可隕，嵩衡可拔，僕之節不可移也。不然，僕老死，其節亦可與死偕死也。捨是必未〔三五〕爲交遊憂，足下諒之。

所示《辨劉牧鉤隱圖》，洎《制器尚象論》，皆精絶，得人意外之妙，研玩累月，僅見閫域。其本不以〔三六〕復，時一覽，以紓想望之心。

上范司諫書

歐陽脩

前月中得進奏吏報，云自陳州召至闕，拜司諫，即欲爲一書以賀，多事忽卒未能也。司諫，七品官爾，於執事得之不爲喜，而獨區區欲一賀者，誠以諫官者，天下之得失，一時之公議係焉。今世之官，自九卿百執事，外至一郡縣吏，非無貴官大職可以行其道也，然縣越其封，郡逾其境，雖賢守長不得行，以其有守也。吏部之官不得理兵部，鴻臚之卿不得理光禄，以其有司也。若天下之失得，生民之利害，社稷之大計，惟所見聞，而不係職司者，獨宰相可行之，諫官可言之爾。故士學古懷道者仕於時，不得爲宰相，必爲諫官。諫官雖卑，與宰相等。天子曰不可〔三七〕，宰相曰可〔三八〕，天子曰然，宰相曰不然，坐乎廟堂之上，與天子相可否者，宰相也。天子曰是，諫官曰非，天子曰必行，諫官曰必不可行，立殿陛之前〔三九〕，與天子争是非者，諫官也。宰相尊，行其道；諫官卑，行其言。言行，道亦行也。九卿百司、郡縣之吏，守一職者任一職之責；宰相、諫官係天下之事，亦任天下之責。然宰相九卿而下，失職者受責於有司；諫官之失職也，取譏於君子。有司之法行乎一時，君子之譏著之簡册而昭明，垂之百世而不泯，甚可懼也。夫七品之官，任天下之責，懼百世之譏，豈不重耶！非材且賢者，不能爲也。

近執事始被召於陳州，洛之士大夫相與語曰：『我識范君，知其材也，其來不爲御史，必爲諫官。』及命下，果然，則又相與語曰：『我識范君，知其賢也，他日聞有立天子陛下，直辭正色，面争廷論者，非他人，必范君也。』拜命以來，翹首企足，竚乎有聞，而卒未也。竊惑之，豈洛之士大夫能料於前，而不能料於後也？將執事有待而爲也？

昔韓退之作《争臣論》，以譏陽城不能極諫，卒以諫顯，人皆謂城之不諫，蓋有待而然，退之不識其意而妄譏。脩獨以謂不然。當退之作論時，城爲諫議大夫已五年，後又二年，始庭論陸贄，及〔四〇〕沮裴延齡作相，欲裂其麻，纔兩事爾。當德宗時，可謂多事矣，授受失宜，叛將强臣羅列天下，又多猜忌，進任小人，於此之時，豈無一事可言，而須七年耶？當時之事，豈無急於沮延齡、論陸贄兩事也？謂宜朝拜官而夕奏疏也。幸而城爲諫官七年，適遇延齡、陸贄事，一諫而罷，以塞其責。向使止五年、六年而遂遷司業，是終無一言而去也，何所取哉？今之居官者，率三歲而一遷，或一二歲，甚者半歲而遷也，此又非一〔四一〕可以待乎七年也。

今天子躬親庶政，化理清明，雖爲無事，然自千里詔執事而拜是官者，豈不欲聞正議而樂讜言乎？然今未聞有所言説，使天下知朝廷有正士，而〔四二〕彰吾君有納諫之明也。夫布衣韋帶之士，窮居草茅，坐誦書史，常恨〔四三〕不見用。及用也，又曰『彼非我職，不敢言』，或曰『我位猶卑，不得言』。得言矣，又曰『我有待』。是終無一人言也，可不惜哉！伏惟執事思天子所以見用之意，懼君子百世之譏，一陳昌言，以塞重望，且解洛之士大夫之惑，則幸甚幸甚！

與尹師魯書

歐陽脩

前在京師相别時，約使人如河上，既受命，便遣白頭奴出城，而還言不見舟矣。其夕，及得師魯手簡，乃知留船以待，怪不如約，方悟此奴懶去而見紿。臨行，臺吏催苛百端，不比催師魯〔四四〕人長者有禮，使人惶迫不知所爲，是以又不留下書在京師，但深託君貺因書道脩意以西。始謀陸赴夷陵，以大暑，又無〔四五〕馬，乃作此行。沿汴絶淮，泛大江，凡五千里，用一百一十程，纔至荆南。在路無附書處，不知君貺曾作書道脩意否？及來此，問荆人，云至郢止兩程，方喜得作書以奉問。又見家兄言，有人見師魯過襄州，計今在郢久矣。師魯歡戚，不問可知，所渴欲問者，别後安否，及家人處之如何，莫苦相尤否？

脩行雖久，然江湖皆昔所游，往往有親舊留連，又不遇惡風水。老母用術者言，果以此行爲幸。又聞夷陵有米、麵、魚，如京洛，又有梨、栗、橘、柚、大筍、茶荈，皆可飲食，益相喜賀。昨日因參轉運，作庭趨，始覺身是縣令矣，其餘皆如昔時。

師魯簡中言，疑脩有自疑之意者，非他，蓋懼責人太深以取直爾。今而思之，自決不復疑也。然師魯又云闇於朋友，此似未知脩心。當與高書時，蓋已知其非君子，發於極憤而切責之，非以朋友待之也，其所爲何足驚駭？路中人頗有人以罪出不測見弔者，此皆不知脩心也。師魯又云非忘親，此又非也。得罪雖死，不爲忘親，此事須相見，可盡其説也。五六十年來，天生此輩，沈默畏謹，布在世間，相師成風。忽吾輩作此事，下至竈門老婢，亦相驚怪，交口議之，不知此事古人日日有也，但問所言當否而已。又有深相賞歎者，此亦是不慣見人事也，可嗟世人不見如往時事久矣。往時砧斧鼎鑊，皆是烹斬〔四六〕人之物，然士有死不失義，則趨而就之，與几席枕〔四七〕藉之無異。有義君子在傍見其就死，知其當然，亦不甚歎賞也。史册所以書之者，蓋特欲警後世愚懦者，使知事有當然而不得避爾，非以爲奇事而詫人也。幸今世用刑至仁慈，無此物。使有而一人就之，不知作何等怪駭也。然吾輩亦自當絶口，不可及前事也。居閑僻處，日知進道而已，此事不須言。然師魯以脩有自疑之言，要知脩處之如何，故略道也。

安道與予在楚州，談禍福事甚詳，安道亦以爲然，俟到夷陵寫去，然後得知脩所以處之之心也。又常與安道言，每見前世有名人，當論事時，感激不避誅死，真若知義者。及到貶所，則戚戚怨嗟，有不堪之窮愁，形於文字，其心歡戚，無異庸人，雖韓文公，不免此累。用此戒安道，慎勿作戚戚之文。師魯察脩此語，則處之之心又可知矣。近世人因言事亦有被貶者，然或傲逸狂醉，自言我爲大，不爲小，故師魯相别，自言益慎職，無飲酒，此事脩今亦遵此語。咽喉自出京愈矣，至今不曾飲酒，到縣後勤官，以懲洛中時懶慢矣。夷陵有一路，只數日可至郢，白頭奴足以往來。秋寒矣，千萬保重。

校勘記

〔一〕『今皇』下，六十三卷本有一『帝』字。北宋刻本《范文正公文集》無。
〔二〕『弊』，底本無，據六十三卷本補。北宋刻本《范文正公文集》有『弊』字。
〔三〕『難』，底本作『艱』，據六十三卷本、麻沙本改。北宋刻本《范文正公文集》作『難』。
〔四〕『聖文神武』，底本作『聖神文武』，據六十三卷本、六十四卷本改。北宋刻本《范文正公文集》作『聖文神武』。
〔五〕『俱』，底本作『甚』，據六十三卷本、麻沙本改。北宋刻本《范文正公文集》作『俱』。
〔六〕『大』，底本作『人』，據六十三卷本、麻沙本改。北宋刻本《范文正公文集》作『大』。
〔七〕『非辜』，底本作『無辜』，據六十三卷本、麻沙本改。北宋刻本《范文正公文集》作『非辜』。
〔八〕『委任』，底本作『委之』，據六十三卷本改。
〔九〕『書』，底本無，據六十三卷本補。
〔一〇〕『僕』，底本無，據六十三卷本補。
〔一一〕『白』，底本誤作『由』，據六十三卷本改。
〔一二〕『清』，底本作『精』，據六十三卷本、麻沙本改。
〔一三〕『憩』，底本無，據六十三卷本、麻沙本補。
〔一四〕『不復存矣』，底本作『已無復存』，據六十三卷本、麻沙本改。
〔一五〕『君』，底本空缺，據六十三卷本、麻沙本補。
〔一六〕『列』，底本無，據六十三卷本補。

〔一七〕『目』，底本作『月』，據六十三卷本改。

〔一八〕『可堪』，底本作『堪可』，據六十三卷本改。

〔一九〕『醇』，底本無，據六十三卷本補。

〔二〇〕『引』，底本作『飲』，據六十三卷本、麻沙本改。

〔二一〕『逆』，底本作『迎』，據六十三卷本、麻沙本改。

〔二二〕『店』，底本作『占』，據六十三卷本改。

〔二三〕『曲』，底本空缺，據六十三卷本、麻沙本補。

〔二四〕『此』，底本無，六十三卷本、麻沙本無，據明萬曆刊本《嵩書》補。

〔二五〕『雄』，底本作『確』，據六十三卷本改。

〔二六〕『短長』，底本作『阻長』，據六十三卷本、麻沙本改。

〔二七〕『上方』，底本作『下方』，據六十三卷本改。

〔二八〕『崧』，底本作『菘』，據六十三卷本改。

〔二九〕『辭』，底本空缺，據六十三卷本補。

〔三〇〕『爲』，底本無，據六十三卷本、麻沙本補。

〔三一〕『疑而勗僕』，六十三卷本作『疑僕而勗之』。

〔三二〕『不處』，底本空三字格，麻沙本作『所處』，六十三卷本作『不處』，據六十三卷本改。

〔三三〕『誤』，底本無，據六十三卷本補。　麻沙本作『設』。

〔三四〕『説』，六十三卷本作『告』。

〔三五〕『未』，底本作『不』，據六十三卷本、麻沙本改。

〔三六〕『不以』，底本空缺，據六十三卷本、麻沙本補。

〔三七〕『不可』，六十三卷本作『可』。宋慶元二年周必大刻本《歐陽文忠公集》、元本《歐陽文忠公集》作『不可』。

〔三八〕『可』，六十三卷本作『不可』。宋慶元二年周必大刻本《歐陽文忠公集》、元本《歐陽文忠公集》作『可』。

〔三九〕『前』，底本作『間』，據六十三卷本、麻沙本改。宋慶元二年周必大刻本《歐陽文忠公集》、元本《歐陽文忠公集》作『前』。

〔四〇〕『及』，底本作『又』，據六十三卷本改。宋慶元二年周必大刻本《歐陽文忠公集》、元本《歐陽文忠公集》作『及』。

〔四一〕『一』，底本無，據六十三卷本、麻沙本補。宋慶元二年周必大刻本《歐陽文忠公集》、元本《歐陽文忠公集》作『一』。

〔四二〕『而』，底本無，據六十三卷本補。麻沙本作『爲』。宋慶元二年周必大刻本《歐陽文忠公集》、元本《歐陽文忠公集》作『而』。

〔四三〕『恨』，底本作『憾』，據六十三卷本、麻沙本補。宋慶元二年周必大刻本《歐陽文忠公集》、元本《歐陽文忠公集》作『恨』。

〔四四〕『師魯』，底本誤作『船魯』，據六十三卷本改。宋慶元二年周必大刻本《歐陽文忠公集》、元本《歐陽文忠公集》作『師魯』。

〔四五〕「無」，底本作「否」，據六十三卷本、麻沙本改。宋慶元二年周必大刻本《歐陽文忠公集》、元本《歐陽文忠公集》作「無」。

〔四六〕「斬」，底本誤作「斯」，據六十三卷本改。宋慶元二年周必大刻本《歐陽文忠公集》、元本《歐陽文忠公集》作「斬」。

〔四七〕「枕」，底本無，據六十三卷本補。宋慶元二年周必大刻本《歐陽文忠公集》、元本《歐陽文忠公集》作「枕」。

新校宋文鑑卷第一百十四

校者按：底本此卷抄配，據六十三卷本、麻沙本刻卷校改。

書

與石推官書

歐陽脩

前同年徐君行，因得寓書，論足下書之怪。時僕有妹居襄城，喪其夫，匍匐將往視之，故不能盡其所以云者，而略陳焉。足下雖不以僕爲狂愚而絶之，復之以書，然果未能喻僕之意。非足下之不喻，由僕聽之不審，而論之之略之過也。僕見足下書久矣，不即有云，而今乃云者，何耶？始見之，疑乎不能書，又疑乎忽而不學，夫書一藝爾，人或不能，與忽不學，時不必論，是以默默然。及來京師，見二像石本，及聞説者云足下不欲同俗，而力爲之，如前所陳者，是誠可諍矣，然後一進其説。及得足下書，自謂不能，與前所聞者異，然後知所聽之不審也。然足下於僕之言，亦似未審者。

足下謂世之善書者能鍾、王、虞、柳，不過一藝，己之所學，乃堯、舜、周、孔之道，不必善書。又云因僕之言，欲勉學之者。此皆非也。夫所謂鍾、王、虞、柳之書者，非獨足下薄之，僕固亦薄之矣。世之有〔一〕好學其書而悦之者，與嗜飲茗與圖畫無異，但其性之一僻耳，豈君子之所務乎？然至於書，則不可無法。古之始有文字也，務乎記事，而因物取類爲其象，故《周禮》六藝有六書之學，其點畫曲直，皆有其説。揚子曰：『斷木爲棊，梡〔二〕革爲鞠，亦皆有法焉。』而况書乎？今雖隸字已變於古，而變古爲隸者非聖人，不足師法，然其點畫曲直，猶有準則，如『母』『毋』、『彳』『亻』之相近，易之則亂，而不可讀矣。今足下以其直者爲斜，以其方者爲圓，而曰我第行堯、舜、周、孔之道，此甚不可也。譬如設饌於案，加帽於首，正襟而坐，然後食者，此世人常耳。若其納足於帽，反衣而衣，坐乎案上，以飯實酒巵而食，曰我行堯、舜、周、孔之道者，以此之〔三〕於世可乎？不可也。則書雖末事，而當從常法，不可以爲怪也，亦猶是矣。而足下了不省僕之意，凡僕之所陳者，非論書之善否，但患乎近怪自異以惑後生也。若果不能，又何必學，僕豈區區勸足下以學書者乎？

足下又云我實有獨異於世者，以疾釋老，斥文章之雕刻者。此又大不可也。夫釋老，惑者之所爲；雕刻文章，薄者之所爲。足下安知世無明誠篤厚君子之不爲乎？足下自以爲異，是待天下無君子之與己同也。仲尼曰：『後生可畏，安知來者之不如今也？』是則仲尼一言不敢遺天下之後生，足下一言待天下以無君子，此故所謂大不可也。夫士之不爲釋老與〔四〕不雕刻文章者，譬如爲吏而不受貨財，蓋道當爾，不足恃以爲賢也。

答吴充秀才書

歐陽脩

前辱示書及文三篇，發而讀之，浩乎若千萬言之多，及少定而視焉，纔數百言爾，非夫辭豐意雄，霈然有不可禦之勢，何以至此？然猶自患倀倀莫有開之使前者，此好學之謙言也。脩材不足用於時，仕不足榮於世，其毁譽不足輕重，氣力不足動人。世之欲假譽以爲重，借力而後進者，奚取於脩焉？先輩學精文雄，其施於時，又非待脩譽而爲重，借力而後進者也。然而惠然見臨，若有所責，得非急於謀道，不擇其人而問焉者歟？

夫學者未始不爲道，而至者鮮焉。非道之於人遠也，學者有所溺焉爾。蓋文之爲言，難工而可喜，易悦而自足，世之學者往往溺之。一有工焉，則曰『吾學足矣』，甚者至棄百事，不關於心，曰『吾文士也，職於文而已』，此其所以至之鮮也。昔孔子老而歸魯，《六經》之作，數年之頃爾，然讀《易》者如無《春秋》，讀《書》者如無《詩》，何其用功少而能極其至如是也！聖人之文，雖不可及，然大抵道勝者，文不難而自至也。故孟子皇皇不暇著書，荀卿蓋亦晚而有作。若子雲、仲淹，方勉焉以模言語，此道未足而彊言者也。後之惑者，徒見前世之文傳，以爲學者文而已，故用力愈勤，而愈不至，此足下所謂『終日不出於軒序，不能縱横高下皆如意』者，道未足也。若道之充焉，雖行乎天地，入於淵泉，無不之也。先輩之文，浩乎霈然，可謂善矣，而又志於爲道，猶自以爲未廣，若不止焉，孟、荀可至而不難也。脩學道而不至者，然幸不甘於所悦而溺於所止，因吾子之能不自止，又以勵脩之少進焉，幸甚幸甚！脩白。

上杜中丞論舉官書

歐陽脩

脩前伏見舉南京留守推官石介爲主簿，近者聞介以上書論赦被罷，而臺中因舉他吏代介者。主簿於臺職最卑，一介賤士也，用不用當否，未足害政，可惜者，中丞之舉動也。介爲人剛果有氣節，力學喜辨是非，真好義之士也。始執事舉其材，議者咸曰知人之明，今聞其罷，皆謂赦乃天子已行之令，非疎賤當有説，以此罪介，曰當罷。脩獨以爲不然。然不知介果指何事而言也？傳者皆云，介之所論，謂朱梁、劉漢不當求其後裔爾。若止此一事，則介不爲過也。然又不知執事以介爲是爲非也？若隨以爲非，是大不可也。且主簿於臺中非言事之官，然大抵居臺中者，必以正直剛明不畏避爲稱職。今介足未履臺門之閾，而已用言事見罷，真可謂正直剛明不畏避矣。度介之才，不止爲主簿，直可任御史也。是執事有知人之明，而介不負執事之知矣。

脩嘗聞長老説趙中令相太祖皇帝也，嘗爲某事擇官，中令列二臣姓名以進，太祖不肯用。他日又問，復以進，又不用。他日又問，復以進，又不用。他日又問，復以進，太祖大怒，裂其奏，擲殿陛上。中令色不動，插笏帶間，徐拾碎紙，袖歸中書。他日又問，則補綴之，復以進，太祖大悟，終用二臣者。彼之敢爾者，蓋先審知其人之可用，然後果而不可易也。今執事之舉介也，亦先審知其可舉邪？是偶舉之耶？若知而舉，則不可遽止；若偶舉之〔五〕，猶宜一請介之所言，辨其是非而後已。若介雖迕上而言是也，當助〔六〕以辯；若其言非也，猶宜曰：『所舉者爲主簿爾，非言事也，待爲主簿不任職，則可請罷〔七〕。』以此辭焉可也。且中丞爲天子司直之臣〔八〕，上雖好之，其人不肖，則當彈而去之；上雖惡之，其人賢，則當舉而申之，非謂隨時好惡而高下者也。今備位之臣百十〔九〕，邪者正者，其糾舉一信於臺臣。而執事始舉介曰能，朝廷信而將用之，及以爲〔一〇〕不能，則亦曰不能，是執事自信猶不果，若遂言他事，何敢望天子之取信於執事哉？故曰主簿雖卑，介雖賤士，其可惜者，中丞之舉動也。

況今斥介而他舉，必亦擇賢而舉也。夫賢者固好辯，若舉而入臺，又有言，則又斥而他舉乎？如此，則必得愚闇懦默者而後止也。伏惟執事，如欲舉愚者，則豈敢復云；若將舉賢也，願無易介而他取也。今世之官，兼御史者，例不與臺事，故敢布狂言，竊獻門下，伏惟幸察焉。

與四路招討司幕府李諷田棐元積中書　尹洙

得劉伯壽牒，取王文政文牘，尋以封送。始文政等以罪配隸牢城保寧爲兵。會韓公來，以舊獄訴於公，公命覆其罪，苟不至深切，則移籍於廣鋭蕃落。文政等皆在涇，於是申上帥府，呼此二人，幕府不俾二人者來，反令取其具獄就涇視之。既而帥命二人者來，止云材弱，射七斗弓，箭不滿兩握，其具獄則詳之矣。於是衆議曰：『具獄往而二人乃來，此必審其初罪，不爲深切矣。其言材弱射不中程者，慮以廣鋭處之也。』蕃落舊等才五尺三寸，近制短指者亦聽。狄侯命二舊卒方之不少損，又命以射，彎九斗弓，箭不滿二指，在舊卒下等之上。涇内地，不知蕃落所用皆短箭，故差繆相遠。若必以長箭程之，雖積功至大校，其少且壯者，亦不能應格矣。又蕃落中，有犯姦若盗如此比隸軍者甚衆，決不復疑，但喜得勝兵者二人，遂易其籍。帥府乃詢云：『若二人者，罪安得不爲深切？』然後乃知帥府之意，不欲隸此二人於蕃落，既已籍之，無如之何，乃荅曰：『其罪不至極於惡〔一一〕。』蓋婉其辭，所以恭上命也。不圖又命劉伯壽覆其獄，凡涇人之相厚者，皆見責曰：『何乃不禀帥命？』某聞之，甚駭其言，若他事則不敢知，如止〔一二〕此一事，則所以爲不禀也。何者？始本路索此二人於涇帥，既不遣，復命取具獄視之。若果以爲巨慝，則當下令曰：『此不足貸，二人無可遣理。』獨歸其具獄。則洙必審視其罪，雖其可貸，猶當奉承帥旨，奚必改籍此二卒耶？且韓公非素得視此二人具獄也，命本路究其罪，易其軍。易〔一三〕與不易，皆係於本路也，不易不足爲忤意，易之不足爲迎合。且本路軍與民暨蕃酋，以事自訴，以功自理於韓公者多矣，皆下其事於本路，且命詳之。其以事自訴得辨者十二三，以功自理應格者十一二。蕃酋所陳，其可行者十不一二，皆不以先人之言爲主也。文符盡在，可取而覆視，豈必以一事爲違戾耶？

茲事極微，而洙懇懇爲言者，誠以害於體爲甚大也。昨日經略司行某事，其於法少礙而事當然者，大吏持以前日王文政等無礙於法尚爾，今此恐見詰，奈何？洙叱去之。洙謂狄侯曰：『異日此曹有言，必請黥之。』雖異日黥之，徒能制一吏，如將校何？將校必曰：『此一細事，猶不得遂其行，安能使我有畏哉？吾獨知畏元帥耳。』此甚足爲元帥憂也。自洙臨本路，原州鎮戎軍决罪，有不至[一四]死而特死者，有當死而慘其形者，洙與狄侯議，皆不問其狀，蓋知其守將可任以事，當申其權於下也。又有卒犯罪，反持其主校過失者，洙詰之曰：『若主校與汝共爲隱，汝懼累以言；或主校濫罰，汝不勝其虐以言，吾皆聽汝，理有罪者。今汝自有罪當罰，主校若貸汝，則過終不聞。是使主校皆畏過，莫敢笞其卒者，此軍之大弊也。』狄侯曁諸將皆曰善，然遂杖去之。且大將於士卒，非人人能督察撫循之也，必有主校焉。使軍中皆畏其主校，則將無所事矣。夫士卒不畏其主校，則飲博自恣；飲博自恣，則卒至於貧窮；卒至於貧窮，則無所不至焉。爲主校者，豈可使反畏其下哉？故爲將者，必察群校之貪虐者自去之，無使其下能持焉，則卒皆有畏矣。是則大將者，不使士卒獨畏我，而不畏其主校；又不使屬郡之兵獨畏我，而不畏其守將，此治兵之大要也。洙秩雖卑，然於本路言之，與狄侯皆大將之任也。責任既重，朝夕於邊事，無不憂者。聞士卒不畏其主校，則小以爲憂；聞屬郡不畏其守將，則大以爲憂。今將使一路之人，不畏其大將，則元帥安得而不憂耶？故某所謂於事雖小，而於體甚大者，以此。

某得以諫名官，凡事之曲直，猶當於天子廷辯之。今乃不能自辯於元帥，反囁嚅於幕府，豈畏懦耶？蓋元帥之體，不當以事詘於部將，是某凡辯論事，可取直於天子，不可取直於元帥。幸諸君少留意焉。

答張洞書

孫　復

兩辱手書，辭意勤至，道離群外，以僕居今之世，樂古聖賢之道與仁義之文也，遠以尊道扶聖、立言垂範之事問於我。我幸而志[一五]於斯也有年矣，重念世之號進士者，率以砥礪辭賦，睎覬科第爲事，若明遠穎然獨出，不汲汲於彼，而孜孜於此者，幾何人哉？然吾懼明遠午少氣勇[一六]，而欲速成，無以致於文也，故道其一二，明遠孰察之而已矣。

夫文者，道之用也；道者，教之本也。故文之作也，必得之於心，而成之於言。得之於心者，明諸内者也；成之於言者，見諸外者也。明諸内者，故可以適其用；見諸外者，故可以張其教。是故《詩》《書》《禮》《樂》《大易》《春秋》之文也，揔而謂之經者，以其終於孔子之手，尊而異之爾，斯聖人之文也。後人力薄，不克以嗣，但當左右名教，夾輔聖人而已。或則發列聖之微旨，或則擿諸子之異端，或則發[一七]千古之未寤，或則正一時之所失，或則陳仁政之大經，或則斥功利之末術，或則揚聖人之聲烈，或則寫下民之憤歎，或則陳天人之去就，或則述國家之安危，必皆臨事摭實，有感而作。爲論，爲議，爲書、疏、歌、詩、贊、頌、箴、解、銘、説之類，雖其目甚多，同歸於道，皆謂之文也。若肆意構虚，無狀[一八]而作，非文也，乃無用之瞽言爾，徒污簡册，何所貴哉？

明遠無志於文則已，若有志也，必在潛其心而索其道。潛其心而索其道，則其所得也必深；其所得也既深，則其所言也必遠。既深且遠，則庶乎可望於斯文也。不然，則淺且近矣，曷可望於斯文哉？噫！斯文之難至也久矣，自西漢至李唐，其間鴻生碩儒齊肩而起，以文章垂世者衆矣。然多以楊、墨、佛、老虚無報應之事，沈、謝、徐、庾妖艷邪哆之言，雜乎其中。至有盈箱滿集，發而視之，無一言及於教化者。此非無用瞽言，徒污簡册者乎？至於終始仁義，不叛不雜者，惟董仲舒、揚雄、王通、韓愈而已。由是而言之，則可容易至之哉？若欲容易而至之，則非吾之所聞也。明遠熟察之，無以吾言爲忽！

上孔中丞書

石　介

夫子之道，不行於當年，傳於其家，直四十餘世，以俟子孫，如此其遠也。夫子没，後世有子思焉，安國焉，穎達焉，止於發揚其言而已。有漢相光，唐相緯，雖得位，亦不能盡行其道。夫子之道，其肯鬱然蟠伏於其家？乃躍起奮出，散漫於天下，天下人皆可以得之。漢高祖、唐太宗能得之於上，以之有天下三百年。孟軻、揚雄、文中子、韓愈能得之於下，以之有其名於億萬世。唯孔氏子孫，無有得之者，俟四十餘世，僅二千年，閤下乃得之。今夫子之道，不專在於閤下也，閤下又且赫然有聲烈於天下，復得位於朝，見用於天子。閤下〔一九〕徒能得夫子之道？其將以夫子之道事於聖君，施於天下，俾國家爲二帝，爲三王，爲兩漢，爲鉅唐矣。

夫子之志〔二〇〕，曰：『吾志在《春秋》。』《春秋》，天子之事也。世衰道微，邪説暴行有作〔二一〕，臣弑其君者有之，子弑其父者有之。夫子懼之，而又時無君，已無位，不能誅，不能正，乃作《春秋》焉，所以正王綱，舉王法。故《春秋》成，『亂臣賊子懼』。爲司寇，則七日而誅少正卯於兩觀之下。攝相事，則齊終不敢寇兵河南。當時之君則昏也，當時之位則攝也，尚不及閣下得明君，有大位。爲中丞逾月，而未聞有舉焉。閣下在朝，朝廷尚有姦臣敢在位，天下蠹賊未悉除，是夫子道猶未克盡舉，豈夫子直四十餘世、僅二千年以俟閣下〔二二〕？閣下宜念之！

且天子之設御史府，尊其位，崇其任，不與他府並。舊有大夫，則中丞亞大夫而領其屬；今大夫闕，則中丞其長也。故中丞之任特重焉，中丞之責尤重焉。君有佚豫失德，悖亂亡道，荒政咈諫，廢忠慢賢，御史府得以諫責之。相有依違順旨，蔽上罔下，貪寵忘諫，專福作威，御史府得以糾繩之。將有驕悍不順，恃武肆害，翫兵棄戰，暴刑毒民，御史府得以舉劾之。君，至尊也；相與將，至貴也，且得諫責糾劾之，餘可知也。御史府之尊嚴也，如軒陛之下，廟堂之上，進退百官，行政教，出號令，明制度，紀賞罰，有不如法者，御史得言之。御史府視中書、樞密雖若卑，中書、樞密亦不敢與御史府抗威爭禮，而返畏悚而尊事之。御史府之重，其〔二三〕無與比。然須得如閣下者居之，始貴矣。

《易》曰：『苟非其人，道不虛行。』《禮》曰：『人存則政舉。』閣下聖人之後，又能得聖人之道，以方重剛正，公忠清直，烈烈在於朝，爲天子獻可替否，贊謀猷，持綱紀，天下想望其風采者，十五年間，簡於清衷，期將大用。且歷試於外，更觀其能，連更三大藩，皆卓然有治聲，聞於天宇，浹於日下。御史府中丞虚位日，班於紫宸殿下，佩金煌煌，行聲鏘鏘，且有百數，天子弗録之，乃南走三百里，以驛召閤下，直入其府登其位。自陛下獨決萬機以來，登崇俊良，黜逐纖人，革故鼎新，百度修舉，太平之望，日月以隆。然而天人之心猶鬱然不大舒釋者，以閤下尚稽太任也，至是，天人之心始大舒釋矣。

閤下自初及終，皆以直道進。《詩》曰：『靡不有初，鮮克有終。』介嘗聞朝大夫語曰：有某官爲某官時，忠鯁直讜，謇謇敢言，觸龍逆鱗，不避誅死，由是人主知之，聲名藹然，聳動朝野，不四五年取顯仕。今爲某官，位彌高，身彌貴，禄厚惠渥，私庭曳青綬者五六人，門前炎炎可炙手。顧此勢力榮寵有所惜也，如有物塞其耳，如有葉蔽其目，如有鉗緘其口，朝廷有闕政，國家有遺事，若不聞，若不覩，而不復言。則嚮之忠鯁讜直，謇謇敢言，乃沽名耳，其以爲速進之媒乎！噫！士之積道德、富仁義於厥身，蓋假於權位以布諸行事，利於天下也，豈有屑屑然謀夫衣食者歟？正色直己，立於朝廷，行其道，乃使天下有此論，庸無傷乎？古今君子少，小人多，君子常不勝小人。小人不惟常勝君子，而又不能容之，惡直醜正，嚚嚚實繁。幸而有一君子在於朝，則百小人排之，非鐵心石腸，剛正不折，未有不隨而靡者。小人不容君子也如是，而不能死節以永終譽，中塗晚節，須有渝變，宜其爲小人之所排也。今有人位未顯，身在下，能堅正不顧其身，敢直言極諫，犯天子顔色，封章抗疏，論天下利害。群小人必叢〔二四〕立指黠曰：此人速進也，沽虚名也，非以行道也。吁！吾徒不見容於小人也，不敢信於天下也，固若是乎？學周公、孔子之道，不用則卷而懷之，用則肯已乎？實將施及國家，布於天下，以左右吾君，綏吾民矣。群小人排毁不已，無足怪也。閤下亦當大警戒之，勿使天下有所論，則君子幸甚！天下幸甚！

答韓持國書

蘇舜欽

近得京信，長姊奄逝，中懷殞裂，不堪其哀，更承慰問，重增號絶。且蒙見責以兄弟在京，不以義相就，以盡友悌之道，獨羈外數千里，自取愁苦。持國，予之素所畏者也，今言如是，疑非出於持國也，然筆迹趣向皆持國，又不足疑，是持國知其一，未知其他，予不得不爲持國班班而言也。

予亦人也，非翼而飛，蹄而馳者也，豈無親戚之情？豈不知會合之樂也？雖是禽獸，亦安肯捨安逸而就愁苦哉？此語去離物情遠矣，豈當出於持國之口耶？昨在京師官時，不敢犯人顔色，不敢議論時事，隨衆上下，心志蟠屈不開，固亦極矣。不幸適在嫌疑之地，不能决然早自引去，致不測之禍，捽去下吏，無人敢言。友讎一波，共起謗議，被廢之後，喧然未已，更欲寘之死地然後爲快。來者往往鉤賾[二五]言語，欲以傳播，好意相存卹者，幾稀矣。故閉户，或密出，不敢與相見，如避兵寇，惴惴然惟恐累及親戚耳。偷俗如此，安可久居其間？遂超然遠舉，羈泊於江湖之上，不唯衣食之累，實亦少避其機穽也。況血屬之多，持國見之矣；屋廬之隘，持國亦見之矣；資人之薄，持國又見之矣。常相團聚，不衣與食，可乎？不可也。食雖足，閉關常不與人相接，可乎？亦不可也。既與人接，不與之言，可乎？又不可也。既與之言，不與之往還，可乎？又不可也。既與之言語往還，人人皆如持國則可，今持國尚有此語，況親也，義也，識也，不迨持國者多矣，使之加釀惡言，喧布上下，不能自明，則前日之事未爲重也，便都無此事，亦終日勞苦應接之不暇，寒暑奔走塵土泥淖中，不能了人事，羸馬傲僕，日棲棲取辱於都城，使人指背笑我，哀閔我，亦何顔面，安得不謂之愁苦哉？

此雖與兄弟親戚相遠，而伏臘稍充足，居室稍寬，又無終日應接奔走之勞，耳目清曠，不設機關以待人，心安閒而體舒放，三商而眠，高舂而起，静院明窓之下，羅列圖史琴樽以自愉，踰月不迹公門。有興，則泛小舟，出盤閶，吟嘯覽古於江山之間。渚茶野釀，足以銷憂；蓴鱸稻蟹，足以適口。又多高僧隱君子，佛廟勝絶，家有園林，珍花奇石，曲池高臺，魚鳥留連，不覺日暮。昔孔子作《春秋》而夷吴，又曰『吾欲居九夷』，觀今之風俗，樂善好事，知予守道好學，皆欣然願來過從，不以罪人相遇，雖孔子復生，是亦必欲居此也。則持國以彼此較之，孰爲然否哉？人生内自得，外有所適，故亦樂矣，何必高位厚禄，役人以自奉養，然後爲樂？

今雖僑此，亦如仕宦南北，安可與親戚常相守耶？持國明年終喪，昆仲亦必遊宦〔二六〕，何以盡友悌之道也？況予窘迫，勢不得如持國之意，必使我尸轉溝洫〔二七〕，肉餧豺虎，而後可也，何其忍耶？嘗觀《棠棣》之詩云：『凡今之人，莫如兄弟。』謂兄弟以恩，當有急難之時，必相拯救。五章云：『喪亂既平，既安且寧。雖有兄弟，不如友生。』謂朋友尚義，及安寧之時，以禮義相琢磨也。予於持國，外兄弟也，當急難之時，不相拯救，今又於未安寧之際，欲以義相琢刻，雖古人所不能受，予欲不報，慮淺吾持國也。前得子華詩，意亦然，未暇縷述，今並此以達子華。予非躁而忉咄者，察之！

校勘記

〔一〕『有』，底本無，據六十三卷本、麻沙本補。宋慶元二年周必大刻本《歐陽文忠公集》、元本《歐陽文忠公集》作『有』。

〔二〕『梲』，底本無，據六十三卷本、麻沙本補。宋慶元二年周必大刻本《歐陽文忠公集》、元本《歐陽文忠公集》作『梲』。

〔三〕『之』，底本無，據六十三卷本、麻沙本補。宋慶元二年周必大刻本《歐陽文忠公集》、元本《歐陽文忠公集》作『之』。

〔四〕『與』，底本無，據六十三卷本、麻沙本補。宋慶元二年周必大刻本《歐陽文忠公集》、元本《歐陽文忠公集》作『與』。

〔五〕『耶？若知而舉，則不可遽止；若偶舉之』，凡十四字，底本無，據六十三卷本補。宋慶元二年周必大刻本《歐陽文忠公集》、元本《歐陽文忠公集》與六十三卷本同。

〔六〕『助』，底本空缺，據六十三卷本補。麻沙本作『初』。宋慶元二年周必大刻本《歐陽文忠公集》、元本《歐陽文忠公集》作『助』。

〔七〕『請罷』，六十三卷本作『罷請』。宋慶元二年周必大刻本《歐陽文忠公集》、元本《歐陽文忠公集》作『罷請（一作請罷）』。

〔八〕『臣』，底本作『言』，據六十三卷本改。宋慶元二年周必大刻本《歐陽文忠公集》、元本《歐陽文忠公集》作『臣』。

〔九〕『百十』，六十三卷本作『百千』。宋慶元二年周必大刻本《歐陽文忠公集》、元本《歐陽文忠公集》作『百十』。

〔一〇〕『以爲』，底本作『所爲』，據六十三卷本改。宋慶元二年周必大刻本《歐陽文忠公集》、元本《歐陽文忠公集》作『以爲』。

〔一一〕『極於惡』，底本作『於極惡』，據六十三卷本、麻沙本改。

〔一二〕『止』，底本作『正』，據六十三卷本改。

〔一三〕『易』，底本無，據六十三卷本補。

〔一四〕『至』，底本作『足』，據六十三卷本改。

〔一五〕『志』，底本誤作『至』，據六十三卷本、麻沙本改。

〔一六〕『勇』，底本作『盛』，據六十三卷本、麻沙本改。

〔一七〕『發』，底本作『覺』，據六十三卷本、麻沙本改。

〔一八〕『狀』，底本作『故』，據六十三卷本、麻沙本改。

〔一九〕『閤下』下，六十三卷本有一『豈』字。

〔二〇〕『志』，六十三卷本作『言』。

〔二一〕『作』，底本作『行』，據六十三卷本、麻沙本改。

〔二二〕『閤下』下，六十三卷本有『之意』二字。

〔二三〕以下自『無與比』至『君子也如是，而』，底本缺，據六十三卷本、麻沙本補。

〔二四〕『叢』，底本作『群』，據六十三卷本、麻沙本改。

〔二五〕『賾』，底本誤作『頤』，據六十三卷本改。

〔二六〕『宦』，底本空缺，據六十三卷本補。

〔二七〕『洫』，底本作『壑』，據六十三卷本、麻沙本改。

新校宋文鑑卷第一百十五

校者按：底本此卷抄配，據六十三卷本刻卷校改。

書

與吴九論武學書

劉敞

前此有人自京師至，言朝廷製作武舞，教之庠中者。小人竊喜，以謂太祖、太宗功業軼三王，德厚侔天地，而廟樂未立，雅頌未備，公卿大夫乃宜冬不裘，夏不葛，而日夜謀之，所以使名聲洋溢，與萬世無窮，百姓有以詠歌，四夷有以觀聽也。而闊然寖久，功烈掩塞，是必天子感焉而作樂崇德，以薦之宗廟，肆之上帝矣。周室既衰，管絃〔一〕之書遂亡，於今千歲焉，而吾徒乃且復得閱其蹈厲，觀〔二〕其文物，是千一之會也。以足下方爲學官，所以欣然奉書，求粗問〔三〕制度，亦欲夸動下國，奮揚輝光。

今辱來〔四〕訊，乃知傳者之誤。而國家自以邊鄙未靖，故立武學，以校驍鷙之士，孫、吴、賁、育之儔。小人失望，又重感歎。昔三代之王，建辟雍、成均以敎化者，危冠逢掖之人，居則有序，其術《詩》《書》《禮》《樂》，其志文、行、忠、信，是以無鄙倍之色，鬬争之聲。猶懼其末也，故賤詐謀，爵人以德，褒人以義，軌度其信，壹以待人。故曰：『勇則害上，不登於明堂〔四〕』民知所底，而無貳心。是以其教不肅而成，其政不嚴而治，曾未聞夫武學之制也。夫縵胡之纓，短後之衣，瞋目而語難，按劍而疾視者，此所謂勇力之人也，將教之以術，而動之以利，其可得不爲其容乎？爲其容〔五〕，其可得無變其俗乎？吾恐雖有智者，未易善其後也。而况建博士之職，廣弟子之員，本之不知，教化既寖弱矣。

夫戰國之時，天下競於馳騖，於是乎有縱横之師，技擊之學，以相殘也。雖私議巷說，有司不及，然風俗猶以是薄，禍亂猶以是長，學者之所甚疾，仁人之所憂而辯也，若之何其效之！且昔先王務教胄子以道，而不及武者，非無四夷之患，誠恐示民以佻也。今既示之佻矣，道其已乎？四方之人何觀焉？且足下預其議，而不能救歟？吾所甚惑也。足下書曰『時事日新，恨不我見』，此獨非新事乎？吾既見之矣，故聊以裁答。

答趙内翰書

蔡　襄

伏蒙示下衆薦黄晞奏草。晞閩人，與之游甚久，以書自喜，不苟於人，誠高世懷道之士。足下薦之於朝，庶乎盛時無有遺材，足下之存心，不特爲晞發也。然其奏曰：『石介在國子監時，請晞表率生徒，晞以介詐善不直〔六〕，爲事非是〔七〕，遂拒之弗往，乃晞之先見知人，識慮高遠也。』襄以謂斥介而引晞，意所未喻。

介好論議當時人物，故衆毀叢至。原其所以爲心，欲君側無姦〔八〕邪，人人爲忠孝，百姓無疾苦，教化明白，信周公、孔子之言，謂太平可立致，而不度世務行之難易，此介之所以脩誠立節之大略〔九〕也。所牴牾者，夏竦黨輩耳。一旦介去朝，姦人巧僞百端，妄造謗毀，必欲赤其族然後快意。賴天子聖明辨是非，故介久而自白。嗟乎！謂介詐善，何也？夫詐善者，將圖富貴取名譽也，介生不免寒飢〔一〇〕，而死幾斫棺，子孫流離，詐善者固如是耶？守己信道，而不顧世俗者，伯夷、叔齊是也，死〔一一〕且數百年，孔子稱之，其論遂定。若介信道而守死者也，其亦有待於後世乎？

昔介之存，襄以同年進士，兄事而友之。自介之亡，未見有如介之自信者。介復生，當師事之不暇，以苟容無所自立爲責，況敢毀之？晞避介聘爲學正，不肯爲介下耳，此特小小者，豈足爲晞高識遠慮哉？足下與介疎，知之不至，然天下公議固當有聞。足下語論，衆所瞻望，詎可雷同？今毀介之人滿朝〔一二〕，使某〔一三〕箝口固不爲少，雖開口明介，介豈遂明？然賣死友以合貴權，此襄所不爲，而足下所見知之者也。近爲寒氣薄中，日再食粥者七矣，奉教不知疲憊，感嘆顛倒。

答劉蒙書

司馬光

昔張伯松語陳孟公曰：『人各有性，長短自裁，子欲爲我亦不能，吾而效子亦敗矣。』馬文淵戒兄子，欲其效龍伯高之周慎謙儉，不欲其效杜季良憂人之憂，樂人之樂也。光愚無似，何足以望萬一於古人？然私心所慕者伯松、伯高，而不敢爲孟公、季良之行也。况幼時始能言，則誦儒書，習謹敕〔一四〕。長而爲吏，則讀律令，守繩墨，齪齪然爲鄙細之人，側足於庸俗之間，不爲雄俊奇偉之士所齒目，爲日久矣。不意去歲，足下自大河之北，洋洋而來，游於京師，負其千鎰之寶，欲求良工大賈而售之，乃幸顧於陋巷，因得竊讀足下之文，窺足下志。文甚高，志甚大，語古則浩博而淵微，論今則明切而精至，誠不能不口誇而心服。譬如窶人之子，終日環繞愛玩，咨嗟傳布，訖無一錢敢問其直之高下，亦終於無益而已矣。

今者足下忽以親之無以養，兄之無以葬，弟妹嫂姪之無以恤，策馬裁書，千里渡河，指某以爲歸，且曰以鬻一下婢之資，五十萬畀之，足以周事。何足下見期待之厚，而不相知之深也！光得不駭且疑乎？方今豪傑之士，內則充朝廷，外則布郡縣，力有餘而人可仰者爲不少矣，足下莫之取，乃獨左顧而抵於不肖，豈非見期待之厚哉？光雖竊託迹於侍從之臣，月俸不及數萬，爨桂炊玉，晦朔不相續，居京師已十年，囊褚舊物皆竭，安所取五十萬，以佐從者之蔬糲乎？夫君子雖樂施予，亦必己有餘，然後能及人；就其有餘，亦當先親而後疏，先舊而後新〔一五〕。光得侍足下裁周歲，得見不過四五，而遽以五十萬奉之，其餘親戚故舊不可勝數，將何以待之乎？光家居，食不敢常有肉，衣不敢純衣帛，何敢以五十萬市一婢乎？而足下忽以此責之，豈非不相知之深哉？光視地而後敢行，頓足而後敢立，足下一旦待之爲陳孟公、杜季良之徒，光能無駭乎？

足下服儒衣，談孔、顔之道，啜菽飲水，足以盡歡於親，簞食瓢飲，足以致樂於身，而遑遑焉以貧乏有求於人，光能無疑乎？

足下又責以韓退之所爲，若光者何人，敢望韓退之哉？韓退之能爲文，其文爲天下貴，凡當時王公大人，廟碑墓碣，靡〔一六〕不請焉，故受其厚謝，隨復散之於親舊，此其所以能行義也。若光者何人，敢望退之哉？光自結髮以來，雖行能無所長，然實〔一七〕不敢錙銖妄取於人，此衆人所知也。取之也廉，則其施之人也靳，亦其理宜也。若既求其取之廉，又責其施之厚，是二行者，誠難得而兼矣。足下又欲使光取之於他人，其尤不可之大也。微生高乞醯於鄰人以應求者，孔子以爲不直，况己不能施，而斂之於人以爲己惠，豈不害於恕乎？足下之命，既不克承，又費辭以釋之，其爲罪尤深。足下所稱韓退之亦云：『文章不足以發足下之事業，錢財不足以賄左右之匱急，稛載而往，垂橐而歸。足下亮之而已。』

與范景仁論樂書

司馬光

蒙示房生赤法，云生嘗得古本《漢書》云：『度起於黄鍾之長，以子穀秬黍中者，一黍之起，積一千二百黍之廣，度之九十分，黄鍾之長，一爲一分。』今文誤脱『之起，積一千二百〔一八〕黍』八字，故自前世以來，累黍爲赤，縱置之則太長，横置之則太短。今新赤，横置之不能容一千一百黍，則大其空徑四釐六毫，是以樂聲太高。又嘗得開元中笛及方響，校太常樂下五律，教坊樂下三律，皆由儒者設以一黍爲[一九]一分，其法非是。不若以一千二百黍實管中，隨其短長斷之，以爲黃鍾九寸之管九十分，其長一爲一分，取三分以度空徑，數合則律正矣。景仁比來盛[二〇]稱此論，以爲先儒用意，皆不能到，可以正積古之繆，祛一世之惑。光竊思之，有所未諭者凡數條，敢書布陳，幸景仁教之。

景仁曰：房生家有《漢書》，異於今本。光按，累黍求赤，其來久矣。生所得書，不知傳於何世？而相承積謬，由古至今，更大儒甚衆，曾不寤也？今其書既云『積一千二百黍之廣』，何必更云『一黍之起』？此四字者，將安施設？劉子駿、班孟堅之書，不宜如此冗長也。且生欲以黍實中，乃求其長，何得謂之『積一千二百黍之廣』？孔子稱『必也正名乎』，必若所云，則爲新尺一丈二尺，得毋求合其術而更戾乎？

景仁曰：度量權衡，皆生於律者也。今先累黍爲尺，而後制律，反生於度與黍，無乃非古人之意乎？光謂不然。夫所謂律者，果何如哉？向使古之律存，則歙其聲而知聲，度其長而知度，審其容而知量，校其輕重而知權衡。今古律已亡矣，非黍無以見度，非度無以見律，律不生於度與黍，將何從[二一]生耶？夫度量衡，所以佐律而存法也。古人所爲制四器者，以相參校，以爲二者雖亡，苟其一存，則三者從可推也。又謂後世器或壞亡，故載之於書，形之於物。夫黍者，自然之物，有常不變者也，故於此寓法焉。今四器皆亡，不取於黍，將安取之？凡物之度其長短則謂之度，量其多少則謂之量，稱其輕重則謂之權衡。然量有虛實，衡有低昂，皆易差而難精等之，不若因度求律之爲審也。房生今欲先取容一龠者，爲黄鍾之律，是則律生於量也。量與度皆非律也，捨彼用此，將何擇焉？

景仁曰：古律法空徑三分，圍九分，今新律空徑三分四釐六毫。此四釐六毫〔二二〕者，何從出耶？光謂不然。夫徑三分、圍九分者，數家言其大要耳，若以密率言之，徑七分者，圍二十有二分也。古之爲數者，患其空積微之太煩，則上下輩〔二三〕之。所謂三分者，舉成數而言耳，四釐六毫，不及半分，故棄之也。又律管至小，而黍粒體圓，其中豈無負戴疵空之處？而必欲責其絲忽不差耶？

景仁曰：生以一千二百黍積實於管中，以爲九寸，取其三分，以爲空徑，此自然之符也。光按，量法，方尺之量，所受一斛，此用累黍之法校之，則合矣。若從生言，度法變矣，而量法自如，則一斛之物，豈能滿方尺之量乎？

景仁曰：量權衡皆以千二百黍爲法，何得度法獨用一黍？光按，黄鍾所生，凡有五法：一曰備數，二曰和聲，三曰審度，四曰嘉量，五曰權衡。量與衡，據其容與其重，非千二百黍不可。至〔二四〕於度法，止於一黍爲分，無用其餘，若數與聲，則無所事黍矣，安在其必以一千二百爲之定率也？

景仁曰：生云『今樂太高，太常黄鍾適當古之仲吕』。不知生所謂仲吕者，果后夔之仲吕耶？開元之仲吕耶？若開元之仲吕，則安知今之太高，非昔之太下耶？笛與方響，里巷之樂，庸工所爲，豈能盡得律吕之正？乃欲取以爲法，考定雅樂，不亦難乎？此皆光之所大惑也。

君子之論，無固無我，惟是之從。景仁苟有以解之，使瑩然明白，則敢不斂衽服義？豈欲徒爲此譊譊也？不宣。光再拜白。

與王介甫書

司馬光

光居常無事，不敢涉兩府之門，以是久不得通名於將命者。春暖，伏惟機政餘裕〔一二五〕，台候萬福。孔子曰：『益者三友，損者三友。』光不才，不足以辱介甫爲友。然自接侍以來，十有餘年，屢嘗同僚，亦不可謂無一日之雅也。雖愧多聞，至於直諒，不敢不勉，若乃便佞，則固不敢爲也。孔子曰：『君子和而不同，小人同而不和。』君子之道，出處語嘿，安可同也？然其志則皆欲立身行道，輔世養民，此其所以和〔一二六〕也。向者與介甫議論朝廷事，數相違，未知介甫之察不察，然於光，向慕之心未始變移也。竊見介甫獨負天下大名三十餘年，才高而學富，難進而易退，遠近之士，識與不識，咸謂介甫不起則已，起則太平可立致，生民咸被其澤矣。天子用此起介甫於不可起之中，引參大政，豈非欲望衆人之所望於介甫耶？

今介甫從政始朞年，而士大夫在朝廷及自四方來者，莫不非議介甫，如出一口，下至閭閻細民，小吏走卒，亦切切怨嘆。人人歸咎於介甫，不知介甫亦嘗聞其言而知其故乎？光竊意門下之士，方日譽盛德而贊功業，未始有一人敢以此聞達於左右者也。非門下之士，則皆曰：『彼方得君而專政，無爲觸之以取禍，不若坐而待之，不過二三年，彼將自敗。』若是者，不唯不忠於介甫，亦不忠於朝廷。若介甫果信此志，推而行之，及二三年，則朝廷之患已深矣，安可救乎？如光則不然，忝備交遊之末，不敢苟避譴怒，不爲介甫一一陳之。

今天下之人，惡介甫之甚者，其詆〔二七〕毀無所不至，光獨知其不然。介甫固大賢，其失在於用心太過，自信太厚而已。何以言之？自古聖賢所以治國者，不過使百官各稱其職，委任而責成功也。其所以養民者，不過輕租稅，薄賦斂，已逋責也。介甫以爲此皆腐儒之常談，不足爲，思得古人所未嘗爲者而爲之，於是財利不以委三司而自治之，更立制置三司條例司，聚文章之士，及曉財利之人，使之講利。孔子曰：『君子喻於義，小人喻於利。』樊須請學稼，孔子猶鄙之，以爲不知禮義信，況講商賈之末利乎？使彼誠君子耶，則固不能言利；彼誠小人耶，則惟民是虐〔二八〕，以飫〔二九〕上之欲，又可從乎？是知條例一司，已不當置而置之。又於其中不次用人，往往暴得美官，於是言利之人皆攘臂圜視，衒鬻争進，各鬭智巧，以變更祖宗舊法。大抵所利不能補其所傷，所得不能償其所亡，徒欲别出新意以自爲功名耳，此其爲害已甚矣。又置提舉句當常平廣惠倉，使者四十餘人，使行新法於四方，先散青苗錢，次欲使比户出助役錢，次又欲更搜求農田水利而行之。所遣者雖皆選擇才俊，然其中亦有輕佻狂躁之人，陵轢州縣，騷擾百姓者。於是士大夫不服，農商喪業，故謗議沸騰，怨嗟盈路，迹其本原，咸以此也。

《書》曰：『民不静，亦惟在王宫邦君室。』伊尹爲阿衡，有一夫不獲其所，若己推而内之溝中。孔子曰：『君子求諸己。』介甫亦當自思所以致其然者，不可專罪天下之人也。夫侵官者，亂政也，介甫更以爲治術而先施之；貸息錢，鄙事也，介甫更以爲王政而力行之；繇役自古皆從民出，介甫更欲斂民錢，雇市傭而使之。此三者常人皆知其不可，而介甫獨以爲可，非介甫之智不及常人也，直欲求非常之功，而忽常人之所知耳。夫皇極之道，施之於天地人，皆不可須臾離。故孔子曰：『道之不明也，我知之矣，智者過之，愚者不及也。道之不行也，我知之矣，賢者過之，不肖者不及也。』介甫之智與賢過之，及其失也，乃與不及之患均，此光所謂用心太過者也。

自古人臣之聖，無過周公與孔子。周公、孔子亦未嘗無過，未嘗無師。介甫雖大賢，於周公、孔子則有間矣，今乃自以我之所見，天下莫能及。人之議論與我合則善之，與我不合則惡之。如此，方正之士何由進？諂諛之人何由遠？方正日疎，諂諛日親，而望萬事之得其宜，令名之施四〔三〇〕遠，難矣。夫從諫納善，不獨人君爲美也，於人臣亦然。昔鄭人游於鄉校，以議執政之善否。或謂子産毁鄉校，子産曰：『其所善者，吾則行之；其所惡者，吾則改之。是吾師也，若之何毁之？』薳子馮爲楚令尹，有寵於薳子者八人，皆無禄而多馬。申叔豫以子南、觀起之事警之，薳子懼，辭八人者，而後王安之。趙簡子有臣曰周舍，好直諫，日有記，月有成，歲有效〔三一〕。周舍死，簡子臨朝而嘆曰：千羊之皮，不如一狐之腋，諸大夫朝，徒聞唯唯，不聞周舍之諤諤，吾是以憂也。子路，人告之以有過則喜。鄭文終侯相漢，有書過之史。諸葛孔明相蜀，發教與群下〔三二〕曰：『違覆而得中，猶棄敝蹻而獲珠玉。然人心苦不能盡』，『惟董幼宰參書七年，事有不至，至於十反』。孔明嘗自校簿書，主簿楊顒諫曰：『爲治有體，上下不可相侵。請爲明公以作家譬之，今有人使奴執耕稼，婢典爨，鷄主司晨，犬主吠盜』，『私業無曠，所求皆足』，『忽一旦盡欲以身親其役，不復付任』，『形疲神困，終無一成。豈其知之不如奴婢鷄狗哉？失其家主之法也』。孔明謝之。及顒卒，孔明垂泣三日。呂定公有親近曰徐原，有才志，定公薦拔至侍御史。原性忠壯，好直言，定公時〔三三〕有得失，原輒諫爭，又公論之。人或以告定公，定公嘆曰：『是我所以貴德淵者也。』及原卒，定公哭之盡哀，曰：『德淵，呂岱之益友，今不幸，岱復於何聞過哉？』此數君子者，所以能功成名立，皆由樂聞直諫，不諱過失故也。若其餘驕亢自用，不受忠諫而亡者，不可勝數。介甫多識前世之載，固不俟光言〔三四〕而知之矣。孔子稱：『有一言而可以終身行之者，其恕乎！』《詩》云：『伐柯伐柯，其則不遠。』言以其所願乎上交乎下，以其所願乎下事乎上，不遠求也。介甫素剛直，每議〔三五〕事於人主前，如與朋友爭辯於私室，不少降辭氣，視斧鉞鼎鑊無如〔三六〕也。及賓客〔三七〕僚屬謁見論事，則惟希意迎合，曲從如流者，親而禮之。或所見小異，微言新令之不便者，介甫輒艴然加怒，或詬罵以辱之，或言於上而逐之，不待其辭之畢也。明主寬容如此，而介甫拒諫乃爾，無乃不足於恕乎？昔王子雍方於事上，而好下佞己，介甫不幸亦近是乎？此光所謂自信太厚者也。

光昔從介甫游，於諸書無不觀，而特好《孟子》與《老子》之言。今得君得位而行其道，是宜先其所美，必不先其所不美也。孟子曰：『仁義而已矣，何必曰利？』又曰：『爲民父母，使民盻盻然，將終歲勤動，不得以養其父母，又稱貸而益之』，『惡在其爲民父母也？』今介甫爲政，首制〔三八〕置條例司，大講財利之事；又命薛向行均輸法於江淮，欲盡奪商賈之利；又分遣使者，散青苗於天下，而收其息。使人人愁痛，父子不相見，兄弟妻子離散，此豈孟子之志乎？老子曰：『天下神器，不可爲也』，『爲者敗之，執者失之』。又曰：『我無爲，而民自化；我好静，而民自正；我無事，而民自富；我無欲，而民自樸。』又曰：『治大國若烹小鮮。』今介甫爲政，盡變更祖宗舊法，先者後之，上者下之，右者左之，成者毀之，棄者取之。矻矻焉窮日力，繼之以夜，而不得息。使上自朝廷，下及田野，内起京師，外周四海，士、吏、兵、農、工、商、僧、道，無一人得襲故而守常者，紛紛擾擾，莫安其居，此豈老氏之志乎？何〔三九〕介甫總角讀書，白頭秉政，乃盡棄其所學，而從今世淺丈夫之謀乎？古者國有大事，謀及卿士，謀及庶人。成王戒君陳曰：『有廢有興，出入自爾師虞，庶言同，則繹。』《詩》云：『先民有言，詢於芻蕘。』孔子曰：『上酌民言，則下天上施；上不酌民言，則下不天上施。』自古立功立〔四〇〕事，未有專欲違衆，而能有濟者也。使《詩》《書》、孔子之言皆〔四一〕不可信則已，若猶可信，則豈得盡棄而不顧哉？今介甫獨信數人之言，而棄先聖之道，違天下人之心，將以致治，不亦難乎？

近者藩鎮大臣有言散青苗錢不便者，天子出其議以示執政，而介甫遽悻悻然不樂，引疾臥家。光被旨爲批荅，見士民方不安如此，而介甫乃欲辭位而去，殆非明主所以拔擢委任之意，故直叙其事，以義責介甫早出視事，更新令之不便於民者，以福天下。其辭雖樸拙，然無一字不得其實者。竊聞〔四二〕介甫不相識察，頗〔四三〕督過之，上書自辯，至使天子自爲手詔以遜謝，又使呂學士再三諭意，然後乃出視事。出視事〔四四〕誠是也，然當速改前令之非者，以慰安士民，報天子之盛德。今則不然，更加忿怒，行之愈急。李正言青苗錢不便，詰責使分析。呂司封傳語祥符知縣未散青苗錢，劾奏乞行取勘〔四五〕。觀介甫之意，必欲力戰天下之人，與之一決勝負，不復顧義理之是非，生民之憂樂，國家之安危，光竊爲介甫不取也。

光近蒙聖恩過聽，欲使之副貳樞府。光竊惟居高位者不可以無功，受大恩者不可以不報，故輒敢申明去歲之論，進當今之急務，乞罷制置三司條例司，及追還諸路提舉常平廣惠倉使者。主上以介甫爲心，未肯俯從。光竊念主上親重介甫，中外群臣，無能及者，動静取捨，唯介甫之爲信。介甫曰可罷，則天下之人咸被其澤；曰不可罷，則天下之人咸被其害。方今生民之憂樂，國家之安危，唯係介甫之一言，介甫何忍必遂己意而不恤乎？夫人誰無過？『君子之過，如日月之食。過也，人皆見之；更也，人皆仰之。』何損於明？介甫誠能進一言於主上，請罷條例司，追還常平使者，則國家太平之業，皆復其舊，而介甫改過從善之美，愈光大於前日矣，於介甫何所虧喪，而固不移哉？

光今所言，正逆介甫之意，明知其不合也，然光與介甫趣嚮雖殊，大歸則同。介甫方欲得位以行其道，澤天下之民；光方欲辭位以行其志，救天下之民，此所謂和而不同者也。故敢一陳其志，以自達於介甫，以終益友之義。其舍之取之，則在介甫矣。《詩》云：『周爰咨謀。』介甫得光書，儻未賜棄擲，幸與忠信之士謀其可否，不可示諂諛之人，必不肯以光言爲然也。彼諂諛之人欲依附介甫，因緣改法，以爲進身之資，一旦罷局，譬如魚之失水，此所以挽引介甫，使不得由直道行者也。介甫奈何徇此曹之所欲，而不思國家之大計哉？孔子曰：『巧言令色，鮮矣仁。』彼忠信之士，於介甫當路之時，或齟齬可憎，及失勢之後，必徐得其力。諂諛之士〔四六〕，於介甫當路之時，誠有順適之快，一旦失勢，必有賣介甫以自售者矣。介甫將何擇焉？國武子好盡言以招人之過，卒不得其死，光常自病似之，而不能改也。雖然，於善人亦何憂之有？用是故敢妄發而不疑也。屬以辭避恩命未得請，且病膝瘡不得出，不獲親侍言於左右，而布陳以書，悚懼尤深。介甫其受而聽之，與罪而絕之，或詬罵而辱之，與言於上而逐之，無不可者，光俟命而已。

校勘記

〔一〕『管絃』，底本空缺，據六十三卷本補。

〔二〕『覩』，底本作『親』，據六十三卷本改。

〔三〕「粗問」，底本空缺，據六十三卷本補。

〔四〕「來」，底本作「求」，據六十三卷本改。

〔五〕「爲其容」，底本作「其」，據六十三卷本改。

〔六〕「直」，底本作「宜」，據六十三卷本改。宋本《莆陽居士蔡公文集》作「直」。

〔七〕「爲事非是」，底本空缺第一字與第三、四字，據六十三卷本補。宋本《莆陽居士蔡公文集》作「爲是非是」。

〔八〕「姦」，底本作「上」，據六十三卷本改。宋本《莆陽居士蔡公文集》作「姦」。

〔九〕「略」，底本作「端」，據六十三卷本改。宋本《莆陽居士蔡公文集》作「略」。

〔一〇〕「寒飢」，底本作「飢寒」，據六十三卷本改。宋本《莆陽居士蔡公文集》作「寒飢」。

〔一一〕「死」，底本無，據六十三卷本補。宋本《莆陽居士蔡公文集》作「死」。

〔一二〕「朝」，底本作「朝廷」，據六十三卷本改。宋本《莆陽居士蔡公文集》作「朝」。

〔一三〕「使某」，底本作「其」，六十三卷本作「使」，宋本《莆陽居士蔡公文集》作「使某」，據以改。

〔一四〕「敕」，底本作「飭」，據六十三卷本改。宋紹興本《温國文正公文集》作「敕」。

〔一五〕「新」，底本誤作「親」，據六十三卷本改。宋紹興本《温國文正公文集》作「新」。

〔一六〕「靡」，底本作「莫」，據六十三卷本改。宋紹興本《温國文正公文集》作「靡」。

〔一七〕「雖行能無所長，然實」八字，底本空缺，六十三卷本作「雖能行無所長，實」，據宋紹興本《温國文正公文集》改。

〔一八〕「積」，底本無，據六十三卷本補。宋紹興本《温國文正公文集》作「積」。「一千二百」，底本作「一千三百』，據六十三卷本改。

〔一九〕『爲』，底本無，據六十三卷本補。

〔二〇〕『盛』，底本無，據六十三卷本補。

〔二一〕『何從』，底本作『從何』，據六十三卷本改。

〔二二〕『此四釐六毫』，底本無，據六十三卷本補。

〔二三〕『輩』，底本無，據六十三卷本補。

〔二四〕『至』，底本無，據六十三卷本補。

〔二五〕『裕』，底本作『暇』，據六十三卷本改。宋紹興本《温國文正公文集》作『裕』。

〔二六〕『和』，底本作『同』，據六十三卷本改。宋紹興本《温國文正公文集》作『和』。

〔二七〕『其詆』，底本作『謗』，據六十三卷本改。宋紹興本《温國文正公文集》作『其詆』。

〔二八〕『惟民是虐』，底本作『固民是虐』，據六十三卷本改。宋紹興本《温國文正公文集》作『固民是盡』。

〔二九〕『飫』，底本作『飽』，據六十三卷本改。宋紹興本《温國文正公文集》作『飫』。

〔三〇〕『四』，六十三卷本作『於』。宋紹興本《温國文正公文集》作『四』。

〔三一〕『效』，底本作『要』，據六十三卷本改。宋紹興本《温國文正公文集》作『効』。

〔三二〕『下』，底本作『吏』，據六十三卷本改。宋紹興本《温國文正公文集》作『下』。

〔三三〕『時』，底本作『事』，據六十三卷本改。宋紹興本《温國文正公文集》作『時』。

〔三四〕『光言』，底本作『言之』，據六十三卷本改。宋紹興本《温國文正公文集》作『光言』。

〔三五〕『議』，底本無，據六十三卷本補。宋紹興本《温國文正公文集》作『議』。

〔三六〕『無如』，底本作『如無』，據六十三卷本改。宋紹興本《温國文正公文集》作『無如』。
〔三七〕『賓客』，底本作『之官』，據六十三卷本改。宋紹興本《温國文正公文集》作『賓客』。
〔三八〕『制』，底本無，據六十三卷本補。宋紹興本《温國文正公文集》作『制』。
〔三九〕『何』，底本無，據六十三卷本補。宋紹興本《温國文正公文集》作『何』。
〔四〇〕『立』，底本作『建』，據六十三卷本改。宋紹興本《温國文正公文集》作『立』。
〔四一〕『皆』，底本無，據六十三卷本補。宋紹興本《温國文正公文集》作『皆』。
〔四二〕『竊聞』，底本無，據六十三卷本補。宋紹興本《温國文正公文集》作『竊聞』。
〔四三〕『頗』，底本作『反』，據六十三卷本改。宋紹興本《温國文正公文集》作『頗』。
〔四四〕『出視事』，底本無，據六十三卷本補。宋紹興本《温國文正公文集》作『出視事』。
〔四五〕『取勘』，底本作『勘會』，據六十三卷本改。宋紹興本《温國文正公文集》作『取勘』。
〔四六〕『士』，底本作『人』，據六十三卷本改。宋紹興本《温國文正公文集》作『士』。

新校宋文鑑卷第一百十六

校者按：底本此卷抄配，據六十四卷本刻卷校改。

書

與吴相書

司馬光

光愚戇迂僻，自知於世無所堪可，以是退伏散地，苟竊微禄，以庇身保家而已。近聞道路之人，自京師來者，多云相公時語及姓名，或云亦嘗有所薦引，未知虚實。光自居洛以來，仕宦之心，久已杜絶。在少壯之時，猶不如人，況年垂六十，鬢髮皓然，視昏聽重，齒落七八，精神衰耗，豈復容有干進之心？但以從游之久，今日特[一]蒙齒記，感荷知己之恩，終身豈敢忘哉？顧惟相公富貴顯榮，豐備已極，光疎冗之人，無一物可以爲報，唯忠信之言，庶幾仰禱盛德之萬一耳。

伏惟明主，歷選周行，登用人傑，以毗元化。以光不敢忘知己之心，知相公必不輕孤於明主也。竊見國家自行新法以來，中外恟恟，人無愚智，咸知其非。州縣之吏困於煩苛，以夜繼晝，棄置實務，崇飾空文，以刻意爲能，以欺誣爲才。閭閻之民迫於誅歛，人無貧富，咸失作業，愁怨流離，轉死溝壑，聚爲盜賊。日夜引領，冀朝廷之覺寤，弊法之變更，凡幾年於兹矣。相公聰明，豈得不聞之邪？

今府庫之實，耗費殆竭，倉廩之儲，僅支數月。民間貲産，朝不謀夕，而用度日廣，掊斂日急。河北、京東、淮南蠭起之盜，攻剽城邑，殺掠官吏，官[二]軍已不能制矣。若不幸復有方[三]二三千里之水旱霜[四]蝗，所在如是，其爲憂患，豈可勝諱哉？此安得謂之細事，保其必無，而恬然不以爲意乎？賈誼當漢文之世，以爲譬如『抱火厝之積薪之下，而寢其上，火未及然，因謂之安』，若當今日，必謂之火已然而安寢自若者也。昔周公勤勞王家，坐以待旦，跋胡疐尾，羽潡口瘏，終能爲周家成太平之業，立八百之祚。身爲太師，名播無窮，子孫奄有龜、蒙，與周升降。王夷甫位宰輔，不思經國，專欲自全，置二弟於方鎮，以爲三窟，及晉室阽危，身亦不免。然則聖賢之心，豈皆忘身徇物，不自爲謀哉？蓋以國家興隆，則身未有不預其福者也，顧衆人之識近，而聖賢慮遠耳。如相公之用心，固周公之用心也，今若法弊而不更，民疲而不恤，萬一鼠竊益多，蠭蠆有毒，則竊恐廟堂之位，亦未易安居。雖復委遠機柄，均逸外藩，外藩固非息肩之處；乃至投簪解紱，嘯傲東山，東山亦非高枕之地也。然則相公今日救天下之急，保[五]國家之安，更無所與讓矣。

救急保安之道，苟不罷青苗、免役、保甲、市易之法，息征伐之謀，而欲求其成效，是猶惡湯之沸而益薪鼓橐，欲適鄢郢而北轅疾驅也，所求必不果矣。去此五者，而不先别利害以寤人主之心，則五者不可得而去矣。欲𤸃人主之心，而不先開言路，則人主之心不可得而𤸃矣。所謂開言路者，非如曏時徒下詔書，使臣民言得失，既而所言當者，一無所施行，又取其稍訐直者，隨而罪之。此乃塞言路，非開之也。爲今之要，在於輔佐之臣，朝夕啓沃，唯以親忠直、納諫爭、廣聰明、去壅蔽爲先務，如是，政令之得失，下民之疾苦，粲然無所隱矣。以聖主睿明之資，有賢相公忠之助，使讜言日進，下情上通，則至治可指期而致，弊法何難去哉？

夫難得而易失者，時也。今病雖已深，猶未至膏肓，苟制治於未亂，保邦於未危，尚有返掌之易。失今不治，遂爲痼疾，雖邴、魏、姚、宋之佐，將未如之何，必有噬臍之悔矣。相公讀書從仕，位至首相，展志行道，正在此時。苟志無所屈，道無所失，其合則利澤施於四海，其不合則令名高於千古。丈夫立身事君，始終如此，亦可以爲無負矣。光切於報德，貪盡區區，不覺辭多。

荅司馬君實論樂書

范　鎮

昨日辱書，以爲鎮不當爲議狀是房庶尺律法。始得書，㦬然而懼，曰：鎮違群公之議，而下與匹士合，有〔六〕不適中，宜獲戾於朋友也。既讀書，乃釋然而喜，曰：得君實之書，然後決知庶之法是，而鎮之議爲不謬。庶之法與鎮之議，於今之世用與不用未可知也，然得附君實之書，傳於後世之人質之，故終之以喜也。君實之疑凡五，而條目又十數，安敢不盡言解之？

君實曰：《漢書》傳於世久矣，更大儒甚衆，庶之家安得善本而有之？是必謬爲脱文以欺於鎮也。是大不然，鎮豈可欺哉？亦以義理而求之也。《春秋》『夏五』之闕文，《禮記·玉藻》之脱簡，後人豈知其闕文與脱簡哉？亦以義理而知之也，猶鎮之知庶也，豈可逆謂其欺而置其義理哉？又云『一黍之起』於劉子駿、班孟堅之書爲冗長者，夫古者有律矣，未知其長幾何，未知其空徑幾何，未知其容受幾何，豈可直以千二百黍置其間哉？宜起一黍，積而至一千二百，然后滿，故曰『一黍之起，積一千二百黍之廣』。其法與文勢皆當然也，豈得爲冗長乎？若如君實之説，以尺生律，《漢書》不當先言本起黄鍾之長，而後論用黍之法也。若爾，是子駿、孟堅之書不爲冗長，而反爲顛倒也。又云『積一千二百黍之廣』，『是爲新尺一丈二尺』者，君實之意，以積爲排積之積，廣爲一黍之廣而然邪？夫積者，謂積於管中也；廣者，謂所容之廣也。《詩》云『乃積乃倉』，孟康云『空徑之廣』，是也。又云孔子曰『必也正名乎』者，此孔子教子路，以正衛之父子君臣之名分，豈積與廣之謂邪？又云古人制律與尺量權衡四器者，『以相參校，以爲三者苟亡，得其一存，則三者從可推也』者，是也。又云『黍者自然之物，有常而不變』者，亦是也。古人之慮後世，其意或當如是。然古以律生尺，古人之意，既知黍之於後世可以爲尺，豈不知黍之於後世亦可爲律，而故於其法爲相戾乎？若如君實之説，則是古人知一而不知二也，知彼而不知此也。又云『徑三分、圍九分者，數家之大要』，『不及半分，則棄之也』者，今三分四釐六毫，其圍十分三釐八毫，豈得謂不及半分而棄之哉？《漢書》曰：『律容一龠，得八十一寸。』謂以九分之圍乘九寸之長，九九而八十一也。今圍分之法既差，則新尺與量未必是也。如欲知庶之量與尺合，姑試驗之乃可。又云『權衡與量，據其容與其重。必千二百黍而後可，至於尺法，止於一黍爲分，無用其餘』，若以生於一千二百，是生於量也。且夫黍之施於權衡，則由黄鍾之重；施於量，則由黄鍾之龠；施於尺，則由黄鍾之長，其實皆一千二百也。此皆《漢書》正文也，豈得謂一黍而爲尺邪？豈得謂尺生於量邪？又云庶言太常『樂太高』，『黄鍾適當古之仲吕，不知仲吕者，果后夔之仲吕邪？開元之仲吕耶？若開元之仲吕，則安知今之太高非昔之太下者』。此正是不知聲者之論也，無復議也。又云『方響與笛，里巷之樂，庸工所爲，不能盡得律吕之正』者，是徒知古今樂器之名爲異，而不知其律與聲之同也，亦無復議也。就使得真黍，用庶之法，制爲律吕，無忽微之差，乃黄帝之仲吕也，豈直后夔、開元之云乎？《書》曰『律和聲』，方舜之時，使夔典樂，猶用律而後能和聲。今律有四釐六毫之差，以爲適然，而欲以求樂之和，以副朝廷制作之意，其可得乎？其可得乎？

太史公曰：不附青雲之士，則不能成名。君實欲成其名而知所附矣，惟其是而附之則可，其不是而附之，安可哉？諺曰：『抱橋柱而浴者必不溺。』君實之議，無乃爲浴者類乎？君實見咨，不敢不爲此譊譊也。不宣。鎮再拜。

請杜醇先生入縣學書　王安石

人之生久矣，父子、夫婦、兄弟、賓客、朋友，其倫也。孰持其倫？禮樂、刑政、文物、數制、事爲，其具也。其具孰持之？爲之君臣，所以持之也。君不得師，則不知所以爲君；臣不得師，則不知所以爲臣。爲之師，所以並持之也。君不知所以爲君，臣不知所以爲臣〔七〕，人之類其不相賊殺以至於盡者，非幸歟？信乎其爲師之重也！

古之君子，尊其身，耻在舜下。雖然，有鄙夫問焉而不敢忽，斂〔八〕然後其身似不及者。有歸之以師之重而不辭，曰：天之有斯道，固將公之，而我先得之。得之而不推餘於人，使同我所有，非天意，且有所不忍也。

安石得縣於此踰年矣，方因孔子廟爲學，以教養縣子弟，願先生留聽而賜臨之，以爲之師，安石與有聞焉。伏惟先生不與古之君子者異意也，幸甚！

荅韶州張殿丞書　王安石

伏蒙再賜書，示及先君韶州之政，爲吏民稱誦，至今不絶。傷今之士大夫不盡知，又恐史官不能記載，以次前世良吏之後。此皆不肖之孤，言行不足信於天下，不能推揚先人之緒功餘烈，使人人得聞知之，所以夙夜愁痛，疢心疾首，而不敢息者，以此也。先人之存，安石尚少，不得備聞爲政之迹，然嘗侍左右，尚能記誦教誨之餘。蓋先君所存，嘗欲大潤澤於天下，一物枯槁，以爲身羞。大者既不得試，已試乃其小者耳，小者又將泯没而無傳，則不肖之孤，罪人釁厚矣，尚何以自立於天地之間耶！閣下勤勤惻惻，以不傳爲念，非夫仁人君子樂道人之善，安能以及此？

自三代之時，國各有史。而當時之史〔九〕，多世其家，往往以身死職，不負其意，蓋其所傳，皆可考據。後既無諸侯之史，而近世非尊爵盛位，雖雄奇儁烈，道德滿衍，不幸不爲朝廷所稱，輒不得見史。而執筆者又雜出一時之貴人，觀其在廷論議之時，人人得講其然不，尚或以忠爲邪，以異爲同，誅當前而不慄，訕在後而不羞，苟以饜其忿好之心而止耳。而况陰挾翰墨，以裁前人之善惡，疑可以貸褒，似可以附毁，往者不能訟當否，生者不得論曲直，賞罰謗譽，又不施其間，以彼其私，獨安能無欺於冥昧之間邪？善既不盡傳，而傳者又不可盡信如此。唯能言之君子，有大公至正之道，名實足以信後世者，耳目所遇，一以言載之，則遂以不朽於無窮耳。

伏惟閣下，於先人非有一日之雅，餘論所及，無黨私之嫌。苟以發潛德爲己事，務推所聞，告世之能言而足信者，使得論次以傳焉，則先君之不得列於史官，豈有恨哉！

荅段縫書

王安石

安石在京師時，嘗爲足下道曾鞏善屬文，未嘗及其爲人也。還江南，始熟而慕焉友之，又作文粗道其行。惠書以所聞詆鞏行無纖完，其居家，親友惴畏焉，怪安石無文字規鞏，見謂有黨。果哉，足下之言也？鞏固不然。

鞏文學論議，在安石交遊中，不見可敵。其心勇於適道，殆不可以刑禍利禄動也。父在困厄中，左右就養，無虧行。家事銖髪以上皆親之，父亦愛之甚，嘗曰：『吾宗敝，所賴者此兒耳。』此安石之所見也。若足下所聞，非〔一〇〕安石之所見也。

鞏在京師，避兄而舍，此雖安石亦罪之也，宜足下之深攻之也。於罪之中，有足矜者，顧不可以書傳也。事固有迹，然而情不至是者，如不循其情而誅焉，則誰不可誅邪？鞏之迹固然邪？然鞏爲人弟，於此不得無過。但在京師時，未深接之，還江南，又既往不可咎，未嘗以此規之也。鞏果於從事，少許可，時時出於中道，此則還江南時嘗規之矣。鞏聞之，輒矍然。鞏固有以教安石也，其作《懷友》書兩通，一自藏，一納安石家，皇皇焉求相切劘以免於悔者，略見矣。嘗謂友朋過差未可以絶，故且規之，規之從，則已。故且爲文字自著見然後已邪，則未嘗也。凡鞏之行，如前之云；其既往之過，亦如前之云而已，豈不得爲賢者哉？

天下愚者衆而賢者希，愚者固忌賢者，賢者又自守，不與愚者合，愚者加怨焉，挾忌怨之心，則無之焉而不謗。君子之過於聽者，又傳而廣之，故賢者常多謗；其困於下者尤甚。勢不足以動俗，名實未加於民，愚者易以謗，謗易以傳也。凡道鞏之云云者，固忌，固怨，固過於聽者也。家兄未嘗親鞏也，顧亦過於聽耳。足下乃欲引忌者、怨者、過於聽者之言，懸斷賢者之是非，甚不然也。孔子曰：『衆好之，必察焉；衆惡之，必察焉。』孟子曰：『國人皆曰可殺，未可也；見可殺焉，然後殺之。』匡章，通國以爲不孝，孟子獨禮貌之，以爲孝。孔、孟所以爲孔、孟者，爲其善自守，不惑於衆人也。如惑於衆人，亦衆人耳，烏在其爲孔、孟也？足下姑自重，毋輕議鞏。

荅吴孝宗論先志書

王安石

安石辱書，又示以《先志》，而怪安石尚有欲爲吾弟道者，責以一言盡之。吾弟所爲書博矣，所欲爲吾弟道者，非可以一言盡。然吾弟自以爲才不及子貢，而所言皆子貢所欲聞於孔子而不得者也，則安石有欲爲吾弟道者，可勿怪也。積憂久病，廢學疲懶，書不能逮意。知已就試國學，隆暑自愛。他俟試罷見過面盡。

賀杜相公書

錢彦遠

聞國家輕重在賢材，賢材得失在宰相。國雖甚危，盜賊充斥，水旱薦臻，囂囂若不濟〔一一〕，使賢材登用，此不足憂，適以起其治爾。國雖甚安，倉廪充實，兵甲釁藏於府庫，使賢材隱匿，此是宜憂，亂將成矣。然賢材有小大，道義有取舍，唯執政者器使而禮進之，俾上下出處當其分，輔弼之職畢矣。始漢、唐初，蕭何、曹參、房喬、杜如晦爲之，虚己降意，得人尤盛，風迹逮同三代。暨季末昏錯，則張禹、崔烈、柳璨、裴贄挾奸竊寵，樹朋黨，償恩讎，賢材恥之，相與逃去，若卓茂、葛亮、司空圖、李巨川之徒，彷洋陰拱〔一二〕，或徇豪傑以攄快其蘊，是廼宰相之過也。嗚呼！生民何辜也，得失禍福，繫之二三君子歟！

明公天與直氣，繇黄綬，歷中外，凡四十年，至三公，情僞險阻嘗之矣，綱紀故〔一三〕事練之矣，古今治亂詳之矣。前此爲樞密使時，天下固以想聞風采，士類依爲盟主者，誠以文武吏士，老儒新進，見公者，公悉能判白精粗，人人自以各盡其意。今公爲相，實社稷宗廟神靈開誘上心所致。然公此舉，繫四海安危，故誕告之日，無賢不肖，搏手相慶，而彦遠獨懼焉，何也？公視今賢材果盡用乎？天下事果盡正乎？則公宜不次擢人，夙夜講議，雖隸臺踈遠不遺，爲本朝樹太平基業，奚止縛二胡人梟槀街，息飢寒百姓盜弄兵者！夫設循嘿守常，曰已安已治，女輩當束之高閣，昔賢材顒顒待公，及公復不顧，望絶矣。君子哉，固窮且死，萬一奸雄，事未可究，彦遠懼者此也。唯受恩最深，敢用常禮圜牘〔一四〕，引虚辭諛公，小人也，頗因古義以獻，且知不言負公矣，言不行亦在公矣。

上杜相公書

曾　鞏

聞夫宰相者，以己之材爲天下用，則用天下而不足；以天下之材爲天下用，則用天下而有餘。古之稱良宰相者異焉，知此而已矣。舜嘗爲宰相矣，稱其功，則曰舉八元八凱，稱其德，則曰『無爲者其舜也歟』，卒之爲宰相者，無與舜比也。則宰相之體，其亦可知也已。或曰舜大聖人也，或曰舜遠矣，不可尚也，請言近。

近可言者，莫若漢與唐。漢之相曰陳平，對文帝曰：『陛下即問決獄，責廷尉；問錢穀，責治粟内史。』對〔一五〕周勃曰：『且陛下問長安盗賊數，又可强對邪？』問平之所以爲宰相者，則曰：『使卿大夫各得任其職也。』觀平之所自任者如此，而漢之治莫盛於平爲相時，則其所守者可謂當矣。降而至於唐，唐之相曰房、杜。當房、杜之時，所與共事，則長孫無忌、岑文本；主諫諍，則魏鄭公、王珪；振綱維，則戴胄、劉洎；持憲法，則張元素、孫伏伽；用兵征伐，則李勣、李靖；長民守土，則李大亮〔一六〕。其餘爲卿大夫，各任其事，則馬周、温彦博、杜正倫、張行成、李綱、虞世南、褚遂良之徒，不可勝數。夫諫諍其君，與正綱維，持憲法，用兵征伐，長民守土，皆天下之大務也，而盡付之人。又與人共宰相之任，又有佗卿大夫各任其事，則房、杜者何爲者邪？考於其《傳》，不過曰『聞人有善，若己有之』，『不以求備取人，不以己長格物，隨能收叙，不隔卑賤』而已。卒之稱良宰相者，必先此二人，然則著於近者，宰相之體，其亦可知也已。

唐以降，天下未嘗無宰相也，稱良相者，不過一二大節可道語而已。能以天下之材爲天下用，真知宰相體者，其誰哉？數歲之前，閤下爲宰相，當是時，人主方急於致天下治，而當世之士，豪傑魁壘者，相繼而進，雜遝於朝。雖然，邪者惡之，庸者忌之亦甚矣。獨閤下奮然自信，樂海内之善，人用於世，争出其力，以唱而助之，惟恐失其所自立，使豪傑者皆若素繇門下以出。於是與人佐人主，立州縣學，爲累日之格，以勵學者。農桑以損益之數，爲吏陞黜之法。重名教，以矯衰弊之俗；變苟且，以起百官衆職之墜。革任子之濫，明賞罰之信。一切欲整齊法度，以立天下之本，而庶幾三代之事。雖然，紛而疑且排其議者亦衆矣，閤下復毅然堅金石之斷，周旋上下，扶持樹植，欲使其有成也。及不合矣，則引身〔一七〕而退，與之俱否。嗚呼！能以天下之材爲天下用，真知〔一八〕宰相體者，非閤下其誰哉？使克〔一九〕其所樹立，功德可勝道哉？雖不克其志，豈媿於二帝、三代、漢、唐之爲宰相者哉？

若鞏者，誠鄙且賤，然嘗從事於書，而得聞古聖賢之道。每觀今賢傑之士，角立並出，與三代、漢、唐相侔，則未嘗不歎其盛也。觀閤下與之反復議論，而更張庶事之意，知後有聖人作，救萬事之弊，不易此矣，則未嘗不愛其明也。觀其不合，而散逐消藏，則未嘗不恨其道之難行也。以歎其盛，愛其明，恨其道之難行之心，豈須臾忘其人哉？地之相去也千里，世之相後也千載，尚慕而欲見之，况同其時，過其門牆之下也歟？今也過閤下之門，又當閤下釋衮冕而歸，非干名蹈利者所趨走之日，故敢道其所以然，而並書雜文一編，以爲進拜之資，蒙賜之一見焉，則其願得矣。噫！賢閤下之心，非繫於見否也，而復汲汲如是者，蓋其欣慕之志而已耳。伏惟幸察！

與孫司封書

曾鞏

竊聞儂智高未反時，已奪邕邑〔二〇〕地而有之，爲吏者不能禦，因不以告。皇祐三年，邕有白氣起廷中，江水横溢，司户孔宗旦以爲兵象，策智高必反，以書告其將陳拱。拱不聽，宗旦言不已，拱怒詆之曰：『司户狂邪？』四年，智高出横山，略其寨人，因其倉庫而大賑之。宗旦又告曰：『事急矣，不可以不戒。』拱又不從。凡宗旦之於拱，以書告者七，以口告者多至不可數，度拱終不可得意，即載其家走桂州，曰：『吾有官守不得去，吾親毋爲與死也。』既行之二日，智高果反，城中皆應之。宗旦猶力守南門，爲書召隣兵，欲拒之。城亡，智高得宗旦，喜欲〔二一〕用之，宗旦怒曰：『賊！汝今立死吾，豈可汙邪？』罵不絶口。智高度終不可下，乃殺之。當其初，使宗旦言不廢，則邕之禍必不發；發而吾有以待之，則必無事。使有此一善，固不可不旌，況其死節，堂堂如是，而其事未白於天下。比見朝廷所寵贈南兵以來伏節死難之臣，宗旦且獨不與，此非所謂『曲突徙薪無恩澤，焦頭爛額爲上客』邪？使宗旦初無一言，但賊至而能死不去，固不可以無賞。蓋先事以爲備，守城而保民者，宜責之陳拱，非宗旦事也。今猥令與陳拱同戮，既遺其言，又負其節。爲天下賞善而罰惡，爲君子者，樂道人之善，樂成人之美，豈當如是邪？

凡南方之事，卒至於破十州，覆軍殺將，喪元元之命〔二二〕，竭山海之財者，非其變發於隱伏，而起於倉卒也。内外上下，有職事者，初莫不知，或隱而不言，或忽而不備，苟且偷託，以至於不可禦耳。有一人先能言者，又爲世所侵蔽，令與罪人同罰，則天下之事，其誰〔二三〕復言耶？聞宗旦非獨以書告陳拱，當時爲使者於廣東、西者，宗旦皆歷告之，今彼既不能用，懼重爲己累，必不肯復言宗旦嘗告也。爲天下者，使萬事已理，天下已安，猶須力開言者之路，以防〔二四〕未至之患。况天下之事，其可憂者甚衆，而當世之患，莫大於人不能言與不肯言，而甚者或不敢言也？則宗旦之事，豈可不汲汲載之天下視聽，顯揚褒大其人，以驚動當世耶！

宗旦喜學《易》，所爲注，有可采者。家不能有書，而人或質問以《易》，則貫穿馳騁，至數十家，皆能言其意。事祖母盡心，貧幾不能自存，好議論，喜功名。鞏〔二五〕嘗與之接，故頗知之，則其所立，亦非一時偶然發也。世多非其在京東時不能自重，至爲世所指目，此固一眚，今其所立，亦可贖矣。鞏初聞其死之事〔二六〕，未敢决然信也，前後得言者甚衆，又得其弟自言，而聞祖袁州在廣東亦爲之言，然後知其事。使雖有小差，要其大槩不誣也。况陳拱以下，皆覆其家，而宗旦獨先以其親遁，則其有先知之効可知也。以其信〔二七〕之喜事〔二八〕，則其有先言之効，亦可知也。

以閣下好古力學，志樂天下之善，又方使南方，以賞罰善惡爲職，故敢以告。其亦何惜須臾之聽，尺紙之議，博問而極陳之，使其事白，固有補於天下，不獨一時爲宗旦發也。伏惟少留意焉，如有未合，願賜還荅。

上韓范二招討書

劉　奕

奕皆荷二明公之恩顧，而未嘗敢一言以干左右者，誠有謂也。夫位卑者不得僭言，職短者不可輕議，故雖胷中紆鬱，亦自釋之而已。今有身與其事，心知不然，又安得隱忍不言哉？竊見岐府修北路山城，蓋上奉朝旨，乃有經度，次招討之命，即議繕完，計工數萬，費材數千，雖亦不甚廣，然皆民力也。奕近從府尹往觀之，府城北走二十里，至山足，乃曲盤而上，僅五里至山頂，涉頂而行餘十里，至今議爲城之地〔二九〕。行顧〔三〇〕而周視，群山蔓延不絶，極目如浪。按圖牒，岐、隴、涇、乾四郡環是山。自涇而南，及岐六舍，汧源而東，抵奉天數百里，所謂山者，但土坡高原耳，非若嵩、華、終南之有懸崖石壁、絶頂孤峯之爲限也。今所議者，岐及涇之一路耳。戎馬必欲自北而南，旁出可作數十路，高者平之，下者增之，峻者盤曲之，澗者橋梁之，皆人力所能爲也。加之是城不可屯軍馬，既無軍馬〔三一〕，賊至則不守也。雖能守之，賊由他道而來，無所難也。恭惟二明公，居秦居慶，皆嘗作城，人尚以爲勞。其如秦之城，州城也，大而壯之，使賊無逼視之心。大順城，邊寨也，屯軍境上，壯我邊防，是雖勞而有益也。今中道作城，無軍馬以守，而賊又有佗路可行，是城之爲無益也明矣。役已困之民，爲無益之事，於今豈宜哉？

今作此城，蓋爲岐之計也。奕以謂爲岐之計不若此。岐之爲府，城郭民人，比〔三二〕雍則三分損一，倉廩之實，帑藏之積，鹽酒之利，與雍均。舡場、竹監、鐵冶，雍無之。造作兵器，供應邊須，諸郡不及焉。民之室，比關中内郡，亦號富饒。其地形，南西北皆山險，獨東去爲坦途。必若邊城失守，賊無後顧之慮，長驅而來。賊之詣岐有道路之勞，不若詣雍之易也。若雍之有備，則岐爲易下也。以岐今日之備，賊至則破。何者？無兵也，無戰具也。無是二者，則民不固也。前日定川〔三三〕之役，人甚不寧，閭閻間無賴輩，往往有妖言者。奕嘗私自思之，以謂朝廷與招討，得非知岐爲自安，不足備也？今而觀之，尚使中道作城以禦寇，是亦爲岐之備，不爲不至也。

奕以謂爲岐之計，莫若使有兵三五千，能執鋭被堅可使者，有甲冑弧矢戈戟皆稱之，有能將萬兵者一人在城中。如此，則賊雖大至，岐可守也。今岐無是兵與器，雖中道有數十城，無益也，况爲一城哉？奕常患關中民費財與力，十官未得其一。今費工數萬，費財數千，郡邑畏威，靡敢舒緩，其間督促鞭笞，吏緣爲姦，不可勝紀，而一無所濟，是誠可惜也。

朝廷命二明公專關中之事，其寄亦已重矣。二明公之憂思〔三四〕，諒非不深矣，計朝夕事之大者萬端，此但一小事耳，故不足思且慮也。明公以爲小，岐之民以爲大。勞而有益於事，雖大，爲也；勞而無益於事，雖小，不可爲也。關中之事，所以多失者，上輕之而不思，下隨之而不言，增少而爲多，積小以成大。夫事難於謀始，易於議終，今此一事，其爲無益也甚著，其能辨之者亦甚衆，而乃無肯言者，佗事可知也。奕恃賴恩顧，仰干聽覽，顧軫思念。如此言不至狂簡，則望稍緩其期，使有識者閲而議之，然後録其可否。奕下情無任惶恐傾祈之至。

校勘記

〔一〕『特』，底本誤作『時』，據六十四卷本改。宋紹興本《温國文正公文集》作『特』。

〔二〕『官』，底本無，據六十四卷本補。宋紹興本《温國文正公文集》作『官』。

〔三〕『方』，底本無，據六十四卷本補。宋紹興本《温國文正公文集》作『方』。

〔四〕『霜』，六十四卷本作『蟲』。宋紹興本《温國文正公文集》作『霜』。

〔五〕以下自『國家之安』至『光切於』，底本缺，據六十四卷本補。

〔六〕『有』，底本無，據六十四卷本補。

〔七〕以上自『爲之師』至『臣不知所以爲臣』，凡二十三字，底本無，據六十四卷本補。

〔八〕『斂』，底本作『歛』，據六十四卷本改。

〔九〕『史』，底本作『吏』，據六十四卷本改。

〔一〇〕『非』，底本無，據六十四卷本補。

〔一一〕『澮』，底本作『治』，據六十四卷本改。

〔一二〕『彷洋陰拱』，底本空缺，據六十四卷本補。

〔一三〕『故』，底本作『政』，據六十四卷本改。

〔一四〕『闤闠』，底本無，據六十四卷本補。

〔一五〕『對』，底本無，據六十四卷本補。元本《元豐類稿》作『對』。

〔一六〕『李大亮』，底本誤作『李文亮』，據六十四卷本改。元本《元豐類稿》作『李大亮』。

〔一七〕『則引身』，底本作『吾心身』，據六十四卷本改。元本《元豐類稿》作『則引身』。
〔一八〕『知』，底本無，據六十四卷本補。元本《元豐類稿》作『知』。
〔一九〕『克』下，底本有一『成』字，據六十四卷本删之。元本《元豐類稿》無『成』字。
〔二〇〕『邑』，六十四卷本小字注：『一有邑字。』元本《元豐類稿》作『邑』，無小字注。
〔二一〕『欲』，底本無，據六十四卷本補。元本《元豐類稿》無。
〔二二〕『命』，底本無，據六十四卷本補。元本《元豐類稿》作『命』。
〔二三〕『其誰』，底本作『誰其』，據六十四卷本改。元本《元豐類稿》作『其誰』。
〔二四〕『防』，底本作『陳』，據六十四卷本改。元本《元豐類稿》作『防』。
〔二五〕『犨』，底本無，六十四卷本亦無，據元本《元豐類稿》補。
〔二六〕『事』，底本作『時』，據六十四卷本改。元本《元豐類稿》作『事』。
〔二七〕『信』，六十四卷本作『言』。元本《元豐類稿》作『信』。
〔二八〕『喜事』下，六十四卷本有『未必皆是』四字。元本《元豐類稿》無。
〔二九〕『之地』，底本作『之城』，據六十四卷本改。
〔三〇〕『顧』，底本作『頂』，據六十四卷本改。
〔三一〕『既無軍馬』，底本無，據六十四卷本補。
〔三二〕『比』，底本無，據六十四卷本補。
〔三三〕『定川』，底本作『定州』，據六十四卷本改。
〔三四〕『思』，底本作『患』，據六十四卷本改。

新校宋文鑑卷第一百十七

校者按：底本此卷抄配，據六十四卷本刻卷校改。

書

與弟容季書　　王回

朝作荅書，並五積散，附沈丘人夫。比午，方得所問。然得此書，方知手力已到來諸説事甚詳，冒熱出入誠不易。然家居者，亦豈能常占安候耶？此古人所以欲息其倦，而竟無可息之地也。

廷參之微，欲行其私諱於長吏，誠多觸忌齟齬處，所疑者數端，皆有之矣。然己所據者禮律大意，天下以爲俗，而有司以爲法矣。使長吏賢邪，安肯以此怒人？使其不賢耶，亦安能以外法繩命官以罪也？且不賢者，苟挾其勢求肆於下不止，則將迫有司故入其辜以死。當是時，爲有司者，徒畏其怒而從之耶？亦守其所司而與之争耶？與之争，則彼蓄其怒，或中以他法，如之何？不與之争，則獄情一反，已爲故入人死罪，又如之何？試以輕重權之，蓋就他法之中，聊無憾爾。人生乘物而游於百年，歷觀古今，所逢無治亂，所託無出處，禍福之來，莫不有命。如惑者乃欲以區區之力勝之，故有邀福而福愈去，避禍而禍愈來。蓋自然之禍福，常伏於萬物之間，逆理而得之，故於人謀爲可憾也。惟君子爲循義而聽命，故禍福之來，無可憾者。何則？義盡於己，而命定於天也。汝之深敏，讀此可以推見其餘矣。

更借一事爲汝證之。昔春秋之世，鄭最小國，攝之晉、楚之彊，交責互陵，君臣遜媚，猶不能自免。及子産爲相，修其國政，馳辭執禮，以當晉、楚，至於壞諸侯之館垣，却逆女之公子於野，皆變其常度。晉、楚初忿，鋭氣以臨之，而其辭直禮明，卒莫能屈也。循義聽命，其子産之謂乎！其天下禮律，專於朝廷，長吏臨其寮屬，雖或不悦，敢遽肆其無道，如春秋之晉、楚哉？晉、楚不能屈小國之子産，憚其辭直爾！人〔一〕子於禮律之内，申其私諱，非辭直歟？而顧憚長吏之能屈！

上歐陽内翰書

蘇　洵

洵布衣窮居，常竊有歎，以爲天下之人，不能皆賢，不能皆不肖，故賢人君子之處於世，合必離，離必合。往者天子方有意於治，而范公在相府，富公爲樞密副使，執事與余公、蔡公爲諫官，尹公馳騁上下，用力於兵革之地。方是之時，天下之人，毛髮絲粟之才，紛紛然而起，合而爲一。而洵也，自度其愚魯無用之身〔二〕，不足以自奮於其間，退而養其心，幸其道之將成，而可以復見於當世之賢人君子。不幸道未成，而范公西，富公北，執事與余公、蔡公分散四出，而尹公亦失勢，奔走於小官。洵時在京師，親見其事，忽忽仰天嘆息，以爲斯人之去，而道雖成，不復足以爲榮也。

既而自思，念往者衆君子之進於朝，其始也，必有善人焉推之，今也亦必有小人焉推之。今世無復有善人也則已，如其不然也，吾何憂焉？姑養其心，使其道大有所成而待之，何傷？退而處十年，雖未敢自謂其道有成矣，然浩浩乎其胸中若與曩者異。而余公適有成功於南方，執事與蔡公復相繼登於朝，富公復自外入爲宰相，喜且相賀，以爲道既已粗成，而果將有以發之也。

既又反而思，其向之所慕望愛悦之而不得見之者六人，今將往見之矣。而六人者，已有范公、尹公二人亡焉，則又爲之潸然出涕以悲。嗚呼！二人者不可復見矣，而所恃以慰此心者，猶有四人也，則又以自解。思其止於四人也，則又汲汲欲一識其面，以發其心之所欲言，而富公又爲天子之宰相，遠方寒士，未可遽以言通於前，余公、蔡公，遠者又在萬里外，獨執事在朝廷之間，而其位差不甚貴，可以叫呼〔三〕扳援，聞之以言。飢寒衰老，又痼而留之，使不克自致於執事之庭。夫以慕望愛悦其人之心，十年而不得見，其人已死，如范公、尹公二人者，則四人者之中，非其勢不可遽以言通者，何可以不能自往而遽已也？

執事之文章，天下之人莫不知之，然竊以爲洵之知之特深，愈於天下之人。何者？孟子之文，語約而意盡，不爲巉刻斬絶之言，而其鋒不可犯。韓子之文，如長江大河，渾浩流轉，魚鰲蛟龍，萬怪惶惑，而抑遏蔽掩，不使自露，而人望見其淵然之光，蒼然之色，亦自畏避，不敢迫視。執事之文，紆餘委備，往復百折，而條達疎暢，無所間斷，氣盡語極〔四〕，急言竭論，容與簡易，無艱難勞苦之態。此三者，皆斷然自爲一家之文也。惟李翺之文，其味黯然而長，其光油然而幽，俯仰揖讓，有執事之態。陸贄之文，遣言措意，切近的當，有執事之實。而執事之才，又自有過人者，蓋執事之文，非孟子、韓子之文，而歐陽子之文也。

夫樂道人之善而不爲諂者，以其人誠足以當之也。彼不知者，則以爲譽人，以求其悦己也。夫譽人以求其悦己，洵亦不爲〔五〕也。而其所以道執事光明盛大之德而不自知止者，亦欲執事之知其知我也。雖然，執事之名滿於天下，雖不見其文，而固已知有歐陽子矣。而洵也不幸，墮在草野泥塗之中，而其知道之心，又迂而粗，而欲徒手奉咫尺之書，自託於執事，將使執事何從而知之？何從而信之哉？

洵少年不學，生二十五年始知讀書，從士君子游。年既已晚而不遂，刻意厲行，以古人自期，而視與己同列者，皆不勝己，則遂以爲可矣。其多困益甚，然後取古人之文而讀之，始覺其出言用意與己大異。時復内顧，自思其才，則又似夫不遂止於是而已者。由是盡燒曩時所爲文數百篇，取《論語》、孟子、韓子及他聖人賢人之文，而介然端坐，終日以讀之者七八年。方其始也，入其中而惶然，博觀於其外，而駭然以驚。及其久也，讀之益精，而其胷中豁然以明，若人之言固當然者，然猶未敢自出其言也。時既久，胷中之言日益多，不能自制，試出〔六〕而書之，已而再三讀之，渾渾乎覺其來之易矣，然猶未敢以爲是也。近所爲《洪範論》《史論》凡六〔七〕篇，執事觀其如何？嘻！區區而自言，不知者又將以爲自譽，以求人之知己也。惟執事思其十年之心，如是之不偶然也而察之。

上富相公書

蘇洵

往年天子震怒，出逐宰相，選用舊臣，堪付屬以天下者，使在宰府，與天下更始，而閤下之位，實在第三。方是之時，天下咸喜相慶，以爲閤下惟不爲宰相也，故默默在此。方今困而復起，起而復爲宰相，而又適值乎此時也，不爲而何爲？且吾君之意，待之如此其厚也，不爲而何以副吾君之〔八〕望？故咸曰：後有下令而異於他日者，必吾富公也。朝夕而待之，跂首而望之，然而不獲聞〔九〕也，戚然而疑。嗚呼！其弗獲聞也，必其遠也，進而及於京師，亦無聞焉。不敢以疑，猶曰天下之人如此其衆也，數十年之間如此其不變也，皆曰賢人焉，或者彼其中則有說也，而天下之人未始見也，然不能無憂。

蓋古之君子，愛其人也，則憂其無成。且嘗聞之，古之君子，相是君也，與是人也，皆立於朝，則使其君〔一〇〕皆知其爲人皆善者也，而後無憂。且一人之身，而欲擅天下之事，雖見信於當世，而同列之人一言而疑之，則事不可以成。今夫政出於他人而不懼，事不出於己而不忌，是二者，惟善人爲能，然猶欲得其心焉。若夫衆人，政出於他人而懼其害己，事不出於己而忌其成功，是以有不平之心生。夫或居於吾前，或立於吾後，而皆有不平之心焉，則身危。故君子之處於其間也，不使之不平於我也。周公坐於明堂，以聽天下，而召公惑。何者？天下固惑乎大也，召公猶未能信乎吾之心也。周公定天下，誅管、蔡，告召公以其志，以安其身，以及於成王。故凡安其身者，以安乎周也。召公之於周公，管、蔡之於周公，二者亦皆有不平之心焉，以爲周之天下，周公將遂取之也。周公誅其不平而不可告語者，告其可以告語者，而和其不平之心。然則非其必不可告語者，則君子未始不欲和其心。天下之人，從士而至於卿大夫，宰相集處其上。相之所爲，何慮而不成？不能忍其區區之小忿〔一一〕，以成其不平之釁，則害其大事。是以君子忍其小忿〔一二〕，以容其小過，而杜其不平之心，然後當大事而聽命焉。且吾之小忿〔一三〕，不足以易吾之大事也，故寧小容焉，使無芥蔕於其間。

古之君子，與賢者並居而同樂，故其責之也詳。不幸而與不肖者偶，不圖其大，而治其細，則闊遠於事情，而無益於當世。故天下無事，而後可與争此，不然則否。昔者諸吕用事，陳平憂懼，計無所出，陸賈入見，説之，使交歡周勃。平用其策，卒得絳侯北軍之助，以滅諸吕。夫絳侯，木强之人也，非陳平致之而誰也？故賢〔一四〕者致不賢者，非夫不賢者之能致賢者也。曩者陛下即位之初，寇萊公爲相，惟其側有小人，不能誅，又不能與之無忿，故終以斥去。及范文正公在相府，又欲以歲月盡〔一五〕治天下事，失於急與不忍小忿〔一六〕，故群小人亦急逐去之，一去遂不復用，以殁其身。伏惟閤下，以不世出之才，立於天子之下，百官之上〔一七〕，此其深謀遠慮必有所處，而天下之人猶未獲見。洵西蜀之人也，竊有志於今世，願一見於堂上，伏惟閤下深思之，無忽！

與兩浙安撫陳舍人薦士書

陳襄

襄伏聞執事按部東南，首訪士民德行。襄謂股肱近臣，受主上顧託於外，其志在於夙夜圖其所報，則莫若求賢拔士之務爲先。然自昔觀風按俗之臣可有行者？今執事獨能軒然振舉其事，此希闊之盛美，小子不任歡抃。雖然，但以旌旄之行，所至邊速，獨眎獨聽，不克盡天下之賢才。又恐所部之吏無告者，有負執事上報君父之心。襄雖愚，所識近世四方豪傑之士於心，遇執事之能推賢，不敢隱惜，謹取其才行殊尤卓絶，素與之交，與所聞見而知者，敢以爲獻焉。

其已仕者四人，有殿中丞致仕胡瑗者，博學通經，負文武之道，而適用不迂，向在江湖間興學養士，凡十餘年，弟子一千七百人，魁傑之士，多出門下，今年過六十，而進德未已。有舒州通判王安石者，才性賢明，篤於古學，文辭政事，已著聞於時。有潁州司法參軍劉彝者，其人長於才而篤於義，其政與學〔一八〕，皆通達於體要。有廬州合肥縣主簿孫覺者，材質老成，志於經學，而浸究原本，觀其文辭，或〔一九〕簡而能粹，殿中丞胡瑗門人高弟數百，而稱其賢。瑗雖老，其材尚可大用，惜乎未有知音者。三人者，皆賢者之資也，將置之美地，不拂其所進，以育成其美材，可量也哉！

其在下者五人，福州候官縣陳烈者，天性仁孝，其材智超特，學古明道，造大賢之域，自慶曆初下第，閉門潛心，迨經〔二〇〕十餘年，兩經科詔，不應里選，身服仁義，鄉閭宗之。有同縣鄭穆者，明而好學，深造於道，其心氣仁正，勇於爲義，學博而文壯矣。有揚州孫處者，爲性高介，好古而志於道，安貧不仕，節行著聞，凡爲文辭，必臻於理。有衢州江山縣周穎者，剛義孝友，及冠始學，卓有奇節，而不畏强禦，有烈士之氣。有越州蕭山縣吴孜者，勇於爲義，少有聲律之學，既而宗道，約心於理，甘貧養親，節義稍著。彝、烈、穆，襄之友人也，凡與並立於古人之域積二十年，辛勤事業，足見其志。使之得其志而行〔二一〕其道，其補助國家豈少哉！若行己作事，未敢極言，俟執事見而知之可也。處、穎、孜，襄所聞而知之者，雖道業不及於二三子，然其行義，皆足以取信於人，抑亦國家偉材也。

夫大賢之才難知，亦難其才，以四海之廣，環而求之，尚恐未足充執事之所欲，况止於一方與一州〔二二〕，其所得必狹矣。襄遂敢廣引天下，凡所知者，以爲告也。其次雖有樸茂磥砢之材，行誼未著，不敢以聞，尚觀其成。其不知者，尚在執事博而求之也。執事即日歸覲冕旒，道民疾苦事外，必有獻納補報於上，則無大乎斯事，而無過乎斯人也。君子之於仕〔二三〕也，所患無其道，無其時，無其位，而不得與天下賢才共濟之爾。今執事既有其道，又得其時與其位，而其所以共濟，又有天下之賢才如是，其不可失也。心急辭率，伏惟執事留意詳採。

與王介甫書

劉攽

見所與曾公立書，論青苗錢大意，不覺悵惋。仲尼云：『聽訟，吾猶人也，必也使無訟乎！』聽訟而能判曲直，豈不爲美？然而聖人之意，以無訟爲先者，貴息争於未形也。今百姓所以取青苗錢於官者，豈其人富贍飽足，樂輸有餘於公，以爲名哉？公私債負逼迫，取於己無所有，故稱貸出息以濟其急。介甫爲政，不能使民家給人足，毋稱貸之患，而特開設稱貸之法，以爲有益於民，不亦可羞哉！甚非聖人之意也。

自三代以來，更歷秦、漢，治道駮雜，代〔二四〕益澆薄。其取於民者，百頭千緒。周公之書有之而今無者，非實無之也，推類言之，名號不同而已矣。若又取周公所言，以爲未行而行之，吾恐不但重複，將有四五倍蓰者矣。一部《周禮》，治財者過半。其非治財者，未聞建行一語，獨此一端，守之堅如金石，將非識其小者近者歟？今郡縣之吏，方以青苗錢爲殿最。又青苗錢未足，未得催二税。郡縣吏懼其黜免，思自救解，其材者，猶能小爲方略以彊民；其下者，直以威力刑罰督迫之。如此，民安得不請？安得不納？而謂其願而不可止者，吾誰欺？欺天乎？

凡人臣之納説於時君，勸其恭儉小心，所謂道也，莫不逆耳難從。及至勸其爲利，取財於民，廣肆志意，不待辭之畢而喜矣，故奸臣争以言財利求用，不復取遠古事言之。在唐之時，皇甫鑄、裴延齡用此術，致位公相。雖然，二人者猶不敢避其聚斂之名，不如介甫直以周公聖人爲證，上則使人主無疑，下則使廷臣莫敢非，若是乎周公之爲桀、跖嚆矢，桁楊椄槢也？商鞅爲秦變法，其後夷滅。張湯爲漢變法，後亦殺。一〔二五〕爲法逆於人心，未有保終吉者也。且朝廷取青苗之息，專爲備百姓不足，至其盈溢，能以代貧下賦役乎？府庫既滿，我且見其不復爲民矣。外之則尚武，開斥境土；内之則廣游觀，崇益宫室。鄙語曰『富不學奢，而奢自至』，自然之勢也。介甫一舉事，其敝至此，可無念哉！可無念哉！

與門下韓侍郎書

范百禄

聖人之用天下，富而教之，神而化之，不可以已者也。不惠不迪，而至於用刑，不得已者也。夫以不得已之刑，爲不可以已之助，則居此官者，宜知此意邪？抑或〔二六〕可以置此心而勿論也？比來朝廷政事，大論議，一切出於忠厚，薄厭刀筆，而以書生儒吏處之，此宜下民無知，陰有一二蒙被上德者矣。

百禄無狀，攝職以來，夙夜孜孜，竭其愚忠。情法巨細，凡可生可殺之際，與僚官平訂〔二七〕，大理往返，或至於再三，或至於四五，纖悉曲折，敢不盡心焉爾哉？然文書程涉三府，職競覆覈，交致其詳，毫釐之間，靡不力詰而深研之。嗚呼！雖堯、舜欽恤，文、武慎罰之意，宜無以加毫髮於此矣。漢詔有之：『人有智愚，官有上下。』故使中外疑獄讞之廷尉，廷尉以當附律令聞上也。民散久矣，抵犯者多，旬時斷獄，無慮數十百千，其間豈能事事咸若上官之智邪？人心不同，如其面焉，有周有疏，趣尚不一。抵犯者多，一謂之寬，一謂之猛，同一物耳，而寬猛異耳，則司刑之官，何術以處此中邪？而必曰姑捨汝所學而從我，且不亦教玉人追琢玉哉？大抵人之寬嚴，亦性分耳，百禄又烏能自遷其性分，而隨上官之指趣乎？是以上煩明公，每於衆人賓客之前，督過諄諄，以爲大非，而終不能奉教一二，以自媿自詔也。往者阿丁之鬬殺，劉巠之故殺，温公力不肯貸，辭氣毅然，有司不敢抗，衆人不復議。百禄再白而不從，則再以書復之，終見是而貸焉。是時〔二八〕自朝廷至衆庶，未聞有曰范百禄頗知守官，然皆欣欣焉多温公之能用人且聽善也。二殺者貸，而天下以爲是，百禄豈不幸甚矣哉！

近日明公以阿黨爲阿丁，告言謀狀已明，事不獲免，爲可殺，而罪大理用法，刑部引例，編管廣南之爲太輕也。任聰，御札到後，行刼贓滿，而不當謂之刑名疑慮也。此二事者，百禄實嘗用心焉，欲默而不辯，則惜聰與黨之死；欲辯而理之，則未免違公之論，逆公之意。雖然，古人執法，有三經斷死而不渝者，有抗直犯顔而不覰主威者，非但施之於守法而已，實士君子事上之道當然，明公亦思得斯人與之恭承明主乎？近世已無如是之人矣，得聞其語可也，見其有心景行者可也。明公以道德仁義〔二九〕之富輔佐人主，以天下生民爲己任，欲爲朝廷振紀綱，致太平，必不欲來者依違從諛，隨聲雷同，苟利一身，不忌殺人，以蹈昔之用事者，爲後世笑侮之轍也。昰用布其區區，而詳其所以然之說。阿黨心規阿丁之銀鋌〔三〇〕也，因斧之而不殊，丁呼而告人曰：『黨殺我。』人執黨，曰：『我實謀其鈿子。』於是謀狀爲明。今疾其兇暴規貨之慝，則死有餘辜。論其被執之時，便通謀情，謀在其心，終緣自吐。考之於律，得減所因，處徒三年，未爲失斷。凡言殺人者死，蓋以己殺爲文，傷人及盜，則抵辠也。今被殺之人幸而不死，行兇之婦，偶亦自通本謀，所以本部〔三一〕原情，取舊比之重者，擬送廣南編管，決杖遠竄，粗可懲姦，合於堯、舜流宥之法，殆無足疑，將何以加重於斯邪？任聰去年四月一日，受黄三結約，欲行彊盜，至三日昏時，而刼寧新等家贓滿。按御札三日巳時到縣，雖是夕行刼，在約束之後，而其結謀，實在旦日，約束之前。凡赦前御札，將爲約束指赦作過之人，而聰之謀時，適非指赦。謹按嘉祐五年南郊赦文，應赦前御札到後，彊盜至死，並決訖刺配廣南牢城。八年及治平二年郊祀二赦，則配海島，雖加重於前，而未盡變也。是又仁宗皇帝、英宗皇帝時，韓、富二公故事也。今朝廷論議決事，比方且踵嘉祐、治平故事，尋二公所爲。本部擬貸任聰〔三二〕，自謂略法二公遺意，豈當時之論，亦欲惠暴寬賊，以害良民哉？得非哀矜愚民，寒飢多辟，而入於死也哉？夫愚民所以然者，仁人君子反求諸己，而後以罪諸民，賦斂重也，徭〔三三〕役繁也，誅求多也，権利廣也，欲其無寒飢不可得。寒且飢矣，欲其亡罪戾不可得。此仁人君子，所宜動心而求究其本也。若止浚其末，而惟刑殺是務，則秦之刑非不嚴，烏能弭勝、廣之盜哉？

今不諱之朝，樂聞鯁言，願遏其惡而宣之，使下情無壅，亦足以知今爲有道之世矣。孔子謂季康子曰：『子爲政，焉用殺？子欲善，而民善矣。』張釋之當高廟玉環之坐，而文帝欲置之族，諫曰：『假人盗長陵一抔土，陛下將何以加法邪？』夫使有司者治辠，而不推原犯人之情，不測淺深之量，不論輕重之序，而一出於法，則刀筆吏足以供使令耳，又何取於士大夫以儒術緣飾爲哉？今天子諒陰未言，太皇太后總聽萬事，慈明仁恕，聽言盡下，自二帝、三王以來，公卿大夫有志之士，未有遭逢如斯時者也。有官守者，不出其位，若見事有未然，令有未便，不一公言，而脂韋苟安，恬養自殖，不負明主、無益生民乎？百禄章既上，竊意萬一薄采，以捄來事，不謂明公力排而深絀之，又從而崇峭塹立峻法也。豈百禄之言，以人廢耶？其或思之未再邪？如今之時，周公養成王之時也，在《易》，『山下出〔三四〕泉』之象曰『蒙』，未知所之，則顧所以養之何如也。夫『蒙』之所以養者，正也，養得其正，則聖人之功也。周公養成王是也，方其承師問道，退習而考於太傅，道德仁義，日陳於前，《詩》《書》《禮》《樂》，日盈於耳。及其至也，若出天性，舉而措之，横乎四海。是將萬化獨運，萬事一斷，豈不綽綽然有餘於聽覽之間哉？蓋不必屢上凶惡，鋪陳情狀，設有特旨，而教之斷獄也，此又非周公之所以爲功也。百禄之於門下也，公則有僚吏之聽，私則有父執之奉，知獎待遇，非他人比。苟爲熟視，不敢盡言，則豈明公與百禄之志哉？伏惟舍其戇狂，而薄採其衷，幸甚！

校勘記

〔一〕『人』，底本作『今』，據六十四卷本改。

〔二〕「身」，底本作「才」，據六十四卷本改。《四部叢刊》景宋鈔本《嘉祐集》作「身」。
〔三〕「吲呼」，底本無，據六十四卷本補。《四部叢刊》景宋鈔本《嘉祐集》作「吲呼」。
〔四〕「極」，底本作「竭」，據六十四卷本改。《四部叢刊》景宋鈔本《嘉祐集》作「極」。
〔五〕「爲」，底本作「能」，據六十四卷本改。《四部叢刊》景宋鈔本《嘉祐集》作「爲」。
〔六〕「出」，底本無，據六十四卷本補。《四部叢刊》景宋鈔本《嘉祐集》作「出」。
〔七〕「六」，底本、六十四卷本皆作此，《四部叢刊》景宋鈔本《嘉祐集》作「七」。
〔八〕「君之」，底本脱，據六十四卷本補。《四部叢刊》景宋鈔本《嘉祐集》無，亦脱。
〔九〕「聞」，底本作「見」，據六十四卷本改。《四部叢刊》景宋鈔本《嘉祐集》作「見」。
〔一〇〕「其君」，底本作「吾」，據六十四卷本改。《四部叢刊》景宋鈔本《嘉祐集》作「吾」。
〔一一〕「小忿」，底本作「小忠」，據六十四卷本改。《四部叢刊》景宋鈔本《嘉祐集》作「小忠」。
〔一二〕「小忿」，底本作「小忠」，據六十四卷本改。《四部叢刊》景宋鈔本《嘉祐集》作「小忠」。
〔一三〕「小忿」，底本作「小忠」，據六十四卷本改。《四部叢刊》景宋鈔本《嘉祐集》作「小忠」。
〔一四〕「賢」下，底本有一「人」字，六十四卷本無，據以删。《四部叢刊》景宋鈔本《嘉祐集》有「人」字。
〔一五〕「盡」，底本無，據六十四卷本補。《四部叢刊》景宋鈔本《嘉祐集》作「盡」。
〔一六〕「小忿」，底本作「小忠」，據六十四卷本改。《四部叢刊》景宋鈔本《嘉祐集》作「小忠」。
〔一七〕以上自「伏惟閤下」至「百官之上」，凡二十字，底本無，據六十四卷本補。《四部叢刊》景宋鈔本《嘉祐集》有此二十字。又，底本既有缺文，故添「而止」二字於「以歿其身」後。
〔一八〕「與學」，底本作「事」，據六十四卷本改。宋本《古靈集》作「與學」。

〔一九〕『或』，底本作『咸』，據六十四卷本改。宋本《古靈集》作『或』。

〔二〇〕『經』，底本作『今』，據六十四卷本改。宋本《古靈集》作『經』。

〔二一〕『行』，底本作『得』，據六十四卷本改。宋本《古靈集》作『行』。

〔二二〕『與一州』，底本作『與一方』，據六十四卷本改。宋本《古靈集》作『與一州』。

〔二三〕『仕』，底本作『事』，據六十四卷本改。宋本《古靈集》作『仕』。

〔二四〕『代』，底本作『俗』，據六十四卷本改。

〔二五〕『一』，底本無，據六十四卷本補。

〔二六〕『邪？抑或』三字，底本空四字格，據六十四卷本補。

〔二七〕『訂』，底本作『討』，據六十四卷本改。

〔二八〕『時』，底本作『以』，據六十四卷本改。

〔二九〕『道德仁義』，底本作『仁義道德』，據六十四卷本改。

〔三〇〕『鉦』，底本作『鈿』，據六十四卷本改。

〔三一〕『部』，底本無，據六十四卷本補。

〔三二〕『任聰』，底本誤作『任職』，據六十四卷本改。

〔三三〕『徭』，底本誤作『徑』，據六十四卷本改。

〔三四〕『出』，底本無，據六十四卷本補。

新校宋文鑑卷第一百十八

校者按：底本此卷抄配，據六十四卷本刻卷校改。

書

上梅直講書

蘇軾

軾每讀《詩》至《鴟鴞》，讀《書》至《君奭》，常竊悲周公之不遇。及觀《史》，見孔子厄於陳、蔡之間，而弦歌之聲不絶，顔淵、仲由之徒，相與問荅。夫子曰：『「匪兕匪虎，率彼曠野。」吾道非邪？吾何爲於此？』顔淵曰：『夫子之道至大，故天下莫能容，雖然』，『不容何病？不容然後見君子』。夫子油然而笑曰：『回，使爾多財，吾爲爾宰。』夫天下雖不能容，而其徒自足以相樂如此，乃今知周公富貴，有不如夫子之貧賤。夫以召公之賢，以管、蔡之親，而不知其心，則周公誰與樂其富貴？而夫子之所與共貧賤者，皆天下之賢才，則亦足與樂乎此矣。

軾七八歲時始知讀書，聞今天下有歐陽公者，爲人如古孟軻、韓愈之徒。而又有梅公者從之游，而與之上下其議論。其後益壯，始能讀其文詞，想見其爲人，意其飄然脱去世俗之樂，而自樂其樂也。方學爲對偶聲律之文，求斗升之禄，自度無以進見於諸公之間。來京師逾年，未嘗窺其門。

今年春，天下之士群至於禮部，執事與歐陽公實親試之，誠不自意，獲在第二。既而聞〔二〕之人，執事愛其文，以爲有孟軻之風，而歐陽公亦以其能不爲世俗之文也而取焉，是以在此。非左右爲之先容，非親舊爲之請屬，而向之十餘年間，聞其名而不得見者，一朝爲知己。退而思之，人不可以苟富貴，亦不可以徒貧賤，有大賢焉，而爲其徒，則亦足恃矣。苟其僥一時之幸，從車騎數十人，使閭巷小民聚觀而讚嘆之，亦何以易此樂也？傳曰：『不怨天，不尤人。』蓋優哉游哉，可以卒歲。執事名滿天下，而位不過五品，其容色温然而不怒，其文章寬厚敦樸而無怨言，此必有所樂乎斯道也。軾願與聞焉。

上韓魏公論場務書

蘇　軾

軾得從宦於西，嘗以爲當今制置西事，其大者未便，非痛整齊之，其勢不足以久安，未可以隨欹而拄，隨壞而補也。然而其事宏闊浩汗，非可以倉卒輕言者。今之所論，特欲救一時之急，解朝夕之患耳。

往者寶元以前，秦人之富彊可知也。中户不可以畝計，而計以頃；上户不可以頃計，而計以賦。耕於野者，不願爲公侯；藏於民家者，多於府庫也。然而一經元昊之變，冰消火燎，十不存三四。今之所謂富民者，嚮之僕隸也；今之所謂蓄聚者，嚮之殘棄也。然而不知昊賊之遺種，其將永世而臣伏邪？其亦有時而不臣也？以向之民力堅完百倍而不能支，以今之傷殘之餘而能辨者，軾所不識也。夫平安無事之時，不務多方優裕其民，使其氣力渾厚，足以勝任縣官權時一切之政，而欲一旦納之於患難，軾恐外憂未去，而内憂乘之也。

鳳翔、京兆，此兩郡者，陝西之囊橐也。今使有變，則緣邊被兵之郡知戰守而已。戰而無食則北，守而無財則散。使戰不北，守不散，其權固在此兩郡也。軾官於鳳翔，見民之所最畏者，莫若衙前之役。自其家之甕盎釜甑以上計之，長役及十千，鄉户及二十千，皆占役一分。所謂一分者，名爲糜錢，十千可辦，而其實者皆十五六千，至二十千，而多者至不可勝計也。科役之法，雖始於上户，然至於不足，則遞取其次，最下至於家貲及二百千者，於法皆可科。自近歲以來，凡所科者，鮮有能大過二百千者也。夫爲王民，自甕盎釜甑以上計之而不能滿二百千，則何以爲民？今也及二百千則不免焉〔二〕，民之窮困，亦可知矣。然而縣官之事，歲以二千四百分爲計，所謂優輕而可以償其勞者，不能六百分，而捕獲彊惡者願入焉，擿發贓弊者願入焉，是二千四百分者，衙前之所獨任〔三〕，而六百分者，未能純被於衙前也，民之窮困，又可知也。今之最便，惟重難日損，優輕日增，則民尚可以生，此軾之所爲區區議以官榷與民也，其詳固已具於府之所録以聞者。

從軾之説而盡以予民，失〔四〕錢之以貫計者，軾嘗粗較之，歲不過二萬。失之於酒課，而償之於税緡，是二萬者，未得爲全失也。就使爲全失二萬，均多補少，要以共足，此一轉運使之所辦也。如使民日益困窮而無告，異日無以待倉卒意外之患，則雖復歲得千萬，無益於敗，此賢將帥之所畏也。

軾以爲陛下新御宇内，方求所以爲千萬年之計者，必不肯以一轉運使之所能辦，而易賢將帥之所畏，况於相公才略冠世，不牽於俗人之論。乃者變易茶法，至今以爲不便者，十人而九，相公尚不顧，行之益堅。今此事至小，一言可決。去歲赦書，使官自買木，關中之民始知有生意。向非相公果斷而力行，必且下三司。三司固不許，幸而許，必且下本路。本路下諸郡，或以爲可，或以爲不可，然後監司類聚其説而參酌之，比復於朝廷，固已朞歲矣。其行不行，又未可知也。如此而民何望乎？方今山陵事起，日費千金，軾乃於此時議以官榷與民，其爲迂闊取笑可知矣。然竊以爲古人之所以大過人者，惟能於搶攘〔五〕急迫之中，行寬大閒暇久長之政，此天下所以不測而大服也。

朝廷自數十年以來，取之無術，用之無度，是以民日困，官日貧。一旦有大故，則政出一切，不復有所擇，此從來不革之過，今日之所宜深懲而永慮也。山陵之功不過歲終，一切之政當訖事〔六〕而罷。明年之春，則陛下逾年即位改元之歲，必〔七〕將首行王道，以風天下。及今使郡吏議之，减定其數，當復以聞，則言之今其時矣。伏惟相公留意，千萬幸甚！

上文侍中論榷鹽書

蘇軾

當今天下，勳德俱高，爲主上所倚信，望實兼隆，爲士民所責望，受恩三世，宜與社稷同憂，皆無如明公者。今雖在外，事有關於安危，而非職之所憂者，猶當盡力争之，而況其事關本職，而憂及生民者乎？竊意明公必已言之，而人不知，若猶未也，則願効其愚。

頃者三司使章惇建言，乞榷河北、京東鹽。朝廷遣使按視，召周革入覲，已有成議矣。惇之言曰：『河北與陝西皆爲邊防，而河北獨不榷鹽，此祖宗一時之誤恩也。』軾以爲陝西之鹽與京東、河北不同。解池廣袤不過數十里，既不可捐以予民，而官亦易以籠取。青鹽至自虜中，有可禁止之道，然猶法存而實不行，城門之外，公食青鹽。今東北循海皆鹽也，其欲籠而取之，正與淮南、兩浙無異。軾在餘杭時，見兩浙之民以犯鹽得罪者，一歲至萬七千人，而莫能止。姦民以兵仗護送，吏士不敢近者，常以數百人爲輩，特不爲他盗，故上下通知，而不以聞耳。東北之人，悍於淮、浙遠甚，平居椎剽之姦，常甲於它路，一旦榷鹽，則其禍未易以一二數也。由此觀之，祖宗以來，獨不榷河北鹽者，正事之適宜耳，何名爲誤哉？且榷鹽雖有故事，然要以爲非王政也。陝西、淮、浙既未能罷，又欲使京東、河北隨之，此猶患風痺人曰：『吾左臂既折矣，右臂何爲獨完？』則以酒色伐之，可乎？

今議者曰：『吾之法與淮、浙不同。淮、浙之民，所以不免於私販，而竈户所以不免於私賣者，以官之買價賤，而賣價貴耳。今吾賤買而賤賣，借如每斤官以三錢得之，則以四錢出之。鹽商私買於竈户，利其賤耳，賤不能減三錢，竈户均爲得三錢也，寧以予官乎？將以予私商而犯法乎？此必不犯之道也。』此無異於兒童之見。東海皆鹽也，苟民力之所及，未有捨而不煎，煎而不賣者也。而近〔八〕歲官錢常若窘迫，遇其急時，百用横生，以有限之錢，買無窮之鹽，竈户有朝夕薪米之憂，而官錢在朞月之後，則其利必歸於私販無疑也。食之於鹽，非若饑之於五穀也。五穀之乏，至於節口并日，而況鹽乎？故私販法重而官鹽貴，則民之貧而懦者，或不食鹽。往在浙中，見山谷之人，有數日食無鹽者。今將榷之，東北之俗必不如往日之嗜鹹也，而望官〔九〕課之不虧，疏矣。且淮、浙官鹽，本輕而利重，雖有積滯，官未病也。今以三錢爲本，一錢爲利，自禄吏購賞〔一〇〕，修築敖庾之外，所獲無幾矣。一有積滯不行，官之所喪，可勝計哉？失民而得財，明者不爲，况民、財兩失者乎？

且禍莫大於作始，作俑之漸，至於用人。今兩路未有鹽禁也，故變之難，遣使會議，經年而未果。自古作事欲速而不取衆議，未有如今日者也，然猶持久如此，以明作始之難也。今既已榷之矣，則他日國用不足，添價貴賣，有司以爲熟事，行半紙文書而決矣。且明公能必其不添乎？非獨明公不能也，今之執政能自必乎？苟不可必，則兩路之禍，自今日始。夫東北之蠶，衣被天下，蠶不可無鹽，而議者輕欲奪之，是病天下也。明公可不深哀而速救之歟？

或者以爲朝廷既有成議矣，雖争之必不從。竊以爲不然，乃者手實造簿，方赫然行法之際，軾嘗論其不〔一一〕可，以告今太原韓公。公時在政府，莫之行也，而手實卒罷，民賴以少安。凡今執政所欲必行者，青苗、助役、市易、保甲而已，其他猶可以庶幾萬一。或者又以爲明公將老矣，若猶有所争，則其請老也難，此又軾之所不識也。使明公之言幸而聽，屈己少留，以全兩路之民，何所不可？不幸而不聽，是議不中意，其於退也尤易矣，願少留意。軾一郡守也，猶以爲職之所當憂，而冒聞於左右，明公其得已乎？干瀆威重，俯伏待罪而已。

黄州上文潞公書

蘇軾

承以元功〔一二〕，正位兵府，備物典册，首冠三公。雖曾孫之遇，絶口不言，而《金縢》之書，因事自顯。真古今之異事，聖朝之光華也。有自京師來，轉示所賜書教一通，行草爛然，使破甑弊帚，復增九鼎之重。

軾始得罪，倉皇出獄，死生未分，六親不相保。然私心所念，不暇及他，但顧平生所存，名義至重，不知今日所犯，爲已見絶於聖賢，不得復爲君子？抑雖有罪不可赦，而猶可改也？伏念五六日，至於旬時，終莫能決，輒〔一三〕復彊顔忍恥，飾鄙陋之詞，道疇昔之眷，以卜於左右。遽辱還荅，恩禮有加，豈非察其無他，而恕其不及，亦如聖天子所以貸而不殺之意乎？伏讀洒然，知其不肖之軀，未死之間，猶可洗濯磨治，復入於道德之場，追申徒而謝子産也。

軾始就逮赴獄，有一子稍長，徒步相隨，其餘守舍，皆婦女幼稚。至宿州，御史符下，就家取文書，州郡望風，遣吏發卒，圍舡搜取，老幼幾怖死。既去，婦女恚駡曰：『是好著書，書成何所得？而怖我如此！』悉取燒之。比事定，重復尋理，十亡其七八矣。到黄州，無所用心，輒復覃思於《易》《論語》，端居深念，若有所得，遂因先子之學，作《易傳》九卷，又自以意作《論語説》五卷。窮苦多難，壽命不可期，恐此書一旦復淪没不傳，意欲寫數本留人間，念新以文字得罪，人必以爲凶衰不祥之書，莫肯收藏，又自非一代偉人，不足託以必傳者，莫若獻之明公。而《易傳》文多，未有力裝寫，獨致《論語説》五卷。公退閒暇，一爲讀之，就使無足取，亦足見其窮不忘道，老而能學也。

軾在徐州時，見諸郡盜賊爲患，而察其人多凶俠不遜，因以饑饉，恐其憂不止於竊攘剽殺也，輒草具其事上之，會有旨移湖州而止。家所藏書，既多亡軼，而此書本以爲故紙糊籠〔一四〕篋，獨得不燒，籠破見之，不覺恍然如夢中事，輒録其本以獻。軾廢逐至此，豈敢復言天下事，但惜此事粗有益於世，既不復施，猶欲公知之，此則宿昔之心掃除未盡者也。公一讀訖，即燒之而已。黄州食物賤，風土稍可安，既未得去，去亦無所歸，必老於此。拜見無期，臨紙於邑，惟冀以時爲國自重。

與章子厚書　　蘇軾

春初辱〔一五〕書，尋遞中〔一六〕裁謝，不審得達否？比日機務之暇，起居萬福。軾蒙恩如昨，顧以罪廢之餘，人所鄙惡，雖公不見棄，亦不欲頻通姓名。今茲復陳區區，誠義有不可已者。

軾在徐州日，聞沂州丞縣界有賊何九郎者謀欲刼利國監，又有闞温、秦平者，皆猾賊，往來沂、兖間，欲使人緝捕，無可使者。聞沂州葛墟村有桂棐者，家富，有心膽，其弟岳，坐與李逢往還，配桂州牢城〔一七〕。棐雖小人，而篤於兄弟，當〔一八〕欲爲岳洗雪而無由，竊意其人可使，因令本州支使孟易呼至郡，諭使自効，以刷門户垢汙，苟有成績，當爲奏乞放免其弟。棐願盡力，因出帖付與。不逾月，軾移湖州，棐相送出境，云：『公更留兩月，棐必有以自効，今已去，奈何？』軾語棐但盡力，不可以〔一九〕軾去而廢也，苟有所獲，當速以相報，不以遠近所在，仍爲奏乞如前約也。是歲七月二十七日，棐使人至湖州見報〔二〇〕，云已告捕獲妖賊郭先生等。及得徐州孔目官以下狀申告捕妖賊事，如棐言不繆，軾方欲具始末，奏陳棐所以盡力者，爲其弟也，乞勘會其弟岳所犯，是與李逢往還，本不與其謀者，乞賜放免，以勸有功。草具未上，而軾就逮赴詔獄，遂不果發。

今者，棐又遣人至黄州見報，云郭先生等皆已訊治得實，行法久矣，蒙恩授殿直，因録其告捕始末以相示。原棐之意，所以孜孜於軾者，凡爲其弟，以曩言見望也。軾固不可以復有言矣，然獨〔二一〕念愚夫小子，以一言感發，猶能奮身不顧，以遂其言，而軾乃以罪廢之故，不爲一言，以負其初心，獨不愧乎！且其弟岳，亦豪健絶人者也。徐、沂間人鷙勇如棐、岳類甚衆，若不收拾，驅使令捕賊，即作賊耳。謂宜因事勸奬，使皆歆艷捕告之利，懲創爲盗之禍，庶幾少變其俗。今棐必在京師參班，公可自以意召問其始末，特爲一言，放免其弟岳，或與一名目，牙校鎮將之類，付京東監司驅使緝捕，其才用當復過於棐也。

此事至微末，公執政大臣，豈復治此？但棐於軾，本非所部吏民，而能自效者，以軾爲不食言也。今既不可言於朝廷，又不一言於公，是終不言矣，以此愧於心，不能自已。可否在公，獨願祕其事，毋使軾重得罪也。

徐州南北襟要，自昔用武之地，而利國監去州七十里，土豪百餘家，金帛山積，三十六冶器械所産，而兵衛微寡。不幸有猾賊十〔二二〕許人，一呼其間，吏兵皆棄而走耳，散其金帛，以嘯召無賴烏合之衆，可一日得也。軾在郡時，常令三十六冶，每户點集冶夫數十人，持挈〔二三〕槍刃，每月兩衙於知監之庭，以示有備而已。此地蓋常爲京東豪猾之所擬〔二四〕，公所宜知，因桂棐事，輒復及之。秋冷，伏冀爲國自重。

與李方叔書

蘇　軾

屢獲來教，因循不一裁荅，悚息不已。比日履兹秋暑，起居佳勝。録示《子駿行狀》及數詩，辭意整暇，有加於前，得之極喜慰。累書見責以不相薦引，讀之甚愧，然其説不可不盡。君子之知人〔二五〕，務相勉於道，不務相引於利也。足下之文過人處不少，如《李氏墓表》及《了駿行狀》之類，筆勢翩翩〔二六〕，有可以追古作者之道。至若前所示《兵鑑》，則讀之終篇，莫知所謂，意者足下未甚有得於中而張其外者。不然，則老病昏惑，不識其趣也。以此私意猶冀足下積學不倦，落其華而成其實，深願足下爲禮義君子，不願足下豐於才而廉於德也。若進退之際，不甚慎静，則於定命，不能有毫髪增益，而於道德，有丘山之損矣。

古之君子，貴賤相因，先後相援，固多矣。軾非敢廢此道，平生相知，心所謂賢者，則於稠人中譽之。或因其言，以考其實，實至則名隨之，名不可掩，其自爲世用，理勢固然，非力致也。陳履常居都下，逾年未嘗一至貴人之門，章子厚欲一見，終不可得。中丞傅欽之、侍郎孫莘老薦之，軾亦掛名其間，會朝廷多知履常者，故得一官。軾孤立言輕，未嘗獨薦人也。爵禄廼人主所專，宰相猶不敢必，而欲責於軾，可乎？東漢處士私相謚，非古也，殆似丘明爲素臣，當得罪於孔門矣。孟生貞曜，蓋亦蹈襲流弊，不足法，而況近相名字者乎？甚不願足下類〔二七〕此等也。軾於足下，非愛之深，期之遠，定不及此，猶能察其意否？

近秦少游有書來，亦論足下近文益奇。明主求人如不及，豈有終汩没之理？足下但信道自守，當不求自至。若不深自重，恐喪失所有。言切而盡，臨紙悚息。未即會見，千萬保愛！近夜眼昏，不一，不一。

上樞密韓太尉書

蘇　轍

轍生好爲文，思之至深，以爲文者氣之所形，然文不可以學而能，氣可以養而致。孟子曰：『我善養吾浩然之氣。』今觀其文章，寬厚宏博，充乎天地之間，稱其氣之小大。太史公行天下，周覽四海名山大川，與燕趙間豪俊交遊，故其文疎蕩，頗有奇氣。此二子者，豈嘗執筆學爲如此之文哉？其氣充乎其中，而溢乎其貌，動乎其言，而見乎其文，而不自知也。

轍生十九年矣，其居家所與游者，不過其鄰里鄉黨之人，所見不過數百里之間，無高山大野可登覽以自廣。百氏之書，雖無所不讀，然皆古人之陳迹，不足以激發其志氣。恐遂汩没，故决然捨去，求天下奇聞壯觀，以知天地之廣大。過秦漢之故都，恣觀終南、嵩、華之高，北顧黄河之奔流，慨然想見古之豪傑。至京師，仰觀天子宫闕之壯，與倉廪府庫、城池苑囿之富且大也，而後知天下之巨麗。見翰林歐陽公，聽其議論之宏辯，觀其容貌之秀偉，與其門人賢士大夫游，而後知天下之文章聚乎此也。

太尉以才略冠天下，天下之所恃以無憂，四夷之所憚以不敢發，入則周公、召公，出則方叔、召虎，而轍也未之見焉。且夫人之學也，不志其大，雖多而何爲？轍之來也，於山見終南、嵩、華之高，於水見黄河之大且深，於人見歐陽公，而猶以爲未見太尉也，故願得觀賢人之光耀，聞一言以自壯，然後可以盡天下之大觀而無憾者矣。轍年少，未能通習吏事，嚮之來，非有取於斗升之禄，偶然得之，非其所樂。然幸得賜歸待選，使得優遊數年之間，將歸益治其文，且學爲政。太尉苟以爲可教而辱教之，又幸矣。

校勘記

〔一〕「聞」，底本誤作「問」，據六十四卷本改。宋本《東坡集》、明成化刊本《蘇文忠公全集》作「聞」。
〔二〕「免焉」，底本作「能滿」，據六十四卷本改。宋本《東坡集》、明成化刊本《蘇文忠公全集》作「免焉」。
〔三〕「任」，底本作「入」，據六十四卷本改。宋本《東坡集》、明成化刊本《蘇文忠公全集》作「任」。
〔四〕「失」，底本作「夫」，據六十四卷本改。宋本《東坡集》、明成化刊本《蘇文忠公全集》作「失」。
〔五〕「擾攘」，底本作「擾擾」，據六十四卷本改。宋本《東坡集》、明成化刊本《蘇文忠公全集》作「擾攘」。
〔六〕「事」，底本無，據六十四卷本補。宋本《東坡集》、明成化刊本《蘇文忠公全集》作「事」。
〔七〕「必」，底本無，據六十四卷本補。宋本《東坡集》、明成化刊本《蘇文忠公全集》作「必」。
〔八〕「近」，底本作「迫」，據六十四卷本改。宋本《東坡集》、明成化刊本《蘇文忠公全集》作「近」。
〔九〕「官」，底本無，據六十四卷本補。宋本《東坡集》、明成化刊本《蘇文忠公全集》作「官」。
〔一〇〕「賞」，底本作「資」，據六十四卷本改。宋本《東坡集》、明成化刊本《蘇文忠公全集》作「賞」。
〔一一〕「不」，底本誤作「人」，據六十四卷本改。宋本《東坡集》、明成化刊本《蘇文忠公全集》作「不」。
〔一二〕「功」，底本作「公」，據六十四卷本改。宋本《東坡集》、明成化刊本《蘇文忠公全集》作「功」。
〔一三〕「輒」，底本誤作「輕」，據六十四卷本改。宋本《東坡集》、明成化刊本《蘇文忠公全集》作「輒」。
〔一四〕「籠」，底本無，據六十四卷本補。宋本《東坡集》、明成化刊本《蘇文忠公全集》作「籠」。
〔一五〕「辱」，底本作「得」，據六十四卷本改。宋本《東坡集》、明成化刊本《蘇文忠公全集》作「辱」。
〔一六〕「中」，底本誤作「申」，據六十四卷本改。宋本《東坡集》、明成化刊本《蘇文忠公全集》作「中」。
〔一七〕以上自「棐者」至「配桂州牢城」，凡二十一字，底本無，據六十四卷本補。宋本《東坡集》、明成化刊本《蘇文忠公全集》皆有此二十一字。

〔一八〕『當』，底本無，據六十四卷本補。宋本《東坡集》、明成化刊本《蘇文忠公全集》作『常』。

〔一九〕『不可以』下，底本有一『自』字，六十四卷本無，據以删。宋本《東坡集》、明成化刊本《蘇文忠公全集》無『自』字。

〔二〇〕『報』，底本作『告』，據六十四卷本改。宋本《東坡集》、明成化刊本《蘇文忠公全集》作『報』。

〔二一〕『然獨』，底本作『雖復』，據六十四卷本改。宋本《東坡集》、明成化刊本《蘇文忠公全集》作『然獨』。

〔二二〕『十』，底本作『千』，未確，據六十四卷本改。宋本《東坡集》、明成化刊本《蘇文忠公全集》作『十』。

〔二三〕『挈』，底本無，據六十四卷本補。宋本《東坡集》、明成化刊本《蘇文忠公全集》作『却』。

〔二四〕『擬』，底本作『擾』，據六十四卷本改。宋本《東坡集》、明成化刊本《蘇文忠公全集》作『擬』。

〔二五〕『人』，底本無，據六十四卷本補。明成化刊本《蘇文忠公全集》作『人』。

〔二六〕『翩翩』，底本作『翩翻』，據六十四卷本改。明成化刊本《蘇文忠公全集》作『翩翩』。

〔二七〕『類』，底本無，據六十四卷本補。明成化刊本《蘇文忠公全集》無。

新校宋文鑑卷第一百十九

校者按：底本此卷抄配，據六十四卷本、麻沙本刻卷校改。

書

代韓愈荅柳宗元示浩初序書

王令

相別闊久，時得南方人道譽盛德，甚相爲慰快。又聞得子厚文，皆雄辯彊據，源淵衍長，世之名文者多矣，未見加子厚右者也。其間亦大有務辯而理屈，趨文而背實者，然古之立言者，未必皆不然，亦『説詩者，不以文害辭』之一端也，愈皆置之。

近有傳《送浩初序》來〔一〕者，讀而駭之，不知真子厚作否也？雖然，子厚素有之，宜真子厚作。然反覆讀之，益駭而疑，恐他人作然也，不然，子厚何見禍太甚邪？來序稱：『浮屠誠不可斥者，往往與《易》《論語》合，其性情奭〔二〕然，不與孔子異道』，『雖聖人復生，不得而斥也』。子厚亦不思哉！夫《易》自《乾》《坤》以及《未濟》，皆人道之始終，賢聖君子之出處事業，至於次第配類，莫不倫理，故孔子原聖人作卦之因是也。其中則曰：『有天地，然後有萬物；有萬物，然後有男女；有男女，然後有夫婦；有夫婦，然後有父子；有父子，然後有君臣；有君臣，然後有上下；有上下，然後禮義有所錯。夫婦之道，不可以不久也，故受之以《恒》」，「主器莫若長子，故受之以《震》」。其下則曰：「《漸》，女歸待男行也」，「《歸妹》，女之終也。《未濟》，男之窮也」。而皆不若浮圖棄絶君臣，拂滅父子，斷除夫婦之説。《論語》二十篇，大率不過弟子問仁、問政、問忠之類爾。于鬼神與死之類，則皆曰：「未能事人，焉能事鬼？」「未知生，焉知死？」又非若浮屠氏夸誕牽合，於以塗瞽天下而云也。不識子厚謂與《易》《論語》合者，何哉？借如其中萬一偶竊吾聖人之言，則君子者遂不思其患而好學邪？是猶救桀、跖之誅，以耳聞而目見有類夫堯也。孔子曰：「如有周公之才之美，使驕且吝，其餘不足觀也已。」況又去夫婦父子，而無萬一於周公之美者？

且子厚謂愈「所好者迹也，而不知其石中有玉」。不知子厚之學，果中與迹異邪？雖然，子厚心仁義而手拔劍以逐父兄，謂其爲迹則亦可邪？子厚亦患愈斥浮圖以夷，反爲之説曰：「將友〔三〕盗跖、惡來，而賤季札、由余也。」嗚呼，子厚又不思哉！昔者孔子作《春秋》，諸侯用夷禮者則夷之，若杞侯稱子是也。若愈不得斥浮圖以夷，則孔子不得斥杞子，以迹而不思其中也。聖如孔子者，其取舍猶不免子厚之過邪？又不知子厚謂季札、由余者，皆若浮圖之拂君臣父子邪？不然，則不也。

愈嘗探佛之説，以擬議前世盛德者，而皆無一得也。若堯、舜、孔子者，皆佛之甚有罪者也。以智者觀之，不知堯、舜、孔子果當然邪？佛實也〔四〕？自孔子死千數百歲，獨孟子卓然獨立。今讀其書，則教人興利，驅除龍蛇，殺牛牲犬豕，以養老祭祀爾，其大不與佛合者，則若君子『親親而仁民，仁民而愛物』。以『堯、舜之智，不徧知〔五〕物，急先務也』。以『堯舜之仁，不徧愛人，急親賢也。不能三年之喪，而緦、小功之察；放飯流歠，而問無齒决，是之謂不知務』。以是言之，是孟子又異佛而得罪也甚矣。且不知子厚之讀堯、舜、孔、孟之書也，將讀而盡信之邪？抑徒取其一二而棄其十百也？不然，則孔、佛不相爲容，亦已較然，何獨子厚能容之也？

愈嘗觀士之不蹈道者，一失於君，則轉而之山林，群麋鹿，終死而不悔，乃至有負石而自沉者。以君子觀之，是皆薄於中而急於外者矣。惜乎，何至是哉！今子厚雖不幸擯棄於朝，乃以不自能寬存，以至於陷夷狄而不悔也。薄於中而急於外，在盛德者雖不當然，然智者觀之，不得無過也。以求其不愛官，不能争，樂山水而嗜安閒者，則治初之心，尚可安於麋鹿也。必溺於虚高之言，而遺於人倫之大端，其比於負石而沉河者，孰得哉？

愈嘗笑今人之謂有智者爲毁釋氏。釋氏，非毁之也。譬之器然，舊嘗完而暴鑠之，謂爲毁也可矣，其從來不爲器者，是自然爾，豈人毁之邪？此皆不知道者之言也。自釋氏之説入中國，流千數百年，其徒樹其説而枝葉者衆矣，烏知其有不取此以假彼者邪？况又〔六〕玩其説者，常名儒也，孟子謂『矢人豈不仁於函人哉』，豈無盡〔七〕意邪？正謂是也。使佛之禍福可求，其言可信，其教等於堯、舜、孔子而或上之，則君子者先衆民而學且行之矣，伐彼善而固爲我異，愈肯自爲之邪？雖然，子厚猶謂愈爲之也。子曰『道不遠人』，爲釋氏者，竟不遠人耶？謂爲聖人不得斥者，果信然哉？石中之玉，信何如也？

上〔八〕邵不疑書

王令

富貴矣，何求而不得哉？窮南之珠，極西之玉，山海之犀象，蜀里之錦，楚南、荆北之材，天下之殊也。然皆水斷陸絶，去其人嘗千萬有餘里，然一日欲之，則無不如意而至前，何其甚易，如出於左右然哉！能不愛珍幣重寶以易之，則其得如取耳。故曰：富貴矣，何求而不得哉？唯其不可得者，士也。士則有窮而無求，不可以貨取也；賤而不屈，不可以勢動也；行義以達死〔九〕，不可以力脅也。世雖有富貴，假有求而欲得之，非其義也，非其道也，則其人亦枉〔一〇〕耶？世之藏珠玉象犀，而衣錦以居荆楚之材者多矣，富貴者皆是也。而潔完之人，信篤之士，不幸而世不欲之，假有欲之，而可從者誰也？斯語不敢講於人久矣。

嘗聞閤下，其所好惡，爲與不爲，殆有異於世富貴者。而令雖不肖，竊有意於古之士，願學之。而昔者有一日之幸，而閤下以令有姊，以貧而不嫁過時，將金帶而資之，時適無可親者，則止矣。世之人靡靡，方以竊禄從事，而閤下乃獨恤人之孤。世之人方思得其所無，而閤下乃散其所有。以某之甚賤，才謀不足以裨左右之長，譽説不足以取當世之重，不識閤下是誠何求哉？信亦與長世之異也，故令且將終其所賜，以實閤下之德焉。夫高郵小地，是以勢不能分有以賜之，而令辭不從，今則謁之，而閤下之所得士，自信如此難有也。異日閤下嘗去有餘而就不足，以求之，良以閤下之所好惡而爲與不爲者，與世之富貴者異也。高以借人，力不能舉重以與士也，亦明矣。而一時之人，勢力出閤下者猶衆，然不之彼而之此，

與趙大觀書　張載

載啓：不造誨席逾年，仰懷溫諭，三反朝夕。仲冬漸寒，恭惟使職公餘，寢興百順。辱書惠顧，欽佩加卹，兼聆被旨邊幹，行李勤止。載抱愚守迷，未厭山僻，脩慝免過弗能，固無暇撰述，空自言說〔一一〕鄙謬。竊嘗病孔孟既没，諸儒囂然，不知反約窮源，勇於苟作，持不迨之資而急知後世，明者一覽，如見肺肝然，多見其不知量也。方且創艾其弊，默養吾誠，所患日力不足，而未果它爲也。辱問及之，不識明賢謂之然否？更賜提耳，幸甚！末由前拜，恭惟尊所聞，力所逮，淑愛自厚，以需大者之來。不勝切切〔一二〕！

與吕微仲書　張載

浮屠明鬼，謂有識之死，受生循環，亦出莊説之流，遂厭苦求免，可謂知乎？以人生爲妄見，可謂知人乎？天人一物，輒生取捨，可謂知天乎？孔孟所謂天，彼所謂道者，惑者指游魂爲變，爲輪回，未之思也。大學當先知天德，知天德則知聖人，知鬼神。今浮屠極論要歸，必謂

生死轉流，非得道不免，謂之悟道，可乎？悟則有命有義，均死生，一天人，推知晝夜，道陰陽，體之不二。自其説熾傳中國，儒者未谷窺聖學門墻，已爲引取，淪胥其間，指爲大道。乃其俗達之天下，致善惡知愚，男女臧獲，人人著信，使英才間氣，生則溺耳目恬習之事，長則師世儒崇尚之言，遂冥然被驅，因謂聖人可不脩而至，大道可不學而知。故未識聖人心，已謂不必事其迹；未見君子志，已謂不必事其文。此人倫所以不察，庶物所以不明，治所以忽，德所以亂。異言滿耳，上無禮以防其僞，下無學以稽其弊。自古淫詖邪遁之詞，翕然並興，一出於佛氏之門者，千五百年。向非獨立不懼，精一自信，有大過之才，何以正立其間，與之較是非，計得失？來簡見發狂言，當爲浩歎，所恨不如佛氏之著明也，更〔一三〕冀開諭傾俟。

荅横渠張子厚先生書

程　顥

承教，諭以定性未能不動，猶累於外物。此賢者慮之熟矣，尚何俟小子之言？然嘗思之矣，敢貢其説於左右。所謂定者，動亦定，静亦定，無將迎，無内外。苟以外物爲外，牽己而從之，是以己性爲有内外也。且以性爲隨物於外，則當其在外時，何者爲在内？是有意於絶外誘，而不知性之無内外也。既以内外爲二本，則人焉〔一四〕可遽語定哉？

夫天地之常，以其心普萬物而無心；聖人之常，以其情順萬事而無情。故君子之學，莫若擴然而大公，物來而順應。《易》曰：「貞吉，悔亡。憧憧往來，朋從爾思。」苟規規於外誘之除，將見滅於東，而生於西也。非惟日以不足，顧其端無窮，不可得而除也。人之情各有所蔽，故不能適道。大率患在於自私而用智，自私則不能以有爲爲應迹，一作物。用智則不能以明覺爲自然。今以惡外物之心，而求照無物之地，是反鑑而索照也。《易》曰：『艮其背，不獲其身。行其庭，不見其人。』孟氏亦曰：『所惡於智者，爲其鑿也。』與其非〔一五〕外而是內，不若內外之兩忘也。兩忘則澄然無事矣，無事則定，定則明，明則尚何應物之爲累哉？聖人之喜，以物之當喜；聖人之怒，以物之當怒。是聖人之喜怒，不繫於心，而繫于物也。是則聖人豈不應於物哉？烏得以從外者爲非，而更求在內者爲是也？今以自私用智之喜怒，而視聖人喜怒之正爲如何〔一六〕哉？夫人之情，易發而難制者，惟怒爲甚。第能於怒時遽忘其怒，而觀理之是非，亦可見外誘之不足惡，而於道亦思過半矣。

心之精微，口不能宣，加之素拙於文辭，又吏事怱怱，未能精慮，當否佇報。然舉大要，亦當近之矣。道近求遠，古人所非，惟聰明裁之。

答人示奏草書

程頤

辱示奏稿，足以見仁人君子愛民之心，深切如此，欽服欽服！子弟當〔一七〕勉公以速且堅，何可已也。然於愚意有未安者，敢布左右。觀公之意，專以畏亂爲主。頤欲公以愛民爲先，力言百姓飢且死，丐朝廷哀憐，因懼將爲寇亂可也。不惟告君之體當如是，事勢亦宜爾。公方求財以活人，祈〔一八〕之以仁愛，則當輕財而重民；懼之以利害，則將恃財以自保。古之時，得丘民則得天下，財散則人聚。後世苟私利於目前，以兵制民，以財聚衆，聚財者能守，保民者爲迂，秦、漢而下，莫不然也。竊慮廟堂諸賢，未能免此。惟當以誠意感動，覬其有不忍之心而已。淺見無取，惟公裁之。

荅朱長文書

程　頤

相去之遠，未知何日復爲會合，人事固難前期也。中〔一九〕前奉書，以足下心虚氣損，奉勸勿多作詩文，而見荅之辭乃曰：『爲學上能探古先之陳迹，綜群言之是非，欲其心通而默識之，固未能也。』又曰：『使後人見之，猶庶幾曰不忘乎善也。苟不如是，誠懼没〔二〇〕世而無聞焉。此爲學之末，宜兄之見責也。使吾日聞夫子之道而忘乎此，豈不善哉？』此疑未得爲至當之言也。頤於朋友間，其問不切者，未嘗輒語也。以足下處疾，罕與人接，渴聞議論之益，故因此可論，而爲吾弟盡其説，庶幾有小補也。

向之云無多爲文與詩者，非止爲傷心氣也，直以不當輕作爾。聖賢之言，不得已也。蓋有是言則是理明，無是言則天下之理有闕焉，如彼耒耜陶冶之器，一不制，則生人之道有不足矣。聖賢之言，雖欲已，得乎？然其包涵盡天下之理，亦甚約也。後之人，始執卷則以文章爲先，平生所爲動多於聖人，然有之無所補，無之亦〔二一〕無所闕，乃無用之贅言也。不止贅而已，既不得其要，則離真失正，反害於道必矣。詩之盛，莫如唐。唐人善論文，莫如韓愈。愈之所稱，獨高李、杜。二子之詩，存者千篇，皆吾弟所見也，可考而知矣。苟足下所作皆合於道，足以輔翼聖人，爲教於後，乃聖賢事業，何得爲學之末乎？頤何敢以此奉責？

又言『欲使後人見其不忘乎善』。人能爲合道之文者，知道者也。在知道者，所以爲文之心，乃非區區懼其無聞於後，『欲使後人見其不忘乎善』而已，此乃世人之私心也。夫子疾『没世而名不稱焉』，疾『没身無善可稱』云爾，非謂疾無名也。名者可以厲中人，君子所存，非所汲汲。又云『上能探古先之陳迹，綜群言之是非，欲其心通默識，固未能也』。夫心通乎道，然後能辨是非，如持權衡以較輕重，孟子所謂『知言』是也。揆之以道，則是非了然，不待精思而後見也。學者當以道爲本心，不通於道，而較古人之是非，猶不持權衡而酌輕重，竭其目力，勞其心智，雖使時中，亦古人所謂『億則屢中』，君子不貴也。臨紙遽書，一下有『不復思繹』四字。故言無次序。一下有『多注改勿訝』五字。辭過煩矣，理或未安，却請示下，足〔一二〕以代面話。

謝人求哀辭書

林　希

希白：嘗聞君子無苟於人，患其非情也。昔孔子猶曰『吾惡夫涕之無從』，而不脱驂而吊，其亦苟也。希於某氏之葬，爲非其故，不得與執紼之後。使爲之辭，其將何情以稱？哀之無從，小人所不敢爲者，何足以辱命？

上林秀州書

陳師道

宗周之制，士見於大夫卿公〔一二三〕，介以厚其別，詞以正其名，贄以効其情，儀以致其敬。四者備矣，謂之禮成。士之相見，如女之從人，有願見之心，而無自行之義，必有紹介爲之前焉，所以别嫌而慎微也，故曰『介以厚其别』。名以舉事，詞以導名，名者先王〔一二四〕所以定名分也，名正則詞不悖，分定則民不犯，故曰詞以正其名。言不足以盡意，名不可以過情，又爲之贄，以成其終，故授受焉。介以通名，儐以將命，勤亦至矣，然因人而後達也。禮莫重於自盡，故祭主於盥，婚主於迎，賓主於贄，故曰贄以効其情。誠發于心，而諭于身，達于容色，故又有儀焉。詞以三請，贄以三獻，三揖而升，三拜而出。禮煩則泰，簡則野，三者禮之中也，故曰儀以致其敬。蓋〔一二五〕以貴不陵賤，下不援上，謹其分守，順於時命，志不屈而身不辱，以成其善。

當是之世，豈特士之自賢，蓋亦有禮爲之節也。夫周之制禮，其所爲防至矣。及其晚世，禮存而俗變，猶自市而失身，况於禮之亡乎？自周之禮亡，士知免者寡矣。世無君子明禮以正之，既相循以爲常，而史官又載其事，故其弊習而不自知也。師道，鄙人也，然有聞於南豐先生，不敢不勉也。先生謂師道曰：『子見林秀州乎？』曰：『未也。』先生曰：『行矣。』師道承命以來，謹因先生而請焉。詩文二卷，敬以自効，不敢以爲能也。謹僂待命，惟閤下賜之。

與秦少游書

陳師道

辱書，諭以章公降屈年德，以禮見招。不佞何以得此，豈佞嘗欺之邪？公卿不下士尚〔二六〕矣，乃特見於今，而親於其身，幸孰大焉！愚雖不足以齒士，猶當從佞之後，順下風以成公之名。然先王之制，士不傳贄爲臣，則不見於王公。夫相見所以成禮，而其弊必至於自鬻，故先王謹其始以爲之防，而爲士者世守焉。師道於公，前有貴賤之嫌，後無平生之舊，公雖可見，禮可去乎？且公之見招，豈以能守區區之禮乎？若昧冒〔二七〕法義，聞命走門，則失其所以見招，公又何取焉？雖然，有一於此，幸公之他日成功謝事，幅巾東歸，師道當御欵段，乘下澤，候公於上東門外，尚未晚也。拳拳之懷，願因佞以聞焉。

上曾樞密書

陳師道

一去門屏，十年有餘，平常不爲問，非怠與外，以謂無益而不爲爾。事有可言，而復隱忍，然後爲辠，則亦不敢。夫天下之事，非閤下所得與，則非師道所當言。其在右府，且憂之大者，言之其亦可乎？西邊用兵五六年矣，遠戍之卒，過期不還。人情，及期則有歸心，況又過之而後未期乎？以既動之心，而前有死傷之虞，内有羈旅暴露、凍餒勞苦之害，後〔二八〕有鄉邑親愛之念，不亦危乎？然莫敢違異者，分定故也。鳥窮則攫，獸窮則搏，此雖常言，理有必至。一人倡之，和者必衆，東向而潰，何以禦之？夫事有曲直，人有違順，直之所在，勝之所出。何則？人所順也。一旦發難，不過發内軍以擊之。無故興師，積年不解，死傷之餘，思歸而潰，而逆擊之，則曲直有在，竊恐潰者未至，發者不爲用也。於是之時，在廷之人，肯爲天下國家以身捍之者，誰乎？若其未有，可不計？此師道常所私憂竊歎者也。

古之守國，本末並用，故建德而阻險。開封無丘山川澤之阻，爲四戰之地，故太祖以兵爲衛，畿内常用十四萬人。今軍衛多西戍，山東城郭一空，卒有盜賊乘間而作，冒州縣，殺吏民，私貨財，掠婦女，火室廬，乃其小者，不幸而有奸雄出焉，其成敗孰得知之？憂之次也。

談者必謂世方平寧，兵不足虞，人無奸雄，有不足畏。師道不更遠引筆墨所載，直以慶曆以來耳目所及者明之爾。恩、保兩州之亂，慶之潰，皆卒也。王倫、張海、廖恩、王冲，皆盜賊也。可謂平世而無之乎？熙寧中，十才再發，已自潰亂。於時師道在秦中，聞亂兵所過，群小迎導，利其刼掠。王倫、張海行半天下，所至潰壞，守令或走或降，莫敢支捂，至出衛軍，用邊將。而官軍所至，甚於盜賊，民至今讙〔二九〕之。從昔之亂，皆有奸雄，非爲時而生，乃亂而後見，平世伏而不出，遂以爲無，則過矣。師道聞之，景德、咸平之間，契丹歲入寇，游騎至山東。齊有外鎮，日莫塵起，人避走南山，夜渴乏，既旦，視溪谷有冰雪，少年下食之，且取以上，衆起爭之。有賈者出，止其衆而坐之，率少年十餘輩而下，徧給坐者，且曰：『饑則奈何？孰從吾而取食？』於是願者數千人，斬木爲兵，出屯鎮中，乃盡閉其外户，日以酒豕犒從者，夜則警扞，旦暮餉山中，三日而復，家不失一物。此與英、彭何異？而謂平世無之乎？雖然，軍潰盜起，一時之禍，所可慮者，分也。上之於下，可生可殺，可予可奪，而無違者，分也。定則無所敢爲，亂則無所不爲，如水之防，如薪之束，如獸之穽檻，其可失乎？一失則不復，斷不可續，覆不可收，損不可完，物之理也。此師道之所深憂者也。

談者必謂還戍則備闕，寇來莫禦，帥不任其責。師道又謂其不然也。戍有常數，今以拓土而增之爾，去其增則常也，尚何言？往者延安兵非不多，寇來不禦，而僅自守，故善戰而論將，不論兵也。夏人之來，小則其常，所慮者其大舉爾。然方地數千里，外假隣阻，非可一日具也。師行千里，謀以時月，則孰不知之？帥者明其耳目，而預爲之備，何憚其來？且虜短於攻而不能久，人自持糧，後無餽運，往事不過數日。而我善守，寇至勿戰，聚兵於内，而清其野。内聚則寇不敢深，外清則深而不害。使進不得戰，則沮；退無所掠，則困。以元昊之彊，數大入，纔破塞門、金湯兩城而已。國雖大而貧，兵雖多而散，以元昊之戰勝而卒臣者，以數舉而困也，況其弱乎？且以中國之盈〔三〇〕大，靈武之舉猶不能再，況於夷乎？雖然，築不已，則兵不得罷，盍先已之乎？若謂可以制虜，則漢取陰山，匈奴近〔三一〕而慟哭，開西域，發兵事之，故謂斷其右臂。師道居東，莫知今之可否，但聞諸路競進，日夜奏功，而未聞西人舉國而争，則必非其所急也。苟不能制其命，則老師費財，殺人盈野，何所用之？若謂且築且進，漸據橫山，然後可制，其既數歲矣，橫山安在耶？若復數歲，則諸將窮富極貴〔三二〕矣，人情得所欲，肯復出力蹈其所難乎？則是橫山終不可得，徒爲將帥取富貴之資爾。橫山，天險也，下臨平夏，存亡所係，虜必舉國争之，恐亦未易得也。若謂今之所據即橫山也，則師道聞之，宥州在橫山之上，南拒米脂，三舍而近。今延安奏功〔三三〕，廣地四百里，則宥在其腹，然不云得宥州也，則四百里之廣，豈可信哉？胡地惟靈夏如内郡，地纔可種喬豆，且多磧沙，五月見青，七月而霜，歲纔一收爾。銀州草惟柴胡，蕭關之外，有落藜與鹹杖〔三四〕，以此知其不宜五種也。使人〔三五〕可種，安得人實之？若不徙民，則募軍，二者孰取焉？若取乎内，則空此以實彼，舍易而即難，何益？且闢土益廣，則去府益遠，平常緩請急報，卒不相及。河東之患麟府，世所知也，若令所據可以制虜，而不争者，非不敢，乃不能爾。虜雖蕞爾，然元昊用之以抗中國，其地與民固自若也。而今反不能争其所急者，非惜其力以有待，則無其人，不則諸部不爲用也。若是，則某〔三六〕之憂有甚於前也。今虜内弱外叛，而皇師臨之，恐有乘危篡奪，以爲奸雄之資，是復生一元昊也。故師道嘗謂，虜既弱矣，不復能抗中國，宜稍存立，使假威命以臨制部旅，厭服姦豪，使不得發，奈何欲爲之資乎？今使諸道盡據橫山，而虜無奸雄乘時而起，一切意如〔三七〕，師道之憂則又甚矣。

范文子〔三八〕曰：苟非聖人，孰能内外無患？盍釋楚以爲外懼乎？夷狄之弱，未有甚於今日者，可不憂乎？今三邊不戰，士皆怯弱，獨秦、晉數與虜角，猶可用。秦故西人，易東軍如兒女子，而南平蠻，西南事羌，皆用秦卒以取勝。若又不戰，卒有外患，何以禦之？昔歲之元昊、智高是也。竊謂西人不可無也。

伏惟閤下，股肱帝室，師表萬邦，直道正詞，天下稱誦，日有傳焉，而獨此無聞，豈未可以言乎？言之今其時也。昔安、李兩公，皆有意於世，而各有失。安失之鋭，李失之緩，故未及成功，而以毀去。蓋鋭者不須時，緩者不及時。時乎，其可不知乎？《易》曰：『書不盡言，言不盡意。』而況山河之外，翰墨之間乎？然以閤下英姿偉識，則區區之愚，不待言而了，伏惟屬意焉。

校勘記

〔一〕『來』，底本無，據六十四卷本補。民國嘉業堂刊本《廣陵集》作『來』。

〔二〕『奭』，底本作『翕』，據六十四卷本、麻沙本改。民國嘉業堂刊本《廣陵集》作『奭』。

〔三〕『友』，六十四卷本作『進』。按宋本《河東先生集》卷二十五《送僧浩初序》：『將友惡來、盗跖。』則作『友』是。民國嘉業堂刊本《廣陵集》作『友』。

〔四〕『佛實也』，底本空三字格，據六十四卷本、麻沙本補。民國嘉業堂刊本《廣陵集》作『不然，佛安人也』。

〔五〕『知』，麻沙本作『愛』。民國嘉業堂刊本《廣陵集》作『愛』。

〔六〕『又』，六十四卷本作『人』。民國嘉業堂刊本《廣陵集》作『又』。

〔七〕『盡』，六十四卷本無。民國嘉業堂刊本《廣陵集》『盡』字在『無』上。

〔八〕『上』，六十四卷本作『與』。民國嘉業堂刊本《廣陵集》作『再上』。
〔九〕『死』，底本作『道』，據六十四卷本、麻沙本改。民國嘉業堂刊本《廣陵集》作『死』。
〔一〇〕『枉』，六十四卷本作『往』，疑非是。民國嘉業堂刊本《廣陵集》作『枉』。
〔一一〕『自言説』，底本空缺，據六十四卷本補。麻沙本作『自言幕』，『幕』字疑誤。
〔一二〕『切切』，底本空缺，據六十四卷本補。
〔一三〕『更』字上，六十四卷本有『未盡』二字。
〔一四〕『人焉』，六十四卷本作『又烏』。
〔一五〕『非』，六十四卷本作『罪』。
〔一六〕『如何』，底本作『何如』，據六十四卷本、麻沙本改。
〔一七〕『當』，六十四卷本作『言』。
〔一八〕『祈』，底本空缺，據六十四卷本、麻沙本補。
〔一九〕『中』，底本空缺，據六十四卷本、麻沙本補。
〔二〇〕『没』，底本空缺，據六十四卷本、麻沙本補。
〔二一〕『亦』，六十四卷本作『靡』。
〔二二〕『足』下衍一『下』字，據六十三卷本、麻沙本删。
〔二三〕『卿公』，底本作『公卿』，據六十四卷本、麻沙本改。宋本《後山居士文集》作『卿公』。
〔二四〕『先王』，底本無，據六十四卷本、麻沙本補。宋本《後山居士文集》作『先王』。
〔二五〕『蓋』，六十四卷本作『是』。宋本《後山居士文集》作『是』。

〔二六〕「尚」，底本誤作「久」，據六十四卷本、麻沙本改。宋本《後山居士文集》作「尚」。
〔二七〕「昧冒」，底本作「冒昧」，據六十四卷本、麻沙本改。宋本《後山居士文集》作「昧冒」。
〔二八〕「後」，底本作「復」，據六十四卷本、麻沙本改。宋本《後山居士文集》作「後」。
〔二九〕「謹」，六十四卷本作「談」。宋本《後山居士文集》作「談」。
〔三〇〕「盈」，六十四卷本作「盛」。宋本《後山居士文集》作「盛」。
〔三一〕「近」，六十四卷本作「過」。宋本《後山居士文集》作「過」。
〔三二〕「窮富極貴」，底本作「富窮貴極」，據六十四卷本、麻沙本改。宋本《後山居士文集》作「窮富極貴」。
〔三三〕「功」，六十四卷本作「劾」。宋本《後山居士文集》作「功」。
〔三四〕「落」，底本作「蒸」，據六十四卷本、麻沙本改。宋本《後山居士文集》作「落」。「杖」，底本空缺，據六十四卷本、麻沙本補。宋本《後山居士文集》作「杖」。
〔三五〕「人」，底本作「其」，據六十四卷本、麻沙本改。宋本《後山居士文集》無之，此句作「使可種」。
〔三六〕「某」，六十四卷本作「師道」。宋本《後山居士文集》作「某」。
〔三七〕「意如」，六十四卷本作「如意」。宋本《後山居士文集》作「如意」。
〔三八〕「范文子」，底本及麻沙本誤作「趙文子」，據六十四卷本改。宋本《後山居士文集》亦誤作「趙文子」。

新校宋文鑑卷第一百二十

校者按：底本此卷抄配，據六十三卷本、麻沙本刻卷校改。

書

上蘇公書

陳師道

散從還，辱書，伏承經暑起居萬福。師道奉親如昨，惟方託芘賴，復爾違闊，不能不動念耳。蓋士方相從時，莫知其樂，及相别亦不〔一〕爲難。至其離居窮獨，默默自守，然後知相從之樂，相别之難也。士方少時，未來之日長，視天下事，意頗輕之，亦易爲别。至其晚莫，數更離合，又以爲難。此蓋志與年衰，顧影惜日，畏死而然耳。謝太傅常謂中年以來，一與親友别，數日作惡。謝公，江海之士，違世絶俗乃其常耳，顧以别爲難者，豈酣於富貴，而習於違順也耶？由是觀之，以别爲難，皆非士之正也。士亦安能免此？當以老爲戒，以富貴爲畏耳。

承諭人須久而後知，誠如來示，知人固未易，未易之中，又有甚難。范文正謂王荆公長於知君子，短於知小人。由今觀之，豈特所短？正以反置之耳。古之所謂腹心之臣者，以其同德也，故武王曰：『予有亂臣十人，同心同德。』而荆公以巧智之士爲腹心，故王氏之得禍人也。

聞狙詐咸作使矣，未聞託之心腹也。夫君子無棄人，巧智之士亦非可棄，以爲手足可也，耳目且不可，況腹心乎？蓋勢在則欺之以爲功，勢同則奪之以自利，勢去則背之以違害。使之且難，況同之乎？無德而智，以智營身，而不及事，智之所後，不得不欺以衛身也。天下之事，又豈巧者之所能乎？士終始不相負，非由義，則畏義耳。勢在而不負，豈真不負耶？末疾偏廢，不害爲生，膏肓之潰，弔之可也。常竊悲之，故謂知士當如范公，用士當以王公爲戒也。不審閤下以爲如何？

近見趙承議，説得閤下書，欲復伸理前所舉剥文廣獄事，聞之未以爲然。竊謂閤下必不出此，而愚慮所及亦不能忍者，君子之於事，以位爲限。居位而不言，則不可；去位而言，則又不可。其言之者，義也；其不言者，亦義也。閤下前爲潁州，言之可也；今爲揚守，而與潁事，其亦可乎？豈以昔嘗言之而不置耶？此取勝之道也，近歲士大夫類皆如此，以爲成言，而非閤下之所當爲也。苟不公言而私請之，又不如已也。天下之事，行之不中理，使人不平者，豈此一事？閤下豈能盡争之耶？争之豈能盡如人意耶？徒使呫呫者以爲多事耳！

嘗謂士大夫視天下不平之事，不當懷不平之意。平居憤憤，切齒扼腕，誠非爲己，一旦當事而發之，如决江河，其可禦耶？必有過甚覆溺之憂，前日王荆公、司馬温公是也。夫言之以行義耳，豈如馮婦攘臂下車，取衆人之一快耶？竊謂閤下必不出此，而寧一陳之，以効其愚耳。秋〔二〕益高，惟爲朝重慎。不勝區區。

與石司理書

張舜民

近呂主簿過訪，蒙示長函大編，副以手書。發而詳讀，其文采燦然，是可喜；其趣尚了然，是可畏。大凡人見悦目娱心之物固所喜，及見其志趣特立，不與流俗汎汎然者，寧不畏哉！仍聞吾子方壯齒也，苟有是心，由是道，雖使孔子見之，必曰可畏，况今人乎？又念往昔嘗及見先大夫於關陝間，今又見故人之有子，少年自立，則其喜又可知也。然刺〔三〕其禮，有如事貴；味其言，有如問能。兹二者，竊有疑焉。設以我爲貴乎？兹繆矣。如我之所居，人莫不賤之，匪特人之爲賤，亦嘗以自賤也。兹固不足多曉，唯是問能求益，渠敢遽然？聞命已來，匆知攸濟。嘗思之，當少壯之時，嘗爲世俗之學矣，亦爲世俗之事矣，苦形勞心，至於今日。晚得聖〔四〕賢之書，參味先生長者之論，乃知前日之用心者非也。思欲改轍刻心，變姓名，入江海，則齒脱髮禿，形骸若是，朝暮之人也。用是自悼自咎，自笑自罵，繼之以涕淚悲泣〔五〕，而何及哉？又念『無言不讎』之訓，苟吕君覆將及門，何以報之？方日用隕穫，反覆於心，無可奈何。尚有一話可以爲下執獻者，又皆蜀人之事。

昔予爲童子，居鄉閭，從學者，是時居山任師中在幕府，嘗聽師中講道事業，乃云：『吾蜀大〔六〕人自往已來，多藝文而少政事。前輩登朝廷，歷郡國，有聞於人者爲不少也。求之吏事，唯何聖從、陳公弼二人而已。小子不才，敢出其後！』雖當時聞之師中，且不知爲何語也。既年漸長，遊京師，求謁先達之門，是時文忠歐陽公、司馬温公、王荆公爲學者所共趨之，每聽諸公之論，於行義文史爲多，惟歐陽公多談吏事。既久之，不免有請：『大凡學者之見先生，莫不以道德文章爲欲聞者，今先生多教人以吏事，所未喻也。』公曰：『不然。吾子皆時才，異日臨事，當自知之，大抵文學止於潤身，政事可以及物。吾昔貶官夷陵，彼非人境也，方壯年未厭學，欲求《史》《漢》一觀，公私無有也。無以遣日，因取架閣陳年公案，反覆觀之，見其枉直乖錯，不可勝數，以無爲有，以枉爲直，違法徇情，滅親害義，無所不有。且以夷陵荒遠褊小尚如此，天下固可知也。當時仰天誓心曰：自爾遇事，不敢忽也。迨今三十餘年，出入中外，忝塵三事，以此自將。今日以人望我，必爲翰墨致身；以我自觀，亮是當時一言之報也。』自得是語，至今四紀，未嘗一日去心。是時蘇明允先生父子間亦在焉，嘗聞此語。其後子瞻與人講說，亦必自任吏能。或問之，乃曰：『我與歐陽公、陳公弼處學來。』然師中、子瞻亦自負之語爾。近歲舜民謫居房陵，得陳公弼《修城記》，嘗以此事書其碑陰，今又敢爲下執獻。

夫君子學道也，聞之有先後，得之有淺深，亦繫其根性利鈍。唯茲[七]政能，在勉之而已，少加意，則可以得之。孔子曰『居之無倦』，非若學道[八]之難也。吾子少年有立，何所不致？所謂先立乎其大者也，茲事乃其緒餘爾。偶因執筆，不覺三隅[九]，幸亡以耉陋爲忽。非惟左右之爲獻[一〇]，兼告之蘇在廷若兩蜀士君子。

與張江東論事書

吴孝宗

昨日辱諭以欲敦遣王安國，而有所不可者，試爲閤下評之。竊以安國雖江西人，而其父乃葬江東，今之應進士諸科舉，皆以墳墓爲據，使安國若江東應舉，無有不可。豈有可以應舉，而不可以敦遣哉？矧安國未嘗身居江西，其應舉則在淮南及開封府。今縱使江西舉之，亦不過按虚籍耳，非安國身居江西，其在江西應舉也。

閤下又謂近人多舉安國，今更從而舉之，則爲詭隨，且必取笑。此又失之矣。夫自昔稱賢，如孟、荀、揚、韓之屬，前人已誦之矣，而今人又從而誦之，雖閤下亦曉夜與今人同誦也，然未嘗見閤下以詭隨取笑爲疑焉。昔之賢乎，其已死矣，與人同誦而不疑。及方今生在之賢，則疑而不敢與人同舉，則是閤下勇於誦死賢，而怯於舉生賢也。人之好賢，死生如一，今誦死則勇，而舉生則怯，則是凡謂賢者，特利於死後，而不利於生在時也。特可俟其死後論之，以爲美談，而不可及其生在時舉之，以爲實用也，此何謂哉？爲閤下計者，問安國賢不賢爾，不當問其曾有人舉與未曾有人舉〔一二〕也。抑不知閤下謂安國果賢耶？果不賢耶？不賢，則閤下自不當議之；如以爲賢，閤下之舉，是舉賢也。夫舉賢，則賢者盡喜，既盡喜矣，尚安有笑？則笑者必是不賢也。苟得賢者喜矣，尚何暇慮不賢者笑哉？况賢者喜，則不賢者笑，又理適然也。古之人見一善，則争先爲之，惟恐在後，未聞有慮取笑而止者。如使善人每作一善，必先慮不賢笑，則僕恐善人有見善而不爲者矣。且安國之名，其著者久，非是近人未舉時，天下不知，及舉然後始知也。然則安國之賢，不發自近人，而閤下又何以詭隨取笑爲疑哉？蓋前世舉賢，未必出於一夫之口，即見信而見用也〔一二〕。必也甲既唱之，乙從而和焉，乙已和之，而丙又從而唱焉，併力舉之，然後庶乎其人始見信而見用也。今則不然，甲既唱，而乙與丙曰：吾恐詭隨而取笑。則賢者老死於巖穴之中，而人主、宰相有不開不悟乎廟堂之上矣。惟閤下裁之。

孝宗之於安國，相愛最厚，閤下所知也，而孝宗不以私黨自嫌者，猶前志也。閤下之愛孝宗亦可謂深矣，儻事有秋毫於不義，而固勸閤下使爲之，則孝宗之罪何誅？惟明察焉！

上張虞部書　豐稷

稷觀天下無可責之民，或惡或善，或邪或正，或厚或薄，其風俗使然。治得其情，雖至惡可使遷善，雖至薄可使歸厚，治失其道則反是，乃以民辭。吁！何辜耶？近世猶可矜傷悼痛者，莫如農，力耕而食不足，力〔一三〕蠶而衣不足。凡上之人，少不加意，爲損不細。竊求其端，而嘗慕善治民者，既師仰〔一四〕之，而又稱誦之，恨不得親見之。向守官於亳，則城父士民論議，縣大夫更歷多矣，能究民情，恤民隱，無如吾張公也。聞閤下之名，想閤下之風，恨莫之見，不圖天幸，獲爲屬吏。今既遇嗣皇下憫農之詔，深切丁寧，求其策於天下。又遇閤下能究極民弊之淺深，謹先託書以導志。如閤下賜一席，得論其大方，亦可以盡心焉。

與王觀復書

黄庭堅

蒲元禮來，辱書，勤懇千萬，知在官雖勞勩，無日不勤翰墨，何慰如之！即日初夏，便有暑氣，不審起居何如？所送詩皆興寄高遠，但詩生硬不諧律吕，或詞氣不逮初造意時，此病亦只是讀書未精博耳。『長袖善舞，多錢善賈』，至語也。南陽劉勰嘗〔一五〕論文章之難云：『意翻空而易奇，文徵實而難工。』此語亦是沈、謝輩爲儒林宗主時，好作奇語，故後生立論如此。好作奇語，自是文章病，但當以理爲主，理得而辭順，文章自然出群拔萃。觀杜子美到夔州後詩，韓退之自潮州還朝後文章，皆不煩繩削而自合矣。

往年嘗請問東坡先生作文章之法，東坡云：但熟讀《禮記·檀弓》，當得之。既而取《檀弓》二篇，讀數百過，然後知後世作文章不及古人之病，如觀日月也。文章蓋自建安以來，好作奇語，故其氣象薾然，其病至今猶在。唯陳伯玉、韓退之、李習之，近世歐陽永叔、王介甫、蘇子瞻、秦少游，乃無此病耳。公所論杜子美詩，亦未極其趣，試更深思之。若入蜀下峽年月，則詩中自可見。其曰『九鑽巴巽火，三蟄楚祠雷』，則往來兩川九年，在夔府三年可知也。恐更須改定，乃可入石。適多病少安之餘，賓客妄謂不肖有東歸之期，日日〔一六〕到門，疲於應接。蒲元禮來告行，草草具此。世俗寒温禮數，非公所望於不肖者，故皆略之。

荅李推官書

張耒

南來多事，久廢讀書，昨送簡人還，忽辱惠及所作《病暑賦》及雜詩等。誦詠愛歎，既有以起其竭涸之思，而又喜世之學者，比來稍稍追求古人之文章，述作體製，往往已有所到也。耒不才，少時喜爲文詞，與人遊，又喜論文字，謂之嗜好則可，以爲能文，則世自有人，决不在我。足下與耒平居飲酒笑語，忘去屑屑，而忽持大軸細書，題官位姓名，如卑賤之見尊貴，此何爲者？豈妄以耒爲知文，謬爲恭敬，若請教者乎？欲持納而貪於愛玩，勢不可得捨，雖怛然不以自寧，而既辱勤厚，而不敢隱其所知於左右也。

足下之文〔一七〕可謂奇矣，捐去文字常體，力爲瓌奇險怪，務欲使人讀之，如見數千歲前科斗鳥跡所記弦匏之歌，鍾鼎之文也。足下之所嗜者如此，固無不善者，抑耒之所聞，所謂能文者，豈謂其能奇哉？能文者，固不能以奇爲主也。

夫文何爲而設也？知理者不能言，世之能言者多矣，而文者獨傳。豈獨傳〔一八〕哉？因其能文也，而言益工；因其言工，而理益明，是以聖人貴之。自《六經》以下，至於諸子、百氏、騷人、辨士論述，大抵皆將以爲寓理之具也。是故理勝者，文不期工而工；理愧者，巧爲粉澤，而隙開〔一九〕百出。此猶兩人持牒而訟，直者操筆，不待累累，讀之如破竹，橫斜反覆，自中節目；曲者雖使假詞於子貢，問字於揚雄，如列五味而不能調和，食之於口，無一可愜，何況使人玩味之乎？故學文之端，急於明理。夫不知爲文者，無所復道。如知文而不務理，求文之工，世未嘗有是也。

夫决水於江、河、淮、海也，水順道而行，滔滔汩汩，日夜不止，衝砥柱，絶吕梁，放於江湖而納之海。其舒爲淪漣，鼓爲濤波，激之爲風飇，怒之爲雷霆，蛟龍魚黿，噴薄出没，是水之奇變也，而水初豈如此哉？順道而决之，因其所遇而變生焉。溝瀆東决而西竭，下滿而上虚，日夜激之，欲見其奇，彼其所至者，蛙蛭之玩耳。江、河、淮、海之水，理達之文也，不求奇而奇至矣。激溝瀆而求水之奇，此無見於理，而欲以言語句讀爲奇之文也。《六經》之文莫奇於《易》，莫簡於《春秋》，夫豈以奇與簡爲務哉？勢自然耳。《傳》曰：『吉人之辭寡。』彼豈惡繁而好寡哉？雖欲爲繁，而不可得也。

自唐以來至今，文人好奇者不一，甚者或爲缺句斷章，使脈理不屬，又取古書訓詁希於見聞者，衣被而説合之，或得其字，不得其句，不知其章，反覆咀嚼，卒亦無有，此最文之陋也。足下之文，雖不若此，然其意靡靡，似主於奇矣，故預爲足下陳之，顧無以僕之言質俚而不省也。

與陳瑩中書

陳師錫

奉别累月，不敢作書爲問，而傾鄉之心，食頃不忘。李君至，辱手書，伏聞謫官東去，裕如也。繼衛守急足回，又得所惠荅，喜聆起居冲勝，甚以爲慰。蒙示《日録論》及二編，具悉公之忠義尊主之心，天日可鑒。然其言數齟齬者，蓋公之言未能信於人也。未信於人者，以公之心於此事自未通徹耳。敢以所聞奉浼，儻以爲然，當有裨助。

所謂尊私史而壓宗廟者，公特謂曾丞相爲人所賣，不當進《日録》以爲國史之證也。公知其爲私史耳，而不知其爲誣僞之書也。公熟閲之，當盡見其僞誣者。公見誣僞之書也〔二〇〕，不知其爲詆謗之書也，公精考之，當盡識其詆謗者。昔嘗見葉致遠言，荆公晚年，自悔作此書，臨終命門人焚之，卞焚〔二一〕他書以給公。公殁，卞遂縱横撰造，恣逞私意，甚者至於因事記言，爲異日自便之計。有知識者，孰不欲辨明？第以人微言薄，不足以勝朋姦之凶焰，故隱忍耳。吾友奮不顧身，挺然明此一大事，豈特怯懦之人，仰嘆不已，而宗廟之靈，聖考在天之憤，實有望於吾友也。

然吾友謂安石聖人也，與伊尹同伴，此何言之過也！吾輩在學校時，應舉覓官，析字談經，務求合於有司，不得不從其説，至於立朝行己，則是是非非，烏可私也？《春秋》，孔子之所作也，先儒斷天下之事，决天下之疑者，《春秋》也，安石廢而不用。正君臣，定名分，《春秋》之法也，安石治平中唱道之言曰：『道隆德駿，雖天子北面而問焉，與之迭爲賓主。』夫天尊地卑，不可易也，明此南面，堯之爲君，明此北面，舜之爲臣。自古未有爲〔二二〕君而北面者，安石以性命道德爲説，乃謂君可北面，與臣迭賓主耶！

吾友謂安石神考師也，此何言之失也！神考於熙寧間兩相安石，首尾不過九年，逮元豐之親政，安石屏棄金陵凡十載，終身不復召用，而亦何嘗師之有？自古有天下之君，未嘗不守祖宗之成憲明訓，後世子孫妄爲更張，鮮不召亂。豈有掃蕩我祖宗之憲之訓，遠取三代渺茫不可稽考之事，力行之者？夏之時，五子作歌，則述大禹之戒曰：『皇祖有訓。』商之時，傅説之訓高宗亦曰：『監于先王成憲，其永無愆。』周之時，成王命蔡仲則曰：『率乃祖文王之彝訓。』是三代之君，亦各述其祖宗訓戒如此。安石乃盡取而變亂之，可乎？

吾友又曰安石有剗弊革故之功，此何言之陋也！祖宗之法，行之幾百年，累朝聖君賢臣不敢輕議。道則愈久而愈通，法則積〔二三〕久而必弊，因其弊而革之，雖弊不窮。仁皇之末，適當因革之時，而神考初政有爲，必有剗弊革故之臣。苟得忠厚之人，則祖宗之法，尚可因弊革故，再新無窮，不幸遇安石力掃痛蕩，一切顛倒之。當是之時，士知其非，民不從令，安石乃以商鞅必行之心，立賞罰，以變天下之法，横目之民，但趨賞避罰，安知長久之利害？於今五七十年，成敗可見，風俗之醇醨，於祖宗時如何？廉耻之廢立，於祖宗時如何？人才之美惡，於祖宗時如何？民力之貧富，於祖宗時如何？今則元臣耆舊，彫喪殆盡，遺民父老，在者幾希，而上之人方且紹之述之。愚恐更一二十年，事窮力殫，弊蠹百出，土崩瓦解之勢見，而祖宗之舊制，上下罔知，雖欲紹復，不可得也。孤忠所以痛心疾首者此耳，若謂剗弊革故之功，非敢聞也。

吾友又謂安石有講解經義之能，有作成人才之功，此何言之蔽也！安石之學，本出於刑名度數，性命道德之説，實生於〔二四〕不足。解經奧義，皆原於鄭康成、孔穎達，旁取釋氏，表而出之。後學不考其本，因受其欺耳。吾友所論，善則善矣，而未盡也，輙以此凂聞。此事匪易辯，更須熟考《日録》根本，識其真僞，乃可正此事矣。至懇至懇！

吾友方遷謫，然居善地，不足憂惱。師錫緣編排舊疏，早晚必有行遣，决無輕恕之理，相見無期，萬萬自愛！李君遣人附此書，幸爲祕之，勿重其罪也。

荅李景夏書

鮑欽止

向辱書，勤甚。屬差考試山陽，往反彌日〔二五〕，到家未弛擔，小兒不幸，親黨亦有哭泣，忽忽無好懷。受代不遠，俗事日加多，故因循不得爲報，皇恐皇恐。

師文到官，亦已朞〔二六〕年，靖共職事，當不素食。位無小大，必行其志，期於無媿而已。世之士大夫，在下則卑某官，曰此不足爲也，皆偃然自高，不事事，慕晉人恐不及。至登用於上，亦果肯有爲乎？夫富貴在彼不可期，終身小官，亦終身不事事矣，然則食人之禄，獨無媿耶？録事參軍，實郡紀綱，於事當無不統，今任用重輕，與古殊絶。文書行吏，或有以相關者，顧皆不急，然筦庫犴獄，率兼領之，尚號爲〔二七〕煩碎。欽止始至之日，與之立科條，坐曹不少休，或相勞苦曰：『公儒者，翰墨職也，米鹽且敗公意。』或相詆毀曰：『是鋭始者，久必怠。』欽止爲之，將三年也，蓋如是而後安。夫材力不任其事，冒焉以居；材力足任矣，苟且以自便，小官可也。官益大，任責益重，又將冒焉，又將苟且焉，一身或免矣，如國何？此時俗習以爲常，而古人所大懼。師文磊落遠器，今乃局促於委吏之末，日與市井小人商榷銖兩，惟恐無贏餘以登有司之課，誠若有可厭。顧官以是爲職，欽止私憂執事之怠也，是以有前所陳，願少察之。

昨書推譽，皆過其實，謹避席不敢當。置規皆中其病，謹再拜受賜。朋友道絶久矣，今爲尤甚，平居接盃酒，出肺肝，非專道義之交，皆勢利之求也。陽爲道義，陰爲勢利，尚多此族，一臨危機，真情乃見。若夫相期於寂寞之濱，見賞於歲寒之後，善以相稱，不善以相戒，此前脩之高風，而欽止非其人也，乃幸辱焉。《詩》曰：『中心藏之，何日忘之！』敬誦此章，以爲左右之報。冬候凜凜，未見，伏惟進學自愛。

謝祭酒司業書

周行己

古之爲天下者，至簡易也，舉天下而付之百執事，使分爲之，未嘗諰諰〔二八〕焉致疑於其人。蓋先之以庠序之教，孝悌之義，使人人皆知仁義之行，而無犯上作亂之心，然後委之以府庫而不疑其竊，與之以封疆而不疑其叛，託之以社稷而不疑其亂。非謂其法制足以使人不能竊且亂也，能使人不爲竊且亂也。後世之爲教者異於是矣，大開禄利之路以誘之於前，而嚴其法禁以驅之於後，使天下之人，皆摇奪其忠實之良心，而顛沛於利害之間，上下一道，而莫之覺也。是以天下之人，生則溺於耳目恬習之事，長則師世俗崇尚之言，以仁義爲迂闊不切之務，而甘心於得喪寵〔二九〕辱，以爲實有。嗚呼！胡爲而莫之覺也？

昔之舉天下之善者，莫不歸之於舜；舉天下之惡者，莫不歸之於跖。而孟子以爲舜與跖之分無他，義與利之間而已。夫天下之人，莫不爲義也，固未必人人皆至於舜；莫不爲利也，固未必人人皆至於跖。而匹夫單行，一不受嗟來之食，此其爲義至小也，然而君子之所以與之者，謂其〔三〇〕已有舜之心矣。尋常之人，簞食豆羹之不忍，此其爲害至小也，然而君子之所以惡之者，謂其已有跖之心矣。是故聖人之所恃以爲天下者，爲其有善教，以養天下仁義之心。而君子之所以自重其身，以有仁義之實也。

行己生而守父兄之訓，長而聞先生長者之言，皆以爲如此。是以平居不忍一日傀焉其躬，取利於君子之所賤。蓋嘗三省於視聽言動之間，不使斯須有不慊於心之餒，謂古之善充擴〔三一〕仁義之心者，其要在此。比者國家欲得天下可用之才，而舉天下之士，各付之有司，使觀其仁義之言，以求其仁義之實。而行己嘗以其所知者，寓之於無能之辭，以應有司之問。而或者因其言以得其心，謂其學之不苟也，迺越去等夷，拔於數千百人之中，不責其記誦疏略，不繩以科舉法度，而特取其心之所存者。如行己者，抑何足道？而有司所以取士之意甚美也。夫爲國家養天下仁義之才者，太學也；爲國家得天下仁義之士者，有司也。然則行己亦自有心矣，故因近世舉子之常禮，而得以區區之説致謝焉。

上丞相曾子宣書

晁詠之

詠之聞，禍福成敗，非獨天命，實人爲有以致之。古人論天人之精微，窺機變之源本者，蓋及乎此矣，不可不察。詠之不肖，獨喜妄論天下事，以謂治亂存乎時，所以致此者繫乎相。故嘗考古今之迹，而論之曰：有一時之相，有萬世之相。其術出乎一時者，雖工必拙，雖安必危，禍不勝諱；其術出乎萬世者，當年享其利，國與家皆蒙其福，愈久而愈傳。周、召、衛、畢，身致太平〔三二〕，多者輔四世，蓋數十年〔三三〕，其子孫亦數十世，其賢至今不已。商鞅、李斯相秦，當其盛時，天下有識者已知其必敗，勢處廊廟之嚴，而身無旦暮之安，其辱至今亦不已。蕭、曹、魏、丙，與其他名公卿，非必有往者聖智之姿，其術是也，卒享安榮。王導當晉之東，輔中才而建危國，外又有王敦之嫌，其術是也，遭時處變而不遷，其後世之盛，實終江左。裴度之相自憲宗，歷世多故，其賢不傷。李德裕相一武宗，可謂盛矣，而禍不旋踵。使〔三四〕裴度不死，及相會昌，其功烈可致，而禍敗亦不及。魏謩，季世賢者也，德裕以謩楊、李所薦，亟貶逐之，如此，禍何可免？

本朝呂文靖，三相而身愈安，其間蓋多事矣，而禍不及。王文正輔政十八年，而寵不替。此二公者，其事甚簡，其身至逸，其享富貴最久，至今爲大家。近時以來，事多反此，亦其操術然也。周、召、衛、畢，下及文靖，其術出乎萬世，故祗恪謹審，戒乎妄發。利於今，思其所以害於後；快於我，顧其將〔三五〕以復於人。屈折於天下之士，使導宣德澤，逮於遠邇，天下歌之，人〔三六〕仰其惠，故蒙讒毁而譽不替，遭時變而身〔三七〕不危，其子孫亦有無窮之福。商鞅、李斯、德裕，非不才且賢也，其術出乎一時，故矜其智能，倚其勢利，利於今，不思所以害其〔三八〕後，快於我，不顧將以復於人。抑天下士顯與之爲仇，無近民之政，使天下惡聲必出於己，故寵極勢殫，時遷事變，則禍不勝載。然則禍福成敗，果有以致之，非獨天命，果不可以不察。

往者執事在樞府，輔佐造膝之言，廟堂論争之語，天下仰其德而蒙其利，知執事之於國忠也。士大夫失職不得進，有才者抑而不得伸，執事周旋獎激，如謀己私，知執事之於善人厚也。異時州郡間，貪緣軍興，以漁斯民者，執事察見不少貸，知執事之愛吾民者深也。善人之譽執事者日益多，道日益光，而名日益美，故執事遂相今天子，豈非有以致之乎？然執事位益尊，天下所以望執事者益衆，執事益宜加意於在前，使恩信及於士大夫，而德澤浹於天下，益屈己下士，無愛爵禄，使無遺材，賢能者登進，疑危者消釋。破碎比周，達爲和氣，無賢不肖，皆能誦執事之功德。而草野小人，外及四夷，皆知仰執事之名姓。朝廷有太山之安，吾君有神聖之治，執事亦有無窮之聞，實惟萬世相之術。于以永富貴，建功業，都美譽，而貽子孫，豈不偉歟！

詠之愚不肖，自先人棄諸孤也，奔走於衣食，行年四十而老詩書，志日益違，而身日益不偶，可謂窮矣。然未嘗以一語鳴其哀於王公大人之前，今獨於執事之門發其狂瞽者，知執事之明足以致是，而詠之之言，亦宜聞於執事。塵冒鈞聽，俯伏待罪。

校勘記

〔一〕『及相别亦不』，底本、麻沙本無『不』字，六十三卷本爲五字格墨塊。宋本《後山居士文集》作『及相别亦不』，據以補『不』字。

〔二〕『秋』上，底本有一『春』字，據六十三卷本、麻沙本删。宋本《後山居士文集》無『春』字。

〔三〕『剌』，底本空缺，據六十三卷本、麻沙本補。

〔四〕『聖』，底本無，據六十三卷本補。

〔五〕『涕淚悲泣』，底本作『涕泣悲憤』，據六十三卷本、麻沙本改。

〔六〕『大』，底本無，據六十三卷本、麻沙本補。

〔七〕『兹』，底本無，據六十三卷本、麻沙本補。

〔八〕『學道』，底本作『道學』，據六十三卷本改。

〔九〕『三隅』，底本空缺，麻沙本作『三隔』，恐未確，據六十三卷本改。

〔一〇〕『獻』，底本作『告』，據六十三卷本、麻沙本改。

〔一一〕『與未曾有人舉』，底本無，據六十三卷本補。

〔一二〕『即見信而見用也』，底本無，據六十三卷本、麻沙本補。

〔一三〕『力』，底本無，據六十三卷本補。

〔一四〕『師仰』，底本作『仰止』，據六十三卷本、麻沙本改。

〔一五〕『嘗』，底本誤作『當』，據六十三卷本、麻沙本改。

〔一六〕『日日』，底本作『日月』，據六十三卷本改。

〔一七〕「文」，底本誤作「人」，據六十三卷本、麻沙本改。
〔一八〕「豈獨傳」，底本無，據六十三卷本、麻沙本補。
〔一九〕「隙開」，六十三卷本作「隙間」，疑作「開」是。
〔二〇〕「公見誣僞之書也」，底本無，據六十三卷本補。
〔二一〕「卞焚」，六十三卷本作「辨焚」，疑「卞」是。
〔二二〕「爲」，底本無，據六十三卷本補。
〔二三〕「積」，六十三卷本、麻沙本無。
〔二四〕「生於」，底本作「其所」，據六十三卷本、麻沙本改。
〔二五〕「日」，底本作「月」，據六十三卷本、麻沙本改。
〔二六〕「朞」，底本作「暮」，據六十三卷本改，疑「朞」字是。
〔二七〕「爲」，底本無，據六十三卷本、麻沙本補。
〔二八〕「諰諰」，底本作「鰓鰓」，據六十三卷本、麻沙本改。
〔二九〕「寵」，底本作「榮」，據六十三卷本、麻沙本改。
〔三〇〕「其」，麻沙本作「真」。
〔三一〕「充擴」，底本作「擴充」，據六十三卷本、麻沙本改。
〔三二〕「太平」，底本作「天下」，據六十三卷本改。
〔三三〕「年」，底本作「世」，據六十三卷本改。
〔三四〕「使」，底本無，據六十三卷本、麻沙本補。

〔三五〕「將」，底本作「所」，據六十三卷本、麻沙本改。
〔三六〕「人」，底本作「屈」，據六十三卷本改。
〔三七〕「身」，底本作「死」，據六十三卷本改。
〔三八〕「其」，底本作「於」，據六十三卷本、麻沙本改。

新校宋文鑑卷第一百二十一

校者按：底本此卷抄配，據六十三卷本、六十四卷本（存第五至九頁、十一至二十三頁）、麻沙本刻卷校改。

啓

賀刁祕閣啓

楊　億

群玉之府，圖籍攸歸；承明之廬，俊賢所聚。自非兼該文史，洞達天人。擅博物之稱，負多聞之益。則何以掌蘭臺之祕記，辯魯壁之古文；克分豕亥之非，榮對鬼神之問？允資鴻博，式副選掄。恭惟某官，竹箭貞姿，天球祕寶。一自翰飛南國，便歷亨衢，奏賦梁園，載居右席。薦紳之所推慕，負扆之所嘉稱。群公奉金以交歡，諸生攝齊而請益。矧乃紫宸引籍，紅旆行春。循吏之謡，益喧於十部；望郎之選，薦歷於三臺。公望愈隆，天眷彌厚。屬柬求於髦碩，用刊正於縑緗。輟明庭伏奏之勤，副延閣紬書之選。矧乃育材之地，適鍾下武之期。禮遇甚優，不至子雲之寂寞；品流以別，且無方朔之詼諧。某限符竹之所拘，揖風期而尚阻。願言慶抃，倍異等倫。

回潁州曾學士啓

劉筠

伏念褊局至庸，孱軀多病，暗於機用，動涉背馳。耻介寵以趨風，甘受嗤而擯迹。向者起於將廢，擢自[一]無聞，猥玷綸曹，仍參靈[二]職。帝言鬱穆，殊無演暢之工；王度清夷，深積優遊之幸。自惟竊吹，固極常涯。矧乃金馬蘭臺，名儒舊德。榮滯者過半，零落者寔繁。孰謂鯫生，更希殊進？誠以衰門積釁，諸寡食貧。嚴助豈厭於直廬，郗愔願補於遠郡。秉穰守之方闕，荷堯聰之俯從。聚庇本宗，才罹歲籥；豈期優詔，移處[三]近藩。獲依仁者之鄰，實出非常之契。適將叙欵，俄辱誨函。披贈錦之英詞，徒知誘進；示巽牀之謙旨，殊匪爲儀。欣悚交懷，銘藏奚克。

賀舒州李相公啓

夏竦

伏審肅膺鴻沛，起殿大藩，伏惟慶慰。恭以某官，沉正秉彝，清和懿德。經三聖之變，紬繹惟深；貫萬物之儀，臣隣有翼。曩屬先朝違裕，臣黨興姦，密嘯群邪，陰窺時柄。允繄哲輔，克殄凶謀，防檢未萌，澄綜多辟。虹氣由是霽止，霄塗爲之密清。精貫三辰，賴深百辟。終以洽聞飛語，引去上司；傳致深文，越處遐裔。孤節彌諒，高挹自冲。據榮悴之交，人言無間；失左右之手，國體幾虧。大號繼[四]明，巨㷀咸露。狐鼠失其深穴，豺虎食於譖人。協氣雲翔，皇明〔五〕電照，澄洗司制，延即舊臣。眷惟襄贊之賢，首被優深之渥。慰藉良厚，毗倚增隆。袁安涕洟，念深於王室；謝傅憂樂，望結於蒼生。雖暫假於鎮臨，必坐陪於密勿。至公來復，有識相歡。薦紳攢耳以聆風，斯文聯册而刊美。洪惟高範，絶出常均。某恪守郡條，欽聞朝涣，不獲拜伏車下，奔走道周。但私慶於單危，將永歸於埏鑄。

免奉使啓

夏竦

比膺使指，往奉懽盟，選授至艱，道塗差近。况多侑幣，寔濟空拳。然念頃歲先人没於行陣，春初母氏始棄孤遺。義不戴天，難下單于之拜；哀深陟屺，忍聞禁佅之音？車府露章，槐庭泣血。王姬築館，接仇之禮既嫌；曾子回車，勝母之游遂輟。荷兩宫之大庇，戴三事之昌言。退安四壁之貧，如獲萬金之賜。某官力持名教，素獎孤寒。屬商利於擿山，闕言心於奏記。何圖驛置，先墜書筩。俯哀蹈義之心，不辱資忠之訓。永惟佩服，何但銘藏。

荅胡秀才啓

歐陽脩

竊以考行選賢，故人皆脩德而自厚；論材較藝，則下或衒己而忘廉。誠誘養之道殊，致進趨之勢異。寖久之俗，益薄惡而可嗟；習見爲常，遂安恬而不怪。伏以秀才，學優墳史，詞富文章。能力行以自强，方韞藏而待價。豈期誤舉，遂爾遺材。惟賢食之不家，顧良時之難得。

譬夫餓者，雖耻嗟來，因而無言，亦將不及。既一甋之莫〔六〕忍，遂兩訟以交興。逮乎究窮，果自明白。矧朝廷之選士，惟寒俊之是先。雖爾初屯，理將後得。必也涖官學古，爲政臨民。當獄訟而平心，視斯爲戒；利公家而忘己，効此〔七〕必争。苟終身之不回，雖一眚之何患？如此，則圭璧之玷，猶或可磨；日月之更，其將皆仰。至於較定能否，明辨是非。形長者豈度之私，貌妍者非鑒之惠。但慚淺識，惟竭至公。漁者讓泉，思古人而莫見；私門受謝，亦鄙志之不爲。

謝館職啓

歐陽脩

受命之始，榮懼交並。伏以國家悉聚天下之書，上自文籍之初，《六經》傳記，百家之説，翰林子墨之文章，下至卜醫禁呪，神仙黄老，浮圖異域之言，靡所不有，號爲書林。又擇聰明俊乂之臣，以遊其間，因其校讎，得以考閲，使知天地事物，古今治亂，九州四海，幽荒隱怪之説，無所不通，名曰學士。一日天子闕左右之人，思宏博之彦。出贊明命，入承顧問，遂登宰輔，以釐百工。一有取焉，多從此出。所以平居優遊，素服其業，館以禁署，食於太官。《詩》菁莪之育人才，《易》鼎飪之養賢者，凡在兹選，得非茂歟！然而廪重職閑，則未免尸禄；官無吏責，則可容幸人。若脩者，以寒陋之姿，被文藝之舉。自初營職，已與書筵。於時上有鴻儒侍從之才，下多群賢論撰之衆。而脩方被罪譴，竄之荆蠻。流離五年，赦宥三徙，山川跋履，風波霧毒。凡萬四千里，而後至於京師。其奔走之役，憂思之勞，形意俱衰，豈暇舊學？比其來復，書已垂成，遂因衆功，豈有微效？奏御之日，鳬雁而前，例蒙褒嘉，正以職秩。雖因時而幸會，實有靦於面顔。此蓋伏遇某官，柱石之功，佐佑明主，鈞衡之任，進退百官。方疇衆勞，不忍獨棄，遂令忝冒，出自生成。在於顓愚，何以論報？雖未能著見德業，以稱君子教育之仁；猶可以作爲歌詩，稱頌聖朝功化之美。過此以往，未知所裁。

與晏相公書　歐陽脩

伏念曩者相公始掌貢舉，脩以進士而被選掄，及當鈞衡，又以諫官而蒙奬擢。出門館不爲不舊，受恩知不謂不深。然而足迹不及於賓階，書問不通於執事。豈非飄流之質，愈遠而彌疎；孤拙之心，易危而多畏？動常得咎，舉輒累人，故於退藏，非止自便。今者偶因天幸，得請郡符。問遺老之所思，流風未遠；瞻大邦之爲殿，接壤相交。因得自伸慤悃之誠，庶幾少贖曠怠之責。伏惟相公，朝廷元老，學者宗師，尚屈藩宣，行膺圖任。伏惟上爲邦國，倍保寢興。企望旄麾，無任激切。

回文侍中啓　歐陽脩

竊承顯奉制恩，薦膺寵拜，伏惟歡慶。恭惟太師侍中，器深宏達，業茂經綸。弛張文武之才，出入將相之任。而日者來覲冕旒之邃，喜聞履舄之聲。從容語言，固多仁者之利；體貌耆哲，是惟先帝之臣。宜加異數之優，以爲一面之重。雖方勞於憂顧，藉有素之威名。然而患輕四支，不足爬搔于蟣虱；坐制萬里，理當根本於朝廷。即期廊廟之來歸，始慰士夫之素望。過蒙謙挹，曲示誨言。趨實阨以無由，積感悰而徒切。

回諫院傅龍圖攀違書

歐陽脩

脩猥以非才，久竊重任。報効初無於毫髮，怨仇已積於丘山。近蒙睿恩，曲徇誠請，與之近郡，俾養衰年。荷聖主之保全，賴公朝之議論。俾獲奉身而退，方懷去德之思。諫院龍圖舍人，深閔孤危，特迂誨翰。意愛勤甚，有踰平時，風義凜然，可激薄俗。仰止門仞，莫遑叙違，銘之肌膚，永以佩賜。瞻依之懇，敷道奚周！

潁州通判楊虞部書

歐陽脩

脩啓：兹者赴郡假塗，久留寘次，過承眷與，日接宴言。遽此睽違，實增感戀。但以梚車之始，視職方初，雖云陋邦，粗有人事。加以大暑，遂成病軀。旦夕之間，方思布欵；急遽之至，先以惠音。且承别來，福履清勝，脩以衰朽，得此〔八〕退藏。如夙昔之所聞，皆少過於其實；惟寂寞之爲樂，須漸久而益佳。餘非悉談，更冀多愛。

回寶文吕内翰啓

歐陽脩

兹者伏承寶文内翰，被召禁林，陞華内閣。仰惟道德名望之老，久淹言語侍從之流。以望之之忠誠，兼孔光之謹密。豈止典謨潤色，朝廷遂變於斯文；固以朝夕論思，天下獲受其陰賜。雖未正秉鈞之任，而姑副仄席之求。凡在縉紳，皆同慶抃，况於庸鄙，最荷知憐。而多病早衰，思乞骸而已久；因閑成懶，顧與世而益踈。豈無向慕之私？殊闕寢興之問。敢期惠眷，先辱誨言。世路多虞，方歎風波之惡；歲寒已甚，始知松柏之心。感慰之深，敷陳奚既？清霜戒候，内直方嚴，惟冀珍調，以符瞻詠。

賀吕相公兼樞密啓

宋祁

伏承光膺朝制，兼揔天樞，伏惟慶慰。竊以三公之尊，古無不統，五代多故，職乃有歸。别咨邇臣，以本兵柄。部分諸將，直出於禁中；參决其〔九〕兵，不關於公府。承流寖失，革弊在權，惟時宗工，克對明命。某官世基厚德，天畀大猷。熙載之勞，則歌於六府三事；寵任之美，則詠於《崧高》《烝民》。協濟聖功，丕冠皇極。然德有垂〔一〇〕儆，運無常安，遼種寒盟，羌酋盗塞。保障四鄙，未使窮追，調發千金，不無煩費。上意尤注，時柄難分，果屈上公，臨判中務。擇清明之便日，布焜煌之册書。百辟歡聞，多方抃慄。方且坐料脆敵，陰伐詭謀。案邊吏之瑣甚精，轉關中之漕相繼。漢皇萬里，决無不見之明；曲逆六奇，遂倚先幾之勝。奮庸有待，訂美無倫。某適綰州章，方遥謁舍，詔文布下，私慶叢矜。

賀吕待制啓

宋祁

伏承祇膺召節，將造昕朝，詔目疾騰，士倫交抃。恭以某官，食德〔一一〕雖舊，挺世自高，使煩而能，與聖胥會。河朔艱食，縣官乏財，首膺僉求，大經用度。游刃於肯綮之地，遺秉於滅裂之餘。勤勞三年，兵以足食。殿最百吏，察不過條，見效著〔一二〕明，清議惟允。用虚前席之待，趨竚追鋒之還。至於邊保盈虚，士夫臧否。料敵人有以進退，係今日所以安危。必爲上言，以救時弊。然後徐副民望，安步台階。再世司徒，紹鄭人之〔一三〕前美；一門宰相，匪衛公之獨賢。祁素接游從，久棲蔭映，側聞稱娖〔一四〕，陰禱延登。慎夏有初，舍祥惟競。

定州謝到任上兩府啓

宋祁

仰對明綍，俯循華組，地由邊重，帥以儒榮。任不值能，顔無容愧。竊念祁短謀腐學，病質衰年。自宜〔一五〕力於藝文，不應强以軍旅。比者承乏真定，臨制中權，率職半朞，無治言狀。方襆被以須去，俄假節而益遷。進領博陵，深控幽朔，營屯萅集，亭鄣蟬聯。列屬九州，有宜得便〔一六〕於事；哀衆十萬，無日不討於師。號爲劇藩，當待賢牧；寧兹䰛懦，再忝僉俞？伏以某官明揔庶官，輔興邦緈。廣十取五之路，收百有一之長。謂愚可矜，雖拙猶用，遂俾文吏，超攝元戎。所賴虜運百年，天聲萬里。戍餘卧鼓之息，城無早闔之虞。操箠可制豪桀之驕，持簿可期租賦之入。倚國爲重，積日效勤。不然巢林一枝，素省身而斂分；假令入竹萬箇，甘贖罪於曠官。埏冶不私，帲幪知所。

賀參政侍郎啓　宋祁

伏審光奉制書，進知機務，伏惟慶慰。恭以某官，函德之厚，剛中而明，旅力四方，寅亮丕績。邦被風教，用飪[一七]民瞻，天賜耆明，俾輔王室。果咨魁壘之彦，入佐調爕之宜。追鋒疾驅，前席延拜。揭日當午，物無斜陰；推雲崇朝，澤有餘潤。赫虩行下，薦笏歡聞。祁方守塞防，側聆恩册，振褠私喜，詣府莫諧。

鎮府謝兩府啓　宋祁

常山劇部，全趙故封，地聯六州，身擁三綬。任踰於分，榮不償慙。伏念祁爲術空單，稟生尫怯，叨華禁署，謬籍經筵。惟孤拙以自持，無游説而爲助。年將壯邁，疾引衰來，遂丐外除，冀逃多悔。國有賢翰，朝無廢人，料自閑州，受以戎閫。因過都而俾謁，緣重帥而許遷。敢留於行，已踐而職。此蓋伏蒙某官，助邦善育，爲上亟言，齒擢誤加，庸底思報。竊以河朔之地，天下勁兵，分四帥臣，皆一都會。然而狃承平之習，訓練弗精；因流饉之餘，稟帑常乏。焉不充士，官靡值才。幕府欲仰給之饒，度支辭經用之窘。交相爲患，未知所圖。伏冀〔一八〕廟謀，深體邊務。峙隄於未潰之日，投藥於可療之初。誓當悉心，稍期集事，守符云始，趨府方賒。託庇高明，叩矜危戀。

賀司空呂相公啓

李淑

伏審顯奉制書，進開公府，馳郵旁告，望履胥歡。恭惟某官，直德閎材，懿文淵識，感會明聖，奮庸宰衡。陟降三階，綢繆四近。扶翊〔一九〕於帷墻之漸〔二〇〕，啓發睿謨；燮熙於鼎飪之和，揉正皇度。基於忠直，而其用若晦；發爲經綸，而迭使以〔二一〕煩。士鑒有〔二二〕歸，王室是賴。固已功輝當世，名高古人。自兵祲之騷邊，屬廟謀之待畫。舉圭趣召，則民識所從；斫案定疑，則師有必克。矯前違而不伐，制勝策以無遺。帝眷攸先，恩章果沛，諗於輿誦，以合賢期。在昔揆路之升，及此歲陽之變。若時拜衮，未曰疇勳。姑以導〔二三〕漢傑之倚〔二四〕成，遲周時之凱入。諏王體以爲急，非私抃之敢謠。埽門之餘，蔭宇知庇。限有印章之繫，莫遑賓館之趍。企戀忻翹，叢集丹悃。

知陳州謝上啓

張方平

大皞之墟，肇自上皇之世；有嬀之後，爰開盛德之封。承京師首善之流，實勳舊均勞之地。祇膺朝命，濫領藩麾。伏念方平，平世爲脩，散財乏用。薦更臺閣之要，久依〔二五〕户牖之嚴。海鳥暫留，亦受太牢之饗；風簫忽過，豈諧雅奏之和？頃觧郡章，獲歸里社，冀安末節，遂以窮年。攝迹閑曹，分從於病廢；長民近輔，復被於詔除。此蓋某官，秉國治均，贊時化育。亮采通於百志，燮友周於萬微。大道甚夷，至誠斯格。敢不仰虔存録，自力衰疲。更礪鉛刀，聊施於一割；所憂駑乘，難効於長驅。

上鄭資政啓　劉敞

邈遠符光，亟遷歲籥。睎虹蜺之隆燿，渴江漢之清流。心如旌摇，訊將雨絶。伏惟坐鎮南國，翕寧純禧。恭以某官，禀靈山川，爲世梁棟。邁一德以齊俗，含至誠而協中。往者董正武經，毗參公鉉。折衝出於樽俎，威令被乎夷戎。茂功越成，優詔均逸。雖帝堯四嶽之任，下統諸侯；而姬旦《九罭》之詩，咸思衮服。矧惟注意，固亦匪朝。敞暗於知人，幸兹守〔二六〕土。誠陶鈞之遠及，趨棨戟而無緣。仰冀上爲廟朝，益綏福祉。

知永興軍謝兩府啓　劉敞

雍州上腴，見稱前史；秦地四塞，實雄諸侯。至於人物車甲之饒，風聲謡俗之盛，擇守未易，得人爲難。豈有抱空疎之姿，守樸陋之學，材不洎衆，智非過庸。擢從講闈，假以威節，兼四千石之重，連數十城之封。自視缺然，曷以稱此？此蓋伏遇某官，專運鈞之化，隆作厦之功。至和平分，群力並用。不愛美錦，曲從庇身之求；申錫介圭，略比元侯之舊。蓋觀國者以處遠爲陋〔二七〕，事君者以居中爲榮。揆能苟微，冒寵思〔二八〕過。固當勵斷斷之節，立優優之風。庶幾所長，尚有云補。下塞讒慝之口，上答甄鎔之私。

上郎〔二九〕侍郎啓

王安石

伏蒙過采浮議，使承乏官，借寵則榮，循涯而懼。願留平聽，得究下情。頑疏之人，滯固於事。席先子之緒業，玷太常之等名。備位於兹，歷年無狀，安全者幸，廢去乃宜。何言誤知，欲觀小〔三〇〕試。審處私計，追維舊聞。不越俎以代庖，蓋言有守；未操刀而使割，可必無傷。輒敢用是固辭，誠願易而他使。依違王事，雖名理之未安；妄冒人知，亦生平之不欲。高明在上，悃愊發中，臨啓怔忪，果於得請。

謝王司封啓

王安石

伏念安石孤窮之人，少失所恃。雖勉心竭力，求以合於古人；而固陋顓蒙，動輒乖於時變。以此而遊於世，未嘗見恕於人。而自趍走下風，習聞餘教，慰藉之禮，稱揚之私。忤嚴顔而不加犯上之誅，拂盛指而更以首公爲是。書文報答，騎從見臨。不以先進略後生，不以上官卑下吏。以至其去，重煩送將，又賙其行，使不留滯。爰初就道〔三一〕，甫爾踰旬，乖離雖新，感戀殊甚。伏惟順節自壽，副人所瞻。

謝提刑啓

王安石

叨備一官，甫更三歲，不時罷廢，實賴全安。遭值使車，按臨州部〔三二〕。頗望風而震恐，將投劾以去歸。敢圖高明，見遇優過，載銜盛德，尤激下情。違離尚新，企仰殊甚〔三三〕。茂惟賢儁，善迓福祥，固有神明，陰來輔相。褒陞之寵，倚立以須，伏惟爲上自頤，副人所望。

上韓太尉先狀

王安石

昔者幸以鄙身，託於盛府。無薄才以參籌策之用，有疏節以累含容之寬。久而再惟，滋以自愧。伏惟某官，憂國愛君之操，仁民恤物之方。賓禮賢豪，包收疵賤。蓋嘗沐浴於餘澤，而且歌舞於下風。孰云去離，遂自〔三四〕疏斥？徒以地殊南北，勢隔卑尊。小夫竿牘之勤，不足自効；幕府文書之衆〔三五〕，或以爲煩。方隨傳車，得望步履。固願階緣於疇昔，因得〔三六〕鑽仰於緒餘。敢圖高明，先賜勞來。貴以下賤，不矜其行之疵；賢而容愚，不誅其禮之曠。夫惟昔之有道，皆慎所以與人。欲示其自養之污隆，必觀其所遇之能否。深慙固陋，有玷獎成，將次郊關，即趍墻屏。其爲感喜，豈易談言！

知常州上監司啓

王安石

蒙恩寬裕，得郡便安，諏日造官，以身受察。竊念安石鄙陋之質，拙疎於時。聞先子之緒餘，慕古人之名節。黽勉仕宦，聊盡爲貧之謀；苟柬歲時，亦預在庭之數。來佐郡牧，甫更二年；數求州符，就更畿縣。顧神明之罷耗，當事役之浩穰。慙得其宜，辭非〔三七〕所欲。遂以〔三八〕一身之賤，猥分千里之憂。荷覆露之生成，出儁賢之撫按。竊惟幸會，良用震驚。惟此陋邦，近更數守。吏卒困將迎之密，里閭苦聽斷之煩。自非函容，少賜優假。緩日月之效，使教條之頒。則何以上稱督臨，下寬凋瘵？伏惟某官，逢亨嘉之會，奮將明之材。簡在清衷，久於煩使。體愛養元元之意，樂扶持斷斷之能。庶幾始終，得出芘賴。未期望履，尤切馳情，願順節宣，以需褒寵。

賀韓魏公啓

王安石

伏審判府司徒侍中，寵辭上宰，歸榮故鄉。兼兩鎮之節麾，備三公之典策。貴極富溢，而無亢滿之累；名遂身退，而有褒加之崇。在於觀瞻，孰不慶羨？伏惟某官，受天秀氣〔三九〕，爲世元龜。誠節表於當時，德望冠乎近代。典司密命，揔〔四〇〕攬中權。毁譽幾至於萬端，夷險常持於一意。故四海以公之用舍，一時爲國之安危。越執鴻樞，遂躋元輔。以人才未用爲大耻，以國本不建爲深憂。言衆人之所未嘗，任大臣之所不敢。及臻變故，果有成功。英宗以哀疚〔四一〕荒迷，慈聖以謙冲退託。内揆百官之衆，外當萬事之微。國無危疑，人以静一。周勃、霍光之於漢，能定策而終以致疑；姚崇、宋璟之於唐，善致理而未嘗遭變。記在舊史，號爲元功。未有獨運廟堂，再安社稷，弼亮三世，敉寧四方。崛然在諸公之先，焕乎如今日之懿。若夫進退之當於義，出處之適其時。以彼相方，又爲特美。安石久於芘賴，實預甄收。職在近臣，欲致盡規之義；世當大有，更懷下比之嫌。用自絶於高閎，非敢忘於舊德。遡聞新命，竊仰遐〔四二〕風。

賀致政趙少保啓　王安石

竊審抗言辭寵，得謝歸榮。繇西省諫静之官，序東宫師保之位。殿廷鳴玉，尚仍前日之班；里舍揮金，甫遂高年之樂。伏惟慶慰，資政少保，懋昭〔四三〕賢業，寅亮聖時。伯夷之直惟清，仲山之明且哲。所居之名赫赫，豈獨後思？爾瞻之節巖巖，方當上輔。遂從雅志，實激貪風。未即披承〔四四〕，徒深欽仰。

賀致政楊侍讀啓　王安石

伏審得謝中樞，戒歸下國。孔戣致仕，議臣雖願其留；踈廣乞身，觀者固榮其去。丁時翕絶[四五]，取道阻長。緊盛德之可師，宜明神之實相。茂惟興止，休有福祥。伏惟某官，逢辰清明，取位通顯。義勇不挫，忠精無疵。登備諫工，嘗已告嘉猷於后；奉將使節，則必下膏澤於民。儀儀會朝[四六]，凜凜侍從。功名之美，既耀於將來；智略之閎，猶嗟於不試。引年去位，循禮得中，唯其養恬，有以鎮薄。安石望塵非數，見器則深。竊冒上官之大知，唯[四七]所不欲；推揚後進之美意，云何敢忘？備位於兹，仰高無止。

謝高麗國王啓　　王安石

伏以畿[四八]疆阻闊，覿止[四九]無階，道義流聞，瞻言有素。使旃及國，摯[五〇]賓在庭，逮以好音，申之嘉惠。眷存即厚，慰感實深。恭惟大王，膺保德名，踐脩猷訓。纂榮懷之舊服，襲壽豈之多祥。冀順節宣，深綏福履。有少儀物，具如別牋。

謝知制誥啓　　王珪

載右史之筆，初冒於清光；典四禁之文，遽更於近職。寵非材稱，幸出意涯。竊思帝廟堂之尊，富家國之盛，而能鼓舞天下之動，神明天下之幾。非典謨文章，號令風采，恐未易講寥廓之治，追醇醲之風。蓋在古二帝之遺書，而大訓之所基本；在天太微之西掖，而元命之所淵微。有如起兩都之隆，致開元之懋。其間詔書之始下，政事之所施。固多高文大册之傳，嘉謀讜議之益。使王言温潤，而主澤汪洋。當時得人，後世載美，有赫昌會，於皇彌文。上有帷幄宗工鉅臣，以經綸風化之源；下有蘭臺鴻儒碩學，以剷劘〔五一〕精祲之際。况名命之所出，而禁嚴之所司。匪肩異倫，寶點華序。如珪者，姿禀沉霧，詎能枵疎。學承之迂，闇於古今治亂之適；識滯於用，藐亡賢知馳騁之奇。偶濫偕於計文，幾躐先於辭級。徃裨劇治，趣駕屏星之車；還預儁游，誤對高門之地。未及承明之厭，已攖司會之繁。一涉丹墀，得識天子之能事；更〔五二〕持紫橐，媿云史臣之多聞。敢意睠獎之靡遺，乃擢瑣凉於非次。給北宫之禮，才奉試言之榮；荅淮南之章，俄參視草之寵。重念去書林之直，有先人手澤之存；即綸闈之趍，仍伯氏詔文之舊。豈容單陋，寖竊高華？兹蓋伏會某官，以材猷粹純，擥文雅之望；以風誼高博，主名教之歸。啓迪當世之事功，樂育四海之豪畯。如大庭之旅萬玉，不以珷玞而即捐；如匠石之區衆材，不以楩楠而後巧。致繆兹舉，以矜無庸。敢不佩飭訓辭，參祈躰論！矯其一切之習，策所未至之難。慎漢制之頌，期盡追於三代；揚堯言之善，使益誦於四方。或犬馬未衰，冀涓塵有補。庶切君恩之報，敢忘巳日之私。愚心區區，未識所措。

謝相府啓

蘇洵

朝廷之士，進而不知休；山林之士，退而不知反。二者交譏於世，學者莫獲其中。洵幼而讀書，固有意於從宦；壯而不仕，豈爲異以矯人？上之則有制策誘之於前，下之則有進士驅之於後。常以措意，晚而自慙。蓋人未之知，而自衒以求用；世未之信，而有望於効官。仰而就之，良亦難矣。以爲欲求於無辱，莫若退聽之自然。有田一廛，足以爲養，行年五十，復將何爲？不意貧賤之姓名，偶自徹聞於朝野。向承再命以就試，固以大異其本心。且召試而審觀其才，則上之人猶未信其可用；未信而有求於上，則洵之意以爲近於强人。遂以再辭，亦既獲命。以匹夫之賤，而必行其私意；豈王命之寵，而敢望其曲加？昨承詔恩，被以休寵，退而自顧，愧其無勞。此蓋昭文相公，左右元君，舒慘百辟。德澤所暢，威刑所加，不暘而熙，不寒而慄。顧惟無似，或謂可收。不忍棄之於庶人，亦使與列於一命。上以慰夫天下賢俊之望，下以解其終身飢寒之憂。仰惟此恩，孰可爲報？昔者孟子不願召見，而孔子不辭小官。夫欲正其所由得之之名，是以謹其所以取之之故。蓋孟子不爲矯，孔子不爲卑。苟窮其心，則各有説。雖自知其不肖，常願附其下風。區區之心，惟所裁擇。

賀歐陽樞密啓

蘇　洵

伏審光奉帝詔，入持國樞，士民歡譁，朝野響動。恭惟國家所以設樞密之任，乃是天下未能忘威武之防。雖號百歲之承平，未嘗一日而無事。兵不可去，職爲最難。任文教則損國威，專武事則害民政。伏自近歲屢更大臣，皆由省府而來，以荅勳勞之舊。一歷二府，遂超百官。既無跂足之求，僅若息肩之所。自聞此命，欣賀實深。蓋因物議之所歸，以慰民心之大望。伏惟某官，一時之傑，舉代所推。經世之文，服膺已久，致君之略，至老不衰。顧惟平昔起於小官，曷嘗須臾忘於當世？以爲天下之未大治，蓋自賢者之在下風。自今而言，夫復何歎[五三]！顧因千載之遇，一新四海之瞻。洵受恩至深，爲喜宜倍。嘗謂未死之際，無由知王道之大行；不意臨老之年，猶及見君子之得位。阻以在外，闕於至門。仰祈高明，俯賜亮察。

通倅謝兩府啓

姚　闢

書局備員，僅逃於譴謫；海濱貳政，寔賴於獎提。脱去塵埃奔走之勞，遂獲風土清閑[五四]之樂。養親有裕，處分亦宜。伏念闢學不知方，才非適用。嘗欲慕古人之節，故窮達去就之粗明；不能當世俗之心，故毁譽是非之相半。向緣一第，偶竊小官。區區於米塩簿書之間，無所增益於舊學；碌碌於繩墨法制之下，固已喪失其本心。適丁先帝之御圖，閔悼太常之廢禮。謂所職者因緣而無責，故其書皆顛錯而不完。歲時凡欲按行，聽於胥吏之所舉；朝廷將大興作，詰之有司而莫知。以國家文物憲章之盛儀，而君后祭祠燕享之大法。遠則迹商、周之故事，近則追漢、唐之遺風。或革或因，有損有益。苟至於殘脱而不考，將何以依據而奉行？求其本末之並存，莫若簡編之備具。俾有定責，遂立別資。顧惟不才，輒亦被選。然而案牘繁多，而義皆無統；紀綱踈略，而事莫得詳。夫以鄙陋不學之資，而當纂述所難之任。勉焉或局，浩乎無涯。磨精畢力者五年，補闕收殘者百卷。雖未足發揚休美，大本朝製作之方；亦聊以綴緝緒餘，備來者考求之用。然不能秉義以攸處，保職而自安。頃因天變之來，妄以芻言之貢。擊排所至，徒有愛君之善[五五]心；忌諱不知，殆匪謀身之良術。幸賴主上寬仁之厚，明公保庇之全。謂罪雖可戮，而志亦無他；言雖甚危，而事或不妄。特紓深憲，俾得自新。出於莫大之恩，獲此非常之幸。引身自咎，固絕望於當時；竊禄苟安，諒卜休之有日。惟其沐浴於盛德之際，歌詠於太平之中。凡外物之儻來，皆虛心而順受。過此以往，未知所裁。

校勘記

〔一〕『自』，底本作『是』，據六十三卷本改。

〔二〕『靈』，底本作『臺』，據六十三卷本、麻沙本改。

〔三〕『移處』，麻沙本作『處移』。

〔四〕『繼』，底本作『既』，據六十三卷本、麻沙本改。

〔五〕『明』，底本作『朝』，據六十三卷本改。

〔六〕『莫』，底本作『不』，據六十三卷本、六十四卷本、麻沙本改。宋慶元二年周必大刻本《歐陽文忠公集》、元本《歐陽文忠公集》作『莫』。

〔七〕『此』，底本作『以』，據六十三卷本、六十四卷本改。宋慶元二年周必大刻本《歐陽文忠公集》、元本《歐陽文忠公集》作『此』。

〔八〕『此』，底本作『以』，據六十三卷本、六十四卷本改。宋慶元二年周必大刻本《歐陽文忠公集》、元本

《歐陽文忠公集》作『此』。

〔九〕『其』，六十三卷本、六十四卷本作『奇』。

〔一〇〕『垂』，底本作『重』，據六十三卷本改。

〔一一〕『食德』，底本無，據六十三卷本、麻沙本補。

〔一二〕『著』，底本作『者』，據六十三卷本改。

〔一三〕『人之』二字，六十三卷本、麻沙本無。

〔一四〕『娖』，底本作『促』，據六十三卷本、六十四卷本改。

〔一五〕『宜』，底本作『應』，據六十三卷本、六十四卷本、麻沙本改。

〔一六〕『便』，底本作『更』，據六十三卷本、六十四卷本改。

〔一七〕『飪』，底本作『飭』，據六十三卷本、六十四卷本、麻沙本改。

〔一八〕『冀』，底本作『惟』，據六十三卷本、六十四卷本、麻沙本改。

〔一九〕『翊』，底本作『掖』，據六十三卷本、六十四卷本、麻沙本改。

〔二〇〕『漸』，底本作『近』，據六十三卷本、六十四卷本、麻沙本改。

〔二一〕『以』，底本作『不』，據六十三卷本、六十四卷本、麻沙本改。

〔二二〕『有』，底本作『攸』，據六十三卷本、六十四卷本、麻沙本改。

〔二三〕『導』，底本作『遵』，據六十三卷本、六十四卷本改。

〔二四〕『倚』，底本作『奇』，據六十三卷本、六十四卷本改。

〔二五〕『依』，底本作『司』，據六十三卷本、六十四卷本改。宋本《樂全先生文集》作『依』。

〔二六〕「玆守」，底本作「守玆」，據六十三卷本、六十四卷本、麻沙本改。
〔二七〕「陋」，底本作「累」，據六十三卷本、六十四卷本、麻沙本改。
〔二八〕「思」，六十三卷本、六十四卷本作「斯」。
〔二九〕「郎」，底本及麻沙本誤作「郭」，據六十三卷本、六十四卷本改。
〔三〇〕「小」，六十三卷本、六十四卷本作「煩」。
〔三一〕「道」，底本作「職」，據六十三卷本、六十四卷本、麻沙本改。
〔三二〕「部」，底本作「郡」，據六十三卷本、六十四卷本、麻沙本改。
〔三三〕「甚」，底本誤作「長」，據六十三卷本、六十四卷本改。
〔三四〕「自」，底本作「曰」，據六十三卷本、六十四卷本改。
〔三五〕「衆」，底本誤作「聚」，據六十三卷本、六十四卷本、麻沙本改。
〔三六〕「因得」，底本作「無因」，據六十三卷本、六十四卷本改。
〔三七〕「非」，底本作「得」，據六十三卷本、六十四卷本改。
〔三八〕「遂以」，底本作「未遂」，據六十三卷本、六十四卷本改。
〔三九〕「秀氣」，六十三卷本、六十四卷本作「門氣」，「門」疑「閒」字之訛。
〔四〇〕「命，揔」二字，底本作「揔，命」，據六十三卷本、六十四卷本改。
〔四一〕「疚」，底本作「疾」，據六十三卷本、六十四卷本改。
〔四二〕「遐」，底本作「下」，據六十三卷本、六十四卷本、麻沙本改。
〔四三〕「懋昭」，底本作「昭懋」，據六十三卷本、六十四卷本改。

〔四四〕「承」，底本作「陳」，據六十三卷本、六十四卷本改。
〔四五〕「艴」，六十三卷本、六十四卷本作「静」。
〔四六〕「下膏澤於民。儀儀會朝」九字，底本空缺，據六十三卷本、六十四卷本補。麻沙本九字不缺，後四字作「義儀儀朝」。
〔四七〕「竊冒上官之大知，唯」八字，底本殘缺，據六十三卷本、六十四卷本、麻沙本補。
〔四八〕「鐖」，底本作「副」，據六十三卷本、六十四卷本改。
〔四九〕「止」，底本作「上」，據六十三卷本、六十四卷本改。
〔五〇〕「摯」，底本作「贄」，據六十三卷本、六十四卷本、麻沙本改。
〔五一〕「劘」，底本作「靡」，據六十三卷本、六十四卷本、麻沙本改。
〔五二〕「更」，底本空缺，據六十三卷本、六十四卷本補。麻沙本作「東」。
〔五三〕「歎」，底本作「難」，據六十三卷本、六十四卷本改。
〔五四〕「風土清閑」，底本作「清閒風土」，據六十三卷本、六十四卷本改。
〔五五〕「善」，底本作「苦」，據六十三卷本、麻沙本改。六十四卷本缺頁，未詳其用字。

新校宋文鑑卷第一百二十二

校者按：底本此卷抄配，據六十三卷本、麻沙本刻卷校改。

啓

謝倪評事禮書

陳　襄

襄聞，古者師氏教女，以婦德、婦言、婦容、婦功。祖廟未毁，教于公宫三月；祖廟既毁，教于宗室。然後能修身行禮，循法度，奉祭祀，以配君子，而成室家之道也。襄有先人之子，惷愚弗能教，徒聞古人之大義，而未能志其一二。今足下順先典，貺襄書禮，以賢嗣〔一〕秀才，德成業茂，將卜昏事。惟以襄貧賤之門是擇，實非其宜。既辱嘉命，襄不敢辭，敢不夙夜教戒，以勉承宫事！

代賈内翰荅蔡州錢龍圖啓

强　至

承即便時，已開尊府。蓋賢者以出處一致，因請宣風；天子恐侍從久勞，遂容均佚。寵之士諫之優秩，付以中京之輔〔二〕邦。未列慶函，首紆榮牘。矧本朝之耉老，寔延閣之真儒。力通聖言，俛膺華選〔三〕。番勸經帷之講，日瞻法座之光。厭事朝游，樂觀藩政。然而公卿要明大誼，自昔推崇；左右思得正人，匪朝升用。伏望爲國自厚，副時所傾。

代王給事回陳待制啓

强　至

伏審茂對制恩，榮躋法從；側聞異數，竊抃丹衷。於皇聖辰，若攷古道。繩累朝之遐武，敞二閣以右文。倬彼天漢之昭回，揭爲寶宇之目；坦然帝制之明白，祕厥宸篇之辭。並延儒臣，增重禁職。居則備法座之清問，出則扈德車之順游。唯特〔四〕傑材，乃稱華選。伏惟某官，氣涵渾厚，道際醇深。蚤踐積星之垣，久提太史之筆。綴應、劉之賓客，方司朱邸之裁牋；聽禹、啓之謳歌，遽際洪圖之纘服。首擢東藩之舊，進陞近侍之聯。矧日月之親逢，有風雲之盛會。弼蓍新政，惟故事之甚明；舒圖元猷，抑輿情之所跂。未脩慶問，先貺珍函，過枉巽辭〔五〕，益銘謙矩。永言感懌，奚盡鋪論？

謝永興軍知府王龍圖啓

强　至

幕府初開，謂必收於豪畯；辟書累上，終無異於孱庸。自應所知之求，莫如茲舉之確。旋叨成命，增悚懦衷。竊以陝服以西，雍都爲劇，帥壓五路，兵雄萬屯。從來長人，得自選士。雖指麾一定，但專委於文書；而綏御兩間，亦與聞於論議。參是幾事，要之傑才，若至甚愚，無它可采。驅馳州縣，唯簿書期會之是知；生長江湖，何車甲訓齊之曾試〔六〕？乃冒從軍之選，殊乖責寔之宜。非保任之使然，曷僥慶而及此？斯蓋伏遇知府，安撫龍圖。誼無求備，請在必行，存心獎提，極力論置。始奏已光於疏賤，矧至再三；短能絶跂於高明，寧裨萬一？第堅素守，益攷舊聞。侍〔七〕經遠之談，使少知於方略；免陋儒之誚，期自奮於功名。庶幾立身，以報知己。

代問候程密諫啓　　強至

被命中宸，效官南服。門墻愈遠，慮遺冗外之蹤；牋牒不時，懼黷高明之聽。仰惟坐鎮，俯順生經。恭以某官，亮節在廷，懿文表丗，早紓賢業，自結主知。陞諫署之華班，兼樞庭之祕直。中外薦歷，明哲惟均。父母一州，猶鬱於清議；領袖百辟，行副於具瞻。俛惟下僚，嘗備屬吏。庶終坱圠之造，以就生成之恩。

代謝兩制狀　　強至

祇奉明綸，就叨寵寄。京畿近服，邦漕重司，並集茂恩，驟加庸品。竊以爲國領計，須官得人。饋輸中都，不朘民而厚上；澄序庶位，不簡賢而附權。具足兼長，乃名宜職。苟容竊位，曷弭公言？效局〔八〕無堪，瘝官有素。江淮易任，曾靡寧居，金穀主謀，恍迷舊習。豈謂浩繁之委，不遺孤冗之蹤？此蓋伏遇某官，言味借優，褒華引重，振拂污滯，矜憐介愚。寖聞當扆之聰，遽復外臺之命。敢不周旋乃事，恪慎厥脩，永矢捐軀，仰酬知己。

代韓待制到任謝史館相公啓

强至

易甚難之選任，俾總外臺；得嘗失之寵榮，復聯内閣。云初眂事，已懼曠官，於皇本朝，分置諸道。惟北土漕權之劇，蓋軍須自昔之尤煩；繇頻年水沴之餘，顧民力至今而未復。加用度之百出，無利源之一遺。宜得衣冠之偉能，老於金穀之要術。因才以授，於職乃安。如某者，器無所容，技有俱短。蚤知忠誼之自勉，晚喜功名之可爲。大河以東，全陝之右。計符連領，固嘗歷董於輸將；治狀絶稱，曾莫少成於績效。既有所試，是云不能。矧惟朔陲，最曰要部，豈宜煩使，乃屬寡才？省其由來，何所自得？復此假人之寵，良繇造物之私。此蓋伏遇史館相公，首贊萬微，更新百度，宰論可否，朝倫慘舒。以後效之足求，靡尤人於既往。雖匪功而亦用，庶勸士於將來。遂俾拙踈，訖叨甄擢。敢不圖講長利，澄清屬封？弗顓聚斂之能，兼拊凋罷之俗。罔有貳事，少酬大鈞。

謝除校勘啓

强至

祇荷寵擢，不任戰兢。竊以國家右文寖昌，聚書增廣。經始靈蘭之秘，發揮河洛之文。表章著明，淵源深厚。然惟道術分裂，時師異言，下逮九家，猶痛於野。彼雖小道，亦有可觀。故稗官以芻蕘而弗遺，詞賦比博弈而蒙幸。采獲〔九〕非一，多愛益新。名山之藏爲空，廣内之策加倍。而後實事求是，聚精會神，芟夷復重，筆削譌繆。是以圖書之府，貴比列星之居；校讎之官，寵甚治民之最。自非精力過絶，篤志淵微，言古而能驗今，聞一足以知十，則何以辯雌蜺之爲字，信魯魚之失真？子雲沈思，廑能宿職；安世默識，乃爲得人。伏念敀〔一〇〕生質晦冥，天機黯淺。染人僞而逾久，求俗學以復初。顛冥失圖，荏苒過壯。性不傷物，慨嵇生之怨憎；居甚畏言，慕夷吾之老吃。曩者拔自邊邑，擢處郊庠。經汎爲通，非有專門之效；器不周用，動詒方枘之譏。先皇帝志在育材，詔從試可。白衣不召，徒愴恨於崔駰；賜劍猶存，尚孰何於衛綰？逮禁林之給筆，慙髦士之比肩。所貴莫邪干將，爲其立斷；惟是朽株枯木，獨賴先容。然而地寒者品常後人，數奇者功不中率。顧惟瓠落，甘觸報聞。豈意厖恩，横加弱植，委蜕塵滓，濯質清流。捫心自驚，非萬有一之覬望；屈指默計，儻十失五而在兹。静言伏思，寔有幸會。此蓋伏遇某官，彌綸帝載，斡旋化鈞。大受小知，未始違於精鑒；言揚事舉，蓋曲盡於所長。底是庸虚，冒於甄録。謹當思浚明之成德，勤窾啓之淺聞。砥節礪行以爲脩，臨淵履冰而申誡。桑榆之景，尚冀於晚收；菅蒯之微，無忘於代匱。上酬洪造，次荅厚知。

與孫觀文啓

强至

跼守陋邦，坐賒賓館。誰謂河廣，曾微杭葦之艱；畏此簡書，居積道躋之歎。恭惟節宣時若，啓處用康。伏以某官，德崇國華，智兼人傑。幾深開物以成務，倜儻扶義而濟功。内參帷幄之謀，外膺方面之寄。夫倚伏之效，巧歷猶知其必然；污隆之期，賢者蓋有以無悶。是故稱子文之美，爲其去令尹而弗憂；言仲華之賢，亦曰褫龍章而無慍。矧以全德邁衆，達生徇天。宜其捐芥蔕而何疑，寓逍遥而自得。推數循理，已符傾否之占；求舊記功，方盡樂終之義。勉祈善毓，以副禱詞。

賀致政少傅啓

强至

伏審中詔推恩，上臺得謝。參青宫六傅之貴，保安車賜几之榮。休風穆然，輿情仰止。恭以某官，全德邁種，英猷濟時。士林以師保而允懷，王室繄股肱而是賴。雖《大雅》作誦，老成重於典刑；而高賢所存，功名付之天道。由是辭台鼎之機任，即侯服而偃藩。貌體之隆，固弗遺於黄髮；止足之計，乃獨得於素心。遺塵垢於儻來，即逍遥於物外。揮金之樂，不減於疏公；掛車之榮，足踰於廣德。竹帛所載，今昔同符。跂聞英聲，側深景行。寓〔一二〕高門之地，親長者之謀。瞻仰之誠，一二奚既！

回登州知郡司封啓

蘇頌

嚮者某官，奏南司之課，膺中詔之褒。進左曹於省聯，領奧藩於海裔。蓋切循良之選，爰咨端諒之能。自承擁傳之去東，居悵拊塵之坐隔。懷鉛自窘，未遑緘候之儀；占牘不忘，首辱惠存之問。聆布條之伊始，惟善俗之有方。政務多聞，福基衆厚。伏以某官，奧學敏識，峻節孤風。得古人之清通，爲來者之矩矱。郡邑之政，沛然謡於民言；臺閣[一二]之模，凛乎肅於朝著。方倚直繩之用，遽膺半竹之行。昔者由御史而爲省郎，唐官謂之清望；出諫官而補郡守，漢臣因而白陳。矧惟碩哲之謨，允協前良之美。諒茲出守，聊爲外資。詠中和之詩，已宣於主澤；還顧問之列，行奉於帝俞。榮據顯華之塗，允爲孤拙之庇。適臨敲暑，坐遠清言。願遵御於氣沖，冀宜符於善禱。

謝南省主文與歐陽内翰啓

蘇軾

竊以天下之事，難於改爲。自昔五代之餘，文教衰落，風俗靡靡，日以塗地。聖上慨然太息，思有以澄其源，疏其流，明詔天下，曉諭厥旨。於是招來雄俊魁偉敦厚樸直之士，罷去浮巧輕媚叢錯綉采之文。將以追兩漢之餘，而漸復三代之故。士大夫不深明天子之心，用意過當[一三]，求深者或至於迂，務奇者怪僻而不可讀。餘風未殄，新弊復作。大者鏤之金石，以傳久遠；小者轉相模寫，號稱古文。紛紛肆行，莫之或禁。蓋唐之古文，自韓愈始。其後學韓而不至者爲皇甫湜，學皇甫湜而不至者爲孫樵。自樵以降，無足觀矣。伏惟内翰執事，天之所付以收拾先王之遺文，天下之所待以覺悟學者。恭承王命，親執文柄，意其必得天下之奇士，以塞明詔。軾也遠方之鄙人，家居碌碌，無所稱道。及來京師，久不知名，將治行西歸，不意執事擢在第二。惟其素所蓄積，無以慰士大夫之心，是以群嘲而聚罵者，動滿千百。亦惟恃有執事之知，與衆君子之議論，故恬然不以動其心。猶幸御試不爲有司之所排，使得搢笏跪起，謝恩於門下。聞之古人，士無賢愚，惟其所遇。蓋樂毅去燕，不復一戰，而范蠡去越，亦終不能有所爲。軾願長在下風，與賓客之末，使區區之心，長有所發。夫豈惟軾之幸，亦執事將有取一二焉。

謝應中制科啓

蘇　軾

臨軒策士，方搜絶異之才；隨〔一四〕問獻言，誤占〔一五〕久虚之等。忽從佐縣，擢與評刑。内自顧於無堪，凛不知其所措。恭惟制治之要，惟有取人之難。用法者畏有司之不公，故捨〔一六〕其平生而論其一日；通變者恐人材之未盡，故詳於採聽而略於臨時。兹二者之相形，顧兩全而未有。一之於考試，而奄之於倉卒，所以爲無私也，然而才行之迹，無由而深知；委之於察舉，而要之於久長，所以爲無失也，然而請屬之風，或因而滋長。此隋、唐進士之所以爲有弊，魏、晋中正之所以爲多姦。惟是賢良茂異之科，兼用考試察舉之法。每中年輒下明詔，使兩制各舉所聞。在家者能孝而恭，在官者能廉而慎。臨之以患難而能不〔一七〕變，邀之以寵利而能不回。既已得其行己之大方，然後責其當世之要用。學博者，又須守約而後取；文麗者，或以用寡而見亢。特於萬人之中，求其百全之美。凡與中書之召命，已爲天下之選人。而又有不可測知之論，以觀其默識之能；無所不問之策，以攷其博通之寔。至於此而不去，則其人之可知〔一八〕。然猶使御史得以求其疵，諫官得以攷其素。一陷清議，輒爲廢人。是以始由察舉，而無請謁公行之私；終用考試，而無倉卒不審之患。蓋其取人也如此之密，則夫不肖者安得而容？軾才不逮人，少而自信。治經獨傳於家學，爲文不願於世知。特以飢寒之憂，出求斗升之禄。不謂諸公之過聽，使與群豪而並游。始不自量，欲行其志。遂竊俊良之舉，不知才力之微。論事迂闊而不能動人，讀書踈略而無以應敵。取之甚愧，得之益慚。此蓋伏遇某官，以堯、舜之道輔吾君，以伊、周之業爲己任。恐一夫不獲自盡，以爲廟堂之憂；思天下所以太平，必用芻蕘之説。亟收末學，以輔人猷。然志卑處高，德薄寵厚。歷觀前輩，由此爲致君之資；敢以微軀，自今爲許國之始。

賀楊龍圖啓

蘇　軾

伏審新改直職，擢司諫垣，傳聞邇遐，竦動觀聽。咸謂國家之鉅福，乃用諫諍之真才。必能深言，以補大化。方今朝廷之上號爲無諱，而太平之美終不能全；臺諫之列歲不乏人，而衆弊之原猶或未去。豈聽之者徒能容而不能用，言之者但爲名而不爲功？歷觀古人之效忠，皆因當世而用智。不務過直，期於必行。右尹子革，因墳典而道《祈招》之詩；左師觸龍，語饘粥而及長安之質。徒盡拳拳之意，不求赫赫之名。此仁人及物之休功，忠臣愛君之至分。伏自頃歲，所更幾人？席未暖而輒遷，踵相躡而繼去。然一身之譏，固足以免矣；而積歲之病，當使誰去之？恐習慣以爲常，遂因循而不振。雖在僻陋，顧常隱憂。以爲必得樸忠憂國之人，而又加以辯智得君之術。言苟獲用，國其庶幾。伏惟諫院龍圖，才雄於世，而常若不勝；節過於人，而未嘗自異。素練邊事，深知兵驕，頃持銓衡，寔識官冗。必將舉大體而不論小事，務實效而不爲虚名。軾最蒙深知，愧無少補。方傾耳以聽，願續書諫苑之篇；若有待而言，或能著争臣之論。阻以在外，無由至門，踴躍之懷，實倍倫等。

賀歐陽少師致仕啓

蘇　軾

伏審抗章得謝，釋位言還。天眷雖隆，莫奪已行之志；士流太息，共高難繼之風。凡在庇庥，共增慶慰。伏以懷安天下之公患，去就君子之所難。世靡不知，人更相笑。而道不勝欲，私於爲身。君臣之恩，係縻之於前；妻子之計，推荲之於後。至於山林之士，猶有降志於垂老；而况廟堂之舊，欲使辭福於當年。有其言而無其心，有其心而無其決。愚智共蔽，古今一塗。是以用捨行藏，仲尼獨許於顔子；存亡進退，《周易》不及於賢人。自非智足以周知，仁足以自愛。道足以忘物之得喪，志足以一氣之盛衰。則孰能見幾禍福之先，脱屣塵垢之外？常恐兹世，不見其人。伏惟致政觀文少師，全德難名，巨才不器。事業三朝之望，文章百世之師。功存社稷而人不知，躬履艱難而節乃見。縱使耄期篤老，猶當就見質疑。而乃力辭於未及之年，退託以不能而止。大勇若怯，大智如愚。至貴無軒冕而榮，至仁不導引而壽。較其所得，孰與昔多？軾受知最深，聞道有自。雖外爲天下惜老成之去，而私喜明哲得保身之全。伏暑向闌，台候何似。伏冀爲時自重，少慰輿情。

賀吕副樞啓

蘇軾

伏審近膺告命，入總樞機，中外聳觀，朝廷增重，伏惟慶慰。竊以古之爲國，權在用人。德厚者，輔其才而名益隆；望重者，無所爲而人自服。是以淮南叛國，先止謀於長孺；汾陽元老，尚改觀於公權。樽俎可以折衝，藜藿爲之不採。哀此風流之莫繼，久矣寂寥而無聞。天亦厭於凡才，上復思於舊德。恭惟樞密侍郎，性資仁義，世濟忠嘉。豈惟清節以鎮浮？固已直言而中病。出領數郡，若將終身。小人謂之失時，君子意其復用。迨兹顯拜，夫豈偶然？然而荷三朝兩世之恩，當《春秋》賢者之責。推之不去，凛乎其難。進伯玉而退子瑕，人皆望於門下；烹桑羊而斬樊噲，公無愧於古人。莫若盡行疇昔之言，庶幾大慰天下之望。軾登門最舊，稱慶無緣，踴躍之懷，寔倍倫等。

賀文太尉啓

蘇　軾

伏審孚號揚庭，臨軒遣使，出節少府，授鉞齋壇。夷夏聳觀，兵民交慶。蓋功業盛大，則極名器而後稱；惟德度宏遠，故處富貴而若無。蔚爲三世之宗臣，豈獨一時之盛事！恭惟留守太尉，道本天合，德爲人師。信及三川之豚魚，威加兩河之草木。身任休戚，言爲重輕。始若留侯弱冠而遇高祖，晚同尚父黄髪而亮武王。既奉册書，益新民聽。方將威懷北虜，係頸長纓，約束河〔一九〕公，軌流故道。然後入調伊、傅之鼎，歸躡松、喬之游。輿論所期，斯言可必。軾謫官有限，趍侍無緣，踴躍之心，宣寫難盡。

登州謝兩府啓

蘇　軾

迂愚之守，没齒不移；廢逐之餘，歸田已幸。豈謂承宣之寄，忽爲枯朽之榮？眷此東州，下臨北徼。俗近齊、魯之厚，迹皆秦、漢之陳。賓出日於麗譙，山川炳燿；傳夕烽於海嶠，鼓角清閒。顧静樂之難名，笑妄庸之濫據。此蓋伏遇某官，股肱元聖，師保萬民。才全而德不形，任重而道愈遠。謂使功不如使過，而觀過足以知仁。特借齒牙，曲成羽翼。軾敢不服勤簿領，祇畏簡書！策蹇磨鉛，少荅非常之遇；息黥補劓，漸收無用之身〔二〇〕。過此以還，未知所措。

謝中書舍人啓

蘇軾

起於貶所，未及朞年。擢置周行，遽參法從，省躬無有，被寵若驚。竊惟人材進退之間，寔爲風俗隆替之漸。必欲致治，在於得賢。雖一薛居州，齊言不能移楚；而用范武子，晋盜可使奔秦。崔琰進而廉儉成風，楊綰用而淫侈改度。誠國是之先定，雖民散而可收。拔茅茹者，以彙而征；附馬棧者，必先其直。用舍既見，好惡自明。人知所趍，勢有必至。今朝廷方講當世之務，力追前代之隆。雖改定法令，足以便事，而未足以安民；寬弛賦役，足以安民，而未足以成俗。是以登進耆老，搜求儁良；將使上知向方，民亦有耻。如軾者，山林下士，軒冕棄材。少而學文，本聲律雕蟲之技；出而從仕，有狂狷嬰鱗之愚。溝中不願〔二二〕於青黄，爨下無心於宫徵。誤蒙收拾，已出優恩；薦履禁嚴，殊非素望。此蓋伏遇某官，德配前哲，望隆本朝。名重圭璋，上助〔二三〕廟堂之用；言爲蓍蔡，下同卿士之謀。餘論所加，虚名增重。知丹心之尚在，憐白首之無歸。特借寵光，以寬衰病。任隆才下，恩重報輕。直道而行，恐非所以安愚不肖之分；充位而已，又不足以解卿大夫之憂。蚤夜以思，進退惟谷，恐懼戰越，不知所裁。

荅試館職人啓

蘇軾

伏承射策玉堂，方觀筆陣，校文天禄，遂秀儒林。黨友增華，縉紳共慶。國家求賢之道，必於閒暇無事之時；賢者報國之功，乃在緩急有爲之際。養之無素，則一旦欲用而何由？待以非常，則臨事欲辭而不可。故納之於英俊相從之地，觀之以世俗不見之書。非獨使之業廣而材成，抑將待其資深而望重。某官學優而仕，行浮於名，辭令從容，議論慷慨。追還正始，文章爲之一新；傳寫都城，紙墨幾於驟貴。得士之喜，非我敢私。軾衰病侵尋，文思荒落。職在翰苑，當發策而莫辭；識匪通儒，懼品〔一三〕藻之不稱。過煩臨貺，寵以書詞。永爲巾笥之珍，愧乏瓊瑶之報。

謝賈朝奉啓　蘇軾

自蜀徂京，幾四千里，携孥去國，蓋二十年。側聞松楸，已中梁柱。過而下馬，空瞻董相之陵；酹以隻雞，誰副橋公之約？宦游歲晚，坐念涕流。未報不貲之恩，敢懷盍歸之意？常恐樵牧不禁，行有雍門之悲；雨露既濡，空引太行之望。豈謂通判某官，政先慈孝，義篤友朋。首隆學校之師儒，次訪里閭之耆舊。自嗟來暮，不聞拔薤之規；尚意神交，特致生芻之奠。父老感歎，桑梓光華。深衣練冠，莫克垂涕於墓道；昔襦今袴，尚能鼓舞於民謡。仰佩之深，力占難盡。

賀范端明啓

蘇　軾

恭承明詔，追録舊勳。名陞祕殿之嚴，寔遂安車之養。仍推餘澤，以及後昆，聞命以還，有識相慶。竊謂死生之事，聖賢有不能了；父子之際，古今以爲難言。方其犯雷霆於一時，豈意收功名於今日？惟天知我，絶口不言。偉事發之相重，非人謀之所及。恭惟致政端明學士，至誠格物，隱德在人。弼亮四世如畢公，壽考百年如衛武。獨立不懼，舍之則藏。惟有青蒲之言，尚在金縢之匱。白日一照，浮雲自開，坐使遺民，復觀盛事。子孫歸沐，下萬石之里門；君相乞言，授三老之几杖。更延眉壽，永作元龜。

上參政侍郎啓

王安國

伏審參政侍郎被書法座，賛政台司，龜筮獻祥，縉紳協望。竊以海嶽形勢，非聰明獨運之能安；廟堂經綸，盡聖賢相濟之成効。是繄丞弼之重，以底神人之和。蓋内揆百工，坐弭瘝官之患；而[二四]外釐四鄙，默銷猾夏之謀。疇咨命[二五]世之豪，仰稱代天之任。幸千齡之胥契，聳億姓之具瞻。恭惟某人，文妙於古今，行孚於典策。應不測之變，而製作若出閒暇；議非常之禮，而利害莫能動摇。凛然名聲，播在夷貊。北門持橐，三朝積潤色之功；東府秉均，多士發稽留之歎。側聞孚號，畢罄歡心。矧憂患之餘生，辱品題之舊賜。病骨未逢於起廢，朽株尚冀於嘘枯。引望門闌，但馳悃愊。

賀諫院舍人啓　沈括

伏審外庭拜命，西掖代言，英材蒙知，清論歸美。竊以文章辭令之選，玆寔法度風教之原。惟厚薄邪正之所歸，乃治亂盛衰之攸繫。纂辭深厚，故能通物變之微；贊指坦明，遂可格天下之動。以至諭恩愬惻，隱民疲俗之變心；申制簡嚴〔二六〕，武夫悍卒之奪氣。蓋識通於用者，則遇變皆合；言發於性者，則感人易深。豈特經綸之大猷，玆惟鼓舞之盛事。矧欲流風之復古，屬當施惠以趨時。宜席真賢，上副明主。恭以諫院舍人，純賦學敏，深資性原。兼來百善之長，獨收高世之譽。機靈深造於道德〔二七〕，志力久形於功名。潤色鋪張，固歸大手，建明將順，寔稟素心。謇諤霜臺，耻混衆人之諾諾；講摩聖訓，力震大聲之竑竑。以樂育，則休有成材之風；以直筆，則刊正後來之法。振翼雲漢，垂光虹蜺，遠近所傳，搢紳交頌。燦然述作，將建一家之言；鋭於討論，庶追三代之業。盛際甫期於登贊，庶休行被於康功。雅辱眷存，竊盛欣躍。未遑慶覿，先屈眷辭。深惟降挹之謙，祇益感銘之寔。

賀蔡密學啓　張載

玆審顯被眷圖，擢陞要近。寵輝之涣，雖儒者至榮；付任所期，蓋朝廷有待。藹傳中外，孰不欣愉！竊以篤寔輝光，日新而不可掩者，德之修；禍福吉凶，人力所不能移者，命之正。今天下謀明守固，功累治勤，浮議不能摇，巨力不能破，未有若明公之盛也。上知之，民信之，所不足，獨未施於廟堂之上耳。頃慶卒内嚮，惶駭全陜。府郡晝閉，莫知所爲，士民失措，室家相弔。繼聞爲渭師所敗，潰遁而東，其氣沮摧，十亡八九。雖非盛舉，然應機敏捷〔二八〕，使大患遽銷，明識之士，知有望焉。今戎毒日深，而邊兵日弛，後患可悼，而國力既殫。將臣之重，豈特司命王卒？惟是三秦生齒存亡舒慘之本，莫不繫之。旌旆在秦，正猶長城巨防，利兵堅甲，幸少選未召，乃西陲不貲之福。載投迹山荒，所有特一家之衆，擔石之儲，方且仰依兵庇，有恃而生。誠願明公，置懷安危，推夙昔自信之心；宜升不息，以攘患保民爲己任。蓋知浮議强力，不足以勝人心，奪天命，則含識之徒，不勝至幸！引跂門仞，無任歡欣祈俟之極。

謝館閣校勘啓

林　希

備員書局，已忝下陳；假職儒林，尤非素望。始甚疑而終信，外彌懼以中慚。撫己何堪？靦顔無措。恭惟本朝右文之盛，列聖向儒之勤。悉聚前世之書，遠侔治古之烈。雖禁中所覽，别貯於太清；而祕閣所藏，頗多於三館。並選髦畯，俾資校讎。百年之間，顧網羅遺逸之不暇；四庫之録，猶品類參差之不齊。固嘗訂正其舛訛，又已撰次其條目。積有朽漬，寖忘本真。爰自嘉祐以來，始詔儒臣更定。就給筆札，增置吏員。悉發廣内之藏，兼訪名山之副。於是有出於閭閻而應募，寫於郡國而送官。其來不窮，所得益廣。互抄以補殘缺，相校而除複重。一新[二九]黄卷之風，盡銷白簡之蠹。凡擇諸儒而共處，或容賤士於其間。並列承明之廬，仰給太官之膳。優游職業，得惠意以討論；從容歲年，可觀人之能否。遂因奏課，例進職名，方其始時，可謂慎選。至於希者，何足道哉！曩在治平之初，嘗預集賢之才。召踰朞月，遽遘閔凶，餘生僅存，孤養甫迫。比兹再至，功已垂成，計其舊勞，已寔何有？矧以平時著令，先進諸公。必由大臣之薦論，重加禁林之校試。尚須第等，然始推恩。而希憂患早衰，荒唐不學。久游吴市，莫獲異書，未過蜀人，安知奇字？由趍走州縣之賤，登道家之蓬山；脱鉤校簿書之煩，窺上帝之册府。併爲僥幸，徒速嘲譏，退思厥由，何以致此？兹乃伏遇留守司徒侍郎，台衡舊德，社稷元勳。鴻鈞運乎至和，以無棄物；菁莪喜乎樂育，罔有遺才。得由下邑之卑，擢陪諸生之後。良以寅緣之舊，迄兹亨會之成。遂俾陋愚，獲被嘉寵。雖遠施者不以其報，而自知者所以爲明。昔者西漢藏書之多，天禄、石渠號稱其最盛；當時校文之士，劉向、揚雄得久於其中。况今簡帙甚繁，鉛槧未已。願少假以時日，庶得就其編摩。豈惟平生多所未見，寔亦終老庶幾自娱。譬夫就市閲書，委身爲吏。較前賢而已幸，冀夙志之可償。區區之愚，有在於是，過此以往，未知所裁。

謝中制科啓

蘇轍

轍以薄材，親承大問，論議群起，予奪相乘。不意聖恩之曲加，猶獲從吏之殊寵。伏讀告命，重積震惶。嘉其愛君之心，期以克終之譽。辭不獲命，媿無以堪。轍生於遠方，有似愚直。幼承父兄之餘訓，教以彊己而力行。雖爲朝廷之直臣，常欲挺身而許國。位卑力薄，自許過高，言發讒生，事勢宜爾。迨尋策問之微意，實皆安危之大端。自謂不及，則曰志勤道遠；開其不諱，則曰無悼後害。竊以制策之及此，又念科〔三〇〕目之謂何。罄其平時之所懷，猶懼不足以仰對。言多迂闊，罪豈容誅？伏以國家取人之科，惟是剛柔適中之士。太剛則惡其猖狂不審，太柔則畏其選懦不勝。將求二者之中，屬之以事；固非一介之賤，所或能當。轍之不才，過乃由此。然而訐切憤悱，爲知士之所不許；因循鹵莽，又有國之所樂聞。使舉世將以從容而自居，則天下誰當以奮發而爲意？此蓋某官，羽翼盛時，冠冕多士。思盡芻蕘之議，以明寬厚之風。羈危之所恃，以爲無憂；紛紜之所恃，以爲定論。顧惟無似，尚辱甄收，感恩至深，求報無所。昔者西漢之盛，莫如文、景、孝武之賢；制策所興，世稱晁、董、公孫之對。然而數子者，頌詠德美，而不及其譏刺；故三帝者，好愛文字，而無聞於寬容。豈其時君不可爲之深言，抑其群臣亦將有所不悦？轍才雖不逮，時或見容。非懷爵禄之榮，竊喜幸會之至。

賀河陽文侍中〔三一〕啓

蘇轍

伏審力辭樞務，得請名邦，恩禮便蕃，中外慶慰。伏惟判府司徒侍中〔三二〕，輔相三世，始終一心。器業崇深，不言而四方自服；道德高妙，無爲而庶務以成。此朝廷所以遲遲於均佚之書，而士民所以睠睠於保釐之命。顧惟出處之義，寔繫功名之終。留侯志於赤松，晋公安於緑野。油然自得，夫豈不懷？矧惟三城，密邇全洛。政獨止於民社，樂有助於林泉。道大難名，信後來之莫繼；民猶思治，恐久安之未遑。

校勘記

〔一〕『嗣』，底本作『似』，據六十三卷本改。宋本《古靈集》作『嗣』。

〔二〕『輔』，底本作『外』，據六十三卷本改。清《武英殿聚珍版叢書》本《祠部集》作『輔』。

〔三〕『俛膺華選』，六十三卷本作『俛拾華貫』。清《武英殿聚珍版叢書》本《祠部集》作『俛華禁近』。

〔四〕『特』，六十三卷本作『時』。清《武英殿聚珍版叢書》本《祠部集》作『待』。

〔五〕『過枉巽辭』，底本作『過巽枉辭』，據六十三卷本改。清《武英殿聚珍版叢書》本《祠部集》作『過枉巽辭』。

〔六〕『試』，六十三卷本作『識』。清《武英殿聚珍版叢書》本《祠部集》作『識』。

〔七〕『侍』，底本作『持』，據六十三卷本改。清《武英殿聚珍版叢書》本《祠部集》作『侍』。

〔八〕「效局」上，六十三卷本有一「其」字。清《武英殿聚珍版叢書》本《祠部集》作「某」。

〔九〕「獲」，底本無，據六十三卷本、麻沙本補。清《武英殿聚珍版叢書》本《祠部集》作「獲」。

〔一〇〕「敓」，六十三卷本作「某」。清《武英殿聚珍版叢書》本《祠部集》作「某」。

〔一一〕「寓」下，六十三卷本有一「跡」字。清《武英殿聚珍版叢書》本《祠部集》作「跡」。

〔一二〕「閣」，底本作「蘭」，據六十三卷本改。

〔一三〕「當」，底本無，據六十三卷本補。宋本《東坡集》、明成化刊本《蘇文忠公全集》作「當」。

〔一四〕「隨」，底本作「通」，據六十三卷本改。宋本《經進東坡文集事略》作「隨」。

〔一五〕「占」，底本作「中」，據六十三卷本改。宋本《經進東坡文集事略》作「中」。

〔一六〕「捨」，底本空缺，據六十三卷本補。宋本《經進東坡文集事略》作「捨」。

〔一七〕「不」，底本無，據六十三卷本、麻沙本補。宋本《經進東坡文集事略》作「不」。

〔一八〕「知」，底本無，據六十三卷本補。宋本《經進東坡文集事略》作「知」。

〔一九〕「河」，底本誤作「何」，據六十三卷本、麻沙本改。宋本《東坡集》、明成化刊本《蘇文忠公全集》作「河」。

〔二〇〕「身」，底本作「材」，據六十三卷本改。宋本《經進東坡文集事略》作「身」。

〔二一〕「願」，底本作「顧」，據六十三卷本改。宋本《經進東坡文集事略》作「願」。

〔二二〕「助」，六十三卷本作「則」。宋本《經進東坡文集事略》作「助」。

〔二三〕「品」，底本作「摘」，據六十三卷本改。宋本《經進東坡文集事略》作「品」。

〔二四〕「而」，底本誤作「不」，據六十三卷本、麻沙本改。

〔二五〕『命』，底本作『中』，據六十三卷本改。
〔二六〕『嚴』，底本無，據六十三卷本、麻沙本補。
〔二七〕『道德』，六十三卷本作『德務』。
〔二八〕『捷』，底本作『接』，據六十三卷本、麻沙本改。
〔二九〕『新』，底本誤作『所』，據六十三卷本、麻沙本改。
〔三〇〕『科』，底本作『利』，據六十三卷本改。
〔三一〕『侍中』，底本誤作『侍郎』，麻沙本亦然，據六十三卷本改。
〔三二〕『侍中』，底本誤作『侍郎』，麻沙本亦然，據六十三卷本改。

新校宋文鑑卷第一百二十三

校者按：底本此卷抄配，據六十三卷本刻卷校改。

啓

上韓康公啓

程頤

竊以朝廷取士，所以爲致治之先；公卿薦賢，固必有知人之實。允諧公議，始厭衆聞。頤也不才，少而從學。致知格物，粗窺聖道之端倪；明善誠身，未得古人之彷彿。徒忘懷於白首，竊有志於斯文。時和歲豐，已足素望，言揚德進，敢有覬心？屬嗣皇訪落之初，乃元老告猷之會。豈虞過聽，猥被明揚。文陛進登，被德音之温厚；西清入侍，密宸扆之輝光。考於近世而來，可謂非常之遇。荷恩爲媿，揣分則逾，若何行爲，可以報稱？惟殫素學，勉副厚知。

定親書

程頤

伏以古重大昏，蓋將傳萬世之嗣；禮稱至敬，所以合二姓之歡。顧族望之非華，愧聲猷之弗競。不量非偶，妄意高門。以頤第幾男，雖已勝冠，未諧受室。恭承賢閤第幾小娘子，性質甚茂，德容有光。輒緣事契之家，敢有婚姻之願。豈期謙厚，遽賜允從，穆卜良辰，恭伸言定。有少儀物，具如別牋。

賀提刑上官正言狀

曾　肇

審奉詔書，改臨淮甸，端人所至，善類交欣。竊以提刑正言，學有本原，行無緇涅。鴻筆麗藻，兼大夫之九能；直道正言，過士師之三黜。少緩追鋒之召，復爲攬轡之行。内〔一〕顧缺然，居常仰止。豈意偷安之跡，獲依善貸之仁。未即趍風，冞〔二〕深企德。

謝校勘啓

曾　肇

叨榮非據，循分起羞。竊以道有降升，得人則舉，士之貴賤，繫上所行。國家稽古尚賢，因能任職。尊朝廷以待非常之豪傑，虚館閣以收未試之英材。凡預詳延，畢歸遴柬，豈容積累，輒冒〔三〕甄升？如肇者，禀生多艱，受性不敏。幼賴母兄之教育，長聞師友之緒餘。竊玩文辭，居有顓蒙之累；欲追時俗，故無捷給之材。知直道而事人，耻曲學以阿世。因緣干禄，黽勉入官。顧山林獨往之姿，乏左右先容之助。分甘流落，望絶亨嘉。豈圖日月之餘光，不間塵埃之末路？濫姓名於册府，尸友教於上庠。誦陳言於新學之前，處無用於有爲之會。每見譏於踈闊，愈自信於行藏。迨此歲成，亦偕序進。此蓋伏遇史館相公，秉心豈弟，爲世典刑，樂育人材，奬成士類。顧惟弱質，久玷下陳。徒窺夫子之文章，豈識周公之制作？蚤蒙收引，曲荷并包。致葑菲之弗遺，寔陶鎔之有素。敢不紬尋舊學，尊信所聞！不忮不求，肯易終身之守；無適無莫，庶幾惟義之從。非徒成自愛之私，亦以荅大公之施。

謝中書舍人啓

曾鞏

叨居近著，與典贊書，自顧無堪，將何以稱？歷觀虞、夏、商、周之盛，則有典、謨、訓、誥之傳。列于六藝〔四〕之文，是爲歷代之寶。豈獨一時肆筆矢言〔五〕之士，莫匪聖賢之徒；蓋其四海食味別聲之倫，皆知道德之意。迨夫王迹既熄，流風僅存。射父之作訓辭，安于之贊名命。猶能稱厥前世，行於諸侯。至兩漢之興，文章爲盛，而三王之册，簡牘具存。自兹以還，去古彌遠。然而誦美陽之誥，則文士爲之變風；讀奉天之書，則武夫至於垂涕。蓋以用人之得失，繫於斯道之盛衰。豈兹妄庸，可備任使？如肇者，學雖有志，材不逮人。聞《詩》《禮》之緒餘，僅傳糟粕；議帝王之制作，未及門墻。蚤緣雕篆之科，遂齒縉紳之末。越從州縣，入校圖書。鄧〔六〕高密之素心，止希文學；應汝南之自媿，驟玷承明。歲月屢遷，寵靈寖厚。紀三朝之功德，書二聖之勳言。徒竊食於太官，每靦顔於文陛。固盍投身於冗散，豈堪厠跡於凝嚴？冒居四禁之聯，分押六司之事。伶俜弱質，從屬車之清塵；蹇淺寡聞，參外廷之末議。雖云榮耀，更積驚憂。重念出自寒鄉，幸逢聖代。維是一門之内，寔蒙六帝之恩。世踐麟臺，有慙良史；家稱鳳閣，尤愧前人〔七〕。雖緊〔八〕造化之仁，亦賴陶鎔之賜。此蓋伏遇某官，輔成世教，協贊人文。欂櫨侏儒，雖小不廢，豨苓鷄壅；有用必收。遂令一介之愚，獲出群賢之後。敢不勉進薄技，力行所知！潤色乾坤之容，辭雖不逮；委輸海岳之廣，志則有餘。冀收效於毫釐，庶酬恩於萬一。

回馮如晦學士啓

曾　肇

竊審擢自南宫，進陞東觀。增重藩垣之寄，允爲簪紱之光。伏惟慶慰知府學士，賦性中和，受材閎廓。質直好義，久見推於士林；平易近民，矧兼明於吏道。蘭雖幽而自媚，玉愈久而彌温。騎尉郎潛，乏懷鉛之遞直；黄門久次，微負弩之榮歸。兼是寵光，可稱宦達。未展及門之慶，忽紆憑几之辭。服誼甚高，銘心敢怠！

賀翰林曾學士啓

陳師道

内翰丈丈，召從西掖，入直北門。豈惟儒者之榮，寔繫朝廷之重。恭惟論思獻納之任，必須道德文學之流。不雜用於他材，故専收於夙望。成命既下，歡聲大同。雖圖任未快於群情，而天下已被其陰賜。兄弟相望，乃平世之榮光；魯衛同升，亦熙朝之故事。顧惟庸妄，早辱知憐。雖老棄諸侯，乃下流之自取；而早親文席，顧遺跡之尚存。側聞新命之傳，倍有輿人之慶。秋陽尚熾，禁直雲初。伏冀上爲廟朝，精調寢痞〔九〕。

謝館職啓

秦觀

法同博士，閱五載而遷官；例比編書，通三年而改秩。寵靈既逮，愧懼寔深。伏念觀族系單微，器能淺陋。少時好賦，僅成童子之雕蟲；中歲窮經，未究古人之糟粕。始策名於進士，俄充賦於直言。濫居方物之前，叨被傳車之召。文章末技，固非道義之尊；箕斗虚名，只取謗傷之速。亟從引避，幾至顛隮。褒未就於衮華，惡已成於瘡痏。三朞之内，王尊乍佞而乍賢；七年之中，魯田一與而一奪。但以偏親垂老，生計屢空，聊復靦顔以居，未能投劾而去。日期沙汰，分絶進升。豈期積日以累勞？輒亦逢年而遇合。束緼還婦，雖蒙假借之私；懲羹吹虀，尚慮譴訶之及。竊觀前史，具見鄙悰〔一〇〕。西屬中郎，孔明呼爲學士；東海釣客，建封仕以校書。雖爲將相之品題，寔匪朝廷之選用。夫何寡陋，遽有遭逢？此蓋伏遇某官，道欲濟時，仁能錫類。始憐貧女，稍分秦壁之光；終念波臣，爲激越江之水。矧兹奇蹇，亦與甄收。敢不以古人行己之方，爲國士報君之義！千金敝帚，聊依翰墨以自娱；一割鉛刀，或異事功之可立。

婚書

秦　觀

蚤年擁篲，嘗趨大丞相之門；末路紬書，寔佐先翰林之事。重以世母，出於伯姜。既事契之久敦，宜婚姻之申結。敬承佳命，增慰夙心。

荅林學士啓

張　耒

伏審光膺宸綍，進直蘭堂，榮命始行，儒林增重。竊惟館閣之選，蓋待儒學之臣。既非典領之權，幾於冗散；又無議論之責，少補絲毫。宜非仕者之願居，而爲一世之所尚。蓋學問者君子之事，職卑而待之不輕；詩書非俗吏所知，禄薄而意則甚厚。雖厭居寂寞，夸者至謂之病坊；而脱落等夷，赤尉均稱於宰相。名既如此，人尤貴之，而況將相之選，踵武相尋？祖宗以來，掄擇爲重。故本朝之寵儒者，雖他官必假此名。伏惟某官，文麗而用長，才周而學富。父子濟美，兄弟有聲。行寔著於家庭，彊濟〔一一〕冠於朝右。冠豸彈擊，風霜凛然，攬轡按行，窽竇立〔一二〕鮮。已進登於卿棘，復入直〔一三〕於道山。豈專是正〔一四〕之功，寔示超騰之漸。耒淮楚晚進，場屋後來，辱登門墻，嘗備官屬。當趨風於末坐，乃首贄於長牋。爲禮則勤，循分而懼。孔鸞同列，忘駑鈍之卑飛；珠玉藏家，驚輝光於貧屋。永爲好也，何日忘之！

潤州謝執政啓

張耒

伏以文章爲學者餘事，故先王不以經世；富貴非人力所制，故君子以爲在天。而况偷辭蹇淺，未涉作者之流；趍世濶迂，每在衆人之後。則其投閒置散，疐後跋前，在所當然，夫復何恨？伏念耒羈孤一介，憔悴餘生。困簞楚者十年，逭飢寒於斗禄。仕已成於漫浪，意何有於功名？始誤寘於成均，復進升於儒館。佐東觀之論著，頗見舊聞；紀先帝之事功，遂游藏室。擢升右史，密侍清光。雖儒學之至榮，豈草茅之素望？而疾病侵耗，心力衰疲，分敢自安？義當引去。尚叨便郡，獲養殘軀，静循此恩，蓋有所自。兹蓋伏遇某官，曲成萬類，咢使庶工。直鎛鏐蒙，疾者未嘗遽廢；大宗小桷，施之各以其宜。致此枵虚，未即捐棄。獄訟希簡，職事不廢乎詩書；山林幽深，形骸頗爲之清快。庶餘齡之可養，幸沉痼之有瘳。仰報至恩，將必有在。

賀潘奉議致仕啓

張耒

伏審親家，致政奉議，上還印綬，退即里閭。已私知止之安，將受永年之福。凡居親舊，寔助忻愉。竊以人之多難，在於儒者尤甚。壯年講學，謂富貴利禄之可期；出試多違〔一五〕，信功名遇合之有命。加以荏苒歲月〔一六〕，時不待人，顧瞻〔一七〕簪裳，義則當止。彼貪冒無耻者，率皆優佚而老；惟進退顧義者，不免飢寒之憂。未餘漢庭之賜金，復休故社之喬木。追計官游之廪禄，何有一毫？復與平生之簞瓢，相從三徑。莫非命也，謂之何哉？伏惟某官，奥學淵源，懿行〔一八〕金玉。久栖遲於末路，遂高退於明時。清譽益隆，多祥有在。未自憐罪戾，久困泥塗，延企高風，但懷景仰。

謝解啓

李　廌

古之士重，今之士輕，時世使然，風俗乃爾。飯〔一九〕牛版築，奚必詩書？釣渭耕莘，曾何科目？蓋君子之學，以道義爲己任；故古之仕者，以卿相爲當然。有三顧五聘而未從，或千駟萬鍾而不受。今以言取士，但愧空文；凡應舉覔官，鄰於自鬻。寔興久廢，法禁益嚴。徒以困窮之身，願入英雄之彀。廌行年二十有九，蚤苦衰殘；著書十萬餘言，常懷忠憤。謀己甚拙，許國惟堅。雖頻待詔於公車，未得爲郎於金馬。屢作逐客，每歎虚生。第恐〔二〇〕没世而無名，以累青雲之知己。比緣秋試，偶爾計偕，輙生妄心，竊有榮幸。此蓋伏遇某官，久垂教誨，曲賜題評。恩等丘山，義同卵翼，致兹昧陋，有望亨衢。敢不益勵進脩，上副眷予！

回永興李待制啓

蔡　肇

西〔二一〕鄙宿師，視故都爲襟要；中宸出命，藉舊德以鎮臨。去湖山清絶之觀，攬關輔浩穰之會。師亘倚重，麾幟有光。雖免〔二二〕奏之屢陳，諒雅懷之難徇。聞齋舲之取道，屬騶騎之按邊。但欣覿德之嘉，已負脩辭之晚。敢圖眷與，先賜拊存。維謙德之光，可以厚俗；然等威之制，誠不遑安。殘律凝寒，脩途匽薄。神明所祐，福履宜臻，將邇趍承，更加調護。以體朝家之眷，用慰邦人之思。

回知河中府宇文學士啓

蔡　肇

單車赴治，喜並川塗；傳舍投閒，屢煩輿衛。屬抗旌之已遠，慙追路之不遑。竊承臨蒞之初，首辱緘封之賜。教條孚若，足見餘材；詞義焕然，載加厚禮。茂惟賢哲，休有福祥。恭惟某官，抱識清明，受材宏博。韞以傳經之學，發爲華國之文。自識拔於先朝，久踐揚於要職。中外歷試，休顯〔二三〕有稱。暫屈遠圖，請一麾而坐府；即膺寵渥，宜三節而造庭。肇此俻官，寔資芘賴，遂將承教，但竊欣愉。

與常州廖明略學士啓

蔡　肇

蒙鄙之資〔二四〕，頑鈍於事。寸長尺短，素分豈不自知？利後責先，涉世蓋常如此。衆歡不息，公論莫逃，自取斥疏，尚蒙全度。東南佐郡，鄉廬以得爲榮；飽暖荷恩，家人恨降之晚。勿違懷土，竊復依仁。伏惟某官，汪洋之學造微，瑰瑋之文絶衆。久推雅量，素著直聲。早登獻可之班，暫輟承流之寄。顧惟蹇薄，每辱矜憐。賜第西清，早忝同升之義；讎書東觀，晚叨聯事之榮。暨茲索米之窮，亦拜指囷之惠。坐曹同力〔二五〕，黽〔二六〕無畫諾之良；旁舍見容，儻知歌呼之治。愈隆問望，即被褒升。願言其私，預以爲念。

賀陳履常教授啓

晁補之

擢領掾曹，歸臨鄉校。與從遊之良舊，私慰喜以居多。竊惟國之求才，病取捨之膠於法；士之涉世，患進退之失其中。設科舉爵位以誘人，假誦數詞章以干禄。須其出試，則鄉黨自好者耻夫屢獻；不以禮際，則山林長往者豈其肯來？故上安於有司之區區糊名以爲公，而士惑於古人之皇皇載贄以爲辱。莫聞覽德之鳳，率多食餌之魚。恭以某官，行獨而通，志潔而降。不落落以如玉，矧泛泛其若鳧。窮無立錐，術可濟國。至於博覽之學，絶出之文，要其平生，固曰餘事。尚不屑去，安有求聞？聲自籍於諸公，章數騰〔二七〕於當宁。拔起閭里，朋類之榮，收還妻孥，親黨所喜。未促公車之詔，聊從泮水之行。庶覩成山，必自累土。辭尊及富，仕何往而非安？有爲與行，志苟存而皆可。貽牋良幸，倄慶獨稽，傾詠之誠，倍於儕等。

荅賀李祥改宣德啓

晁補之

延對宸廷，改榮京秩，從游茲舊，慰喜良多。恭以宣德，懿行不群，令儀可度。粤從幼學，夙有俊聲。下帷未省窺園，持竿寧悟流麥？其精如此，故資之深。珠玉藴含，山川輝媚，自當名世，豈獨傳家？補之氣合相求，心均莫逆。絣繴洸之何取，櫪株枸之自留。臨水送將，牛羊方下，望風懷想，鴻雁欲來。庶幾逢聲子之班荆，且復過孟公而投轄。未遑馳慶，先辱流音，尚阻盍簪，惟期彊飯。

永興提刑謝到任啓

李昭玘

委轡下車，勤吏民之趍走；據案涉筆，擁文墨之紛紜。將何補於事功？徒有慙於面目。伏念昭玘，迂踈末學，鄙野孤生，賦才不長，聞道最晚。棲遲日月，僅成九轉之功；蹭蹬風塵，未蒙一顧之價。再預充庭之貢，謾爲入洛〔二八〕之遊。敢意斐文，偶塵精鑒。初乏青錢之作，宜置下陳；誤經黄絹之評，遽超數等。叨從禄仕，擢備儒官。詎能握管以窺〔二九〕天，良愧奔蜂之化蠋。屬大明之繼照，延舊德以亮功。博收人才，盛集册府。開閤之始，豈乏異能？備員者誰，乃出下客。人共榮於入彀，時皆謂之登瀛。正始諸賢，濫陪武步；石渠祕籍，頓發見聞。惟知反己以自求，敢覬因人而幸進？謂有昭昭之明者，必有冥冥之志；無赫赫之熱者，亦無凛凛之寒。欲寡過而未能，恐修名之不立。以愚自信，曷嘗稱博而毁丹；與世何尤，不暇去嬰而歸蚡。安有本同而末異，奚傷先病〔三〇〕而後瘳？處冲季孟之間，僅知所立；甘陵南北之部，適幸而〔三一〕忘。能不能各自其人，得不得必尸諸命。洋然迎餌，詎爲宓氏之魚？兀若畏人，反類羊公之鶴。嘆源泉之有本，驚蒲柳之先衰。一傳未終，恍已迷其姓氏；片文屢過，幾不辨其偏旁。但縻廩粟以偷安，何罪書魚之成蠹。久玷外庭之列，聊從別乘之行。迨及更書，復還舊直。竟無他異，莫追終、賈之才名；必有可觀，竊預趙、張之政事。舍丹鉛之點勘，視鞭撲之喧囂。精神僅及〔三二〕於目前，智慮或遺於意表。蠅紛訴牒，驅即復來，鴈集吏行，守之不置。間關畏罪，黽勉赴功。入水必濡，每憂揭厲，遇風知退，冀免摧頹。雖殫十駕之勞，蔑有尺寸之補。間以私門艱窘，多事侵陵。禄未逮於孤窮，歲已驚於遲暮。田無附郭，久負陶潛之歸；盜不過門，素多張禹之愛。屢申愚懇，願守方州。猥霑造物之私，特假祥刑之任。地占河關之勝，道連雍陝之雄。小民尚氣而喜爭，巨猾瀕山而爲盜。素稱劇部〔三三〕，尤藉長才。自非水鏡無疵，權衡不撓；則何以吏知守法，人不稱冤？顧頑〔三四〕闇之無堪，適還掄之誤及。此蓋某官，元功播物，一德亮天。見遠業於有爲，期太平之可致。論事必同於善，使人樂盡其才。引傴僂以升高，徒煩假手；削輪囷而成器，幾誤揮斤。敢不愼守官箴，勉思民事！不近名而邀福，無倚法以作威。概以中平，得之安静，少圖裨報，上副陶成。美蔭方休，曾未虞於巨臂；不才自養，終願託於長年。過此以還，未知所措。

昭雪謝執政啓　劉跂

上聖端臨，群賢拱輔。萬事罔有勿理，百姓自以不寃。鴻惟累朝，欽愼庶獄。匹夫輒讞，尚戒毫釐之差；大臣見誣，可容白黑之眩？昨以禍起不測，謗加已亡。陷燕桑之謀，聖主覺其書詐；抱田貫之義，志士或以死明。備見不根之情，猶施及嗣之罰。窮海萬里，兩柩弗歸，毒癘三年，一門垂盡。肆龍飛而雲變，聿晛見而雪消。藐是諸孤〔三五〕，首蒙拯拔，實雖甚厚，名則未然。且將而必誅，豈容降等之坐？而否則無罪，安用會赦之文？載援疑辭，上求決語。初屏錯於群枉，又刊落於舊章。詔音一傳，士氣如洗。此蓋某官房、杜在位，丙、魏有聲。直道以盡大臣之能，虛心以應天下之務。推引人物，不間戚疎；馴致上恩，以及存歿。重惟先正，早預當〔三六〕僚。晚歲離騷，魂竟招於異域；平生精爽，夢猶託於故人。幸山公之在朝，痛介侯之無禄。霜露所感，日月有期。然而貶降之秩未還，吊恤之恩尚闕。扶杖以聽，終觀詔令之行；造膝而陳，更賴弼諧之助。言盡於此，涕不自收。

賀同州侍郎啓

晁詠之

伏審抗疏中山，易符左輔。過家上冢，榮動鄉邦，入境觀風，喜交鄰壤。光塵在望，跂抃載深。恭以某官，識洞高明，材資英博。究觀至理，深達於天人；遊戲斯文，仰參於造化。此古人所以名世，而執事與之同風。故應變則兼文武而有餘，惟守道則貫金石而不屈。姦謀自寢，知汲黯之在朝；正色弗回，識張公之論事。卷舒不失乎正，進退愈見其忠。弭節藩宣，貽三峯而少息；秉鈞廊廟，冠百辟以高騫。詠之固陋無聞，羈孤寡與。未列韓門之弟子，詎先魯國之儒生？欣願執鞭，庶幾發藥。雖精神之每竭，顧奔走以無階。聽益州之詩，獲近陪於歌頌；就河東之賦，寔久待於吹噓。罣罣自憐，拳拳罔罄。

謝永興待制啓

晁詠之

竊〔三七〕階奏牘，獲列賓僚。素心每違，玷始平之屢薦；故人獨賀，謂宣州之多賢。與有欣榮，豈徒感激！伏念詠之，少知自信，老迄不逢。惟嗜書之甚愚，更折臂而弗悔。自投筦庫，殆欲半生，力求田園，便期歸老。子平之婚嫁未畢，西華之兄弟皆貧。坐此艱難，猶當黽勉。然而施者積久而既倦，貴或易忘而弗酬。欲冀一官，彌嗟百拙。此蓋伏遇某官，慨然以風義自任，信乎非權勢可移。力拯窮途，如謀己事，凡當辟置，必欲招徠。夫豈徒然，曷以稱此？惟昔人稱幕中之客，豈特專簿書期會之間？而君子報國士之知，亦以事容悦阿諛爲耻。竊執事之所以見賜，與不肖之所以仰從。竊自比於前脩，要不慙於它日。

校勘記

〔一〕『内』，底本作『中』，據六十三卷本改。

〔二〕『琛』，底本作『彌』，據六十三卷本改。

〔三〕『冒』，底本作『習』，據六十三卷本改。

〔四〕「列于六藝」，底本作「肆筆矢言」，據六十三卷本改。
〔五〕「肆筆矢言」，底本無，據六十三卷本補。
〔六〕「鄧」，底本作「陳」，據六十三卷本改。
〔七〕「但踐麟臺，有慙良史；家稱鳳閣，尤愧前人」十六字，底本無，據六十三卷本補。
〔八〕「雖緊」，底本作「舉荷」，據六十三卷本改。
〔九〕「瘖」，底本作「膳」，據六十三卷本改。宋本《後山居士文集》作「瘖」。
〔一〇〕「悰」，六十三卷本作「宗」。
〔一一〕「彊濟」，底本作「經濟」，據六十三卷本改。
〔一二〕「立」，底本作「已」，據六十三卷本改。
〔一三〕「入直」，底本作「宜入」，據六十三卷本改。
〔一四〕「是正」，底本作「足止」，據六十三卷本改。
〔一五〕「違」，底本作「遺」，據六十三卷本改。
〔一六〕「荏苒歲月」，底本作「歲月荏苒」，據六十三卷本改。
〔一七〕「顧瞻」，底本作「目顧」，據六十三卷本改。
〔一八〕「行」，底本作「而」，據六十三卷本改。
〔一九〕「飯」，底本作「販」，據六十三卷本改。民國宋人集本《濟南集》作「飯」。
〔二〇〕「恐」，六十三卷本作「深」，疑未確。民國宋人集本《濟南集》作「慮」。
〔二一〕「西」，底本作「取」，據六十三卷本改。

〔二二〕「免」，底本作「善」，據六十三卷本改。
〔二三〕「顯」，底本作「續」，據六十三卷本改。
〔二四〕「資」，底本作「姿」，據六十三卷本改。
〔二五〕「力」，底本作「列」，據六十三卷本改。
〔二六〕「慙」，底本作「暫」，據六十三卷本改。
〔二七〕「騰」，底本作「勝」，據六十三卷本改。明刊本《雞肋集》作「騰」。
〔二八〕「洛」，底本誤作「格」，據六十三卷本改。
〔二九〕「窺」，底本誤作「窒」，據六十三卷本改。
〔三〇〕「傷先病」，底本作「先嘗病」，據六十三卷本改。
〔三一〕「而」，底本作「兩」，據六十三卷本改。
〔三二〕「及」，底本作「見」，據六十三卷本改。
〔三三〕「部」，底本作「郡」，據六十三卷本改。
〔三四〕「頑」，底本作「煩」，據六十三卷本改。
〔三五〕「孤」，底本誤作「姑」，據六十三卷本改。
〔三六〕「嘗」，底本作「官」，六十三卷本作「甞」，「嘗」通「常」，據以改。
〔三七〕「竊」，底本無，據六十三卷本補。